KNAUR

Ihr Traum war zu lebendig, um nur ein Traum zu sein.

So viel war nur noch neblig, aber sie erinnerte sich an eines: Sie saß auf einem schwarzen Thron, auf einem Berg von … was? Steinen? Leibern? Sie wusste es nicht. Aber sie wusste, dass sie diesen Thron mit Blut errungen hatte, ihrem eigenen und dem derjenigen, die ihr im Weg gestanden hatten. Der Wolf hatte ihr dieses Geschenk gewährt, aber sie hatte darin ein Versprechen gespürt.

Es gehört dir – wenn du es dir nehmen kannst.

Von Riot Games bei Knaur:

Ambessa: Chosen of the Wolf

Ruination

League of Legends: Die Reiche von Runeterra

C. L. CLARK

AMBESSA

CHOSEN OF THE WOLF

ROMAN

Aus dem amerikanischen Englisch von
Christoph Hardebusch

KNAUR

Die amerikanische Originalausgabe erschien 2025 unter dem Titel
»Ambessa. Chosen of the Wolfs« bei Orbit,
einem Imprint der Hachette Book Group, New York.

Besuchen Sie uns im Internet:
www.droemer-knaur.de

FSC
www.fsc.org
MIX
Papier | Fördert
gute Waldnutzung
FSC® C014496

Deutsche Erstausgabe Dezember 2025

Ein Imprint der Verlagsgruppe
Droemer Knaur GmbH & Co. KG
Landsberger Straße 346, 80687 München

Covergestaltung: © Christl Glatz | Guter Punkt, München.
nach einem Design von Greg Ghielmetti und
Lauren Panepinto (Hachette Book Group, Inc.)
Coverabbildung: © Kudos Productions
Satz und Layout: Adobe InDesign im Verlag
Druck und Bindung: GGP Media GmbH, Pößneck
ISBN 978-3-426-56751-7

Kontaktadresse nach EU-Produktsicherheitsverordnung:
produktsicherheit@droemer-knaur.de

2 4 5 3 1

Für meine Mutter Rachel, meine Stiefmutter Cindy
und all die anderen Frauen, die mich fanden,
beanspruchten und mir auf meinen Wegen halfen.

Der Kodex der Medardas

Medarda an erster Stelle!

Eine schlaue Zunge ist so wertvoll wie scharfer Stahl.

Medardas gehen ihre eigenen Wege.

Medardas kämpfen ehrenvoll.

TEIL I

PROLOG

Ambessa Medarda packte ihren Katar fester. Schwer saß sie auf ihrem Reittier, als sie beobachtete, wie die Krieger des Raxii-Stammes sich auf dem steinigen Strand der südlichen Küste gegen die Reihen der Armee ihres Großvaters Menelik warfen. Der Lärm von Stahl auf Stahl, von sterbenden Männern und Frauen war so laut wie die wilde See. Ihre Hand lag auf der ungewohnten Wärme ihres prallen Bauches. Sie war nach Rokrund gekommen, um eine andere Schlacht zu schlagen.

Die Raxii waren einer der alten Noxii-Stämme, die sich dem Noxianischen Imperium bei seiner Gründung verweigert hatten. Es war schwer zu sagen, wer den besten Anspruch hatte; Ambessas Familie hatte es für Jahrhunderte beherrscht. Aber obwohl sie in den Bergen hausten, hatten die Raxii ebenfalls einen Anspruch angemeldet und offensichtlich entschieden, wie sie den Streit gewinnen wollten. Also taten sie es. Wie es Noxianer eben taten. Rokrund war Ambessas Heimat. Ihr zweites Kind würde nicht außerhalb der Mauern geboren werden, auch wenn sie sich durch eine ganze Armee kämpfen musste, um das durchzusetzen.

»Wolfsschnitter!« Sie hob den Katar über ihr Haupt, und die Krieger und Kriegerinnen hinter ihr brüllten ihre Bereitschaft in den Himmel. Die Wolfsschnitter waren ihre beste Einheit, mit den stärksten Kriegern, die sie in den Arenen überall in Noxus gefunden hatte. Die Raxii würden zu sehr mit Meneliks Armee vor sich beschäftigt sein, um die Gefahr zu bemerken, die aus dem Norden heranritt, um sie in das Meer zu treiben. »Wir sind lange marschiert, nur um die Tore geschlossen zu finden. Kommt nun und öffnet sie!«

Sie stürmten die Hügel hinab, der Donner der Hufe laut genug, um selbst den Ozean zu übertönen.

Der erste Raxii kam ihr mit einer großen Axt in beiden Händen entgegen, hoch über den Kopf gehoben, um sie aus ihrem Sattel zu schlagen. Aber ihr Pferd wich dem Hieb aus. Ambessa durchtrennte einen Arm, Blut spritzte, er schrie, die Axt fiel herab, aber sie war schon weiter.

Die Zeit verlangsamte sich, bis Ambessa glaubte, sie sei schon immer hier gewesen, in diesem roten Schlamm, ihr Atem schwer, ihr Rücken schmerzend. Irgendwann wurde sie vom Pferd gezogen, doch sie trat sich frei, als das Tier getötet wurde. Das Gewicht ihres Bauches war kaum für länger zu ertragen. Jeder Schritt war schwerer als der davor. Ihr rechtes Auge brannte vom Blut eines Schnittes auf ihrem Gesicht, aber sie konnte es nicht abwischen. Sie presste es zu und sah sich mit dem linken Auge um.

Kaum dass sie sich drehte, spürte sie einen Lufthauch am Nacken und ging in die Knie, wirbelte herum. Eine Frau mit einem Speer, muskulöse Arme, Zähne vor Wut gefletscht. Ambessa hatte ihre eigene Wut. Sie war nicht den weiten Weg gekommen, um ihr Heim in die Hände anderer fallen zu sehen.

Sie zwang sich auf die Beine und sprang.

Die Frau war schneller, als sie aussah, und ebenso stark, parierte den Stoß des Katars und drückte ihn zur Seite. Sie zog den Schaft des Speeres herum, hieb nach Ambessas Beinen, aber die war zur Seite gesprungen, den Arm zum Schlag bereitet …

Schmerz ließ ihre linke Hand schlaff herabfallen. Sie sah sich um, aber das Blut in ihrem Auge blendete sie noch immer. Wäre sie keine Medarda, Ambessa hätte wohl Furcht empfunden.

Stattdessen riss sie den Katar hoch, um den Speer zur Seite zu lenken, und trat einige Schritte zur Seite, bis sie den Armbrustschützen sah, dessen Bolzen sich in ihre linke Schulter gegraben hatte. Der Arm hing nutzlos herab. Aber er lud gerade erst nach, was ihr etwas Zeit verschaffte.

Mit einem schnellen Lauf stürmte sie auf die Speerträgerin zu, gelangte nah an sie heran, so nah, dass der Speer nutzlos wurde. Der Katar stieß in die Seite der Frau, die aufstöhnte. Ihr Mund öffnete sich, als wollte sie verneinen, was Ambessa ihr antat. Doch der Tod ließ sich nicht verneinen. Ambessa zog ihre Klinge heraus und ließ den leblosen Körper zu Boden fallen.

Sie hörte das Pfeifen, bevor der zweite Bolzen sich in ihre Seite bohrte.

Mein Kind. Ihr erster Gedanke. Dann erst folgte der Schmerz. Die Pein in ihrer Schulter war nichts im Vergleich zu der Qual, die sich durch ihre Seite fraß. Dennoch hob sie den Katar wieder. Aber beim ersten Schritt versagten ihre Beine den Dienst, und sie fiel zu Boden. Sie schrie auf, als sie auf ihren Bauch stürzte und auf ihren Rücken rollte.

Jeder Atemzug war Schmerz. Es gab in der ganzen Welt nicht genug Luft für sie.

Ambessa kämpfte darum, wach zu bleiben, aber alles um sie herum wurde blass und fern, glitt in Dunkelheit. Neben ihr starrte die Speerträgerin mit leerem Blick in den grauen Himmel. Wie Ambessa es bald auch tun würde.

Dann sah sie statt der Frau einen Wolf, seine Schnauze nahe am Boden, als er sie eindringlich ansah. Bote von Kindred.

Er kam, um sie zu holen.

***

Ambessa geht durch die Dunkelheit – und ist nicht länger auf dem Schlachtfeld. Sie wischt den Dreck von sich – Nachgeburt *ist das einzige Wort, das passt, auch wenn sie weiß, dass dies das Gegenteil einer Geburt ist. Überall um sie erheben sich Säulen aus schwarzem Stein, und ein rotes Glühen erfüllt die Luft. Auf den Wänden sind Figuren eingraviert, aber sie sind nur undeutlich zu sehen. Sie weiß nicht, wo sie ist, aber sie weiß, was sie tut: Warten. Worauf?* Nein, *zuckt die Erkenntnis durch ihren Geist,* auf wen?

»Hallo?«, ruft sie. Niemand antwortet. Ihre Stimme hat kein Echo.

Vor ihr wird das Zwielicht heller. In der Ferne ist ein Thron zu sehen, auf dem jemand sitzt.

»Hallo!«, wiederholt sie fordernd. Doch die Person auf dem Thron antwortet nicht. Niemand hält sie auf, als sie sich nähert.

Eine plötzliche Eruption von Gestein zu ihrer Linken lässt sie in eine Verteidigungshaltung gehen. Aber da ist kein Feind, den sie bekämpfen könnte. Inmitten der Trümmer ist eine Figur, die um sie herum schwebt, um alle – Figuren. Ambessa sieht sich selbst in ihrer Mitte.

Sie beobachtet sich selbst, diese andere Ambessa, die in einem Raum voller Menschen tanzt, verloren im Gefühl ihres Leibes, seiner Stärke, seiner Schönheit, ihres Hungers und des Hungers aller um sie herum. Das ist, wofür der Leib da ist, das ist, was sie ist. *Ihre Füße tragen sie näher. Sie will sich ihnen anschließen. Sie streckt ihre Hand aus …*

Nein.

Das ist nicht, weshalb sie hier ist. Ein Teil von ihr weiß das. Dieses Leben ist vorbei. Dieser Körper. Sie weiß nun, wo sie ist. Volrachnun. Wohin der Wolf große Krieger nach ihrem Tode bringt.

Sie hebt ihre Hände vor ihr Gesicht. Im Zwielicht fühlt sie sie mehr, als dass sie sie sieht. Ihre Gewissheit. Ihre Stärke. Noch sind es ihre Hände.

»Wer bist du?«, ruft Ambessa der Gestalt auf dem Thron zu, als sie sich von der Vision ihrer eigenen Ekstase abwendet. »Was willst du von mir?«

Wieder nähert sie sich dem Thron, diesmal schneller. Dabei wünscht sie sich eine Waffe. Ihre Hände sind die ihren, aber sie fühlt sich nackt, ohne Waffen und Rüstung. Sie ist *nackt.*

Und dann, als würde diese seltsame, traumartige Totenwelt ihr gehorchen, ist sie gekleidet: eine Schärpe über eine Schulter drapiert, eine Brustplatte, die ihren Bauch frei lässt, ein Rock für den Kampf mit goldenen Plattenpanzern auf den Hüften.

Beim Thron wird sie ihre Bestimmung finden. Sie läuft weiter …

… und wird von einer weiteren Szenerie aufgehalten. Dieses Mal ist es eine junge Ambessa, ein Kind, mit einem Lamm in den Armen. Sie kann sich nicht daran erinnern, jemals so ein Lamm getragen zu haben, und doch – etwas ist vertraut. Sie ist so jung, so unschuldig – wann war sie das letzte Mal so unschuldig? Sie weiß es nicht, und weint darüber, über dieses Loch in ihr.

Sie tritt auf das kleine Selbst zu und sieht nun auch ihre treuen Drachenhunde, Quench und Temper. Egal, wohin sie ging, die Hunde folgten ihr, bis sie starben. Dieser Verlust ist realer – sie kann den Schmerz zuordnen, und auch den daneben: den Verlust einer anderen Freundin, einer Freundin, die jetzt hier wäre.

Ambessa sieht sich suchend nach ihr um, aber dabei erblickt sie den Thron. Er ist näher, aber noch immer kann sie die Figur darauf nicht erkennen. Und in ihren Händen liegen mit einem Mal Waffen, zwei Halbmondklingen, so golden wie ihre Rüstung, glänzen im roten Licht.

Verwirrt runzelt sie die Stirn. Rüstung. Waffen. Wofür braucht man diese Dinge, wenn es keinen Feind gibt, den man bekämpfen kann? Jetzt nähert sie sich dem Thron vorsichtiger.

Auch wenn der Weg nicht mehr weit scheint, wird sie doch wieder und wieder von diesen Visionen ihrer selbst aufgehalten. Augenblicke, an die sie sich erinnert, und andere, die ihr entfallen sind.

Eine junge Ambessa auf dem Schlachtfeld, das Schwert einer toten Frau in ihrer Hand.

Ambessa und Azizi mit ihrem ersten Kind auf dem Schoß, Kino an ihrer Brust.

Ta'Fik und Zoya, umgeben von Drachenhunden.

Ta'Fik und Ambessa, umgeben von Drachenhunden.

Eine ältere Ambessa in einem großen Stuhl, mit einem jungen Mann und einer jungen Frau an ihrer Seite.

Ambessa und die junge Frau einander gegenüber, bereit, sich anzugreifen.

Ein ganzes Leben, gelebt und ungelebt, das sie durchqueren muss. Ambessa reißt sich von ihrer Vergangenheit und einer Zukunft, die nicht kommen wird, los. Sie wird nicht kommen, kann nicht kommen, denn Ambessa ist tot.

Sie steht am Fuße der Treppe, die zum Thron führt.

Sie legt den Kopf in den Nacken. Eigentlich sollte der Anblick sie nicht überraschen, doch er tut es.

Hoch über ihr sitzt sie selbst auf dem Thron.

Ambessa fühlt Stolz in sich aufsteigen. Das ist, was ihr Mut ihr erkämpft hat. Sie tritt auf die erste Stufe.

»Dieses Recht musst du dir verdienen.«

Die Stimme kommt von nirgends und überall, dröhnt in ihren Ohren und in ihrem Geist. Zwei Stimmen zugleich, dunkel und hell, sanft und hart.

»*Wie?*«

»Was denkst du, wie?«

Aus den Schatten schält sich eine Kreatur, auf zwei Hufen gehend. Eine Mähne liegt um den Kopf, der sich senkt und sucht, als schnüffelte sie nach ihr. Vier Ohren, zwei aufrecht wie die eines Wolfes, zwei bis zum Kiefer hängend.

Kindred.

»Habe ich meinen Platz nicht auf dem Schlachtfeld verdient?«

Vielleicht ist das unverschämt, aber der Thron erhebt sich di-

rekt vor ihr. Sie ist in Volrachnun. Was muss sie noch tun, um sich zu beweisen?

»Du hast deinen Platz in Volrachnun verdient«, *antworten die Zwillingsstimmen.* »Aber hast du dir einen Platz in den Legenden verdient?«

Sie halten etwas vor sich, ein Schmuckstück, einen dreiköpfigen Wolf, der sich schwebend zwischen ihnen dreht.

Ambessa greift danach, aber Kindred zieht es aus ihrer Reichweite.

»Du musst dich deinen Prüfungen stellen.«

So langsam wird Ambessa ungeduldig. »Ich werde mich jeder Prüfung stellen, die du mir auferlegst.«

Und obwohl Kindred kein Gesicht hat, um damit zu lächeln, spürt Ambessa ihre Belustigung.

Mit einem Mal ist Ambessa in einer großen Arena, umgeben von Tribünen, und darauf ihr Publikum. Sie sieht ihre Rüstungen, ihre Waffen. Sie sind ihr Publikum und gleichzeitig ihre Konkurrenz. Auch wenn niemand auf sie zukommt, weiß sie, dass dies die Wahrheit ist.

Hinter ihr erklingt ein Kratzen von Metall.

Ein großer Krieger mit goldenem Schild erhebt sich vor ihr. Sein Oberkörper ist nackt, abgesehen von der goldenen Rüstung, die sich um seine Schultern und Brust schmiegt. Panzerhandschuhe, Beinschienen, Stiefel, Helm, alles golden. Ein Mantel in der Farbe frischen Blutes. Das ist das Land der Helden. Daneben fühlt Ambessa sich grau.

Vom Thron kommt kein Zeichen, aber sie versteht.

Du musst dir das Recht verdienen, *sagt die Stimme. Die Stimmen.*

Sie stürmt auf den Krieger zu, ihre Halbmondklingen wirbeln herum, aber plötzlich ist der Schild hinter ihr. Er stößt sie in den Rücken, sendet sie beinahe taumelnd zu Boden.

Die Menge brüllt nach ihrem Blut, nach seinem Blut, dem

Blut von allen, und sie wird es ihr geben, denn dafür ist ihr Leib geschaffen, das ist, was sie *ist!*

Ambessa weicht seinem Speer aus und stößt zu, wieder und wieder, jeder Angriff trifft eine Parade, einen Gegenangriff. Für einen Moment denkt sie, dass sie einander ebenbürtig sind, sie und dieser legendäre Krieger.

Es bleibt aber nicht genug Zeit für Selbstlob. Der Schild rammt ihr den Helm ins Gesicht, und sie taumelt zurück. Ein weiterer Hieb mit dem Speer, und sie rollt darunter hinweg – verwirrt bemerkt sie, dass ihr Bauch flach genug für dieses Manöver ist; wo ist ihr Kind? Auch um darüber nachzudenken, hat sie nicht genug Zeit. Sie springt in die Luft, stößt von oben zu, wie ein Blitzschlag.

Er fängt sie und wirft sie donnernd zu Boden. Ihre Klinge fällt aus ihrer Hand.

Ist das der Tod?, fragt sie sich stumm. Denn es wird gejubelt. *Aber der Jubel klingt wie Trauer, wie Weinen. Er klingt wie ihr Großvater Menelik im Hof bei den Übungen, der ihr zuruft, dass sie* auf die Füße *soll!*

Auf die Füße.

Auf dem Rücken liegend, starrt Ambessa zum Schild hoch. Sie kann sein Gesicht nicht sehen, aber sie spürt seinen enttäuschten Blick. Trotz der Wunden rollt sie sich auf den Bauch.

Noch ist sie nicht am Ende.

Sie drückt sich hoch. Nimmt ihre Halbmondklinge auf. Stützt sich auf ein Knie. Jede Wunde, die sie jemals erleiden musste, ist wieder offen, blutet erneut, als der Schild näher kommt, flankiert von weiteren Kriegern: eine Assassine mit zwei roten Dolchen und goldener Brustplatte; ein streng aussehender Mann mit einem flüsternden Arm und einem Mantel aus schwarzen Rabenfedern, seine goldenen Schulterplatten glänzen; mehr und mehr und mehr. Sie kommen auf sie zu.

Sie ist noch nicht am Ende. Sie steht auf, wendet sich ihnen zu.

Mit einem Nicken, das Ambessa als Respekt deutet, senkt der Schild seine Waffe. Sein goldener Schutzschild zieht sich zurück.

»Was soll das?«, will sie wissen.

Er antwortet nicht. Keiner dieser Helden tut das. Also tritt sie auf sie zu …

… und damit einen weiteren Schritt in Richtung des Throns. Mit einem Mal ist sie wieder in dem dunklen Raum voller Stein und Erinnerungen.

Der Thron ist wieder unbesetzt, und Ambessa klettert darauf zu, nur um dort Kindred zwischen sich und dem Thron zu finden.

»Ich habe die Prüfung bestanden. Lasst mich passieren.«

»Eine Prüfung«, *erwidert Kindred.* »Wir wissen seit Langem, dass du bereit bist, zu töten, Ambessa, Kriegsherrin des Medarda-Clans. Deine Prüfungen sind noch nicht vorbei!« *Die Stimmen wickeln sich im lauten Schrei umeinander, Echos voneinander, harmonisch und voller Misstöne im wilden Wechsel.*

Ambessa erschaudert und presst die Hände auf die Ohren.

»Ich stelle mich euren Prüfungen!«, brüllt sie in die Dunkelheit.

Und dann ist da plötzlich keine Dunkelheit mehr. Die letzte Erinnerung an die finstere Halle ist ein Echo:

»Du wirst das Blut anderer vergießen, aber was ist mit deinem – dein eigenes – dein Herz –, wirst du Opfer bringen?«

Sie wirbelt herum, aber Kindred ist verschwunden.

Der Pfad vor ihr ist hell und brennend heiß unter einer Wüstensonne. Und Gestalten, so viele Gestalten, weinen unter ihren Masken um sie. Sie singen und weinen und schreien, und sie kann ihre Trauer fühlen, doch andere trauern nicht, sondern umringen sie, nur wilde Arme und wilde Beine in zerschlissenen

Reisemänteln. Es gibt keinen Platz für sie, außer jenen, den die Menge ihr lässt, also folgt sie den Öffnungen, lässt sich führen. Über ihr im Himmel schlagen Trommler den Rhythmus ihrer Schritte.

In ihren Armen hält sie ein goldenes Lamm. Es ist hart und kalt und besteht aus vielen Stücken. Etwas daran kommt ihr bekannt vor.

»Was ist das?«, fragt sie. Woher kommt es?

Es gibt keine Antwort, aber sie spürt, dass es wertvoll ist, und ihres, und dass sie es beschützen muss, um jeden Preis.

Ambessa kämpft sich weiter, ohne zu wissen, wonach sie sucht, schiebt die heulenden Gestalten fort. Ihre augenlosen Gesichter sind blau und die Münder weit aufgerissen, als wollten sie das Lamm fressen. Sie beugt sich vor, um es zu beschützen, sich selbst vor dieser Kakofonie zu schützen, in der gnadenlosen, grellen Wüste.

Sie hat Angst. So eine Angst hat sie seit Langem nicht mehr verspürt.

Gib es mir.

Die Worte fließen über sie, und sie umklammert das Lamm fester.

Lass los.

»Nein«, flüstert sie, schüttelt den Kopf.

Die kreischenden Trauernden in ihren Roben drücken sich mehr und mehr an sie, bis Ambessa auf die Knie fällt. Das Lamm in ihren Armen scheint zu zittern. Wie soll sie es loslassen? Es ist ein Teil von ihr. Es ist ihres. *Obwohl es ein Ding aus Metall ist, sind seine Augen groß und offen. Es muss beschützt werden.*

Aber das Echo von Kindreds Worten kehrt zurück.

Opfer.

Ambessa hebt das Lamm empor und lässt es los.

Es schwebt nach oben, und sofort bereut sie. Es gleitet davon, über ihr, über ihnen, außerhalb jeder Reichweite. Sie wird es niemals wiederbekommen. Die Sonne brennt noch heißer auf ihrer Haut. Die weißen Binden, die sie trägt, schützen nicht. Der Tanz wird frenetischer, kreist um sie. Das Trommeln übertönt ihren eigenen Herzschlag. Das Heulen ihre eigenen Schreie.

Das Lamm schwebt zum Maul des vielköpfigen Wolfes. Sie erinnert sich an diesen Wolf. Das Zeichen, vor Kindred drehend, ihr angeboten. Das Lamm wird verschlungen werden, wenn sie es nicht rettet.

Lass los.

Aber ich kann nicht, *erkennt sie.*

Du musst.

Dann ist das Lamm nicht mehr, und die vielen Lefzen der vielen Wolfköpfe blecken Zähne, und sie schreit, als das Lamm verschlungen wird, schreit wie jene, die um sie trauern, kratzt mit ihren Fingernägeln ihr eigenes Gesicht auf. Blut quillt hervor, aber es ist ihr egal. Etwas ist von ihr gegangen, jemand ist von ihr gegangen, alles, was sie kannte …

»Ein Opfer«, *ertönen die Zwillingsstimmen von Kindred.*

Ambessa findet sich in der dunklen Halle von Volrachnun vor den Wesen wieder, und sie bieten ihr alles an, was sie sehnlichst wünscht. Sie greift danach, es ist formlos, unberührbar, es … was wird es kosten?

»Ich werde bezahlen«, stößt sie hervor. Was auch immer der Preis, ich werde ihn bezahlen.

Ihre Hand schließt sich um den vielköpfigen Wolf, und blutrotes Licht brennt sich ihre Adern entlang, wie Risse in einem Vulkan. Es brennt. Es ist Agonie.

Als Kindreds Licht durch sie scheint, schreit Ambessa auf, und zum ersten Mal versteht sie, was ihr angeboten wird. Eine Möglichkeit. Eine Zukunft: Sie sitzt auf dem Thron mit einem Schwert an ihrer Seite. Das ist ihr Schicksal. Falls sie zurückkehrt, kann sie es für sich beanspruchen.

Oder sie kann sterben. Hier im Reich der Helden ist ein Platz für sie. Sie kann neben dem Schild in der Arena stehen, in die Rüstung der Legenden gehüllt, ihre Löwenmaske golden, ihr Haar weiß und fließend wie eine Mähne, ein goldener Reif um ihren Nacken gelegt. Diese Krieger würden ihr folgen. Und sie würde sie auf die Jagd der Besten führen. Der Jagd der Auserwählten.

Das war, was sie sich immer erhofft hatte – den Wolfstod sterben. Sich Volrachnun würdig zu erweisen. Jetzt wird ihr es angeboten.

Verdient.

Sie wird mit ihnen reiten – ein Herzschlag in ihrem Bauch, Hitze – *für immer mit jenen, die alle Prüfungen des Wolfs bestanden haben* – Licht, weißes Licht, und mit dem Pulsieren kommt ein Krampf – *ihr Sieg steht bereits fest, hier in Volrachnun …*

***

Mit einem Ächzen erwachte Ambessa aus einem wunderschönen, schrecklichen Traum. In der Ferne sah sie den Wolfsschweif im Nebel verschwinden, der den Strand emporkroch. Ein weiterer schmerzender Krampf, und sie packte ihren Bauch. Eine Wehe. Sie fand den Armbrustbolzen, der sie niedergestreckt hatte – *getötet hatte?* Vorsichtig fühlte sie nach der Spitze. Sie steckte tief in ihr, schien aber nicht mit Widerhaken versehen zu sein. Das Echo des Traums gab ihr die Kraft, sich der Pein zu stellen, und sie zog den Bolzen mit einem Stöhnen heraus.

Sie musste dringend zur Rokrundzitadelle zurück. Das Kind kam.

Es kostete sie viel, auf die Füße zu kommen. Mit einer Hand schützte sie ihren Bauch, die andere presste sie auf die blutende Wunde. Langsam suchte sie einen Weg über den felsigen, mit Leichen übersäten Strand. Mit dem Ende der Schlacht war das Donnern der See verklungen. Sie konnte kaum sagen, wer gesiegt hatte; die Gefallenen beider Seiten lagen vermengt miteinander, aber die Mauern der Zitadelle standen noch.

Mit einem Blick über ihre Schulter suchte sie nach dem Wolf, von dem sie sicher war, ihn gesehen zu haben. Ihr Traum war zu lebhaft gewesen, um nur ein Traum zu sein. Vieles war jetzt hinter einem Schleier verborgen, aber sie erinnerte sich an eines: Sie hatte auf einem schwarzen Thron gesessen, auf einem Berg von … von was? Steinen? Leichen? Sie wusste es nicht. Aber sie wusste, dass sie sich den Platz mit Blut verdient hatte, dem Blut ihres eigenen Leibes, und dem Blut jener, die ihr den Weg versperrten. Der Wolf hatte ihr dieses Geschenk gegeben, aber da war ein Versprechen:

Es ist deins, wenn du es dir nehmen kannst.

KAPITEL EINS

FÜNFZEHN JAHRE SPÄTER

Ambessa erhob sich. Die Klinge des Katars glitt aus dem Körper des Hauptmanns der Binan. Das Blut des Toten troff von der Waffe auf ihre Lederrüstung. Er war der Soldat gewesen, der sie nach ihrer Ankunft herausgefordert hatte. Die Feder auf seinem Helm hatte wunderbar geschimmert, als sie sich im Wind wog, während er Befehle bellte, die von anderen loyalen Soldaten der Familie Binan befolgt wurden, hier bei ihrem Festungspalast nahe Kumangra. Jetzt lag die Feder auf dem Boden und glänzte nicht mehr, sondern war vom Rotbraun des Schlachtfelds.

Er hätte sich ergeben sollen.

Stattdessen hatte er sein Leben fortgeworfen, und das aller, die ihm folgten, gegen die Unvermeidbarkeit ihrer Eroberung. Jetzt hatte Ambessa nicht nur die Gebiete im Osten, sondern vielleicht, nur vielleicht, über die Binan-Familie eine Verbindung nach Ionia. Wenn Ambessa eines Tages ihren Platz als Matriarchin der Medardas einnahm, wollte sie, dass Darkwill ihr bereits etwas schuldete. So früh wie möglich würde sie ihm zeigen, was sie zu bieten hatte, damit er verstand, wie unersetzlich sie war. Und danach … Ambessa zwang sich, nicht an die ferne Zukunft zu denken. Noch musste sie sich um die Gegenwart kümmern.

Überall um sie herum trieb ihre Kriegsmeute jene zusammen, die schlauer als ihr Hauptmann gewesen waren. Sie sammelten und fesselten die Soldaten im prächtigen Gras außerhalb des eigentlichen Palastes. Der gelbbraune Steinweg, der hineinführte, war voller Kadaver, die viele Gefangene ängstlich beobachteten. Die meisten aber sahen zu ihr.

Der Palast war mehr Dschungel als Gebäude, umgeben von Bäumen – nicht Pinien, wie sie Ambessa aus den Bergen ihrer Heimat in Rokrund kannte, auch nicht die Palmen von Bel'zhun, woher sie ihre Armeen geführt hatte, sondern gewaltige, hängende Pflanzen, verschlingende Gewächse, voller Lianen.

»Ambessa.« Rictus, ihre rechte Hand, zog eine junge Frau an ihrem Arm hinter sich her. Flache Scheiben und schwarze Bänder hingen von Piercings in ihrem Gesicht. Die Frau war verängstigt, aber er war sanft.

Ambessa blickte ihr in die weit aufgerissenen Augen.

»Du bist eine Binan?«

»Ja«, antwortete sie. »Lady Mion von Binan.«

Man hatte ihr das Land der Binan als üppig und grün beschrieben. Die exotischen Früchte würden sich gut in Noxus verkaufen, und die Lage war perfekt, um die Kanalzölle von Piltover zu umgehen. Die Familie Binan war alt, reich, auch wenn sie Ionia vor langer Zeit aus Gründen verlassen hatten, die Ambessa noch nicht kannte. Es war noch genug Zeit, das in Erfahrung zu bringen.

»Generalin Medarda!« Eine schrille Stimme zerbrach den Moment zwischen ihnen. Die Botin kam schlitternd vor ihr zu stehen, eine Hand auf ihrem Knie, eine mit einem versiegelten Brief ihr entgegengestreckt. »Dringend aus Bel'zhun.«

Allein für die Unterbrechung war Ambessa versucht, sie aus ihren Diensten zu entlassen, aber die letzten Worte ließen sie innehalten. *Bel'zhun*. Ihre Tochter war hier in Sicherheit, aber ihr Sohn, Kino, war dort mit ihrem Vater Azizi, und kümmerte sich um einige Handelsabkommen. Der Brief trug das Siegel der Medardas, den Stern, vier Spitzen, die Rat boten. Ein kurzer Blick zu Rictus und Lady Mion, die vor ihr zitterte. Ambessa wandte sich ab und riss den Brief auf.

Schon beim ersten Überfliegen keuchte sie auf und konnte die Regung kaum verbergen. Dann las sie es langsamer und fühlte ein seltsames Ziehen in ihrer Magengrube. Sie faltete den Brief zusammen und übergab ihn wieder an die Botin.

»Bring ihn zu meinen Sachen.« Zumindest ihre Stimme verriet sie nicht.

Dann wandte sie sich an Lady Mion.

»Wo ist der Rest deiner Familie?«

»Mein Vater ist verstorben, und meine Mutter ist alt. Meine Schwester kümmert sich um sie.« Auch wenn ihre Stimme sanft war, war da eine Härte um ihre Mundwinkel. »Ich führe die Geschäfte allein.«

»Es gab auch … Gefangene.« Die Pause in Rictus' Worten sprach Bände.

Noch einen Moment ließ Ambessa ihren Blick auf dem Mädchen ruhen, dann befahl sie: »Bring mich zu ihnen.«

Rictus übergab die Adlige an zwei Soldaten, dann führte er Ambessa in den Palast. Das Gebäude war alt; die Binan lebten hier seit Generationen. Einige der Bäume, die sie innerhalb des Steingebäudes angepflanzt hatten, waren wohl älter als Ambessa selbst. Die Räume, durch die sie schritten, waren alles in allem wenig interessant – keine großen Schätze, auch wenn es einen Raum gab, in dem Bücher und Schriftrollen gesammelt waren. Vielleicht eine Bibliothek oder ein privates Studierzimmer. Sie nahm sich vor, alles nach Bel'zhun transportieren zu lassen. Rictus hielt an einem Ende einer Halle an, die kaum beleuchtet war. Die Tür war aufgebrochen worden. Einer der ihren hatte sie eingetreten.

Einige Vastaya hingen in Fesseln, manche mit schmutzigem Fell, andere mit glanzlosen Federn oder trüben Schuppen.

Ambessas Nase zuckte ob des Gestanks. Man hatte sie eine lange Zeit über hier eingesperrt. Ihre Blicke waren vorsichtig, ängstlich. Einer von ihnen starrte sie unverhohlen an, mit unheimlichen, quadratischen Pupillen.

Sie nickte in seine Richtung.

»Du. Was macht ihr hier?«

»Die Binan halten uns gefangen«, grollte er und senkte das gehörnte Haupt, als wollte er die Binan bei der nächstbesten Gelegenheit anstürmen.

Ambessa blickte zu Rictus, der die gewaltigen Schultern hob.

»Warum?«

»Weil wir es leid waren, den Bewohnern von Ionia unser Land zu überlassen.«

Ah. In Ambessa keimte Verständnis auf, und mit ihm kam der Nervenkitzel von Möglichkeiten. Besonders jetzt, da ihr eigener Aufstieg schmerzhaft näher war, als sie jemals erwartet hätte.

»Wenn wir euch befreien, müsst ihr Noxus Treue schwören.«

Der Vastaya schluckte und setzte sich auf. Sein kurzer Schweif war ruhig, aber vor Anspannung aufgeplustert.

»Wir werden eine Abmachung mit Noxus treffen.«

Ambessas Augen verengten sich.

»Ja?«

»Ionia zerstört die magischen Wälder der Vastaya. Wenn unser Land geschwächt wird, werden auch wir schwach. Uns bleibt nichts. Einige Binan fingen mich in Ionia, als ich …« Er schüttelte das pelzige Haupt, die Schnauze vor Abscheu verzogen. »Unsere Stämme wehrten sich, aber etwas ist … etwas ist mit uns geschehen. Wir sind nicht … so stark, wie wir einst waren. Es gibt immer weniger von uns. Aber wenn Noxus käme, könnte es uns helfen. Uns das zurückgeben, was wir hüten.«

»Du würdest Noxus nach Ionia führen?«

Ambessa wusste, wie undurchdringlich die Inseln waren. Den Legenden nach lebte das Land selbst und kämpfte gegen Invasoren. Es war unerforscht und beherbergte genug rohe Magie, um den mutigsten, erfahrensten Soldaten erzittern zu lassen.

»Wenn ihr uns unsere Heimat zurückgebt.«

Ambessa nickte langsam. Ionia. Die unberührten Inseln jenseits der See, eine verlockende Frucht, gerade außerhalb von Darkwills Reichweite.

Seine größte Ambition. Als ihre Späher ihr von den ionischen Exilanten hier berichtet hatten, war sie gekommen. Die Vision jenes Tages, als sie – fast – in Rokrund gestorben war, überlagerte alles in ihrem Geist. Der Brief ließ sie noch dringender werden. Darkwill würde mehr als nur erfreut sein, hiervon zu erfahren, und wenn sie erst ihren Platz als Haupt des Medarda-Clans eingenommen hatte, wäre sie der Vision viel näher gekommen.

»Gut. Ich werde euch zu Großgeneral Darkwill bringen, und ihr werdet Treue schwören. Wir werden euch nach Hause zurückbringen.«

Aber bevor sie das angehen konnte, musste sie nach Bel'zhun zurückkehren.

Menelik wurde verwundet, Ambessa.
Eine Heilung ist unwahrscheinlich.
Komm schnell.

Zurück nach Bel'zhun, wo ihr Großvater keine Wahl haben würde, außer sie als Erbin einzusetzen. Das bedeutete, dass Ambessa ihre eigenen vorbereiten musste.

In der großen Halle des Palastes hielt Ambessa inne und betrachtete den hohen Stuhl in der Mitte auf dem Podest. Es war düster, die Fenster mit großen Vorhängen gegen die helle Sonne verdunkelt. Neben steinernen Säulen erhoben sich Bäume bis unter die Decke. Der Thron war zerbrochen, ein Spritzer Blut lief über die helle, geriffelte Steinoberfläche.

»Rictus. Wo ist Mel?«

»Sie ist … mit einigen Binan sprechen, Generalin.« Er hob eine Augenbraue, als wollte er fragen, ob er ihr Einhalt gebieten solle.

Ambessa seufzte.

»Lass nach ihr schicken. Und bereite Lady Mion vor.«

Es war an der Zeit, dass Mel den Tod kennenlernte.

***

Von außerhalb des Palastes beobachtete Ambessa ungesehen, wie Mel den Thronraum betrat und sich die Verwüstung ansah. Ganze Brocken waren mit Schwarzpulver aus den Wänden gebrochen, eine Spezialität von Rokrund. Blut war auf den Wänden getrocknet, den Säulen, dem Boden. Die Bäume hingegen wirkten unberührt. Das Mädchen besah alles ganz genau. Mit fünfzehn Jahren war die kommende Lektion überfällig. Einen Moment gab ihr Ambessa noch, dann folgte sie ihr hinein.

Als sie die Schritte vernahm, wandte Mel sich ihr zu.

»Mit zehn«, begann Ambessa, »nahm mich dein Großvater mit zum Schlachtfeld von Hildenard. Er bot mir eine Goldmünze für jede Klinge an, die ich vom Feld bergen konnte. Er sagte, wir bräuchten den Stahl.« Ein Stein brach aus einer Säule und kullerte zu Boden. »Aber ich wusste, dass es eine Lüge war. Er wollte, dass ich den Tod kennenlernte.«

Mel zog die Brauen zusammen.

»Kino sagt, Krieg ist das Versagen der Staatskunst.«

Mit Mühe zwang sich Ambessa, nicht verächtlich zu schnaufen.

»Dein Bruder denkt, er könne sich aus allem herausreden. Er hält sich für einen Fuchs unter Wölfen. Aber höre meine Worte, Kind, wenn du in dieser Welt überleben willst, musst du der Fuchs *und* der Wolf sein.«

Nachdenklich betrachtete Mel den Thron. Die Wand dahinter war in konzentrischen Kreisen beschädigt, als hätte sie ein gewaltiger Schlag getroffen.

»Wir malen die Wände golden an. Importieren Kristallleuchter. Berater werden von dort eintreten.« Sie wies auf einen Seitenflur, während sie auf den Thron zuging. »Aber der Regent wird einen eigenen, geheimen Eingang haben.«

Hoffnung breitete sich in Ambessas Brust aus.

»Sie sollte ein gütliches, rundes Gesicht haben«, fuhr Mel fort, und ihre Hand glitt über die Lehne des Throns. »Schlau genug, um ihre Untergebenen zu beherrschen, aber biegsam, sodass wir formen können.«

Ambessa stellte sich das Bild vor, das ihre Tochter malte. Schon jetzt wusste Mel um die Macht der Erscheinung und hielt sich stets aufrecht. Das Kleid mit dem hohen Kragen und dem Sonnenkranz auf der Brust stand ihr – elegant, aber gefährlich. Das Gold, das ihr Haar zurückband, sah schon jetzt wie eine Krone aus. Und sie hatte einen der schwierigsten Parts des Kodex der Medarda gemeistert: *Eine schlaue Zunge ist so wertvoll wie scharfer Stahl.*

»Vielleicht könnte sie meine Tochter sein.«

Mels braune Augen weiteten sich vor Überraschung. Der erste Schock, den sie zeigte, seit sie im Schlachthaus angekommen war, das einst ein Palast gewesen war.

»Du würdest mir den Thron geben?«

»Ich würde dir die Welt geben, Kind. Wenn du beweist, dass du sie dir nehmen kannst.«

Mit einer Handbewegung gab Ambessa den Befehl, Lady Mion zu bringen. Die junge Frau war im hellen Gang nur eine

Silhouette im Licht des Morgens. Sie schien eine Ahnung zu haben, was sie erwartete; ihr Widerstand war gebrochen. Sie hielt nicht einmal mehr ihr Haupt hoch. Die Steine ihres Kopfschmucks wippten vor ihrem Gesicht, und eine dicke Halskette hing von ihrer Kehle, mit einem Anhänger, womöglich aus Knochen, bestückt mit Perlen. Solche Handwerkskunst war nicht überall in Noxus geschätzt, aber irgendjemand würde es schon kaufen. Das Grün ihrer Robe passte zu den Bäumen.

»Was sollen wir mit ihr tun?«, fragte Ambessa.

Mels Augen waren feucht glänzend ob der Schmerzen der Adligen. Lady Mion sah Mel um Gnade flehend an, während Ambessa wartete.

»Sie wird keine Probleme bereiten«, stellte Mel fest. »Nimm ihr allen Besitz und sende sie in die entferntesten Kolonien.«

»Sie ist ein Symbol der alten Herrschaft.« Ambessa packte Lady Mion am Kinn. Das Haar des Mädchens war nass vor Schweiß, und sie stank nach Furcht. Auch wenn ihr Einfluss nicht gewaltig war, pries Ambessa sie, für die Lektion, um ihrer Tochter willen.

»Töte sie jetzt, und nur sie muss sterben.« Sie entließ Lady Mion aus ihrem Griff. »Lass sie leben, und du musst vielleicht Tausende töten.«

»Wir können den Leuten zeigen, dass wir gnädig sind!«

Mels Stimme erhob sich beinahe verzweifelt. Wieder sah sie zur Adligen. Mion von Binan bettelte mit einem Blick um ihr Leben. Beinahe die Farbe von Mels Augen, wie Ambessa feststellte.

Als sie sich zu ihrer Tochter umwandte, erkannte Ambessa ihren Fehler. Lady Mion war ihr zu ähnlich, beinahe gleich alt; Mel fühlte eine Verbindung zu ihr.

Dennoch sollte sie in der Lage sein, das zu tun, was getan werden muss.

Aber es war offensichtlich, dass sie es nicht konnte.

Ambessa wirbelte herum, und ihr Katar zog eine rote Linie über Lady Mions Kehle.

»Ein Wolf kennt keine Gnade.«

Die junge Frau fiel.

KAPITEL ZWEI

Das östliche Noxtoraa von Bel'zhun hieß Ambessa zurück in noxischem Gebiet willkommen. Der gewaltige Steinbogen markierte nicht nur die Straße für die Reisenden, sondern erinnerte sie auch daran, wessen Land sie durchquerten. Und, als wäre der Bogen nicht genug, hingen rote Banner mit dem Wappen von Noxus von Masten, die die Straße säumten, vom Bogen bis zur Stadt selbst.

Bel'zhun war belebt und betriebsam, deshalb führte Ambessa ihre Truppen am Zentrum vorbei, um die gefüllten, engen Straßen voller Stände und Straßenverkäufer und Wagen und Tiere zu umgehen. Ein Gefühl von Dringlichkeit hatte sie schnell reiten und ebenso schnell über den schmalen Kanal segeln lassen.

Die düstere Anlage, in die sie zurückkehrte, bildete einen harten Kontrast zu ihrem Gefühl von Sieg. Sie zwickte unangenehm, ähnlich wie es ihre Trauer tat. Die Stimmung war gedämpft, die Korridore still, und trotz der warmen Sonne, die zu Spaziergängen und Spielen einladen sollte, wirkte es kühl. Sie überließ ihr Pferd einem jüngeren Soldaten für den letzten Rest Weg zu den Ställen, und die Truppen verteilten sich auf die Baracken, etwa tausend verteilt auf die Wolfsschnitter und die Fäuste. Nur Mel und Rictus begleiteten Ambessa tiefer in die Anlage.

Als sie das Hauptgebäude der Medarda-Anlage in Bel'zhun betrat, seufzte sie. Es war so anders als ihr Sitz in Rokrund; hier gab es eine Ansammlung von Gebäuden umgeben von einer Mauer ohne Tor, die von ausgeschnittenen Halbkreisen gekrönt wurden, deren Spitzen scharf nach oben ragten. Ganz im Stil der Paläste der Kriegsherren von Shuriman, die einst hier geherrscht hatten. Die Ecken der Mauern waren mit Verzierungen versehen, die Ambessa an den Hakenschnabel eines Wüstenadlers erinnerten. Das Gebäude in der Mitte war von einfachen Säulen nach noxianischer Baukunst gesäumt, die aus fahlem Sandstein geschlagen waren. Die Kuppel war von der Farbe der See. Das Haus war groß genug, um eine ganze Reihe von Familienmitgliedern zu beherbergen, und dank der Neuigkeit war Ambessa sicher nicht die Einzige hier.

Neben ihr ging Mel steifen Schrittes. Seit sie die Prüfung nicht bestanden hatte, war das Mädchen in sich gekehrt. Die Reise war unbequem gewesen, aber nichts, was Ambessa gesagt hatte, konnte Mel verständlich machen, wie unbequem *Macht* war.

Die Empfangshalle zu betreten war, wie sich einem Artilleriebombardement auszusetzen. Der weite, offene Raum war bis zum Bersten mit Noxianern gefüllt. Medardas und andere, die gekommen waren, um dem großen Anführer die letzte Ehre zu erweisen. Ambessa zeigte keine ihrer Sorgen auf ihrem Gesicht, und trotz allem war sie stolz zu sehen, dass auch Mel sich nichts anmerken ließ. Der mürrische Schwung um ihren Mund verschwand, und sie warf einen letzten Blick auf Ambessa, bevor sie die Würdenträger begrüßte, die sich gurrend um sie versammelten und ihr sagten, wie sehr sie seit ihrem letzten Wiedersehen gewachsen war.

Ihren Bruder Katye entdeckte Ambessa sofort; er hielt auf sie zu, einen hellen Seidenschal um sich geschlungen. Ihr Sohn Kino stand neben einer wertvollen schwarzen Marmorvase, groß und gut aussehend, und angemessen trauernd, als er Lisabetya, die Verwalterin von Krexor betörte. Lisabetya war in die Familie Medarda aufgenommen worden, als sie noch jung war. Ihre Haut war blass, durch ihr schwarzes Haar zog sich Grau, eines ihrer Augen war erblindet, und ihre Arme und Brust waren breit, ebenso die Hüften. Krexor war vor allem für die Schmieden bekannt, und sie hatte einige Zeit in ihnen verbracht. Etwas, das Kino sagte, ließ sie auflachen, den Kopf in den Nacken gelegt, der Mund weit geöffnet.

Verwalter Ta'Fik war ebenfalls vor Ort. Das verwunderte Ambessa nicht; er war ihr Cousin, von Meneliks führender Hand ebenso wie sie erzogen. Einst hatten sie sich nahegestanden.

So voll der Raum war, einige der Anwesenden erkannte sie nicht, und andere, die hier sein sollten, fehlten. Die Verwalter Smik, Dauvin und Amenesce waren nicht da. Sie würde herausfinden müssen, warum.

»Schwester, es ist zu lange her.«

»Katye. Was treibt *er* hier?«

Katyes Blick folgte ihrem zu Ta'Fik, der mit jemandem sprach, den sie nicht kannte: eine Frau in einer lockeren Tunika, die ihre muskulösen Arme und Beine frei ließ, was in Bel'zhuns Hitze sinnvoll war. Ihre Augen waren schmal, ihre Brauen eng zusammenstehend, als starre sie in eine Windböe.

»Offenbar redet er mit Stefana von Kilgrove, der Nichte von Dauvin.« Katye schniefte. »Kein ›Wie geht es dir?‹. Kein ›Wie steht es in Rokrund?‹. Du verletzt mich.« Das belustigte Funkeln in seinen Augen ähnelte dem seines Neffen.

Ambessa ließ sich nicht aus der Ruhe bringen. »Muss ich fragen? Solange du die Stadt beherrschst, erwarte ich stets, dass alles in Ordnung ist, wenn ich zurückkehre.«

Ob der Schmeichelei musste Katye kichern.

»Jenseits der See ergeht es uns nicht allzu schlecht. Aber die Bediensteten vermissen Mel.« Sein ergrauender Schnurrbart war alles Haar, das er noch hatte, und er strich beinahe bescheiden darüber, was nicht zu den üppigen Roben und weichen Schuhen passte. Der Schal hatte die Farbe von Sand unter der Mittagssonne, mit jeweils einem Streifen in Smaragdgrün, Brombeerpurpur und staubigem Rot. Die Handwerkskunst von Shurima war klar zu erkennen. Trotz der reichen Kleidung stand er immer noch gerade wie ein Speer und bewegte sich wie ein Mann, der zu kämpfen wusste. Dann wurde er jedoch ernst und lehnte sich zu ihr.

»Ich vermute, es wird noch einige Zeit dauern, bis du zurückkehrst, oder?«

»Das hängt von anderen Dingen ab. Ta'Fik. Meine Spione berichten mir, er verhandelt für Darkwill einige Schulden bei Piltover neu.« Ambessa drückte die Schulter ihres Bruders, als würden sie weiterhin nur Höflichkeiten austauschen. Dabei zwang sie sich, nicht noch einmal zu ihrem Cousin zu schauen, auch wenn es in ihrem Nacken kribbelte, als würde sie beobachtet. »Was hältst du davon?«

Ta'Fiks Gespräche mit Piltover waren ein Grund dafür, warum Ambessa sich für das Land der Binan interessierte. Denn dort gab es die Möglichkeit für Darkwill, Piltover komplett zu umgehen.

Katye nahm ein Glas Sonnenwein von einem vorbeischreitenden Diener und nippte daran.

»Ich denke, er ist sehr charismatisch.«

»Er ist kein Kommandeur.« Während sie leise sprach, nahm Ambessa ebenfalls ein Glas. »Seit Jahrzehnten führt er keine Armeen mehr an. Menelik würde niemals ihn erwählen.«

»Du könntest überrascht werden, meine Liebe.« Katye hob eine feine Augenbraue. Seine Lider waren mit Gold besprenkelt, die Augen mit schwarzem Kajal akzentuiert, was sie noch schärfer wirken ließ. »Für einige ist das weniger wichtig.«

»Verstehe.« Ambessa knurrte vor Widerwillen. »Sind also alle weich geworden?«

Ein Lächeln, das Katyes Zähneblecken zeigte.

»Ich nicht.«

»Menelik … wie geht es ihm?«

»Er empfängt Besucher. Jemand hat ihm vermutlich bereits mitgeteilt, dass du angekommen bist, aber ich kann es sicherstellen.«

»Bitte.«

Ein letztes sanftes Klopfen auf ihren Arm, dann glitt er davon, um woanders für Ärger zu sorgen. Was Ambessa zurückließ, um den Raum unauffällig nach Ta'Fik abzusuchen.

Der sprach jetzt mit Azizi, wie eine Schlange, die zur Brust kroch, und ihr somit keine Gelegenheit ließ, ihm aus dem Weg zu gehen. Neben ihm stand jemand Fremdes; klein, dunkle Haut, das kurze Haar weiß. Ambessa gesellte sich zu ihnen.

»Azizi«, begrüßte sie ihn, nahm seinen Arm und küsste ihn auf die Wange. Aus halb geschlossenen Augenwinkeln beobachtete sie Ta'Fik und erfreute sich an dem Flackern von Unmut auf seinen Zügen.

»Ambessa, meine Liebe. Du bist zurück.« Ambessa nahm ihre beiden Arme in die Hände und erwiderte den Kuss, erst auf beide Wangen, dann auf ihre Lippen. »Ich habe dich vermisst. Wie war die Reise?«

Er war schlau genug, sich nicht mehr als das in die Karten blicken zu lassen.

Ambessa lächelte.

»Wir haben mehr vorgefunden als erhofft, aber nicht alles kann man Briefen anvertrauen.«

Ta'Fiks eigenes Lächeln wurde schmaler, aber seine Stimme war glatt wie Öl.

»Herzlichen Glückwunsch. Ich wünschte, wir alle könnten so abenteuerlich sein. Unglücklicherweise halten meine Verpflichtungen mich in unserer Heimat, aber wenigstens konnte ich dadurch schnell vor Ort sein. Du bist die Letzte, die angekommen ist.«

»Ich bin sicher, du warst eine große Hilfe«, erwiderte Ambessa seine aufgesetzte Freundlichkeit mit ihrer eigenen. »Stell mich vor.«

»Inyene berät mich schon lange. Eine große Hilfe beim Verhandeln von Abkommen über Azirit mit einigen der … schwierigeren Kriegsherren aus Shurima.«

»Es ist gütig von dir, meinem Cousin in dieser schweren Stunde beizustehen. Sei willkommen.«

Inyene war wunderschön, aber schlank; so sehr, dass ein starker Wind drohte, zu viel zu sein. Die weiten weißen Hosen verstärkten diesen Eindruck. Die Hände, die Ambessa ergriff, waren ohne Schwielen. Dennoch war die Reaktion warm und beinah ehrlich.

»Ich verstehe seine Trauer nur allzu gut. Und Eure, vielleicht? Aber ich möchte mir nichts anmaßen.« Eine elegante Verbeugung. Das Gold in den Nasenflügeln glänzte im Kerzenlicht.

Ambessa suchte nach einem Hinweis auf mehr, Inyene gab jedoch nichts preis.

»Und die Kinder?«, fragte Ta'Fik. »Wie geht es ihnen?«

Sofort versteifte sich Ambessa. Zum Glück ließ Ta'Fik weder Azizi noch ihr genug Zeit für eine Antwort.

»Meine sind hier irgendwo. Gintara, meine Älteste, hat eine Truppe gegen Rebellen aus Shurima angeführt, die einige unserer Schmiedemagier als Geiseln genommen hatten. Sie hat alle befreit und die Rebellen zerschlagen. Die Schmieden haben noch nie mehr produziert.« Ta'Fik grinste. »Menelik war sehr zufrieden.«

»Das ist wunderbar«, stellte Ambessa fest, als ihr ungewollt der Schock auf Mels Gesicht in die Erinnerungen glitt, dieser Blick, als die Binan tot zu Boden fiel und das Blut über ihre Korallenperlen floss. Azizi bemerkte etwas, eine seiner dichten, dunklen Augenbrauen hob sich kaum merklich. Ambessa lockerte den Griff um das Weinglas. »Ich bin sicher, sie hat dem Namen Medarda alle Ehre gemacht.«

»Generalin Medarda?« Ein Diener wartete höflich darauf, dass Ambessa sich ihm zuwandte. »Heerführer Menelik hat nach Euch gerufen.«

Eine Öffnung für einen taktischen Rückzug. Ambessa verabschiedete sich von Azizi mit einem Druck der Hand und von Ta'Fik mit einem abschätzenden Blick, den er erwiderte. In Wahrheit jedoch war sie nicht sicher, ob sie nicht lieber bei ihnen geblieben wäre. Sicherlich war ein Wortgefecht mit Ta'Fik, das sie schon so oft geführt hatten, der Klinge der Trauer in ihren Eingeweiden vorzuziehen, die sie seit dem ersten Lesen der Nachricht spürte.

Der Raum von Menelik war dunkel. Der Diener trug eine kleine Kerze durch das Vorzimmer in das Schlafzimmer, wo er andere entzündete. Dann verschwand er und ließ Ambessa allein mit dem Mann zurück, der sie mehr aufgezogen hatte als ihre eigenen Eltern.

Respektvoll kniete sie neben seinem Bett und nahm seine Hand.

»Großvater.« Sie hielt seine Hand gegen ihre Stirn. Sie war kühl, nicht fieberwarm oder feucht. Als Antwort drückte er ihre Hand, fester, als sie erwartet hatte.

»Steh auf, Mädchen.«

Mehr als vierzig Sommer alt, doch sie war immer noch ein Mädchen. Als sie dem Befehl nachkam, lächelte sie. Sie zog einen Stuhl heran und setzte sich.

»Du bist langsam geworden, Großvater.«

Sein tiefes Lachen war ihr vertraut, und sie glaubte stets, nur sie könne es ihm entlocken.

»Bin ich nicht. Alle anderen sind nur schneller geworden. Und sie schummeln. Es reicht nicht, zu gewinnen, es geht darum …«

»*Wie man gewinnt*. Ich weiß.«

Oh, wie gut sie das wusste. Jeder Grundsatz des Kodex der Medarda, jeder Fetzen Weisheit, den er im Laufe des Lebens gesammelt hatte, war ihr in den Schädel getrieben worden, Tag für Tag für blutigen Tag voller Übungen und Lernen und Planen. Alles unter seiner Anleitung. Damals hatte er sie auserwählt, aus allen Medardas. Eine der wenigen, die seine persönliche Aufmerksamkeit verdient hatten.

»Wie behandeln dich die Heiler?«

»Ich erwarte mehr von dir als solches Geplänkel, Ambessa. Sei direkt.«

»Es ist kein Geplänkel, nach deinem Zustand zu fragen, wenn du verwundet wurdest.«

»Ist es, wenn wir beide wissen, warum dich meine Gesundheit interessiert.«

»Ich interessiere mich für deine Gesundheit, weil du mein Großvater bist.«

Auch, weil ihr vorher nicht bewusst gewesen war, dass es sich ändern konnte, so schnell – in einem Herzschlag. Je genauer sie ihn sich im Kerzenschein ansah, desto mehr fragte sie sich, wie viel davon tatsächlich neu war. In ihrem Geist war er immer eine so gewaltige Figur gewesen, dass der Mann vor ihr im Bett erschütternd war. Noch immer war er groß, aber nicht gerüstet, wirkte er kleiner als in ihren Erinnerungen. Seine Brust war nackt, nur einige Verbände lugten unter der Decke hervor.

Während er wartete, wurden seine Augen schmal, und er schürzte die Lippen.

Seufzend schüttelte Ambessa das Haupt.

»Hast du entschieden, wen du als Erben einsetzen wirst?«

Ein kurzes Nicken, das daran erinnerte, wie er während ihrer Ausbildung vor so vielen Jahren reagiert hatte, wenn sie eine seiner Fragen zufriedenstellend beantwortete.

»Ich habe eine Vision.«

Scharf blickte Ambessa ihn an.

»Ja? Von der Unsterblichen Bastion?«

Er runzelte die Stirn.

»Nein. Wieso?«

Wieder schüttelte sie den Kopf.

»Verzeih, Großvater. Was für eine Vision?«

»Keine gewaltige.« Sorgen zeigten sich auf seinem Antlitz. Er kratzte die grauen Stoppel auf seinem Kinn. Solange sie ihn kannte, hatte er nie einen Bart wachsen lassen. Er bemerkte ihren Blick. »Sie rasieren mich für meinen Geschmack zu selten. Ich bin in Versuchung, einfach aufzustehen und es selbst zu machen. Aber sie verstecken die Rasiermesser, als befürchten sie, ich würde mich damit selbst entleiben. Ich!«

Er spie beinahe aus.

»Erlaube mir.«

Ambessa fand sein Rasierbesteck in einer verzierten Anrichte und zündete mehr Kerzen an. Azizi hatte sich gerne von ihr rasieren lassen, und sie hatte niemals Nein zu einer scharfen Klinge gesagt. Sie seifte sein Kinn ein und begab sich ans Werk.

»Erzähl mir von der Vision.«

»Ich habe von einem Wolf geträumt. Einem Wolf mit dem Leib eines Menschen.«

Ambessa zuckte zusammen, und Menelik fauchte.

»Wolf? *Der* Wolf?«

Sein Knurren war weder Bestätigung noch Verneinung.

»Ein blutiger Kampf steht bevor, und die Medarda sind in Gefahr.«

»Alle von uns?«

Ein weiterer Strich mit der Klinge über das Handtuch, dann über sein Kinn.

»Der gesamte Clan. Es beginnt mit dem Fall von … es beginnt mit einem Fall.«

Mitten in der Bewegung hielt Ambessa inne, die Klinge lag auf seiner Kehle.

»Und dann?«

»Und dann droht Verderben, wenn kein starker Medarda den Clan anführt.«

»Es gibt viele starke Medarda, Großvater. Darum musst du dich nicht sorgen.«

»Du denkst nicht an den Kampf. Viele Starke fallen in Kämpfen. Wir benötigen starke Formationen.«

»Wo war dieser Kampf. In Volrachnun?«

Menelik zögerte, wog ab.

»Nein. Er war hier, auf dieser Ebene, unter den Lebenden, aber ich weiß nicht …« Er schloss die Augen, konzentrierte sich. Nach einem Moment schüttelte er den Kopf, sah sogar noch angestrengter aus als zuvor. »Ich weiß es nicht. Ich weiß nicht, wo.«

Mit einer Hand hielt Ambessa seinen Kopf fest, um den Rest zu rasieren.

»Ich war im Osten, südlich von Piltover. Dort fand ich ein Bollwerk mit alten Verbindungen nach Ionia. Dieser Fund wird uns die Freundschaft von Darkwill für lange Zeit sichern.«

Aber sie berichtete ihm nicht von Mels Versagen, die Prinzessin zu töten.

»Gut. Wir brauchen jeden Vorteil, den wir bekommen können.«

Die Rasierklinge kratzte über die entgegengesetzte Wange.

»Wir können diesen Fall vermeiden, wenn du jetzt einen Erben ernennst. Stirbst du zuvor, wird es Blutvergießen geben.«

Es war eine versteckte Warnung, dass sie erwartete, als Erbin eingesetzt zu werden, und darum kämpfen würde, sollte jemand anderes genannt werden. Mehr konnte sie nicht sagen.

»Ich weiß. Aber die Ärzte sagen, ich habe noch Zeit.« Er lächelte schüchtern. »Vielleicht habe ich in der Botschaft etwas übertreiben lassen, um sicherzustellen, dass du dich beeilst. Zuerst müssen wir alle über die Ziele der Familie sprechen. Außerdem könnte ich mich ja auch vollständig erholen.«

Misstrauisch beäugte Ambessa ihn. Was gab es zu besprechen, bevor sie als Erbin eingesetzt wurde?

»Wirklich? Das sind gute Neuigkeiten.«

Menelik seufzte.

»Ich habe schon Schlimmeres überstanden. Zeit. Zeit ist, was ich brauche.«

»Und Ruhe.« Ambessa reinigte das Rasierbesteck und legte es zurück an seinen Platz. »Fertig. Schlaf jetzt.«

»Ich hatte nie vor, in einem Bett zu sterben«, knurrte er. Aber er widersprach ihr nicht, und das überzeugte sie davon, dass er näher an Kindreds Türschwelle stand als alles andere, was er gesagt hatte.

»Du hast vom Großen Wolf geträumt, Großvater. Wenn die Zeit gekommen ist, wird er dich aufnehmen.«

Die Versicherung war vielleicht nicht ganz wahr. Der Wolf kam zu jenen, die in der Schlacht starben. Die Wunde war von einer Klinge geschnitten worden – würde das ausreichen, um Menelik Zutritt zu Volrachnun zu erlauben?

Wieder dachte Ambessa an die Vision, die sie gehabt hatte. Mehr als fünfzehn Jahre waren seither vergangen. Das Schwert, der dunkle Thron. Immer noch erinnerte sie sich an das pulsierende goldene Licht, das sie eingehüllt hatte, an die goldene Rüstung der Auserwählten des Wolfes. Ihre Vision war die Antwort auf Meneliks Vision – sie war der Schutz vor dem Niedergang, den er fürchtete.

KAPITEL DREI

Nach ihrem Treffen mit Menelik suchte Ambessa Ruhe und Frieden an dem Ort, den sie oft dafür nutzte – die Vergelter-Arena, die sie mit ihrer eigenen Beute gegründet hatte –, natürlich mit Erlaubnis ihres Großvaters. Im Chaos eines Kampfes fühlte sich alles klarer an, näher, realer. Selbst als Zuschauerin fing die Vergelter-Arena dieses Gefühl für sie ein. Nur dass sie dieses Mal diese Klarheit im teuersten Wein ertrank, den sie finden konnte.

Rictus stand hinter ihrem Stuhl und sah wie sie dem Kampf unter ihnen zu. Er trank nicht mit ihr, aber Katye machte das mehr als wett; er lag halb auf dem Sofa in ihrer Loge und wippte die Sandalen im Takt des Jubels der Menge um sie herum.

»Was denkst du?«, fragte Ambessa ihn. Gerade erst hatte sie von Meneliks Traum oder Vision, oder was immer es auch war, berichtet. Ihr wäre am liebsten gewesen, wenn sie glauben könnte, dass er im Delirium gehangen hatte. Hätte der Wolf ihr nicht ebenfalls eine Vision gesandt, hätte sie es sich wohl einreden können.

Die Aufmerksamkeit ihres Bruders schien auf das Feld unten gerichtet zu sein, und er beobachtete den ersten Sieg des Favoriten. Sie wurde ungeduldig, aber dann antwortete er doch.

»Ein Krieg um die Nachfolge ist so ziemlich das schlimmste Szenario, das ich mir für unseren Clan vorstellen kann. Kannst du dich an die Geschichten des Schismas direkt nach der

Gründung von Noxus erinnern, als der Herr von Haus Kythera ohne Kinder starb? Die Nichten und Neffen kämpften, bis alle von ihnen tot waren.«

Ambessa hob eine Augenbraue.

»Ist jetzt wirklich die Zeit für angestaubte Anekdoten? Wer hat gewonnen?«

»Diese angestaubten Anekdoten nennen sich *Geschichte*.« Er trank einen Schluck Wein, als wollte er die Worte unterstreichen. »Der Jüngste gewann. Aber seine Frau, die eine Affäre mit seinem Bruder hatte, den er ermordet hatte, vergiftete ihn.«

Ambessa schnaufte.

»Das befürchte ich bei Azizi nun wirklich nicht. Wenn Menelik mich zur Erbin ernennt …«

»Bist du dir so sicher, dass er dich wählen wird?«

»Warum sollte er nicht?«, erwiderte Ambessa kalt, um die Zweifel im Zaum zu halten, die sich wie ein Todeskriecher um sie wanden.

»Ta'Fik hat anderen Verwaltern eine gute Alternative aufgezeigt. Es ging immer nur um euch beide …«

»Er ist ein ausgestopfter Lachvogel …«

»Er hat zwei Erben, die sich bereits im Kampf bewährt haben. Was er heute allen erzählt hat, die nicht schnell genug fliehen konnten.«

Missmutig biss sich Ambessa auf die Zunge, um nicht zu antworten. Die schwere Enttäuschung, gegen die sie ankämpfte, drohte, sie zu überwältigen. Jetzt mischte sich auch noch Sorge um den ganzen Clan darunter.

»Du weißt, dass Mel mich auf der Mission nach Binan begleitet hat«, stellte sie leise fest. Erst als er nickte, fuhr sie fort. »Ich zeigte ihr … ich gab ihr die Möglichkeit, sich zu beweisen, zu zeigen, dass sie bereit ist. Dass sie die Person ist, die unsere Familie braucht.« Ambessa schüttelte den Kopf. »Aber wenn sie die harten Schnitte, die getan werden müssen, nicht machen kann, wie soll sie die Familie führen?«

Schweigend strich Katye seinen Schnurrbart. Dann, mit den Fingern noch auf den Lippen, antwortete er: »Es tut mir leid. Sie hatte so viel Potenzial. Vielleicht braucht sie einfach mehr Zeit? Du bist dir deiner Entscheidung gegen Kino sicher?«

»Niemandem wird Zeit versprochen. Ich habe mir erlaubt, das zu vergessen, und nun schau – Menelik liegt auf dem Sterbebett. Ich dachte, ich hätte noch Jahre der Vorbereitung. Nein, wenn sie nicht Wolf und Fuchs sein können, werde ich einen Wolf für sie finden.«

Sie warf einen Blick über die Schulter auf Rictus. Sein Antlitz war düster.

»Wenn Ihr nicht länger hier seid, um Eure Kinder zu beschützen, habe ich diese Welt längst verlassen.«

Katye räusperte sich nachdenklich.

»Gut gesprochen. Das, und außerdem bist du zu alt.« Er lachte und trank die letzten Tropfen Wein aus seinem Glas, bevor er wieder nachfüllen ließ.

Ambessa wandte sich wieder der staubigen Arena zu. Gerade schleiften sie das blutende Opfer des Siegers aus der Manege, während der Basilisk des Champions seinen Schwanz herumwirbeln ließ. Sein Name war Navus. Er lehnte sich arrogant auf dem Basilisken vor und grinste breit. Mit einer schnellen Bewegung spritzte er das Blut von seiner Gleve. Die nächste Herausforderin kündigten sie einfach als Rell an, und Ambessa erhob sich. Auf diesen Kampf hatte sie gewartet, und ihre ganze Aufmerksamkeit galt nun der Arena.

Rell ritt ihr Pferd hoch aufgerichtet, wie die Tochter einer Adligen. Ihr Ross, auch wenn es nicht von feinstem Blute war, wirkte gut ausgebildet und an die Reiterin gewöhnt. In der einen Hand hielt Rell locker die Zügel, in der anderen einen

Speer. Die Hufe wirbelten Staub auf, der Ambessa die Sicht nahm. Dem Lärm der Meute nach war sie nicht die Favoritin. Der Basilisk schnappte zu, als das Pferd sich näherte, und das Grinsen seines Herrn wurde noch breiter.

Ambessa winkte Rictus heran.

»Sag mir, was du von ihr hältst.«

Ein Horn ertönte, und der Kampf begann. Das Mädchen ritt auf ihren Gegner zu, unbeeindruckt vom Grollen des Basilisken, auch wenn die Augen ihres Pferdes aufgerissen waren. Aber sie meisterte ihr Ross, lenkte es mit ihren Schenkeln. Navus lachte, laut und arrogant, als er den Basilisken mit den Fersen antrieb. Die große, eidechsenartige Kreatur benötigte aber keinen Befehl, sondern grub die Klauen in den Schmutz und preschte los. Rell zeigte keine Angst, senkte nur das Haupt in Konzentration, und die Spitze ihres Speeres tat es gleich.

Jetzt erhob sich auch Katye, klopfte mit den Fingern gegen sein Glas.

Als der Basilisk nach der Kehle des Pferdes schnappte, zuckte Ambessa zusammen. Er würde nicht verfehlen, es war unmöglich, dem Angriff auszuweichen.

Rell versuchte es nicht einmal. Stattdessen erwartete sie die Attacke, und als der Basilisk sprang, stieß sie zu, trieb die Speerspitze in das weiche Fleisch unterhalb des Kinns der Kreatur. Ihr Pferd wieherte auf, als sich Fänge und Klauen ins Fleisch gruben, und Rell sprang aus dem Sattel. Die Laute beider Tiere vermengten sich mit den Schreien der Menge und dem wütenden Brüllen von Navus.

Als sein Basilisk zu Boden fiel, riss Navus die Gleve hoch und zog einen blutigen Schnitt über die Kehle des Pferdes. Dann wandte er sich dem Mädchen zu.

Sie rappelte sich gerade auf, aber ihr Speer steckte tief in der Kehle des Basilisken. Als Ersatz zog sie zwei Dolche aus ihrem Gürtel.

Ambessa hielt den Atem an.

»Komm schon.«

Neugierig blickte Katye zu ihr herüber.

»Nun, es war ein guter Versuch.«

Schon wandte er sich ab, aber Ambessa hielt ihn auf, indem sie ihm die Hand auf die Brust legte.

Navus sagte etwas, das sie nicht hören konnten, stolzierte umher und wandte Rell den Rücken zu, um das Lachen der Menge aufzunehmen. Aber sie war schneller, als er dachte. Als er sich ihr wieder zuwandte, stürmte sie bereits auf ihn zu, die Klingen in ihren Fäusten wie scharfe Krallen. Er versuchte, sie mit seiner längeren Waffe von sich fernzuhalten, aber sie war kleiner und wand sich um seine Hiebe herum. Jedes Ausweichen brachte sie näher an ihn heran, und dann war es zu spät. Rell war hinter seiner Klinge, hinter der größten Gefahr – und Ambessa sah die Wut in ihrem Gesicht, als ein Dolch über sein Knie glitt. Während er mit einem Schrei zusammenbrach, zog sie den anderen Dolch über den gegenüberliegenden Arm, durchtrennte auch dort Sehnen. Navus sank auf ein Knie, die Gleve fiel aus seiner kraftlosen Hand, die er vor die Brust hielt.

Das Mädchen trat die Waffe zur Seite, und sie landete klappernd neben den toten Reittieren. In dieser Wut lag eine Reinheit, die Ambessa gut kannte.

»Nicht schlecht für ein kleines Mädchen, was?«, spie Rell Navus in der plötzlichen Stille an.

Doch sie gab ihm keine Zeit für eine Antwort. Stattdessen wirbelte sie einen Dolch herum und trieb das Heft gegen seinen Schädel. Er fiel in den Schmutz.

Katye hob die Augenbrauen fast bis zu seinem Haaransatz.

»Nun. Sie wäre nicht die erste Kämpferin aus den Arenen, die ihren Weg in eine Armee findet.«

Er warf Rictus einen wissenden Blick zu.

Es war kein Geheimnis, dass die Wolfsschnitter aus Vergeltern bestanden. Einige suchten sie direkt auf, in der Hoffnung, dass sie zu ihren Kämpfen kam. Auch Rictus war einst ein Vergelter gewesen. Er hatte in der Arena in Rokrund gekämpft, als Ambessa vor über zwei Jahrzehnten ihn gefunden hatte. Als einer der ersten Kämpfer mit Schulden bei den Medardas hatte er sich entschieden, um die Aufnahme in Ambessas Kriegsschar zu bitten, anstatt zu gehen, nachdem er sich freigekämpft hatte. Seit einiger Zeit nun hatte Ambessa ein Auge auf Rell geworfen.

Noch wartete sie auf Rictus' Einschätzung.

»Sie ist roh«, knurrte er.

»Das waren wir alle einmal.«

Er blinzelte langsam.

»Sehr roh.«

»Wir können sie formen.«

»Wenn ihr einen wahren Kämpfer sehen wollt«, erklang eine Stimme hinter ihnen, »dann solltet ihr zu einem *meiner* Gefechte kommen.«

Unbesorgt langsam wandte Ambessa sich um. Hinter ihnen stand Ta'Fiks jüngere Tochter Tivadar – mit Rictus' Speer auf ihre Brust gerichtet. Ihre ärmellose Tunika entblößte ihre trainierten Arme mit den dunklen Tätowierungen. Außer einem langen Dolch im Gürtel schien sie unbewaffnet zu sein.

»Du kämpfst in meiner Arena, Kind?«, fragte Ambessa und wandte sich wieder der Kampfgrube zu, wo die Helfer den bewusstlosen Gegner von Rell herausschleppten, während sie sich stolz präsentierte. Stärke, Können und ein Gespür für Dramatik.

»Das tue ich. Und weitaus besser als dieser Emporkömmling.«

»Hm.« Ambessa hielt es nicht für nötig, sich ihr zuzuwenden.

Ein Herzschlag Stille, dann – »Was ist mit dir? Du siehst aus, als könntest du dich da unten gut schlagen. Du, ich. Hundert Goldstücke für die Siegerin.«

Erneut Stille. Ambessa warf einen Blick über die Schulter und sah, wie Tivadar Rictus einschätzte. Er war nicht klein, überragte sogar Ambessa und war viel breiter gebaut, doch vor allem stand er dort wie ein Raubtier: keine unnötige Bewegung, kein Zurschaustellen, nur Geduld, auf den richtigen Moment für den Angriff wartend. Nichts an dem Mann war verschwendet.

Und doch blickte dieses Kind ihn mit Herablassung an. Er hingegen betrachtete sie regungslos mit der Hellebarde in Bereitschaft. Als die Stille sich streckte, wurde sie ungeduldig, ließ ihren Blick zwischen Rictus, Ambessa und Katye hin und her wandern, ballte ihre Hände zu Fäusten.

Schließlich schnaubte sie.

»Scheint so, als seist du groß, aber nicht besonders helle, korrekt? Tante, ist das wirklich das Beste in deinen Diensten?«

Ambessa hob eine Augenbraue. Rictus schüttelte kaum merklich den Kopf: Er hatte keinen Grund, das Kind zu demütigen. Sie aber vielleicht schon.

Nun drehte sie sich um, setzte sich auf den gepolsterten Stuhl und kreuzte ein Bein über das andere.

»Wenn du so talentiert bist, Kind, warum spielst du dann Botin für deinen Vater?« Sie hob fordernd ihr Weinglas in Richtung des hübschen, jungen Mundschenks, und er füllte nach. »Ich bin hierhergekommen, um mich zu entspannen, nicht um Welpen kläffen zu hören.«

»Ich spiele nicht …« Sie wurde rot. »Ich dachte nur, ich könne hier meinen Cousin oder meine Cousine finden. Aber Kino und Mel finden keinen Geschmack an der Kunst des Kampfes, oder?«

Keine Botin also, aber ein Stachel in ihrer Seite – auch das eine Botschaft von Ta'Fik.

Während sie sich zurücklehnte, brummte Ambessa. Der nächste Kampf hatte längst begonnen.

»Wann ist dein nächster Kampf, Kind?«

Verwirrt über die Wende im Gespräch stammelte Tivadar: »Öh, nächste Woche. Warum?«

»Sehr gut. Ich freue mich auf deinen Auftritt. Viel Glück.«

Sie sah sie nicht mehr an, damit war sie deutlich entlassen.

Nach einem Moment waren schnelle Schritte zu hören, und der Vorhang der Loge raschelte.

»Sicher, dass du ihr Angebot nicht annehmen willst?«, hakte Ambessa bei Rictus nach, als sie sicher war, dass sie allein waren.

Rictus knurrte.

»Sie ist jung.«

»Bah.« Ambessa wedelte abwertend mit der Hand und nahm einen tiefen Schluck aus ihrem Glas. »Ta'Fik hat sie gesandt, um mich zu ärgern. Diese Freude mache ich ihm nicht.«

***

Im Raum der Kämpfer, dort, wo sich die Champions auf ihre Kämpfe vorbereiteten, ihre Wunden versorgten, ihre Waffen polierten und ihre kleinen Streitigkeiten austrugen, bevor es oben in der Arena ernst wurde, warteten sie auf Rell. Als das Kind eintrat, schalten ein Mann und eine Frau es. Obwohl es gerade den Champion besiegt und eine erkleckliche Summe gewonnen hatte, ließ es den Kopf hängen.

»Rell«, unterbrach Ambessa die Tiraden, »du hast dich heute gut geschlagen.«

Sie streckte ihr den Arm entgegen, und sofort erhellten sich Rells Züge.

»Ihr seid gekommen«, stellte die junge Frau aufgeregt fest.

Sie schien etwa so alt wie Mel zu sein, mit gebräunter Haut und einem Schopf blonden Haares.

»Selbstverständlich. Deine Kämpfe sind mir am liebsten. Ich habe gesehen, dass du dir meinen Rat zu Herzen genommen hast: Leg den Kurs fest und halte dich daran. Nicht ganz, wie ich erwartet hatte allerdings.«

Rell grinste.

»Wenn sie dich nicht kommen sehen, können sie sich nicht gegen dich verteidigen.«

Sie war ungestüm, voller Energie, die sie kaum beherrschen konnte. Es war, als ob sie ihre Eltern bereits vollkommen vergessen hatte. Ambessa und Rictus sahen sich an. *Roh.*

»Rell, Liebes, warum stellst du uns nicht vor?« Der Mann, der vorhin mit ihr gesprochen hatte, drängelte sich zwischen Rell und Ambessa. Er hinkte, war ein einfacher Mann, aber mit schnellen, aufmerksamen Augen. Er wusste ganz genau, wer Ambessa war.

Rells Enthusiasmus schwand. Sie sah zu Boden.

»Vater, das ist Generalin Medarda. Generalin, das sind mein Vater und meine Mutter. Vater war Soldat, bevor er verwundet wurde. Und Mutter …«

»Wie geht es Euch?« Rells Mutter sprang vor und wollte Ambessas Handgelenk im Kriegergriff packen, aber Ambessa zog sich zurück. Da lag ein Hauch eines adligen Akzents in ihrer Stimme. Abgewehrt hob die Frau zum Salut ihre Faust vor die Brust. Der Vater tat es ihr gleich, auch wenn er sich tiefer verneigte.

»Ich bin Dahlia aus dem Hause Canwell. Rell hat so viel von Euch erzählt. Wir können Euch nicht genug für Euer Interesse an unserer Tochter danken.«

»Wir wissen, dass sie Potenzial hat …«

»Das wussten wir immer schon, sie war schon immer so besonders …«

»Als Mentorin würde ich …«

»… jede Unterstützung, wir würden ja mehr für sie tun, wenn wir könnten …«

In ihren Augen war ein Glanz, der über die Freude und den Stolz von Eltern hinausging, und Rells Schultern sackten weiter herab. Es war keine Scham – oder zumindest nicht nur Scham – aber Verbitterung. Trotz großer Mühe konnte Ambessa den Namen Canwell nicht zuordnen – entweder war das Haus zu unbedeutend oder bereits zu lange im Niedergang.

»Können wir jetzt gehen?«, platzte es aus Rell heraus. Sie wirbelte herum und verließ den Raum, ohne sich zu verabschieden.

Die Miene des Vaters verdunkelte sich, als er ihr nachsah, aber sobald er sich wieder an Ambessa wandte, war er freundlich und lächelte.

»Bitte entschuldigt den Ausbruch unserer Tochter. Ich hoffe sehr, dass es nicht Euren Eindruck von ihr trübt. Sie war schon immer …«

»Explosiv«, warf ihre Mutter kopfschüttelnd ein.

Explosiv. Auch das bedachte Ambessa. Diesen Eltern war nicht zu vertrauen, und sie fragte sich, was sich in den Ebenen dieses Austausches verbarg.

»Junge Kriegerinnen haben oft ein Feuer im Herzen«, erwiderte sie und verließ die beiden samt ihrer Versuche, sich ihre Gunst zu erheischen. Rictus folgte ihr.

»Mit roh kann ich arbeiten«, flüsterte sie, als sie sich auf dem Rückweg zum Sitz des Clans befanden. »Aber explosiv?«

Vor ihrem geistigen Auge tauchte das Bild der jungen Frau auf, die mit kaum verhohlener Wut gegen Rictus anstürmte. Der gezügelte Zorn, als sie von ihren Eltern davonstapfte. Nein, sie konnte nicht sicher sein, dass Rell das Eisen war, das sie brauchte. Aber sie würde die Wolfsschnitter verstärken, das war sicher.

»Ihr wart nie explosiv?«, fragte Rictus. Auch wenn sein Antlitz nie die stoische Maske ablegte, lag Lachen in seiner Stimme.

Ambessa kicherte.

»Ein kontrolliertes Feuer ist gefährlicher als ein wilder Brand. Und du? Wie war der junge Rictus der Vergelter?«

Denn Ambessa hatte ihn auf dem Schlachtfeld gesehen. Es hatte nie eine bessere Wut gegeben. Immer war sie dankbar, ihn an ihrer Seite zu wissen, und doppelt dafür, dass er die Arenen überlebt hatte.

Jetzt lächelte der große Mann doch.

»Explosiv? Ich? Niemals.«

KAPITEL VIER

Anstatt sich in ihre Gemächer zurückzuziehen, wo Azizi – und sein verletzter, vorwurfsvoller Blick – auf sie warten würde, wusste Ambessa genau, wohin sie gehen musste.

»Ihr werdet wieder zu ihm gehen«, stellte Rictus emotionslos fest. Es war keine Frage.

Ambessa nickte. Genau konnte sie nicht sagen, warum. Vielleicht hatte das Treffen mit Rell und der Gedanke daran, das Mädchen zu führen, sie an die Tage mit ihrem Großvater erinnert. Sie waren hart gewesen, aber auch einige der besten ihres Lebens. Was hätte sie nicht alles für seine stumme Anerkennung getan. Die Belohnung war stets *mehr* gewesen – mehr Kampf, mehr Lernen, mehr Verantwortung. Weil sie sich dessen würdig erwiesen hatte.

»Soll ich Euch begleiten?«

Obwohl sie ihren Kopf schüttelte, legte sie Rictus ihre Hand auf den Arm, als sie ging.

»Danke.«

Allein schritt sie durch die Flure der Zimmerflucht ihres Großvaters. In den Hallen war es still, und nur wenige Kerzen brannten noch, um ihr den Weg zu weisen, aber sie kannte ihn gut. Auch wenn Rokrund ihr Heim war, hatte sie doch mehr als genug Zeit in Bel'zhun verbracht, da hier der Großteil der Macht ihrer Familie versammelt war. Es war gut, nahe an Piltover zu sein, und die militärische Präsenz des Clans sorgte für gute Zölle beim Handel durch die Sonnentore.

Vor Meneliks Tür stand ein Soldat. Er salutierte, ließ sie jedoch nicht passieren.

»Jemand ist bei ihm, Generalin.«

»Um diese Zeit?«

»Herrin.« Auf seiner Miene zeigte sich Bedauern, aber er trat nicht zur Seite.

»Nun gut.«

Also wartete sie auf der anderen Seite des Vorraums, versunken in ihre Gedanken, und versuchte den Mann ihr gegenüber zu ignorieren, der wiederum bemüht ins Nichts vor ihm starrte.

Menelik Medarda starb. Der Stern, nach dem Ambessa den Kurs ihres Lebens ausgerichtet hatte, würde bald verblassen, gerade jetzt, da sie seiner besonders bedurfte. Bei ihrem Gespräch mit Katye hatte sie nicht ehrlich berichtet, wie sehr sie Mels Versagen erschüttert hatte. Der Ausdruck auf ihrem Gesicht … Horror. Angst. Und nicht einfach Angst vor dem Tod, nein – Angst vor Ambessa selbst. Zwischen ihr und ihren Kindern hatte sie immer einen Graben gespürt, aber niemals so weit wie in diesem Augenblick.

Mit ihrem Großvater war es nie so gewesen. Ihre Eltern hatten sie die Geschichte der Medardas gelehrt, wie ihr Vorfahr Eskender den Aufstieg von einfachen Führern durch die Wüsten Shurimas zu einem der mächtigsten Clans von Noxus begonnen hatte. In den frühen Zeiten des Noxianischen Imperiums, als es noch Häuser waren, die gegeneinander Krieg führten, kaum geeint. Ihr Vater war kurz nach der Schlacht von Hildenard gestorben, als Ambessa noch jung war, und direkt anschließend hatten ihre Lehren bei Menelik begonnen. Als ihre Mutter starb, führte sie bereits einen eigenen Kriegszug an. Ambessa war zu beschäftigt gewesen, um ihren Verlust wirklich zu spüren, aber sie hatten ihr das Vermächtnis der Medardas nahegebracht.

Menelik hatte ihr gezeigt, wie sie es fortführen konnte.

Niemals würde sie die erste Wunde vergessen, die sie auf dem Schlachtfeld davongetragen hatte. Sie hatte nicht gekämpft, sondern die Waffen eingesammelt und sich dabei an einer der Klingen geschnitten. Mit der blutigen Wunde war sie zu ihrem Großvater gelaufen, in der Erwartung, dass er ihre Hand sanft nehmen und verbinden würde, so wie es die Heiler ihres Vaters getan hätten.

Stattdessen hatte er ihr die Klinge, die die Wunde verursacht hatte, in die Hand gedrückt und sie gezwungen, so fest zuzugreifen, dass die Wunde noch tiefer wurde. Nicht genug, um ihre Hand dauerhaft zu beschädigen, aber genug, um eine Narbe zu hinterlassen, die niemals verschwand. Dabei sah er auf sie herab, das harte, glatt rasierte Kinn vorgeschoben, während sie versuchte, nicht zu weinen.

»Das ist deine Lektion.«

»Ja, Herr«, flüsterte sie ihre Antwort.

Die Tür öffnete sich, und Ta'fik trat heraus, schloss sie leise hinter sich.

»Du«, zischte Ambessa.

Überraschung glitt über seine Züge, bevor er sie verbergen konnte.

»Cousine. Wie geht es dir?«

»So wie dir, nehme ich an. Ich will die letzten Momente, die uns gegeben sind, mit dem Großvater verbringen, den ich liebe.«

»Er benötigt Ruhe.«

»Sicherlich.«

Ta'Fik verschränkte die Arme vor der Brust. Er war nicht sehr muskulös, war schon immer eher ein Typ für Bücher gewesen, und wenn er kämpfen musste, dann eher aus der Entfernung. Selbst Ambessa musste zugeben, dass er mit dem Bogen einer der Besten war. Schon seit sie Kinder gewesen waren. Menelik hatte sein Können oft gelobt.

Ihre Daumen glitt über die Narbe in ihrer Handfläche.

»Ich wache über ihn, während er schläft. Es ist gut, die Familie um sich zu haben, während man heilt.«

Ohne die Wache anzusehen, winkte Ta'Fik mit der Hand.

»Geh.«

Sobald die Wache außer Hörweite war, erklärte Ambessa: »Seit Jahrzehnten schon führe ich seine Heerscharen an. Er hat mich gelehrt, diese Familie zu führen, seit ich gehen kann. Egal, wie viel du in sein Ohr wisperst, du bekommst nicht, was du willst.«

»Woher willst du wissen, was ich will?« Er trat an sie heran, umkreiste sie wie ein hungriger Drachenhund. Er war größer als sie, und seine gefletschten Lippen entblößten seine Zähne.

Ambessa schnaufte.

»Was sonst könntest du wollen?«

Ta'Fik grinste süffisant.

»Siehst du? Wie kannst du die Familie führen, wenn dein Blick so eingeschränkt ist? Aber du hattest schon immer die besten Augen.«

»Geh zurück nach Tereshni.« Ambessa verschränkte die Arme. »Du bist auf diesen Kampf nicht vorbereitet. Du bist mein Cousin. *Medarda an erster Stelle.* Gemeinsam sind wir stärker. *Nichts* ist es wert, Medarda-Blut zu vergießen. Ionia …«

»Nichts?«, unterbrach sie Ta'Fik und lachte finster auf. »Ich weiß genau, wie viel Wert du dem Blut der Medardas beimisst, besonders, wenn es dir im Weg steht.«

Betont langsam zog er an der Lederschnur um seinen Hals und zeigte so die Drachenhundzähne daran. In der Mitte war ein Zahn in Azirit gebunden. Das Blutglas glänzte wie eine frische Wunde.

Eine Wunde, die Ambessa längst hatte heilen lassen.

»Sie kannte das Risiko, Ta'Fik.« Das war, was Ambessa sich selbst in den dunklen Tagen, Monaten, Jahren danach erzählt hatte. Alle kannten die Risiken. Das bedeutete es, den Namen Medarda zu tragen.

»Zoya hat dir vertraut. Gemeinsam stärker?« Ta'Fik keuchte verächtlich auf. »Als ob du mir nicht bei der ersten Gelegenheit einen Dolch in den Rücken rammen würdest.«

Ambessa richtete sich wütend auf.

»Sie hätte niemals dort sein sollen. Ich habe versucht, sie zu beschützen, aber sie war zu dickköpfig.«

»Medardas gehen ihre eigenen Wege«, erwiderte Ta'Fik spöttisch.

Der zweite Teil des vierstrahligen Kodex, den Menelik in Ambessas Herz geschrieben hatte, der Stern, der ihr den Weg erleuchtete. Es sollte Medardas an das große Ganze erinnern, daran, mutig zu sein und Risiken einzugehen – aber selbst sie konnte den Widerspruch in den Worten heute Nacht hören.

Zoya hatte versucht, ihren eigenen Weg zu gehen, und es hatte sie alles gekostet.

»Zoya war meine Schwester.« Es war offensichtlich, dass Ta'Fik um Zurückhaltung bemüht war. Er trat so nahe an Ambessa heran, dass sie einander beinahe berührten. Eine ihrer Hände schob sie zwischen sich, die andere ruhte auf dem Griff eines ihrer Dolche, aber er griff sie nicht an. »Wir sind uns nicht ähnlich, Ambessa. Ich werde dir das beweisen. Nimm deinen *Kodex der Medarda* und vergrab ihn wie die fossile Scheiße, die er ist.«

Jedes Wort war bewusst betont gesprochen, dann rempelte er sie an, als er an ihr vorbeiging.

Als die Wache zurückkehrte, stand Ambessa immer noch regungslos in der Vorhalle und versuchte, das Hämmern in ihrer Brust zu beruhigen.

»Generalin?«, fragte der Soldat. »Alles in Ordnung? Wollt Ihr immer noch Heerführer Menelik sprechen?«

Ambessa richtete sich auf.

»Ja.«

KAPITEL FÜNF

»Mancher Mann wäre beleidigt, wenn seine Frau von einem langen Feldzug heimkommt und ihn kaum eines Wortes würdigt.«

Ambessa schloss die Tür mit einer schnellen Bewegung.

»Azizi. Ich musste mich um so vieles kümmern. So vieles, das meine Aufmerksamkeit benötigte.«

»Du riechst nach Wein. Du warst in der Arena, nicht wahr?«

Ihr Ehemann saß in ein Nachthemd gekleidet auf dem Sofa ihres Empfangszimmers. Auf sie wartend. Der Raum wurde von niedrig gedrehten Laternen kaum erhellt.

Mit einer Handbewegung wischte sie den Vorwurf fort.

»Vorhin. Ich musste jemanden treffen. Dann … konnte ich nicht von Meneliks Seite weichen. Ich bin noch einmal zu ihm.«

Ohne darauf zu warten, dass sie ihn bat, breitete Azizi die Arme aus. Falls seine Wut nicht verflogen war, hatte er sie heruntergeschluckt, als er sie umarmte. In seiner Jugend war er dürr gewesen, und Kino hatte das von ihm geerbt, doch jetzt war er auf eine Art weich, die Ambessa erfreute. Für einen Augenblick ließ sie Entspannung zu, aber das Ziehen in ihrer Magengrube war stärker.

»Wie geht es ihm?«

Ambessa schüttelte den Kopf.

»Nicht gut.«

Das Ziehen kletterte ihren Leib empor, bis in die Kehle, klammerte sich dort fest, wie ein Knoten, der sie verstummen ließ. Ihre Nase brannte vor Anstrengung beim Versuch, ihn loszuwerden, und sie blinzelte schnell.

»Es tut mir leid, Liebling.«

»Ein Krieger fürchtet den Tod nicht. Der Tod ist das Tor nach Volrachnun. Es ist nur … sein Anblick in diesem Bett.«

Es gelang ihr nicht, die Worte auszusprechen, auch wenn sie wusste, dass Menelik sie genau so dachte. Er hätte auf dem Schlachtfeld sterben sollen. Aber dann wäre der Erbfolgekrieg, den Katye fürchtete, sicher ausgebrochen. Hoffentlich würde Menelik morgen seine Entscheidung der ganzen Familie bekannt geben. Sie würde endlich ihren Platz als seine Nachfolgerin einnehmen.

Statt ihr zu antworten, platzierte Azizi einen sanften Kuss auf ihre Stirn.

»Ich nehme an, Mel hat irgendeine deiner Prüfungen nicht bestanden?«

Als Ambessa ihn verwirrt ansah, lachte er auf.

»Sie ist meine Tochter. Egal, wie gut sie es hinter jugendlicher Eleganz verbergen kann, ich bemerke, wenn sie schmollt.«

»Vielleicht ist sie zu sehr deine Tochter. Als es an der Zeit war, zögerte sie. Sie fürchtet sich davor, Blut zu vergießen.«

»Und das ist schlecht?«

»Ja, wenn du *diese* Familie führen musst. Diese Art Verantwortung erfordert Ruchlosigkeit, die weder sie noch Kino aufweisen.«

Das opulente Sofa verschlang Azizi fast, als er sich zurücklehnte. Er zog Ambessa mit sich. Half ihr aus den Stiefeln und massierte ihre Füße.

Trotz ihres Unwillens stöhnte Ambessa auf.

»Du verwöhnst sie«, schalt sie ihn. »Deshalb sind sie nicht bereit.«

»*Ich* verwöhne sie?« Azizi hob eine Augenbraue, aber seine Finger kneteten weiter.

Um ehrlich zu sein, verwöhnte Azizi auch sie. Obwohl sie einander nicht wirklich erwählt hatten, gab es zwischen ihnen eine lockere Kameraderie, aus der Zuneigung erwachsen war. Azizi war ein guter Noxianer, auch wenn seine Stärken eher im Feld des Handels statt von Schlachtfeldern lagen. So wie Kino und Mel war er geschickt mit Worten. Er konnte das Gold aus einer Mine quasseln.

Während Ambessa den Kopf auf ein Kissen legte, schnaubte sie.

»Deshalb war ich heute in der Arena. Ich habe nachgedacht …« Sie schüttelte den Kopf. »Später. Das ist gerade nicht wichtig.«

Obwohl sie an nichts anderes denken konnte.

»Bevor du es dir allzu gemütlich machst.« Azizi hielt inne, um einen besonders störrischen Knoten zu traktieren. »Willst du die schlechten Nachrichten lieber jetzt oder nachher?«

»Ta'Fik.«

Seine Hände ruhten für einen Moment.

»Woher weißt du … egal, natürlich weißt du.«

»Als ich zu Menelik bin, war er gerade bei ihm. Ich traue ihm nicht.«

»Weil er die Familie anführen will.«

»Ja.« Ambessa schüttelte erneut das Haupt. »Er hasst mich immer noch. Hat nie aufgehört, mich zu hassen.«

Traurig nickte Azizi.

»Ah. Seine Schwester.«

»Zoya«, flüsterte Ambessa. Mit seinen Worten hatte Ta'Fik Erinnerungen in ihr ausgelöst, wie ein Feuer, das sie längst für erloschen gehalten hatte.

Niemals schämte Ambessa sich. Sie hatte getan, was getan werden musste. Ein Opfer unter vielen, das sie gebracht hatte, um die Frau zu werden, die sie heute war – eine der stärksten Säulen der Medardas. Und wie Menelik es ihr beigebracht hatte, entschuldigte sich Ambessa auch nicht. Erst recht nicht für den Sieg.

Azizi summte leise neben ihr. Er bedrängte sie nicht, und sie war dankbar dafür.

»Während du bei den Vergeltern warst, habe ich bemerkt, dass Ta'Fik und Inyene sich an einige Mitglieder des Clans herangemacht haben. Und auch an einige der östlichen Noxianer. Die Tochter von Dauvin von Kilgrove. Oder ist es seine Nichte? Ich erinnere mich nicht. Und jemand von der Du-Couteau-Familie. Sogar an Lisabetya.«

Abrupt setzte sich Ambessa auf und zog ihren Fuß aus Azizis Griff.

»Lisabetya? Wir brauchen ihre Waffen.«

Azizi schürzte die Lippen.

»Also wirst du kämpfen, sollte Menelik ihn auswählen?«

»Menelik wird ihn nicht wählen. Ta'Fik könnte nicht mal sein eigenes Arschloch anführen.«

»Er ist der Verwalter von Tereshni. Betreut dort die Banken – wo sogar wir einiges eingelagert haben –, und der Verkauf von Azirit ist profitabel.«

»Wirst du dich demnach auf seine Seite schlagen?«

Die Warnung in ihrer Stimme ließ ihn die Brauen runzeln. Als Antwort wurde seine Stimme ebenfalls hart.

»Du weißt, dass ich das niemals tun würde. Aber er hat Dinge, die für ihn sprechen. Nimm das nicht auf die leichte Schulter.« Er seufzte und lehnte sich wieder zurück. »Wenn mir auffällt, dass Mel den Empfang zu früh verlassen hat und wohl aufgebracht ist, wird er es auch bemerkt haben. Und andere.«

»Katye weiß es bereits.« Ambessa fluchte. »Andere werden es auch schon erfahren haben.«

Ein Diener trat mit ihrem Tee herein, und als er ihn eingeschenkt hatte und wieder verschwunden war, brachte Azizi ihr eine Tasse. Sie war angenehm warm in ihrer Hand, und sie atmete langsam den wohlriechenden Dampf, in der Hoffnung, ihren ermüdenden Geist zu beruhigen.

»Bist du sicher?«, wollte Azizi sanft wissen. »Was ich meine: Bist du sicher, dass Mel ungeeignet ist? Sie ist so jung. Genug Zeit, sich zu beweisen, zu wachsen, zu lernen …«

»Nein.« Ambessa nippte an ihrem Tee. »Ich bin nicht sicher. Aber das ist Noxus; die eine Hälfte der Häuser wird von rückgratlosen Vipern angeführt, die andere von hungernden Drachenhunden. Ein falscher Schritt, und sie beißen. Falls Mel nicht stark genug ist, sie abzuwehren …« Ambessa seufzte und ließ sie Tasse auf den Teller fallen. »Ich habe sie gefragt, was wir mit dem Oberhaupt der Binan tun sollen, und sie hat mir weichherzigen Unsinn geantwortet. Wenn sie nicht der Wolf sein kann, darf sie diese Familie nicht führen. Wie soll sie mit Rebellen in Bel'zhun oder Räubern in den Varju-Bergen umgehen? Wie will sie die Grenzen von Noxus erweitern? Als ich in ihrem Alter war …«

Als Ambessa fünfzehn war, hatte sie als eine der erfolgreichsten Kriegerinnen des Clans gegolten. Sie schloss die Augen und erinnerte sich an alle Schlachtfelder, über die sie geschritten war. Ihre erste Uniform, die kleinen Schulterklappen aus rotem Leder. Dunkle Stiefel, und der Stoßdolch im Gürtel. Sie war so stolz gewesen.

Wann hatte sie die Fehler begangen? Hatte ihr Versuch, sie zu beschützen, sie zu weich gemacht?

Nachdenklich kratzte Azizi sich am Kopf. Dann seufzte er.

»Ich wünschte mir, du wärst öfter zu Hause.«

Die Furchen in seinem Gesicht waren tiefer, und mehr Grau in seinem Haar, als sie sich erinnerte.

Sie lächelte sanft und erwiderte: »Deshalb sind sie so verwöhnt.«

***

Das Hämmern an der Tür riss Ambessa aus ihrem Schlaf, und sie sprang mit der Klinge in der Hand aus dem Bett, bevor Azizi sich den Schlaf aus den Augen gerieben hatte.

Ein verängstigter Diener starrte sie an oder, besser, die Spitze ihres Schwertes, bevor er den Blick auf ihre nackten Füße senkte. Für die Nacht trug sie keine Kleidung, und Sittsamkeit war ihr jetzt nicht wichtig.

»Was gibt es?«, herrschte sie ihn an, auch wenn sie bereits wusste, was er antworten würde.

»Heerführer Menelik ist tot.«

Es traf sie wie ein Schlag, nicht weniger schmerzhaft, obwohl sie ihn erwartet hatte. Sie schloss die Augen.

»Ich dachte, wir hätten mehr Zeit«, murmelte sie, als Azizi ihr eine Robe um die Schultern legte.

»Generalin?« Der Junge wagte es nun, seinen Blick höher als ihre Knöchel zu heben.

»Nichts. Danke.«

Schon wollte er weiterrennen, da erinnerte sich Ambessa …

»Warte!« Er kam schlitternd zum Stehen. »Hat er etwas gesagt, bevor er starb?«

Ein Kopfschütteln.

»Er war … sie fanden ihn tot auf, als die Verwalter Ta'Fik und Lisabetya ihn aufsuchten.«

Ambessa sandte ihn erneut weiter und schlug die Tür hinter ihm zu.

»Ta'Fik. Natürlich war er dort. Und wenn er Lisabetya auf seine Seite gezogen hat …«

Sofort senkten sich Azizis beruhigende Hände auf ihre Schultern.

»Ohne Zeugen ist nichts bindend. Wenn sie ihn tot aufgefunden haben, gibt es keine Erben.«

Ambessa zog sich aus seiner Umarmung und kleidete sich

an. Bevor sie ihre zeremonielle Rüstung anlegte, zögerte sie. Ohne ein Wort half ihr Azizi mit den Schulterklappen. Ebenso wie sie wusste er, wie wichtig das Erscheinungsbild war.

Die anderen Mitglieder der Medardas hatten sich vor Meneliks Zimmern versammelt. Sie machten Azizi und ihr Platz, öffneten einen Weg bis zur Tür. Das Vorzimmer war ebenso gefüllt wie der Flur davor. Sie schritt zum Schlafzimmer, vor dem zwei von Meneliks Soldaten Wache hielten. Für Ambessa traten sie zur Seite.

Innen wartete natürlich Ta'Fik. Seine Augen waren gerötet, aber er hatte sich gut gekleidet, ganz in Schwarz, so geschnitten, dass sein Rücken ein starkes Dreieck bildete. Seine Finger waren umwickelt, und er trug eine Armschiene, als wollte er Bogenschießen gehen. Die Drachenhundzähne um seinen Hals stachen gegen die Kleidung deutlich hervor. Einen Schritt hinter ihm stand Inyene, ebenso angemessen traurig wirkend, die Hände hinter dem Rücken. Auch Katye war dort, ebenso Lisabetya, die die Bettdecke mit weißen Knöcheln festhielt.

Jetzt sah Menelik friedlicher aus als vor einigen Stunden, als sie seinen Schlaf bewacht hatte. Jemand hatte die Decke über seine Brust gezogen und sie sauber eingesteckt. Die Verbände waren nicht zu sehen. Die Ordnung sagte alles aus – nur der Tod war so ordentlich. Eine starre Linie, die einmal überschritten jede Rückkehr verhinderte.

»Was haben die Ärzte gesagt?«

»Sein Herz. Der Blutverlust, zusammen mit der Medizin …«

Lisabetya ließ ein tiefes Knurren vernehmen.

»Er war kein junger Mann mehr«, fügte Katye hinzu.

Aufmerksam betrachtete Ambessa ihren Großvater. Nicht jung, nein, aber rüstig. Sein Griff war stark, seine Augen scharf und sein Geist noch schärfer. Aber die Dinge waren nicht immer, wie sie schienen. Sie nahm seine Hand und drückte fest zu. Dann beugte sie sich über ihn und küsste ihn auf die Braue.

Auf ewig, Großvater.

Dem Rest im Raum verkündete sie: »Er hat unsere Familie stark gemacht, und ich werde als neue Matriarchin der Medardas in seine Fußstapfen treten. Er wird mit allen Ehren bestattet werden, die einem Krieger gebühren.«

Auf dem Weg ins Vorzimmer, wo sie dem Rest der Familie dieselbe Verkündigung überbringen wollte, hielt Ta'Fik sie an.

»*Du* wirst in seine Fußstapfen treten?«, fragte er eisig.

Das leise Murmeln um sie herum erstarb.

Ambessa wandte sich ihm zu. In seinen Augen loderte Wut, nicht Trauer, und sie fühlte sich so schwer.

»Als ich ihn verließ, Cousine, saß er aufrecht im Bett und aß. Sogar der Schmerz hatte ihn verlassen, sagte er. Dann warst du bei ihm.«

Ambessa lachte auf.

»Du würdest nicht wagen …«

»Wagen? Ich muss nichts wagen!« Ta'Fik wurde laut. »Du warst die Letzte, die Menelik lebend sah, und nun ist er tot.«

Damit überschritt er eine Schwelle.

»Wie kannst du es wagen, mich zu beschuldigen, *meinen* Großvater ermordet zu haben!?«

Ambessa wollte ihn packen, aber er fing ihre Hand in einem überraschend starken Griff.

»Hast du Zeugen?«, fragte er.

»Jeder hier kann selbst sehen: keine Zeichen auf seiner Haut, keine Wunden außer jenen, mit denen er heimkehrte.«

»Es gibt genug Gifte, die keine äußerlichen Spuren hinterlassen.«

Ambessa keuchte verächtlich auf.

»Gift ist nicht meine Waffe.«

»Dann bring uns einen Zeugen.«

»Der Soldat, der in der Nacht Wache stand.« Ambessa

blickte in die Runde. »Er kann allen berichten, was für eine Schlange du bist.«

»Dann werden wir ihn finden und befragen. Bis dahin, auch wenn ich nicht weiß, was du tun *würdest,* weiß ich doch, was du getan hast. Wir alle wissen, dass du fähig bist, Medarda auf dem Altar deiner Ambitionen zu opfern.«

Wütend sog Ambessa Luft in ihre Lungen und musste sich zurückhalten, nicht die Hände um seinen Hals zu legen und zuzudrücken. Der Tod von Zoya war kein Geheimnis, wurde aber selten offen erwähnt. Die Opfer, die im Namen der Familie erbracht wurden, blieben meist still. Besonders wenn sie in einem Moment der Schwäche geschahen.

»Familie ist wichtiger als eine einzelne Person«, knurrte Ambessa. »Hat er dich vor seiner Vision gewarnt? Dass ein Blutbad auf uns wartet, wenn wir nicht geeint sind?«

»Er hat mich davor gewarnt, dass *du* uns in die Vernichtung führen würdest.«

»Lügner!« Ambessa entzog ihre Hand seinem fester werdenden Griff. »Du wirst meinen Namen nicht derart beschmutzen. Fordere mich zum Kampf heraus, wenn du wünschst, aber versuch nicht, uns alle im Geflecht deiner Lügen zu fesseln.«

»Damit du auch mich ermorden kannst, mit einer billigen Schummelei? Ich denke nicht.« Er sah sich im Raum um, suchte Augenkontakt mit den Umstehenden, die ihren Streit mitanhörten. »Es ist offensichtlich, mit wem sie stehen müssen.«

Ein Schauer lief Ambessa den Rücken empor. Um sie herum bedachten Medardas Ta'Fiks Worte. Ohne Beweise würden alle Beteuerungen wie leere Entschuldigungen klingen. Sie hatte sich hinreißen lassen. Wie Azizi sie gewarnt hatte, hatte sie Ta'Fik unterschätzt.

Mit einem langen Atemzug suchte sie Ruhe und reckte sich.

»Du hast die Zeit der Trauer in kleinliche Streitereien verwandelt, Ta'Fik, bevor der Leib unseres Großvaters erkaltet ist. Ich werde ihm allein die letzte Ehre erweisen, wenn es nötig ist. Aber alle, die sich beteiligen wollen, können sich mir anschließen. Danach können wir die Nachfolge besprechen.«

Damit ließ sie ihn einfach stehen. Seine kaum verhohlene Wut schimmerte durch seine überhebliche Haltung. Wieder öffnete sich vor ihr ein Pfad durch die Versammlung, aber dieses Mal in einer düsteren Stille. Ambessa würde sich ihr Vertrauen dadurch erarbeiten, dass sie bewies, nichts mit dem Tod des Patriarchen zu tun zu haben. Danach würde sie Ta'Fik komplett vom Spielfeld nehmen. Dann würde es keine Fragen mehr geben. Dafür jedoch benötigte sie Verbündete, und für Verbündete … was für eine clevere Falle er ihr gelegt hatte. Aber es war lange her, dass Ta'Fik ein Schlachtfeld betreten hatte.

Ambessa würde ihn noch ausmanövrieren.

KAPITEL SECHS

»Und wohin gehst *du,* Kind?«

Mel wirbelte herum, wobei ihr Kleid sich um sie drehte und Panik ihr in die Kehle stieg.

Es war nur Kino, der eine angsteinflößend gute Nachahmung ihrer Mutter abgeliefert hatte.

»Kino!«

Seine Augen schlossen sich, als er stumm lachte und sich die Seite hielt.

»Dein Gesicht!«

Wütend stapfte sie auf ihn zu und kniff ihn in das weiche Fleisch oberhalb des Ellbogens.

»Dein Gesicht erst, wenn ich dich langsam ausweiden lasse! Dann werden wir ja sehen, ob der Wolf Gnade kennt oder nicht.«

Den letzten Satz fügte sie leise knurrend hinzu, als sie Kino hinter sich ließ und weiterging.

Sofort wurde er ernst und holte zu ihr auf, problemlos mit seinen langen Schritten. Wie Mel war er hochgewachsen und schlank – seine Eleganz war die von Tanzflächen, nicht von Schlachtfeldern.

»Sie hat das auch zu dir gesagt, was?«

Mel gab nur ein unbestimmtes Brummen von sich.

»Nimm es dir nicht zu sehr zu Herzen. Das passiert auch den Besten von uns.«

Mit offenen Armen deutete er sich selbst an und bot ihr ein Lächeln, das sie einwickeln sollte – und sicherlich auch bei allen anderen gewirkt hätte, aber Mel war zu tief in der Wolke der Enttäuschung ihrer Mutter verschwunden.

»Nicht ihr. Nicht einer richtigen Medarda.«

»Warte, komm schon.« Mit einem schnellen Sprung blockierte er ihren Weg und legte ihr die Hände auf die Schultern. »Du *bist* eine richtige Medarda. Du hast ihre Stärke. Ihren Willen. Meine Schläue und berauschend gutes Aussehen.« Er hob sanft ihr Kinn. »Wenn sie ein wenig«, er senkte verschwörerisch die Stimme, »engstirnig sein kann, was die Definition von Stärke angeht, ist es unsere Aufgabe, sie daran zu erinnern, was wir wirklich können.«

»Sie denkt nicht, dass wir gut genug sind, die Familie zu führen.«

»Und doch habe ich Freunde in jedem Viertel dieser Stadt, hochgeboren und aus der Gosse, trocken und nass.« Mit falscher Bescheidenheit rieb er die Fingernägel am Revers seiner teuren Jacke. »Wir haben alle unsere Stärken. Sogar du. Egal, was Mutter sagt, wir alle haben einen Platz in dieser Familie.«

»Sie hat recht«, erwiderte Mel trocken, »du hast auf alles eine Antwort.«

»Natürlich hat sie recht. Aber so wie ich Mutter kenne, war das weit weniger nett gemeint, und allein damit hast du bewiesen, wie wichtig dein Können ist.«

Das entlockte ihr ein Glucksen, und der dunkle Schleier, der sich die letzten Tage um sie gelegt hatte, wurde heller – ein wenig zumindest.

»Du meinst Feingefühl?«

»Genau.« Kino tippte ihr sanft auf die Nasenspitze. »Du könntest diese Familie so gut wie andere führen, und besser als die meisten.«

Sie seufzte.

»Danke, Kino.«

»Würdest du mir die Ehre erweisen, meinen Freunden und

mir in diesem neuen Nudelrestaurant Gesellschaft zu leisten? Ich möchte dem Besitzer ein wenig Bevorzugung bieten und ein Gefühl für die anderen Gäste bekommen. Außerdem sollen die Feuernudeln zum Reinlegen gut sein.«

Mel hob eine Augenbraue. Ein Besuch würde dem Restaurant jede Menge Aufmerksamkeit bescheren und viele Gäste anlocken, was den Besitzer sicherlich dankbar sein und damit in Kinos Schuld stehen ließ. Damit wäre er nur eine weitere Münze in Kinos Tasche und würde mit allen anderen Leuten klingeln, mit denen Kino so mühelos tanzte. Aber Mel war nicht gut genug für ihre Mutter. Wie könnte *Mel* das auch jemals sein? Die Verzweiflung kroch wieder hoch.

»Aber Großvater?«

Der Tod ihres Urgroßvaters lag wie ein Leichentuch auf der gesamten Anlage.

»Nun, Kindred wacht über ihn, nun, da er fort ist. Ich denke nicht, dass es ihn kümmert, und er hat sich offensichtlich nie sehr für mich interessiert. Ich gedenke seiner mit einem Getränk. Und Mutter …« Er schauderte. »Diese offiziellen Begräbnisrituale, das alles liegt mir nicht. Ich bin sicher, dass ich sie nur stören würde. Aber es klingt so, als würdest du nicht mitkommen?«

»Nein danke. Ich möchte ein wenig allein sein. Ich … brauche auch einfach Abstand.«

Alle waren angespannt, vor allem ihre Mutter und Verwalter Ta'Fik. Die Art und Weise, wie sie Mel anschauten, auf sie deuteten und redeten, erinnerte sie nur daran, dass sie nicht den Wünschen ihrer Mutter entsprach. Es gab ihr das Gefühl, dass *sie* Großvater Menelik etwas angetan hatte.

Wissend nickte Kino. Das war nicht das erste Mal, dass er sie dabei erwischt hatte, wie sie sich allein in die Stadt aufmachte.

»Nun, wenn du dich umentscheidest, es liegt nahe dem

Morgentor, in Kiraks Gasse. Ich bin dort sicher ziemlich lange.«

Bevor Mel an ihm vorbeischreiten konnte, schlang er einen Arm um ihre Schulter und zog sie in eine Umarmung.

»Was auch geschieht«, flüsterte er in ihr Haar, »ich bin stolz auf dich. Sie auch. Obwohl sie es nicht zeigt.«

An die Brust ihres Bruders gedrückt, blinzelte Mel die plötzlich aufsteigenden Tränen weg. Anders als er hatte sie nicht immer das richtige Wort auf der Zunge. Heimlich wischte sie ihre Augen an seinem Mantel trocken und ließ ihn los.

Wieder beherrscht, versicherte sie ihm: »Falls mir langweilig wird, finde ich dich.«

***

Unter einem kleinen Bogen, der wie eine Miniaturversion des Noxtoraa auf der Straße Richtung Stadt wirkte, ging es auf den Schimmernden Markt. Es war nicht der größte Marktplatz in Bel'zhun, aber Mel der liebste. Es war der Markt der Künstler, benannt nach den Glasbläsern, deren Werke nicht nur in Shurima, sondern auch in Noxus – und darüber hinaus – beliebt waren. Dazu gab es Steinmetze, Maler mit ihren Leinwänden, Mosaizisten mit bemalten Plättchen, und so vieles mehr. Es war wunderschön.

Es war auch der perfekte Ort, um unterzutauchen. Mit der Kapuze ins Gesicht gezogen schlenderte sie durch die Straßen, als müsse sie ihre Augen vor der Sonne schützen. Das fiel nicht auf; manche hier waren ähnlich gekleidet. Ihre Mutter würde niemals hier nach ihr suchen lassen; keine Medarda würde das. Nicht nach dem Tod ihres Urgroßvaters. Sie waren zu beschäftigt, um an Kunst zu denken. Hier war sie sicher.

Hier konnte sie vergessen, dass sie versagt hatte, zumindest für einen Augenblick.

»Hallo, junge Frau. Springt Euch etwas ins Auge?«

Der Ruf des Händlers ließ Mel zusammenzucken. Sie sah sich um, aber er meinte tatsächlich sie und nickte ihr zu. Da fiel ihr auf, dass sie im Labyrinth des Marktes angehalten und seine Waren betrachtet hatte – hauptsächlich Gemälde, aber auch einige Tonkrüge und ein sehr kleiner Teppich.

Der Verkäufer war ein gut aussehender, älterer Mann, dunkle Haut und dunkles Haar, die langen Dreads zu einem Haufen auf dem Kopf aufgetürmt. Ein Schal hielt sie zusammen, und bis auf ein langes Tuch, das um seine Lenden gewickelt war, trug er sonst nichts. Seine Arme und Brust waren mit wirbelnden goldenen Tätowierungen verziert. Ein Sonnenanbeter vom Targon.

»Selten sieht man Rakkor so weit von ihren Bergen entfernt«, stellte sie fest, während sie eines seiner Gemälde betrachtete. Es zeigte einen impressionistischen Berg unter einem Sonnenaufgang, dessen Strahlen die Bergspitze in Gold gossen.

»Ist das so?« Er blinzelte überrascht. »Dann überrascht es mich, dass ihr einen erkennt.«

Der neckende Ton seiner Stimme ließ sie aufsehen, und er fuhr lächelnd fort: »Unter uns gibt es immer Wanderer. Die Himmelswanderer zum Beispiel reisen über die Erde, um den Himmel zu zeichnen.«

»Bist du ein Himmelswanderer?«

Wieder lächelte er, schüttelte aber den Kopf. Sein Lächeln war warm.

»Nur ein Künstler. Um die Sonne zu ehren, möchte ich sie von so vielen Orten wie möglich betrachten, um zu sehen, wie sie dort aussieht. Sie ist überall anders, müsst Ihr wissen.«

»Die Sonne? Es ist immer dieselbe Sonne, egal, wohin man geht.«

»Hm. Aber wie kalt ist sie im Freljord, inmitten des klaren

blauen Himmels, im Schnee darunter so glänzend, dass man erblindet. Dort spendet sie wenig Wärme, und doch ist sie Erlösung – aber in den Wüsten von Nashramae? Dort brennt sie mit einer Hitze, die Haut aufplatzen lässt, golden und strahlend.« Er drehte seine Arme, sodass das Gold unter seiner Haut leuchtete. »Die blutigen Sonnenuntergänge an den immer expandierenden Grenzen von Noxus, die schüchternen Sonnenaufgänge an der Küste von Basilich. Sie mag nur eines sein, aber sie zeigt uns viele Gesichter.«

»Du sprichst wie ein Dichter«, befand Mel, aber das war es gar nicht. Seine Augen glänzten, seine Stimme war sanft. Hinter jenen Sonnenaufgängen lagen Verlangen, Trauer und Freude.

»Jeder kann Dichter werden, wenn man nur fest genug glaubt.«

Sein warmes Lächeln schimmerte auch in seinen Augen.

»Mir ist es nicht erlaubt, mich solchen Beschäftigungen zu widmen«, murmelte Mel eher zu sich selbst als zu dem Fremden. Ihre Finger folgten den Sonnenstrahlen, ohne das Gemälde selbst zu berühren.

»Nicht erlaubt? Braucht es Erlaubnis, um sich der Schönheit zu verschreiben?«

»Ich glaube nicht, dass meine Mutter weiß, was Schönheit ist.«

Sie wusste nicht, warum sie diese bitteren Worte über ihre Lippen gleiten ließ, aber es lag eine gewisse Sicherheit in der Anonymität.

Der Künstler brummte verstehend.

»Seid Ihr sicher? Manchmal verstehen unsere Eltern nicht, was für *uns* Schönheit bedeutet, aber in ihrem Herzen haben sie Platz für eigene.«

Ein ungehöriges Schnauben entrang sich Mels Kehle.

»Nicht meine Mutter.«

Trotz dieser Versicherung vermutete sie, dass ihre Mutter Gewalt schön fand. Aber als sie Lady Binan vor sich sah, ihr Blut auf dem Steinboden des Thronsaals, konnte sie nur *Verschwendung* erkennen. Verschwendung und Schmerz. *Das muss nicht so sein.*

»Es ist egal, was ich denke. Meine Mutter … sie ist eine mächtige Frau. Ich bin ihre Tochter. Ich habe Pflichten. Jedes Kind hat Pflichten den Eltern gegenüber. Der Familie gegenüber.«

Der Künstler senkte sein Haupt, um in ihr trauriges Gesicht sehen können. Sein kurz geschorener, schwarzer Bart war mit Grau durchsetzt.

»Vielleicht könnt Ihr es ihr zeigen. Gibt es etwas hier, von dem Ihr denkt, es könnte ihr gefallen? Oder etwas, das *Euch* gefällt? Weil ich denke, das ist oft ein Problem mit Eltern. Sie sehen, was sie sich für uns wünschen, aber nicht, was wir sind.«

»Oder wenn wir recht haben.«

Der Mann kicherte.

»Nein, sie geben niemals zu, wenn wir recht haben. Nicht einmal auf dem Sterbebett.«

Mel sah alle Bilder an – ein wildes Feuer, dessen Rauch sich mit einem Sonnenuntergang vermengte. Ein Ozean, in dem sich die Sonne am Himmel spiegelte. So viele mehr, von all den Dingen, von denen der Künstler gesprochen hatte. Manche Gemälde waren groß, so breit wie ihre ausgebreiteten Arme, andere so klein, dass sie in ihre Hand passten. Was *würde* Mutter davon halten, wenn sie eins davon mitbrachte?

Der Künstler kam herum und stellte sich neben sie. Sein Blick fiel auf das Gemälde mit dem Berg, das zuerst ihre Aufmerksamkeit erregt hatte. Er überragte sie, war aber schmal, mit dem Körperbau eines Tänzers, seine Bewegungen so elegant wie seine Gemälde. Ihr fiel auf, dass die Tätowierungen ebenfalls diese Grazie reflektierten.

»Das Problem mit der Macht«, begann er leise, »ist, dass wenn man sie einmal hat, die größte Angst ist, sie zu verlieren. Das macht die Mächtigen aus, seit jeher. Macht bringt uns dazu, Dinge zu tun, auf die … wir nicht stolz sind. Dinge, zu denen wir uns niemals fähig hielten. Nehmt dieses hier, falls Ihr wünscht. Als Geschenk.«

Mel blinzelte, ihr Mund stand vor Überraschung offen.

»Nein, bitte, ich bezahle natürlich.«

Sein Lächeln war nachsichtig.

»Ich glaube nicht, dass ein Mädchen bezahlen kann, was ich für üblich verlange.«

Mel hob die Augenbrauen. Noch immer ahnte er nicht, wer sie war. Die plötzliche Freiheit war belebend, ließ sie alle Vorsicht vergessen.

»Deine Tätowierungen. Wer hat sie gestochen?«

Überrascht blickte er an sich herab. Es wirkte beinahe lustig.

»Einige ich selbst. Andere meine Gefährten.«

»Was, wenn ich kein Gemälde will?«

Seine Augen verengten sich misstrauisch.

»Würdest du mich tätowieren? So wie dich?«

»Wie ich? Wollt also Ihr den Rakkor beitreten?«

Röte stieg Mel ins Gesicht.

»Nicht ganz – aber du sagtest, du würdest mir etwas geben, um meiner Mutter zu zeigen, dass ich ich bin. Etwas, das sie Schönheit erkennen lässt. Deine Tätowierungen – sie *sind* schön.«

Jetzt war seine Miene nicht mehr einfach zu lesen. Er legte den Kopf auf die Seite.

»Ihr wisst nicht einmal, was sie bedeuten.«

»Dann erklär sie mir.«

Ihre Bitte ließ ihn die Brauen zusammenziehen, und auch wenn er ernst wirkte, hatte Mel den Eindruck, dass sie ihn zudem belustigte. Sie richtete sich auf und bat höflicher: »Bitte. Du hast recht. Ich möchte sie verstehen.«

Sein Blick ging in weite Ferne.

»Jede Tätowierung zeigt einen Teil meiner Reise. Die grelle Mittagssonne. Ein Glitzern von Sonnenlicht im taunassen Gras. Augenblicke, die längst vergangen sind, Augenblicke, die noch kommen werden.«

Ihrer Blicke bewusst, zog er die Linien nach, und Mel folgte seinen Fingern. Die Tätowierungen waren wie eine himmlische Karte.

»Ich verstehe. Ich bin kein Teil der Rakkor, aber ich weiß, um was ich bitten möchte.«

Die unvermittelte Vision überraschte sie, aber als sie verstand, wusste sie sofort, dass ihre Tätowierungen nicht anders sein konnten.

»Es wird wehtun. Lasst mich Euch stattdessen eines meiner Gemälde geben …«

»Schmerzen machen wir keine Angst.« Mel stemmte die Hände in die Seiten und hob das Kinn. Sie war froh, dass er sich ihr nicht verweigerte.

Aber was wusste sie wirklich von Schmerzen? Wärme stieg bei dem Gedanken in ihre Wangen. Sie war auf der Spitze der Gesellschaft von Noxus aufgewachsen, durch den Namen ihrer Familie beschützt, durch die Reputation ihrer Mutter und das Geld ihres Vaters. Hatte sie sich jemals auch nur ein Knie aufgeschürft?

Kein Wunder, dass ihre Mutter sie für unfähig hielt. Es schien, als ob Ambessa *nichts als* Schmerz kannte. Ambessa war von Narben überzogen. Narben, die sie sich in Prüfung um Prüfung verdient hatte. Ein Teil von Mel wollte verstehen. Ein anderer konnte es einfach nicht ertragen, dass eine andere Person implizierte, sie sei schwach.

»Die Tätowierungen«, sagte sie mit fester Stimme. »Bitte.«

Der Mann blickte um seinen Stand herum, zum Markt, und blähte die Wangen auf.

»Ich kann nicht …«

»Ich kann es ertragen.«

»Ich kann nicht hier arbeiten. Mir fehlen die Materialien, und falls Ihr nicht vor allen Augen in Bel'zhun auf dem Boden liegen wollt, sollten wir es drinnen machen. Nicht weit von hier ist meine Unterkunft. Ich frage die Besitzerin, ob sie einen Raum frei hat, in dem ich arbeiten kann. Treffen wir uns in einer Stunde beim *Goldenen Drachen?*«

Es kostete Mühe, nicht vor Freude in die Luft zu springen. Mit so viel Würde, wie sie zusammenkratzen konnte, verschränkte sie die Finger vor der Brust und nickte.

»Eine Stunde.«

Damit ließ sie ihn zurück und hoffte nur, dass er in einer Stunde diese Abmachung einhalten würde.

Und dass sie in dieser Zeit nicht der Mut verließ.

***

Etwas mehr als eine Stunde später stand Mel neben einem Tisch im *Goldenen Drachen,* während der Künstler – sie hatte noch immer nicht nach seinem Namen gefragt – ein helles Gold mischte, das fast zu leuchten schien. Dabei murmelte er unverständlich vor sich hin, als betete er. Ein Ritual der Rakkor vielleicht.

Eine junge Frau, die im Gasthaus arbeitete, half ihm, indem sie Mel vorbereitete. Ihre Haut wurde sorgfältig gereinigt, und sie legte ihr ein Tuch um, das Rücken und Schultern frei ließ. Dabei versuchte Mel nicht auf die spitzen Geräte zu schauen, die er aus einer Ledertasche holte.

»Machst du das oft?«, erkundigte sie sich nervös.

»Tatsächlich ja«, antwortete er mit einem beruhigenden Lächeln. »Keine Sorge. Seid Ihr bereit?«

Mel biss die Zähne zusammen.

»Ja.«

»Es ist eine langwierige Arbeit. Meist kommen die Leute mehr als einmal, damit sie zwischendurch eine Pause haben.«

»Ich mache alles heute«, erwiderte Mel schnell.

Der Mann hob eine Augenbraue, nickte aber.

»Wir werden sehen, wie es läuft. Bitte legt Euch hin. Ich fange am Rücken an.«

Also legte sich Mel auf den breiten Holztisch, den die junge Frau mit einem Tuch abgedeckt hatte, und ruhte ihr Haupt auf den Armen. Er nahm ein Gerät mit vielen Spitzen, das fast wie ein Pinsel aussah, und tauchte die Nadeln in die goldene Farbe.

»Liegt bitte so ruhig, wie Ihr könnt. Das wird wehtun.«

***

Spät in der Nacht kehrte Mel nach Hause zurück. So sehr sie sich auch bemühte, ungesehen zu bleiben, kaum erreichten sie das Hauptgebäude, hörte sie verstohlene Schritte um eine Ecke kommen. Sie zog den Mantel enger um den Leib und zuckte zusammen, als er über ihre nackte Haut darunter glitt. Den Weg war sie beinahe komplett vornübergebeugt gegangen, zum einen, damit der Mantel nicht zu fest auf ihre neuen Tätowierungen drückte, zum anderen, um sie nicht zu bewegen – beides bedeutete stechende Schmerzen. Der mysteriöse Künstler hatte recht behalten: Es schmerzte. Und sie fühlte sich jetzt … anders. Müde. Als habe sie Fieber.

Die Gestalt, die um die Ecke bog, erkannte sie als Inyene, Begleitung von Verwalter Ta'Fik. Trotz der späten Stunde war Inyene komplett bekleidet und entfernte sich von den Gästezimmern. Dunkle Hosen, ein langer Mantel, ein einfacher Dolch am Gürtel. Erschrecken, als Mel vor Inyene auftauchte.

»Ah, Fräulein Medarda. Was treibt Euch zu so später um?« Das Lächeln war verschwörerisch.

Mel richtete sich auf, verbarg den Schmerz. Dabei zog sie den Mantel enger um ihre Schultern, um sich darin zu verbergen, doch als der Stoff rau über ihre empfindliche Haut strich, zischte sie auf – was heute Morgen noch so fein gearbeitet und luxuriös gewirkt hatte, fühlte sich jetzt an wie rauestes Segeltuch. Als er sie tätowiert hatte, war jeder Stich in den nächsten übergegangen, war zu einem monotonen Lied geworden. Sie hatte sich auf die Lippe beißen müssen, um nicht vor Schmerzen zu schreien.

Noch immer schmeckte sie das Blut in ihrem Mund und spürte die Bisswunden an den Innenseiten ihrer Wangen.

»Inyene. Hallo. Ich war unterwegs.«

»Eure Mutter sucht nach Euch. Sie hat … Rictus ist sein Name?« Obwohl die Stimme freundlich war, folgte ein abschätzender Blick, der über Mels Schultern strich und sie den Mantel noch enger zusammenziehen ließ. »Mein Rat an Euch, seid vorsichtig. Sie wirkte nicht erfreut.«

»Ich danke Euch für Eure Anteilnahme.«

In ihren Gemächern entkleidete sich Mel und wusch das Gemisch von Blut und Gold von ihrer Haut, das wie ein seltsamer Wirbel um ihre Füße spülte. Ihre Schultern waren in Gold gekleidet, wie Schulterpanzer, und um Nacken und Kehle lag es wie eine Halsberge. Ohne die Haut zu berühren, fuhr Mel die Linien nach. Ihre Mutter hatte ihre Rüstung. Mel würde ihr zeigen, dass sie ihre eigene schaffen konnte.

KAPITEL SIEBEN

Am Morgen nach Meneliks Tod suchte Ambessa nach Katye, aber er hatte bereits seine Gemächer verlassen. Eine weitere Möglichkeit war der große Speisesaal, wo die Gäste ihr Frühstück einnahmen. Niemals hätte Ambessa zugegeben, dass sie … Angst hatte, dorthin zu gehen, die Blicke der Medardas zu sehen, aber sie war auch nicht erfreut, es zu tun. Gleichzeitig konnte sie nicht gestatten, dass jemand dachte, sie habe etwas zu verbergen. *Sie* hatte Menelik nicht getötet. Sich zu verstecken würde nur nach Schuld aussehen.

Als sie den Speisesaal betrat, war Katye nicht anwesend. Aber Lisabetya war dort, und der Abgesandte aus Trannit; Verwalter Smik hatte nicht selbst kommen können. Sein Vertreter war ein nervös dreinblickender Mann, füllig, mit der Tendenz, auffällig unauffällig jene anzuschauen, die er für die mächtigsten Personen im Raum hielt. Heute fiel sein Blick immer wieder auf Lisabetya.

Normalerweise wäre sich Ambessa der Unterstützung Lisabetyas sicher gewesen. Die ältere Frau hatte einst an der Seite von Menelik gekämpft. Sie war vernünftig, besaß Talent und Können, und auch wenn sie nicht mehr kämpfte, sondern nur noch Krexor verwaltete, konnte niemand ihr die Siege ihrer Jugend an der Spitze ihrer eigenen Heerschar absprechen.

Doch Lisabetya sah Ambessa nur kalt an, bevor sie sich wieder stumm ihrem Haferbrei und dem teuren Tee zuwandte. So sollte es sein. Bevor sie sich umdrehte, stellte Ambessa sicher, dass sie ihr verächtliches Knurren hörten.

Es gab noch einen Ort, wo Katye sein mochte. Sie fand ihn in der Bibliothek, wo er an einer Tasse nippte – vermutlich den gleichen Tee, den Lisabetya bevorzugte; Ambessa selbst trank lieber Kaffee –, während er langsam durch ein großes Buch blätterte.

»Katye.«

»Pssst.« Er machte, ohne aufzusehen, eine dämpfende Geste. »Du befindest dich in einer Bibliothek.«

Ambessa zischte. Ein niederer Medarda, der einige Regale durchging, sah sie an, als sie hereinstürmte. Seine Augen weiteten sich, als sie ihre Zähne fletschte. Für einen Moment stand er still wie ein Hase unter dem Auge eines Adlers. Dann flüchtete er.

Mit zusammengepressten Lippen beobachtete Katye das Geschehen.

»Was das wirklich nötig?«

»Ich habe es nicht getan, Katye.«

Er seufzte und legte ein grünes Seidenband in das Buch, bevor er die Hände darüber faltete.

»Ich glaube dir. Du bist meine Schwester. Ich kenne dich schon immer. Gift ist *wirklich* nicht deine Waffe der Wahl und, viel wichtiger, ich weiß, was dir Menelik bedeutete.«

Darauf hatte Ambessa keine Antwort.

»Er war mein Großvater und Mentor.«

»Hm. Außerdem weiß ich, dass du dir sicher warst, dass er dich als Erbin einsetzen würde, weshalb du kein Motiv hattest, ihn zu töten.«

Erleichterung floss kühl durch sie, so anders als die Hitze, die sie unter dem Starren von Trannit und Krexor empfunden hatte.

»Danke, Katye.«

Er brummte sanft.

»Unglücklicherweise befinde ich mich wohl in der Minderheit jener mit Verstand – das, oder ich bin der Einzige, den die Wahrheit kümmert. Ta'Fik hat viel zu bieten, was andere wollen.«

»Ich nehme ihm das alles und beginne mit seinen Eiern.«

Aufgebracht schritt Ambessa auf und ab und schlug ihre Faust in die andere Hand.

»Bewundernswert, sicherlich. Menelik würde das gefallen. Aber bist du dir bewusst, dass du in der Unterzahl bist?« Katye wies mit einem Nicken auf Rictus, der schweigend hinter ihr stand. »Du und dein Schatten, so gut er auch sein mag, stehen gegen Ta'Fik, und wen er um sein Banner geschart hat.«

»Meine Heerscharen sind zehnmal so viel wert wie seine.«

Wieder ein sanftes Brummen.

»Begleite mich nach Rokrund. Warte ab. Schlag zu, wenn er sich sicher fühlt. So wie ich Ta'Fik kenne, wird das nicht allzu lange dauern.«

»Ich werde *nicht* davonlaufen. Vor *ihm?* Nein. Niemals.«

»Es ist kein Davonlaufen. Es ist Strategie. Die Geschichte ist voll von zerschlagenen Armeen, die dachten, sie wären zu gut, um sich zurückziehen zu müssen.« Er tippte mit dem Finger auf die Seiten des Buches. »Selbst wenn du nicht mit nach Rokrund kommst, du kannst die Zeit nutzen, um Verbündete zu suchen. Trannit, Kilgrove und Krexor haben Abgesandte vor Ort. Sprich mit ihnen.«

Ambessa schnaubte.

»Ta'Fik hat längst seine Krallen in sie geschlagen. Was ist mit Vindor? Ich könnte Amenesces Kavallerie gebrauchen.«

»Ich habe nichts aus dem Norden gehört. Was ist mit Darkwill? Er könnte wertvoll sein.«

Das brachte Ambessas Gedanken zu Lady Binan und Caprian, den Anführer der Vastaya-Rebellen, denen sie versprochen hatte, mit dem Großgeneral von Noxus zu sprechen.

Sie schüttelte den Kopf.

»Ich laufe nicht vor diesem Sack Mwatis-Scheiße davon.«

Ein Blick über die Schulter zu Rictus, der zögerte, dann aber sprach: »Katye könnte recht haben. Egal, wie gut ich sein mag.«

Um das zu unterstreichen, hob er die breiten Schultern.

»Ihr beide versteht nicht. Von einem Kampf davonzulaufen, ist so gut wie sich zu ergeben.«

»Nein, ist es nicht.«

Obwohl Ambessa erwartet hatte, dass Katye ihr widersprach, war es wieder Rictus.

»Nur sich zu ergeben ist, sich zu ergeben. Besser, man sammelt seine Stärke um sich, um mit aller Macht loszuschlagen, als einen halbherzigen Angriff zu führen, der dem Feind die Möglichkeit gibt, zurückzuschlagen.«

Die beiden Männer hätten kaum unterschiedlicher sein können, der eine ein gewaltiger Krieger, der andere ein kleiner Gelehrter, aber um ihre Lippen zeigten sich die gleichen entschlossenen Linien. Ambessa schnaubte erneut.

»Ich mache meine Runden. Bis zum Ende der Woche habe ich Ta'Fik in den Kanal geworfen.«

Damit verließ sie die Bibliothek, gefolgt von Rictus' und Katyes Seufzen.

»Seid Ihr Euch sicher, Ambessa?«, flüsterte Rictus.

»Wirst du an meiner Seite sein und meinen Rücken decken, egal, was geschieht?«

»Natürlich. Aber …«

»Das ist alles, was ich brauche.«

Rictus nickte mit ernster Miene.

»Natürlich, Kreipsha.«

Als sie zurückkehrten, war der Speisesaal leer. Während sie nach dem Abgesandten aus Tannit suchte, hielt sie gleichzeitig die Augen offen, falls Ta'Fik auftauchte. Seltsam, dass er sich nach dem Coup so rar machte; sie hatte erwartet, dass er es von den Dächern rief. Das war zu viel Zurückhaltung im Augenblick des Triumphs. Für Ambessa bedeutete das die unangenehme Gewissheit, dass das nicht alles gewesen war.

Der Abgesandte fand sich im Garten des Innenhofs, am Mittelpunkt der gesamten Anlage. Er sprach mit der Frau, die Katye Stefana genannt hatte, die Nichte des Verwalters von Kilgrove. Zusammen mit dem Ring der Medarda trug sie das Wappen von Kilgrove. Ambessa zwang sich zu einem Lächeln.

»Trannit. Kilgrove. Ich bedaure, nicht schon vorab das Vergnügen eurer Bekanntschaft gemacht zu haben. Als die Vorstellungen geschahen, war ich unterwegs.«

»Davon hörten wir. Tatsächlich haben wir uns schon gesehen, als ich noch ein Kind war.« Die Frau aus Kilgrove richtete sich auf. »Enttäuschend, dass eine Generalin, zu der ich aufgesehen habe, den Kodex missachtet.«

Ihre tätowierten Muskeln waren so beeindruckend wie Ambessas eigene, und sie hatte den wiegenden Gang einer Frau, die viel Zeit auf Schiffen verbrachte. Mit finsterem Blick betrachtete sie Ambessa und Rictus, dann stapfte sie davon und ließ den Abgesandten aus Trannit allein auf der Bank zurück.

Ambessa strich Kilgrove von ihrer Liste. Von dort konnte sie keine Unterstützung erwarten, zumindest nicht, wenn das die einzige Person von dort war, die sie hier treffen konnte.

Der Mann aus Trannit wollte sich ebenfalls erheben, aber Ambessa platzierte sich vor ihm. Gemeinsam mit Rictus blockierte sie seinen Weg. Für einen Moment ließ sie ihn in seiner Angst sieden. Sein Blick zuckte von ihr zu Rictus und wieder zurück, als könne er sich nicht entscheiden, wer die größere Gefahr darstellte. Dann zeigte sie ihm ein sanfteres Lächeln und setzte sich neben ihn. Der Stein war warm, und der Geruch von Jasmin wehte süß durch die Luft.

Sie kreuzte die Beine.

»Wie heißt du?«

»Mein Name ist Gessik.«

»Smiks … Erbe?« Er sah nicht wie eines von Smiks Kindern aus; Smik war ein dunkler Mann mit schwarzen Locken, die er bei ihrem letzten Zusammentreffen mit Gold durchwirkt getragen hatte. Dieser hier war blass und blond, mit blauen Augen und verstreuten Sommersprossen im Gesicht. Dazu war er nicht wirklich jung. Vielleicht adoptiert.

»Nein. Aber ich bin seine rechte Hand. Er gab mir die Erlaubnis, mit seiner Stimme zu sprechen.«

Gessik hob das Kinn.

Das ließ Ambessa stutzen. Auch wenn er auf den ersten Blick nicht beeindruckend wirkte, wurde diese Art Vertrauen nicht leichtsinnig gewährt. Aber sie konnte gekauft werden, und Smik war nicht für die saubersten Kassenbücher bekannt.

»Und wäre er hier, was würde er sagen?«

Wieder ein Blick zu Rictus. Er leckte seine Lippen und nahm allen Mut zusammen.

»Wir unterstützen keinen Mord unter Medardas.«

Ambessa schenkte ihm ein trauriges Lächeln. Ein Winken ließ Rictus einen winzigen Hauch weniger bedrohlich werden.

»Es tut mir leid, dass du so von mir denkst. Ich würde niemals ein Mitglied des Clans töten. Wie kann ich dir beweisen, dass ich nur das Beste für die Medardas möchte? Dass mein einziges Gesetz das von Menelik war?«

Gessik schnaubte.

»Der Kodex? Ohne ihn, wer soll ihn durchsetzen?«

Von oben sah Ambessa auf ihn herab.

»Wir setzen ihn durch. Wir halten uns an ihn. Alle Medardas, überall. Er ist Teil unserer Geschichte, er ist in unserem Blut.«

»Und Euch ist er so wichtig, dass Ihr dafür morden würdet?«

Gessik schluckte. Wenigstens für seinen Mut bewunderte ihn Ambessa – auch wenn sie bezweifelte, dass es seine eigenen Worte waren, die er sprach.

Weiter blickte sie ihn stumm an, bis er an ihr herabsah, die Waffen bemerkte, die Ruhe, mit der sie neben ihm saß, die Macht ihres Leibes. Wieder schluckte er, als würde er zum ersten Mal begreifen, zu was sie fähig war – und dass er ganz allein war mit einer Frau, von der er glaubte, sie habe bereits für ihre Ambitionen gemordet. Sie erlaubte ihrem Mundwinkel ein feines Lächeln, dann änderte sie die Taktik.

»Wachsen die Schulden deines Meisters zu schnell?«, fragte sie. »Sollte Ta'Fik sein Gläubiger sein, können wir uns auch darum kümmern. Wir können mehr für Schiffe aus Trannit bezahlen.«

Seine Augen verengten sich.

»Oder ist es Erpressung? Ein neues Laster von Smik? Ich kann jene auslöschen, die die Geheimnisse kennen, und ihm wieder Ruhe und Sicherheit gewähren.«

Alle wussten, dass Verwalter Smik sich weniger um die Interessen des Clans kümmerte, als dass er jedes Rauschkraut und betäubende Getränk kostete, das der Handel in seine Stadt spülte – die so nah an Bilgewasser lag, dass so einiges den Weg von den Piraten in seine Hände fand.

Verschnupft erhob sich Gessik, als sich indignierte Röte auf seinen Wangen ausbreitete. Vielleicht war es auch einfach die Hitze. Auf seiner Stirn stand Schweiß.

»Verwalter Smik ist tadellos. Ich werde diese Beleidigung zu den vielen Gründen hinzufügen, wegen derer wir Verwalter Ta'Fik unterstützen. Wenn Ihr mich bitte entschuldigen würdet, Generalin.«

Den letzten Satz sprach er durch zusammengebissene Zähne, dann wand er sich an Rictus vorbei und lief beinahe davon, so schnell, dass die roten Bänder seiner Kleidung hinter ihm wehten.

Alleine auf der Bank starrte Ambessa in den Garten. Die Sonne stand im Zenit und wärmte die nackte Haut ihrer Arme. Bunte kleine Vögel zwitscherten in den Büschen, suchten im Schmutz nach Insekten, fröhlich und unbeschwert, als habe die Welt sich nicht gewandelt.

»Und nun?«, erkundigte sich Rictus, der sich neben sie setzte.

Sobald er saß, stand sie auf.

»In den Übungshof. Dann die Arena.« Eigentlich sollte sie ihre Kinder suchen, um ihnen zu erklären, was auf sie zukam. »Ich muss jemanden schlagen, und dann muss ich dabei zusehen, wie Leute sich schlagen. Und ich muss was Gutes trinken. Viel davon.«

***

Heute kämpfte Rell nicht in der Arena. Ambessa fragte sich, wie es dem Mädchen mit seinen Eltern und deren entblößtem Hunger erging. Sie sabberten ob des Potenzials ihrer Tochter. Ob des Geldes, das sie in der Arena erringen konnte. Ob der Verbindungen, die sie knüpfen konnte, geknüpft *hatte,* alles zu ihrem Gewinn. Noch mehr gute Gründe, Rell in eine ihrer Truppen einzuladen, bevor die Eltern ihr Leben mit ihren Plänen ruinieren konnten.

Die Kämpfe des Abends flogen verschwommen vorbei, unter Schreien und Jubel der Menge, Waffen, die in den Sand fielen, dem Brüllen der Bestien. Ambessa füllte sich mit Honigwein aus Bel’zhun ab und stellte sich mehr als einmal vor, wie sie Ta’Fik unten in der Arena mit ihrem Katar aufspießte.

Einmal glaubte sie, in einer anderen Loge Lisabetya zu erkennen, und erhob sich, um ihr offen zu sagen, was sie dachte, ihr eine letzte Chance zu geben, sich an ihre Seite zu stellen. Die ältere Frau – sie war nur wenige Jahre jünger als Menelik – war eine von Meneliks Generalinnen gewesen, vielleicht sogar seine Freundin, oder zumindest so nahe, wie man dem Anführer des Clans sein konnte.

Mitten im Kampf hatte sie also ihre eigene Loge verlassen, Rictus an ihrer Seite. Die Flure über den Tribünen des einfachen Volks waren leer. Es war seltsam leise hier, verglichen mit dem Lärm unter ihnen. Aber als sie die Loge erreichten, was Lisabetya nicht dort. Stattdessen war die segelnde Nichte von Dauvin aus Kilgrove anwesend, aber Rictus hatte Ambessa die Hand auf die Schulter gelegt. Der Griff war fest, und in ihm las sie seine Gedanken: *Ich denke, das ist nicht weise, aber ich folge dir auf allen Pfaden.* Mit einem tiefen Atemzug hatte sie seine Weisheit respektiert. Kein Kampf.

Dennoch betrat sie die Loge und ließ sich auf einen leeren Sitz neben der jungen Frau fallen. Die sah betont gelassen in die Arena, aber das Zucken ihres Kinns verriet, dass die Unbekümmertheit nur gespielt war.

»Stefana.«

Die junge Frau wollte sich erheben, aber Ambessa legte ihr die Hand auf den Arm. Langsam setzte sie sich wieder.

Jetzt war Ambessa damit an der Reihe, sich auf das Geschehen unter ihnen zu konzentrieren. Ta'Fiks Tochter kämpfte endlich.

»Tivadar ist zu impulsiv. Ihre letzten Kämpfe hat sie allein mit ihrer Geschwindigkeit gewonnen, aber sie hat kein Verständnis für Taktik.«

Stefana brummte. Als sie antwortete, klang in ihrer Stimme einiges an Stolz mit: »Leda ist tausendmal schlauer und geduldig wie ein Berg.«

Ambessa zog eine Augenbraue hoch, sah aber nicht zu ihr hinüber.

»Kennst du Leda gut?«

»Vielleicht.«

Da war ein Hauch von Scham.

»Nun. Du hast ein gutes Auge.« Ambessa nahm sich vor, mehr Kämpfe von Leda anzuschauen. Noch eine Vergelterin, die sinnvoller in ihren Truppen als in der Arena eingesetzt werden konnte. Mit einer Hand signalisierte sie den Bediensteten, ihnen Getränke zu bringen. Beinahe gegen ihren Willen stellte sie trotzdem fest: »Tivadar hat allerdings Potenzial.«

Stefana nahm ein Glas entgegen, trank aber nicht.

»Was wollt Ihr, Generalin?«

»Es tut mir leid, dass ich dich vorher nicht erkannt habe. Du bist gewachsen. Man sagt, du kommandierst dein eigenes Schiff. Das ist beeindruckend in deinem Alter.«

Gerade aus dem Augenwinkel konnte sie sehen, wie Stefana unbehaglich auf dem Sitz hin und her rutschte.

»Es ist nicht unmöglich. Ihr habt es ebenfalls getan. Als Ihr so alt wart wie ich, hattet Ihr eine eigene Flotte.«

»Wenn man eine Handvoll Schiffe eine Flotte nennen kann. Ein Geschenk von Menelik. Er war mehr als nur mein Großvater. Er war mein Lehrer in der Kunst des Krieges, in allem tatsächlich. So wie dein Onkel für dich, nehme ich an.«

Zum ersten Mal trafen sich ihre Blicke. Ihre Augen waren dunkel unter dünnen Augenbrauen. Den Hals hinauf, die Schultern und Arme herab wanden sich Tätowierungen, die an eine aufgewühlte See erinnerten.

»Ich schulde Onkel Dauvin alles.«

»Nein, tust du nicht.« Ambessa musste an ihre eigenen Verpflichtungen jenen gegenüber denken, die ihr geholfen hatten, die Frau zu werden, die sie war. Menelik, sicher, aber auch ihre Eltern. Ihr Bruder Katye und sogar Rictus. »Du schuldest niemals jemandem alles. Egal, welche Geschenke sie dir gaben, du musstest dich selbst aufbauen. Du kannst dir einen eigenen Namen machen, wenn du wünschst.« Einladend breitete sie die Hände aus. »Meine Flotte ist größer geworden. Ich habe immer Bedarf an einer guten Kapitänin.«

Stefanas Antlitz versteinerte sich.

»Diese Treulosigkeit erinnert mich daran, dass es falsch war, Euch jemals zu bewundern. Mein Onkel hat seine Gründe, Verwalter Ta'Fik für die richtige Wahl für die Medardas zu halten, und ich werde ihn darin stets unterstützen. Aber irrt Euch nicht, Generalin, ich habe meine eigenen Gründe.«

Statt sich zur Wehr zu setzen, erhob sich Ambessa. Von oben blickte sie auf Stefana hinab.

»Du bist noch ein Kind und warst nicht genug auf dich allein gestellt, um zu wissen, was wahre Verantwortung bedeutet – aber wenn sich das ändert, melde dich in Rokrund.«

Ohne sie eines weiteren Blickes zu würdigen, entfernte Ambessa sich. Rictus erwartete sie am Zugang der Loge, und nur seine aufgerissenen Augen warnten sie. Als sie herumwirbelte, raste das Stiefelmesser von Stefana auf sie zu.

Mit einer schnellen Bewegung packte Ambessa das Handgelenk der jungen Frau, zwang ihren Arm herum und drückte sie gegen die Wand. Der Bedienstete sprang zur Seite, sein Servierwagen kippte, und Gläser und Flaschen zerplatzten auf dem Boden. Unaufhaltsam drehte Ambessa Stefanas Arm, bis der Dolch, der ihr gegolten hatte, auf die Kehle der jungen Frau zeigte.

Stefana wehrte sich, konnte Ambessas Griff aber nicht brechen. Ihr Kinn war jedoch immer noch entschlossen vorgestreckt.

»Und jetzt?«, spie sie ihr entgegen. »Wirst du mich auch töten?«

»Ich habe Menelik nicht ermordet, Kind«, knurrte Ambessa. »Und kein Zeuge hier würde dagegen argumentieren, dich zu töten – nicht nur bin ich dein Clan, du wolltest mir in den Rücken stechen.« Ambessa verzog angewidert das Gesicht, doch vor allem empfand sie Mitleid. »Ta'Fik hat dich hereingelegt, und jetzt erledigst du seine schmutzige Arbeit. Indem du eine Medarda tötest, wirst du zur Ausgestoßenen, während er die Früchte deiner Tat einheimst. Bedenke gut, wem du Vertrauen schenkst.«

»Was geht hier vor, Stefana?«, bellte eine dunkle Stimme hinter ihnen. Lisabetya. Ambessa spürte, wie sie näher kam, ließ aber nicht von Stefana ab. Ihr Vertrauen galt Rictus, der sie schützen würde, sollte Lisabetya sie angreifen. »*Medardas kämpfen ehrenvoll.* Und doch entehrst du uns alle mit deinem Verhalten.«

Die dritte Maxime des Kodex. Wie breit legte Dauvin ihn aus, wenn er seiner Nichte solches Verhalten beibrachte?

Ambessa lockerte ihren Griff ein wenig.

»Du bist jung und voller Eifer«, befand sie leise. »Aber du bist jenen, die dir wichtig sind, loyal gegenüber. Das ist lobenswert. Eines Tages jedoch wirst du erwachsen sein und ihre Rockschöße loslassen müssen.«

Dann entließ sie die junge Frau, behielt aber das Messer. Die Kapitänin warf ihr einen Blick zu, Fäuste geballt, als wollte sie etwas sagen oder nach ihr schlagen.

»Mädchen!«, bellte Lisabetya erneut. »Wenn du noch einen Funken Verstand im Schädel hast, sei dankbar und verschwinde.«

Stefana sah zwischen ihnen hin und her, und dann viel zu spät zu den anderen Gästen der Loge. Während einige bemüht die Blicke abwendeten, beobachtete der Rest sie begierig auf mehr. Stefana erbleichte. Ohne noch etwas zu sagen, drängelte sie sich aus der Loge in die Flure der Arena.

Lisabetya knurrte.

»Zu viel Herz, zu wenig Hirn.«

Geschickt ließ sie die winzigen Messer wieder aus ihren Händen verschwinden. Als sie Ambessas Blick bemerkte, grinste sie. »Meine Milchzähne. Ich war nicht sicher, *wie* närrisch sie sein würde.«

Vorsichtig schob Ambessa das Messer hinter ihrem Rücken in den Gürtel, dann streckte sie Lisabetya ihre Hand entgegen.

»Perfektes Timing, Verwalterin.«

Aber Lisabetya ergriff die Hand nicht, sondern wendete sich ab. Ambessa folgte ihr in den Korridor, gefolgt von Rictus.

»Ich weiß, was du willst, Ambessa, aber ich kann es dir nicht gewähren.«

»Warum nicht? Ich habe ihn nicht ermordet.«

Lisabetya nickte bedächtig.

»Ich weiß.«

»Dann unterstütz mich und meinen Anspruch. Du weißt, dass er diese Situation um jeden Preis vermeiden wollte – gespalten sind wir schwach. Wenn du an meiner Seite stehst, kann ich Ta'Fik bändigen.«

Aber die Verwalterin schüttelte den Kopf.

»Ich werde mich nicht involvieren. Es wäre besser gewesen, wenn er seine Wahl verkündet hätte, aber …«

»Du kennst sie?«, fragte Ambessa voll plötzlichen Misstrauens. »Auf wen fiel seine Wahl?«

»Nein. Genau um all das hier zu verhindern, bat ich ihn, sie mir zu sagen, aber er verweigerte sich mir. Also müssen wir das wie Noxianer handhaben. Auf dann, Ambessa.«

Lisabetya hob die Faust zum Salut an die Brust, dann entfernte sie sich.

An den Treppenstufen, die zu ihrer Loge führten, hielt Ambessa inne.

»Egal. Lass uns nach Hause gehen.«

Rictus brummte zustimmend, und sie machten sich auf den Weg aus der Arena in die dunkel werdenden Gassen. Schon bald würde der letzte Kampf stattfinden, dann kam die Menge aus der Arena geströmt, wie ein Fluss, dessen Damm brach, und würde sich in jedes Wirts- und Speisehaus innerhalb einer Meile Umkreis ergießen. Aber noch waren die Straßen angenehm leer.

In der Ferne sah sie das Noxtoraa am nördlichen Stadtrand. Es erfüllte sie mit einer bestimmten Art von Stolz. Ihre Vorfahren hatten es errichtet. Es war lange her, dass sie solche Siege errungen hatten. Ionia. Das war noch möglich. Sie konnte Darkwill Ionia bieten und Ta'Fik einen herben Schlag zufügen, indem sie Caprian zum Großgeneral brachte. Mit Darkwill auf ihrer Seite hätte Ta'Fik keine Hoffnung mehr.

»Vielleicht hatte Katye recht.« Es bedurfte mehr Zeit, um Verbündete zu finden, und sie würde an Orten suchen müssen, die niemand erwartete.

Es würde Krieg geben, und Kriege wurden nicht mit Worten allein gewonnen.

KAPITEL ACHT

»Ambessa, was ist passiert?«

Azizi stand von seinem Platz auf dem Sofa auf und sah ihr besorgt ins Gesicht. Er bemerkte ihre müden Schultern.

»Kino, hol die Heiler.«

»Nein, mir geht es gut.« Aber Ambessa berührte seine Schulter, während Kino an der Tür stand. »Hol deine Schwester. Wir müssen das als Familie besprechen.«

Kino, dessen Gesicht ausnahmsweise einmal ernst war, nickte. Ambessa bedeutete Rictus, sich zu entspannen. Er suchte sich einen Stuhl aus, von dem aus er die Tür gut sehen und erreichen konnte. Azizi streichelte ihr den Rücken, aber Ambessa war nicht in der Stimmung für Trost.

»Was ist los?«, wiederholte er.

»Dauvins Nichte. Sie hat mich in der Arena angegriffen.«

»Mit einem Messer in den Rücken«, fügte Rictus missbilligend hinzu.

»Die Kapitänin?« Azizi runzelte die Stirn, die Falten auf seiner Stirn vertieften sich. »Das ist … mutig. Auf Befehl von Ta'Fik?«

»Wenn es nicht sein Befehl war, glaubt sie zumindest genug an ihn, um sich seine Gunst sichern zu wollen.« Schon kehrte Kino zurück, Mel an seiner Seite.

»Mutter? Ist alles in Ordnung? Kino sagte, du wärst verletzt worden.«

Trotz ihrer jüngsten Schwierigkeiten umarmte Mel sie, und

das machte das, was Ambessa tun musste, noch schwerer. Sie wünschte, sie könnte bleiben, um sie zu führen – um sie zu beschützen.

Mit einem Ruck bemerkte Ambessa den goldenen Streifen, der aus dem Ausschnitt von Mels Kleid hervorblitzte. Sie zog ihn gerade so weit zurück, dass sie das Gold auf Mels brauner Haut sehen konnte. Entzündet. Die Tätowierung war neu.

Ambessa kniff die Augen zusammen, und Mel richtete sich unter ihrem prüfenden Blick auf. Jetzt war ihr Kind bereit für den Kampf. Ein Teil von Ambessa war stolz auf sie.

Ein anderer Teil, ein größerer Teil, wurde von einer schrecklichen Sehnsucht erfasst, fast wie Heimweh.

Noch kleiner war ein Teil von ihr, der von plötzlicher Angst erfüllt war.

Ambessa streckte die Hand aus und berührte Mels Kinn sanft, sodass sie das Kunstwerk, das den Körper ihrer Tochter zierte, besser sehen konnte. *Vertraute* Kunst. Sie war sich der Blicke bewusst, die auf die beiden gerichtet waren. Azizi würde Fragen haben, und Ambessa war sich nicht sicher, ob sie bereit war, sie zu beantworten.

»Wer hat dir das gestochen?«, flüsterte Ambessa.

»Ein Rakkor-Künstler in der Stadt.«

In der Stadt. *Wie konnte er es wagen, ihr so nah zu kommen?* Die Angst in ihr wurde immer größer, ihr Herz schlug schneller. Es sei denn, etwas war nicht in Ordnung und er war gekommen, um sie zu warnen. Wenn *sie* von Mel wussten ….

»Wie hieß er? Seine Arbeit ist … einzigartig.«

Mel sträubte sich. »Ich habe nicht gesagt, dass es ein Mann war.«

Darauf antwortete Ambessa nicht, sondern wartete, bis Mel seufzte.

»Er hat mir seinen Namen nicht gesagt, und ich habe ihm meinen nicht genannt. Ich hielt das für besser.«

»Gut«, sagte Ambessa, obwohl sie wusste, dass es kein Zufall war, dass Rudo Mel in Bel'zhun gefunden hatte. *Aber warum gerade jetzt?* Gerade jetzt, wo sie sich mit Ta'Fik herumschlagen musste. Sie brauchte keine zusätzlichen *Komplikationen.*

Und doch wollte sie ihn sehen. Es war so lange her.

Mel stand jedoch immer noch da, als würde sie auf etwas anderes warten. Als Ambessa nichts sagte, fragte Mel: »Was hältst du von ihnen?«

Etwas in ihr wurde weicher. Sie warf einen Blick auf Azizi und Kino, die sie neugierig beobachteten, aber nichts sagten. Azizis Gesicht war unlesbar. Oh ja, es würde Fragen geben.

»Ich finde, du warst leichtsinnig und hast dich unnötig in Gefahr gebracht«, sagte sie, und Mels Antlitz verdunkelte sich. »Aber … sie sind … wunderschön. Du bist wunderschön, Kind.«

Mel sah zu ihr auf, ihre haselnussbraunen Augen weit aufgerissen vor Überraschung, ein zögerliches Lächeln auf den Lippen. Dann fiel ihr wieder ein, warum sie überhaupt herbeigerufen worden war.

»In welche Gefahr?«

Endlich setzte Ambessa sich auf das Sofa. Mel nahm neben ihr Platz, Azizi auf Mels anderer Seite. Kino verschränkte die Arme vor der Brust und blieb stehen. Sie blieb nahe an der Wahrheit.

»Als dein Urgroßvater starb, hat er keinen Erben benannt.« Seine Kinder – ihre Mutter und ihre Onkel – waren längst fort, auf diesem oder jenem Feldzug gefallen. »Er hatte jedoch immer seine Favoriten. Diejenigen von uns, die er von Grund auf ausgebildet hatte. Ta'Fik und mich besonders.«

Und Ta'Fik hasste sie seit Jahrzehnten für das, was mit Zoya geschehen war. Er würde sich nicht so leicht geschlagen geben; das war zu persönlich.

»Ich muss Bel'zhun verlassen.« Ambessa hob eine Hand, um die Proteste ihrer Familie zu unterbinden. »Rictus und ich.«

»Allein?«, fragte Azizi mit vor Sorge schriller Stimme.

»Mit der Faust und meinen Schiffen. Einigen der Wolfsschnitter. Wir werden mit Darkwill sprechen, dem Verwalter von Vindor, und allen anderen, die wir überzeugen können, sich mir anzuschließen.«

»Das bedeutet Krieg«, sagte Kino. »Du willst einen Bürgerkrieg im Clan anzetteln.«

Ambessa sträubte sich gegen den vorwurfsvollen Ton.

»Wenn Ta'Fik keinen Krieg wollte, hätte er zweimal nachdenken sollen, bevor er mich des Mordes an Menelik und des Diebstahls meines rechtmäßigen Platzes in dieser Familie beschuldigte. Er weiß, was das bedeutet. Ganz zu schweigen davon, dass er seine Amateure auf mich gehetzt hat.« Sie schnitt mit der Hand durch die Luft. »Das ist keine Debatte. Du wirst mit deinem Onkel nach Rokrund zurückkehren, wo du in Sicherheit bist. Vielleicht kommt es gar nicht zum Krieg. Wenn genug der Verwalter mich unterstützen, werden unsere Kriegsscharen die von Ta'Fik zahlenmäßig übertreffen, und er wird keine andere Wahl haben, als sich zu ergeben.«

»Ich will mit dir kommen.« Mel saß auf der Kante des Sofas, die Hände auf den Knien gefaltet, den Rücken gerade wie eine Säule.

»Du wirst nach Rokrund gehen und dort bleiben.«

»Du wirst Verbündete suchen. Ich weiß, dass wir unterschiedlich sind, aber ich kann dir helfen, diplomatische Beziehungen aufzubauen …«

»Du wirst mir bei der Art von Diplomatie, die ich betreiben muss, keine Hilfe sein«, knurrte Ambessa entschlossen und legte die Hand auf ihr Gürtelmesser.

Besorgt warf Kino Mel einen Blick zu und sagte dann: »Ich

möchte hierbleiben. Ich habe hier Interessen und Freundschaften zu pflegen. Die könnten dir nützlich sein.«

Einen Augenblick lang überlegte Ambessa, dann nickte sie langsam.

»Ja. Bleib bei deinem Vater. Du und Azizi könnt Ta'Fiks Einfluss an der Wurzel bekämpfen. Eine Störung des Handels mit Tereshni könnte seine Ressourcen binden.«

Dann wandte sie sich an Mel: »Aber du wirst mit Katye nach Hause zurückkehren.«

Ambessa konnte sich nicht davon abhalten, auf das goldene Tattoo zu schauen, das unter Mels Kragen hervorblitzte. Wenn Rudo gekommen war, bestand die Möglichkeit, dass hier viel mehr im Gange war als nur Ta'Fiks kleinliche Machtkämpfe. Sie wollte Mel außer Reichweite von Rudo haben. Außer Reichweite von *ihnen*.

Als die Kinder gegangen waren und Rictus sich in sein Zimmer nebenan zurückgezogen hatte, versuchte sie, Azizi das zu erklären.

»Es könnte jemand Schlimmeres als Ta'Fik hinter mir her sein. Hinter … den Kindern. Versprich mir, dass du auf sie aufpasst.«

»Was meinst du damit?« Er runzelte die Stirn. Sein Haar war von mehr grauen Strähnen durchzogen – wann war das passiert? Sie fuhr mit einer Hand hindurch. »Was ist schlimmer als Ta'Fik? Solltest du dann nicht bleiben?«

Energisch schüttelte sie den Kopf.

»Ich kann es nicht erklären, und es ist gefährlich, darüber zu sprechen. Je mehr du weißt, desto mehr wirst du zur Zielscheibe.«

»Ich verstehe nicht.«

»Das musst du nicht. Beschütze sie einfach.« Sie küsste Azizi und stand auf. Aber er hielt sie an der Hand fest und brummte nachdenklich.

»Ich habe mit einigen der Shuriman-Karawanen bestimmte Geschäfte ausgehandelt. Ta'Fik verdient viel Geld mit Waren, die von Bel'zhun nach Nashramae transportiert werden. Ich werde ihm für dich ein Loch in seine Geldbörse schneiden.«

Sein schiefes Lächeln ähnelte dem von Kino so sehr, dass Ambessa vor Zuneigung das Herz schmerzte. Es schmerzte auch vor Angst.

»Na gut. Ich werde die Hälfte der Wolfsschnitter zurücklassen.«

Fünfhundert Leute bildeten ihre beste Kriegsschar. Die Mitglieder stammten aus anderen Truppen oder waren handverlesen aus den Gruben der Vergelter. Sie würden über ihre Familie wachen.

»Versprich mir, dass du ihn beschützen wirst und dass Mel nach Rokrund kommt.«

Azizi küsste ihre Finger.

»Ich werde unsere Kinder beschützen. Das verspreche ich dir.«

***

Trotz der Anspannung aufgrund ihrer Entscheidung wachte Ambessa mit einem angenehmen Gefühl auf. Meerschaum an den Klippen, ein langgliedriger Tänzer, dessen Körper mit Gold bemalt war, das Lächeln breit, die Hände stark. Sie verdrängte diese Gedanken und begann so leise wie möglich mit ihren Vorbereitungen. So bitter diese Entscheidung auch war, sagte sie sich, dass sie dies für ihre Kinder tat. *Alles für sie,* ging ihr durch den Kopf, als sie an die Kapitäne ihrer Kriegsscharen und ihrer Schiffe schrieb. Sie würden sicherer sein, wenn sie fort war, sagte sie sich, als sie Katye schrieb, dass er recht habe.

»Du bist früh auf«, sagte Azizi, als er in seinem Bademantel in Ambessas Arbeitszimmer kam. Sein weicher Bauch wölbte sich niedlich unter dem Stoff. »Wann musst du los?«

Ambessa legte den Stift beiseite und rieb sich die Augen.

»So schnell wie möglich.«

»Vor der Beerdigung?« Sie seufzte. Nickte. Ta'Fik würde das gegen sie verwenden, aber sie hatte ihren Blick bereits auf die nächsten Schritte gerichtet. Hier gab es keinen weiteren Sieg mehr zu erringen, und jeder Tag Verzögerung würde einen Unterschied machen.

Sanft küsste Azizi sie auf die Schläfe.

»Ich werde mit dem Quartiermeister sprechen.«

»Sei diskret. Bitte.«

Azizi brummte, dann ging er zurück ins Schlafzimmer. Ambessa beendete den Brief an Katye und zog sich an. Diesmal trug sie ihr Messer und ein Schwert sowie die leichte Rüstung, für die die Medardas bekannt waren.

Sie traf Rictus vor ihrem Zimmer. Zwei Sachen gab es noch zu erledigen, beide in der Stadt. Auf dem Weg nach draußen übergab sie den Brief für Katye an einen Bediensteten.

Wie viele von ihnen stehen bereits in Ta'Fiks Diensten?, fragte sie sich. Für alle Fälle hatte sie den Brief in Geheimschrift verfasst.

Zuerst führte Ambessa sie zum Schimmernden Markt. Um sich umzusehen. Sie sagte sich, dass sie Rudo nicht ansprechen würde, wenn sie ihn sah, aber so würde sie zumindest wissen, dass er in ihrer Stadt war. Es war gut, Informationen zu sammeln.

Warum lässt du dann nicht einen deiner Leute ihn suchen? Das könntest du tun, ohne Verdacht zu erregen. Aber Ambessa konnte das, was ihr seit über fünfzehn Jahren am meisten am Herzen lag, nicht loslassen. Wenn jemand anderes ging, würde Ambessa ihn nicht mit eigenen Augen sehen können.

Die Leute salutierten, als sie über den Markt gingen, und

riefen ihren Namen: *Medarda, Medarda, Generalin Medarda.* Einige flüsterten ihn nur, aber das war auch in Ordnung. Ehrfurcht und Angst.

Angst schafft Verbündete. Ehrfurcht hält sie zusammen.

Ambessa suchte in dem Abschnitt des Marktes, wo die meisten Handwerker ihre Stände aufgebaut hatten, aber er war nicht da; auch nicht in dem Bereich, wo die Straßenkünstler sich Platz gemacht hatten und tanzten, sangen oder Theaterstücke und Puppenspiele für Münzen aufführten.

Mel mit ihren Tätowierungen zu sehen, war wie eine Begegnung mit einem Geist gewesen. Ambessa hatte gedacht, sie würde sich das nur einbilden – Rudo, der zurückkam. Sie hatte ihn beim Tanzen in Basilich, der größten Hafenstadt im Osten von Noxus, getroffen. Sie hatte sich immer gefragt, ob er sich absichtlich hatte erwischen lassen, ein Köder am Haken.

»Ambessa?«, fragte Rictus. »Was machen wir hier?«

Das riss sie aus ihren Erinnerungen auf, und sie spürte, wie ihr Gesicht warm wurde.

»Nichts«, sagte sie schroff. Frustriert über ihre mädchenhafte Dummheit, fragte sie einen Puppenspieler in der Nähe, der gerade seine Vorstellung beendet hatte.

»Hast du einen großen Mann gesehen, braune Haut, haselnussbraune Augen?« Oh, diese Augen. Ambessa hielt ihre Hand hoch, um Rudos Größe anzuzeigen. »Rakkor, mit goldenen Tätowierungen am ganzen Körper?«

»Das ist Generalin Ambessa Medarda!«, sagte der Puppenspieler mit quietschender Stimme, zog eine der Puppen hervor, die er gerade weggeräumt hatte, und ließ sie salutieren. Sie trug eindeutig die Uniform eines noxianischen Soldaten mit einem winzigen roten Umhang, obwohl ihr geschnitztes Holzschwert wie ein Bel'zhun-Krummsäbel gebogen war. Dann holte er mit der anderen Hand eine andere Puppe hervor, die in eine zerlumpte Kombination aus Freljord-Pelzen gekleidet war, und ließ sie sich ducken. »Sprich nicht mit ihr, versteck dich, versteck dich!«

Ambessa runzelte die Stirn. »Ich stelle nur eine Frage. Habe ich dir etwas getan?«

Die erste Puppe fiel auf die Knie.

»Nein, nein, Ambessa Medarda! Wir sind demütig. *Ihr* sprecht zu uns!«

Die zweite Puppe bedeckte ihre bernsteinfarbenen Perlenaugen.

»Wir wissen nichts über den goldenen Mann mit den bemalten Fingern.«

Sie bemerkte den absichtlichen Versprecher des Puppenspielers.

»Weißt du, wo ich diesen Mann finden kann?« Zu ihrer Verärgerung stellte Ambessa fest, dass sie sich an die Puppen wandte. Angewidert schnaufte sie und schob die Puppen beiseite. »Sag es mir, oder verschwende nicht weiter meine Zeit.«

Beide Puppen senkten den Kopf und schüttelten ihn demütig, und ihr Puppenspieler ahmte sie nach.

Mehr wütend auf sich selbst als auf irgendetwas anderes, stürmte Ambessa davon. Sie fühlte sich gedemütigt.

Als jemand an ihrem Umhang zerrte, wirbelte sie herum, gerade rechtzeitig, um das Handgelenk eines jungen Taschendiebs zu packen. Er entglitt ihr, rannte aber gegen die Wand, die Rictus' massiger Körper bildete. Er hielt den schmalen Unterarm mit eisernem Griff fest, während der Dieb sich wand.

»Ich weiß, dass du nicht so dumm bist, mich zu bestehlen, Kind.«

Die Augen des Jungen glühten beinahe. Er konnte nicht älter als dreizehn sein, aber in seinen Augen lag eine scharfe Intelligenz. Wie aus dem Nichts zauberte der Junge ein kleines Stück Papier zwischen seinen Fingern hervor.

»Für den Medarda-Clan.«

Ambessa starrte auf das Papier, dann auf den Jungen. Ein kleines Grinsen umspielte seine Mundwinkel, und ihr Mund wurde trocken. Vielleicht war alles noch schlimmer, als sie gedacht hatte, und es war gar nicht Rudo, den Mel getroffen hatte, sondern einer von *ihnen. Dem Orden.*

»Von wem?«, fragte sie.

Der Junge zuckte mit den Schultern, obwohl sein Arm gefesselt war.

»Der Mann mit dem Gold. Er sagte, ich soll es dir geben.«

Hoffnung – Angst – Sehnsucht – Frustration – all diese Gefühle durchfuhren sie nacheinander und dann wieder von vorne. Wie auf der Jagd drehte sie schnell den Kopf und suchte nach ihm.

»Wenn er hier wäre, hätte ich dann eine Nachricht gebracht?« Der Bote schnalzte mit der Zunge. »Hör mal, sagst du deinem riesigen Dormun, er soll mich loslassen, oder was, Lady?«

Sie nickte Rictus zu, der ihn losließ und ihm das Stück Papier aus der Hand nahm. Dabei musterte sie ihn von oben bis unten. Er war jung genug, um in einem der noxianischen Studentenwohnheime zu wohnen. Ein Schulschwänzer? Oder etwas anderes?

»Möchtest du eine Anstellung?«, fragte sie.

Er sah sie misstrauisch an.

»Nein?«

»Lass mich das anders formulieren. Wenn du Teil meines Haushalts werden möchtest, geh zum Medarda-Anwesen. Frag nach Azizi und sag ihm, Ambessa hat dich geschickt.«

Der Junge musterte Rictus und rieb sich den Arm.

»Nee. Ich passe.«

»Wie du willst. Dann geh.« Sie schickte ihn weg, aber ihre Aufmerksamkeit galt bereits dem Zettel in ihrer Hand.

Er war mehrfach gefaltet, sodass ein kleines Quadrat entstand. Als sie endlich die Nachricht las, entglitt ihr etwas, als hätte man eine Mwatis-Blase durchstochen.

Halte dich bedeckt. Alles ist in Ordnung.

Seine Handschrift; sie kannte sie gut genug aus den wenigen kryptischen Briefen, die sie in den letzten fast anderthalb Jahrzehnten ausgetauscht hatten. Aber es war so … wenig, und es warf noch mehr Fragen auf, als sie ohnehin schon hatte. Das Gefühl der Angst, das sie seit ihrer Rückkehr aus dem Osten begleitet hatte, wurde noch dunkler.

Um Mels willen hatten sie vereinbart, sich voneinander fernzuhalten. Was konnte so wichtig sein, dass er diese Absprache brechen würde? Und das ohne Erklärung.

Ihre jetzige Stellung hatte Ambessa nicht erreicht, ohne auf ihre Instinkte zu hören – Instinkte, die ihr Vater und ihr Großvater von dem Moment an geschärft hatten, seit sie auf zwei Beinen stehen konnte.

Es bahnte sich Ärger an, und Ta'Fik war noch das geringste Problem.

KAPITEL NEUN

Rictus' Blick lastete schwer auf ihren Schultern, als sie ihn aus dem Schimmernden Markt hinausführte – nicht zu den Anwesen der Kriegsherren, des Verwalters und der reichen Kaufleute, die sich denselben Platz leisten konnten, sondern in die ärmeren Viertel. Hier gab es keinen Marmor und keine alten Paläste aus Shurima. Die meisten Gebäude waren jedoch nach Shurima-Art errichtet worden – in den weniger begehrten Stadtteilen standen nicht so viele neue noxianische Gebäude. Sandsteinziegelsteine lagen auf dem Boden, wo sie von den Gebäuden gefallen waren; sie wurden als Sitzgelegenheiten vor den Häusern oder als Trittstufen zu höheren Ebenen wiederverwendet. Sie sah sogar zwei alte Frauen, die auf einem davon mit Würfel spielten. Die Leute bedeckten die leeren Stellen mit lichtdurchlässigen Vorhängen in Rot, Türkis oder Gold, als wären die Löcher in ihren Häusern schon immer Fenster gewesen. Sie nahm sich vor, mit Verwalter Dorrik zu sprechen. Das war inakzeptabel und würde den unzufriedenen Fraktionen in der Stadt nur noch mehr Auftrieb geben.

»Wohin gehen wir?«, fragte Rictus schließlich. Seine buschigen Augenbrauen lagen tief über den Augen, und er beobachtete alles und jeden um sich herum mit Argwohn.

»Um Vorräte zu holen.«

Er kniff die Augen noch enger zusammen, sagte aber nichts.

In dem Viertel, das umgangssprachlich das Fass genannt wurde, blieb Ambessa vor einem großen Gebäude im alten

Shuriman-Stil, dessen Lehmwände zwar verwittert, aber dennoch stabil waren, stehen. Der gewölbte Eingang war mit einem bunten Tuch drapiert.

»Hallo?«, rief Ambessa. »Rell Canwell, bist du zu Hause? Lady Canwell?«

Ein Mann mit einem Korb auf der Hüfte ging an ihnen vorbei. Er musterte sie misstrauisch. Einen Moment später rief Ambessa erneut. Selbst mit Rictus hinter sich hatte sie das Gefühl, als würde ein weiteres Messer auf sie zukommen. Als sie zum dritten Mal rief, lugte ein kleines Mädchen, das Ambessa kaum bis zum Knie reichte, hinter dem Vorhang hervor. Mit großen dunklen Augen blickte es zu ihr auf.

»Hallo«, sagte Ambessa lächelnd und kniete sich vor sie. »Ich suche Rell. Wohnt sie hier?«

Das Mädchen nickte und öffnete den Mund zu einem O, das so rund war wie ihre Augen.

»Bist du ihre Schwester?« Das Mädchen schloss den Mund und schüttelte den Kopf. »Könntest du sie bitte holen?«

Erneut schüttelte das Mädchen den Kopf. Dann zuckte es mit den Schultern und ging ins Haus. Dabei schaute es über die Schulter und wartete darauf, dass Ambessa folgte.

Ambessa flüsterte Rictus zu: »Pass hier draußen auf.«

»Könnte eine Falle sein.«

»Vertrau mir.«

Rictus warf ihr einen traurigen Blick zu, drehte sich dann aber um, um die Straße besser im Auge zu behalten. Ambessa zog den Vorhang zu und folgte dem Mädchen die Treppe hinauf, vorbei an den Vorhängen anderer Familien, von denen einige abgenutzt und zerfleddert waren. So viele Füße waren diesen Weg hinaufgetreten, dass der Stein glatt abgenutzt war und die Treppenstufen in der Mitte Kuhlen aufwiesen.

Das Mädchen hielt sie an einem blauen Vorhang an, der im Vergleich zu den anderen zerfetzten Vorhängen dick und leuchtend und in der Mitte mit einem goldenen Löwen bestickt war. Zuerst huschte das Mädchen davon, blieb aber auf der Treppe stehen und spähte mit großen Augen von oben auf Ambessa herab. Sie musste zu einer der anderen Familien in dem Gebäude gehören. Oder vielleicht hatte Rictus recht.

Nur ein Mädchen. Paranoia ist schlimmer als gar kein Instinkt.

»Rell?«, rief Ambessa erneut. »Lady Canwell?«

»Was ist los?«, knurrte Rells Vater, als er den Vorhang aufriss. Sobald er sie jedoch sah, änderte sich sein Verhalten schlagartig. Er salutierte.

»Generalin Medarda! In unserem Haus! Was für eine Ehre!« Er warf einen Blick über seine Schulter. »Ich fürchte, wir sind nicht, äh, bereit für Besuch, insbesondere nicht für jemanden von Eurem … äh – das heißt, wir halten zwar mehr Ordnung in unserem Haus als viele andere hier, aber wir – äh …«

Er räusperte sich und fuhr sich mit der Hand durch seine kurzen braunen Locken. Seine braune Haut lief noch dunkler an. Ambessa musterte ihn eindringlich.

»Ist Rell da?«

»Ja, natürlich. Sie ist noch nicht zur Arena gegangen.« Er rief über die Schulter. »Rell! Generalin Medarda möchte mit dir sprechen!«

Erst gab es ein lautes Klappern von innen und dann ein schrilles »Generalin Medarda?«.

Hastig rutschte Rell in die Tür. Ihr blondes Haar stand wie ein weiß glühendes Flammenherz von ihrem Kopf ab.

»Generalin! Weshalb besucht Ihr uns?«

Rells Mutter gesellte sich zu ihnen und blieb dicht hinter Rell stehen. Ambessa verschränkte die Hände hinter dem Rücken.

»Rell. Hallo. Möchtest du mich auf meinem nächsten Feldzug begleiten? In meiner Kriegsschar?«

Rells Mutter hob die Augenbrauen bis in ihr blasses Haar. Zögernd sagte sie: »Was für eine Gelegenheit, Rell.«

»Du würdest dich den Wolfsschnittern anschließen, und als …«

»Ja!«

»Nimm dir Zeit, darüber nachzudenken. Sprich mit deinen Eltern darüber.«

»Ich möchte mitkommen. Bitte, Generalin, ich bin bereit.«

Rell war wie ein Pferd, das ungeduldig mit den Hufen scharrte.

»Nun ja, die Generalin hat recht. Es ist schon eine ziemlich wichtige Entscheidung, findest du nicht, Rell?«

Hart zog ihre Mutter Rell am Arm zurück, sodass sie nach hinten stolperte. Ihr Vater schien das nicht zu bemerken. Sie nahm Rell bei den Schultern und zwang das Mädchen, ihr ins Gesicht zu sehen.

»Wenn dir etwas zustoßen würde …« Sie strich Rell über das wilde Haar.

Ambessa verstand die Angst einer Mutter und versuchte, sie zu lindern.

»Meine Eltern waren stolz, als ich für meine erste Kriegsschar ausgewählt wurde. Sie waren gespannt, wie weit ich es bringen würde.«

»Das ist eine Ehre, Generalin, aber Rell ist unser einziges Kind.« Rells Vater trat zwischen Ambessa und das Mädchen. »Das ist viel zu riskant.«

»Riskanter als die Arena?« Ambessa sah auf ihn hinab.

Unter ihrem Blick richtete er sich auf.

»Bei allem Respekt, ich habe Krieg erlebt, Generalin. Wir wissen beide, dass das nicht ganz dasselbe ist.«

Ambessa atmete langsam ein und nickte, um dem Mann recht zu geben.

»Du hast recht. Krieg ist noch tödlicher, und Rells Wohlergehen kann nicht garantiert werden.« Sie wandte sich wieder Rell zu: »Deshalb musst du dir das gut überlegen. Deine Entschädigung umfasst nicht nur den regulären Sold, sondern auch, solltest du fallen, einen Anteil für die Familie. Münzen sind kein Leben wert, aber ich sage das, damit alle die Realität verstehen.«

Schließlich schien Rell lange genug innezuhalten, um die Tragweite des Augenblicks zu begreifen.

»Wie … wie oft leistet Ihr diese Zahlungen?«, fragte sie.

Ambessa presste die Lippen zusammen und schüttelte den Kopf. *Zu oft*. Vielleicht war das Mädchen doch noch nicht bereit.

Über die Schulter sah Rell zu Lady Canwell, die sie fest an sich drückte. Ihre Eltern tauschten einen Blick. Dann löste sich Rell von ihrer Mutter und schob sich an ihrem Vater vorbei. Lady Canwell streckte erneut die Hand aus, aber Rell schüttelte sie ab.

»Ich verstehe, Generalin.«

»Rell …«, warnte ihr Vater.

»Wenn du dich mir anschließt, wirst du mit den Wolfsschnittern leben und trainieren und als meine Adjutantin dienen. Wenn ich dich für bereit halte, wirst du an der Front kämpfen, aber nicht vorher. Ich werde mein Bestes tun, um dich zu beschützen, aber wie dein Vater sagt – Krieg ist keine Arena.«

»Als ihre Eltern.«

»Sie ist noch ein Kind …«

Entschlossen richtete Ambessa sich zu ihrer beachtlichen Größe auf. Rells Eltern verstummten.

»Wenn sie für mich kämpfen will, ist sie kein Kind mehr. Es ist ihre Entscheidung. Rell?«

»Ich komme mit.«

»Gut. Ich schicke heute Abend jemanden, der dich und deine Sachen holt.«

Dann würde Ambessa sie zum Quartiermeister schicken, um sie auszurüsten.

»Ich kann sofort mitkommen«, sagte Rell schnell. »Ich habe nicht viel zu packen. Gebt mir nur einen Moment.«

Sie schob sich an ihren Eltern vorbei zurück ins Haus und ließ Ambessa mit dem empörten Gemurmel ihrer Eltern zurück. Niemand hatte jedoch den Mut, weiter zu protestieren. Als Rell mit einem kleinen Rucksack über der Schulter zurückkam, drückten ihre Eltern sie zu einer Umarmung, die sie ohne Begeisterung erwiderte.

Nachdem Rell sich endlich befreien konnte, gingen sie schweigend die Treppe hinunter. Dabei hielt Rell den Blick auf den Boden gerichtet, und ihre blassbraunen Wangen waren leicht gerötet. Ambessa betrachtete die Spinnweben und den rissigen Sandstein.

»Es ist keine Schande, aus einfachen Verhältnissen zu stammen«, murmelte Ambessa.

Lange Zeit war nichts zu hören außer dem Knarren der Treppe unter ihren Füßen. Dann sagte Rell: »Ich schäme mich nicht, *woher* ich komme. Sondern von *wem* ich abstamme.«

»Sie lieben dich. Eltern sorgen sich immer um ihre Kinder.«

Rell schnaubte und schüttelte den Kopf, sagte aber nichts weiter.

Sie traten hinaus ins Sonnenlicht. Es drang kaum durch das schattige Labyrinth dieses Viertels von Bel'zhun, aber es fühlte sich an, als würden sie zurück in die Welt kehren. Rictus stieß sich von der Wand ab, an die er sich gelehnt hatte.

»Nun ja.« Ambessa klopfte Rell auf die Schulter und atmete die relativ frische Luft ein. »Auch das spielt keine Rolle mehr. Von nun an bestimmst du dein Schicksal selbst.«

Das Mädchen blickte zu ihr auf, voller Hoffnung, und der Hunger in diesem Blick war ihr so vertraut wie ihr eigenes Spiegelbild.

KAPITEL ZEHN

Ambessa überlegte, Rell zurück zum Medarda-Gelände zu schicken, entschied sich dann aber dagegen. Es war besser, ein unerfahrenes Mädchen nicht allein in diese Höhle der Drachenjäger zu senden. Und wenn sie jetzt mit Ambessa mitkam, konnte sie sehen, wie Rell sich in einer anderen Umgebung, jenseits der brutalen Kraft der Arena, behaupten würde. Der Fuchs *und* der Wolf.

Diesmal hob Rictus nur eine Augenbraue, und als Ambessa nichts sagte, begleitete er sie wortlos und wachsam. Sie begaben sich in gefährlicheres Gebiet, Richtung Hafen. Quadratische noxianische Zollhäuser standen zwischen hellen Markisen und gewölbten Dächern. Der dunkelgraue Stein war mit Graffiti übersät – und nur wenig davon war schmeichelhaft für die noxianische Führung. Während Rictus die Straßen beobachtete, hielt Ambessa Ausschau nach einem bestimmten Schild.

»Da«, murmelte sie und steuerte auf eine Taverne mit einer hellblauen Markise zu. Ein Schild bezeichnete sie als JEDER HAFEN. Unter dem Vordach stand ein Steintisch, umgeben von zwei Steinbänken, an denen Hafenarbeiter mit ihrem Mittagessen und einem Getränk saßen, um der Nachmittagshitze zu entfliehen. An der Seite des Gebäudes, fast im Schatten versteckt, war eine Shurimanische Sonne mit Speeren als Strahlen eingeritzt. Die Sonnen von Bel'zhun. Sie ritzten ihre Symbole ein, weil sie dann nicht so einfach entfernt oder übermalt werden konnten. Nicht immer war es an den Wänden von

Restaurants angebracht und war auch nicht immer das Zeichen loyaler Rebellen, aber in diesem Fall hatte Ambessa ihre Quellen.

Diese wurden bestätigt, als die Gäste an den Tischen draußen mit dem Trinken und Reden aufhörten und sie anstarrten, als sie den Laden betrat. Der Innenraum war gut eingerichtet. Viele der Wirtshäuser in der Nähe des Hafens waren auf zwielichtige Gestalten, Seeleute und Hafenarbeiter ausgerichtet, die nur auf Ärger aus waren, bevor sie weiterzogen. Aber hier tummelte sich eine andere Kundschaft, und JEDER HAFEN hatte keine Probleme, sie anzuziehen. Auch im Inneren unterbrachen die Gäste ihre Gespräche und starrten sie misstrauisch an.

Ambessa grinste, als sie alles aufnahm, die potenziellen Gegner zählte, mit denen sie und Rictus zu kämpfen hätten, wenn alles schiefging. *Und Rell,* fügte sie hinzu. Es bestand kein Zweifel, dass das Mädchen sich zu wehren wusste, selbst mit dem einfachen Messer, das sie an der Hüfte trug. Ein Mann und eine Frau saßen auf Kissen an einem niedrigen Tisch in einer Ecke und hielten Händchen, während sie Tee aus klaren Glasbechern tranken. Ein Mann mit grau gestreiftem Bart und Brille aß an einem Tisch in der hinteren Ecke eine knusprige frittierte Teigtasche und las dabei eine Art Broschüre oder Zeitung. Drei Jugendliche in kurzen Matrosenhosen spielten an einem anderen Tisch irgendein Glücksspiel.

Die Wirtin kam herüber und strich sich eine Locke aus der Stirn.

»Wie kann ich Euch helfen … Ma'am?« Sie musterte Ambessa nervös von oben bis unten. »Unsere Lizenzen sind bezahlt, ich kann Euch –«

Ambessa beugte sich zu der Frau hinunter und flüsterte: »Ich möchte mit Valif sprechen.« Dann richtete sie sich auf und zog einen Beutel mit Münzen hervor. »Ich werde hier warten. Bringt uns, was immer es hier auch an Essen und Trinken gibt.«

Die Frau schluckte, nickte aber und eilte zurück in die Küche. Ambessa führte Rell und Rictus zu dem niedrigen Tisch in der Mitte des Raumes. Die Liebenden tranken ihren Tee schnell aus und gingen. Mit einem nervösen Blick zwischen Ambessa und der Wirtin tat es ihnen einer der spielenden Jugendlichen gleich.

»Was machen wir hier?«, flüsterte Rell.

»Manchmal lernt man mehr durch Beobachten als durch Fragen«, sagte Ambessa und hob einen Finger. »Außerdem verrätst du deine Unwissenheit, wenn du Fragen stellst.«

Verstehend nickte Rell, und ihre Blicke durch den Raum wurden weniger nervös und neugieriger. Prüfender. Von der Besitzerin des JEDER HAFEN, die eifrig mit einem Lappen den Tresen putzte, bis zu dem Mann in der Ecke, der als Einziger in der ganzen Taverne nicht in ihre Richtung geschaut hatte.

Als ihnen Essen und Getränke gebracht wurden, bezahlte Ambessa mit den Münzen aus dem Beutel an ihrer Hüfte. Rell stürzte sich sofort auf das Essen, aber Ambessa hielt sie mit einem erhobenen Finger zurück. Verwirrt runzelte Rell die Stirn, als sie das Brot, die warmen Dips und den dampfenden Eintopf sah, schlug jedoch die Beine auf dem Kissen übereinander und legte die Hände in den Schoß.

»Erzähl mir, Rell. Wie bist du zur Vergelter-Arena gekommen?«

Die Wirtin war nicht mehr an der Bar. Ambessa nahm eine Weintraube, rollte sie zwischen den Fingern und legte sie dann wieder hin. Rell folgte der Bewegung sehnsüchtig und seufzte dann.

»Ich wollte das schon immer. Meine Familie stammt aus Qualthala, aber für meine Mutter und meinen Vater lief es nicht gut. Als ich dazukam, wurde es nur noch schwieriger. So sind wir hier in Bel'zhun gelandet. Ich glaube, sie sahen darin eine Chance.

Unten im Fass war immer ein Kampf für mich. Ich wurde gut darin. Meine Freunde und ich schlichen uns rein, um von den billigen Plätzen aus die Kämpfe in der Arena zu sehen.« Sie sah Ambessa verlegen an. »Ich glaube, meine Mutter hat mich einmal kämpfen sehen. Fast hätte ich jemanden mit einem Besenstiel erschlagen. Es … gab Ärger.«

Sie brach ab und sah weg, als würde sie sich an etwas erinnern, das zu schmerzhaft war, um es zu erzählen. Aus dem Augenwinkel sah Ambessa eine Bewegung und griff nach dem Messer in ihrem Stiefel. Es war nur der Mann in der Ecke, der nach dem Personal winkte.

»Ich weiß nicht, wann meinen Eltern bewusst wurde, dass es bei den Vergelter-Kämpfen Preisgeld zu gewinnen gibt. Zuerst war ich begeistert. Endlich ließen sie mich etwas tun, was ich *wollte*. Dann haben sie mich immer mehr unter Druck gesetzt. Ich konnte meine Freunde nicht mehr sehen. Ich verbrachte meine ganze Zeit mit Training, Training, Training.«

»Dein Preisgeld geht an sie, nehme ich an.«

»Mm-hmm.« Ein weiterer niedergeschlagener Blick.

»Wofür geben sie es aus?« Offensichtlich hatten sie es nicht für einen Umzug verwendet. Rell schnaubte angewidert.

»Für Kleidung. Für Alkohol. Sie gehen in die teuren Läden, in die Glocken, geben sich dort die Ehre und kommen dann mit leeren Taschen zurück, um darauf zu warten, dass ich sie wieder fülle.«

Die Glocken waren die Viertel, in denen die reichen Kaufleute und Kriegsherren lebten und wo Verwalter Dorrik seine Feste feierte. Zumindest der Verwalter war so klug, sich neutral zu verhalten, solange Ambessa und Ta'Fik in seiner Stadt waren. Vielleicht könnte Azizi das ändern, wenn er lange genug blieb.

Langsam atmete Ambessa ihre aufsteigende Wut aus.

»Das tut mir leid, Rell. Bei meiner Kriegsschar wird alles, was du verdienst, dir gehören – all der Ruhm, all die Belohnungen. Aber auch«, fügte sie hinzu, »alle Konsequenzen. Nichts davon wird einfach sein. Das solltest du verstehen, bevor wir gehen.«

»Wohin gehen wir?«

Anstatt zu antworten, blickte Ambessa sich im Raum um. Er hatte sich geleert. Die übrigen Jugendlichen waren gegangen. Jetzt waren nur noch sie da; sie und der Mann in der Ecke. Er begegnete Ambessas Blick und lächelte. Seine Augen strahlten Wärme aus. Er stand auf und kam herüber.

Rictus griff nach der Waffe an seiner Seite, aber Ambessa schüttelte den Kopf.

»Du bist schon eine Weile hier, Freundin«, sagte der Fremde. Er deutete auf das letzte freie Kissen an ihrem Tisch. »Darf ich mich setzen? Ich glaube nicht, dass du mit dem sprechen kannst, den du suchst.«

»Nicht?« Ambessa musterte den Mann von Kopf bis Fuß. Er bewegte sich selbstbewusst – mit der Selbstsicherheit eines Anführers, nicht nur, weil er noch nie zu Boden gegangen war oder sich für etwas Besseres hielt. »Schade. Ich hatte ein Angebot für die Sonnen.«

Der Mann lachte.

»Die Sonnen? Und was sollten die Sonnen mit den Medardas wollen, die sie vor fünf Jahren fertiggemacht haben?« Er strich sich über seinen grau melierten Bart.

»Schon fünf Jahre ist das her?« Ambessa lehnte sich zurück und neigte nachdenklich den Kopf. »Ich erinnere mich nicht.«

Der Mann knurrte.

»Mehr oder weniger. Solche Dinge gehen an mir vorbei wie

ein Dormun-Furz im Wind.« Er wedelte mit der Hand vor seinem Gesicht.

»Das tun sie wirklich. Ich hatte gehofft, dass unsere früheren Meinungsverschiedenheiten ebenso leicht verfliegen würden.«

»Das kann ich nicht beurteilen.« Der Fremde zuckte mit den Schultern. »Für einen kämpferischen Mann scheint das ein schwer zu vergebender Groll zu sein. Die Sonnen … junge Kämpfer sind empfindlich.«

»Und die Älteren? Intelligente Anführer mit strategischem Geschick?«

Der Fremde erstarrte, und sein fröhlicher Gesichtsausdruck verwandelte sich in einen verschmitzten. Er war ein gut aussehender Mann, dessen Gesicht von harten Jahren gezeichnet war. Bevor Noxus kam, war er der Hagyos von Bel'zhun gewesen, als es noch zu Shuriman gehörte. Bevor Menelik kam. Es war wenig Blut vergossen worden – zumindest anfangs. Andere Anführer der Stadt, reiche Kaufleute und einflussreiche Familien, verrieten Valif, weil sie die Stabilität Noxus' bevorzugten, und danach war es fast ein Kinderspiel. Selbst der Kriegsherr, der ihn beschützt hatte, ließ sich nach einem kurzen Treffen mit noxianischem Stahl leicht bestechen. Aber Valif konnte diesen Verrat nie verkraften und hatte heimlich eine Rebellengruppe aufgebaut, die er die Sonnen von Bel'zhun nannte.

»Ich weiß, dass jemand geschickt wurde, um weitere deiner Leute zu holen«, fuhr Ambessa fort. »Meine sind bereits hier und beobachten. Das haben sie schon immer getan. Ich bin jedoch offen für ein Geschäft mit dir, Valif.«

Diesmal lachte Valif bitter.

»Ah, Ambessa Medarda. Es ist gut, endlich mit Euch an einem Tisch zu sitzen. Es tat mir leid, vom Tod Eures Großvaters zu hören. Was auch immer er getan hat, ich muss zugeben, dass er ein beeindruckender Gegner war.«

Ambessa nahm die Beileidsbekundungen mit einer gnädigen Geste an.

»Was wollt Ihr von mir?«, fragte er. »Wie Ihr sagt, wenn Ihr mich und meine Leute tot sehen wollt, könnte das erledigt werden.«

»Genau was ich gesagt habe. Ein Geschäft. Ich weiß, dass ihr den Noxianern blutige Nasen verpassen wollt, und ich weiß, dass ihr versucht, an unser Schwarzpulver zu kommen.«

Verwirrt kniff Valif die Augen zusammen. Als er merkte, dass Ambessa es ernst meinte, lachte er laut auf.

»Ich weiß nicht, wovon Ihr sprecht. Esst.« Er zeigte auf das Essen und nahm selbst etwas davon, aß betont genüsslich. »Es ist nicht vergiftet.«

Rell wartete nicht. Ambessa wollte sie fast zurechtweisen, aber sie nahm an, dass es so besser war. Entweder würde das Mädchen etwas Fleisch auf die Rippen bekommen, oder sie würde ihren ersten Tag in der Kriegsschar damit verbringen, die Latrinen zu suchen.

»Die Sonnen planen einen Angriff auf noxianische Schiffe und nutzen die Beerdigungsfeierlichkeiten zu ihrem Vorteil.« Dann erst nahm Ambessa den Wein und prostete Valif zu. Sie trank einen großen Schluck. Er war süß und kühl und in der Tat teuer. Halb hatte sie erwartet, dass die Frau das Geld nehmen und ihr etwas Billiges geben würde.

Falls Valif überrascht war, dass seine Pläne aufgedeckt worden waren, ließ er sich nichts anmerken. Er nahm eine Traube, warf sie in den Mund und kaute nachdenklich.

»So hart die Medardas auch daran gearbeitet haben, uns aus der Stadt zu vertreiben – und dabei gescheitert sind, wie ich hinzufügen möchte –, warum solltet Ihr uns jetzt bewaffnen? Ihr würdet es nur schwieriger machen, uns später zu vernichten.«

»Vielleicht ist dies der erste Schritt, um ein gewisses Maß an

Vertrauen zwischen uns aufzubauen. Ein Abkommen zwischen den Sonnen und den Medardas. Wir könnten lernen, uns besser zu verstehen.«

Ambessa spürte Rells brennenden Blick, aber das Mädchen lernte schnell – sie unterbrach sie nicht.

»Was dann? Ihr wollt, dass wir die Schiffe nicht angreifen? Ist es das?«

Ambessa lachte.

»Oh nein. Ich möchte, dass ihr sie alle angreift – alle außer meinen. Ich werde euch nicht aufhalten, und ihr könnt alle Güter an euch nehmen, die ihr auf ihnen findet. Ihr müsst nur die auslassen, die ich euch nenne. Der Hafenmeister wird euch sagen können, wem welches Schiff gehört. Ich bin sicher, einer eurer cleveren kleinen Sonnenstrahlen kann das herausfinden.«

»Ich verstehe. Ist das alles?«

»Nein. Ihr sollt insbesondere alle Schiffe von Verwalter Ta'Fik ins Visier nehmen. Behaltet seine Leute in der Stadt im Auge und stört sie und seine Geschäfte, so gut ihr könnt. Das könnt ihr gut. Wenn er anfängt, seine Krallen in die Stadt zu schlagen, reißt sie heraus.«

Valif atmete langsam ein und rollte eine Weintraube über den Tisch zu sich heran. Er aß sie und nahm sich eine weitere.

»Warum?«

»Das ist meine Sache.«

»Aber das ist immer noch meine Stadt. Ich sorge mich immer noch um mein Volk. Ich habe ein Recht darauf, es zu erfahren.«

»Das ist die Stadt von Noxus«, sagte Ambessa scharf.

»Du hast von einem gewissen Vertrauen gesprochen.« Valif runzelte die Stirn, aber er war nicht wütend.

Ambessa gab nach.

»Er ist ein Usurpator.«

»Ah. Warum glaubst du, dass ich ihm kein Gegenangebot machen werde?«

»Weil meins das beste Angebot ist, das du bekommen wirst. Und wenn ich ihn vernichtet habe, wirst du auf meiner Seite stehen wollen.« Ambessa stand auf. Sie hatte genug gesagt. »Sind wir uns einig?«

Valif starrte auf die Teller mit dem Essen auf dem Tisch. Das meiste davon hatte Rell verschlungen. Er blickte auch zu Rictus auf, der nun über ihm stand. Valif schien überhaupt nicht eingeschüchtert zu sein. Er stand auf, glättete seine leuchtend grüne Robe und rückte die Brille auf der Nase zurecht.

»Sehr gut. Wir sind uns einig, Ambessa Medarda.«

Er streckte seine Hand aus, und Ambessa ergriff sie.

KAPITEL ELF

Der nächste Tag war voller Abschiede.

Am Abend zuvor hatte Ambessa sich im Bett von Azizi verabschiedet. Ein leidenschaftlicher Abschied, getrieben von der Vorahnung, dass sie in den Krieg ziehen würde. Sein eigener Abschied, in dem Wissen, dass sie vielleicht nicht zu ihm zurückkehren würde, und seine Wut darüber.

Danach hatten sie nackt und schweißgebadet in der Dunkelheit gelegen, und er hatte sie gefragt: »Bist du sicher, dass du gehen musst?«

Die Antwort war dieselbe wie immer.

»Ruhm findet man niemals zu Hause.«

Das hatte ihr Großvater ihr auch gesagt. Es war nicht Teil des Kodex, vielleicht stammte es von ihren nomadischen Vorfahren aus Shurima, aber Ambessa fand es dennoch wahr. »Pass auf Kino auf.«

»Mancher Ruhm ist es nicht wert, Ambessa.« Dann hatte er sich umgedreht, aber sein Atem wurde nicht zum ruhigen des Schlafs.

Katyes Abschied war einfach. Ein Brief in sein Gemach, und ein junges Mädchen in Medarda-Livree kam mit einem gefalteten Zettel zurück, bevor es wieder verschwand. Sie erkannte die ordentliche Handschrift sofort. *Rokrund wird bleiben.* Sie zerknüllte den Zettel in ihrer Faust und steckte ihn in ihre Tasche. Eines der fest um ihre Brust gewickelten, unsichtbaren Bänder lockerte sich.

Die nächsten waren schwieriger.

Sie ließ einen Diener Kino suchen und ihm sagen, es sei dringend. Sie hätte während des Wartens mit Mel sprechen sollen, aber sie musste sich vor diesem Gespräch erst einmal sammeln. Sie ging in einen der Trainingsräume, um dort zu warten.

Nach einer halben Stunde tropfte der Schweiß von Ambessas Stirn, während sie zurückwich und Rictus' Schläge auf ihrer stumpfen Übungsklinge abfing. Er schwang die untere Hälfte seines Schafts auf ihre Knöchel, und sie drehte sich zu ihm, wobei sie sich mit ihrer eigenen Klinge vor seiner Hellebarde schützte. Bevor er sie abwehren konnte, stieß sie ihm in die ungeschützte Seite seiner Rippen, aber seine Deckung war doch in Position und hielt sie zurück.

Hier war sie am liebsten. Die Stunden dazwischen waren für sie eine Qual. Sie zog es vor, zu handeln. Die Anstrengung ihrer Muskeln als Verlängerung ihres Willens zu spüren. Ein gut durchdachter Plan erforderte jedoch Geduld.

Bevor Rictus sie festhalten konnte, umkreiste Ambessa mit ihrem Griff seine Handgelenke und blockte den Schaft seiner Hellebarde. Ihre eigene Klinge war zu weit von seiner Kehle entfernt, um Schaden anzurichten. Sie lehnte sich gegen ihn und rückte immer näher an seine ungeschützte Haut heran, während er sich mit aller Kraft gegen sie stemmte, bis er plötzlich verschwunden war, alles, gegen das sie gekämpft hatte.

Er hatte seine Hellebarde fallen lassen, und ihr eigener Schwung ließ sie gegen ihn stolpern, woraufhin er seine ganze Kraft einsetzte, um sie zu Boden zu werfen.

Ambessa starrte auf seine ausgestreckte Hand und versuchte, zu Atem zu kommen. Sie wischte sich den Schweiß mit den Armschienen aus dem Gesicht, während er sie auf die Beine zog.

»Danke.«

Sie klopfte ihm auf die Schulter. Er hatte ihr einen Moment der Klarheit geschenkt, den sie nirgendwo sonst finden konnte. Er nickte ernst, und sie wusste, dass er sie verstand.

Noch nie zuvor hatte sie jemanden wie Rictus kennengelernt. Sie hatte ihn in der Arena von Rokrund entdeckt, einen Mann, der hoch verschuldet war, kämpfend in der ersten Arena, die sie hatte errichten lassen. Mit seiner Ruhe vor dem Kampf und der völligen Vernichtung seiner Gegner hatte er sie beeindruckt. Es hatte nur einen Moment gedauert, bis sie verstanden hatte, wie sehr er in der Arena verschwendet war. Sie hatte seine Schulden beglichen, und als er sie durch Kämpfe zurückgezahlt hatte, bat er darum, bleiben zu dürfen, da er von ihrer Führungsstärke ebenso beeindruckt war wie sie von ihm. Es dauerte nur eine Schlacht, bis sie ihn zu ihrem Leutnant machte, und mit der Zeit wurde sie sich seines Wertes immer sicherer.

Aber er ist genauso wenig geeignet, mein Erbe zu sein, wie Mel oder Kino. Und sie war sich nicht sicher, ob er überhaupt akzeptieren würde, wenn sie ihn fragte.

Als hätten ihre Gedanken ihn beschworen, rief eine Stimme vom Rand des Trainingsraums.

»Mutter. Du hast mich gerufen.«

Kino stand am Rand des gepolsterten Trainingsbodens und blickte neugierig durch den Raum mit seinen Gestellen voller scharfer und stumpfer Übungswaffen, als wäre er noch nie an einem solchen Ort gewesen.

Vielleicht war sie zu nachlässig mit ihm gewesen. Jetzt war es zu spät für solche Reue.

»Bist du gekommen, um mit deiner Mutter zu trainieren?«, neckte sie ihn.

»Es tut mir leid, Mutter. Ich bin nicht passend gekleidet.« Kino lächelte reumütig und zeigte auf seinen makellosen knielangen Mantel, der leuchtend gelb mit roten Stickereien war, und die dazu passenden Pantoffeln.

»Komm, setz dich zu mir.«

Ambessa verstaute ihre Übungswaffe und ging zu dem Holztisch, auf dem Wasser bereitstand.

»Warum bist du so ernst, Mutter? Es ist nur ein kurzer Abschied.« Kino grinste strahlend und gewinnend. Er hatte den Charme seines Vaters, gepaart mit einer ihm eigenen Respektlosigkeit. Ambessa musste trotz allem lächeln und sagte dann: »Du solltest dir noch einmal überlegen, ob du nach Rokrund gehen willst. Es gibt starke Strömungen in der Familie. Ich habe mein Bestes getan, um sicherzustellen, dass sie dir und Mel nichts antun.«

»Ta'Fik.«

Ambessa presste die Lippen zusammen.

»Unter anderem.«

»Ich mache mir mehr Sorgen um dich, Mutter. Er hat die anderen aufgewiegelt. Ich glaube nicht, dass du noch viel Zeit hast, bevor er sie mit Feuer und Stahl hinter dir herschickt, um dich aus deinem Bett zu zerren.«

Ambessa nickte Rictus stumm zu, und der Mann verließ den Raum, um ihn vor Lauschangriffen und Eindringlingen zu bewachen. Kino beobachtete ihn, als er ging, aber Rictus entfernte sich nicht weit. Der Raum war warm, das Licht war schwach – es kam von Laternen an den Wänden zwischen den Waffenständern.

Mit den Ellbogen auf die Knie gestützt sagte sie: »›Krieg ist ein Versagen der Staatskunst.‹ Das hast du Mel gesagt.«

»Ah.« Kino lachte leise. »Das habe ich wohl.«

»Dank dir konnte sie nicht tun, was getan werden musste.«

Kino hob abrupt den Kopf. »Das ist nicht meine Schuld, Mutter.«

Nein, dachte sie. *Es ist meine.*

»Schuld ist nicht wichtig«, sagte sie laut. »Wichtig ist das Ansehen dieser Familie. Verschwende keine Zeit mit Worten, wenn Taten mehr sagen – und viel schwerer zu vergessen sind. Taten bringen Ergebnisse. Taten schützen uns.«

»Worte können uns schützen. Freunde schützen uns. Vereinbarungen und Gefälligkeiten schützen uns. Sogar Geld schützt uns, Mutter.«

»Aber Worte sind weich. Worte haben so wenig Substanz wie der Wind und können sich genauso schnell drehen – und es wird immer Menschen mit mehr Geld geben. Ich werde niemals sagen, dass du nicht stark bist, Kino. Aber du und Mel müsst Stahl hinter euch haben, sonst werden eure Worte zerfallen. Sie können keinen Dolch abwehren.«

»Und du erwartest Dolche von Ta'Fik, während du weg bist.«

»Natürlich tue ich das.«

Sie sah zu Boden und stellte sich vor, wie Ta'Fik und seine Verbündeten auf sie zustürmten. Eine Falte auf Kinos Stirn vertiefte sich.

»Es gibt … vermisste Personen. Einige der Stammgäste meiner Feste. Sie sind seit ein oder zwei Monaten nicht mehr gekommen. Glaubst du, das hat etwas damit zu tun?«

Ein Schauer lief über ihren Nacken.

»Sorge dafür, dass Mel mit Katye nach Rokrund zurückkehrt«, sagte sie abrupt.

Ta'Fik würde Rokrund angreifen. Er wollte sie aus Rachegelüsten verletzen. Dessen war Ambessa sich sicher. Gab es ein besseres Ziel als ihr Zuhause und ihre Kinder? Aber wenn Mel dort war, würde sie zumindest hinter den Mauern von Rokrund sein, mit all ihren Kriegern und ihrem Onkel. Und Katye konnte sie auch vor *ihnen* beschützen.

Kinos Stirn runzelte sich noch tiefer.

»Warum? Bei Vater und mir ist sie sicher. Du hast gesagt, du würdest einige der Wolfsschnitter zurücklassen. Das reicht doch sicher. Außerdem kann sie sehr gut auf sich selbst aufpassen.«

Ambessa stieß einen ungläubigen Laut aus.

»Sie ist fünfzehn, Kino. Sie sieht in jedem das Gute, aber nicht das Potenzial für Gefahr. Wenn junge Menschen verschwinden …«

Scharf atmete er aus.

»Sie ist meine Schwester. Natürlich passe ich auf sie auf. Aber was will Ta'Fik von ihnen?«

»Ich weiß es nicht«, sagte Ambessa. »Sag mir Bescheid, wenn noch jemand verschwindet.«

Kino schnaubte.

»Es wird Tage dauern, bis ich dich erreiche, wo auch immer du bist.«

»Schick trotzdem eine Nachricht. Schick sie an Katye.«

Ambessa dachte nicht an Ta'Fik. Sie dachte stattdessen an einen schönen Mann mit langen dunklen Haaren und goldenen Strahlen auf seiner Haut. Er hatte *versprochen,* dass Mel in *Sicherheit* sein würde.

»Du solltest wenigstens eine Waffe zu deinem Schutz mitnehmen. Wann hast du hier zuletzt trainiert?«

Ambessa deutete auf den Raum um sie herum, auf die Waffen. Kino lachte erneut, sein Humor war bissig.

»Zu lange ist das her, Mutter. Zu lange.«

Er stand auf und zog sie auf die Beine. Er umarmte sie. Er war genauso groß wie sie, aber in ihren Armen fühlte er sich so zerbrechlich an. In ihrer Vorstellung war er noch immer das kleine Kind, das an ihren goldenen Ohrringen zupfte, wenn sie ihn auf den Arm nahm.

»Auf Wiedersehen, Mutter. Bis du wiederkommst.«

Er küsste sie einmal auf jede Wange und ließ sie dann allein im Zimmer zurück, während sie sich die Tränen aus den Augen blinzelte.

Und so war Ambessas Herz schwer, als sie laut an Mels Tür klopfte. Alle Geräusche verstummten, und sie wusste, dass Mel da war.

»Mel. Ich bin es. Wir müssen reden.«

Die Stille hinter der Tür zog sich hin, und Ambessa stellte sich vor, wie ihre Tochter mit sich selbst darüber debattierte, ob sie schweigen oder die Tür öffnen sollte. Egal. Ambessa würde nicht gehen, ohne dieses Gespräch geführt zu haben.

Schließlich öffnete Mel die Tür, ihr junges Gesicht vor Wut verzogen, die Lippen zusammengepresst und die Stirn gerunzelt, aber sie sah Ambessa direkt in die Augen.

»Ja, Mutter?« Mel trug ein Kleid, das ihre Schultern und ihren Hals entblößte, mit langen Ärmeln, die bis über ihre Finger reichten. Überall, wo ihre braune Haut zu sehen war, zeichnete goldene Tinte Bögen und Spiralen. Die Tätowierungen waren verheilt. Schlitze an den Seiten des Rocks gaben den Blick auf weitere Markierungen auf ihren Oberschenkeln frei.

Ambessa kniff die Augen zusammen, und Mel richtete sich unter ihrem prüfenden Blick auf.

»Darf ich reinkommen?«

Mel trat von der Tür zurück und bat sie herein.

»Möchtest du etwas zu trinken?«, fragte sie, als wäre ihre eigene Mutter eine hochrangige Besucherin. Ambessa fühlte sich gekränkt. Azizi hatte jedoch unrecht. Manche Opfer waren es wert.

»Nein danke, mein Kind.«

Mel führte sie zu dem kleinen Sofa in ihrem Wohnzimmer. An einer Wand lehnte ein Gemälde, das einen Berg bei Sonnenuntergang zeigte, hinter dessen Gipfel goldene Spitzen hervorlugten. Es zog Ambessas Aufmerksamkeit auf sich, und Mel bemerkte das. Sie räusperte sich.

»Ich kann hier helfen. Während du weg bist.« Ambessa wandte ihren Blick von dem Gemälde ab – es *musste* von Rudo sein.

»Nein. Das steht nicht zur Diskussion. Du gehst nach Rokrund.«

Mel presste die Lippen fester aufeinander.

»Es gibt mehr Möglichkeiten, die anderen Medardas von Ta'Fik wegzulocken. Ich glaube – ich vermute sogar, ich weiß –, warum einige von ihnen unzufrieden genug sind, um sich mit ihm zu verbünden, und was wir tun können, um sie zurückzugewinnen.«

»Und?«

»Nimm zum Beispiel Verwalter Dauvin. Ihm gehört ein beträchtlicher Teil der noxianischen Weinberge, aber er macht nur dann gute Gewinne, wenn die Kriegertruppen zu Hause sind. Mehr Leute, die seinen Wein trinken. Und dann ist da noch Verwalter Dorrik, der derzeit Neutralität beansprucht, aber ich weiß, dass er der Meinung ist, dass mehr für die Schulen in Bel'zhun getan werden sollte – er glaubt, dass wir keine Fortschritte im Rest von Shurima erzielen werden, wenn wir nicht mehr bieten.«

Ambessa sträubte sich. Dauvin war ein weicher Mann und war immer neidisch auf ihre Anerkennung gewesen. Zumindest Ta'Fik hatte sich bemüht, sich im Kampf zu profilieren. Dauvin wollte nur die Beute und keine Arbeit. Selbst jetzt schickte er seine Nichte, um für ihn zu kämpfen. Dagegen besaß Dorrik immer etwas mehr von Ambessas Respekt. Mels Wissen überraschte sie, aber Dorrik hatte recht – es würde weitere Eroberungen erleichtern, wenn die Zeit gekommen war. Aber darum konnte sich Azizi kümmern, nicht Mel.

»Das bedeutet nicht, dass wir nicht kämpfen müssen«, sagte Ambessa. Mel wandte den Blick ab und murmelte etwas vor sich hin. »Sprich laut, Kind, oder schweige ganz.«

»Ich sagte, du hast keinen Erben benannt. Du bist nicht die Einzige, die nach Stabilität strebt.«

»Glaubst du, ich weiß das nicht?«, zischte Ambessa. »Aber ich werde mich nicht dem Mann unterwerfen, der mich wegen des Todes meines Großvaters als Mörderin beschuldigt hat.«

Mel presste die Lippen wieder aufeinander und wandte den Blick ab. Sie hatte nicht die gleiche Angewohnheit wie Rell, nach unten zu schauen; ihr Gesichtsausdruck blieb trotzig.

»Mel. Hast du den Mann, der dir deine Tätowierungen gemacht hat, seitdem wiedergesehen?«

Der abrupte Themenwechsel erschreckte Mel.

»Nein«, sagte sie vorsichtig und legte die Hand an den Hals. »Warum?«

»Hat er sich nicht bei dir gemeldet? Hat er versucht, Informationen von dir zu bekommen?«

»Du glaubst, er würde mich benutzen, weil er weiß, dass ich eine Medarda bin?«

»Ja«, log Ambessa geschickt. Es war nicht einmal eine echte Lüge. Es war naiv zu glauben, dass Rudo nur kommen würde, um sie zu sehen, um sie zu besuchen. Das Risiko war zu groß. Wenn er hier war, dann wahrscheinlich wegen der Rose. Das könnte in der Tat sehr gefährlich sein.

Mel sah besorgt aus, schüttelte aber den Kopf.

»Gut. Wenn er sich bei dir meldet, gib mir über Katye Bescheid. Ich glaube nicht, dass er dir etwas antun will«, sagte sie, um Mel zu beruhigen, »aber wir können nie vorsichtig genug sein.«

»Wie du willst. Wirst du über meine Worte nachdenken?«

»Nein«, sagte Ambessa einfach, als sie aufstand. »Es tut mir leid, Kind, aber dieser Mann hat mich gezwungen, wie ein Dieb in der Nacht zu fliehen. Der Preis dafür wird mit Stahl entrichtet. Worte allein reichen für einen solchen Feind nicht aus.«

»Nicht Worte allein – wir würden ihm mögliche Verbündete nehmen …«

»Das reicht nicht. Du musst mir vertrauen. Ich habe das schon einmal erlebt. Ich habe gesehen, wie sich das jedes Mal entwickelt.«

Ambessa schüttelte den Kopf. »Ich bin nicht hierhergekommen, um mit dir zu streiten. Ich wollte mich verabschieden. Ich reise heute Nacht ab.«

»Vor Großvaters Beerdigung?«

Ambessa nickte. Eine weitere Wunde, für die Ta'Fik büßen würde. Plötzlich warf sich Mel in Ambessas Arme. Nach einem Moment der Überraschung hielt Ambessa das Mädchen fest an sich gedrückt. Sie atmete ihren Duft ein, das Öl in ihrem Haar, das Parfüm, das sie trug. Als sie sich losriss, sagte sie sich: Dafür kämpfte sie. Für ihre Familie.

TEIL II

KAPITEL ZWÖLF

Rudo war müde. Müder, als ihn die strapaziöse Reise aus Bel'zhun hätte machen dürfen. Anstatt von Bel'zhun nach Tereshni zu segeln und *dann* ins Landesinnere zu dem Labor zu reiten, das er sich mit Inyene teilte, mussten sie über Land durch die Wüste reisen, weil jemand ihre Schiffe mit Sprengstoff in Brand gesteckt hatte, während sie noch im Hafen lagen – zufällig nachdem Ambessas Schiffe abgefahren waren. Obwohl die rebellischen Sonnen von Bel'zhun sich dafür verantwortlich zeigten, schwor Ta'Fik, dass *sie* es gewesen war.

Weil Rudo müde, ja sogar erschöpft war, ließ er sich leicht ablenken. Sein Geist, der in den Arenen der Magie und Selbstdisziplin geschult war, wanderte gegen seinen Willen …

Immer wieder zu der Erinnerung an ein Mädchen mit seinen Augen und dem Geist ihrer Mutter. Sie war so schön mit dem Gold seiner Kunst auf ihr. Das einzige Geschenk, das er ihr machen konnte und das sich für ihn eher wie ein Geschenk an sich selbst anfühlte – sie zum ersten Mal mit seiner Liebe zu schmücken. Er hatte sie aus der Ferne beobachten müssen, um ihre Gewohnheiten zu verstehen, die Zeit, die sie auf dem Schimmernden Markt verbrachte. Es war alles, was er tun konnte, um nicht zu weinen, als sie endlich an seinem Stand vorbeikam. Er konnte nur hoffen, dass der Schutz, den er in die Tinte gelegt hatte, halten würde. Um sie vor Schaden zu bewahren und – was noch wichtiger war – vor der Rose.

Mel.

»Rudo.« Inyene schnippte mit den Fingern vor seiner Nase. »Hörst du mir zu? Was hältst du von dieser hier?«

Rudo verdrängte Mels Gesicht aus seinen Gedanken und konzentrierte sich auf seine Umgebung. Er und Inyene befanden sich in dem »Labor«, das die blasse Frau für ihre Experimente mit magischer Übertragung entdeckt hatte.

Das Labor glich eher einem Bunker, tief unter der Erde versteckt, unter den Ruinen einer alten Sandsteinfestung. Die Wand über ihnen war längst zu kaum mehr als ein paar großen Ziegelsteinen zerfallen, die von Sandstürmen und der Zeit abgetragen worden waren. Die oberirdischen Ruinen waren von allem Wertvollen befreit worden, aber der wahre Schatz lag darunter.

Als Inyene Rudo zum ersten Mal an diesen Ort geführt hatte, hatte Rudo gemurrt und gefragt, warum es so weit weg von Tereshni sein musste. Dann hatte Inyene mit Magie einen Gang unter dem Sand freigelegt. Er öffnete sich wie ein Mund in die Dunkelheit, und Rudo spürte es: Hier lag Macht, etwas Uraltes, für das er keinen Namen hatte. Seine eigene Magie summte als Antwort darauf, als er Inyene durch die Gänge aus zerklüfteten, abgebrochenen Steinen folgte – perlgrau, kalt, ganz anders als die Ruinen darüber. Jemand oder etwas hatte diesen Ort vor langer Zeit erbaut.

Ta'Fik konnte nur so tun, als gehöre ihm etwas so Altes. Als Gegenleistung für die »Großzügigkeit«, diesen Raum zur Verfügung zu stellen, würden Rudo und Inyene Ta'Fik mit magisch verstärkten Soldaten für die Übernahme der Medarda-Familie versorgen. Ein weiterer Teil des Plans der blassen Frau, Noxus zu beherrschen – kontrolliere die mächtigsten Familien in Noxus, und du kontrollierst das Imperium.

»Was ist los mit dir?«, fragte Inyene scharf und riss Rudo aus seinen Gedanken. »Ist etwas passiert, während wir in Bel'zhun waren?«

Rudo wischte sich das Gesicht ab.

»Was? Nein. Warum?«

»Du hast die Aufmerksamkeitsspanne einer Katze, die mit einer Maus spielt. Seit wir zurück sind.«

Verdammt. Er musste sich zusammenreißen.

»Es ist nichts. Ich werde nur alt. Das Reisen tut mir immer weniger gut. Vor allem auf dem Rücken eines Skallashi.« Er streckte sich theatralisch, und sein Rücken knackte befriedigend.

»Du lügst.« Inyene hob eine Augenbraue.

Leider kannten sie sich zu gut und schon zu lange. Sie waren beide in der Rose aufgewachsen und von der blassen Frau auf Missionen geschickt worden, um Artefakte zu finden, Schüler zu suchen und Ziele zu eliminieren. Rudo hatte Inyene während einer Mission in Demacia vor der Verfolgung gerettet. Die Misshandlungen hatten Narben auf dem Körper hinterlassen – Arme und Hände waren zerfetzt. Seitdem hatte Rudo fast einen Beschützerinstinkt für Inyene entwickelt.

»Tue ich nicht.«

»Ich kann es förmlich an dir riechen.« Inyene wurde weicher. »Rudo, was ist los? Lass mich helfen.«

»Ich …« Rudo suchte schnell nach der nächstbesten Lüge, die er sich einfallen lassen konnte. »Du weißt genauso gut wie ich, dass wir manchmal Aufgaben haben, in die selbst andere Mitglieder nicht eingeweiht werden dürfen.«

Eine tiefe Falte bildete sich zwischen Inyenes Augenbrauen, als sich die Stirn runzelte. Der Mund öffnete sich, um etwas zu sagen, aber sie wurden unterbrochen.

»Inyene!« Eine gebieterische Stimme ertönte aus dem Eingang der tiefen Kammern und hallte wie der Geist eines getöteten Königs durch die Flure. Inyene hatte einen einzigen Schlüssel für Nichtmagier angefertigt, und dessen Besitzer war eingetroffen.

»Bah.« Inyene verzog die Lippen.

Ausnahmsweise war Rudo über Ta'Fiks Anwesenheit erleichtert. Er war sich nicht sicher, wie gut er Inyene von der Wahrheit fernhalten konnte, und er würde alles tun – wirklich alles –, um Mel zu beschützen. Das hatte er Ambessa versprochen. Das hatte er sich selbst versprochen. Er wollte nicht, dass er Inyene dafür töten musste. Und außerdem wäre es schwer gewesen, der blassen Frau zu erklären, warum ihre Initiative mit Ta'Fik plötzlich gescheitert war.

»Schade, dass der alte Mann gestorben ist, bevor er seinen Nachfolger benennen konnte. Jetzt sitzen wir mit diesem aufgeblasenen Papagei fest«, murmelte Inyene.

»Wir würden immer mit ihm feststecken«, sagte Rudo. »Das ist der Sinn unserer Aufgabe.«

Inyene schnaubte.

Ta'Fik kam mit einer theatralischen Geste herein, seine Stiefel klackerten auf dem seltsam hallenden Steinboden.

»Ah, Rudo. Du bist auch hier. Gut.«

Inyene neigte höflich den Kopf.

»Was führt –«

»Ich will einen der Soldaten sehen, die du mir versprochen hast.«

»Aber, Verwalter, ich habe die Runen noch nicht perfektioniert …«

»Na, na. *Wenn du auf die perfekte Waffe wartest, wirst du mit leeren Händen kämpfen.*« Ta'Fik streckte eine flache, offene Hand aus und ballte sie dann in der Luft zu einer Faust. »Zeig mir, was du hast.« Er sprach die letzten Worte deutlich, als Warnung.

Der Verwalter hatte ein hitziges Temperament, das er in der Öffentlichkeit zwar verbarg, hinter verschlossenen Türen jedoch immer öfter zum Vorschein kommen ließ. Vor allem, seit Ambessa ihm in Bel'zhun entkommen war. Rudo war nicht der Einzige, der in letzter Zeit nicht gut reiste. (Und vielleicht empfand Rudo mehr als nur einen Hauch von ironischem Stolz auf seine ehemalige Geliebte. Das *klang* ganz nach Ambessa. Aber er unterdrückte sein Lächeln. Das fiel ihm angesichts seiner Rückenschmerzen nicht allzu schwer.)

Besorgt warf Inyene Rudo einen Blick zu. Rudo schüttelte kaum merklich den Kopf, aber Inyene riss die Augen auf. Rudo verstand, worauf Inyene hinauswollte. Sie hatten keine andere Wahl. Vielleicht würde ein Beispiel Ta'Fik zeigen, wie unberechenbar dieser Prozess war.

»Wir brauchen einen Soldaten«, sagte Inyene langsam. »Wir haben keine … geeigneten Kandidaten mehr.«

Ta'Fik blickte über seine Schulter zu seinen Leibwächtern, die ihn flankierten. Er zeigte auf den linken: »Du.«

Ohne zu zögern, gehorchte der ausgewählte Soldat und trat vor Inyene. Es war fast komisch, wie groß der Soldat im Vergleich war. Und doch war Inyene hier im magischen Element. Rudo stand hinter dem Soldaten. Er sah Inyene in die Augen, und wie auf einen stummen Befehl begannen sie.

Rudo hatte nach langem Studium seine eigene Verwendung von Runen perfektioniert – die himmlischen Schutzrunen, die er entwickelt hatte, lagen unter Mels eigenen Tätowierungen. Auf Geheiß der blassen Frau hatte er mit Inyene an etwas Ähnlichem gearbeitet: Runen, die in Fleisch eingebrannt werden konnten, genau wie die Runen, die in Waffen eingearbeitet wurden. Wenn sie richtig funktionierten, würden diese neuen Fleischrunen Schmerzen betäuben und den Soldaten Ausdauer und Kraft für ihre Schwertarme und Beine verleihen. Leistungen, die nur den größten Kriegern vorbehalten waren, würden für diese verbesserten Soldaten zur Gewohnheit werden. Schon seit einiger Zeit arbeiteten sie an diesem Projekt. Es war nicht unmöglich – es gab bereits mächtige Runenmagier wie Ryze, dessen Körper mit Runen bedeckt war.

Kein Mitglied der Rose wusste, wie er sie bekommen hatte, aber Inyene war inspiriert worden. Warum konnten sie diese Kraft nicht auf Soldaten übertragen?

Und doch waren alle bisherigen Versuche gescheitert. Die Runen waren noch nicht bereit.

Dennoch gehorchten sie Ta'Fik. Sie zeichneten die Runen mit ihren Händen in dem Muster, das Inyene entwickelt hatte; Inyene auf der Vorderseite des Mannes und Rudo dahinter. Die Runen nahmen in der Luft Gestalt an: Rudos Runen leuchteten golden, Inyenes Magie war blutrot wie eine Wunde. Dann versank das Licht in dem Soldaten, durchdrang das Leder seiner Rüstung und den Stoff seiner Untertunika.

Der Soldat brüllte. Sein Schrei hallte durch die steinerne Kammer, bis er zu Boden sank. Er rollte sich auf die Seite und zuckte vor Schmerz.

»Was ist los? Was habt ihr mit ihm gemacht?«, fauchte Ta'Fik.

Inyene hob eine Hand, um Ta'Fiks Fragen zu unterbrechen. Die drei beobachteten den gequälten Mann mehrere Minuten lang. Rudo glaubte nicht, dass er sich einbildete, dass Ta'Fiks anderer Wächter einen Schritt zurücktrat.

Langsam ließen die Zuckungen nach, und der Mann atmete leichter. Er stemmte sich aus eigener Kraft auf ein Knie und hielt seine Hand vor sein Gesicht. Er öffnete und schloss sie.

»Wie fühlst du dich?«, fragte Inyene.

»Ich – besser.«

»Im Vergleich zu vor dem Zauber?«

Er nickte langsam.

»Besser.«

Inyene begann mit den üblichen Gesundheitsuntersuchungen nach einem Experiment, aber Ta'Fik unterbrach den Prozess.

»Ausgezeichnet«, sagte er scharf. »Dann lasst uns das testen.«

»Testen?«, fragte Rudo.

»Wir müssen sehen, ob diese Verbesserungen tatsächlich funktionieren.«

»Wir brauchen Zeit, damit sie sich setzen können …«

Ta'Fik war bereits auf dem Weg zurück zur Oberfläche, seine Schritte hallten durch den steinernen Korridor. Sie folgten ihm nach draußen, wobei der frisch verbesserte Soldat vor Ehrfurcht murmelte, während er die Veränderung in seinen Gliedern spürte. Ta'Fik rief eine Einheit der Kriegsschar herbei, die er aus Tereshni mitgebracht hatte. Nicht die gesamte Kompanie, aber genug, um ihn sicher durch die Wüste zu eskortieren. Sechs Soldaten kamen auf seinen Befehl hin, mit kurzen Schwertern und großen Schilden. Etwa fünfzig weitere standen stramm.

»Tritt ihnen entgegen«, befahl Ta'Fik. »Betrachte es als Übung.«

Inyene warf einen nervösen Blick auf die Gruppe von Soldaten.

»Ich weiß nicht, ob das klug ist, Verwalter.«

»Wofür habe ich euch sonst bezahlt?«

Inyene knirschte mit den Zähnen und presste die Kiefer aufeinander.

Der verbesserte Soldat blickte zu seiner herannahenden Kohorte.

»Alle, Herr?«

Bevor Ta'Fik den Mann in den Tod schicken konnte, trat Rudo dazwischen.

»Lass uns erst mal sehen, wie du mit einem zurechtkommst. Dann sehen wir weiter.« Er fügte schnell hinzu: »Keine Waffen.«

Der verbesserte Soldat stellte sich seinem ersten Kameraden gegenüber, der seinen Nacken knacken ließ und seine Finger öffnete und schloss.

Ta'Fik rief: »Los!«

Die beiden Soldaten stürmten aufeinander zu. Der durch Runen gestärkte Soldat erreichte den anderen blitzschnell, und der Aufprall seiner Faust auf den Körper des anderen Soldaten hallte mit einem Knacken wider. Der normale Soldat flog quer über den Sand und stand nicht wieder auf. Rudo rannte sofort zu ihm – der Mann hatte noch einen Puls, aber Blut tropfte aus seinem Mundwinkel. Er öffnete das Hemd des Mannes und sah die tiefen Blutergüsse auf seiner Brust, die sich beim Heben und Senken der Brust bewegten. Gebrochene Rippen, vielleicht sogar eine punktierte Lunge.

»Bist du zufrieden?«, rief er Ta'Fik zu. Der Verwalter sah weder Rudo noch den Verletzten an. Stattdessen starrte er auf seinen neuen Schatz, und ein Lächeln breitete langsam sich auf seinem Gesicht aus.

Der verbesserte Mann sah zu Inyene und Rudo zurück, seine Ehrfurcht verwandelte sich in ein begeistertes Grinsen. Er blickte wieder auf seine eigenen Hände.

»Noch einmal«, sagte Ta'Fik. Er deutete scharf auf die übrigen Soldaten, die zuschauten. »Alle, sofort.«

Trotz ihrer klaren Überzahl zögerten die fünf verbliebenen Soldaten.

»Seid ihr Feiglinge?«, knurrte Ta'Fik. »Ihr seid fünf gegen einen. Seid ihr Noxianer? Kämpft!«

»Wir werden kämpfen, wenn Sie uns geben, was er bekommen hat, Sir«, sagte eine Frau. Sie hielt ihr Schwert und ihren Schild schützend vor sich. Unbewusst schien sie eine Verteidigungshaltung einzunehmen, ihre mit Kupfer beschlagenen Lederstiefel gruben sich in den Boden. Rudo konnte nicht sagen, ob ihre Stimme vor Angst oder Ehrfurcht zitterte.

Ta'Fik trat auf sie zu und starrte ihr fest in die Augen. »Wenn ihr diese Geschenke wollt, dann beweist, dass ihr sie verdient.«

Die Soldatin biss die Zähne zusammen, sah aber zu ihren Kameraden. Ein stilles Zeichen wurde zwischen ihnen ausgetauscht, und sie legten ihre Waffen nieder. Dann stürmten sie gemeinsam auf den verstärkten Soldaten zu.

Es war immer noch ein Gemetzel, aber zumindest gelang es ihnen gemeinsam, einen Schlag gegen ihn zu landen. Schließlich war nur noch die Frau übrig, die gesprochen hatte. Ihr Gesichtsausdruck, als sie auf ihre gefallenen Kameraden starrte, war unlesbar. Sie bereitete sich mit erhobenen Fäusten auf den letzten Angriff vor. Ihre Lederarmschienen passten zu ihren Stiefeln und glänzten kupferfarben in der Sonne.

»Unglaublich«, murmelte Ta'Fik.

Rudo konnte ihm nur zustimmen.

Doch gerade als der verbesserte Soldat sich auf die Frau stürzte, brach er zusammen. Wenn seine Schreie schon schrecklich waren, als der Zauber auf ihn gewirkt hatte, waren sie jetzt tausendmal schlimmer. Diesmal sprach er.

»Bitte!«, schrie er. »Hört auf – damit – ah! – hört auf! Bitte!«

Rudo wurde übel von seinem Flehen. Ebenso wie von der grotesken Art, wie sich der Mann auf dem Boden wand, seine Gliedmaßen nach hinten schleuderte und sich krümmte, bis sein Rücken fast in zwei Hälften brach.

Die Soldatin wich zurück, alle Disziplin vergessen.

Inyene rannte vor und sandte einen magischen Strahl auf den Mann, um ihn in Schlaf zu versetzen. Rudo kniete sich über ihn und keuchte, als wäre *er* derjenige, der gerade gekämpft hatte.

Ta'Fik kam zu ihm und untersuchte den bewusstlosen Mann emotionslos.

»Wie schnell kannst du das mit einer ganzen Kriegsschar machen?«, fragte Ta'Fik Inyene. Inyene zögerte.

»Ich – es gibt eindeutig Dinge, die wir dabei verbessern müssen.«

»Unsinn. Es hat gut funktioniert. Er hat fünf auf einmal geschafft, und aufgrund der Beschaffenheit des offenen Schlachtfeldes gehe ich nicht davon aus, dass er so viele erledigen muss. Ich werde auch mit nur einem Bruchteil *ihrer* Kämpfer gewinnen können.«

»Es sei denn, sie brechen mitten in der Schlacht vor Schmerzen zusammen«, knurrte Rudo.

Ta'Fik fixierte ihn mit einem kalten Blick und musterte ihn von Kopf bis Fuß.

»Dann sind sie motiviert, die Kämpfe schnell zu beenden.«

»Verwalter, wenn Ihr mir gestattet, kann ich sicher dafür sorgen, dass das nicht mehr passiert; es dauert nur ein oder zwei Monate länger …«

Ta'Fik packte Inyene am Kragen und zog den Leib auf die Zehenspitzen.

»Ich will, dass das sofort erledigt wird. Ich habe dir schon Monate gegeben. Du hast versprochen, dass es fertig sein würde.«

Inyene schluckte sichtlich eine Erwiderung herunter und atmete tief ein, um die Wut zu zügeln. Ta'Fik hatte Glück, dass er die zornige Welle der Magie nicht spüren konnte.

»Ihr versteht nicht, wie kompliziert es ist, dieses Gleichgewicht herzustellen. Wenn ihr nicht wollt, dass Eure Soldaten mitten in der Schlacht zusammenbrechen, ist es besser, wenn wir sicher sind. Außerdem«, fügte Inyene hinzu, »habt Ihr mehr Verbündete als Ambessa Medarda. Ihr könnt es Euch leisten, geduldig zu sein.«

Ta'Fiks Nasenflügel blähten sich vor Ärger, aber er ließ Inyene mit einem groben Stoß los.

»Du wirst mir noch vor Monatsende einen anderen zeigen. Dann sollten sie besser bereit sein, in See zu stechen.«

»In See stechen, wohin, Herr?«

»Das ist meine Sache.«

»Natürlich«, sagte Inyene mit zusammengebissenen Zähnen. »Wirst du noch mehr … Freiwillige zurücklassen?«

»Nimm dir, was du brauchst, aus der Kriegsschar.«

Ta'Fik drehte sich auf dem Absatz um, sein grauer Umhang wirbelte wie eine Aschewolke hinter ihm. Der Rest seiner Soldaten reihte sich hinter ihm ein.

»Warum lässt du dich so von ihm behandeln?«

»Wir haben Befehle von höherer Stelle.« Inyene blickte zu Rudo auf. »Marionetten sind leichter zu kontrollieren, wenn sie glauben, dass sie die Fäden in der Hand halten.«

Rudo schnalzte mit der Zunge, als er Ta'Fik dabei beobachtete, wie er zurück zu seinem prächtigen Zelt stapfte. Der Mann würde es am nächsten Morgen zusammenpacken lassen und nach Tereshni zurückkehren, und das war gut so. Er würde einen Weg finden, die Sache zu verzögern, egal, womit Ta'Fik ihm drohte. Das war er Ambessa schuldig.

KAPITEL DREIZEHN

Ambessa liebte das Meer, schon seit sie denken konnte. In ihrer Jugend hatte ihr Großvater ihr verschiedene Zeichen seiner Anerkennung für diesen oder jenen Erfolg gegeben. Am meisten schätzte sie ihre ersten Schiffe, den Anfang ihrer Flotte. Er hatte sie ihr zu ihrer Volljährigkeit geschenkt. Ambessa hatte ein Jahr lang keinen festen Boden unter den Füßen gehabt, nachdem sie sie erhalten hatte, da war sie sich sicher. Das Schaukeln und Stampfen des Schiffes während eines Sturms war für sie nur ein weiteres Schlachtfeld. Sie hatte sich der Herausforderung gestellt und sich ihr gewachsen gezeigt. Das Steuern des Schiffes fühlte sich nicht anders an als das Befehligen ihrer Hunde, ebenfalls großartige Geschöpfe mit einem eigenen Willen, die Respekt und Stärke verlangten. Zeigte man auch nur die geringste Schwäche, wusste es, dass man ihm unterlegen war. Es würde einen verschlingen.

Dieses Schiff, ihr Flaggschiff, hatte sie *Goldene Tänzerin* getauft. An die Reling gelehnt, atmete Ambessa die salzige Seeluft ein und ließ sie ihre Kopfhaut streicheln. Soweit sie sehen konnte, war der Himmel klar und das Wasser blau. Hinter ihr segelte eines ihrer Schiffe, ein weiteres vor ihr. Sie waren eine schnelle Flottille aus fünf Schiffen, um zügig voranzukommen, ohne zu viel Angriffskraft einzubüßen. Im Norden lag Krexor, Lisabetyas Land. Kumangra und seinen Liedermarkt im Süden hatten sie bereits passiert. Die erste Woche ihrer Reise war schnell vergangen; es hatte so viel zu tun gegeben.

Jetzt, mehrere Tage auf der anderen Seite von Piltover – sie hatten den Kanal zügig durchquert, was zum großen Teil Jago Medardas Einfluss und dem nicht ganz so subtilen Glänzen von Münzen zu verdanken war, die sie an die Spitze der Warteschlange beförderten –, gab es nichts zu tun, als zu warten und sich vom Wind treiben zu lassen oder, wenn der Wind zu schwach war, die Ruder zu nehmen und zu rudern.

»Bist du sicher, dass er uns helfen wird?«, fragte Caprian. Der Vastaya blickte nervös zum Horizont. In Richtung Ionia. Er schien weniger von der See beunruhigt zu sein als von der Zukunft.

»Der Großgeneral ist … schwer einzuschätzen.« Ambessa versuchte, eine Beschreibung zu finden, die Caprian Vertrauen in ihren Plan geben würde. Sie konnte es sich nicht leisten, dass er skeptisch wurde. Es ging nicht mehr nur um Darkwills Gunst für eine ungewisse Zukunft – sie brauchte seine Hilfe jetzt gegen Ta'Fik. Es könnte den Unterschied ausmachen, ob sie ihren Platz an der Spitze der Familie einnehmen würde oder zusehen musste, wie Ta'Fik ihr alles nahm, wofür sie gearbeitet hatte. »Wir müssen ihm einfach zeigen, dass eure Interessen mit seinen übereinstimmen, dann wird er euch alles geben, was ihr braucht. Er ist ein mächtiger Mann.«

Caprian sah immer noch unsicher aus, seine langen Ohren zuckten. Schwere Schritte kündigten Rictus' Ankunft an.

»Wie geht es dem Mädchen?«, fragte sie ihn. Das Geländer knarrte, als er seinen schweren Oberkörper darüberbeugte.

»Sie hat eine schärfere Zunge als einige deiner Veteranen.«

Caprian lachte schallend auf. »Ja, das hat sie.«

»Ich nehme an, es geht ihr nicht besser.«

Ein leichtes Grinsen umspielte Rictus' Mund.

»Nein.«

Rell hatte sich nicht so leicht an das Meer gewöhnt. In dem

Moment, in dem ihre Füße das Deck berührt hatten, hatte sie angefangen zu erbrechen.

»Sie mag die Pferde«, sagte Rictus. »Sie sagt, sie seien das, was dem Land am nächsten kommt.«

»Wahrscheinlich wegen der riesigen Mengen an Mist, die sie hinterlassen.«

Rictus lachte leise und zuckte mit den Schultern.

»Riecht wie auf einem Bauernhof.«

Sie hatten nicht viele Pferde mitgebracht, gerade genug für einen kleinen Abstecher, falls sie an Land mussten. Ihr Stall war ohnehin nicht ihre Stärke. Nachdem sie sich mit Darkwill getroffen hatte, würde sie nach Vindor gehen. Amenesce von Vindor hatte den Ruf einer meisterhaften Reiterin, und die besten Pferde in ganz Noxus stammten aus ihren Ställen. Selbst die begehrten noxianischen Warmblüter waren eine Zucht aus Vindor. Eine starke Kavallerie würde ihr einen Vorteil gegenüber Ta'Fik verschaffen. Sie musste nur noch die Frau überzeugen – falls sie nicht bereits auf Ta'Fiks Seite gewechselt war.

Bei günstigem Wind wäre es einfacher, die Unsterbliche Bastion auf dem Seeweg zu erreichen. Das würde zwar etwas länger dauern, aber sie müssten nicht darauf hoffen, dass die Pässe in der Großen Barriere frei waren. Bestenfalls blieben ihnen nur noch wenige Wochen.

Und schlimmstenfalls?

Schlimmstenfalls könnten sie noch viel länger auf See sein. Es war ein Glücksspiel, aber Krieg war voller Glücksspiele. Bislang hatte sich das Risiko ausgezahlt. Noch wurden sie von keinem Schiff verfolgt, und der Weg vor ihnen war frei.

***

Das Problem beim Glücksspiel war jedoch, dass das Glück nie von Dauer war.

Deshalb schaffen wir uns unser Glück selbst, hätte Menelik Ambessa gesagt, als sie durch eine Explosion an Deck aus ihrer Koje geweckt wurde.

Sie sprang aus dem Bett und schlüpfte in ihre Stiefel. Rictus tat es ihr gleich. Sie zögerte nur einen Moment, welche Waffe sie nehmen sollte – ihre beiden Drachenhund-Handschuhe oder ihr Schwert; sie entschied sich für das Schwert, um ihre Hände frei zu haben.

Die Alarmglocke auf Deck läutete nun, und man hörte das Donnern der Seemänner, die barfuß über die Holzplanken rannten. Die meisten von ihnen trugen die leichteste Version der Medarda-Rüstung – zu schwer, und sie wären unter dem Gewicht des Stoffes mit Sicherheit ertrunken. Einige trugen nicht einmal das, sondern zogen es vor, bei dem milden Wetter ärmellose Tuniken anzuziehen oder gleich ganz darauf zu verzichten. Ambessa tauchte gerade aus ihrer Kabine auf, als ihr Schiff von der ersten Kanonensalve erschüttert wurde.

»Werden wir angegriffen?«, schrie Rell und rannte mit voller Wucht gegen Rictus, ohne die Beine unter sich halten zu können. Der große Mann stützte sie.

»Ja.«

»Von wem?«, fragte Caprian, der neben ihnen zum Stehen kam.

»Ich weiß es noch nicht«, knurrte Ambessa mehr zu sich selbst als zu den anderen. »Passt auf euch auf und steht nicht im Weg. Rictus, bleib bei ihnen.«

Sie rannte zum Vorschiff und holte ihr Fernglas heraus, aber die Nacht war dunkel und nur von den Sternen und den Kanonenschüssen erhellt.

»Sie haben eines unserer Schiffe versenkt, Generalin!« Zishani, die Kapitänin der *Goldenen Tänzerin,* zeigte verzweifelt nach vorne, ihr eigenes Fernglas fest in ihrer weiß gekrallten Faust. »Die *Silberne Mwatis* geht unter!«

Ambessa brauchte kein Fernglas, um zu sehen, wie ein Feuerball das Schiff verschlang. Sie schaute trotzdem hin und sah die kleinen Gestalten von Männern und Frauen, die über die Reling sprangen, um den Flammen zu entkommen. Sie fluchte leise. *Magier.*

»Wer seid ihr?«, knurrte sie. Trannit hatte eine starke Marine und war bereit gegen sie, aber wie konnten sie bereits von ihr wissen? Es konnte Krexor sein. Sogar Schlammstädter, obwohl sie nie gedacht hätte, dass die über solche Feuerkraft verfügten, geschweige denn über solche Dreistigkeit.

»Sollen wir angreifen oder landen, Generalin?«, fragte Zishani und wartete. Ihr Gesicht war im Mondlicht blass. »Wenn wir uns landeinwärts wenden, werden sie uns wahrscheinlich festsetzen, aber zumindest hätten wir die Kontrolle über die Situation. Wir würden mehr Leben retten und möglicherweise sogar die Schiffe.«

Angreifen oder landen? Wenn sie im Süden landeten, würden diese Schiffe sie in der Falle haben. Aber der nächstgelegene Ort auf dem nördlichen Kontinent war Trannit. Und sie würde nicht umkehren. Dafür hatten sie keine *Zeit*.

»Wir greifen an. Durchbrechen wir die Blockade.«

»Aye, Generalin.«

Der Steuermann nahm sein Signalhorn und blies zwei kurze und einen langen Ton. Die Schiffe links und rechts taten es ihm gleich, bis es klang, als würden hundert Seeungeheuer ihren Kriegsschrei ausstoßen.

Kapitänin Zishani befahl den Matrosen zu rudern, um das vorderste Schiff besser erreichen zu können, das gegen die Blockade ankämpfte. Das andere Schiff stand in Flammen und war nun ein tödliches Hindernis, dem jedes Schiff ausweichen musste. Ambessas rechtes Schiff feuerte eine weitere

Salve Kanonen auf den nächsten Feind und zerstörte einen Mast. Der Feind begann zu sinken. Ambessa konnte nur die Zähne zusammenbeißen, während sie zusah, zu weit entfernt, um helfen zu können. Durch ihr Fernglas sah sie, wie ihre eigenen Seeleute mit Enterhaken und Haken über die Reling sprangen, um die Feinde in den Nahkampf zu verwickeln.

»Vorsicht!«

Zishani zog Ambessa zu sich herunter, als ein Feuerball von einem anderen feindlichen Schiff über ihre Köpfe hinwegschoss. Obwohl er weit danebenging und das Holz verfehlte, fingen die Flammen die Segel und brannten mit unnatürlicher Schnelligkeit.

»Bogenschützen!«, schrie Ambessa. »Da ist ein Magier auf dem Schiff an Steuerbord! Schießt auf ihn! Lasst das Segel ins Wasser fallen, sofort!«

Während zwei Matrosen die Takelage hinaufkletterten, um das brennende Segel loszubinden, griff sie selbst nach einem Eimer Sand und warf ihn auf die Glut, die drohte, auf das Deck überzugreifen. Das Segel der *Goldenen Tänzerin* fiel mit einem dumpfen Schlag auf das Deck, und das Gewicht des Materials erstickte die Flammen. Ambessa hatte keine Zeit, erleichtert aufzuatmen.

Sie hielt den Kopf geduckt, während sie sich umschaute, um die Schlacht zu überblicken. Sie waren so nah am feindlichen Schiff, dass Ambessa das unmarkierte Segel erkennen konnte. *Piraten?*

Ein heller Lichtstreifen und wilde Hitze erhellten die Nacht.

»Festhalten!«, warnte sie gleichzeitig mit dem Kapitän. Das Schiff unter ihr bebte und krängte, und Ambessa roch verbranntes Holz und Politur. Sie waren getroffen worden.

Die Rufe der Besatzung bestätigten es: Wasser drang ein, und sie verloren an Manövrierfähigkeit.

»Generalin?«, rief Rell. Sie rannte über das Deck und sank

neben Ambessa und dem Maat auf die Knie. »Generalin, was sollen wir tun?«

Die Augen des Mädchens waren weit aufgerissen und unsicher, aber sie hielt den Speer, den Kapitänin Zishani ihr gegeben hatte, fest umklammert, und die leichte, gewebte Rüstung passte ihr gut. Die Angst war normal. Das Mädchen hatte wahrscheinlich noch nie einen Feind getroffen, auf den sie nicht mit einem Speer zielen konnte; ein brennendes, sinkendes Schiff konnte man nicht erstechen. Man konnte springen oder darauf warten, in dem flutenden Rumpf zu sterben. Ambessa suchte das Deck nach Caprian und Rictus ab, konnte sie aber nirgends entdecken.

»Kannst du schwimmen?«, fragte sie das Mädchen.

»Ja?«, fragte Rell zurück, als wäre sie sich nicht sicher. Ambessa stand auf und zog das Mädchen mit sich.

»Halt dich fest«, sagte sie leise. Dann rief sie der gesamten Besatzung zu: »Macht euch bereit, das Schiff zu verlassen! Nehmt Kurs auf die Nordküste!«

Ein weiteres Glücksspiel. Sie konnten alle ertrinken. Sie konnten von den Schiffen getroffen werden. Die Besatzungsmitglieder sammelten nur die nützlichsten Dinge, darunter alles, was schwamm – wie Holzplanken, die sie aus der *Goldenen Tänzerin* selbst herausgehackt hatten. Ambessa überlegte, in ihre Kabine zurückzulaufen, um ihre Drachenhund-Handschuhe zu holen, aber die würden sie nur in die Tiefe ziehen.

Sie warteten in angespannter Stille, bis der Feind kam. Näher. Näher. Kurz bevor sie aufeinandertrafen, aber nicht so nah, dass sie Pfeile in ihre Rücken schießen konnten …

»Jetzt!« Ihre Seeleute und die Überreste ihrer Schnitter, etwa zweihundertfünfzig Kämpfer, sprangen ins Wasser. Trotz der Menge suchte sie unter ihnen nach Rictus und Caprian, aber sie waren nicht da.

»Rell, bleib bei mir.«

»Aber …«

»Bei mir! Das ist ein Befehl!«

Das Mädchen protestierte nicht weiter, aber ihre Angst stand ihr ins Gesicht geschrieben. Ambessa rannte unter Deck. Das Schiff schaukelte, als eine weitere Feuerkugel einschlug und sie gegen eine Trennwand schleuderte. Rell stürzte die Treppe hinunter. Ambessa griff nach ihrem Hemd, als sie an ihr vorbeischoss.

»Rictus!«

Mit Stiefeln, die durch das wadenhohe Wasser wateten, folgte Ambessa den wütenden Rufen, bis sie die Mannschaftsquartiere erreichte. Caprian klammerte sich verzweifelt an eine Hängematte.

»Ich gehe nicht da raus!«, schrie Caprian. »Ich werde sterben!«

»Du stirbst, wenn du hierbleibst«, sagte Rictus mit leiser, beruhigender Stimme.

»Rictus, wir haben keine Zeit!«, rief Ambessa. »Caprian, wenn du dich nicht bewegst, was wird dann aus deinem Volk?«

Der Vastaya blickte zwischen Ambessa, Rictus und der bebenden Trennwand hinter ihm hin und her. »Ihr habt versprochen, ihnen zu helfen! Stattdessen werden wir auf dem Meeresgrund sterben!«

Ambessa warf einen Blick auf Rell, um zu sehen, ob Caprians Angst ansteckend war. Das Mädchen klammerte sich panisch an eine andere Hängematte.

»Wir werden nicht ertrinken, wenn du dich der See stellst! Zeig ihr, dass du ihren Respekt verdienen kannst.« Ambessa verlor langsam die Geduld – und ihnen lief die Zeit davon. Das Wasser stieg ihr bereits bis zu den Knien. »Das Meer ist Teil der Natur. Der Welt, die du beschützen sollst. Du solltest keine Angst davor haben. Komm mit uns. Wir schwimmen zum Ufer.«

Für einen Moment glaubte Ambessa, ihn erreicht zu haben. Seine Ohren zuckten in ihre Richtung. Dann senkte er sie fest an den Schädel und schüttelte hartnäckig den Kopf.

Ihnen ging die Zeit aus.

»Rictus, schnapp ihn dir.«

Ambessa schob Rell vor sich her die Treppe hinauf. Hinter sich hörte sie Caprians Schreie und einmal sogar das Knacken seiner Hörner auf etwas Hartem – aber als sie sich umdrehte, stand Rictus immer noch da, und Caprian war benommen und über Rictus' Schulter geworfen.

An Deck war außer ihnen vieren niemand mehr auf dem Schiff. Die *Goldene Tänzerin,* ihr wertvollstes Schiff, neigte sich zum Heck, und es war heiß, weil das Feuer die Planken verschlang. Sie gönnte sich einen Moment Zeit für die Trauer, eine andere Art von Welle.

Sie sprangen.

Ambessa prallte schmerzhaft auf das Wasser. Es war eiskalt und schwer – *so schwer*. Das Schwert an ihrer Hüfte drohte sie nach unten zu ziehen. Sie tastete nach Holzresten, klammerte sich mit aller Kraft daran fest, während die See sie hin und her warf. Sie hielt den Atem an, obwohl sie glaubte, ihre Brust würde zerspringen. Dann beruhigte sich das Wasser genug, dass sie das Ziehen spürte, als das Holz an die Oberfläche trieb. Jetzt, da sie die Richtung kannte, strampelte sie mit den Beinen.

Mit einem Keuchen brach sie an die Oberfläche. Sie schüttelte den Kopf, um klar zu sehen, und orientierte sich. Eines der unmarkierten Schiffe segelte auf die *Goldene Tänzerin* zu. Sie würden wahrscheinlich versuchen, sie zu entern, um wertvolle Beute an Bord zu bringen. Piraten also. Sie hoffte, dass ihr Schiff sie alle mit in den Tod reißen würde.

Ihre anderen Schiffe waren verschwunden, soweit sie sehen konnte – die beiden hinter der *Goldenen Tänzerin* hatten sich zurückgezogen, und mit ihnen ihre Truppen. Die vor ihr sanken oder waren bereits aufgebracht worden.

Wer auch immer diese feindlichen Schiffe befehligte, würde dafür bezahlen. Aber es gab eine richtige Abfolge der Notwendigkeiten.

»Rictus! Rell!«, rief sie. »Rictus!«

Sie schwamm mit einer Hand und strampelte mit den Füßen, während sie einen Großteil ihres Gewichts auf die Holzplanke verlagerte. In der Dunkelheit kam ihr das Schwimmen endlos vor. Die Nässe klebte an ihrer Haut, und ihre Füße waren in den Stiefeln taub.

Ambessa schwamm und schrie, aber niemand antwortete, obwohl sie hier und da etwas in ihrer Nähe auf und ab tanzen sah. Das erste Mal schwamm sie zu ihnen hin, obwohl sie parallel zum Ufer lagen, und ihre Hoffnung verlieh ihr einen Geschwindigkeitsschub. Als sie jedoch ankam, sank ihr das Herz. Der Seemann war tot, sein Gesicht blass, seine Augen starr, seine Lippen bereits blau. Aber es war nicht Rictus oder Caprian, und es war auch nicht Rell. Sie drehte sich zum Ufer um und schwamm los.

Als sie das Ufer erreichte, hatten Kälte und Erschöpfung ihr alle Kräfte geraubt, bis auf den letzten Rest Adrenalin. Selbst das hinterließ brennende Muskeln und einen verzweifelten Herzschlag. Sie versuchte, sich aufzurichten, fiel aber sofort wieder zurück.

Als Ambessas Körper der Erschöpfung erlag, verlor sie das Bewusstsein, Rache auf den Lippen.

KAPITEL VIERZEHN

Sie erwachte, als eine Hand ihre Wange berührte.

»Rudo?«

Sie hatte geträumt. Von einem goldenen Tänzer, dessen dunkles Haar in Strähnen um ihn herumwirbelte. Sein Gesicht hatte sich jedoch in das einer Frau verwandelt, einer Frau, die sie nicht kannte, dann in das eines anderen Mannes und wieder in das eines anderen – es flackerte durch hundert Gesichter, bis es wieder bei Rudo landete.

Ambessa, flüsterte er. *Ich komme, um sie zu holen.*

Sobald sie sich an das dunkle Zischen aus dem Mund ihres Geliebten erinnerte, schreckte sie hoch.

Es war nicht Rudos Hand, sondern die von Rell. Sie hielt sie auf ihrem Schoß, eine Hand tätschelte sanft, aber hektisch ihre Wange.

»Generalin?«

Das Gesicht des Mädchens hellte sich überrascht und voller Erleichterung auf. Ihre Augen glänzten vor Tränen, und Ambessa konnte nicht sagen, ob die Salzspuren auf ihrem Gesicht vom Meer stammten.

Ambessa griff nach der Hand des Mädchens und umschloss sie.

»Rictus? Die Vastaya?«

Das kurze Lächeln verschwand, und die Angst kehrte zurück. Rell schüttelte den Kopf.

Ambessa fluchte und rappelte sich auf. War sie verflucht? War das die Strafe für ihre Arroganz vor all den Jahren? Hätte sie damals ihre Belohnung annehmen sollen, anstatt nach mehr zu streben?

Als Rell die bitteren Gedanken in Ambessas Gesicht las, rappelte sie sich ebenfalls auf.

»Was machen wir jetzt?«, fragte Rell.

»Wir suchen sie. Nach Überlebenden.«

Sie waren an einem felsigen Strand angespült worden, nicht an dem schönen hellen Sandstrand auf der anderen Seite der Straße des Eroberers. Die Sonne begann gerade, den Horizont zu erhellen. Ambessa hob einige Steine auf und steckte sie in ihre Taschen. Sie waren grau und scharf. *Alles konnte zu einer Waffe werden.* Sie mussten sich auch um ihre eigentlichen Waffen kümmern und sie so gut wie möglich trocknen, aber das musste warten.

»Rictus!«, rief Ambessa. »Caprian!«

Sie sahen Rictus mit leeren Händen auf sich zukommen. Als er Ambessa sah, war sein Gesicht voller Konflikte.

»Kreipsha«, flüsterte er. Sein Bart war mit Salz verkrustet. »Vergebt mir.«

Seine Stimme war schwer von der Last seines Versagens.

»Wir müssen ihn finden«, sagte Ambessa nur. Sie marschierten weiter am Strand entlang. Sie sammelten eine halbe Kompanie, etwa fünfzig Krieger, die meisten von ihnen waffenlos und durchnässt, aber unverletzt. Eine von ihnen hatte sich beim Sprung einen Arm gebrochen, und nur ihre Willenskraft hatte sie daran gehindert, von dem Holz, das sie sich ausgesucht hatte, herunterzufallen. Ambessa machte sich eine Notiz, diese Frau im Auge zu behalten. Kapitänin Zishani war nicht unter ihnen.

Caprians Leiche lag mit ausgestreckten Armen und Beinen auf den schroffen Felsen. Der dichte Nebel, der am Strand hing, verdeckte ihn fast vollständig. Wie die meisten von ihnen war er zerzaust und zerkratzt. Eine Verzweiflung, die tiefer war, als Ambessa sie je gekannt hatte, drohte sie zu überwältigen. Ohne Caprian war alles verloren. Ambessa kniete sich neben ihn.

»Sollen wir ihn begraben?«, fragte Rictus leise. »Wir haben Zeit.«

»Noch nicht«, flüsterte Ambessa und blinzelte heftig. Die Schnitte schienen frisch zu sein, das Blut leuchtete hell auf seinem Fell.

Sie drückte auf die Brust des Vastaya. Sie versuchte sich zu heben, aber das Wasser darin verhinderte dies. Ein weiterer Druck. Noch einer.

Dann spritzte Wasser aus Caprians Mund, und er hustete und spuckte. Ambessa drückte ihn auf die Seite, damit er mehr Meerwasser erbrechen konnte, aber der Vastaya, der kaum bei Bewusstsein war, krallte sich an Ambessas Hand. Ambessa ließ ihn nicht los.

Nachdem er sich erbrochen hatte und wieder regelmäßig, wenn auch flach, atmete, sah Caprian sich um. Er sah Ambessa und bemerkte, dass er sich wie ein Kind an ihren Arm klammerte. Er ließ sie schnell los und senkte den Kopf.

»Generalin.«

Ambessa klopfte ihm auf den Rücken und half ihm dann, sich aufzusetzen.

»Bist du verletzt?«

Caprian tastete sich unbeholfen ab und schüttelte dann den Kopf.

»Nur mein Kopf. Ich glaube … ich glaube, ich habe mir irgendwo den Kopf gestoßen – dann Wasser, Wasser, Wasser.« Er verzog das Gesicht und blickte Rictus finster an. »Wo sind wir?«

»Das wissen wir noch nicht«, sagte Ambessa. Hinter sich hörte sie das Knirschen von Stiefeln auf Felsen, bevor sich der Nebel so weit lichtete, dass sie die Herannahenden sehen konnte.

»Wer ist da?«

Sie erhob sich aus ihrer Hocke und stellte sich zwischen Caprian und die Neuankömmlinge. Rictus stand hinter ihr, seine Hellebarde in voller Länge bereit.

»Eure Gastgeber natürlich.«

Ambessa zog ihr Schwert. Drei Gestalten tauchten aus dem Nebel auf: ein Soldat mit einem spitzen Stahlhelm, der dem Stahl auf den Schnauzen der Drachenhunde ähnelte, deren Leinen er hielt. Eine dunkelhäutige Frau mit kleinen schwarzen Locken, die mit einem goldenen Stirnband aus dem Gesicht gehalten wurden. Und der blasse Trannit-Berater aus Bel'zhun.

»Ich dachte, wir hätten dich in Bel'zhun zurückgelassen«, sagte Ambessa zu dem blonden Mann. Er lächelte im Licht der Morgendämmerung.

»Ah, ja. Das war mein Zwillingsbruder Gessik. Aber keine Sorge. Wir wussten genug, um dir einen angemessenen Empfang zu bereiten.«

Obwohl er identisch aussah, strahlte dieser Zwilling nichts von der Angst aus, die sein Bruder in Bel'zhun versprüht hatte. Er lächelte schneller und war viel selbstgefälliger. Er trug eine Rüstung statt einer Robe und Pantoffeln.

»Mein Name ist Geskir.«

»Du bist für diesen ›Empfang‹ verantwortlich?«, fragte Ambessa. »Für den Angriff auf meine Schiffe?«

»Ich folge den Befehlen meines Verwalters. Mein nächster Befehl lautet, dich zu ihm zu bringen.«

»Ich bringe dich zuerst zu Kindred«, knurrte einer der Matrosen hinter Ambessa. Sie war geneigt, ihm zuzustimmen, und machte sich bereit, loszuspringen – es waren nur fünf von ihnen, und einer war nicht einmal für den Kampf bewaffnet. Dann lichtete sich der Nebel und gab den Blick auf den Rest einer Kriegsschar frei, und Ambessa wusste, dass sie keine Chance hatten, wenn sie hier und jetzt kämpften.

»Werdet ihr eure Waffen fallen lassen, oder müssen wir sie euch abnehmen?«, fragte Geskir. Sein freundlicher Gesichtsausdruck veränderte sich nicht. Ambessa prägte sich sein Gesicht ein, das ebenso rosig war wie das seines Bruders, den dünnen Schnurrbart, die selbstgefälligen, schmalen Lippen. Er würde für seine Rolle in dieser Angelegenheit Rechenschaft ablegen. Aber zuerst würde sie Smik sehen.

Sie warf ihre Waffe vor Geskir auf den Boden.

»Wie freundlich von dir. Ich brauchte eine Eskorte zum Verwalter.«

Das Lächeln auf Geskirs Gesicht verschwand für einen Moment, kehrte aber schnell zurück. Ambessa wandte sich an ihre Mannschaft und nickte. Obwohl sie verwirrt waren und einige von ihnen offen wütend, gaben sie ihre Waffen ab. Nur Rictus schien ihr zu vertrauen.

Triff eine Entscheidung und zieh sie durch, mit allen Konsequenzen.

Sie wurden an den Handgelenken mit Seilen gefesselt, einem Basiliskenreiter übergeben und mussten mindestens zwei Stunden lang hinter ihm herlaufen, wobei sie dem Dreck ausweichen mussten, den er hinter sich hinterließ. Eine absichtliche Demütigung.

Aus der Nähe konnte Ambessa sehen, dass der Noxianer, der die Leinen der Drachenhunde hielt, sehr jung war. Er war ihr aufgefallen, weil die Hunde ihn zu ziehen schienen, anstatt neben ihm herzulaufen. Ein neuer Hundeführer oder ein Amateur. Ambessa spottete. Sie hätte niemals einen neuen Hundeführer für eine solche Mission eingesetzt. Zu viele Dinge konnten schiefgehen. Sie überlegte, den Jungen zu beschimpfen, aber sie wollte Smik sehen. Außerdem war das unter ihrer Würde, und sie mussten bereits genug Demütigungen erdulden.

Als die Sonne den letzten Morgennebel über der Stadt

Trannit vertrieb, erreichten sie die kleine Burg, von der Ambessa annahm, dass sie Smiks Sitz war. Ein Haus im alten noxianischen Stil, aus hohen Steinen gebaut, seltsam geformt, da nach und nach weitere Gebäude und Flügel angebaut worden waren. Es war mehr als ein Heim, es war eine kleine Festung, wie eine Nachahmung der Unsterblichen Bastion.

Die ganze Stadt lag auf einer Klippe mit Blick auf das Meer, und Smiks Haus stand ganz oben, zusammen mit denen der anderen einflussreichen Bewohner – dem Gouverneur von Trannit, anderen Mitgliedern der Großen Häuser und denen, die sich mit Intrigen, Machenschaften oder Manipulationen an die Spitze gekämpft hatten. Wie viele der älteren noxianischen Städte war es ein Labyrinth aus Stein – wie Smiks Haus wurden auch andere Gebäude nach Bedarf erweitert, abgerissen und wieder aufgebaut, immer mit dem Ziel, möglichst effiziente Strukturen zu schaffen. In Trannit war der Stein von der Gischt aus dem Süden wasserfleckig und salzverkrustet. Das Moos wuchs dicht.

»Willkommen im Haus von Verwalter Smik, Generalin Medarda.« Geskir löste Ambessas Seil vom Basilisken. »Würden Sie mir bitte folgen?«

»Und der Rest meiner Leute?«

Geskir lächelte.

»Sie werden natürlich zu ihren Unterkünften geführt.«

Gefängnis.

»Dann lassen Sie mich wenigstens meinen Leutnant und meine Pagen mitnehmen.« Als Geskirs Lächeln wieder zu verschwinden drohte, sagte sie: »Ich bin den ganzen Tag hinter einem Eidechsenschwanz hergelaufen. Lasst mir wenigstens etwas Würde und meine Begleiter. Oder ist Smik so tief gesunken, dass er Angst vor einer Frau und ihren Begleitern hat, sogar vor einem Kind?«

Geskir kniff die Augen zusammen. Er wandte sich der

dunklen Frau zu, die Ambessa noch nicht hatte sprechen hören. Sie fragte sich, ob sie Smiks Tochter war. Sie hatte seine Hautfarbe und denselben schmalen Körperbau, aber damit endete die Ähnlichkeit auch schon. Die Frau gab einen ungeduldigen Laut von sich und ging hinein. Geskir räusperte sich.

»Nimm deine Begleitung mit.«

Nach einigen scharfen Befehlen kamen zwei weitere Soldaten mit den Seilen, an denen Rictus, Rell und Caprian festgebunden waren. Ein Teil der Kriegsschar folgte ihnen ins Haus, während andere den Rest ihrer Truppe wegführten. Geskir befahl den Drachenhunden, vor dem Hauptgebäude zu bleiben – zweifellos, um sie zu fangen, falls sie versuchen sollte zu fliehen.

Sie wurden in einen großen Speisesaal geführt, in dem Verwalter Smik saß. Seine dunklen Locken waren verschwunden, sein Kopf war kahl rasiert, um seine Glatze zu verbergen. Um das auszugleichen, hatte er sich einen Bart wachsen lassen, in den er goldene Zöpfe geflochten hatte. Sein Mantel war von einem satten, leuchtenden Purpur, der gut zu seiner dunklen Hautfarbe passte. Über die Brust verlief ein goldenes Stickmuster. Extravagant.

Er frühstückte geschmortes Pfefferfleisch und dünnes Fladenbrot. Er schöpfte das mit Soße übergossene Fleisch mit dem Brot auf, und der Saft triefte ihm von der Hand. Ambessas Magen knurrte gegen ihren Willen, aber er war zu weit weg, um es zu hören. Er sah nicht von seinem Essen auf.

Ambessa wartete nicht, bis Geskir sie ankündigte. Sie näherte sich dem Tisch.

»Verwalter Smik. Menelik Medarda ist gestorben und hat keinen Erben benannt. Eure Berater und Eure Handlungen deuten darauf hin, dass Ihr Ta'Fik Medardas Anspruch unterstützt. Ist das wahr?«

Geskir zog sie an dem Seil, das an ihren Händen befestigt

war, zurück. Smik aß weiter, kaute langsam und putzte sich das Gesicht und dann die Hände mit einem Tuch. Er winkte einen Diener herbei, um das Tuch wegzunehmen.

»Das sagt Ihr selbst«, sagte Smik. Seine Stimme war klar und gebieterisch, und er blickte verächtlich auf Ambessa und ihre Begleiter, wobei er seinen Blick lange auf Caprian ruhen ließ. »Mein Berater und meine Handlungen sprechen für sich. Warum fragt Ihr also?«

Noxus hatte nur einen Großgeneral, aber Smik schien das vergessen zu haben. Er benahm sich wie ein Herrscher der westlichen Königreiche, verwöhnt und arrogant.

»Ich wollte deine Dummheit aus deinem eigenen Mund hören, das ist alles. Um sicherzugehen, dass niemand in deinem Namen gelogen oder die Kontrolle über deine Truppen übernommen hat.«

Smiks Gesicht verzog sich angewidert, ob ihrer Worte und der gefallenen Maske der Höflichkeit.

»Und warum sollte Euch das interessieren?« Er lachte. »Ihr glaubt doch nicht, Ihr könntet mich vor einer Art Aufstand retten? Vor Erpressung?« Er lachte noch lauter, ungläubig.

Ambessa antwortete nicht, sondern hielt seinen Blick fest, bis es ihm sichtlich unbehaglich wurde. Er räusperte sich.

»Führt sie fort«, befahl er Geskir. »Genießt mein Gefängnis, während Ihr darauf wartet, dass Ta'Fik mit Euch macht, was er will.«

Die Frau beugte sich zu ihm hinunter und flüsterte ihm etwas ins Ohr. Er nickte, aber Ambessa konnte nicht verstehen, was zwischen ihnen gesagt wurde.

Geskir führte sie zurück und schob Ambessa grob vor sich her. Der junge Hundehüter saß noch immer dort, wo sie ihn zurückgelassen hatten, auf seinen Fersen. Als er Geskir sah, sprang er auf. Der Morgen war angebrochen. Es fühlte sich falsch an, dass die Morgensonne so heiter schien.

»Komm«, schnauzte Geskir den jungen Hundeführer an. »Zum Kerker.«

»In den Kerker?«, fragte Ambessa.

Sie schlängelten sich durch die Stadt, entgegen der Richtung, aus der sie gekommen waren, weg vom Meer.

»Haltet den Mund.« Geskir riss an ihrem Seil, das sich in ihre Handgelenke schnitt. Aber er konnte sich eine triumphierende Bemerkung nicht verkneifen. »Der Kerker ist nicht hier. Wir haben einen besonderen Ort für Leute wie Euch. Selbst wenn Ihr in die Tunnel gelangen würdet, könntet Ihr den Magiern niemals entkommen.«

Magier? Ambessa speicherte diese Information. Ein von Magiern bewachtes Gefängnis war nichts, was man auf die leichte Schulter nehmen konnte.

»Leute wie uns? Meinst du Kriegsführer? Anführer des Clans, dem du dienst?«

»Ich diene Noxus.« Geskir richtete sich auf. »Das ist ein Ort für Leute, die sich für etwas Besseres halten. Aus dem Kerker kann man sich nicht freikämpfen.«

Ambessa grunzte. Das würde sie noch sehen.

KAPITEL FÜNFZEHN

Mel fand es seltsam, ohne ihre Mutter in deren Logenplatz in der Arena zu sitzen und den blutigen Sport unter ihr zu beobachten. Das war noch nie Mels Lieblingsbeschäftigung gewesen. Sie verstand nicht, welchen Reiz es hatte, Menschen um Geld kämpfen zu sehen. Es kam ihr wie Verschwendung vor.

Kino sah das genauso.

»Ich verstehe einfach nicht, was daran Spaß macht«, sagte er. Er trank den letzten Schluck Wein aus seinem Glas. »Warum sollte man sich zum Spaß schlagen lassen, wenn man stattdessen hier sitzen und trinken kann?«

Er hielt seinen Becher hin, und ein stiller Diener füllte ihn wieder auf. Und doch waren sie beide hier und sahen sich aus ihren eigenen Gründen den Kampf unten an. Mel dachte, dass vielleicht für beide die Sehnsucht nach ihrer Mutter ein solcher Grund war.

So sehr sie ihre Mutter auch vermisste, konnte Mel doch nicht umhin, leichter zu atmen, ohne den finsteren Blick ihrer Mutter im Nacken, die bereit war, an allem etwas auszusetzen, von ihren Vorstellungen von Diplomatie bis hin zur Feinheit ihrer Schritte. Sie hatte das Gefühl, endlich wieder aufrecht stehen zu können.

Deshalb sah Mel sich *diesen* Kampf an. Unten, im schmutzigen Sand der Arena, kämpfte ihre Cousine Tivadar wie ein Wirbelwind. Ihre beiden mit Azirit beschlagenen Krummsäbel blitzten im Licht wie Feuer. Es war so schön wie ein Tanz.

Wäre ihre Mutter hier gewesen, hätte sie das respektiert, auch wenn Ta'Fik Tivadars Vater war. Mel war jedoch nicht eifersüchtig.

Tivadars Gegnerin war die amtierende Meisterin; die neue Meisterin, nachdem Rell, die Lieblingsschülerin ihrer Mutter, die Arena verlassen hatte, um sich Ambessas Kriegstruppe anzuschließen. Mel war auch nicht eifersüchtig auf *sie*.

Ihre Mutter war nun schon seit einem Monat verschwunden, und sie hatten seitdem nichts mehr von ihr gehört – wahrscheinlich, sagte sich Mel, weil sie nicht in Rokrund war, wo ihre Mutter sie erwartet hatte. Nicht, weil sie verletzt war. Ein Teil von Mel wünschte sich, sie hätte mit ihr gehen können, nur um zu wissen, dass es ihr gut ging.

»Sag mir, warum du dich ausgerechnet für sie interessierst«, sagte Kino gedehnt. »Sie ist nicht die Schwester, der Ta'Fik alle seine Geheimnisse anvertrauen würde. Sie ist die Jüngste. Es gibt einen Grund, warum sie noch hier ist.«

»Ich bin die Jüngste«, sagte Mel scharf. »Sie könnte aus denselben Gründen hier sein wie wir.«

»Weil ihr Vater sie für nutzlos hielt, so wie unsere Mutter uns für nutzlos hält?«

»Deshalb sind wir nicht hier.« Mels Gesicht wurde warm. Das war jedenfalls nicht der Grund, warum sie hier war. »Ich weiß, dass sie denkt, ich sei in Rokrund besser aufgehoben, dass ich nicht für mich selbst sorgen kann, aber sie irrt sich. Ich werde ihr helfen, und ich werde es auf meine Weise tun.«

Kino winkte ihre Einwände lächelnd ab. Sie hatten diesen Streit schon gehabt, als sie sich geweigert hatte, mit Katye auf dem Schiff mitzufahren. Kino hatte gedroht, sie selbst auf seinen Schultern zu tragen, bis ihr Vater mit schwerer Stimme gesagt hatte: »Wenn du hierbleiben kannst, kann sie auch bleiben.«

Damals hatte sie gespürt, wie ihr Vater ihr die Last der Verantwortung auf die Schultern legte. Indem er sie bleiben ließ, gab er ihr eine Chance: *Beweise dich*. Und das würde sie tun.

»Auf deine Art.« Kino lachte leise vor sich hin. Es klang ein wenig bitter. »Apropos dein Weg: Du hast ein Recht auf deine Geheimnisse, aber – diese Tätowierungen. Die hast du nicht von Inyene, oder?«

Mel fasste sich ertappt an ihren Hals.

»Inyene? Verwalter Ta'Fiks Beratung? Inyene stammt nicht aus Targon, sondern aus Noxus, glaube ich.«

»Du hast also auch nachgefragt.« Mel errötete erneut. »Natürlich. *Informationen sind die wertvollste Währung.*« Sie sprachen die Worte gleichzeitig aus, ein Sprichwort, das ihre Mutter ihnen eingetrichtert hatte.

»*Denn ein kluger Mann würde Gold dafür geben*. Vielleicht hast du recht. Vielleicht sind wir hier doch nicht nutzlos.«

»Was hast du über Inyene herausgefunden?«

»Nicht viel. Deshalb bin ich neugierig. Inyene ist neu in Ta'Fiks innerem Kreis, und doch scheint er ausschließlich Inyenes Rat zu befolgen. Bevor Großvater starb, habe ich sie oft zusammen flüstern sehen, wie alte Klatschbasen.«

»Vielleicht kann ich mehr von Tivadar erfahren. Ich glaube, ich kann sie für mich gewinnen. Wie du schon sagst, haben sie und ich ein paar Gemeinsamkeiten.«

Kino lachte, diesmal aus echter Freude.

»Es tut mir leid. Du bist nicht nutzlos. Aber sei vorsichtig, Schwester.«

***

Mel und Kino warteten am Ausgang der Champions auf Tivadar. Als sie ihre Cousine sah, winkte Mel und rief ihr zu. Tivadar zuckte zurück, presste die Lippen zusammen und sah sich um, als hoffte sie, Mel hätte jemand anderen gerufen. Als jedoch keine Hoffnung mehr bestand, kam sie vorsichtig näher, in Erwartung eines Hinterhalts.

Tivadar hatte sich den Schweiß und den Schmutz abgewaschen; ihre hellbraune Haut war leicht rosa. Ihre lockere Kleidung imitierte ihre Rüstung, mit Gürteln und einem starren Schulterpolster.

»Cousins«, sagte sie knapp.

»Herzlichen Glückwunsch zu deinem Kampf, Cousine!«, sagte Kino. »Was für ein Kampf! Ich bin froh, dass ich auf dich gewettet habe.«

Er klopfte auf die Geldbörse in seiner Tasche, die jetzt schwerer war, da er seinen Gewinn eingesammelt hatte.

»Wir haben uns gefragt, ob du mit uns etwas trinken gehen möchtest. Da Gintara weg ist, dachten wir, du bist vielleicht …« *Einsam* war kein Wort, von dem Mel glaubte, dass es bei dieser Kriegerin gut ankommen würde, auch wenn sie vermutete, dass es der Wahrheit entsprach. »Gelangweilt. Kino, wo gibt es die Nudeln, von denen du gesprochen hast? Kino kennt die besten Lokale in der Stadt, du musst uns begleiten.«

Mel legte ihre Hand auf den Arm ihres Bruders und hielt ihn fest, während sie entwaffnend lächelte. Tivadar verzog das Gesicht und blickte zurück zur Arena. Vielleicht hatte sie dort Freunde, von denen sie sich nur ungern trennte, aber Mel glaubte nicht, dass das der Grund war, warum sie zögerte.

»Möchtest du noch jemanden einladen?«, fragte Mel.

»Ach, komm schon. Es kann doch nicht schaden, deine Cousins kennenzulernen. Es ist nur eine Nacht, und morgen früh kannst du uns wieder hassen.«

Kinos Lächeln war ebenso entwaffnend und traf Tivadar mitten in ihrem Zögern. Das reichte, um es zu vertreiben.

»Na gut«, murmelte sie. »Aber du bezahlst.«

Kino grinste.

»Du wirst schon sehen, dass das *nicht* der Fall ist. Los, beeil dich.«

Kino beeilte sich allerdings nicht – er war bereits etwas betrunken und zeigte mit gemächlichen Schritten die verschiedenen Sehenswürdigkeiten der Stadt und erklärte, wie er sie geprägt hatte. Tivadar hörte mit unverhohlener Verärgerung zu.

»Er weiß wirklich nicht, wann er aufhören soll«, murmelte Mel verschwörerisch. »Aber du wirst gleich sehen, warum ich ihn in meiner Nähe habe.«

»Das habe ich gehört, Schwesterchen.«

»Ich habe keine Ahnung, was du meinst, Bruder.« Mel wandte sich an Tivadar. »Ist Gintara auch so?«

Tivadar runzelte die Stirn.

»Wie … was?« Es klang, als würde sie sich zurückhalten, etwas Beleidigendes zu sagen. Mel seufzte theatralisch und deutete auf alles an Kino.

»Nein«, sagte Tivadar. »Ich bewundere Gintara sehr. Obwohl ich fast so gut kämpfen kann wie sie – ich bin nicht so stark, aber ich kann sie vier- oder fünfmal von zehn schlagen –, ist sie eine bessere Anführerin. Deshalb verbringe ich so viel Zeit in den Arenen. Sie hat mir sehr viel beigebracht.«

Ihre Stimme klang wehmütig.

»Warum ist sie nicht geblieben?«

Die kurze Offenheit in Tivadars Gesicht verschwand.

»Sie ist eine Anführerin. Sie befehligt Kriegsscharen. Sie hat keine Zeit, zu trinken und auf künstlichen Schlachtfeldern zu spielen.«

Mel entging weder die bittere Anspielung auf sich selbst und Kino noch die Selbstverachtung in Tivadars Worten.

»Du bist eine ausgezeichnete Kämpferin«, sagte sie. »Es war beeindruckend, dir zuzusehen. Normalerweise tue ich das nicht.«

Tivadar warf ihr einen misstrauischen Blick zu und suchte nach dem Gift in ihrem Kompliment.

»Da sind wir!«, unterbrach Kino sie und breitete die Arme aus. »Willkommen bei Jahvens Nudeln! Die schärfsten Nudeln im ganzen Imperium!«

Er stieß die Tür auf und bat sie hinein. Sie wurden von der Besitzerin ebenso herzlich begrüßt wie vom köstlichen Duft frischer Nudeln und Eintöpfe.

»Danke, Lord Kino, danke. Hier, setzt Euch.«

Die Frau führte sie zu einem großen Tisch, als wäre er nur für sie gedeckt worden.

»Bitte, Frau Jahven, ich heiße Kino. Erinnerst du dich?«

Das Grinsen wirkte hier besser als bei Tivadar. Frau Jahven, die mindestens so alt sein musste wie ihre Mutter, errötete und winkte ab. Ohne dass sie etwas bestellt hatten, wurden eine Flasche gelblicher Schnaps und Schüsseln mit gedämpften, gesalzenen Bohnen und Gemüse an ihren Tisch gebracht, noch bevor sie sich gesetzt hatten.

»Seht ihr?« Kino schenkte jedem von ihnen in einen der kleinen Becher ein. Er hob seinen. »Auf meine hervorragenden Beschaffungsfähigkeiten.«

Mel lachte, hob aber trotzdem ihren Becher. Aus den Augenwinkeln sah sie, dass Tivadar die Arme vor der Brust verschränkte und ihren Becher nicht berührte. Kino zuckte mit den Schultern und trank seinen Becher in einem Zug leer. Dann nahm er Tivadars Becher und kippte auch den hinunter. Mel war etwas vorsichtiger. Es war ein milder Schnaps, stärker als der Wein, den sie gelegentlich zum Abendessen trank. Sie schauderte und räusperte sich, um das zu übertönen.

Wenige Augenblicke später wurden drei dampfende Schüsseln mit gewundenen Nudeln, die mit glänzendem rotem Öl überzogen waren, vor ihnen abgestellt.

»Ich zeige dir, wie man das macht.«

Kino nahm ein Paar Essstäbchen, hob das Ende einer Nudel auf und steckte sie in den Mund. Dann schlürfte er sie langsam und laut, bis seine Schüssel leer war, und Mel wurde klar, dass die Schüssel Nudeln eigentlich nur eine einzige Nudel war. Kino schmatzte mit den Lippen und tupfte sie dann mit einer Stoffserviette ab. »Köstlich.«

Bevor Mel oder Tivadar etwas sagen konnten, winkte Kino jemandem auf der anderen Seite des Raumes zu. Eine sehr hübsche Frau mit lehmfarbener Haut und dichtem, welligem dunklem Haar hob grüßend den Arm.

Kino stand auf und verbeugte sich theatralisch vor Mel und Tivadar.

»Ich hasse es, mich zu verabschieden, ohne zu bezahlen, aber –« Er räusperte sich. »Ihr versteht das sicher. Die Pflicht ruft, und ich bin ein Medarda. Ich folge immer meiner Pflicht. Fragt die liebe Frau Jahven nach allem, was ihr möchtet. Ich werde es auf meine Rechnung setzen.«

Dann glitt er zu der Frau und ihren Freundinnen hinüber. Einen Moment lang beobachteten die beiden Frauen Kino, als wäre er ein exotisches Tier, das absurde Paarungsrituale vollführte.

»Wenn er mein Bruder wäre, hätte ich ihn schon längst erstochen.« Tivadar ließ die Arme vor der Brust verschränkt. »Wofür hast du mich hierhergeschleppt? Ich weiß, dass es nicht daran liegt, dass dir gefällt, wie ich kämpfe.«

Mel begegnete Tivadars Blick. Ihre Augen waren kalt und braun, ihr Kinn scharf. Egal, was sie sonst war, Tivadar war immer noch eine Medarda. Mel durfte sie nicht unterschätzen.

»Du bist meine Cousine. Es ist gut für uns, einander kennenzulernen. Ich will nicht, dass wir wie unsere Eltern sind, mit all dem bösen Blut, das zwischen ihnen fließt.«

»Du weißt doch gar nichts, oder? Sie hat dir nichts erzählt.«

»Was sollte sie mir erzählen? Wenn ich etwas nicht verstehe, hilf mir doch.«

»Warum sollte ich meine Zeit verschwenden?«

Tivadar schlug mit den Handflächen auf den Tisch und stand auf. Die unberührten Nudeln in ihrer Schüssel wackelten. Mel packte den Arm ihrer Cousine, was ein Fehler war. Tivadar entwand sich ihrem Griff mit einer Drehung und packte Mels Unterarm mit einem bösartigen Griff.

»Fass mich nicht an«, knurrte Tivadar.

»Es tut mir leid.« Mel schluckte. »Bitte. Sag es mir.«

Tivadar schlug Mels Hand weg. Mit den Händen flach auf dem Tisch beugte sie sich vor.

»Deine Mutter hat den Medarda-Kodex missachtet, aber Menelik hat mitgemacht. Also scheiß auf sie und scheiß auf ihn.«

»Warte …« Mel streckte erneut die Hand aus, um Tivadar zu berühren, zog sie jedoch kurz davor zurück. »Du … du bist nicht mit dem Kodex einverstanden? Du hältst dich nicht daran?«

Tivadar spottete.

»Was gibt es da zu widersprechen? Entweder ist man stark genug, um ihn immer zu befolgen, oder man ist so schwach, dass man es nicht kann und dafür stirbt.«

»Hat dein Vater dir das gesagt?«, fragte Mel leise.

»Was weißt du schon davon?«

Tivadar sah auf Mel herab und musterte ihr Kleid und ihr hochgestecktes Haar. Tivadar trug ihr Haar kurz geschnitten. Ohne auf eine Antwort zu warten, ging sie weg.

»Mehr, als du weißt«, flüsterte Mel leise vor sich hin.

***

Glücklicherweise war Mel genauso stur wie alle anderen Medardas. Ein paar Wochen später wartete sie nach einem weiteren Kampf in der Vergelter-Arena auf Tivadar. Diesmal war sie allein und entschlossen, sich nicht aus der Ruhe bringen zu lassen.

Um Tivadars Auge hatte sich bereits ein blauer Fleck gebildet. Sie hatte heute Abend verloren, und ihre Wut erfüllte jede Bewegung ihres Körpers, von ihren Blicken, die sie den Korridor hinauf und hinunter schweifen ließ, bis hin zu ihrer schützenden Haltung, die sie einnahm, indem sie die Schultern hochzog. Tivadar war ebenfalls allein, aber das war sie immer.

Das war Mel an ihrer Cousine aufgefallen. Während Kino viele Bewunderer und Beziehungen hatte, hielt Tivadar sich von allen fern. Zuerst dachte Mel, es sei nur Arroganz, und dass Tivadar niemanden für würdig hielt, ihre Zeit zu investieren. Sie verbrachte keine Zeit mit Kinos Freunden und auch nicht mit den Vergeltern außerhalb der Kämpfe und des Trainings. Aber je länger Mel Tivadar beobachtete, desto mehr bemerkte sie die Sehnsucht in Tivadars Gesicht, wenn Kinos Freunde sich versammelten und an ihr vorbeigingen.

Seit diesem Tag in Frau Jahvens Nudelhaus hatte Tivadar Mel ebenfalls nicht mehr angesprochen. Sie ignorierte Mel jedes Mal, wenn diese versuchte, ihren Blick zu fangen. Es war also an der Zeit, dass Mel sich unübersehbar machte. Sie trat aus dem großen Arenabereich hinaus in den Korridor, wo dieser auf den Zuschauerbereich traf.

»Tivadar! Hallo!«

Mel blieb direkt vor Tivadar stehen. Tivadar zuckte zurück und runzelte die Stirn, bevor sie erkannte, wer es war. Als sie Mel sah, vertiefte sich ihre Stirnfalte.

»Mel.«

Sie schob sich an ihr vorbei und versuchte, ihr zu entkommen, aber sie humpelte, und Mel hielt leicht mit ihr Schritt.

»Du bist verletzt«, sagte Mel leise.

»Mir geht es gut.«

»Und du bist eine Lügnerin.«

Tivadar versteifte sich, und für einen Moment dachte Mel, sie hätte sich getäuscht. Wenn Tivadar sich entschloss, sie anzugreifen … Aber nein. Tivadar ging weiter.

»Ich will allein sein.«

»Du bist schon allein«, sagte Mel. »Jeden Tag. Möchtest du heute Abend Gesellschaft?«

»Wenn ich Gesellschaft wollte, würde ich sie selbst suchen.«

»Hör mich bitte an.« Mel streckte die Hand nach Tivadars Arm aus, erinnerte sich aber daran, was beim letzten Mal passiert war. Sie berührte sie nicht, aber Tivadar blieb lange genug stehen, damit Mel sich vor sie stellen konnte. »Trink etwas mit mir. Wir müssen nicht über unsere Eltern reden. Ich wollte nur … Vielleicht übertrage ich nur meine Gefühle auf dich. Ich bin einsam. Ich könnte etwas Gesellschaft gebrauchen.«

»Du hast jede Menge Gesellschaft. Deinen Bruder. Deinen Vater.« Tivadar winkte ab. Ihre Stimme klang bitter. »All die Adligen, mit denen du herumflitterst. Sogar die Diener auf dem Anwesen.«

»Ich weiß. Aber sie sind keine … Freunde. Kino und mein Vater behandeln mich wie ein Kind, und die Adligen – nun, das ist mehr Politik als alles andere. Du weißt ja, wie das ist.«

Mel lächelte traurig.

»Ich weiß es nicht.«

Tivadar schob sich wieder an ihr vorbei in die kühle Nachtluft.

»Wir haben mehr gemeinsam, als du denkst«, rief Mel ihr nach. Tivadar blieb nicht stehen, also folgte Mel ihr und zog ihren Schal enger um sich. Tivadar zitterte einmal, ignorierte es jedoch und ging weiter. Der Himmel über ihnen war klar und mit hellen Sternen übersät. Das Gelächter der Feiernden schien weiter entfernt zu sein, als es tatsächlich war. Es war, als wären sie wirklich allein auf der Welt, nur sie beide.

»Verfolgst du mich jetzt?«, fragte Tivadar trocken.

»Ich habe doch gesagt, dass ich einsam bin. Zumindest habe ich so Gesellschaft.«

»Du bist also nicht nur erbärmlich, sondern auch verzweifelt?«

Hinter den spitzen Worten lag ein Anflug von Lachen.

»Und manche von uns sind in ihrer Einsamkeit grausam.« Mel zuckte mit den Schultern. »Das ist wohl eine Frage der Persönlichkeit. Kino ist derjenige, der leicht Gesellschaft findet. Das hat er von unserem Vater. Alle Köche der Stadt stehen bereit, um ihm ein Essen zuzubereiten.«

Tivadar grunzte.

»Gintara ist genauso. Ihre Soldaten stehen für sie Schlange wie Hunde in einem Zwinger. Ich bekomme nicht einmal eine Kriegsschar dazu, ihre Übungswaffen wegzulegen.«

Es war nicht gerade das Geständnis, das Mel sich erhofft hatte, aber sie ging trotzdem darauf ein.

»Ich habe auch die Erwartungen meiner Mutter enttäuscht.«

Sie musste den Schmerz in ihrer Stimme nicht verbergen. Für einen Moment fragte sie sich, ob es klug war, all das zu erzählen. Wie viel würde Ta'Fiks Ohren erreichen? Aber sie würde Tivadar überhaupt nicht erreichen, wenn sie ihm nichts von sich preisgab. »Sie hat mich durch ganz Noxus geschickt, um mir beizubringen, nützlich zu sein, und am Ende hat sie mich zurückgelassen. Ich war nicht gut genug.«

»Ich auch nicht.« Tivadar lachte leise und bitter. »Es war immer Gintara. Sie ist die Goldene. Die bessere Kriegerin, die bessere Strategin. Ich dachte, ich könnte seine Aufmerksamkeit auf andere Weise gewinnen, aber …«

Mel spannte sich an und fragte sich, ob sie doch einen Fehler gemacht hatte. Schließlich war sie ganz allein mit Tivadar, und nicht einmal Kino wusste, wo sie war. Sie war sogar den Wolfsschnittern entkommen, die ihr fast überallhin folgten. Viele der Geschäfte entlang der Straße hatten ihre Lichter gelöscht, aber wenn sie schnell genug rannte, würde sie sicher eine Taverne finden, in der sie Zuflucht suchen konnte. Tivadar bemerkte Mels Zögern und begriff, was sie gesagt hatte. Sie sah verlegen aus.

»Es tut mir leid, das habe ich nicht so gemeint. Ich meinte in der Arena. Ich werde dir nichts tun.«

Anstatt sie zu drängen, sagte Mel: »Möchtest du etwas trinken gehen? Es scheint, als hätten wir mehr gemeinsam, als ich dachte.«

Tivadar schnaubte.

»Ich trinke nicht.«

»Dann Tee.«

»Gut.«

»Und Tellstones. Ich schlage dich vielleicht nicht in der Arena, aber ich wette, ich schlage dich mit den Steinen.«

Tivadars verletzter Mund verzog sich zu einem halben Lächeln.

»Das würde ich gerne sehen.«

KAPITEL SECHZEHN

Sie holten Pferde für die Wachen aus den städtischen Ställen. Diesmal hatte Ambessa das Vergnügen, hinter Pferdemist herzulaufen. Sie wartete auf die richtige Gelegenheit, um die Wachen zu überwältigen, aber sie kam nicht. Es gab keine Möglichkeit, den Soldaten zu Fuß und denen zu Pferd zu entkommen. Dann waren da noch die Drachenhunde mit ihren Stahlmasken über den Schnauzen und ihren muskulösen Brustkörben. Sie waren schnell wie Wölfe und tödliche Jäger. Ihre Augen glänzten rot hinter dem Metall. Ihre Stacheln waren scharf, ihre peitschenartigen Schwänze tödlich. Sie hatte schon einmal gesehen, wie sie ihre Zähne in Menschen versenkt hatten. Sie wollte das nicht selbst erleben.

Rictus und Rell marschierten neben ihr, ihre Handgelenke gefesselt, von anderen, weniger gesprächigen Wachen festgehalten. Rells Gesicht war vor Angst blass, aber sie beherrschte sich gut. Sie sah Ambessa nur einmal in die Augen, und als sie es tat, straffte sie die Schultern und ging, als würde Geskir sie zu prächtigen Gemächern führen. Caprian hingegen schien durch seine Nahtoderfahrung im Meer eingeschüchtert zu sein und zeigte nichts von der Kühnheit, die er an den Tag gelegt hatte, als Ambessa ihn im Gefängnis von Binan gefunden hatte. Trotz seiner großen Hörner schien er zu schrumpfen, als er den Kopf zwischen die Schultern zog.

Die opulenten Gemächer, um die es sich handelte, entpuppten sich als ein System von Kavernen, die in die Klippe gehauen waren, auf der Trannit saß.

Jetzt verstand sie Geskirs Übermut. Sie würde vergessen werden, und niemand würde sie dort finden. Dieser Gedanke brachte sie der Angst so nah wie schon lange nicht mehr.

Ta'Fik wird kommen, ermahnte sie sich. Er wollte sie gedemütigt sehen. Er würde sich die Gelegenheit, sich zu brüsten, nicht entgehen lassen. Und wenn er klug war, würde er sie töten.

Was würde das für ihre Familie bedeuten?

Erst als Geskir und die anderen Soldaten abstiegen, begann sich ein Plan zu formen. Wenn sie in ihrem unterirdischen Gefängnis abwartete, würden ihre Optionen immer geringer werden. Sie sah Rictus in die Augen. Ihr Blick bedurfte keiner Worte. Zu Rell formte sie jedoch lautlos die Worte: *Sei bereit.*

Sie hatten nur diese eine verschwindend geringe Chance: Ambessa kannte Drachenhunde. Sie respektierte sie, respektierte ihre Kraft, ihre Autonomie. Sie gehorchten nur einer höheren Macht. Dieser junge Hundeführer hatte keine, und sie konnte die Abneigung der Hunde ihm gegenüber an ihrer mangelnden Aufmerksamkeit erkennen, daran, wie sie sich so weit entfernten, wie es ihre Leinen zuließen, wie sie ihre Köpfe hängen ließen und sich gegenseitig anknurrten. Selbst ihre Rüstungen waren nicht ausreichend gepflegt – die beweglichen Platten klebten an Stellen, an denen sie geölt werden mussten.

Sie wusste auch, dass die meisten Drachenhunde der Medarda aus denselben Zwingern stammten, bevor sie ihre Besitzer fanden, und dass sie dort mit denselben Grundbefehlen ausgebildet worden waren. Jagen. Komm. Töte. Halt. Lass los. Jeder Befehl war ein bestimmter Pfiff, den ihre einzigartigen Ohren unterscheiden konnten.

Die Soldaten banden ihre Pferde an die Pfähle vor dem Gefängnis. Der junge Hundewärter sah Geskir erwartungsvoll an, und während er nicht aufpasste, kratzten die Drachenhunde gelangweilt mit den Pfoten auf dem Boden.

Jetzt.

Ambessa gab den scharfen zweiteiligen Pfiff zum »Jagen«, und die Drachenhunde wurden hellwach.

Einer der drei neigte den Kopf, während ein anderer die Luft schnüffelte und nach der Beute suchte. Der Hundeführer sprang auf und suchte wild nach der Quelle des Geräusches.

Es *war* der richtige Befehl. Sie pfiff erneut, scharf und entschlossen.

»Nein!«, schrie der Hundeführer. Er riss an den Leinen, aber die Drachenhunde zogen noch stärker. Einer von ihnen schnappte sogar nach ihm. Er fiel auf den Rücken und quietschte.

Rictus wählte den perfekten Moment für seinen Part. Während der Soldat, der ihn festhielt, von den Drachenhunden und ihrem Hundeführer abgelenkt war, nahm er das Seil zwischen seine gefesselten Hände und brachte seinen Wächter aus dem Gleichgewicht. Als der Wächter auf ihn zufiel, schlug Rictus mit beiden Händen auf das Gesicht des Mannes. Dieser flog mit einem bösen Knacken rückwärts, und Blut spritzte aus seiner Nase.

Rell reagierte schnell und riss ihren eigenen Entführer zu sich.

»Haltet sie auf!«, schrie Geskir.

Ambessa konzentrierte sich auf die Drachenhunde. Der Geruch von Blut machte sie noch unruhiger.

Der Hundeführer rappelte sich verzweifelt auf und versuchte, den Befehl »Halt!« zu pfeifen, aber seine Lippen formten keinen Ton – er war zu verängstigt, und jedes Pfeifen wurde zu einem verzweifelten Wimmern. Mit einem kräftigen Ruck riss sich der größte Drachenhund los und sprintete davon. Die anderen scharrten und winselten ihm hinterher. In seiner Verzweiflung kroch der Hundeführer auf die Knie und schlug einem der Hunde hinter die gepanzerten Ohren.

Das war ein Fehler. Der Drachenhund, den er geschlagen hatte, drehte sich knurrend zu ihm um, und genau darauf hatte Ambessa gewartet. Sie pfiff einen einzigen tiefen Befehl: Töte!

Diesmal zögerten die übrigen Hunde nicht. Sie stürzten sich auf den Hundeführer, der sie geschlagen hatte. Der Junge schrie, als einer seine Zähne in seine Hand grub, der andere in seinen Arm.

Zeit zu verschwinden.

Mit roher Gewalt warf Ambessa Geskir zu Boden und stürzte sich auf die Pferde, die an den Pfosten gebunden waren. Sie sprang auf eines, das unter ihr scheute. Der neue Reiter machte es nervös – oder vielleicht waren es die wilden Drachenhunde. Rictus hatte zwei weitere Wachen niedergeschlagen und warf Caprian kurzerhand über einen Sattel. Rells Wache war nun mit demselben Seil gefesselt, mit dem sie Rell festgehalten hatte, und das Mädchen wich vor den wütenden Tieren zurück.

»Hoch, Kind, hoch!«, schrie Ambessa, trat ihr Pferd an und zog Rells Reittier hinter sich her.

Der Schrei riss Rell aus ihrer Starre. Ambessa begann, die Pferde für sie zu verlangsamen, aber das war nicht nötig. Rell nahm Anlauf, sprang, griff nach dem Sattel und warf sich darauf.

Es war mehr als beeindruckend. Es war meisterhaft.

Es blieb jedoch keine Zeit für Bewunderung, nicht, wenn sie leben wollten.

Sie trieben die Pferde zum Galopp an, aber sie waren nicht so schnell, dass sie den letzten Schrei des Drachenhundeführers nicht hörten, schrill und durchdringend.

Nur Rell blickte zurück.

***

Zunächst ritten sie los, ohne sich Gedanken darüber zu machen, wohin, einfach nur weg. Als sie genug Abstand gewonnen hatten, wurde Ambessa langsamer.

»Wir müssen umkehren«, sagte sie. »Wir sind nach Norden geritten.«

»Vindor liegt im Norden«, brummte Rictus.

»Und Smik ist im Süden.« Ambessa griff nach der Waffe an ihrer Seite und fand nichts. Alles, was sie für die Reise hatte, befand sich auf den Schiffen, die *er* gekapert hatte. Zusammen mit ihrer Kriegsschar und ihrer Besatzung. Sie lenkte ihr Pferd nach Süden. »Ich habe noch eine Rechnung mit ihm offen.«

»Du hast noch eine Rechnung mit Ta'Fik offen.«

»Er ist Ta'Fiks Hand.«

»Genau. Wenn du eine Gelegenheit hast, schlägst du dann auf die Hand oder auf den Kopf?«

Ambessa biss sich auf die Zunge. Sie wendete ihr Pferd jedoch nicht zurück in Richtung Berge.

Rictus legte eine Hand auf Ambessas Arm. »Das große Ganze, Ambessa. Die Vision. Erinnerst du dich?«

Er nickte mit dem Kopf in Richtung Caprian. Ambessa schloss die Augen. Oh, wie süß wäre es, wie ein Messer zurück in Smiks innerstes Heiligtum vorzustoßen und von dort aus in sein Herz. Aber Rictus hatte recht. Es stand zu viel auf dem Spiel.

Aber, sagte eine Stimme in ihrem Hinterkopf, *wäre es nicht klüger, diese Bedrohung in ihrem Rücken jetzt auszulöschen*?

Das hatte auch seine Berechtigung. Allerdings konnte sie Rictus' Argument nachvollziehen. Sie musste mit Caprian zu Darkwill gelangen. Vindor war ein Schritt in diese Richtung. Smik in seinem eigenen Haus zu besiegen und zu fliehen – das würde Zeit brauchen, und es würde ihr nur wenig bringen. Ta'Fik würde noch stärker zurückkommen.

Nein, ihre Rache an Smik musste warten. Aber sie würde kommen. Das schwor sie sich.

»Was ist mit dem Rest der Bande? Die im Gefängnis?« Rell runzelte die Stirn.

»Wir lassen sie doch nicht zurück, oder?«

Ambessa hob die Augenbrauen in Richtung Rictus, als wollte sie sagen: *Siehst du?* Sie könnte noch fünfzig ihrer besten Leute gebrauchen. Rictus schnaubte.

»Wir müssen.«

»Aber das ist nicht richtig, sie sind unsere Kämpfer, wir müssen sie zurückholen! Smik könnte – ich weiß nicht, er könnte sie foltern, wenn er herausfindet, dass wir weg sind! Oder schlimmer noch, sie werden denken, wir hätten sie im Stich gelassen.«

»Das ist möglich.« Ambessa seufzte. »Das wird eine weitere Lektion sein. Eine Vision zu haben bedeutet, die Opfer zu sehen, die gebracht werden müssen. Sie sind Soldaten. Sie werden warten, bis wir einen Austausch arrangiert haben oder ich sie mit Smiks oder Ta'Fiks Blut befreit habe. Und wenn Smik ihnen etwas antut, werde ich sie rächen.«

»Dann gibt es so oder so Blutvergießen?«, fragte Rell mit düsterer Miene. Ambessa hob Rells Kinn an und sah ihr tief in die Augen.

»Stärke. So oder so Stärke. Manchmal drücken wir diese Stärke mit Blut aus. Eine Medarda tut, was nötig ist. Egal, was es kostet.«

Rell senkte den Kopf, um zu nicken, aber Ambessa hob ihn wieder an.

»Verstehst du mich, Kind?«

»Ja, Generalin. Ich verstehe.«

»Wirst du mir folgen?«

»Ja, Generalin. Das werde ich.«

»Dann komm. Wir reiten in die Berge.«

***

Als sie die Stadt endlich weit hinter sich gelassen hatten, ergab sich die Gelegenheit, eine Pause einzulegen und die Pferde trinken zu lassen. Rictus durchsuchte die Satteltaschen der Tiere und sortierte die nützlichen Dinge in Stapel. Leider waren diese Stapel recht klein.

»Was?«, fragte Ambessa ihn. Er hockte auf seinen Fersen und untersuchte die Stapel. Rell saß direkt hinter ihm und schaute ebenfalls, aber sprachlos.

»Die gute Nachricht ist, dass sie ihre Waffen an den Sätteln befestigt gelassen haben.« Er zeigte auf einen Bogen, ein Schwert und einen Speer. »Die schlechte Nachricht ist … keine Lebensmittel.«

»Hm. Eine kurze Reise von der Stadt zum Gefängnis.«

»Was machen wir jetzt?«, fragte Rell. »Wie sollen wir ohne Essen bis nach Vindor kommen?«

Ambessa und Rictus warfen sich einen Blick zu und lachten dann.

»Wir jagen, mein Kind. Genau wie die Drachenhunde.« Ambessa genoss das Tageslicht, das durch die Bäume über ihnen fiel. »Aber zuerst müssen wir so weit wie möglich von unseren Verfolgern wegkommen.«

Sie ritten den ganzen Nachmittag bis in den frühen Abend hinein. Als die Dämmerung hereinbrach, hielt Rictus die Pferde an. Während er und Caprian nach Nahrung suchten, brachte Ambessa Rell die Feinheiten des Lageraufbaus in der Wildnis bei: das richtige Holz und Zunder für ein Feuer, wie man bei Bedarf eine Unterkunft baute. Das Mädchen lernte schnell und eifrig, und als Rictus mit einem Kaninchen und einer Handvoll frischer Kräuter zurückkam, hatte Rell bereits ein Feuer entfacht, um das Fleisch zuzubereiten. Caprian hingegen hielt zwei Kaninchen in jeder Hand. Er stolzierte zurück ins Lager, kaute auf dem langen Stiel einer Grasart und zeigte wieder etwas von seinem alten Selbst, als er die

Mauern der Angst durchbrach, die er um sich herum aufgebaut hatte.

»Nur eins?«, neckte Ambessa Rictus.

»Ich habe mein Bestes gegeben«, brummte er. »Keine Sorge. Ich habe ein paar Fallen für die Nacht aufgestellt. Ich werde Euch nicht verhungern lassen.«

Morgen würden sie mit aller Eile die Überquerung der Berge beginnen. Die Große Barriere war ein gefährlicher Ort für eine Gruppe von lediglich vier Reisenden, und das nicht wegen der Gesetzlosen.

Ambessa übernahm die erste Wache. Sie starrte in die Dunkelheit und stellte sich rotäugige, knurrende Drachenhunde vor. Es war jedoch nicht der Schrei des jungen Tierführers, den sie in ihrer Erinnerung hörte.

***

Sie irrten durch die Berge und folgten Ziegenpfaden, bis sie etwas fanden, das ein Jägerpfad sein könnte – das hieß, nur minimal deutlicher zu erkennen als die Ziegenpfade. Caprian folgte ihnen flink, immer mit einem Stock oder einem Stück Laub zum Kauen. Sie wachten nachts, immer zu zweit. Ambessa sorgte dafür, dass Rell viel Übung bekam; selbst im Frühling war die Überquerung der Großen Barriere keine leichte Aufgabe.

Je tiefer sie in die Berge vordrangen, desto nervöser wurde Caprian.

»Was ist los?«, brummte Rictus. Caprian schnüffelte in der Luft, seine Ohren waren gespitzt und aufmerksam. Er hörte auf zu kauen. Nach einem Moment schüttelte er jedoch den Kopf

»Nichts. Es ist nichts.«

Aber sie verstärkten trotzdem die nächtlichen Wachen.

Und so schleppten sie sich weiter. Sie waren schon fast zwei Monate unterwegs, als Ambessa unsanft geweckt wurde.

Sofort griff sie nach dem Schwert neben sich, aber Rell legte ihr eine Hand auf den Mund. Das Mädchen duckte sich tief über sie und drehte sich langsam um, wobei sie mit den Fingern in eine Richtung zeigte, dann wieder in die andere Richtung, zur anderen Seite des kalten Feuers, wo Rictus lag und Caprian über ihn gebeugt war. Obwohl Rictus regungslos war, konnte Ambessa erkennen, dass er nicht mehr schlief. Die Pferde waren jedoch unruhig, wieherten und scheuten vor den äußeren Bäumen zurück.

Sie wollte das Mädchen gerade fragen, was los sei, als sie sie sah.

Augen, die in der Dunkelheit rot glühten. Mehrere Augenpaare. Sie waren umzingelt. Und anders als die Drachenhunde in den Zwingern reagierten diese wilden Tiere nicht auf ihre Pfeifsignale. Drachenhunde waren entfernte Verwandte der Drachen, und es war immer gefährlich, einer wilden Meute zu begegnen, in der dieses uralte Blut unberechenbar und ungezähmt war. Selbst gezähmte Drachenhunde waren nur einen halben Schritt von ihrer wahren Natur entfernt.

Obwohl die Drachenhunde ursprünglich aus den Bergen im Norden von Noxus stammten, waren Rudel in dieser Region nicht völlig unbekannt, insbesondere wenn der Kampf um Territorium hart wurde.

Langsam zog Ambessa ihr gestohlenes Schwert aus der Scheide. Ebenso langsam zog sie ihre Beine unter sich. Langsam erhob sie sich in eine hockende Position. Rell folgte ihrem Beispiel.

Ein, zwei, drei Augenpaare links. Vier, fünf, sechs und sieben auf der anderen Seite. Das war nicht einmal annähernd ein fairer Kampf.

Sie dachte an Zoya. Wenn Ta'Fik sie jetzt nur sehen könnte. *Ist das Gerechtigkeit?* Sie hätte fast gelacht.

Irgendwie wusste sie, dass es diesmal kein Angebot vom Wolf geben würde. Wenn sie diesmal starb, würde es endgültig sein.

Die Drachenhunde stürzten sich als ein Rudel auf sie, und Ambessa trat gegen die Glut des Feuers. Die aufgeschüttete Kohle am Boden flammte auf, als sie durch die Luft flog – ein Drachenhund winselte, als ihm Funken in die Augen flogen, aber die anderen ließen sich nicht aufhalten.

Der Erste, der sich auf Ambessas Kehle stürzte, spießte sich auf der Spitze ihres zwischen ihnen erhobenen Schwertes auf, aber ein anderer biss nach ihrem Knöchel. Ihr Schmerzensschrei übertönte das wütende und hungrige Knurren der Hunde.

Sie stach nach unten, aber er war flink und wich ihrem Schlag aus.

»Generalin!«, schrie Rell. Das Mädchen wich zurück. Die Hunde hatten sie als schwächstes Ziel, als beste Option für ihre nächtliche Mahlzeit, ausgewählt.

Ambessa konnte jedoch nicht zu ihr gelangen.

»Kämpfe, Rell! Kämpfe!«

»Es sind zu viele!«

Hatte Ambessa wieder falsch entschieden?

»Denk an die Arena!«

Rell rang um Mut. Sie tat nicht, was Ambessa von ihr erwartete. Sie stieß mit ihrem Speer zu und zwang die Drachenhunde, die sie umkreisten, eine Lücke zu öffnen. Dann sprintete sie zu den Pferden.

»Rell!«, schrie Ambessa. Diese *Feigheit* – sie hatte keine Zeit, dem Mädchen nachzuschauen. Sie würde für diesen Verlust büßen, wenn sie die Gelegenheit dazu hatte – falls sie die Gelegenheit dazu hatte.

Ihr Bein brannte von dem Biss und ihr Arm von einem weiteren, aber sie hatte zwei getötet.

Mit Rictus und Caprian im Rücken standen sie einem weiteren Trio gegenüber. Die anderen beiden …

Rell war nicht geflohen. Auf dem Pferderücken sah sie aus wie die Kämpferin, die Ambessa so eifrig studiert hatte, während sie siegte und den Applaus des Publikums genoss, während sie in der Arena Kreise um ihren Feind ritt. Dieses Pferd war in der Nähe der Drachenhunde nicht so selbstbewusst, aber es gehorchte Rells Befehlen, und ihr Speer schoss so schnell wie die Zungen der Drachenhunde.

Aber dieser Moment der Ablenkung war sie teuer zu stehen gekommen. Rictus sank zu Boden, ein Drachenhund hatte sich mit den Zähnen in seine Schulter vergraben. Bevor Ambessa ihn erreichen konnte, stieß Caprian einen lauten Schrei aus und rammte seinen Kopf in den Schädel des Drachenhundes. Dieser fiel betäubt zu Boden, aber ein anderer Drachenhund sprang bereits herbei, um seinen Platz einzunehmen. Ambessa versuchte, ihm zu helfen, aber ein weiterer Hund verlangte ihre Aufmerksamkeit und biss ihr in den Schwertarm. Sie schlug mit dem Schwertgriff zu, und er sprang mit einem Winseln davon, bevor er sich mit gefletschten Zähnen wieder umdrehte.

Ein durchdringender Hornruf durchbrach die Nacht. Ambessa und die Drachenhunde zuckten zusammen und sahen sich um. Fackelschein flackerte durch die Bäume, dann war das unverkennbare Zischen von Pfeilen zu hören.

Die Bogenschützen hatten gut gezielt. Drei Drachenhunde fielen fast gleichzeitig, Pfeile in den Augen, Kehlen oder Rippen. Ein weiterer rannte davon, gefolgt von seinem verwundeten Gefährten.

Ambessa lockerte ihren Griff um ihre Waffe nicht.

»Zeigt euch!«

Eine Frau, die eine Gruppe berittener Späher anführte, ritt langsam in die Lichtung ihres Lagers. Amenesce von Vindor starrte sie vom Pferderücken herab an, die Narbe in ihrem Gesicht ließ sie in der Fackellichtnacht bedrohlich wirken.

»Ist das deine Art, deine Retter zu begrüßen, Ambessa Medarda?«

KAPITEL SIEBZEHN

»Wer ist deine Pferdekriegerin?«, fragte Amenesce Ambessa leise. Sie warf einen Blick über ihre Schulter zu Rell und überlegte. Das Mädchen ritt neben Rictus und warf ebenfalls verstohlene Blicke auf Amenesces berühmte Reiter.

Nachdem sie sich um die Kadaver der Drachenhunde gekümmert und ihre spärlichen Vorräte zusammengepackt hatten, nahmen Ambessa und ihre dreiköpfige Kriegsschar Amenesces Angebot an, sie nach Vindor zu begleiten. In der ersten Nacht ritten sie schweigend zu einem der versteckten Lagerplätze, die alle Vindor-Späher kannten. Jetzt ritten sie schnell, noch einige Tage von der Stadt entfernt.

»Niemand.«

Die Antwort kam zu schnell. Amenesce hob eine schwarze Augenbraue.

»Niemand Besonderes. Sie, Rictus und Caprian sind die Einzigen aus meiner Crew, die mit mir entkommen sind.«

»Caprian ist der Vastaya? Teil deiner Kriegsschar?«

»Mmm.«

Amenesce grunzte auf die Nicht-Antwort.

»Und deine Kinder? Möge das Schicksal sie beschützen.«

»Als ich ging, ging es ihnen gut. Wenn du etwas weißt, spiel nicht mit mir. Sag es mir.«

»Ich weiß nichts. Wenn etwas passiert ist, ist es nicht bis hierher in den Norden gelangt, das versichere ich dir.«

»Doch woher wusstest du, dass du mich suchen musstest?«

Amenesce lachte. Es war ein warmer Klang, obwohl ihre Narbe ihre Heiterkeit in Boshaftigkeit verwandelte.

»Einige Neuigkeiten *haben* es bis hierher in den Norden geschafft. Wir haben natürlich von Menelik gehört. Es tut mir leid. Ich weiß, dass du ihm nahestandest.« Sie sah Ambessa in die Augen und wirkte reumütig. »Dieser Mann hat die Welt geprägt. Wahrscheinlich auf eine Weise, die wir noch gar nicht erahnen können. Aber« – sie wandte sich wieder der Straße zu – »ich bin gekommen, um dich zu suchen, weil Smiks Männer in Vindor und den umliegenden Städten herumschleichen. Sie haben meine Leute nach dir gefragt. Und nach einem Vastaya.« Sie ballte ihre Hände in den Reithandschuhen, als wären es Krallen. »Ich mag es wirklich nicht, wenn andere Verwalter in meinem Zuständigkeitsbereich herumpfuschen. Das ist ziemlich unhöflich, findest du nicht?«

Ambessa erstarrte, versuchte aber, ihre Stimme ruhig zu halten.

»Sehr unhöflich. Haben sie gesagt, warum *sie mich* suchen?«

Sie tat so, als hätte sie den letzten Teil nicht gehört.

»Ich kann nur raten. Mich interessiert mehr, warum *du mich* suchst.«

»Das kannst du doch sicherlich auch erraten.«

»Besser, du sagst es mir. Was hat Menelik immer gesagt? Etwas darüber, dass Vermutungen jeden zum Narren machen?«

Ambessa grunzte. Amenesce stammte nicht aus dem Hause Medarda, aber sie gehörte genauso zu dieser Familie wie alle Blutsverwandten. Sie war ebenso wie Ambessa und Ta'Fik unter Meneliks Vormundschaft gestanden, obwohl sie nie so sehr nach seinem Thron gestrebt hatte. Sie war zufrieden gewesen, ihre Reiterverbände anzuführen, und Jahre später, als sie verletzt wurde, hatte sie die Position einer Verwalterin übernommen. Nun wandte sie ihr Fachwissen über Pferde der Zucht und Ausbildung von Rössern mit allen möglichen Spezialisierungen zu – Pferden, die die Wüsten Shurimas überleben konnten, Kriegspferde, die auf dem Schlachtfeld so furchterregend waren wie jeder Basilisk oder Drachenhund. Sie war beeindruckend und hatte sich Ambessas Respekt mehr als verdient. Die eigentliche Frage war, ob sie ihn behalten würde.

»Ich brauche eine Kriegsschar. Genauer gesagt, wenn du sie entbehren kannst – deine Leichten Vindorianer.«

Amenesce lachte leise.

»Um in der Wüste zu kämpfen.«

Ambessa neigte den Kopf als Antwort auf die Frage, die keine Frage war.

»Und warum sollte ich einen von euch unterstützen? Egal, wer gewinnt, ihr werdet mich brauchen. Darkwill braucht mich. Warum sollte ich mein Volk und meine schönen Pferde riskieren? Besser noch, warum sollte ich euch beide nicht einfach kämpfen lassen, bis nichts mehr übrig ist? Dann reite ich über die Leichen hinweg und übernehme selbst den Namen Medarda.«

Sie machte mit den Händen eine reitende Geste.

»Weil du dafür zu schlau bist«, sagte Ambessa gefährlich leise.

»Hmm.« Amenesce klopfte mit den Fingern auf das Horn ihres Sattels. »Das werden wir wohl sehen.«

***

Sie sprachen das Thema nicht wieder an, bis sie in Vindor, in Amenesces Zuhause, ankamen. Eine weitere Stadt an der Küste, die nicht unterschiedlicher zu Trannit hätte sein können. Während die südliche Stadt auf scharfen Klippen lag, von

Stürmen gepeitscht und von Winden heimgesucht, lag Vindor nah am Wasser, eingebettet zwischen Fluss und Meer. Südlich des Flusses erhoben sich die Berge und ihre Wälder in einem dunklen grünen Streifen. Das hügelige Tiefland nördlich des Flusses bot Platz für die Kavallerie, auf die Vindor so stolz war. Die Seeluft war hier kühler, und doch spürte sie eine Lebendigkeit, die ihr in Trannit fehlte. Der Fluss brachte Verkehr aus den geschäftigsten Teilen des Reiches, wie Basilich; seine Bürger waren mit den neuesten politischen Entwicklungen und Modetrends verbunden. Die Noxtoraa hier waren kunstvoller geschnitzt als viele andere, mit Dreiecksmustern, die fast wie Mosaike aussahen, und die Muster wiederholten sich in der ganzen Stadt, an Gebäuden und an großen Kreuzungen. Hier schätzte man eine strenge Schönheit, aber auch Funktionalität.

Amenesces Zuhause war da keine Ausnahme. Sie schickte ihre Gäste in opulente Gemächer, eine Suite für sie und Rell und eine weitere für Rictus und Caprian – viel besser als die Verliese, mit denen Smik ihnen gedroht hatte. Zuerst wurden die Bisswunden des Drachenhundes an ihrem Bein und Arm gründlich gereinigt und mit sauberen Tüchern verbunden. Dann kam das Bad. Es war eine Wohltat, zu baden, von Dienern gewaschen und frisiert zu werden, die ihr Haar mit Ölen parfümierten und Strähnen aus reinweißer Pferdemähne einflochten, die in Ambessas dunklen Locken glänzten. Es gab auch duftende Öle für ihren Körper, und solange sie ihre Wunden davon fernhielt, durfte sie in dem mit Öl versetzten Wasser liegen und Wein trinken, bis sie müde wurde.

Ambessa glaubte nicht, dass sie jemals müde davon werden würde, aber aus der benachbarten Wanne hörten Rells Fragen nicht auf.

»Glaubst du, die Verwalterin wird uns helfen? Wie lange ist sie geritten? Hast du sie mit den Drachenhunden gesehen?

Glaubst du, sie wird uns die Leichten Vindorianer geben? Wird sie uns sie wenigstens sehen lassen? Einen reiten?«

»Kind, sei still! Bitte.«

Ambessa schloss die Augen und sank tiefer ins Wasser.

»Entschuldigt«, murmelte Rell. Auch ihr Haar war gewaschen und geflochten worden. Es war seltsam, die hellen Locken der jungen Frau so gezähmt zu sehen. Sie wirkte dadurch kleiner.

Doch die Fragen, die Rell auf den Lippen lagen, waren dieselben, die Ambessa beschäftigten, und so sprach sie das Thema beim Abendessen erneut an.

Amenesce stach mit ihrer Gabel ein Stück stark gesalzenen Schwertfisch auf. Zu Ehren von Ambessa hatte sie auch gebackene Naaps bestellt, eine Köstlichkeit aus ihrer Heimatstadt Rokrund. Sie hielt den Fisch in die Höhe.

»Ich möchte nicht unhöflich sein, Ambessa, aber hast du *irgendjemanden* an deiner Seite?«

»Ist das wichtig? Ich habe vor, zu gewinnen, egal, ob ich dich zu meinen Verbündeten zählen kann oder ob ihr alle gegen mich steht.«

»Das ist wahrlich edel. Allerdings habe ich meine Position nicht durch Edelmut und den Einsatz für bereits verlorene Schlachten erreicht. Ich kämpfe, um zu gewinnen. Ich habe bereits alles gewonnen, was mir wichtig ist. Warum sollte ich riskieren, zu verlieren?«

Amenesce steckte sich den Fisch in den Mund und hielt Ambessas Blick stand, während sie kaute.

»Ich habe meinen Bruder Katye auf meiner Seite. Mehrere meiner Kriegsscharen sind mit ihm in Rokrund geblieben. Und … bestimmte Fraktionen in Bel'zhun.« Amenesce würgte vor Lachen.

»Katye? Dieser mürrische alte Historiker? Wie soll er dir helfen?«

»Unterschätze ihn nicht. Ich schätze seinen Rat, und du kannst die zusätzlichen Soldaten nicht ignorieren. Und dann ist da noch Darkwill.«

Nun verengte Amenesce die Augen.

»Du hast Darkwill?«

Ambessa warf Caprian einen Blick zu. Auch er war verwöhnt worden; sein schwarz-weiß geflecktes Fell glänzte, und sein feiner Spitzbart war mit kleinen Perlen verziert, die beim Kauen leise klapperten. Der Vastaya untersuchte begeistert die Speisen auf dem Tisch, während er ununterbrochen auf dem frischen Grünzeug kaute, aber als er Darkwill erwähnte, wurde er hellwach. Er sah Ambessa in die Augen.

»Ich habe Informationen, die für ihn von unschätzbarem Wert sein werden.«

»Was für Informationen?«

Amenesce beugte sich über ihren Teller und sah zwischen den beiden hin und her.

»Damit du sie ihm selbst überbringen kannst?« Ambessa lehnte sich zurück. »Ich glaube nicht.«

»Du beschuldigst mich in meinem eigenen Haus eines so niederträchtigen Verhaltens?«

»Andere haben Schlimmeres getan«, knurrte Ambessa. Sie dachte an Ta'Fiks selbstgefälliges Gesicht, als er sie beschuldigte, ihren eigenen Großvater getötet zu haben, während dessen Leichnam noch warm war. Ihre Fäuste umklammerten das Messer und die Gabel in ihren Händen so fest, dass das feine Silber Spuren hinterließ. Sie bemerkte es erst, als Rictus sie unter dem Tisch mit dem Stiefel anstieß.

Sie zwang sich, ihren Griff zu lockern. Auch Amenesce fasste sich wieder. Sie lehnte sich in ihrem hohen Stuhl zurück und nahm nonchalant einen weiteren Bissen von ihrem Fisch.

»Ich nehme also an, du wirst ihm das bei der Ehrung überreichen?«

Ambessa erstarrte mit dem Weinglas auf halbem Weg zu ihren Lippen. Amnesces Lächeln wurde schärfer, und sie neigte den Kopf.

»Hast du es vergessen?«, fragte sie.

»Ich bin so lange gereist, dass ich das Zeitgefühl verloren habe.« Ambessa trank einen großen Schluck aus ihrem Becher. »Ja. Es wird der perfekte Zeitpunkt sein. Und ich werde dort sein, um das Haus Medarda zu vertreten.«

»Hast du schon ein Outfit ausgesucht?«

»Wenn du mich schon nicht mit Kavallerie unterstützt, lässt du mich wenigstens mit dir zur Unsterblichen Bastion segeln?«

Amenesce klopfte lässig mit der Gabel auf ihren Teller.

»Vielleicht. Wer steht noch gegen dich?«

Ambessa hob eine Augenbraue.

»Ta'Fik. Smik, wie du dir denken kannst. Und Kilgrove. Mindestens. Vielleicht auch Fallgren.«

Ein Muskel zuckte in Amenesces Kiefer. Sie sah Ambessa nicht an. Sie starrte vage auf den Tisch, als sähe sie etwas anderes, etwas weit jenseits der Gegenwart.

»Und wenn du sie besiegt hast, was hast du mit ihnen vor?«

»Das ist meine Sache.«

»Wirst du sie töten?«

»Das ist meine Sache.«

Amenesce fragte nichts weiter. Ambessa wandte sich wieder ihrem Essen zu.

»Leih mir morgen das Mädchen.«

Ambessa hielt inne. Sie hatte erwartet, dass Amenesce Caprian haben wollte.

»Was?«

Amenesce konzentrierte sich wieder, aber nicht mehr auf Ambessa, sondern auf Rell.

»Ich möchte deinem jungen Schützling ein paar Dinge beibringen.«

Ambessa warf einen Blick auf Rell, deren Augen vor Schock oder vor Hoffnung weit aufgerissen waren – Ambessa konnte es nicht sagen.

»Du verweigerst mir deine Unterstützung, gibst mir kein Schiff, aber willst meine Kriegerin?«

Amenesce zuckte mit den Schultern. Als Ambessa sie am Tisch zurückließ, folgten Rell und Rictus ihr.

Rell sprang vor, um sie einzuholen.

»Generalin«, sagte sie leise an Ambessas Seite. »Ich könnte Euch besser dienen, wenn ich auch nur einen Tag Unterricht bei einer Reiterin wie ihr hätte.«

Wenn Rell die stärkste Kriegerin werden wollte, die sie sein konnte, brauchte sie Lehrer, die ihre Stärken fördern konnten. Ambessa konnte ihr vieles beibringen, aber sie hatte die Instinkte des Mädchens gesehen. Sie hatte eine Begabung für Pferde, eine Affinität zu ihnen. Es wäre töricht, dies nicht zu fördern. Und Rell hatte recht: Sie würde Ambessa besser dienen.

»Na gut. Aber nur einen Tag. Wir haben keine Zeit für Spielchen.«

»Ja!«, rief Rell und boxte vor Freude in die Luft. »Ich gehe zurück und sage es Verwalterin Amenesce.«

»Eifersucht steht Euch nicht, Ambessa«, murmelte Rictus mit einem spöttischen Lachen in der Stimme. Seine Lippen verzogen sich zu einem Lächeln, das sich in seinem Bart abzeichnete, der wie der von Caprian geölt und kunstvoll geflochten war. Die Wunde an seiner Schulter war ebenfalls verbunden.

Ambessa runzelte die Stirn und strich sich mit dem Finger über seinen Bart.

»Sei vorsichtig, sonst musst du auch Unterricht nehmen.«

Aber seine Worte hatten Eindruck hinterlassen.

***

In Wahrheit war Ambessa dankbar für die zusätzlichen Tage in Vindor. Sie achtete darauf, dass Rictus in Caprians Nähe blieb, nutzte aber ansonsten die kurze Verschnaufpause, um zu Atem zu kommen und ihren Körper für die bevorstehende lange Kampagne zu erholen. Außerdem hatte sie so Zeit, sich zu überlegen, wie sie Amenesce auf ihre Seite ziehen konnte. Was könnte sie wollen, das Ambessa für sie gewinnen könnte?

Sie grübelte über diesen Gedanken nach, als sie Rell am nächsten Tag zu ihrer Stunde bei Amenesce begleitete. Im Stall zeigte Amenesce Rell einige der besten Pferde und ließ sie sich eines für den Tag aussuchen. Es war ein wunderschönes Tier mit einem schimmernden goldenen Fell und einer Mähne, die genauso weißblond war wie Rells eigenes Haar. Eine hübsche Stallmagd half ihr, die Stute zu satteln, und Rell errötete.

Die Reiterin führte die Pferde zu einer großen Koppel, und Ambessa beobachtete, wie Amenesce Rell auf Herz und Nieren prüfte und ihre Stärken und Schwächen testete. Sie schnaubte leise vor sich hin und ging zurück in den Stall.

Sie war *nicht* eifersüchtig.

Ambessa schlenderte humpelnd durch den Stall und bewunderte die Pferde. So irritierend sie auch sein konnte, Ambessa konnte Amenesce ihr Fachwissen nicht absprechen.

»… die Verwalterin wird einen Anfall bekommen, jawohl …«

Ambessa hielt inne, um besser hören zu können, was die Stallknechte über eines der Pferde tuschelten.

»Sie wird einen Anfall bekommen, wenn sie hört, wie ihr über ihre Angelegenheiten tratscht«, sagte eine lautere Stimme. Der Stallmeister Jako war ein Mann wie ein riesiger Kaltblüter und schlurfte zu der Box, wo die Klatschbasen standen. »Ein Fell zu striegeln, ist keine Arbeit für zwei. Wisst ihr, was

Arbeit ist? Stall ausmisten. Los, macht euch an die Arbeit. Dann könnt ihr sehen, wie viel Luft ihr noch für Klatsch und Tratsch habt.«

Ein Chor von Stöhnen ertönte, und die beiden Jugendlichen tauchten wieder auf. Eine war die Stallmagd, der Rell mit ihrer Ausrüstung geholfen hatte. Während die Jugendlichen sich mit ihren Schaufeln an die Arbeit machten, trat Ambessa gesellig zu Jako.

»Was war das denn?«

»Oh, Generalin, seid gegrüßt. Das ist nichts, denke ich. Harmlos. Die haben sich nur etwas in den Kopf gesetzt, was sie nichts angeht.«

»Was gibt es heute für Neuigkeiten?«, fragte sie ironisch.

»Ach, nichts. Nur ein paar Schiffe aus Fallgren wurden zwischen den Trannit-Schiffen gesichtet, und die Herrin ist schon genug genervt von ihnen, also wird sie heute wohl ziemlich schlechte Laune haben, da hatten die Jungs recht.«

Ambessa erinnerte sich an die Anspannung der Verwalterin, als sie Fallgren erwähnt hatte. Zeit, etwas tiefer zu graben.

»Warum? Was ist mit den Schiffen aus Fallgren?«

Das Gesicht des Stallmeisters wurde unter seinem struppigen Bart bis zu den Ohren rot.

»Oh, nun, ich sollte das nicht sagen, sonst bin ich genauso schlimm wie sie.«

Ambessa lächelte.

»Natürlich, natürlich. Sag mir, die junge Magd, die meiner Pagin geholfen hat – wie heißt sie?«

»Oh, Ihr meint Tora?« Jakos Stimme klang liebevoll.

»Sie ist ein gutes Mädchen, eine gute Reiterin. Sie wird sich einen Namen machen, darauf gebe ich Ihnen mein Wort, aber eines kann ich Euch sagen«, lachte er, »passt auf Euer Mädchen auf, wenn sie in ihrer Nähe ist.«

»Oh?«

»Sagen wir einfach, ich habe schon ein oder zwei Mägde weinend aus den Ställen kommen sehen.«

»Mmm. Vielleicht sollte ich besser mit ihr sprechen. Auf die sanfte Art, natürlich.«

»Ja, vielleicht solltet Ihr das tun. Oder sagt Eurem Mädchen, sie soll vorsichtig sein, während ihr hier seid. Ein bisschen Spaß ist ja ganz in Ordnung, aber man will doch nicht, dass sie den Rest des Weges zur Unsterblichen Bastion Trübsal bläst, oder?«

»Das will ich ganz sicher nicht. Danke, Jako.«

Großzügig steckte Ambessa ihm eine Goldmünze zu, als sie ihn verließ. Es war gut, wieder in einer Stadt mit einer Bank zu sein.

»Für den Rat.«

Ambessa fand Tora draußen an einer anderen Koppel, wo sie ein Pferd im Kreis führte. Sie stand in der Mitte der Koppel und hielt ein Ende eines langen Seils, während das Pferd am anderen Ende um sie herumgaloppierte. Ihre Aufmerksamkeit war ganz auf das große Tier gerichtet, und sie erschrak, als sie Ambessa sah.

»Generalin.« Tora kam herüber und salutierte. »Hat Verwalterin Amenesce mich gerufen?«

Ihre Stimme klang eifrig und erwartungsvoll.

»Nein«, sagte Ambessa. »Du kannst gut mit Pferden umgehen, nicht wahr?«

Tora streckte stolz die Brust heraus.

»Ich trainiere in den Ställen von Verwalterin Amenesce, seit ich laufen kann. Sie hat gesagt, ich darf mich den *Rangern der Narbe* anschließen, sobald ich mich bewährt habe.«

Ambessa hob anerkennend die Augenbrauen, was nur leicht gespielt war. Die *Ranger der Narbe* waren eine von Amenesces Kriegertruppen, ihre Elite-Späher. Wenn das Mädchen nicht übertrieb, wäre das für eine junge Frau in ihrem Alter eine ziemliche Leistung.

»Jako hat mir auch erzählt, dass du einen guten Umgang mit jungen Frauen hast.«

Toras prahlerischer Stolz verschwand augenblicklich und machte weiten Augen und geröteten Wangen Platz.

»Was – ich habe nicht – ich habe nichts getan –«

»Ganz ruhig, ganz ruhig«, sagte Ambessa. »Ich mache mir keine Sorgen um Rell. Sie ist mehr als eine würdige Gegnerin für dich. Sei nur vorsichtig, zu deinem eigenen Besten.«

Dann fragte sie, als würde sie sich nur unterhalten: »Was ist los, dass die ganze Anlage in Aufruhr ist? Fallgren-Schiffe?«

Tora griff nach dem neuen Thema wie nach einer Rettungsleine.

»Ja, aber es sind nicht die Schiffe selbst, die das Problem sind.« Das Mädchen senkte die Stimme, als glaubte sie, Jako sei nah genug, um sie erneut zurechtzuweisen. »Aber jeder weiß, dass Verwalterin Amenesce und Verwalter Jeon … etwas miteinander hatten.«

Sie verstummte und errötete noch stärker, als ihr klar wurde, dass sie sich wieder zu gefährlichen Themen vorwagte.

»Ich nehme an, es endete unschön?«, hakte Ambessa nach.

»Oh ja. Alle versteckten sich fast einen Monat lang vor ihr, so gut sie konnten. Sie ritt jeden Tag aus, fuhr bei Sonnenaufgang allein los und kam erst lange nach Einbruch der Dunkelheit zurück. Die Pferde waren erschöpft, und Jako sagte, die letzte Ladung Reittiere, die sie dem Verwalter geschickt hatte, seien nichts als Schindmähren gewesen, die am schlechtesten gelaunten Pferde, die wir hatten.« Sie hielt inne. »Das ist natürlich nur Hörensagen. Wenn Ihr mich entschuldigt, Generalin, ich habe noch viel zu tun. Sagt mir

Bescheid, wenn Ihr eines der Pferde satteln lassen möchtet. Das mache ich gerne.«

Tora salutierte und kehrte zu ihrem Schützling zurück, der träge graste. Die Fäden eines Plans begannen sich zu verknüpfen.

***

An diesem Abend beim Essen beobachtete Ambessa Amenesces Gesicht, als sie verkündete: »Verwalter Jeon von Fallgren. Er steckt mit Ta'Fik und Smik unter einer Decke.«

Jetzt war Amenesce an der Reihe, überrascht zu sein. Sie hatte nicht einmal Zeit, eine Ausflucht zu erfinden.

»Woher weißt du das?«

»Seine Schiffe wurden zwischen den Schiffen von Trannit gesehen, und es wurden Nachrichten zwischen ihnen mit Beibooten ausgetauscht.«

Das Letzte war vielleicht eine Erfindung. Amenesces plötzliche Blässe reichte Ambessa, um zu wissen, dass sie ins Schwarze getroffen hatte.

»Dieser Bastard«, murmelte sie.

»Ich habe gehört, seine Schiffe sind auf dem Weg hierher?«

Amenesce starrte sie an.

»Nicht mehr. Ich habe einige Freunde gebeten, eine Blockade zu errichten. Wenn er einen Fuß in Vindor setzen will, muss er sich in ein verdammtes Ruderboot setzen.«

»Also wirst du mir helfen?«

»Meine Argumente bleiben dieselben. Aber du kannst mit mir segeln. Ich wollte am Ende der Woche abreisen.«

»Ich dachte, du hasst Schiffe.«

»Ich wurde dazu geschaffen, ein Tier zwischen meinen Beinen und die Erde unter meinen Füßen zu haben«, sagte Amenesce trocken. »Aber ich habe auch Tribut für Darkwill, und ich möchte nicht, dass er erschöpft und misshandelt dort auftaucht.«

Ambessa knurrte. Sie wandte sich an Caprian, der aufgehört hatte zu kauen und Amenesce mit Angst anstarrte.

»Bist du sicher, dass wir nicht reiten können? Oder zu Fuß gehen?«, fragte er. »Ich sollte auch die Erde unter meinen Füßen haben.«

Seine Augen waren weit aufgerissen vor Angst vor einem weiteren Angriff auf See.

Ambessa warf ihm einen warnenden Blick zu. »Je schneller wir zu Darkwill kommen, desto besser. Das weißt du.« Sie wandte sich an Amenesce.

»Danke für das Angebot, aber wir werden uns nach einer früheren Überfahrt umsehen. Wenn du uns bitte entschuldigen würdest. Wir haben noch etwas zu planen.«

Die Verwalterin von Vindor winkte ab und blickte missbilligend auf den Tisch vor sich.

KAPITEL ACHTZEHN

Trotz ihres Verhaltens am Vorabend war Amenesce so höflich, sie am nächsten Morgen zu verabschieden. Sie machten sich früh auf den Weg zum Hafen, sobald die Sonne hoch genug stand, um etwas zu sehen, und die Gezeiten günstig waren. Mit mindestens einigen Wochen Segelfahrt vor sich und weniger als zwei Monaten bis zur Tributzahlung konnte Ambessa sich nicht leisten, Zeit zu verlieren.

Während sie mit Amenesce an der Spitze ihrer kleinen Gruppe ging, blieb Rell zurück und unterhielt sich mit einer anderen jungen Vindorianerin. Tora, die klatschsüchtige Stallmagd. Sie war fröhlich, hatte O-Beine und schenkte Rell ihr schiefes Lächeln.

»Es wurde auch Zeit«, murmelte Ambessa ironisch.

Amenesce folgte ihrem Blick und kicherte dann.

»Ich kann nicht sagen, dass mich das überrascht. Tora hat einen Ruf. Sie zähmt Pferde und Herzen.«

»Sie sollte besser vorsichtig sein. Rell bringt auch Dinge zur Strecke. Meistens auf dauerhaftere Weise.«

»Nun ja. Junge Liebe und so …«, sagte Amenesce und verstummte mit gerunzelter Stirn.

Ambessa folgte ihrem Blick hinaus zum Hafen. Es dauerte einen Moment, bis sie das Problem erkannte. Als sie es sah, stieg ihre eigene Wut ebenso an wie die Wut, die sich im Gesicht der Verwalterin abzeichnete.

Die Schiffe aus Trannit und Fallgren hatten Amencesces Schiffe blockiert. Obwohl die vindorianischen Schiffe die anderen Schiffe aus dem Hafen fernhielten, konnten sie selbst den Hafen nicht verlassen. Sie saßen praktisch in der Falle. Wenn Ambessa mit dem Schiff fliehen wollte, musste sie an den Dutzenden Kriegsschiffen vorbeikommen, die sie im Meer des Behüters verteilt hatten.

Ein kleiner Junge kam vom Hafen herangelaufen.

»Verwalterin!« Er krümmte sich vor Atemnot und stützte sich mit den Händen auf den Knien ab. »Kapitän Royson hat mich geschickt – Verwalter Jeon – will mit Euch sprechen – aber Kapitän Royson hat ihn nicht durchgelassen – nur gesagt, er könne kommen, wenn er eines der Beiboote nimmt.«

Amenesce ließ ihn nicht ausreden.

»Dieser *Bastard*.«

Sie schritt die Docks entlang, um besser sehen zu können, ihr langer Mantel wehte dabei hinter ihr her, ihre Stiefel hallten auf dem Holz wider, ihr Säbel klirrte. Als fünf Männer aus einem kleinen Boot kletterten, blieb sie abrupt stehen.

»Du.«

Amenesces Lippen verzogen sich vor Abscheu. Ein gut aussehender Mann in den Vierzigern, mit der schlaksigen Statur eines Seemanns, der viel Zeit in der Takelage verbracht hatte, schlenderte mit rollendem Gang herbei, als hätte er vergessen, wie man auf festem Boden geht. Seine braune Haut war vom Meer gegerbt. Er strich sich über den Schnurrbart und tippte dann an die Spitze seines Dreispitzes.

»Amenesce. Schön, dich wiederzusehen.«

Jeon von Fallgrens Stimme klang warm und leicht entschuldigend.

»Wenn du nicht zurück in das Boot steigst und deine Schiffe aus meinem Hafen holst, schwöre ich dir …«

Jeons Stimme wurde hart: »Fang nicht mit Drohungen an, Amenesce. Vor allem nicht mit solchen, die du nicht durchsetzen kannst.«

»Ich werde dir zeigen, welche Drohungen ich durchsetzen kann.«

Amenesce legte ihre Hand auf den Griff ihres Säbels, zog ihn aber nicht.

»Um unserer Freundschaft willen bin ich persönlich gekommen. Wirst du uns Ambessa ausliefern?«

Amenesce ballte ihre Finger und öffnete sie wieder. Die Spannung zwischen den beiden Verwaltern war greifbar. Kein Wunder, dass die Gerüchte bis in die Ställe gelangt waren. Es war das Beste, was Ambessa sich wünschen konnte – wenn Jeon Amenesce in die falsche Richtung drängte, würde sie Ambessa mit Sicherheit unterstützen. Dennoch hielt Ambessa sich für alle Fälle bereit. Sie war jetzt gut genährt, und ihre Verletzungen waren teilweise verheilt, aber sie wollte nicht auch noch Amenesce töten müssen. Tatsächlich hatte sie es genossen, die Reiterin wiederzusehen. Und sie wollte ihre Reiterei.

»Um unserer Freundschaft willen hast du meinen Hafen blockiert? Smik hat seine Soldaten wie Läuse über Vindor krabbeln lassen. Er kann von Glück sagen, dass ich sie nicht alle herausgepflückt und zerquetscht habe.« Amenesce zog ihr Schwert. »Um unserer Freundschaft willen solltest du gehen. Sofort.«

Ambessa zog ebenfalls ihr Schwert, und hinter sich spürte sie, wie Rictus sich in Kampfstellung begab. Er hatte eine bedrohlich aussehende Hellebarde aus Amenesces Waffenschrank genommen, die größer war als er selbst und im frühen Licht scharf und tödlich glänzte.

»Bist du dir sicher?«, fragte Jeon. Er blieb stehen, und die Wärme in seiner Stimme war herablassend geworden. Er sah Ambessa spöttisch an.

»Du könntest stärkere Bündnisse eingehen.«

»Ta'Fik, meinst du? Oder dich und Smik? Du bist kaum lange genug zu Hause, um deine kleinen Gummipflanzen wachsen zu lassen, und Smik ist so korrupt, dass er sich wahrscheinlich nur auf Ta'Fiks Seite schlägt, um seinen eigenen Hals zu retten.«

Jeon errötete vor Wut.

»Das wirst du bereuen, Amenesce.«

Dann nickte er den Soldaten zu, die er mitgebracht hatte. Sie sprangen zurück in ihr Ruderboot.

»Ich bereue vieles«, sagte Amenesce zu seinem sich entfernenden Rücken. Jeon blickte finster über seine Schulter zurück. Er war tief verletzt, aber sein Gesicht verhärtete sich, und er befahl seinen Männern zu rudern.

Ambessa sah ihnen nach, bis sie auf dem Meer verschwunden waren. Erst dann wandte sie sich an Amenesce.

»Danke.«

»Er ist ein Feigling. Das war er schon immer.« Amenesce wandte ihren Blick zur Seite, aber ihre Stimme war hart. »Ich nehme an, das ist nun einmal so.«

Sie streckte widerwillig ihre Hand aus, und Ambessa nahm sie.

»Also.« Ambessa hob eine Augenbraue. »Hast du ein Pferd, das schnell genug ist, um uns rechtzeitig zur Tributzahlung in die Stadt zu bringen?«

Amenesce grinste verschmitzt.

»Oh ja. Sozusagen.«

***

Amenesce führte sie zu einem anderen Stall, etwas außerhalb von Vindor. Dort gab es eine große Koppel, auf der eine Herde seltsamer Kreaturen graste. Aus ihren Köpfen ragten gezackte, knochige Hörner, die sich über den gesamten Hals hinunterzogen, und sie hatten glänzendes, braun-grau gestromtes Fell. Als Ambessa und Amenesce näher kamen, blickten sie auf.

»Ihr habt Schnellhörner.« Ambessa blickte zwischen Amenesce und den friedlichen Tieren hin und her. »*Zahme* Schnellhörner.«

Die Pferdeherrin lächelte leise und stolz. Ein ganz anderer Ausdruck als der pure Hass, den sie Jeon von Fallgren entgegengebracht hatte.

»Sie werden uns helfen, ein Viertel der Reise von hier zur Unsterblichen Bastion abkürzen, wenn wir mit leichtem Gepäck reisen. Ich wollte sie Darkwill zeigen, aber jetzt kann ich sie endlich ausprobieren.«

Amenesce schnalzte mit der Zunge und holte eine Handvoll zerdrücktes Naap aus einem Beutel.

»In der Zwischenzeit schicke ich meine Reiter im Blutigen Donner nach Westen nach Rokrund, um dort auf euch zu warten. Das sind dreihundert meiner besten Kavalleristen auf Leichten Vindorianern. Wird das reichen?«

»Da bin ich mir sicher«, sagte Ambessa, erleichtert, obwohl sie es nicht zeigte.

»Bist du sicher, dass Rokrund dir loyal verbunden ist?«, fragte Amenesce zweifelnd.

»Rokrund ist meine Heimat, und ich würde Katye mein Leben anvertrauen.«

»Ich will dich nicht beleidigen. Es scheint nur, dass Loyalitäten heutzutage … zerbrechlich sind.«

Das nächststehende Schnellhorn schnüffelte in der Luft und trabte herbei. Vorsichtig musterte es die beiden mit großen grauen Augen. Aus der Nähe sahen seine Hörner gewaltig aus. Sie waren dazu gedacht, Raubtiere aufzuspießen, aber sie konnten einen Reiter genauso leicht aufspießen, wenn er nicht aufpasste.

Ambessa betrachtete die langbeinigen Kreaturen.

»Ist es wie ein Pferd zu reiten?«

Das boshafte Grinsen kehrte zurück.

»Kein bisschen.«

***

Am nächsten Tag brachen sie auf. Rictus war genauso skeptisch gegenüber den neuen Reittieren wie sie ihm gegenüber, und es war schwierig, eines zu finden, das groß genug war, um ihn zu tragen. Er landete auf einem stämmigen Männchen mit schlechtem Temperament, und Caprian lachte, als Rictus und das Schnellhorn unzufrieden miteinander murrten.

»Trau niemals etwas mit Hörnern«, flüsterte Rictus spöttisch zu Rell.

»Das habe ich gehört«, sagte Caprian.

Rells junge Freundin Tora war ebenfalls mit auf der Reise, diesmal in einem neuen Lederreitmantel, mit leichter Rüstung über dem Oberkörper, die aber ihre Arme für ihren Bogen frei ließ. Sie saß so lässig auf ihrem eigenen Schnellhorn, wie sie auf der Straße herumstolzierte. Etwas, das sie sagte, als Rell in den Sattel stieg, ließ Rell erneut erröten.

Es ließ Ambessa an Rudo denken. Sicherlich war sie in seiner Gegenwart noch nie so errötet. Auf dem Weg zur Unsterblichen Bastion mussten sie durch Basilich reiten. Dort, wo sie und Rudo sich kennengelernt hatten. Dort, wo sie sich verliebt hatten.

Wo mochte er jetzt sein?

Ambessa hatte nur eine Nachricht von Katye erhalten – sie hatte bei ihrer Ankunft auf sie gewartet –, und darin stand, dass in Rokrund alles in Ordnung sei, abgesehen von der kleinen, unbedeutenden Tatsache, dass Mel beschlossen hatte, mit Kino und Azizi in Bel'zhun zu bleiben, und Ambessa Katye dafür *nicht* die Schuld geben solle, und außerdem sei sie bei ihrem Vater und den Wolfsschnittern in Sicherheit, und sie ihm schreiben solle, wenn sie sicher in Vindor angekommen sei.

Ambessa hatte eine knappe Antwort geschickt, aber heute schickte sie eine weitere, um ihn über ihre Bündnisse zu informieren und ihn auf den Blutigen Donner vorzubereiten.

Der beste Weg, für ihre Familie zu sorgen, war, sich um Ta'Fik zu kümmern.

»Sind wir bereit?«

Sie war plötzlich angespannt wie eine geladene Armbrust.

Anmutig sprang Amenesce auf ihr Reittier und drehte es in einem engen Kreis, um die kleine Gruppe zu betrachten, die sie begleiten würde. Sie stieß einen Jubelschrei aus, und die anderen wiederholten ihn und trieben ihre Reittiere vorwärts.

Ambessas eigenes Schnellhorn fühlte sich seltsam unter ihr an. Sie war sich der knöchernen Platten an seinem Hals und der scharfen Hörner sehr bewusst. Sie zwang sich, wie auf jedem anderen Pferd zu sitzen, aber im Vergleich zu Amenesces Geschmeidigkeit fühlte sie sich steif.

Das machte nichts. Ambessa hatte immer schnell gelernt.

***

Rell ritt in einer Kriegsschar. Rell ritt in Ambessa Medardas Kriegsschar. Sie ritt auch mit Verwalterin Amenesce, die mit den legendären Pferden von Vindor arbeitete. Endlich fühlte es sich wie das Abenteuer an, das sie sich in ihren wildesten Träumen ausgemalt hatte.

So begierig war sie, wegzukommen, als Generalin Medarda zu ihr nach Bel'zhun gekommen war – weg von ihren Eltern und ihren überheblichen Forderungen. Sie hatte sich in der Arena einen Namen gemacht, aber sie war nie in der Lage gewesen, dem Schatten ihrer Eltern zu entkommen. Mit Ambessa würde es anders sein. Dann war Rell an Bord der *Goldenen Tänzerin* gegangen.

Es war das Schlimmste, was sie je erlebt hatte, und sie hätte fast darum gebettelt, wieder von Bord zu dürfen. Sie wäre zu ihren Eltern zurückgegangen, nur um nicht noch einmal über das Geländer kotzen zu müssen. Dann kam der Angriff, und es kam ein Unglück nach dem anderen. Von einem Abenteuer konnte keine Rede sein.

Aber Rell begann zu glauben, dass sich ihr Glück vielleicht gewendet hatte.

»Du reitest wirklich gut«, sagte Tora, die neben ihr trabte. Das Schnellhorn der jungen Reiterin schnappte spielerisch nach Rells, und Tora schimpfte mit ihm, indem sie ihm sanft mit den Oberschenkeln einen Stoß gab. »Ich dachte, ihr Südländer habt alle auf Dormuns gelernt.«

Toras Lächeln war genauso neckisch und verspielt wie ihr Schnellhorn, und Rell spürte, wie ihr Gesicht vor Verlegenheit warm wurde.

»Du bist – ähm. Eine wirklich gute Reiterin. Auch, meine ich.« Rell wünschte sich, sie könnte sofort verschwinden. »Ich meine – natürlich bist du das, sonst wärst du nicht in der Kriegsschar der Verwalterin. Und überhaupt, sieh dich doch an …«

Leider sah Rell Tora in diesem Moment an, und sie war nicht nur wunderschön mit ihrem strahlenden Lächeln und ihren lachenden Augen, sie hatte auch starke Schultern und saß wirklich wie eine Kriegerin auf ihrem Pferd. Aber sie grinste sie auch mehr als eindeutig an.

Beschämt wandte Rell sich ab und schloss die Augen.

»Richtig. Dormun. Nein. Ich komme ursprünglich nicht aus Bel'zhun. Ich habe auf dem Anwesen meiner Mutter an den Blutklippen reiten gelernt, damals, als wir es noch hatten.«

»Was ist passiert?«

Tora schien sie nicht mehr auszulachen, aber ihre Neugier war fast genauso peinlich. Vor allem in dieser Hinsicht. Ein Schrei vor ihnen ersparte ihr die Antwort.

»Ein Reh!«

»Links!«

Alle drehten sich in ihren Sätteln um, und es entstand ein Durcheinander. Sie waren eine große Gruppe von fünfzig Reitern und hatten nichts als gesalzenes Fleisch und hartes Brot gegessen, es sei denn, sie hatten beim Rasten ein paar Kaninchen gefangen, aber es schien, als hätten die meisten Kaninchen das Klappern ihrer Hufe gehört und sich kilometerweit aus dem Staub gemacht. Frisches Fleisch wäre ein Grund zum Feiern.

Tora löste ihren Bogen aus dem Sattel, legte einen Pfeil ein und spannte ihn in einem Augenblick. Rell suchte den Wald zu ihrer Linken ab, konnte aber kein Reh entdecken. Dann sah sie aus dem Augenwinkel eine Bewegung im Laub. Tora ließ ihren Bogen mit einem Knall los.

Einen Moment später gab es ein Krachen im Unterholz.

Voller Freude drehte sich Tora zu ihr um.

»Holen wir es uns! Wenn das mein Pfeil war, bekommen wir den ersten Schnitt!«

Während die Gruppe anhielt, stiegen Rell und Tora von ihren Pferden. Rell nahm ihren Speer mit, nur für alle Fälle. Ein paar andere stapften mit ihnen durch den Wald, ihre Bögen bereit in den Händen, aber es war Toras Pfeil, der das Herz durchbohrt hatte, mit seiner blauen Feder.

Rell starrte sie an.

»Das – wie hast du das gemacht?«

»Ich übe schon seit meiner Kindheit. Hast du schon mal einen benutzt? Ich könnte es dir beibringen.«

»Klar«, sagte Rell, aber sie umklammerte ihren Speer fester. Er war glitschig in ihrer Handfläche.

»Normalerweise benutze ich diesen hier.« Tora grinste erneut und musterte den Speer skeptisch. »Aber wie gut bist du damit auf Distanz?«

Die Herausforderung ließ Rells Schüchternheit etwas schwinden. Sie lächelte grimmig und suchte sich ein geeignetes Ziel.

»Da, der Baum mit dem Astknoten!« Rell zeigte mit ihrem Speer auf einen Baum in einiger Entfernung. Nicht so weit wie Toras Reh, aber weit genug, um es ihr zu zeigen.

Tora verschränkte die Arme.

»Nein. Unmöglich. Nicht mit einem Speer.«

Rell sagte nichts mehr. Das hatte sie von Ambessa gelernt. Niemand beachtete das, was man *sagte*, sondern vielmehr das, was man *tat*. Sie zog den Arm zurück, genoss die Spannung, bevor sie ihn losließ.

Der Speer blieb knapp über dem von ihr angegebenen Ast hängen und wackelte. Rell drehte sich selbstgefällig zu Tora um. Die andere hatte den Mund offen stehen.

»Hey, Tora, willst du den ganzen Tag flirten oder uns helfen, deine Beute zurückzuholen, damit wir endlich zu Abend essen können?«

Zerknirscht wandte Tora sich wieder ihrer Beute zu, und Rell holte ihren Speer. Ambessa würde ihr eine Standpauke halten, weil sie ihn nur aus Prahlerei stumpf gemacht hatte.

Als es Zeit zum Essen war, fand Tora Rell wieder. Mit einer Portion Wildfleisch zu ihrem Brot waren alle gut gelaunt, sogar ihre Kriegsführerinnen.

»Darf ich?«, fragte sie.

Rell zuckte mit den Schultern und machte Platz auf dem Boden.

»Ich wollte mich entschuldigen«, sagte Tora und setzte sich anmutig hin. »Ich habe dich unterbrochen. Du hast vorhin von dem Anwesen in den Blutklippen gesprochen?«

»Ach, nichts«, sagte Rell schnell. »Aber ich fand das Reiten toll. Ich reite jetzt in der Vergelter-Arena in Bel'zhun. Oder besser gesagt, bin geritten. Jetzt bin ich bei Generalin Medarda.«

Tora blickte vor sich hin, zu ihren Mentorinnen, die mit gesenkten Köpfen aßen und sich unterhielten.

»Wie ist sie so, die Generalin?« Rell musterte Ambessa ebenfalls. Es fiel ihr schwer, all das in Worte zu fassen, was sie seit ihrer Abreise aus Bel'zhun über die ältere Frau erfahren hatte.

»Sie ist … anders«, sagte Rell ehrlich. »Ich meine – sie ist unglaublich. Sie ist großzügig, aber auch sehr streng. Ich habe noch nie jemanden so kämpfen sehen wie sie. Und wenn man ihr und Rictus bei Übungskämpfen zusieht – Ta'Fik hat keine Chance gegen die beiden. Ich glaube, niemand hat eine Chance. Ich möchte eines Tages wie Rictus sein. Er kommt auch aus der Arena. Manchmal gibt er mir Unterricht.«

»Das wirst du bestimmt«, sagte Tora mit bewundernder Stimme.

Rell spürte ein Kribbeln im Bauch.

KAPITEL NEUNZEHN

Getreu Amenesces Versprechen erreichten sie die Hauptstadt von Noxus mit einer Woche Vorbereitungszeit für den Tribut. Der Weg führte sie zunächst durch die Unterstadt – nicht einmal bis zur eigentlichen Unsterblichen Bastion, sondern nur bis zu den weitläufigen Ausläufern der Stadt, die sich wie Seepocken am Schiffsrumpf um die Außenmauern gebildet hatten. Es begann mit Zelten und armseligen Hütten, aus denen kleine Häuser wurden, dann folgten zwielichtige Herbergen für Reisende und schließlich respektablere Unterkünfte bis zu dauerhaften Behausungen, die sich an die äußere Mauer lehnten.

Die Mauer wurde von einem großen Noxtoraa durchbrochen – das südlichste war das Tor des Eroberers. Sie ritten hindurch und in die weitläufige Hauptstadt des Reiches. Es war eine labyrinthartige Stadt, in der alte Gebäude an neue stießen und neue über zerfallende gebaut wurden, und in der jeder, egal, aus welchem Land er kam, mit Macht, Weitsicht oder List darum kämpfte, so hoch wie möglich zu kommen. Über allem ragte die Unsterbliche Bastion empor, die große Festung, um die herum die Stadt entstanden war, ein Denkmal für ihren Ruhm und Erfolg. Ursprünglich gehörte sie dem Eisernen Albtraum, Mordekaiser, den die Noxii-Stämme vor vielen Jahrhunderten besiegt hatten. Egal, wo man in der Stadt stand, man sah sie über die Mauern der inneren Festung ragen. Und tief in dieser alten Zitadelle lag das heimgesuchte Allerheiligste, unheimlich und fast sakral, wo sich niemand hineinwagte.

Während Rell und Caprian mit weit aufgerissenen Augen und offenen Mündern zu der prächtigen Stadt über ihnen hinaufblickten, hielt Ambessas Furcht sie wachsam. Sie musste wissen, ob Ta'Fik in der Stadt war. Amenesce ging, um ihre Schnellhörner zu einem Stall zu bringen, wo sie gut versorgt werden würden, bevor sie als Tribut dargebracht wurden. Ambessa führte Rell, Rictus und Caprian zum Sitz der Medardas in der Unsterblichen Bastion.

Da die Hauptstadt so dicht bebaut war, war die Residenz der Medarda in der Unsterblichen Bastion kleiner als die Medarda-Anwesen anderswo – sie ragte senkrecht empor und war an einer Seite an das Nachbargebäude angebaut, anstatt sich auszubreiten und viel Platz einzunehmen. Das ließ Ambessa die weiten Ebenen von Rokrund vermissen. Aber sie konnte die Macht spüren, die in der Unsterblichen Bastion wirbelte. Sie konnte ihren metallischen Geruch fast riechen – den Geruch von Münzen, Blut und Klingen.

Das Haus der Medardas befand sich in der Stahlstadt. In den Anfängen der Stadt hatten hier die stolzesten Krieger gelebt, innerhalb der inneren Mauer, in der Nähe der Festung. Mit der Zeit wurden die Bewohner zu denen, die sich ihren Weg an die Spitze erkämpft hatten – und das nicht nur mit Klingen.

»Ist das auch dein Haus?«, fragte Rell leise und voller Ehrfurcht, während sie den Kopf reckte, um es zu betrachten.

»Ja, in gewisser Weise. Es ist ein Medarda-Haus. Alle Medarda können hierherkommen und bleiben, wenn sie in der Stadt sind. Genau wie in der Anlage in Bel'zhun.«

Rell runzelte besorgt die Stirn.

»Sogar …«

Ambessa schüttelte den Kopf, um das Mädchen zu unterbrechen. Sie warf Rictus einen Blick zu, der seinen Griff um seine Hellebarde festigte. Ambessa klopfte, und ein Diener öffnete die Tür. Es war ein dünner Mann mit aufrechter Haltung – als er sich verneigte, beugte er sich genau in der Mitte.

»Generalin Medarda«, sagte er. »Wir haben Euch erwartet. Tretet ein. Ich lasse Tee für Euch und Eure Gäste bereiten.«

Er führte sie hinein. Ambessas Stiefel klangen schwer, als sie ihm in den Salon folgte.

Der Raum war opulent; die steinernen Außenwände waren mit durchscheinenden roten und goldenen Vorhängen drapiert, die im warmen Licht leuchteten. An einer anderen Wand hing ein Gemälde, das einen einzelnen Mann zeigte, der einen noxianischen Kaufmann und seine Karawane durch die Wüste führte. *Eskender*.

Und in der Mitte saß Ta'Fik in einem der tiefen Sessel, ein Bein über das andere gekreuzt, eine Tasse dampfenden Tee in der Hand. Er trug eine asymmetrische Robe, die unter einer stilvollen, aber eindeutig nicht für den Krieg gedachten Schulterklappe geknöpft war. Die würde einem kräftigen Schlag nicht standhalten.

»Ta'Fik«, knurrte Ambessa. Sie griff nach dem Griff ihres Schwertes, bereit, ihre Theorie zu überprüfen.

»Ah-ah-ah, Ambessa. Wir befinden uns auf neutralem Boden. Nicht, dass dir das viel bedeutet.« Er deutete auf den anderen Mann im Raum. »Ich habe Hanek gerade erklärt, dass er vorsichtig sein muss, wenn du kommst.«

»Bruder.«

Ambessa begrüßte ihren älteren Bruder mit einem langsamen Nicken. »Ich hoffe, du hast von meiner Ankunft erfahren?«

In seinem Gesicht suchte sie nach einem Anzeichen dafür, dass er ihr glaubte und nicht Ta'Fiks Lügen, aber Hanek sah beide zweifelnd an.

Ihr Bruder war mehrere Jahre älter als sie, sein Haar war

mittlerweile mehr grau als schwarz und lag in Wellen an seinem Kopf.

»In meinem Haus wird kein Blut vergossen«, sagte Hanek. Er sah langsam von Ambessa zu Ta'Fik. »*Medarda an erster Stelle*. Ihr werdet beide jetzt zustimmen oder ihr werdet gehen. Habt ihr verstanden?«

Ambessa atmete langsam aus.

»Du kannst ihm nicht trauen, Hanek.«

»Mir?«, sagte Ta'Fik mit leiser Stimme. »Ich habe nicht …«

»Verstehst du?«, unterbrach Hanek ihn.

»Natürlich, Bruder.« Ambessa nickte einmal.

Ta'Fik zögerte, aber dann stimmte er zu. Ambessa bemerkte jedoch etwas.

»Wo sind deine Töchter? Ich hoffe, es geht ihnen gut? Und diese Berater, die dir in Bel'zhun gefolgt sind. Haben sie endlich erkannt, dass du ihrer Talente nicht würdig bist?«

Er lächelte breit, seine weißen, gleichmäßigen Zähne blitzten.

»Tivadar ist noch in Bel'zhun. Sie bevorzugt die Arenen. Gintara kümmert sich während meiner Abwesenheit um die Angelegenheiten, wie es sich für eine gute Erbin gehört. Inyene auch. Wie geht es Kino und Mel?«

Bildete sich Ambessa die Schärfe in seinen Worten nur ein?

»Es geht ihnen gut.« Ambessa beließ es dabei. »Hanek. Ta'Fik. Es war eine lange Reise.«

Ohne auf ihren Tee zu warten, drehte sie sich auf dem Absatz um und ging. Sie bat einen Diener, ihnen ihre Zimmer zu zeigen, und so folgten Ambessa und ihre kleine Entourage ihnen die Treppe hinauf. Sie hatten eine ganze Etage für sich allein, mit zwei Schlafzimmern, einem Wohnzimmer und einem Badezimmer.

»Das ändert die Lage«, sagte sie zu ihnen, als sie allein waren. Caprian warf sie einen besonders strengen Blick zu. »Seid immer auf der Hut. Rell und ich müssen los, um geeignete Kleidung für die Tributzahlung zu besorgen. Rictus, bleib hier bei Caprian.«

Caprian schüttelte angewidert den Kopf.

»Warum soll ich hierbleiben? Ich möchte die Stadt sehen, und hier ist es wahrscheinlich sicherer als in seiner Nähe.« Er schauderte. »Er hat mich angesehen, als wollte er mich am Spieß braten.«

»Er würde Schlimmeres tun, wenn er die Gelegenheit hätte. Aber solange du hier im Haus bist, wird er dich nicht anrühren.«

»Mir wird nichts passieren, wenn die größte Ammenziege der Welt mir auf Schritt und Tritt folgt.«

Caprian schlug Rictus mit dem Handrücken auf die breite Brust. Der größere Mann verzog das Gesicht.

»Dir wird nichts passieren, weil du hierbleibst.«

Caprian öffnete den Mund, um erneut zu protestieren, aber Ambessa unterbrach ihn: »Das ist ein Befehl. Ich habe dich sicher hierhergebracht. Vertrau mir, dass ich dich zu Darkwill bringe. Danach gehört dein Leben dir.«

Auf Ambessas Worte hin legte Rictus eine feste Hand auf Caprians Schulter. Diesmal war Caprian an der Reihe, finster zu blicken.

»Na gut«, murmelte der Vastaya.

***

Als Ambessa Rell hinausführte, machte sie zunächst bei einer Bank halt, um mehr Geld abzuheben. Genug, um sich auch die angenehme Gesellschaft eines Masseurs zu leisten – einen hübschen jungen Mann oder eine Frau mit starken Händen. Es war eine sehr lange Reise gewesen.

Dann ging sie mit Rell einkaufen. Die Geschäfte in der

Stahlstadt richteten sich an Menschen mit Macht und Einfluss – oder an diejenigen, die genug Geld hatten, um so zu tun, als hätten sie Macht und Einfluss. Anstelle von Straßenhändlern mit offenen Ständen gab es Geschäfte, die so alt waren wie das Viertel selbst. An den Türen standen die Namen der Handwerker, nicht die Berufe. Wer eine Rüstung wollte, ging zu Jani Lucas oder Vex Cathor, wer einen Schneider suchte, ging zu Lisam Taana oder Nika Fallow und so weiter.

Zuerst gingen sie zu Nika Fallow und sahen sich die Schnitte an, die auf Schaufensterpuppen drapiert oder in Büchern skizziert waren. Während sie stöberten, erzählte Rell ununterbrochen von der Stadt. Sie war zum ersten Mal in der Unsterblichen Bastion; konnten sie zu einem Kampf der Vergelter gehen? Würden sie die großen Champions sehen können? Konnte *sie* hier in der Arena kämpfen? Und warum war die Unsterbliche Bastion *so?* Ihre Augen waren weit aufgerissen, und ihr Mund stand offen in einem Ausdruck, der ein Lächeln hätte sein können, aber nie ganz eines wurde. Es rührte Ambessa, die Zögerlichkeit des Mädchens zu sehen, trotz ihrer offensichtlichen Aufregung. Es erinnerte sie auch daran, wie jung das Mädchen war, trotz ihrer Fähigkeiten. Jung oder nicht, es gab Dinge, die sie besprechen mussten.

»Rell. Jetzt, wo wir allein sind, müssen wir reden.«

Rell hielt inne, ein Stück burgunderroter Seide zwischen den Fingern. Sie warf Ambessa einen nervösen Blick zu und betrachtete dann die Seide noch intensiver.

»Über was, Generalin?«

Ihre Stimme klang wie ein Quietschen.

»Welche Ambitionen hast du für dein Leben?«

Rell sah zu Ambessa auf und hob beide Augenbrauen.

»Oh. Meine Ambitionen?« Sie lachte nervös und fuhr sich

mit der Hand durch die Haare. »Ich dachte, Ihr wolltet mir die *Dinge* erklären.«

»Die Dinge?«

Nika Fallow, eine ältere Frau mit grauen Haaren, die zu einem strengen Knoten zusammengebunden waren, kicherte, als sie lauschte.

»Ihr wisst schon …« Rells Gesicht glühte. »Die *Dinge*. Was die Menschen gemeinsam tun. Das muss mir niemand sagen. Ihr solltet mal hören, was die in der Umkleidekabine in der Arena gesagt haben.«

Ambessa räusperte sich und warf Madam Fallow einen bösen Blick zu, aber das brachte die Frau nur noch mehr zum Grinsen.

»Ja, gut. Wie gut hast du dir deine Zuneigung zu der jungen Reiterin überlegt?«

»Also *geht* es um die Dinge?«

»Es geht um deine Ambitionen.«

»Ich – ich mag Tora. Sie kann gut mit dem Bogen umgehen.« Rell blickte auf einen weiteren Stoffballen, diesmal dunkelgrün, in der Farbe eines Kiefernwaldes. Sie strich ihn gedankenverloren. »Wirklich gut. Und mit Pferden. Und mit Schnellhörnern.«

Ambessa senkte die Stimme.

»Du musst vorsichtig sein, wem du vertraust. Solche Verstrickungen sind immer ein Risiko. Wie du bei den Verwaltern Amenesce und Jeon gesehen hast.«

Eine dunkle Wolke zog über Rells offenes Gesicht.

»Warum? Wisst Ihr etwas über sie? Sie war immer nett zu mir.«

»Es ist noch nicht so lange her. Die Dinge ändern sich, und manchmal bevor man es merkt.«

Es war noch nicht lange her, dass sie Rudo in Basilich zu sich ins Bett gezogen hatte. Wer war Ambessa, dass sie Rell belehren konnte? Das Mädchen sah erschüttert aus, und Ambessa verspürte einen Anflug von Reue. Sie drehte Rell zu sich herum und legte ihr eine Hand auf jede Schulter.

»Sei glücklich, Kind. Genieße es. Das Leben eines Kriegsführers ist zwar voller Leidenschaften – der Ruhm auf dem Schlachtfeld, der Rausch des eigenen pulsierenden Blutes, der Sieg, eine gut ausgeführte Strategie –, aber es gibt auch sanftere Leidenschaften, die seltener und in größeren Abständen auftreten. Genieße sie, wenn sie kommen. Aber sei vorsichtig. Jede Verstrickung wird zu einer Schlinge um dein Herz, wenn du nicht weißt, wie du sie durchtrennen kannst, sollte es nötig werden.«

Rell biss sich auf die Lippe.

»Ich glaube, ich verstehe.«

Schweigend verließen sie den Laden und gingen an einem weniger bekannten Kunsthandwerksgeschäft vorbei.

Dann, während sie vor einer beeindruckenden Waffenauslage in einem Schaufenster stehen blieben, fragte Rell: »Generalin, was ist mit Euch? Seid Ihr nicht verheiratet?«

Ambessa lächelte, obwohl Rell es nicht sehen konnte.

»Ja, bin ich. Azizi. Ich liebe ihn von ganzem Herzen.«

Auch wenn ihre Gefühle für ihn nicht denen glichen, die sie in Basilich empfunden hatte, waren sie dennoch echt. Selbst jetzt vermisste sie ihn. »Er ist der Vater meiner Kinder. Unsere Ehe wurde jedoch arrangiert. Um die Familie zu stärken.«

»Oh.« Dann: »Habt ihr euch auf dem Schlachtfeld kennengelernt?«

Laut lachte Ambessa auf und hielt sich dann die Hand vor den Mund.

»Oh nein, Kind. Azizis Stärken liegen woanders.« Anstatt zu lachen, fragte Rell leise: »Hat er jemals Angst, dass Sie im Kampf sterben könnten?«

Ambessa wurde ernst und erinnerte sich an eines ihrer letzten Gespräche in Bel'zhun. *Mancher Ruhm ist es nicht wert, Ambessa.*

»Ich glaube schon. Aber ich könnte genauso wenig zu Hause bleiben und mich um Bücher und Aufzeichnungen kümmern, wie er meine Rüstung anlegen und mein Schwert schwingen könnte.«

»Wart Ihr schon immer eine Kämpferin?«

»Mein Vater legte mir mein erstes Schwert in die Hand, bevor ich alleine stehen konnte. Mein erstes Stahlschwert bekam ich mit fünf Jahren. Ich roch das Blut meines ersten Schlachtfeldes, bevor ich zehn war. Ich trainierte mit ihm und meiner Mutter, bis er starb, und dann gab sie mich in die Obhut meines Großvaters. Es war unerbittlich.«

»Das klingt hart«, sagte Rell schlicht.

»Das war es auch.« Für einen Moment fragte sich Ambessa, wie es wohl gewesen wäre, ein leichteres Leben zu haben. Ein sanfteres. Sie konnte es sich nicht vorstellen. Einen weicheren Körper, mit Kindern um sich herum? Weniger Narben und Schwielen? Das war nicht sie. »Ich wäre nicht besser dran gewesen. Wäre es für dich besser gewesen, wenn deine Eltern dich nicht so gedrängt hätten?«

Lange schwieg Rell, und als sie endlich etwas sagte, war es so leise, dass Ambessa sie fast nicht hörte.

»Sprich lauter, Kind.«

»Ja. Ich glaube, ich wäre besser dran gewesen.« Rell sprach mit bitterer Stimme, die vor Tränen erstickt war. Ihre Finger verharrten auf der Klinge einer geschärften Axt. »Sie haben mich nicht gedrängt, weil sie wollten, dass ich gut bin, so wie du und Rictus. Sie haben mich gedrängt, weil sie etwas von mir wollten. Sie wollten mich benutzen, um … ich weiß es nicht einmal! Um irgendwohin zu gelangen, wo es besser ist. Sie haben nie *mich* gesehen. Wer ich bin, was ich will.«

Ambessa schnürte sich die Kehle zu. Es war offensichtlich,

wie tief Rell von ihren Eltern verletzt worden war, wie sehr sie noch *immer* litt. Sie hatte Mitleid mit dem Mädchen. Und doch dachte sie nicht nur an Rell, sondern auch an Mel und Kino. Sie dachte an Mels Gesicht, das sich so sehr von dem von Rell unterschied, und doch hatten beide denselben Ausdruck von Schmerz.

Ambessa legte ihre Hand auf Rells Schulter, als sie Vex Cathors Waffenkammer betraten.

»Keine Sorge, Rell. Ich sehe dich.«

***

Die nächsten Tage vergingen in einem Tanz vorgetäuschter Höflichkeit, jedes Wort scharf wie ein Dolch. Ta'Fik lungerte mit seinen Leibwächtern in den Gemeinschaftsräumen des Hauses herum und sorgte dafür, dass Ambessa nicht vergessen konnte, dass er da war. Rell gab sich großspurig, verbrachte aber auch einen Teil ihrer Zeit in den Kasernen, wo sich der Rest von Amenesces Kriegertruppe und Tora aufhielten. Caprian wurde von Tag zu Tag mürrischer. Aber Hanek unternahm nichts, also tat Ambessa es auch nicht. Sie musste einfach bis zum Abend der Ehrung warten. Wenn sie Caprian an Darkwill übergab, würde sie die Unterstützung haben, die sie brauchte, um gegen Ta'Fik vorzugehen.

Geduld. Sie war ein wesentlicher Bestandteil ihrer Vision. Ohne die Geduld, alles durchzustehen, war sie nichts als Fantasie.

Am Tag vor dem Ball holten Ambessa und Rell ihre Kleidung vom Schneider ab. Amenesce war mitgekommen, um auch etwas für sich selbst zu holen. Als sie in die Medarda-Residenz zurückkehrten, fanden sie Ta'Fik an seinem üblichen Platz im Wohnzimmer im Untergeschoss. Er und Hanek spielten ein Strategiespiel, das Menelik ihnen beigebracht hatte.

Wut und Trauer brannten in ihrer Magengrube. Ta'Fik verspottete sie wortlos, weil er wusste, dass sie nicht einmal da gewesen war, um ihren Großvater zur letzten Ruhe zu betten. Er hob träge eine Augenbraue.

Sie ignorierte ihn und folgte den Dienern, die ihre Sachen nach oben trugen. Auf ihrer Etage war es seltsam still. Sie umklammerte den Griff des Schwertes an ihrem Gürtel.

»Rictus?«, rief sie.

Keine Antwort. *Verdammt.*

»Caprian?« Wieder nichts.

Ambessa schob sich an dem Diener vorbei, zog ihr Schwert und bereitete sich auf das Schlimmste vor. Im Zimmer des Vastayas war jedoch nichts – kein Blut, keine Leiche, aber auch kein lebender Caprian.

Amenesce kam hinter ihr her. »Was ist los? Was ist passiert?«

Ambessa antwortete nicht. Sie ging als Nächstes zu Rictus' Gemach.

Auch leer. Wo konnten sie hingegangen sein? Caprian hatte ihr vielleicht nicht gehorcht, aber Rictus hätte das niemals getan. Sie wollte die Treppe hinunterstürmen und Ta'Fik nach ihrem Aufenthaltsort fragen, aber das hätte zu viel verraten. Wenn er es nicht schon wusste, würde er nun mit Sicherheit *erkennen,* wie wichtig Caprian für ihre Pläne war.

»Komm«, sagte sie zu Amenesce. »Wir gehen zurück …«

Unter ihnen schlug eine schwere Tür zu.

»Ambessa!«, brüllte Rictus. Ohne auf Amenesce und Rell zu warten, sprintete sie die Treppe hinunter. Sie fand Rictus, der den schlaksigen Vastaya festhielt, einen von Caprians Armen über seine breiten Schultern gelegt. Da war Blut.

»Er ist rausgeschlichen«, flüsterte Rictus ihr ins Ohr. »Wollte ›die Stadt sehen‹. Ich habe ihm gesagt, dass das nicht geht, wie du befohlen hast. Ich bin ihm gefolgt, sobald ich es bemerkt habe. Die beiden, die ihn angegriffen haben, sind tot, aber sie hätten ihm niemals so nahe kommen dürfen. Vergebt mir, Kreipsha.«

Ambessa wusste nicht, auf wen sie wütender war – auf Ta'Fik, Caprian oder Rictus. Sie untersuchte Caprians Wunden, aber keine davon schien lebensbedrohlich zu sein. Eine Schnittwunde an seiner Schulter hätte ihn das Leben kosten können, wenn sie nur eine Handbreit weiter rechts gelandet wäre.

»Meine Güte. Was ist denn hier los?«, fragte Ta'Fik von der Tür zum Salon aus. Besorgt schnalzte er mit der Zunge.

»Hanek, hol einen Heiler!«, rief Ambessa. »Oder willst du einen deiner Gäste in deinem eigenen Foyer verbluten lassen?«

Ihr Bruder warf ihr einen finsteren Blick zu, schnippte aber mit den Fingern, woraufhin einer der Diener herbeieilte.

Während Rictus Caprian nach oben trug, warf Ambessa Ta'Fik einen langen, strengen Blick zu. Er sah ihr nach, wie sie hinaufging, und ein leichtes Lächeln umspielte seine Lippen.

***

Später in dieser Nacht, als Caprian schlief und sein Zustand stabil war, klopfte Ambessa an die Tür von Haneks Arbeitszimmer.

»Herein«, kam eine genervte Stimme. Ambessa trat ein und schloss die Tür fest hinter sich.

»Bruder.«

Hanek blickte von seinem Schreibtisch auf. Er runzelte die Stirn und presste die Lippen zusammen.

»Warum tust du so, als ginge dich das alles nichts an? Siehst du nicht, was Ta'Fik tut?«

»Ich tue so, als ginge mich das nichts an, Schwester, weil es mich nichts angeht.«

»Er versucht, den Zusammenhalt unserer Familie zu zerstören. Er tut das unter deinem Dach, und du unternimmst nichts, um ihn aufzuhalten?«

»Was auch immer ihr beide miteinander zu regeln habt, hat nichts mit *meiner* Integrität zu tun.«

Hanek tauchte seine Feder wieder in das Tintenfass und wandte sich wieder seinen Papieren zu. Auf dem Schreibtisch lag eine Karte ausgebreitet, und er kritzelte eine kurze Notiz in eine Ecke.

»Er versucht, die anderen Medardas gegen uns aufzubringen. Er behauptet, ich hätte Menelik ermordet! Dass *ich* gegen den Kodex verstoßen hätte, damit *er* meinen Platz als Erbe der Familie einnehmen kann. Wie kann das nichts mit dir zu tun haben?«

Sein Griff um die Feder wurde so fest, dass Ambessa dachte, er würde sie zerbrechen. Er beherrschte sich und starrte auf den Fleck, den er auf die Karte gemacht hatte.

»Meine Verbindung zu Menelik ist längst beendet, Ambessa. Dafür hat er gesorgt, als er mich verstoßen hat.« Er tupfte die Tintenflecke mit unnötiger Inbrunst ab. »Ich habe nur Glück, dass meine Talente so gut für das Leben in der Hauptstadt geeignet sind.«

Er sprach diese Worte spöttisch, als würde er etwas zitieren, das er oft gehört hatte, aber sie waren eine Untertreibung. Es gab niemanden sonst in der Familie, dem Ambessa die Verwaltung der Medarda-Interessen im pulsierenden Herzen der Macht von Noxus anvertrauen würde.

Ambessa setzt sich ihm gegenüber auf den Stuhl.

»Wenn ich das Oberhaupt dieser Familie bin, werde ich dich wieder willkommen heißen. Du musst nicht hierbleiben, wenn du nicht willst, obwohl wir deine Arbeit hier sehr schätzen. Du hast dafür gesorgt, dass die Familie in Darkwills Gunst steht und wir von den anderen Häusern respektiert werden.«

»Du verstehst das nicht, Ambessa. Ich will nicht willkommen sein. Als Menelik mich aus seiner Kriegsschar geworfen hat, hat er eines klargemacht: Ich war nicht gut genug, um Teil dieser Familie zu sein. Ich war ein Feigling, und er hatte seine Zeit mit mir verschwendet.« Er verspottete sie, aber dahinter verbargen sich der Schmerz und die Wut eines jüngeren Mannes. »Warum glaubst du, hat Mutter dich so jung zu Großvater geschickt? Sie brauchte dich, um meine Fehler wiedergutzumachen.« Er schnaubte.

»Er hat dich einen Feigling genannt, weil du vor einem Kampf davongelaufen bist«, sagte Ambessa leise. Sie hielt seinem dunklen Blick stand. »Und jetzt rennst du vor einem anderen davon?«

Anstatt sie anzuschreien, weil sie ihn beleidigt hatte, oder zu verlangen, dass sie ging, lachte Hanek nur traurig und leise und schüttelte den Kopf.

»Oh, Ambessa. Du kannst mich nicht provozieren. Ich bin alt genug, um zu wissen, welcher Kampf meiner ist und welcher nicht. Ich habe dir genug gegeben – dieses Haus ist neutraler Boden, und die Wachen werden dafür sorgen. Alles andere … einschließlich dem, was auf den Straßen der Stadt passiert … ist eine Sache zwischen dir und Ta'Fik.«

Ambessa stand auf.

»So sei es, Hanek. Aber ich werde mich daran erinnern.«

»Da bin ich mir sicher.«

»Bevor ich gehe – die Stadt ist nicht mehr so … sauber wie früher. Es gibt mehr Veteranen in der Unterstadt als früher. Sie sehen gebrochen aus, Hanek, und nicht nur sie. Was weißt du darüber?«

Hanek runzelte erneut die Stirn, aber diesmal war es nicht ihr gegenüber.

»Darkwill ist …« Er neigte den Kopf hin und her. »Nun ja. Du wirst es morgen sicher sehen. Sagen wir einfach, das Geld, das er dem Imperium an Steuern abliefert, fließt nicht in Instandhaltung und Unterhalt«, sagte er trocken.

Ambessas Herz schlug schneller. Wenn er es sich nicht leisten konnte, ihr Hilfe zu schicken, dann wäre alles umsonst gewesen. Sie hielt ihre Stimme jedoch ruhig.

»Danke, Hanek.«

»Gute Nacht, Ambessa.«

KAPITEL ZWANZIG

Sie durften einen Bediensteten und einen Wächter mitbringen – und absolut keine Waffen. Das war klug, da diese Versammlung erbitterte Rivalen und verhasste Feinde zusammenbringen würde. Es wäre ein Wunder, wenn kein Blut vergossen würde. Tatsächlich war Ambessa sicher, dass dies Teil von Darkwills Plan war. Eine Chance, den ständigen Machtkampf in der noxianischen Politik zu erzwingen.

Amenesce stieg mit Ambessa herab, gekleidet in einen langen schwarzen Mantel mit silbernen Stickereien und hochgeschlagenem Kragen. Darüber trug sie eine stilisierte silberne Rüstung, die ihre Schultern bedeckte und ihr Rückgrat säumte. Da sie groß und schlank war, ließ sie das wie eines ihrer Schnellhörner aussehen. Ihr schwarzes Haar war frisch geschnitten und stand ihr scharf am Kinn. Tora begleitete sie, so wie Rell Ambessa. Rictus stand dicht neben Caprian, der etwas mitgenommen aussah und sich mit seiner verwundeten Schulter steif bewegte. Die Verbände waren von dem Mantel verdeckt, den Ambessa ihm gekauft hatte, und auf der gegenüberliegenden Schulter trug er einen Schulterpanzer. Die Spitzen seiner Hörner waren mit Gold verziert.

Ambessa selbst trug ein elegantes rotes Kleid, das im Schnitt einer Uniform nachempfunden war, an den Schultern und an den Hüften bis zum Boden geschlitzt war und ihre kräftigen Beine in den eng anliegenden grau-schwarzen Hosen zur Geltung brachte. Der Ausschnitt war tief, um die Juwelen und

Steine einer ionianischen Halskette besser zur Geltung zu bringen, die sie aus der Schatzkammer der Binan mitgenommen hatte. Ein weiterer Beweis.

Ta'Fik war nicht im Haus; er war den ganzen Tag nicht da gewesen, aber sie würde auf seine Tricks achten.

»Kommst du nicht mit, Hanek?«, fragte Ambessa ihren Bruder, als sie ging. Von seinem Platz im Hauptwohnzimmer aus warf Hanek ihr einen flachen Blick zu, die Lippen zu einer schmalen Linie gepresst.

»Auch ohne mich gibt es mehr als genug Medardas, die auf einen Kampf aus sind.« Er neigte sein Glas mit dem starken Schnaps in ihre Richtung und wandte sich dann wieder dem Buch zu, das er las.

Dann würden sie also zu sechst sein. Ihre einzigen Verbündeten in der Hauptstadt. Vorerst.

Darkwills Heim wurde von zwei seiner Unheilvollen Wachen bewacht, Soldaten aus der Eliteeinheit des Generals, und noch furchterregender als diese beiden war eine elegante, aber unangenehme Frau, die alle mit ihrem verkniffenen Gesicht finster anstarrte.

»Name?« Die Stimme der Frau klang genauso streng, wie ihr Gesichtsausdruck wirkte.

Amenesce verbeugte sich tief und zeigte ihr den Ring: Medarda-Stern, vier silberne Zacken, die wie ein Kompass in einem Kreis angeordnet waren. Er unterschied sich von dem von Ambessa, der aus einem goldenen Achteck geschnitten war, dick und brutal wie der eiserne Ring von Menelik.

»Verwalterin Amenesce aus Vindor. Ich habe die Erlaubnis erhalten, meine Tribute mit meinen Untergebenen in dem nahe gelegenen Stall unterzubringen. Ich hoffe, Ihr habt nichts dagegen.«

Mit großen Augen sah die Frau sie an, räusperte sich dann aber.

»Sehr wohl.« Sie ließ Amenesce, Tora und ihren Wächter eintreten. »Und Ihr?«

»Ambessa Medarda, Matriarchin des Medarda-Clans.« Ambessa verbeugte sich weniger theatralisch und präsentierte ihr ihren eigenen Ring.

Die Lippen der Torwächterin pressten sich noch fester zusammen, was unmöglich hätte sein sollen, als sie von Ambessas Ring zu ihrem Gesicht und wieder zurück blickte.

»Es ist bereits ein Oberhaupt des Medarda-Clans hier«, erwiderte sie.

Ambessa lächelte langsam.

»Das glaube ich gern. Die Familienangelegenheiten sind … noch nicht geklärt. Das versteht Ihr sicher.«

Die Frau holte langsam Luft.

»Durchsucht sie nach Waffen. Auch die Große.«

Als eine der Unheilvollen Wachen kam, um Ambessa zu durchsuchen, sagte die Frau zu ihr: »In der Residenz des Großgenerals darf kein Blut vergossen werden.«

Ambessa lächelte großzügig.

»Natürlich.«

Damit trat sie in das laute Durcheinander von Darkwills Zuhause und verstand sofort, was Hanek gemeint hatte. Wohin Ambessa auch blickte, sah sie Goldglanz, rote Aziritspritzer und blendende magische Lichtstreifen, deren Zweck Ambessa nicht erkennen konnte. An den Wänden der Hauptgalerie hingen Gemälde von Darkwill – Darkwill, der an den Rand einer Klippe tritt und Kriegsschiffe in einen Sturm hineinführt; Darkwill, der seine große Axt über einen gepanzerten Soldaten auf dem Boden hält; Darkwill, der mit einem weisen Lächeln auf den Lippen auf einem Thron sitzt und ein glänzendes Schwert auf seinem Schoß hält.

Es wirkte wie ein Mann, der verzweifelt an etwas glauben wollte, das nicht der Wahrheit entsprach. In der Hauptgalerie mischten sich die Gäste in ihren festlichen Gewändern. Das Thema war natürlich der Ruhm auf dem Schlachtfeld, aber es war sofort klar, welche Gäste jemals einen Fuß auf eines gesetzt hatten und welche nicht. Übergroße Schulterpolster streckten eine Frau zu einem perfekten Dreieck, aber statt einer Rüstung zu ähneln, fand Ambessa, dass sie damit lächerlich aussah. Die Frau konnte kaum ihren Weinkelch an die Lippen heben, geschweige denn ein Schwert. Im Gegensatz dazu unterhielt sie sich mit einem Mann, der eine Lederrüstung trug – und sonst nicht viel. Mehrere Lagen Lederplatten bedeckten seine Schultern, aber er trug keinen Brustpanzer, nur Armschienen, Beinschienen und eine Schamkapsel, die gerade das Nötigste bedeckte. Ambessa war nicht die Einzige, die sich dabei ertappte, wie sie ihn anstarrte.

Das war kein Ruhm, das war eine Verhöhnung.

»Lasst uns reingehen«, sagte sie zu den anderen.

Rell folgte ihr dicht auf den Fersen. Sie blieb am Eingang zum Ballsaal stehen und starrte auf die roten Banner, die von der Decke herabhingen und mit goldenen Quasten behängt waren. Gold glänzte in den Händen spärlich bekleideter Jongleure, die mit unvorsichtiger Geschwindigkeit Messer aufeinander warfen.

»General Darkwill lebt *hier?*«, fragte sie.

»Wo sonst sollte er leben?«, antwortete Amenesce trocken.

»Ich wusste zwar, dass es ein Palast ist, aber ich hätte nicht gedacht …«, begann Rell, verlor jedoch den Faden, doch Tora beendete ihren Satz für sie. »Dass ein Palast so aussehen kann.«

Die junge Reiterin war ebenso beeindruckt.

»In meiner Heimat«, murmelte Caprian traurig, »gibt es Bäume, die größer sind als dieser Ort und schöner.«

»Wir werden sie dir zurückholen«, sagte Ambessa.

»Ist er hier?« Caprians Blick huschte umher. Ambessa suchte den Ballsaal ab, während sie weiter hineingingen. Noch nicht. Aber es gab andere, die bemerkenswert waren – Jericho Swain blickte mit mürrischer Verachtung auf den Saal und seine Ausstattung. Noch jemand, der klug genug war, Darkwills Glanz zu durchschauen. Swains Kleidung war schlicht, in gedeckten Farben, und unter seinem dunklen Umhang trug er eine dicke Brustplatte. Er stand aufrecht da und ließ seinen Blick ständig durch den Raum schweifen, als suchte er nach Gefahren. Ein echter General.

»Wenn es Zeit für die Tribute ist, werden wir mit ihm sprechen. Hab Geduld.« Sie mischten sich kurz unter die Gäste, Amenesce und Ambessa begrüßten diejenigen, die sie lange nicht gesehen hatten. Nicht wenige sprachen ihr Beileid zum Tod Meneliks aus.

Ambessa hatte Ta'Fik noch nicht gesehen. Dann brachen die Musiker, die bisher leise im Hintergrund gespielt hatten, in eine Fanfare aus Trompeten und Trommeln aus, die einen Marschrhythmus schlugen. Alle um die Tür des Ballsaals traten zurück, als eine Kolonne von zwanzig Soldaten im Gleichschritt vorbeimarschierte, begleitet von noch mehr Trompeten und Kindern mit Filzmützen, die einen schnellen Trommelrhythmus schlugen. Sie trugen einheitliche Uniformen, allerdings in abwechselnden Farben: rot und schwarz, rot und schwarz.

Dann brach die Kolonne auseinander – die Soldaten in der zweiten Reihe sprangen auf die Schultern der Soldaten vor ihnen und von dort aus synchron auf die von der Decke hängenden Bänder, wo sie sich geschickt mit den Beinen um den Stoff schlangen und kopfüber hingen.

Die Gäste unten schnappten nach Luft und staunten. Selbst Ambessa musste die Kraft der geschmeidigen Körper bewundern. Aber sie waren nicht die einzige Attraktion. Als Nächstes brach die dritte Reihe der »Soldaten« aus der Formation aus, und die erste Reihe drehte sich in einer wunderschönen Kampfchoreografie zu ihnen um, wobei jeder Schlag der Trommeln einem Tritt der Füße folgte, immer schneller, im Takt der Musik. Dann kamen die letzten beiden Reihen der »Soldaten«: diesmal Magier, die harmlose Farbstrahlen aufeinander abfeuerten, auswichen und sich im Rhythmus der Musik drehten. Gelegentlich – Ambessa war sich sicher, dass dies absichtlich geschah – schossen die Lichtblitze über die Köpfe der Anwesenden hinweg.

Genau in dem Moment, als die Musik ihren Höhepunkt erreichte und Ambessa sicher war, dass die Tänzer sich nicht schneller bewegen konnten, ertönte ein donnernder Knall aus dem Eingang. Grauer Rauch stieg vom Boden auf, dicht und undurchdringlich.

Ambessa war nicht die Einzige, die nach einer Waffe griff, die nicht da war.

Großgeneral Boram Darkwill tauchte aus dem Rauch auf. In seinen glänzenden Stiefeln und mit silbernen Schulterklappen bot er eine beeindruckende Erscheinung, das musste Ambessa zugeben. Ein langer, mit Fell gefütterter Umhang wehte hinter ihm her. Er wirkte wie ein Mann, der jederzeit zum Kampf bereit war. Selbstzufrieden lächelte er, als er durch die Reihe der Tänzer, die nun stramm standen, zum Thron in der Mitte des Raumes schritt.

»Eine hübsche Show«, murmelte ein Mann in der Nähe. Ambessa drehte sich um. General Marcus Du Couteau. Elegant in seiner dunkelgrauen Tunika und Hose, sein Umhang schwarz wie der Nachthimmel, hätte Du Couteau in einem Schatten verschwinden können. Selbst seine weichen Stiefel waren aus mattem Leder, das kein Licht reflektierte. Er brauchte kein Stahl, um gefährlich zu sein. Die Du Couteaus gehörten zu den ältesten Häusern von Noxus, eine Familie von Assassinen, Meistern der List, Magiern, Spionen und Betrügern.

Selten sah Ambessa darin eine Tugend, aber sie musste zugeben, dass es nützlich war.

Es war unmöglich zu wissen, welche Gedanken hinter Du Couteaus Worten standen. Bald begannen die Ehrungen.

»Ich komme zurück«, flüsterte Amenesce. »Zeit zu sehen, wie sehr es der Türsteherin gefällt, wenn tausend Pfund knochiges Tierfleisch vor ihrer Tür stehen.«

»Und Schnellhörner auf den Marmor scheißen«, kicherte Tora, als sie ihrer Verwalterin folgte.

Die Schlange, um Darkwill ihre Huldigung zu erweisen, war fast informell – einige drängelten sich, um die Ersten zu sein, aber nur die Unsichersten. Andere verweilten bei den Speisen, die die Diener anboten, und rümpften die Nase über dieses oder jenes Gericht aus dem einen oder anderen eroberten noxianischen Gebiet. Ambessa nahm einem hübschen jungen Mann eine in Dunpor-Milch pochierte Schnecke ab und saugte sie genüsslich aus dem Gehäuse.

»Igitt«, sagte Rell.

»Probier mal«, sagte Caprian. Er knackte die erste mit Schale und nahm sich eine weitere.

»Nein danke.«

Rell warf beiden einen Seitenblick zu, und Ambessa hörte Rictus tief lachen. Dann räusperte er sich und nickte zur Tribüne – dort stand Ta'Fik und sprach bereits mit Darkwill.

Besorgt blickte Caprian von seinen Schnecken auf.

»Alles gut«, befand sie und redete sich das auch selbst ein. Ta'Fik konnte Darkwill nicht Ionia anbieten.

Als sie die Tribüne erreichte, beugte sich Darkwill vor.

»Generalin Ambessa Medarda. Eine der besten Kriegsführerinnen Meneliks. Willkommen.«

»Großgeneral Darkwill.« Ambessa verbeugte sich, wenn auch nicht so tief wie die anderen. Rell folgte ihrem Beispiel, wenn auch etwas unbeholfen. »Eine Ehre, die ich mir nicht entgehen lassen wollte. Eure Tänzer sind ... sehr talentiert.«

»Das sind sie, nicht wahr? Aus allen Ecken des Reiches, nur die besten. Nun. Die Nachrichten, die ich aus dem Medarda-Clan höre, sind verwirrend. Menelik ist tot. Ta'Fik sagt, er nimmt seinen Platz ein, und doch bist du hier – ah, und da ist er ja wieder!«

Ta'Fik erschien an Ambessas Seite.

»Cousine! Du hast es geschafft.«

Er lächelte mit falscher Fröhlichkeit.

»Die Nachfolge ist noch nicht geregelt«, sagte Ambessa geschmeidig. Sie lächelte ihren Cousin an, dessen Lippen zu einem höflichen Lächeln erstarrten.

Darkwill blickte zwischen den beiden hin und her und studierte ihre Gesichtsausdrücke, von Ta'Fiks Starre bis zu der Entspannung, die Ambessa zu kultivieren versuchte.

»Ich verstehe.« Darkwill war selbst ein Adliger. Er war mit dem Aufstieg und Fall innerhalb von Familien vertraut. Das einzig wahre Gesetz im Reich war Macht. Der Sturz eines Kriegsführers oder eines Verwalters war keine Überraschung. »Ich werde die Entscheidung abwarten.«

Er schien die Angelegenheit als erledigt zu betrachten und wandte sich bereits dem Nächsten in der Reihe zu, doch Ambessa sagte: »Mein Herr, Euer Tribut?«

Darkwills Augen leuchteten auf. »Ah, außer den Soldaten, die Ta'Fik mir für die Eroberung Ionias versprochen hat? Verzeiht mir«, lachte er. »Ich dachte, ihr würdet als eine Familie gemeinsam Geschenke machen.«

»Nein, Großgeneral. Ich habe etwas Nützlicheres gegen Ionia als Soldaten.« Ambessa hatte ihnen einen Brief aus Vindor vorausgeschickt, in der Hoffnung, dass er ihr eine private Audienz gewähren würde, aber dies könnte die einzige Gelegenheit sein, die sie haben würde.

Darkwill war skeptisch.

»Fahr fort.«

Ambessa warf Ta'Fik einen vielsagenden Blick zu.

»Es ist eine heikle Angelegenheit.«

Ta'Fik spottete: »Was auch immer du Großgeneral Darkwill zu sagen hast, ist offensichtlich eine Familienangelegenheit. Ich werde …«

Ambessa presste die Lippen zusammen und sah zu Darkwill, der Ta'Fik ungeduldig wegschickte und sagte: »Lass uns allein.«

Um die Genugtuung in ihrem Gesicht zu verbergen, neigte sie den Kopf vor Darkwill.

Als sie allein waren, sagte Darkwill: »Ta'Fik bietet mir Soldaten, die stärker sind als alle, die ich bisher befehligte. Wie kannst du das überbieten?«

Ambessa runzelte die Stirn. Was konnte Ta'Fik damit meinen? Sie trat auf das Podest und winkte Caprian näher heran. Sie legte ihre Hände auf seine Schultern.

»Mein Geschenk an dich, Großgeneral, ist ein Weg *nach* Ionia.« Der Vastaya neigte seinen großen gehörnten Kopf. »Es gibt geheime Wege, Großgeneral, wenn Ihr uns helft, unsere Heimat zurückzuerobern.«

»Und du, Ambessa?« Darkwill hob den Blick von Caprian zu ihr. »Was erwartest du als Gegenleistung für diesen Tribut?«

»Ihr habt es selbst gesagt, Großgeneral. Die Frage der Thronfolge ist noch nicht entschieden.«

Darkwill hob eine Augenbraue. Ein leises Lachen stieg in seiner Kehle auf, bevor es so laut wurde, dass es die Aufmerksamkeit der Umstehenden auf sich zog. Ambessa war sich ihrer Blicke bewusst und lächelte ebenfalls, aber sie konnte nicht sagen, ob sie belohnt oder auf der Stelle hingerichtet werden würde. Das Lächeln, das er ihr schenkte, war kalt, aber er klopfte Ambessa auf die Schulter. Er drückte fest zu, sodass seine Fingernägel sich für einen Moment in ihre Haut gruben. Rictus zuckte zusammen, und Darkwill wandte sein Lächeln auch ihm zu.

»Ganz ruhig, großer Wolf«, sagte er zu ihm. »Ich verstehe dich, Ambessa, und ich bewundere dich. Aber ich mische mich nicht in diese albernen Streitereien zwischen Familienmitgliedern ein. Ich leite ein Imperium. Allerdings«, sagte er und neigte den Kopf zur Seite, »der Vastaya wird bei mir bleiben. Wenn ich ihn nützlich finde, werdet ihr beide meine Gunst genießen.«

Ambessa schlug zum Salut die Faust gegen ihre Schulter. »Großgeneral. Ihr seid großzügig.«

Darkwill schnaubte.

»Ja, ja. Genieß den Abend. Du wirst bald Nachricht erhalten.«

Er wandte sich leise an Caprian, um mit ihm zu sprechen, und der Vastaya hatte nur Zeit für einen kurzen Abschiedsblick, bevor Darkwill seine gesamte Aufmerksamkeit beanspruchte.

Als sie sich vom Podium entfernt hatten, atmete Ambessa wütend aus. Ihre Maske der Selbstsicherheit ließ sie jedoch nicht fallen. Jeder Moment bei einer Veranstaltung wie dieser war reine Zurschaustellung – jeder versuchte, den anderen zu zeigen, wo genau sie standen, wer auf dem Vormarsch war, wer ein starker Verbündeter sein könnte und wer reif für die Ernte war.

»Nicht so eindeutig, wie ich gehofft hatte«, murmelte Rictus.

»Nein«, stimmte Ambessa zu. Es war schlimmer als nichts – es war ein leeres Versprechen, und dafür hatte sie ihren Trumpf verspielt. Ohne Caprian würde sie Darkwill zu nichts *zwingen* können. Sie wünschte, sie hätte Caprian in der Residenz der Medarda zurücklassen können, bis Darkwill zustimmte, aber es war zu gefährlich, ihn allein zu lassen, egal, was Hanek sagte.

»Wirst du tanzen oder möchtest du mit jemand anderem sprechen?«

An einer Seite des Ballsaals nahmen Tänzer und Musiker einen Ehrenplatz ein. Sie trugen die Kleidung der nördlichen Berge, voluminöse knielange Hosen, die bei ihrem besonderen Tanzstil mit hohen Knien und schwungvollen Armbewegungen weit aufschwebten. Die Musik war geprägt von schweren Trommelschlägen, die zeitweise von einem Horn unterbrochen wurden, das von einem der einheimischen Widder stammte.

Ambessa runzelte die Stirn und schüttelte den Kopf.

»Besser nicht ablenken lassen. Wo ist Amenesce?«

Die Verwalterin und ihr Schnellhorn sollten unübersehbar sein. Sie suchte in der Menge nach Amenesce und anderen wichtigen Akteuren der noxianischen Machtspiele, die sie unterstützen könnten.

Als sie Lisabetya aus Krexor entdeckte, zuckte sie zusammen. Lisabetya, die sich geweigert hatte, Ambessas Unschuld zu bezeugen. Sie ging auf sie zu, doch in diesem Moment verstummte die Musik, und die Tänzer verließen die Mitte des Saals, um Platz für die nächste Truppe zu machen. Ambessa schlängelte sich durch die Menge an bunten Hosen und Tuniken, die bei den Bauern und Hirten der Ebenen üblich waren. Als sie dort ankam, wo Lisabetya gestanden hatte, war die ältere Frau verschwunden.

Ambessa fluchte.

»Rell …«

Sie schluckte ihre Worte herunter, als sie Amenesce auf sich zukommen sah. Die Verwalterin lächelte sie schief an, als andere Verwalter und Adlige ihren Blick auffingen, und sie rannte nicht weg, aber ihre Schritte hatten einen drängenden Rhythmus, der Ambessa alarmierte.

»Ist alles in Ordnung?«, fragte sie, als Amenesce sie erreichte.

»Ich war in den Ställen, um die Schnellhörner zu holen, und du weißt ja, wie Stallknechte tratschen.« Unter ihrer Dringlichkeit lag immer noch eine ironische Schärfe. »Es gibt Neuigkeiten aus Rokrund. Soldaten. Ta'Fiks, wenn die Gerüchte stimmen.«

Wie erstarrt stand Ambessa da.

»Wo ist er?«, knurrte Rictus.

»Nein.« Ambessa fasste ihn am Arm. »Wir müssen gehen. Sofort. Amenesce, ich werde dich nicht bitten, mitzukommen, aber können wir uns …«

»Ich komme gleich nach. Mit meinen Reitern.«

»Hast du schon mit Darkwill über die Schnellhörner gesprochen?«

Amenesce zuckte mit den Schultern.

»Er wird ein paar weniger haben, als er erwartet hat. Die Details können später geklärt werden.«

Die Hinweise fügten sich langsam zusammen: Gintara und Inyene, die sich um seine Angelegenheiten kümmerten. Und diese Soldaten, die er Darkwill versprochen hatte – hatten sie etwas damit zu tun?

Sie wollte bleiben, um eine weitere Audienz bei Darkwill zu verlangen, sobald er mit Caprian gesprochen hatte, aber sie konnte es nicht riskieren. Dass Ta'Fik es wagte, Rokrund, ihre *Heimat,* anzugreifen, war mehr als eine Beleidigung – es würde das Vertrauen von ganz Noxus in sie erschüttern. All diese lächelnden Menschen mit ihren versteckten Dolchen, wie Jaullfische, die beim Geruch von Blut ihre Kreise zogen.

»Es wird lange dauern, bis wir in Rokrund sind«, sagte Amenesce zweifelnd und sprach damit Ambessas eigene Befürchtungen aus. Es könnte bereits zu spät sein, wenn sie dort ankamen.

Sogar jetzt könnte es schon zu spät sein. Es war zu lange her, dass sie von Katye gehört hatte. Und wenn Katye und die Zitadelle von Rokrund fielen …

Sie wagte nicht, daran zu denken. Rokrund würde nicht fallen. Das würde sie nicht zulassen.

Ambessa zwang sich zu einem Lächeln, um sich eine Zuversicht zu verschaffen, die sie nicht empfand.

»Ich dachte, deine Schnellhörner wären die besten Reittiere, die das Reich kaufen kann.«

Amenesce erwiderte das Lächeln.

»Stellen wir sie auf die Probe.«

Ambessa ging voran, wurde jedoch kurz vor der Tür aufgehalten. Lisabetya trug ein Wolfsfell über ihren breiten Schultern. Ambessa richtete sich auf.

»Verwalterin Lisabetya. Entschuldige mich bitte.« Lisabetya versperrte ihr den Weg, als sie vorbeigehen wollte.

»Was hast du mit Darkwill besprochen?«

Ambessa fuhr auf.

»Wie dreist. Hältst du mich immer noch für eine Mörderin?«

Lisabetya suchte mit der Zunge nach ihren Zähnen.

»Ich habe dir doch gesagt, dass ich das nicht tue.«

»Das hast du nie gesagt, als es noch etwas gezählt hätte.«

»Das stimmt. Das stimmt. Was auch immer es ist, er sah zufrieden aus.«

»Dann lass dich damit zufriedenstellen. Schreib mir nach Rokrund, wenn du dich entschieden hast, nicht länger unentschlossen zu sein. *Geduld ist Klugheit* –«

»*Aber Unentschlossenheit ist Feigheit.* Ich kannte Menelik genauso gut wie du, Ambessa. Du gehst zurück nach Rokrund?«

»Warum? Weißt du etwas darüber?«

Lisabetya sah unter schweren Lidern auf sie herab.

»Nein. Reite nur schnell.« Lisabetya trat beiseite, aber Ambessa fühlte, noch lange nachdem sie das Haus des Großgenerals verlassen hatte, den Blick der Verwalterin auf ihrem Rücken ruhen.

Sie spürte das Gewicht all ihrer Erwartungen, die ihr folgten. Ta'Fik, zufrieden, dass er sie dazu gebracht hatte, sich nach seiner Musik zu bewegen. Darkwill, der darauf wartete, dass sie siegreich war oder scheiterte. Und Lisabetya. Sogar Rell und Amenesce. Sogar Rictus.

Sie würde die Last tragen. Sie war dazu bestimmt, sie zu tragen.

KAPITEL EINUNDZWANZIG

Einige Monate nachdem ihre Mutter fortgegangen war, rief ihr Vater Mel und Kino zu sich. Mel kam dem Ruf freudig nach. Es musste endlich ein Brief gekommen sein. Mel war verzweifelt, obwohl sie sich nichts anmerken ließ, während sie Tivadar zu einer distanzierten Freundschaft überredete, die vor allem deshalb Bestand hatte, weil sie die Einzigen waren, die in einem ähnlichen Alter und von ähnlichem Stand waren (und weil Tivadars Arroganz in der Vergelter-Arena sie von den Gleichaltrigen, die sie dort hätte finden können, entfremdet hatte, worauf Mel hingewiesen hatte).

Außerdem hatte sie große Angst, dass ihre Mutter herausgefunden hatte, dass Mel ihr nicht gehorcht hatte, was Katye ihr sofort schreiben würde. Deshalb rannte sie beinahe in das Zimmer, das ihr Vater mit ihrer Mutter teilte, sobald Ambessa sich dazu herabließ, sich von ihrer Familie gefangen halten zu lassen.

Kino war bereits dort und lag wie eine faule Katze auf der Armlehne eines Sofas.

»Ist es ein Brief?«, fragte Mel atemlos. »Hat Mutter geschrieben?«

Azizi lächelte warm und klopfte auf das Sofa neben sich. Seine Augen waren jedoch an den Rändern zusammengezogen, und darunter lagen dunkle Ringe.

»Ist etwas nicht in Ordnung?«, fragte sie.

»Er hat ihn noch nicht geöffnet. Wir haben auf Euch gewartet, Eure Majestät, also bitte, setzt Euch.«

Während sie sich setzte, nahm Mel ein Kissen und schlug Kino damit auf den Kopf.

Azizi verdrehte die Augen und öffnete den Brief. Falls er bemerkte, dass seine Hände zitterten, zeigte er es nicht, nicht einmal, um sie zu beruhigen.

»Oh«, sagte er leise und machte große Augen. »Sie hat es nach Vindor geschafft.«

»Lies ihn, Vater, sonst starren wir dich nur an«, sagte Kino gedehnt, aber selbst seine lakonische Haltung konnte nicht verbergen, dass er genauso besorgt war wie sie alle.

»Natürlich, natürlich, vergib mir, o Pfauenprinz.« Azizi räusperte sich wie ein Redner.

»Azizi. Kino. Mel. Ja, ich weiß, dass du noch in Bel'zhun bist. Es sei denn, du hast natürlich deine Vernunft wiedergefunden und bist nach Rokrund gesegelt. Aber wenn nicht, hoffe ich, dass dieser Brief euch alle wohlauf erreicht. Ich habe es nach Vindor geschafft. Amenesce ist eine Verbündete. Smik nicht. Seine Schiffe haben meine Flotte versenkt oder zerstreut. Ich wurde gefangen genommen, konnte aber fliehen und wurde über Land getrieben. Ich werde segeln, um ein Abkommen mit BD *zu schließen. Schickt eure Antwort an Katye in Rokrund.*

Azizi – überzeuge Dorrik davon, dass Bolbo-Kopf-Suppe aus der Mode gekommen ist. Ich will Smik sowohl finanziell als auch militärisch treffen.

Kino – sprich mit den Sonnen von Bel'zhun. Sie sind unsere einzigen Verbündeten in der Stadt. Ich habe ihnen Zusicherungen gemacht. Sei ihnen ein Freund.

Ambessa«

»BD?«, fragte Kino.

»Boram Darkwill«, sagte Mel automatisch. Sie hatte ihn einmal in der Unsterblichen Bastion gesehen, als sie mit ihrer Mutter die großen Städte bereist und deren Anführer getroffen hatte. Sie hatte Darkwill nur aus der Ferne betrachtet, aber er war ihr als überlebensgroßer Mann aufgefallen, so grandios, dass er etwas zu verbergen haben musste.

»Gab es nicht mehr für mich?«

Azizi sah von dem Brief zu ihr, dann blätterte er weiter und schüttelte entschuldigend den Kopf.

»Nun, sie verschwendet jedenfalls kein Papier.«

Kino schwang seine Beine vom Sofa.

»Weißt du, welche Zusicherungen sie den Sonnen versprochen hat, Vater?«

Azizi schüttelte den Kopf, aber er sah Mel nicht an. Mel senkte den Kopf in Richtung Schoß, um den Blicken der beiden Männer auszuweichen, damit sie nicht sehen konnten, wie sehr sie sich bemühte, nicht zu weinen.

»Ich verstehe«, sagte Kino. »Ich fange schon mal damit an, okay?«

Er ging, und Mel stand auf, um ihm zu folgen.

»Mel. Warte.«

Sie blieb stehen, drehte sich aber nicht um und versuchte, heimlich die Tränen aus ihren Augenwinkeln zu wischen.

»Mel?« Sie hörte, wie ihr Vater vom Sofa aufstand und mit seinen Pantoffeln leise herüberkam.

»Ich soll mich mit Tivadar in einer anderen Taverne von Kino treffen«, schniefte sie.

»Leiste deinem alten Vater doch Gesellschaft.« Er legte einen Arm um ihre Schultern und zog sie zu sich heran, um sie zu umarmen. »Tivadar ausspionieren kann warten, oder? Ich habe dich vermisst.«

»Ich – ich spioniere ihr nicht nach.«

Azizi lachte leise.

»Du bist eine Medarda. Ich weiß genau, was du tust und was sie dir antut, was sie uns antut. Also komm. Lass uns für eine Weile die Masken fallen. Wir können einmal ehrlich miteinander reden.«

Seine Stimme war von Ironie gefärbt, die jedoch nicht bitter klang. Er hielt sie von sich weg und hob die Augenbrauen, wartete auf eine Antwort, anders als ihre Mutter, die einfach befohlen und darauf gewartet hätte, dass Mel gehorchte. Azizi war kleiner als ihre Mutter und schlank, mit einem Bäuchlein, das sich gegen seine Tunika drückte. Sein Lächeln war sanft und traurig, aber seine Augen lachten. Kurz gesagt, er war alles, was ihre Mutter nicht war. Unfreundlicherweise hoffte Mel, dass sie mehr nach ihm kam als nach ihrer Mutter.

»Ja, Vater.«

Sie schwiegen eine Weile in der Kutsche, bevor ihr Vater das Wort ergriff.

»Willst du mir sagen, was los ist?«

Mel wandte den Blick ab und schaute aus dem Fenster der Kutsche. Die Hufe der Pferde klapperten auf der steinernen Straße. Zu beiden Seiten verkauften Straßenhändler Essen und Kleinigkeiten, und ihre Gedanken schweiften zu dem Rakkor, der ihr die Tätowierungen gestochen hatte.

»Schon gut.« Ihr Vater lachte leise, und Mel hörte einen Anflug von Traurigkeit darin. »Wir haben uns gestritten, bevor sie gegangen ist. Ich schwöre dir, wenn sie Streit wittert, ist es, als würde jemand Schwarzpulver auf eine offene Flamme schütten.«

Mel war sich nicht sicher, ob sie den letzten Teil hören sollte. Ihr Vater schüttelte den Kopf, als wollte er den Gedanken vertreiben.

»Deine Mutter ist der stärkste Mensch, den ich kenne. Ich habe nie jemanden gekannt, der so zielstrebig und entschlossen war. Bis ich dich kennengelernt habe, natürlich.«

»Mich?« Mel drehte ungläubig den Kopf. »Ich bin nicht wie sie. Deshalb hält sie mich für nutzlos. Schwach.« Ihre Stimme brach, was ihre Worte unterstrich. »Sie lässt mich nicht einmal helfen. Sie will mich nur aus dem Weg haben.«

Azizi zuckte zusammen.

»Das hat sie nicht gesagt.«

»Das muss sie nicht. Sie hat etwas Wichtiges für dich und Kino zu tun, aber mir vertraut sie nichts an. Was könnte das sonst bedeuten?«

Ihr Vater seufzte, und für einige Sekunden saßen sie in schmerzhafter Stille da und leckten beide die Wunden, die Ambessas scharfe Kanten hinterlassen hatten. Dann legte er einen Arm um Mel und zog sie dicht an sich. Er küsste sie auf den Kopf und hielt sie fest.

»Ich glaube – und sie würde das niemals zugeben –, dass deine Mutter Angst hat. Und wenn Menschen Angst haben, können sie grausamer sein als sonst. Gegenüber denen, die sie lieben, und denen, von denen sie glauben, dass sie denen, die sie lieben, wehtun könnten. Sie können Dinge tun, die sie später bereuen, und sich danach bemühen, es wiedergutzumachen.«

»Mutter bereut nichts.«

Mel sagte es wie eine Tatsache, ohne Bitterkeit. Es war eine Wahrheit, an die sie sich gewöhnt hatte. Medardas bereuten nichts – sie nahmen einfach die Folgen einer Handlung hin und schmiedeten einen neuen Plan. Entschuldigungen waren nie Teil dieser Pläne. *Ein Wolf entschuldigt sich nicht,* würde sie wahrscheinlich sagen.

Da war die Bitterkeit.

Ihr Vater lachte laut auf.

»Du ahnst es vielleicht nicht, aber sie tut es. Einiges ihrer Reue verbirgt sie auch vor mir, da bin ich mir sicher.« Er drückte Mel fest an sich. »Aber egal, was sie sagt, sie sagt es aus Liebe. Der Grund, warum sie will, dass du so stark bist, ist, dass sie will, dass du in Sicherheit bist. Sie will, dass du stärker bist als jeder, der dir jemals wehtun könnte. Das verstehst du doch, oder?«

Mel löste sich nicht aus seiner Umarmung, sondern starrte aus dem Fenster, anstatt ihrem Vater in die Augen zu sehen.

»Sie will dir nicht wehtun.«

Wieder schwieg Mel. Wie sollte sie ihm erklären, dass sie nicht verletzt war, weil ihre Mutter sie für schwach hielt, sondern weil ihre Mutter glaubte, dass sie nicht *helfen* konnte? Weil ihre Mutter ihr nicht zuhören wollte? Mel wollte ihr nur zeigen, dass sie das tun konnte, was die Familie Medarda von ihr verlangte, aber dass sie es auf ihre *eigene Weise* tun konnte.

Und ja, es gab einen Teil von ihr, der das Gesicht der Frau aus Binan sah, als ihr Kopf in ihren Träumen vom Körper fiel. Die Halskette, zerbrochene Perlen, die über einen See aus Blut verstreut waren. Es war so viel gewesen. Die quälenden Erinnerungen waren nur ein weiteres Zeichen dafür, dass Mel die falsche Wahl war.

»Jemand hat mir einmal gesagt, dass Menschen mit Macht nur Angst haben, diese Macht zu verlieren.«

Seit diesem Tag hatte Mel die Worte des Künstlers in ihrem Kopf und in ihrem Herzen hin und her gewälzt. In einem Punkt hatte er jedoch zweifellos unrecht: Ambessa hatte nie etwas getan, worauf sie nicht stolz war, etwas, das sie ihrer Sache nicht für würdig hielt. Ganz gleich, was der Künstler gesagt hatte, ganz gleich, was ihr Vater über Reue gesagt hatte. *Medarda an erster Stelle.*

Azizi gab einen leisen Laut von sich. Langsam, widerwillig nickte er.

»Das ist vielleicht nicht weit hergeholt. Ich glaube, deine Mutter ist komplizierter als das, aber vielleicht ist das ein Teil davon.«

»Wenn sie solche Angst hat, warum lässt sie sich dann nicht von uns *helfen?*«

Azizi sah sie seltsam und erschrocken an, dann lächelte er.

»Du bist sehr weise für jemanden, der so jung ist. Und mitfühlend. Das hast du wohl von mir.«

Sein Lächeln wurde breiter, und er stieß sie mit dem Ellbogen in die Rippen, bis Mel selbst lächeln musste, dann kicherte sie, und schließlich lachten beide. Plötzlich wurden sie gegeneinandergestoßen, als die Kutsche wild schlingerte und die Pferde draußen schrien und wieherten. Mel klammerte sich an den Arm ihres Vaters, während sie hin und her geschleudert wurden.

Dann kippte das ganze Gefährt, und Mel spürte, wie sie in Zeitlupe von einer Seite der Kutsche zur anderen fiel. Auch ihr Vater stürzte, seine Arme griffen vergeblich nach etwas, an dem er sich festhalten konnte – nein, er griff nach ihr –, sie presste die Augen fest zusammen, als die Kutsche auf die Seite krachte. Ihr Kopf schlug gegen etwas Hartes.

Ein heller Lichtblitz, dann – Dunkelheit.

***

Als Mel wieder zu sich kam, lag sie immer noch auf der Seite, ihr Arm war unter ihr eingeklemmt. Sie versuchte, mit den Fingern zu wackeln, und obwohl es wehtat, gehorchten sie ihr. Es dauerte länger, bis ihr Sehvermögen zurückkehrte – sie sah nur verschwommene Umrisse, und alles drehte sich.

»Vater?«, rief sie. Ihre Stimme war heiser, ihre Kehle rau. Sie musste geschrien haben.

Sie blinzelte, bis sich ihr Blick klärte. Die Umrisse waren immer noch verschwommen, aber sie konnte die Konturen ihres Vaters erkennen.

»Vater, bist du verletzt?«

Keine Antwort. Sie streckte die Hand aus und schüttelte ihn, wobei sie zusammenzuckte, als ein stechender Schmerz ihren Arm durchzuckte.

»Vater.«

Er reagierte nicht auf ihre grobe Berührung, und ihr Atem ging schneller. Langsam schärfte sich ihr Blick. Ihr Vater lag wie sie auf dem Boden, der eigentlich die Seite der Fahrerkabine war. Ein Arm war in einem seltsamen Winkel abgewinkelt, und – Mel schnappte nach Luft. Sein Hals – kein Hals sollte so verbogen sein. Sie presste die Hände fest auf den Bauch, um den plötzlichen Brechreiz zu unterdrücken. Sie unterdrückte den Drang zu schreien, so sehr sie auch wollte. Um Hilfe zu rufen. Um ihn anzuschreien, er solle aufwachen.

Was hätte ihre Mutter getan?

Mel beruhigte ihren zitternden Atem. Sie rollte näher zu ihm heran und überprüfte noch einmal seine Atmung – aber als sie ihn umdrehte, waren seine Augen offen und starrten sie an. Sie unterdrückte ein Schluchzen.

Draußen schrien dringliche Stimmen um ihre umgestürzte Kutsche herum, aber von innen klangen sie gedämpft. Wo war ihr Fahrer? Vorsichtig drückte sie gegen die Tür, die nun ihre Decke war, aber sie ließ sich nicht öffnen, und ihr Körper schmerzte zu sehr, um sie aufzubrechen.

»Hilfe!«, rief sie schließlich. »Hilfe! Mein Vater!«

Die Kutsche wackelte, als jemand die Tür über ihnen aufriss. Ein Mann mit starken Armen griff herein, um ihr aus der Kutsche zu helfen. Mel kam auf eine belebte Straße. Jemand anderes eilte herbei, um dem Mann zu helfen, und Mel erkannte sie – das Mädchen aus der Herberge, in der der Künstler gewohnt hatte.

»Du«, sagte Mel, immer noch nicht richtig bei sich. Das Mädchen sah sie überrascht an, nickte aber nur.

»Ist alles in Ordnung?«

»Mein Vater, er ist …« Diesmal entfuhr ihr ein Schluchzen.

Das Mädchen sah in die Kutsche hinunter und schnappte nach Luft.

»Es ist – komm, wir holen dich raus.«

Die Flüstertöne hatten nun einen anderen Tonfall – den von Klatsch und Tratsch. *Medarda,* sagten sie. *Medarda, Medarda.*

»Bitte«, krächzte sie. »Holt Kino Medarda.«

Jemand anderes eilte herbei, um zu gehorchen, aber ihre Aufmerksamkeit war bereits woanders.

Zwei weitere Männer zogen ihren Vater so vorsichtig wie möglich heraus. Die Stimmen der Menge verstummten, als sie begriffen, dass er tot war – und es wurde noch stiller, als sie erkannten, wer der Mann war.

Ambessa Medardas Ehemann war tot.

Mels Vater war tot.

Oh. Sie würde ihrer Mutter schreiben müssen. *Oh nein.*

Sie versuchte, sich aufrecht zu halten, aber dann spürte sie, wie sie kippte und ihre Sicht wieder verschwamm. Nur das Mädchen an ihrer Seite hielt sie davon ab, zu Boden zu fallen, als sie ohnmächtig wurde.

***

Auf dem Weg zu den Heilern im Medarda-Gelände wachte sie mehrmals in einem zweiten Wagen auf und war jedes Mal überzeugt, dass dies alles nur ein böser, verschwommener Traum war (der Schmerz in ihrem Arm war sicherlich nur darauf zurückzuführen, dass sie schlecht darauflag, und das Kribbeln in ihren Gliedern verwandelte sich in ihrer Fantasie in etwas Schlimmeres).

Zumindest dachte sie das, bis sie endlich in ihrem eigenen Bett aufwachte, zugedeckt mit Decken gegen die Herbstkälte.

»Mel. Du bist wach.« Kino sprang erschrocken von seinem Stuhl neben ihrem Bett auf. Er rieb sich das Gesicht. »Wie fühlst du dich?«

»Mein Arm …«

»Ist gebrochen. Nur weil dein Kopf so dick ist, ist er nicht auch gebrochen.«

Seine Erleichterung wich schnell einer maskenhaften Heiterkeit.

»Vater?«

Kino schüttelte den Kopf und presste die Lippen zusammen.

»Geht es dir gut genug, um Besuch zu empfangen? Sie warten schon eine ganze Weile im Flur.«

Mel runzelte die Stirn. Wer könnte sie so dringend sehen wollen? Der letzte Mensch in der Stadt, der ihr etwas bedeutete, befand sich in diesem Zimmer.

»Ich denke schon.«

»Es ist Tivadar«, sagte Kino mit düsterer Stimme.

Mel war zu verwirrt, um zu verstehen.

»Ist sie wütend?«

»Sie war nicht bei dir und Vater? Du hast sie nicht vor der Kutsche gesehen?«

Langsam begriff sie, was er meinte.

»Du glaubst, sie hat das getan?«

Mel war nicht einmal in den Sinn gekommen, dass der Kutschenunfall absichtlich herbeigeführt worden war, aber jetzt konnte sie es aus Kinos Perspektive verstehen. Eine Gelegenheit, zwei unmittelbare Familienangehörige von Ambessa Medarda auszuschalten – reife Früchte für einen Feind zu pflücken.

Kino wandte schuldbewusst den Blick ab.

»Sie hat gefragt, wo du warst, als du nicht zum Mittagessen erschienen bist. Ich habe ihr gesagt, dass du mit Vater unterwegs warst.«

»Aber sie würde doch nicht …«

Mel brach ab und kaute auf ihrer Lippe. Doch, das würde

sie. Es verstieß gegen den Kodex, aber Tivadar respektierte den Kodex nicht. Es war etwas, wozu Mel nicht stark genug war, aber genau das, was Ambessa sich von Mel wünschte.

»Lass sie rein«, sagte Mel mit angespannter Stimme. »Ich muss mit ihr sprechen.«

Kino spürte die Veränderung in Mel und öffnete die Tür. Tivadar kam herein und zog die Schultern zusammen, als hätte sie ausnahmsweise einmal Angst vor ihrer Größe. Sie hielt ein kleines Päckchen fest an ihren Bauch gedrückt.

Als Mel sie sah, entflammte eine Wut in ihr, wie sie sie noch nie zuvor empfunden hatte.

»Hast du etwas damit zu tun?«, fuhr Mel ihre Cousine an.

Tivadar zuckte zurück, als wäre Mel eine giftige Schlange.

»Nein. Ich habe bei Kinos Nudelhaus auf dich gewartet, aber du bist nicht gekommen!«

»Ich weiß, dass du hier bist, um mich für deinen Vater auszuspionieren! Woher soll ich wissen, dass er dir nicht Befehle für etwas Schlimmeres gegeben hat?«

»Ich mache nichts, was du nicht auch machst!« Sie keuchte angewidert auf und warf das kleine eingewickelte Päckchen auf Mels Schoß. »Ich bin nur gekommen, um dir das zu bringen und um zu sehen, ob es dir gut geht. Ich schätze, das tut es. Mein Vater hatte recht, was euch betrifft.«

Mit einem bösen Blick auf Mel und Kino stampfte sie hinaus.

Sofort verspürte Mel heftige Reue, noch bevor Kino einen nachdenklichen Laut von sich gab.

»Ah, das Wolfsjunge beißt! Ich war mir sicher, dass du aufstehen und sie selbst erwürgen würdest, gebrochener Arm hin oder her.«

»Halt den Mund, Kino.«

Mel verschränkte ihren gesunden Arm vor der Brust und starrte zur Seite. Sie erinnerte sich daran, was Azizi ihr über Reue gesagt hatte. Über ihre Mutter.

Ihr Bruder seufzte und setzte sich auf das Fußende von Mels Bett. Er drückte ihre Knöchel unter der Decke und begann, das Päckchen auszupacken, das Tivadar zurückgelassen hatte. Es roch nach Essen, aber Mel hatte keinen Appetit.

»Er ist fort«, flüsterte sie mit belegter Stimme. Kinos Gesicht verzog sich vor Schmerz, er schloss die Augen und hielt die Hände still. Er nickte. Schluckte. Seine Stimme klang heiser, als er sagte: »Ich gehe heute Nacht in die Stadt. Mutter hat gesagt, ich soll mit den Sonnen sprechen. Vielleicht … vielleicht wissen sie etwas über das, was heute passiert ist.«

»Sind das nicht Rebellen? Sie hassen Noxus. Vielleicht waren sie es selbst.«

Sie hatten so viele Feinde. Kino seufzte.

»Möglich. Ich werde es nicht wissen, bevor ich mit ihnen gesprochen habe.«

Vielleicht nicht einmal dann. Mel wurde von einer plötzlichen Angst erfasst, die ihr Herz heftig schlagen ließ.

»Das ist nicht sicher.«

Kino starrte an die Decke, als wollte er nicht weinen, aber die getrockneten Spuren auf seinen Wangen und die Rötung seiner Augen sagten Mel alles, was sie wissen musste.

»Es tut mir so leid, Mel. Ich hätte bei euch beiden sein sollen. Ich hätte …«

Er schüttelte ratlos den Kopf.

»Was hättest du tun können?« Mit leiser Stimme und zitterndem Herzen fragte sie: »Was wäre, wenn ich euch beide verloren hätte?«

»Niemals.« Kino schüttelte heftig den Kopf. »Niemals.« Er beugte sich zu ihr hinunter und küsste sie auf die Stirn. »Ruh dich aus. Ich werde viele Wachen mitnehmen. Mach dir keine Sorgen. Ich werde der Sache auf den Grund gehen.«

Nachdem Kino gegangen war, starrte Mel an die Decke, nur begleitet von den letzten Erinnerungen an ihren Vater. Ihr

Kopf schmerzte vom Weinen, aber an Schlaf war nicht zu denken – jedes Mal, wenn sie die Augen schloss, sah sie seine leeren Augen vor sich. Sie musste sich ablenken. Sie ließ sich Tinte und Papier bringen und begann mit ihrer schwachen Hand, ihrer Mutter zu schreiben. Ein Klopfen an der Tür unterbrach ihre erfolglosen Versuche.

»Es ist eine junge Frau hier, Herrin.« Die Wächterin blickte skeptisch über ihre Schulter zurück. »Sie sagt, sie kennt Sie.«

Vorsichtig antwortete Mel: »Ich erwarte niemanden.«

Dann sah sie das Gesicht, das um den Arm der Wächterin herumspähte. Die Assistentin aus dem Gasthaus. Das Mädchen, das sie und ihren Vater nach dem Unfall gefunden hatte. Es war ein unglücklicher Zufall. Dennoch. Kinos Worte hatten sie tief bewegt. Sie wollte *nicht* wie ihre Mutter sein.

»Komm rein«, sagte sie sanft. Die Soldatin ließ das Mädchen näher kommen, folgte ihr jedoch, damit sie Mel nicht in ihrem Bett angreifen konnte. Das Mädchen sah, womit Mel zu kämpfen hatte, und drehte, ohne zu fragen, die Lampe heller.

»Kann ich helfen?« Sie zeigte auf den Stift, den Mel unbeholfen in der Hand hielt.

Vertrauen. Das war es, was ihrer Mutter gefehlt hatte. Vielleicht, weil Menschen in ihrer Lage – *mit so vielen Feinden* – sich das nicht leisten konnten. Aber ohne Vertrauen konnten sie auch keine Freunde haben.

Ich werde vorsichtig sein, aber ich werde mich nicht verschließen.

»Ich versuche, meiner Mutter zu schreiben. Um ihr zu sagen, was passiert ist.« Mel reichte dem Mädchen den Stift und ein neues Blatt Papier. Das Mädchen nahm es und nickte. »Hast du es gesehen? Ich meine, was passiert ist?«

Das Mädchen runzelte die Stirn, während sie sich zu erinnern versuchte.

»Nicht wirklich. Ich habe zwar gesehen, wie die Kutsche

vorbeigerollt ist, aber ich habe nichts gesehen, was das verursacht haben könnte. Die Pferde sind einfach in eine Richtung ausgeschert, und der Kutscher …« Ihre Stirn runzelte sich noch mehr. »Ich habe nirgendwo einen Kutscher gesehen.«

Sie sah Mel in die Augen. Ihre eigenen Augen waren nicht gerade ängstlich, aber weit aufgerissen, weil sie dieselbe Erkenntnis hatte wie Mel.

Intelligent und nicht leicht zu erschrecken. Mel ertappte sich dabei, die junge Frau genauso einzuschätzen, wie ihre Mutter es tun würde. Sie könnte eine gute Person sein, die man in seiner Nähe haben sollte, wenn man ihr vertrauen konnte.

Zaghaft lächelte Mel.

»Wie heißt du?«

»Elora.«

»Ich bin Mel. Danke, dass du mir heute geholfen hast.«

Eloras Lächeln war warm und aufrichtig, und Mel hoffte, dass es echt war.

KAPITEL ZWEIUNDZWANZIG

Sie ritten schnell und holten jedes Quäntchen Ausdauer aus den Schnellhörnern heraus, das Amenesce ihnen zugetraut hatte. Nur noch wenige Wochen, hatte sie gesagt, würden sie brauchen, um die Berge zu erreichen, die an die Rokrund-Ebene grenzten. Dennoch glaubte Ambessa nicht, dass die Tiere aufgeben würden, bevor die Menschen nicht mehr konnten. Sie hielten nur so lange an, wie die Tiere brauchten, und versuchten, nicht im Sattel einzuschlafen. Mehr als einmal sah sie, wie Tora Rell in die Seite stieß, um sie wach zu halten, während sie durch die Dunkelheit der Nacht ritten.

Dennoch dauerte es zu lange. Sie befanden sich mitten in einer dieser viel zu kurzen Pausen, nur noch ein oder zwei Tage von den Varju-Bergen entfernt, als eine von Amenesces Späherinnen zu ihnen zurückgaloppierte. Amenesces Stimme verdüsterte sich, als sie den Bericht entgegennahm.

Gierig trank Ambessa aus einem Schlauch und spritzte sich etwas Wasser ins Gesicht. Rictus brachte ihr Kaffee, den er über einem schnell errichteten Lagerfeuer gekocht hatte. Sie nippte an dem heißen Getränk und versuchte, einen klaren Kopf zu bekommen, bis Amenesce fertig war.

»Es ist Trannit«, spuckte Amenesce. Sie leckte über ihre Zähne und stemmte die Hände in die Hüften. »Er hat Soldaten nach Rokrund geschickt. Oder sie versuchen, uns abzufangen. Wenn sie nicht umkehren, treffen wir vor den Varju-Bergen aufeinander.«

Ambessa trank ihren Kaffee und atmete langsam aus.

»Das hat er wahrscheinlich schon geplant, seit wir Vindor verlassen haben.«

Tora brachte Amenesce ebenfalls eine Tasse, bevor sie zu Rell eilte, die sie mit besorgten, trüben Augen vom Feuer aus beobachtete. Das Mädchen war erschöpft. Das waren sie alle. Aber sie war noch nie so hart rangenommen worden.

»Wir könnten ihnen entkommen«, schlug Amenesce vor, aber selbst sie klang zweifelnd und müde bei diesem Gedanken. »Wenn wir die Berge vor ihnen erreichen, könnten wir Fallen stellen. Jeder weiß, wie tückisch die Varjus sind. Ein unglücklicher Steinschlag … tragisch.«

Ambessa nickte. Es könnte funktionieren. Aber die Chancen, dass sie in ihrem Zustand Trannits Soldaten entkommen konnten, waren gering. Sie hatte bereits geplant, sich durch die Berge zu schleppen, dort auszuruhen und dann am Fuße der Berge auf der anderen Seite ein Boot zu nehmen, um den Fluss hinunterzufahren.

Die einzige andere Möglichkeit war, anzuhalten und zu kämpfen, aber das würde Zeit kosten – und ein Risiko darstellen –, was für Rokrund verheerende Folgen haben könnte.

»Haben sie deine Reiter gesehen?«, fragte Ambessa scharf. »Gibt es irgendeine Chance, dass das ein Zufall ist?«

Amenesce schnaubte.

»Ich weiß nicht, ob sie meine Späher entdecken würden, aber fünfzig Reiter, die so schnell unterwegs sind, sind schwer zu übersehen. Die haben genauso wie wir Späher.«

»Aber sie wollen mich.«

»Sind wir nicht ein bisschen übermütig?«

»Du weißt, dass es stimmt. Die Berge wären genauso gut für einen Hinterhalt geeignet.«

Amenesce schüttelte den Kopf.

»Wir sind eine Kavallerie, keine Attentäter.«

Diese Behauptung brachte Ambessa jedoch auf eine bessere Idee.

»Zieh die Hälfte deiner Reiter zurück. Umgeh Smiks Leute auf dem langen Weg, sodass ihr hinter ihnen seid, aber bleibt zurück, damit seine Späher euch nicht sehen. In welche Richtung marschieren sie?«

»Nach Südwesten.«

»Dann reiten wir weiter nach Süden, ich und die andere Hälfte deiner Reiter.«

Amenesce nickte langsam, ein schiefes Lächeln zog an ihrer Narbe.

»Und du machst dich so appetitlich wie möglich, während wir ihm in den Arsch reiten?«

»Genau. Und wenn er vor euch flieht …«

Ambessa schnippte mit den Fingern, und das Knacken ließ die Gespräche um sie herum verstummen.

»Dann erledigen wir ihn.«

Es war höchste Zeit, sich dieses Ärgernis vom Hals zu schaffen.

Die einzige Hoffnung, die ihr noch blieb, war, dass die dreihundert Mann starke Kriegsschar, die Amenesce aus Vindor geschickt hatte, bereits in Rokrund war und die Stellung hielt.

***

Rell versteckte sich hinter einem Felsvorsprung und drückte sich mit dem Rücken daran, damit sie nicht zu sehen war, wenn die Trannit-Krieger heranstürmten. Um sie herum war der Pass voller verborgener Krieger, die wie tödliche kleine Geheimnisse der Berge waren. Nur dass es nicht die Varju-Berge waren. Der Berg war Ambessa. Ihr Wille hatte zwei Dutzend von ihnen zerstreut, und sie warteten auf ihr Signal.

Die Kälte des Steins drang in Rells Rücken. Sie versuchte,

ihren Atem zu verlangsamen, um leise zu bleiben, aber das führte nur dazu, dass sie nach Luft schnappen wollte. Die Sonne ging unter. Alle hatten den Stahl ihrer Waffen mit Asche geschwärzt, damit eine Sonnenspiegelung ihre Position nicht verraten konnte. Am Nachmittag hatten sie ihre Plätze eingenommen und ihre Schnellhörner versteckt. Rell dachte, sie würde vor Aufregung sterben. Es war zur Hälfte wie das Warten darauf, in die Arena zu gehen, und halb etwas anderes. Ihr Magen war vor Nervosität wie zugeschnürt, aber sie war – das konnte sie nicht leugnen – aufgeregt. Endlich. Es war der Moment, auf den sie gewartet hatte.

Bevor sie ihre Plätze eingenommen hatten, war Rictus zu ihr gekommen.

»Bist du bereit?«, fragte er.

Rell fuhr auf.

»Natürlich bin ich bereit. Du hast mich in der Arena gesehen.«

»Im Kampf ist das etwas anderes.«

Er neigte den Kopf, während er auf sie hinabblickte und ihre Rüstung und den Speer betrachtete, den sie mit Asche bedeckt hatte.

»In der Arena sterben ständig Menschen.«

Rell hatte noch niemanden getötet; sie hatte es geschafft, ihre Gegner zu besiegen, indem sie sie außer Gefecht gesetzt oder bewusstlos geschlagen hatte, aber sie hatte immer gewusst, dass es dazu kommen könnte. Sie hätte es tun können. Sie hatte es nur nicht getan.

»In einem Spiel zu sterben ist etwas anderes, als um sein Leben zu kämpfen.«

»Ich weiß«, sagte Rell, obwohl sie den Unterschied nicht wirklich sah. Das Ziel war es, zu gewinnen, egal wie.

Rictus seufzte. Das Ding, das er immer an seinen Waffen trug, leuchtete schwach um seine Hellebarde herum. Er hatte ihr gesagt, dass es *Rookern* hieß, aber er ignorierte sie jedes Mal, wenn sie nachfragte.

»Denk daran, was wir geübt haben.« Er hielt zwei Finger neben sein rechtes Auge und bewegte sie zur Seite seines linken Auges. »Sieh alles um dich herum.«

Er sah aus, als wollte er noch etwas sagen, aber eine Augenbraue hob sich, als er etwas hinter Rell bemerkte. Es war Tora, die sich verabschieden wollte.

»Können wir kurz unter vier Augen sprechen, Kommandeur?«

Rictus grunzte amüsiert. Er lehnte jeden Titel ab. Dennoch ging er, aber nicht, ohne Rell fest an der Schulter zu drücken. Er hielt ihren Blick, aber was auch immer er sagen wollte, Rell verstand es nicht.

Dann war sie allein mit der Reiterin. Tora nahm sie bei der Hand und drückte ihr etwas Warmes, Metallisches in die Handfläche. Ein kleines, unförmiges Stück Metall, durch das ein Lederriemen gezogen war. Rell erkannte, dass es sich um den Riemen handelte, den Tora immer um den Hals trug.

»Was ist das?«, fragte Rell unbefangen.

»Ein Glücksbringer«, sagte Tora. Sie lächelte ihr schiefes Lächeln, und Rells Magen flatterte. »Ein Stück vom ersten Hufeisen meines ersten Pferdes.«

»Ich – äh –« Rell wusste nicht, was sie sagen sollte. Sie platzte heraus: »Bist du sicher, dass es wirkt?«

Tora lachte nur.

»Natürlich wirkt es. Ich habe es doch an dem Tag getragen, als ich dich getroffen habe, oder?«

»Aber – du brauchst es doch.«

»Ich? Ha. Ich brauche kein Glück. Nicht mit dem hier.«

Tora tätschelte ihren Bogen und den Köcher auf dem Sattel des Schnellhorns. Es war auch Toras erster Kampf, und ihre unerschrockene Prahlerei spornte Rell an, es ihr gleichzutun.

Und warum auch nicht? Sie hatte das schon einmal gemacht. Es würde genau wie in der Arena sein.

»Warum glaubst du, dass ich Glück brauche?«, entgegnete Rell. Sie drehte ihren Speer in einem engen Kreis vor sich und zwang Tora lachend zurückzuspringen.

Hinter ihnen gab Amenesce leise Befehle an die Reiter, die mit ihr gehen sollten. Sie planten, einen weiten Bogen zu schlagen und dann Smik und seine Kriegsschar in die Lücke zu treiben, wo Ambessa wartete.

Tora griff nach den Zügeln ihres Schnellhorns und trabte los.

»Dann pass gut darauf auf. Wir sehen uns bald.«

Damit sprang sie, während das Schnellhorn trabte, auf seinen Rücken und ritt Amenesce und den anderen hinterher.

»Angeberin«, murmelte Rell liebevoll vor sich hin, während sie sich gegen den Stein lehnte. Sie berührte den Metallklumpen, der an ihrem Brustbein ruhte, und lächelte.

Es war bereits Nacht geworden, als sie zu zittern begann – die Erde unter ihren Füßen und der Felsen hinter ihr bebten. Sie blickte zu Ambessa, die ihr geschwärztes Schwert tief an ihrer Hüfte hielt. Die Generalin lauschte aufmerksam, hob das Schwert waagerecht – die »Seid bereit«-Position. Rell umklammerte ihren Speer und wartete auf das letzte Signal, während sie dem lauter werdenden Getrappel von Hufen lauschte.

Je näher sie kamen, desto deutlicher konnte sie die Rufe der Männer und Frauen hören – Rufe voller Wut, Rufe voller Angst, Rufe, die ihre Tiere antrieben, sie zu schnellerem Vorwärtsstürmen anzuspornen. Dann kam das Dröhnen und Beben der Felsen, das Rell in ihrer geschützten Position noch mehr erschütterte. Ambessa hatte die erste Falle auslösen lassen, eine Reihe von Felsbrocken, die so angeordnet waren, dass sie auf jeden stürzen würden, der den Pass hinaufkam.

Die Rufe wurden zu Schreien, als die Reiter versuchten, ihre

Pferde abzudrehen; Schreie der Pferde, die sich die Beine brachen, weil sie sich nicht schnell genug drehen konnten; Schreie, als Soldaten und Tiere gleichermaßen von den schweren Steinen wie Kanonenkugeln getroffen wurden.

Ein weiteres Signal von Ambessa, und Pfeile flogen herab, schnell und tödlich, lautlos im Vergleich zu all dem anderen Lärm. Auch wenn einige Pfeile ihr Ziel in der Dunkelheit verfehlten, trafen viele.

Rell wartete und wartete mit klopfendem Herzen auf das letzte Signal. Plötzlich fragte sie sich, wie es sich wohl anfühlen würde, einen Pfeil in sich zu haben. Sie war noch nie zuvor angeschossen worden – *nein, nicht jetzt*. Sie suchte nach der Ruhe, die sie gehabt hatte, bevor sie die Arena betreten hatte.

So sehr war sie damit beschäftigt, sie wiederzufinden, dass sie fast das Signal verpasst hätte. Es war das Getöse der anderen Soldaten um sie herum, die auf Smiks zerschlagene Kriegertruppe zustürmten, das sie aus ihrer Versunkenheit riss. Das Kriegsgeschrei riss sie mit, bis sogar sie laut schrie, ohne Worte zu formen.

Der erste Trannit-Soldat, den sie fand, rappelte sich gerade dort von der Erde auf, wo sein Pferd ihn abgeworfen hatte. Das Tier schlug wild um sich und war für Rell genauso gefährlich wie für seinen Reiter. Rells Speer durchbohrte seine Rippen, bevor er begriff, wie ihm geschah. Ihr Schwung schleuderte den Mann zurück auf den Boden, wo er mit dem Gesicht zum Nachthimmel starrte. Die Bewegung trug auch sie weiter, sodass sie über ihm stand und in seine blauen Augen blickte, während er vor Schmerz stöhnte.

Bevor er starb, fletschte er seine blutigen Zähne und knurrte sie an. Galle brannte in ihrem Rachen. Sie musste sich drehen und den Speer aus seinen Rippen reißen, wo er stecken geblieben war.

Da. Das war einfach. Ihr erster Kampf, gewonnen.

Aber der Lärm um sie herum hatte nichts mit der Begeisterung der Menge zu tun. Hier würde es keinen Siegeslauf geben. Sie stürzte sich auf einen anderen Trannit-Soldaten, der bereits wieder auf den Beinen war. Er wirbelte mit einem gekrümmten Schwert um sie herum und wehrte Rells ersten Stoß ab. Als er jedoch näher kommen wollte, rammte Rell ihm den Speerschaft in den Bauch. Als er sich krümmte, holte sie mit der Klinge aus und traf diesmal ihr Ziel. Die schwarze Klinge schnitt über die Augen, und er fiel schreiend zurück, die Hände vor dem Gesicht.

Zwei, dachte Rell selbstgefällig, gerade als ein silberner Pfeil an ihrem Augenwinkel vorbeizischte. Sie drehte sich mit erhobenem Speer herum, und ihre durch Training geschärften Reflexe ließen sie eine Rolle machen, gerade als ein weiteres Schwert die Stelle durchbohrte, an der sie gerade noch gestanden hatte.

Doch für jeden, den Rell besiegte, kam ein weiterer, und noch einer, und noch einer. Das war ganz anders als in der Arena. Kein einzelner Gegner, kein klarer und sicherer Sieg, kein Ringrichter, der das Ende verkündete – nachdem die erste Überraschung des Hinterhalts abgeklungen war, änderte sich der Charakter der Schlacht. Die Soldaten waren auf sie vorbereitet. Sie musste Körpern und sich aufbäumenden, reiterlosen Pferden ausweichen oder reiterlosen Schnellhörnern, deren Hörner so tödlich waren wie jedes Schwert. Sie taumelte von einem verzweifelten Kampf zum nächsten. Sie war sich nicht einmal sicher, ob die Menschen, die sie hinter sich gelassen hatte, wirklich tot waren.

Wo war Tora? War sie noch da draußen? Gehörte eines dieser reiterlosen Schnellhörner zu ihr?

Das konnte sie jetzt nicht fragen.

Rell kämpfte in einer Kriegsschar. Rell kämpfte in der Kriegsschar von Generalin Ambessa Medarda. Sie war Teil eines Hinterhalts mit den legendären Reitern von Vindor, mit ihren tiefblaugrünen Tuniken, ihren hinter ihnen wehenden Lederreitmänteln und ihren blitzenden Krummsäbeln. Das hatte nichts mit den Abenteuern ihrer Tagträume zu tun.

Das war ein Albtraum.

Ein heftiger Schlag schleuderte Rell zu Boden, und sie war sich nicht einmal sicher, was sie getroffen hatte. Sie rappelte sich im struppigen Gras auf. Ihre Hände brannten, wo sie sich an den Kieseln aufgeschürft hatte – ihre Hände waren leer. Wo war ihr Speer? Da, im Gras, nur einen Schritt entfernt. Rell hechtete danach, wurde aber zurückgerissen.

Ein riesiger Mann, so groß wie Rictus, hatte sie am Rücken ihres Reitmantels gepackt. Nur war es nicht Rictus. Er hatte nichts von der ironischen Gelassenheit, nichts von versteckter Belustigung, nichts von ruhiger Führung – nur dunkle Augen, die auf ihr Ziel fixiert waren. Wie viele von Smiks Reitern trug er eine schwere, mit Nieten besetzte Rüstung, die Rell nicht einmal hätte anheben können. Er riss an ihr, und sie hatte keine andere Wahl, als rückwärts zu fallen.

Rell sah Sterne, als ihr Kopf auf die Felsen schlug. Sie griff nach einer Waffe und fand nur Gras. *Nein,* dachte sie. Sie versuchte, sich auf Hände und Knie zu rollen, sie musste weg, zu ihrem Speer – *ich darf hier nicht sterben*.

Aber sie würde sterben. Eine Welle von Schwindel ließ sie zurückfallen, und der Mann holte mit dem Arm aus. Das stählerne Glitzern seines Schwertes fing das Mondlicht ein.

Die Zeit schien langsamer zu vergehen, als sie die Klinge fallen sah. Dann flogen zwei Pfeile in die Brust des Mannes, einer nach dem anderen. Es reichte nicht, um ihn zu töten, aber er taumelte. Er sah nach denen, die es gewagt hatten, ihn zu treffen, aber Rell nicht. Sie taumelte zu ihrem Speer, rammte ihn ihm in die Brust, genau zwischen die beiden Pfeile, und sie drehte und stieß und drehte und stieß, bis er auf die Knie fiel und das Licht aus seinen Augen verschwand.

Oh, Götter. Rell krümmte sich auf Händen und Knien und rang nach Atem. Sie schmeckte Kupfer in ihrem Mund. Ihre Muskeln brannten vor Erschöpfung. Sie hatte gedacht – sie wäre fast – sie musste Ambessa finden.

So?, fragte eine wütende Stimme in ihrem Kopf. *Willst du auf den Knien zum General kriechen, wie ein kleines, verängstigtes Kätzchen?*

Das wollte sie nicht. Sie wollte nicht, dass Ambessa ihre Meinung änderte und Rell nach Hause schickte. Sie wollte Tora nicht erzählen, was sie während der Schlacht getan hatte.

Rell rappelte sich mühsam auf, fiel aber wieder auf die Knie. Ihre Beine zitterten so stark. Ihr Speer war blutverschmiert. Sie kroch durch die Dunkelheit und zuckte bei den Geräuschen der Schlacht zusammen, die immer noch um sie herum tobte.

Dann hörte sie Ambessas Stimme. Selbstbewusst und kultiviert, gab sie Rell sofort ein Gefühl der Sicherheit. Sie folgte ihr, bis sie die Generalin sah, die über einem dünnen Mann stand, dessen kahler Kopf im Mondlicht glänzte. Sie erkannte Verwalter Smik. Seine Reitkleidung war edel, ein Mantel, der ganz mit Fell gefüttert war. Rell konnte keine Rüstung sehen. Abgesehen von den gepanzerten Handschuhen an seinen Händen würde sie sagen, dass er nicht damit gerechnet hatte, in die Nähe einer Schlacht zu geraten.

»Hast du mich gesucht?«, knurrte Ambessa. »Oder nur deinen Mut?«

Er war weggekrochen, genau wie sie. Der Gedanke erfüllte Rell mit Scham.

Der Mann zuckte zurück, aber die Handschuhe bremsten ihn. Ambessas Stiefel hob sich und senkte sich auf seinen ausgestreckten Arm.

»Nett von dir, dass du das alles für mich hierhergebracht hast«, sagte sie über Smiks Schmerzensschreie hinweg.

Er schrie erneut, als sie sich bückte, um ihm den Handschuh von seinem gebrochenen Arm zu ziehen. Er schlug mit dem anderen Handschuh nach ihr, konnte ihn aber kaum heben. Ambessa schlug ihn beiseite, als wäre es nichts weiter als eine Fliege. Dann nahm sie ihm auch diesen ab und zog ihn sich an. Sie schloss die Augen und seufzte, als hätte sie nicht etwas Schweres aufgehoben, sondern als wäre eine schwere Last von ihr genommen worden.

Rell sah nun, dass es sich bei den Handschuhen nicht um gewöhnliche Handschuhe handelte, sondern dass sie wie Drachenhundköpfe geformt waren, mit gekrümmten Klingen im Maul.

Smik kroch, so schnell er konnte, rückwärts, seinen gebrochenen Arm an den Bauch gedrückt, und zuckte zusammen und wimmerte, wenn er ihn berührte.

Ambessa trat vor. Rell starrte wie gebannt und brachte keinen Ton heraus.

»Bitte«, flehte Smik. »Bitte. Du verstehst das nicht. Er hat mich dazu gezwungen.«

»Ta'Fik?« Ambessas Stimme klang kalt und desinteressiert. Rell erschauerte.

»Ja! Ta'Fik hat mich dazu gezwungen. Du verstehst das nicht.«

»Was gibt es da zu verstehen? Du hast ihn zum Thronfolger erklärt. Du hast meine Schiffe versenkt. Du hast versucht, mich einzusperren.« Sie spannte ihre Arme an und hob die Handschuhe, um das Licht der Sterne einzufangen. Die halbmondförmigen Klingen waren nicht von Asche geschwärzt und glänzten scharf. »Du hast mir meine Drachenhunde gestohlen.«

Smik schluckte.

»Wir – uns als Verbündete zu bezeichnen, wird unserer Beziehung nicht gerecht, verstehst du, er hat mich erpresst, sonst hätte ich natürlich deinen Anspruch unterstützt, du hast jedes Recht auf die Nachfolge, *jedes Recht!*« Seine Stimme wurde lauter, als sie näher kam. »Bitte!«

Ambessa zögerte.

»Erpresst?«

»Ich – bin vielleicht etwas unvorsichtig mit – meinen Geldschätzen umgegangen. Er hat mir versprochen –« Smik räusperte sich. »Er hat versprochen, meine Schulden zu tilgen und Trannit zur wichtigsten Aziritquelle im Norden zu machen. Ich habe nur getan, was ich für mein Volk für richtig hielt, und er hat gedroht, das Ausmaß meiner Schulden offenzulegen.«

»Mäßigung hätte dir besser gedient.«

Ambessa hob den Arm, als wollte sie ihm einen tödlichen Schlag versetzen.

»Bitte, hab Erbarmen. Bitte!« Er rollte sich auf die Knie und senkte flehentlich den Kopf. »Du wirst alle meine Kriegsscharen zu deiner Verfügung haben. Du wirst meine Unterstützung haben, meine Mittel – so gering sie auch sind, hab nur Erbarmen mit mir.«

Für einen Moment empfand Rell mitfühlende Erleichterung. Ihr eigener Atem stockte. Sie würden ihn als Geisel nehmen, und die Generalin hätte eine neue Trumpfkarte in diesem Krieg gegen den Statthalter von Tereshni. Ambessa hob sein Kinn mit der horizontalen Klinge eines Drachenhundes, zärtlich und vorsichtig, um ihn nicht zu verletzen. Sie sah auf ihn hinab und sagte:

»Ein Wolf kennt keine Gnade.«

Rell schloss die Augen, als die zweite Drachenhundklinge in einem silbernen Bogen auf ihn herabfiel.

***

War sie ein Feigling?

Rell setzte sich von der Grasfläche direkt vor dem Pass weg, weg vom Fackelschein der Soldaten, von Ambessa und Amenesce, die die Verwundeten von den Toten trennten. Das war das Einzige, was für sie dem Alleinsein am nächsten kam. Sie presste die Augen fest zusammen, um die Tränen zurückzuhalten, aber als sie das tat, sah sie den Mann, der sie fast getötet hätte. Sie sah die zerquetschten Körperteile, über die sie gestolpert war. Sie hörte das Knacken von Knorpeln und Knochen, als Ambessas Handschuhe Smiks Hals durchschnitten. Ambessa hatte sie nicht gesehen.

Sie wusste nicht, wie lange sie dort saß und immer kälter wurde, während die Hitze der Schlacht nachließ. Als sie Stimmen hörte, die ihren Namen riefen, wusste sie, dass sie ihnen folgen sollte, aber sie konnte nicht. Sie wollte keinem von ihnen gegenübertreten. Wenn sie zu ihnen zurückging, würden sie wissen, dass sie schwach war. Sie würden sehen, wie viel Angst sie hatte und wie viel Angst sie davor hatte, wieder in den Kampf zu ziehen. Sie würden sie alle ablehnen, Tora, Rictus, Ambessa. Sie würden sie wertlos nennen, genau wie ihre Eltern, wenn sie in der Arena verloren hatte.

Gleich würde sie gehen. Sie würde sich säubern und Ambessa wie eine Kriegerin gegenübertreten. Rell schniefte laut und wollte sich das Gesicht abwischen, aber ihr Ärmel war genauso schmutzig wie ihre blutverschmierten Hände.

»Rell?«

Als sie Toras Stimme so nah hörte, konnte Rell nicht anders, als sich umzudrehen. Eine neue Welle von Tränen brach durch ihre Abwehr. Tora lebte noch. Tora rannte herbei und umarmte sie fest.

»Du bist in Sicherheit. Du bist hier! Wir dachten … Generalin! Verwalterin! Sie ist hier!«

»Nein«, sagte sie. »Ich will nicht, dass sie mich sehen.«

Rell vergrub ihr Gesicht in Toras Mantel. Er war sauberer als ihr eigener. Tora schien sie nicht zu verstehen, aber sie streichelte Rell über den Rücken und murmelte leise, ohne ihre alte Tapferkeit. »Ich bin so froh, dass du in Sicherheit bist. Ich wusste nicht, was ich tun sollte, als wir dich nicht finden konnten. Bist du verletzt? Wir bringen dich zum Heilerzelt.«

Es war ein nervöses Geplapper. Rell löste sich von ihr.

»Mir geht es –« Sie wollte sagen, dass es ihr gut ging, aber dann sah sie, dass Tora im Schein der Fackel, die sie hochhielt, genauso schlimm aussah wie sie selbst. Toras dunkle Locken waren zerzaust, ihre Augen waren von Schatten umrandet, und ihre Wangen waren mit Blutflecken übersät. Obwohl ihr Mantel größtenteils sauber war, waren ihre Hosen von den Reitstiefeln bis zu den Oberschenkeln blutgetränkt. An einem Oberschenkel hatte sie eine Wunde, die bereits genäht und verbunden war. Rell schnappte nach Luft.

»Mir? Was ist mit dir?«

Tora sank mit einem schmerzerfüllten Grunzen neben ihr zu Boden.

»Das war das Schlimmste, was ich je erlebt habe.«

Toras Stimme brach, als sie sprach. Der übliche übermütige Tonfall in ihrer Stimme war jetzt von etwas anderem überlagert, etwas, das Rell tief in ihren Knochen spürte. Tora schniefte laut.

»Ich auch«, sagte Rell leise. Sie nahm Toras freie Hand.

»Rell!«

Ambessas verzweifelte Stimme durchbrach die Stille, als der General und Amenesce zu ihnen herüberliefen. Rell stand schnell auf, richtete mit einer Hand ihre Kleidung und hielt mit der anderen ihren Speer fest. Sie salutierte.

»Generalin. Verwalterin.«

Ambessas leere Hände streckten sich aus, als wollten sie Rell an den Schultern packen, aber sie zögerte.

»Geht es dir gut?«

»Ich …«

Die Worte kamen ihr nicht über die Lippen. Sie wären eine Lüge gewesen. Ambessa blickte auf Rells Hände, und Rell tat es ihr gleich. Sie waren rot befleckt, in den Rissen ihrer Handflächen sogar noch dunkler. Ambessa runzelte die Stirn und öffnete den Mund, als wollte sie etwas sagen, hielt dann aber inne. Rell spürte die Blicke von Tora und Amenesce auf sich.

Ambessa senkte die Hände und nickte einmal.

»Gut gemacht.«

Dann drehte sie sich um und ging, weitere Befehle rufend. Amenesce blieb noch einen Moment stehen, mit einem Ausdruck auf dem Gesicht, der fast Mitleid war. Rell richtete sich auf und nickte der Verwalterin zu. Dann ließ auch sie Rell und Tora allein mit dem, was sie getan hatten.

KAPITEL DREIUNDZWANZIG

Nach dem Hinterhalt auf Smik und seine Kriegsschar überquerten Ambessas Truppen die Varju-Berge, was fast einen Monat dauerte. Anschließend segelte Ambessa auf einem requirierten Flusskahn nach Rokrund und passierte dabei ein Militärlager. Zunächst hielt sie es für Ta'Fiks Truppen, doch dann erkannte sie die Standarte ihrer Artillerie-Kriegsschar.

»Hier«, befahl sie dem Schiffsführer, am Ufer anzuhalten. Als er eine Stelle gefunden hatte, die flach genug war, stieg sie zusammen mit Rell, Rictus und etwas mehr als einem Dutzend von Amenesces Schnellhorn-Reitern aus – alle, die Platz hatten. Amenesce und die wenigen Dutzend Übrigen ritten mit den anderen Schnellhörnern die Ausläufer der Berge herab. Auf dem Lastkahn war nicht genug Platz für die vierzig überlebenden Kämpfer, geschweige denn für ihre Reittiere.

»Halt! Stehen bleiben!« Ein Leutnant marschierte zum Flussufer, als Ambessa näher kam. »Was habt ihr in Rokrund zu suchen?«

Eine Handvoll Soldaten folgte ihm und richtete ihre Speere auf sie.

Ambessa war zerzaust und übermüdet und sah, dass ihre Gruppe, wenn auch nicht furchterregend, so doch zumindest höchst verdächtig aussah. Sie straffte die Schultern und blickte auf ihn hinab.

»Ich bin Generalin Medarda. Bringt mich zu eurem Kriegsführer.«

»Generalin Ambessa Medarda?« Der Soldat sah zweifelnd zu seinem Kameraden. Der andere Soldat schüttelte den Kopf. »Legt eure Waffen nieder, und wir eskortieren …«

»Das werde ich nicht.« Ambessa drängte nach vorne. Sie streckte ihm ihren Ring entgegen, gab ihm aber kaum Gelegenheit, ihn zu sehen. »Ich habe keine Zeit für das hier, und du auch nicht. Wo sind Ta'Fiks Armeen?«

Die Speerspitzen wurden gesenkt und Schwerter gezückt.

»Ambessa Medarda?«, ertönte eine andere Stimme. Eine vertraute Stimme.

Gareth Burnside, Kriegsführer ihrer Fäuste, bahnte sich einen Weg durch die kleine Menschenmenge, die sich gebildet hatte. Er humpelte stärker, als Ambessa es in Erinnerung hatte.

»Hauptmann.« Sie umfasste seinen Unterarm. »Generalin. Was macht Ihr hier?«

»Ich bin hier, um euch den Arsch zu retten.« Ambessa grinste, dann wurde sie ernst. »Was gibt es für Neuigkeiten?«

Burnside schüttelte den Kopf und zupfte an seinem buschigen grauen Schnurrbart.

»Keine guten. Kommt mit mir, lasst diese Idioten hier.« Er warf seinem Leutnant einen finsteren Blick zu, und der junge Soldat sah beschämt aus, als er Ambessa verspätet salutierte.

»Der Respekt in den Reihen hat nachgelassen, Freund.«

Burnside warf einen Seitenblick auf ihre schmutzigen Kleider.

»Genauso wie Euer Aussehen.«

»Die Zeiten sind hart.«

»Ja, das sind sie. Das mit Menelik tut mir leid. Ich habe meine Sterne nach diesem Mann ausgerichtet. Er hinterlässt große Fußstapfen.«

»Ich weiß«, sagte sie schlicht.

»Ta'Fik?«

»Sie haben die Salpeterminen«, sagte er grimmig.

»Was?«

Ambessa bemühte sich, ihre Empörung zu unterdrücken. Die Kontrolle über die Salpeterminen war nicht nur eine Frage des Geldes – es ging um Schwarzpulver für ihre Artillerie, Schiffsgeschütze und sogar um die Konservierung von Lebensmitteln, also um die Versorgung der Armeen. Vor allem aber war Salpeter selten, eine der wenigen Minen in Noxus.

Burnside nickte

»Wir haben dort viele der Faust verloren. Einige schwere Kavalleristen aus Vindor haben geholfen, aber selbst sie konnten das Ende nicht verhindern. Ambessa, es war … nichts, was ich je zuvor gesehen habe.«

»Wie groß ist ihre Streitmacht?«

»Das ist es ja gerade«, sagte er leise. »Es können nicht mehr als dreihundert sein, und ein paar Basilisken, aber die Faust hat eine ganze Kompanie verloren! Wir sind nur noch zweihundert, einschließlich der Verwundeten. Ich bin solche Verluste nicht gewohnt. Diese Soldaten …« Er brach ab und schüttelte den Kopf. Als Ambessa die Stirn runzelte, sagte er mit leiser Stimme: »Im Zelt.«

Das beunruhigte sie. Bei voller Stärke zählte die Faust fünfhundert Mann, leichte Infanterie, die jedoch besonders geschickt darin war, nah heranzukommen und dann hart und schnell zuzuschlagen. Sie hatte einige von ihnen in Binan verloren und einige auf der Reise durch die Gewässer von Tranit, aber … Wenn etwas ihnen so viel Schaden zufügen konnte, selbst *mit* Amenesces Kavallerie …

Bevor sie jedoch Burnsides Kommandozelt betreten konnten, ertönte ein lauter, fröhlicher Ruf.

»Generalin!« Ambessa drehte sich überrascht um. Zishani, Kapitänin der *Goldenen Tänzerin*, kam herbeigelaufen und salutierte. Dann bemerkte sie Rell und boxte ihr gegen die Schulter.

»Schön, dass du schwimmen kannst, kleiner Seehund.« »Kann ich nicht«, murmelte Rell, sah aber dennoch zufrieden aus.

»Schön, dich zu sehen, Zishani. Ich dachte schon, du hättest dich verirrt«, sagte Ambessa. »Wie viele seid ihr?«

»Ich bin an der Küste angespült worden, aber ich habe Euch nicht gefunden.« Zishani senkte reumütig den Kopf. »Ich habe alle zusammengetrommelt, die ich finden konnte, und wir sind über Land nach Rokrund zurückgekehrt. Es tut mir leid, dass ich Euch nicht gefolgt bin, aber um der Überlebenden willen hielt ich es für besser, uns neu zu formieren.«

Ambessa wollte die Frau zurechtweisen, aber sie hatte recht – es hatte keinen Sinn, alle Soldaten zu verlieren, und sie hätte keinen Unterschied gemacht.

»Die *Spottvogel* hat es aber zurück aus Bel'zhun geschafft! Sie hatten ein paar Probleme, aber nichts, was Kress nicht bewältigen konnte. Sie ist in der Stadt und beaufsichtigt die Reparaturen. Einige ihrer Kämpfer haben sich meinen angeschlossen. Ich fürchte, wir sind an Land nicht so gut wie der alte Burnside hier.«

Zishani klopfte Burnside auf die Schulter. Sie wurde ernst.

»Sonst noch jemand von der *Tänzerin?*«

Ambessa duckte sich unter der Zeltklappe, die Burnside für sie hochhielt. Rictus folgte ihr, aber der Leutnant ihrer Schnellhorn-Reiter wartete draußen.

»Ma'am?«, fragte er.

»Die Quartiermeisterin ist dort drüben.« Burnside deutete mit dem Daumen in die Richtung. »Sie wird Euch ein Zelt und eine warme Mahlzeit geben. Ihr könnt im Fluss baden, wenn ihr möchtet. Generalin?«

»Perfekt, danke, Hauptmann. Leutnant, wegtreten. Es gibt bald weitere Befehle.«

Der vindorianische Soldat salutierte, und seine Truppe zerstreute sich.

»Rell?« Ambessa hielt das Mädchen zurück, das Rictus ins Zelt folgen wollte. »Geh mit ihnen.«

Rell blickte zu ihr auf. Sie stützte sich schwer auf ihren Speer. Seit sie Smik überfallen hatten, war sie von einer Leere erfüllt, die über bloße Erschöpfung hinausging. Wahrscheinlich hatte sie zum ersten Mal in ihrem Leben einen Menschen getötet. Eine schwere Tat, ein lebensverändernder Moment im Leben eines jeden Kriegers. Ambessa hatte nicht gewusst, was sie sagen sollte, als Rell in dieser Nacht vor ihr stand, und sie hatte keine Zeit gehabt, sie darauf vorzubereiten, nicht bei ihrem rasanten Marsch durch die Berge.

Ihr erster erschlagener Feind – viele waren ihr in Erinnerung geblieben, aber konnte sie sich an ihren ersten erinnern? Vielleicht war es der Späher von Freljord, als sie eine Cousine in den Eisgipfeln besucht hatte? Nein, denn da hatte sie bereits ihre Ausbildung begonnen. Vielleicht war es die Gnadentötung der verwundeten Frau, deren Schwert sie aufgehoben hatte. Ambessa erinnerte sich an das gurgelnde Blut in der Brust der Frau, an ihre schwach erhobene Hand. An ihre flehenden Augen. Ambessa hatte sie für tot gehalten und sich erschreckt. Sie erinnerte sich daran, wie sie die Frau mit ihrem eigenen Schwert erstochen hatte, aber war es ein Reflex oder Absicht gewesen? Das spielte jetzt keine Rolle mehr. Wichtig war, dass die Frau seit etwa dreißig Jahren tot war.

Ambessa umfasste Rells Schulter so tröstend wie möglich und sprach nur für sie.

»Wir haben viel zu besprechen, Rell. Ich weiß, dass ich mir nicht genug Zeit für deine Ausbildung nehmen konnte, aber wenn ich zurückkomme, werden wir über alles reden, was passiert ist.«

Rells Blick wurde schärfer.

»Ich komme mit Euch.«

»Du bist gerade quer durch den Kontinent geritten. Du brauchst Ruhe.«

»Ihr auch.«

»Du bist das nicht gewohnt. Ich hatte ein Leben lang Zeit, mich auf eine solche Herausforderung vorzubereiten.«

Ambessa war sich bewusst, dass die anderen Kommandanten höflich vorgaben, dieses Gespräch zu ignorieren.

»Dann werde ich mich daran gewöhnen.« Rell streckte trotzig ihr Kinn vor und runzelte die Stirn. Ihre Augen lagen im Schatten. »Wie soll ich es sonst lernen?«

»Wenn du auf dem Schlachtfeld müde bist, geht es um Leben und Tod.«

»Ich habe keine Angst zu sterben –«

»Nicht um dich«, unterbrach Ambessa sie scharf, »aber um deine Kameraden. Bist du bereit, auch ihr Leben in die Hand zu nehmen? Was ist mit deiner Freundin Tora?« Dann mit leiserer Stimme: »Rell. Du musst mir nichts mehr beweisen. Nicht heute.«

Rell schluckte. Eine neue Ernsthaftigkeit überkam sie.

»Ich werde mich etwas ausruhen, mit Eurer Erlaubnis, Generalin.«

Als Rell den vindorianischen Reitern folgte, ihre Schultern bewusst gerader als zuvor, spürte Ambessa, wie sich etwas Seltsames in ihrer Brust ausbreitete. Stolz. Sie empfand Stolz. Stolz und ein aufregendes Gefühl von Potenzial. Die Stimmung im Zelt drückte sie sofort nieder. Zuerst beantwortete Ambessa Zishanis Frage.

»Alle, die mit mir überlebt haben, sind in einem von Smiks Gefängnissen. Smik ist jetzt tot, aber es würde uns mehr kosten, sie jetzt zu befreien, als wenn wir warten würden.«

»Und wenn wir sie nicht retten?«, fragte Zishani leise. Ambessa hatte jetzt dieselbe Antwort wie damals, als Rell sie fragte, warum sie sie ihrem Schicksal überlassen hatte. Dies war

Krieg, und Krieg hatte seinen Preis. Sie würde nicht verschwenden, was sie gewonnen hatte.

Sie schüttelte einmal den Kopf.

»Hauptmann, erkläre mir eines: Warum hast du den Schwanz eingezogen?«

Anstatt mit ihr zu lachen, fuhr Burnside sich mit der Hand durch sein schütteres Haar.

»Wir waren nicht einmal lange im Kampf. Ich habe mich zurückgezogen, sobald ich ihre Stärke einschätzen konnte. Ich musste mich neu formieren und einen besseren Plan ausarbeiten. Sie haben uns in Stücke gerissen, Generalin.«

»Dann lass uns einen Plan ausarbeiten.«

KAPITEL VIERUNDZWANZIG

Ambessa beobachtete Gintaras Truppen in den Minen aus dem Wald, der sie umgab. Rell kniete neben ihr im Dreck und beobachtete schweigend. Die Salpeterhöhlen lagen in einem Hang, der einst nur Wald gewesen war. Als die Höhlen entdeckt wurden, wurden sie jedoch sofort zu einer Einnahmequelle, die Hälfte der Bäume wurde abgeholzt und Straßen gebaut, um das wertvolle Mineral zur Festung Rokrund und von dort aus ins ganze Reich zu transportieren. Es gab nur eine Straße, damit die Gewinne Rokrund und seinen Kaufleuten – Ambessas Familie – zugutekamen.

Diese einzige Straße leistete ihr jetzt gute Dienste. Gintaras Wachen konzentrierten ihre Aufmerksamkeit auf diese Richtung, während andere den Abbau und das Verladen auf Wagen überwachten, die wahrscheinlich zu Ta'Fiks Schiffen gebracht werden sollten. Ambessa schnaubte leise. Irgendwie schien es eher eine Ablenkung zu sein als Ta'Fiks wahres Ziel. Es war eine Beleidigung, aber es war nicht ihr pochendes Herz. Das machte Ambessa vorsichtig, mehr noch als Burnsides Warnung.

»Generalin«, erklang eine leise Stimme direkt hinter ihr. Es war einer ihrer Schattenjäger – ihre kleine Kriegsschar aus Drachenhundjägern und ihren tödlichen Begleitern.

»Bericht.«

»Alle Wachposten im Wald sind gesichert. Es waren nur fünf, Ma'am.«

»Gut. Bleibt in Bereitschaft. Gebt den Fäusten das Signal, ihre Positionen einzunehmen.«

Der Schattenjäger salutierte schweigend, und er und sein Drachenhund verschwanden in den Bäumen. Sie wartete, bis die Fäuste den Wald betreten hatten. Es waren etwa zweihundert, sie waren nicht so heimlich wie die Schattenjäger, aber das mussten sie auch nicht sein, jetzt, da die Wachen tot waren. Unten machten Gintaras Kämpfer und die Bergleute genug Lärm, um die Geräusche von Ambessas Soldaten zu übertönen, die die unten Stehenden umzingelten. Sie umkreisten das Bergbaulager wie ein Hufeisen und ließen nur die Straße frei.

Gintaras Kriegertruppe hieß die Schlitzer. Sie war klein – zehn Basiliskreiter und zweihundert Infanteristen, laut Burnside. Die Basilisken standen abseits, ihre Pfleger fütterten sie mit rohen Fleischstücken. Ambessa war froh, dass sie den Wind im Rücken hatte. Allein diese monströsen Echsen würden schwere Verluste verursachen, aber sie waren nicht der Grund für Burnsides Besorgnis. *Stärker als jeder Mann oder jede Frau, gegen die ich je gekämpft habe, sogar stärker als Minotauren,* hatte er gesagt. Das war schwer zu glauben, aber Burnside war ein vertrauenswürdiger Hauptmann, kein unerfahrener Junge, der sich an den Rockzipfel seiner Generalin klammerte.

Als Burnside ihr mit seinem Signalspiegel zu verstehen gab, dass er in Position war, schickte sie Rell zu Rictus und den örtlichen Wolfsschnittern. Er würde sie die Straße hinaufführen und direkt in Gintaras Lager. Der Wind raschelte in den Bäumen. Ein friedliches Geräusch, trotz des Krieges, der in Ambessas Brust tobte. Der Boden unter ihren Füßen war weich, eine Mischung aus Lehm und Laub. Der Wind trug den Geruch von Lagerfeuern und Lageressen herbei – beruhigende Gerüche. Sie musste an Menelik denken und an die Jahre, die sie mit ihm auf Feldzug verbracht und von ihm gelernt hatte.

Medarda an erster Stelle. Es verstieß gegen den Kodex, dass Medarda gegen Medarda Krieg führte. Das wusste sie in ihrem Herzen und schämte sich dafür, was Menelik denken würde, wenn er sie so gegen Ta'Fik aufgestellt sähe – aber es wäre eine noch größere Schande für ihren Großvater, wenn Ta'Fik die Familie übernehmen und sie zu nichts als Kaufleuten und Intriganten machen würde. Sie würde alles tun, um Gintara nicht zu töten – das Mädchen tat nur ihre Pflicht als Tochter –, aber Ta'Fik hatte den ersten Schlag geführt, indem er sie überhaupt nach Rokrund geschickt hatte.

Rell kehrte zurück.

»Er kommt, Generalin.«

Dann hörte Ambessa, worauf sie gewartet hatte, und Gintaras Kämpfer ebenfalls. Als sie die marschierenden Stiefel auf der Straße hörten, wurden die Kochfeuer gelöscht und Formationen gebildet. Die Basilisk-Reiter bestiegen ihre Reittiere. Rictus machte eine überzeugende Show; dabei half es, dass die Wolfsschnitter so furchterregend aussahen, dass jeder glauben würde, sie seien alles, was man brauchte, um eine kleine Streitmacht wie die von Gintara zu besiegen – zweihundert Männer und Frauen, geschmiedet in den Arenen von Rokrund und auf dem Schlachtfeld gestählt.

Rictus bot keine Verhandlungen an. Die Wolfsschnitter prallten hart auf Gintaras Infanterie.

Sie hätten dem Ansturm fast sofort nachgeben müssen. Es handelte sich um Ambessas Elitetruppe, ihre Elite-Kriegsbande. Stattdessen sah sie, wie Gintaras Kämpfer ihnen standhielten – und dann begannen, sie zurückzudrängen.

Wie war das möglich?

Ambessa blitzte mit ihrem Handspiegel, um Burnside ein Zeichen zu geben. Dann schob sie ihre Hände in ihre Drachenhund-Handschuhe. Die Ledergriffe darin gaben ihr ein Gefühl von Sicherheit. Sie fühlte sich realer.

Sie wollte sich zu Rell umdrehen und sie fragen, ob sie bereit war, aber das hätte das Mädchen bloßgestellt und vor allem Zweifel gesät. Für einen Krieger auf dem Schlachtfeld gab es nichts Gefährlicheres als Zweifel. Stattdessen gab sie den Soldaten in der Faust hinter ihr ein Zeichen. *Jetzt.*

Es war Zeit, die Schlinge zuzuziehen.

Sie stürmte aus dem Wald, die Soldaten folgten ihr, und sie nahmen Gintaras Kämpfer auf der linken Flanke, während Burnside und seine Truppe die rechte Flanke angriff. Für einen Moment, so schnell wie ein flüchtiger Gedanke, sah sie goldene Beinschienen an ihren Schienbeinen und goldene Armschienen, die ihre Unterarme bedeckten. Dann waren sie verschwunden, aber das Versprechen ihrer Stärke blieb.

Die erste Frau, auf die sie prallte, war zu sehr auf den Wolfsschnitter vor ihr konzentriert, um sich rechtzeitig gegen Ambessas Angriff zu verteidigen. Ambessa rammte sie mit den halbmondförmigen Klingen voran. Mit beiden Fäusten und der ganzen Wucht ihres Schwungs schleuderte sie die andere Frau in die Luft. Sie schlug auf dem Boden auf und blieb wie ein zerbrochener Haufen liegen, aber Ambessa hatte sich bereits umgedreht, um ihre nächste Gegnerin zu suchen.

Ein weiterer Gegner schwang jedoch bereits die Waffe gegen sie. Die gekrümmte Klinge ihrer Handschuhe fing das Schwert des Mannes ab und hielt es fest. Die Wucht, die ihn normalerweise zu Boden geschleudert hätte, bewegte ihn kaum. Ein subtiles Licht brannte in seinen Augen und unter seinem Kragen. Er lächelte Ambessa an, zeigte gerade, wilde Zähne und drückte seine Waffe fester nach unten, sodass Ambessas Arm nach unten gedrückt wurde. Ihre Schulter schmerzte von der Anstrengung, dagegen anzuhalten.

Also gab Ambessa nach, ließ ihren Arm fallen und rollte sich zur Außenseite des Mannes. Sie schlug auf seinen ungeschützten Rücken – doch er drehte sich blitzschnell um. Er war schnell. Unnatürlich schnell. Burnsides Ängste ergaben Sinn.

Das Einzige, was Ambessa rettete, war das mangelnde Können des Mannes – er war stark, aber als sie eine Finte machte, konzentrierte er sich zu sehr darauf, den falschen Schlag abzuwehren, und nicht genug auf die Faust, die ihm in den Bauch schlug.

Das unheimliche Leuchten in seinen Augen flackerte und erlosch.

Ambessa suchte zwischen den Lücken der Schlacht nach Rictus, aber die Schlitzer waren wild – zu stark, zu schnell, und alle leuchteten mit demselben seltsamen Licht. Jedes Mal, wenn sie sich eine Lücke erkämpfte, wurde sie wieder zurückgedrängt. Auch Rell hatte sie bereits aus den Augen verloren.

Gintara war leichter zu finden. Sie befand sich am Ende der Kriegsschar und saß auf einem jungen Basilisken. Sie beobachtete alles selbstgefällig. Das Tier war genauso gepanzert wie sie, die Stacheln auf seinem Rücken und seinem Schwanz waren so scharf wie Gintaras Speer.

Ambessa wich einem weiteren Schlag aus und schaffte es gerade noch, ihre Handschuhe in Position zu bringen, bevor die fallende Axt sie spalten konnte. Sie brüllte trotzig und schlug mit den Armen vor sich, um Platz zu gewinnen.

Zu viele ihrer Leute fielen. Burnside hatte recht gehabt. Diese Soldaten waren nicht *normal*. Wenn Ambessa das nicht schnell beendete, würden sie alle verloren sein.

Oder sie konnte sich zurückziehen.

Sie konnte immer noch gewinnen. Wenn sie Gintara gefangen nahm, würde das reichen.

Ambessa folgte den Schreien ihrer Soldaten bis zum gewundenen Schwanz von Gintaras Basilisk und wich den wilden Hieben eines Schnitters aus. Sie hatte nur eine Person im Blick. Fast war sie da, konnte den Gestank des Basilisken riechen, als er nach drei Fäusten schnappte, als etwas von der Seite in sie hineinschoss und sie zu Boden warf.

Einer ihrer Handschuhe flog von ihrer Hand und schlitterte davon. Ambessa und ihr Gegner rollten im Gras, das von blutigem Schlamm bedeckt war. Er lag auf ihr, die bärtige Axt schwang über ihrem Kopf, während er ihren Arm mit der verbliebenen Drachenhundklinge festhielt. Ambessa bäumte sich auf und riss ihre Hüften hoch, aber der Feind lag fest auf ihr, seine Augen glühten mit demselben blassen Licht. Sein Griff um ihren Arm war unerschütterlich.

Würde sie wieder sterben, so nah an den Ebenen, wo der Wolf sie zuletzt gefunden hatte?

Dann sollte es wenigstens schnell gehen.

Gerade als sie ihre Kehle entblößte, um ihr Schicksal zu erfüllen, schrie Rell auf. Ambessa erkannte ihre Stimme sofort, obwohl sie das Mädchen noch nie in solcher Angst und Schmerzen gehört hatte. Der Soldat über ihr war ebenfalls abgelenkt. In diesem Bruchteil einer Sekunde nutzte Ambessa die Gelegenheit, befreite ihren Arm und rammte ihre Drachenhundfaust in seine Kehle, sodass sein Kopf fast abgetrennt wurde.

Sie schob den toten Körper von sich und rannte auf Rells Stimme zu, wobei sie im Laufen ihren anderen Handschuh aufhob. In den Handschuhen löste sie den Verschluss, der die Halbmonde in den Mäulern der Drachenhunde festhielt.

Rell rappelte sich vor Gintara und ihrem Basilisken auf und versuchte, den bösartigen Schnappzähnen und den Schwüngen der Klauen des Tieres auszuweichen. Jemand anderes schrie vor Schmerz, als ihn die Stacheln am Schwanz trafen.

Ambessa nutzte den Moment. Sie schleuderte eine ihrer Klingen nach vorne. Sie entrollte sich an ihrer dünnen Kette, traf Gintaras Brust, klirrte gegen ihre Rüstung und blieb dort hängen. Ambessa zog daran, und Gintara stürzte vom Rücken des Basilisken.

Der Basilisk richtete seine brennenden Augen auf Ambessa.

»Lauf!«, schrie Ambessa Rell zu, die vor Schreck erstarrt war. Sie sah Zishani in der Nähe und rief ihr zu. Die Kapitänin kämpfte auch an Land gut, aber nur mit der Hilfe von zwei weiteren Matrosen konnte sie einen von Gintaras Schnittern töten.

»Zishani!«, schrie Ambessa. Als die Frau sie sah, zeigte Ambessa auf Rell. »Lauf!«

Dann hatte Ambessa keine Zeit mehr, zu sehen, was Rell oder Zishani taten, denn der Basilisk stürzte sich auf sie. Anstatt sich jedoch von seinen großen Klauen treffen zu lassen, befahl Gintara dem Tier mit einem zwitschernden Signal, anzuhalten. Gintara rappelte sich auf, verzog das Gesicht und hielt sich die Hand auf die Brust.

»Sieh dich um, Tante. Wir haben dich besiegt. Sag deinen Leuten, sie sollen sich ergeben, dann bringe ich dich lebend zu meinem Vater.«

Ambessa sah sich um. Der Kampf ging weiter, aber ihre Überzahl brachte ihr nicht den erwarteten Sieg. Burnside hatte recht gehabt. Aber sie würde sich nicht ergeben, um zu Ta'Fik gebracht zu werden.

»Ich werde dich töten!«

Aus dem Augenwinkel sah Ambessa, wie Rell einen Speer auf Gintara warf.

»Rell, nein!«, schrie Ambessa. Gintara sprang zurück und drückte sich flach gegen ihren Basilisken. Das Tier wandte sich Rell zu, und Gintara ebenfalls. »Zishani, nimm sie! Los!«

Die Kapitänin zog Rell am Mantel und versuchte, sie wegzuziehen. Nicht, dass es auf dem Schlachtfeld sonst viel sicherer gewesen wäre. Zishani schwang ihr Entermesser in einem abschreckenden Bogen in Richtung des Basilisken, während sie zurückwich.

»Rell?« Gintara grinste. »Ich kenne dich. Du bist die kleine Zwergin aus den Arenaspielen meiner Schwester. Willkommen in der realen Welt.«

»Zwergin?«, knurrte Rell. Sie wich einem der Rückenschläge des Basilisken aus. Sie war jetzt unbewaffnet. Trotz ihrer Wut konnte Ambessa die Angst sehen, als sie zurückwich. Es gab keinen Ausweg, auf der einen Seite der Basilisk, auf der anderen Gintara. Sie sah, dass Zishani das auch erkannte. Die Kapitänin blieb stehen und stellte sich zwischen Rell und Gintara, zwischen Rell und das Biest.

»Gintara, ich bin deine Feindin. Wenn du mich willst, komm und hol mich.«

Gintara drehte sich um. Der Basilisk nicht.

Er stürzte sich nach vorne, und Zishani wich ihm aus und schlug ihm an die Seite des Kopfes. Ihre Klinge prallte nutzlos gegen seinen gepanzerten Helm, und er schnappte nach ihr.

»Nein!«, schrie Rell. Unter Zishanis Schmerzensschrei hörte Ambessa Knochen brechen. Der Basilisk warf Zishani wie eine Puppe beiseite. Er schlug erneut nach Rell, die zurücktaumelte und über einen Toten stolperte. Sie krabbelte auf ihren Händen zurück, verlor jedoch nie ihren wütenden Gesichtsausdruck, selbst als der nächste Klauenhieb kam.

Ambessa schwang ihre Kettenklingen und schlug Gintara beiseite. Die andere Frau fiel in einem Klirren von Rüstung zu Boden, und Ambessa tauchte zwischen Rell und den Basilisken. Rells Augen weiteten sich vor Schreck, als Ambessa den Angriff der Bestie abfing. Wenn irgendwelche Worte herauskamen, hörte Ambessa sie nicht, nur das Pfeifen der Klauen, die hinter ihr die Luft zerteilten.

Ein reißendes Gefühl in ihrem Rücken, als Rüstung und

Haut gleichermaßen zerfetzt wurden. Unter ihr schrie Rell vor wortloser Wut.

Dann schlug Ambessa auf dem Boden auf. Der Schmerz blendete sie und machte sie benommen. Wo war das Mädchen? Wo war Rell?

Hier, neben ihr, kniend, schützend über sie gebeugt, mit einem zerbrochenen Speerschaft in der Hand, während sie schrie.

Und dann geschah etwas Unvorstellbares. Als Rell schrie, spürte Ambessa eine Welle über das Feld rollen. Ihre Stahlhandschuhe wurden unheimlich schwer. Die Klinge von Rells Speer bog sich in der Mitte. Gintara, in ihrer gesamten Stahlrüstung, konnte sich nicht vom Boden aufrichten.

Und die Rüstung des Basilisken … sie krümmte sich. Das Tier heulte vor Schmerz, als sich die Metallpanzerung in sein Fleisch grub, sich immer fester um ihn schloss, bis sie ihn durchbohrte, und sich dann noch weiter zusammenzog. Der Schutzschild auf seinem Kopf presste sich an seinen Schädel und drückte zu.

Es war eine Gnade, als das Metall das Gehirn des Basilisken erreichte und seine Schreie verstummten.

»Kreipsha.« Rictus war neben ihr, und Ambessa spürte, wie er sie in seine Arme hob. Sein Atem ging ebenso stoßweise wie ihrer. »Kreipsha, befehlt den Rückzug.«

Ambessa konnte nur nicken, also rief er den Befehl selbst. Ein brennender Schmerz durchzuckte ihren Körper, als er sie wegtrug. Sie knurrte, um den Schrei zu unterdrücken, den sie ausstoßen wollte.

»Rell«, presste sie hervor. Sie krallte sich an Rictus' Rüstung und versuchte, ihn umzudrehen. Die Bewegung ließ ihre Sicht vor Schmerz schwarz werden, also schloss sie die Augen. »Geh zurück und hol sie.«

Rictus ignorierte sie.

KAPITEL FÜNFUNDZWANZIG

Rudo wünschte sich, er würde in seinem geliehenen Bett schlafen.

Nein, er wünschte sich, er wäre wieder in Basilich. In den letzten Monaten hatte er sich immer mehr nach diesen glücklichen Tagen zurückgesehnt. Er wurde in die Vergangenheit zurückversetzt und zweifelte an seiner Entscheidung, nicht bei Ambessa geblieben zu sein, und an jedes Mal, wenn er sich entschieden hatte, sie nicht zu sehen. Er hatte es getan, um sie zu beschützen, hatte er sich jedes Mal gesagt, damals wie heute. Um ihr Kind zu schützen. Jetzt kam es ihm nur noch wie Feigheit vor.

Stattdessen befand sich Rudo mit Inyene im Labor unter den verlassenen Ruinen. Die tiefen Hallen des versteckten Bunkers waren keineswegs still. Sie hallten wider von Stöhnen, Schreien und Flehen ihrer Versuchspersonen. Der Neueste war ein Junge, dessen Magie die Wolken formen konnte; Rudo hatte ihn beim Spielen mit Pfützen in der Nähe des Hafens von Bel'zhun gefunden. Jetzt weinte er bitterlich um seine Mutter, und in seinen Tränen lag keine Magie, nur Angst.

Inyene hatte darauf bestanden, dass sie bis spät in die Nacht arbeiteten. Die Augen waren mit manischer Leidenschaft erfüllt, und Rudo musste immer wieder daran denken, was Inyene vor einigen Monaten gesagt hatten: *Wir haben Befehle von höherer Stelle.*

Welche Befehle hatten sie erhalten? Und was waren die

Konsequenzen eines Scheiterns? Warum drängte man sie so sehr?

Die Schwarze Rose mochte ihre Familie sein, aber die blasse Frau war nicht als sanfte Herrin bekannt.

»Ich glaube, ich habe es«, murmelte er vor sich hin.

Er arbeitete an einem weiteren Versuch mit den Runen. Ein neues Projekt. Rudo hatte es nur geschafft, die Fertigstellung der Fleischrunen um ein paar Monate zu verzögern. Als Ausrede gab er die Nebenwirkungen bei den Soldaten an, aber seine wahren Motive waren egoistischer. Jeder Monat Verzögerung war ein weiterer Tag, den er Ambessa verschaffen konnte, ein Tag, an dem sie sich vorbereiten konnte. Wie, wusste er nicht. Das lag jetzt an ihr. Er konnte nicht ewig auf Zeit spielen. Schließlich hatten sich Inyene und Ta'Fik gegen Rudo verbündet und das Projekt in die nächste Phase gebracht, indem sie die Fleischrunen auf Ta'Fiks Soldaten anwendeten. Das dauerte noch einige Wochen, danach waren die Runensoldaten kampfbereit. Er schickte sie sofort mit Gintara nach Rokrund. Dann wandte sich Inyene dem zu, was Rudo als das eigentliche Ziel erkannt hatte.

Der Jugendliche unter Inyenes Händen stöhnte durch zusammengebissene Zähne und wand sich in seinen Fesseln. Er lag mit nacktem Oberkörper auf der Steinplatte, ein Opfer. Rudo hatte ihn in Bel'zhun gefunden, als sie dort waren, um sich um Menelik und Ambessa zu kümmern. Er war sich nicht sicher, über welche Kräfte der junge Magier verfügte oder ob der Junge überhaupt wusste, dass er sie hatte, aber Rudo hatte ihn markiert, und als Inyene bereit war, brachten andere aus der Rose ihn hierher. Er war der Erste gewesen, aber jetzt war er einer von vielen Magiern, die für Inyenes Experimente ausgesucht und hierhergebracht worden waren.

»Sei bereit«, befahl Inyene. »Ich werde deine Kraft brauchen.«

Inyene formte mit den Händen die Rune, die über dem Jugendlichen schwebte. Sie hatte eine andere Form als die, die sie Ta'Fiks Soldaten gegeben hatten. Sie war stachelig und wirkte fast … lebendig. Hungrig. Die Ranken streckten sich aus und zogen sich wieder zurück, wie Tentakel, die nach etwas greifen.

Das letzte Mal, als sie diese Technik an diesem Jugendlichen ausprobiert hatten, war sie gescheitert. Der Junge hatte trotz der Schmerzen, die sie ihm zugefügt hatten, immer noch seine Magie.

Rudo verband seine eigene Magie mit dem Muster der seltsamen Rune, und helles Gold überlagerte das Rotgold von Inyenes Kraft.

»Jetzt!« Inyene drückte die Hand auf die nackte Brust des Jugendlichen, und Rudo ebenso. Wie bei den Soldaten versank die Rune in der Haut des Jungen, aber diesmal löste sie sich nicht auf. Sie brannte dort wie ein Brandmal, und der Junge schrie schrecklich, als würde sein Fleisch wirklich brennen.

»Es funktioniert«, flüsterte Inyene mit flacher, aufgeregter Atmung.

Anstatt zu einem Glühen zu verblassen, stieg eine andere Farbe in derselben Form aus seinem Inneren empor – aber diesmal war es ein violettes Gelb. Als diese neue Energie aufstieg, entriss sie dem Jungen einen unerträglichen Schrei, ein Schmerz, der so stark war, dass Rudo die Tränen in die Augen schossen.

»Wir müssen aufhören«, sagte er.

»Nein, noch nicht, es funktioniert. Ich kann es spüren.«

Rudo konnte es auch spüren, obwohl er sich davon entfernt fühlte. Mit einem Stich im Herzen wurde ihm klar, dass dies weder seine Magie noch die von Inyene war – es war die des Jungen. Inyenes Rune hatte ihm seine Magie genommen, und deshalb schrie er, als würde er in Stücke gerissen. Denn das wurde er. Dann rollten seine Augen nach hinten, und sein Körper erschlaffte. Sein Mund stand offen, ohne einen Ton von sich zu geben. War er …

»Ich habe es. Schnell, ich brauche –« Inyene ballte die Faust, als würde man sich an ein Lebewesen klammern, das zu entkommen versuchte. »Wirst du sie nehmen?«

»Was?«

»Seine Magie, wirst du sie nehmen?«

Inyene zitterte vor Anstrengung, und Schweiß benetzte die Stirn. »Wir müssen sehen, ob es funktioniert.«

Rudo zuckte angewidert zurück.

»Nein.« Inyene biss die Zähne zusammen und knurrte gereizt.

»Hol den anderen Jungen. Den Hydromanten. Schnell, ich kann sie nicht mehr lange halten, und ich weiß nicht, was passiert, wenn ich sie loslasse …«

Rudo sprintete aus dem Versuchsraum, erleichtert, dass er etwas tun konnte, anstatt diesem Jungen dabei zuzusehen, wie er sich auf dem Steintisch wand. Sein Herz pochte wie wild in seiner Brust und rebellierte gegen alles, was er tat.

Die blasse Frau wollte das. Es war zum Wohle der Schwarzen Rose. Um sie zu stärken, um sie zu beschützen. Aber Rudo war kein Dummkopf. Er wusste, dass ein Teil dieses »Schutzes« ihren eigenen Machenschaften diente, und was auch immer diese sein mochten, es ging mehr um Macht als um die Sicherheit der Magier. Und was war schon Sicherheit, wenn ihre eigenen Leute das taten, was Rudo und Inyene mit den jungen Magiern taten, die sie gefunden hatten?

Rudo schloss die Zelle des Jungen auf, der gerade angekommen war. Hydromantie. Mächtige Magie, die Wasser und sogar das Wetter manipulieren konnte, aber roh und ungeschult. Seine Magie war jetzt abgeschwächt, durch Rudos eigene dämpfende Runen in Schach gehalten.

Der Junge sah zu Rudo auf, als dieser eintrat. Seine Augen waren trocken, seine Stimme lustlos.

»Ich will zu meiner Mutter.«

Rudo schauderte.

»Wie heißt du, Junge?«

»Skira«, sagte er einfach.

»Komm mit mir, Skira. Es wird alles gut.«

Der Junge wehrte sich nicht, als Rudo ihn am Arm packte. Er führte ihn zurück, wo Inyene immer noch die gestohlene Magie festhielt. Die Haut hatte eine graue Färbung angenommen.

»Beeil dich«, flüsterte Inyene heiser. Rudo legte den Jungen auf die Steinplatte. Er überragte den Jungen, aber nicht sehr viel. Skira war so klein. Rudo band ihn mit Magie an die Steinplatte.

»Halte seine Magie fest«, sagte Inyene und ließ die Rune mit einem erleichterten Stöhnen auf Skira los, der aufrecht in die Höhe schoss, als die neue Kraft in ihn strömte. Die Sehnen in seinem kleinen Nacken spannten sich, als er den Rücken krümmte. Sein Mund öffnete sich, um zu schreien, aber es kam kein Ton heraus.

Rudo spürte alles durch seinen eigenen magischen Griff um den Jungen – es drückte und schlug gegen ihn, und für einen Moment spürte er, wie sein Griff nachließ. Er … kämpfte gegen ihn. Mit der neuen Kraft. Er glaubte nicht einmal, dass der Junge das absichtlich tat. Aber Rudo war einer der mächtigsten Magier der Schwarzen Rose, und er hatte Jahrzehnte damit verbracht, seine Kunst zu verfeinern. Er drückte Skira beiseite und verstärkte seinen Griff um den Jungen. Dann spürte er, wie die mächtige Welle der Magie plötzlich nachließ – bevor sie zurückkehrte und wie eine Welle in einem Sturm gegen ihn schlug.

Dann zog sie sich wie eine Welle wieder zurück.

»Inyene? Was ist los?«

»Ich versuche ...«

Die Rune ließ sich in Skira nieder, und Inyene sank gegen den Steintisch und hielt sich zitternd aufrecht.

»Hat es funktioniert? Hast du es gespürt?«

Rudo versuchte, nach Luft zu schnappen, wagte es aber nicht, näher an den Tisch heranzutreten. Inyene verzog die Lippen.

»Sieh mich nicht so an. Er war schwach genug, um entbehrlich zu sein. Und der Junge?«

Er sah Skira zögernd an. Skira lag auf dem Tisch, seine kleine Brust hob sich schwach. Rudo konnte nur noch einen schwachen Schimmer der Magie des Jungen spüren, einen schwankenden Puls, und dann, obwohl er versuchte, ihn festzuhalten, verschwand auch dieser. Dann war nichts mehr. Inyene sah zu, wie der Junge seinen letzten Atemzug tat. Sie warteten einen Moment, bis sich seine Brust wieder hob. Als dies nicht geschah, fluchte Inyene und schlug mit den Fäusten auf die Steintische.

»Nein! Diesmal hätte es funktionieren müssen!«, brüllte Inyene frustriert. Die Finger um den geschorenen Kopf geklammert, ging Inyene mit unsicheren Schritten davon.

»Das ist zu viel, Inyene. Niemand kann das ertragen.« Er war noch ein Junge. »Selbst einer von uns ...«

»Es ist nicht unmöglich, Rudo. Wir brauchen nur einen stärkeren Magier. Er muss stark genug sein, um so viel Macht zu bändigen.«

Die meisten Magier, die Rudo und Inyene mitgebracht hatten, waren schwächer, von niedrigerem Rang. Sie waren vielleicht zu mehr als nur Taschenspielertricks fähig, aber sie würden niemals so werden wie die beiden. Sie würden niemals in den Reihen der Schwarzen Rose aufsteigen. Skira hatte mehr Potenzial gehabt – er wäre vielleicht viel stärker geworden, wenn er noch gelebt hätte.

»Du musst mir mehr suchen. Älter als der Junge. Stärker – nicht nur in ihrer Magie, sondern –« Inyene suchte nach dem richtigen Wort und griff verzweifelt nach Luft. »Robust. Sie müssen Ausdauer haben. Hat Ta'Fik irgendwelche Magier in seinen Kriegsscharen?«

Rudo wusste es nicht. Selbst jetzt befanden sich die meisten dieser Kriegsscharen, einschließlich der Runensoldaten, in Rokrund und rückten auf Ambessas Heimat vor. Als sie sich in Basilich nur kurz kennengelernt hatten, waren sie klug genug gewesen, sich keine Versprechen zu machen, aber er sollte das Werkzeug für ihre Vernichtung sein. Die Mutter seines Kindes.

Er hatte getan, was er konnte, um ihr eine Chance zu geben, ihren Platz in der Thronfolge zu beanspruchen, auch wenn er Menelik getötet hatte, um zu verhindern, dass der alte Mann die Worte aussprach, die Ambessas Herz brechen würden. Auch wenn sie ihn dafür hassen würde, hatte er es für sie getan.

Aber das hier … das war zu viel. Er konnte nur an Mel denken. Er hatte unter den Tätowierungen, die er ihr gegeben hatte, dämpfende Runen versteckt; jede latente magische Fähigkeit, die sie hatte, würde maskiert sein. Aber was, wenn etwas schiefging? Was, wenn eine andere Spürnase der blassen Frau, jemand wie er, *sie fand?* Was würde er dann tun, wenn sie versuchten, sie von *ihrer* Magie zu trennen?

Er stolperte von Skira und dem bewusstlosen jungen Mann auf dem Tisch weg. Der Jugendliche war in Mels Alter. Er lag ausgestreckt auf dem Stein, schlaff. Seine Finger baumelten über den Rand, zart gekrümmt, nicht mehr vor Schmerz geballt. Aber was würde er fühlen, wenn er aufwachte und wusste, dass man ihm seine Magie genommen hatte? Und das alles für nichts. Inyenes Rune hatte nicht einmal funktioniert.

»Das ist nicht richtig.«

Rudo legte Inyene beruhigend die Hand auf die Schulter, aber Inyene schlug sie weg.

»Was ist los mit dir in letzter Zeit, Rudo? Du zögerst bei jeder Entscheidung. Erst hast du die Runensoldaten zurückgehalten. Jetzt das. Du gehst auf Zehenspitzen, wo du früher getanzt hast. Sag mir, was los ist.«

Fast eine Bitte. Rudo wollte es sagen. Er wollte vertrauen.

»Was auch immer deine Befehle sind, vielleicht …« Er zögerte, bevor er etwas aussprach, das er in seinen Gedanken nur angedeutet hatte. Leise fügte er hinzu: »Vielleicht könnten wir sie zurücklassen.«

»Tu das nicht. Es steht dir nicht zu, mir zu sagen, was richtig und was falsch ist. Das hat nichts mit ihr zu tun …« Inyene hielt inne und atmete schwer. Anstatt den Satz zu beenden, schüttelte Inyene den Kopf und starrte Rudo an. Dann wurde das Gesicht ausdruckslos. »Du meinst, wir sollen die Rose zurücklassen?« Inyene lachte ungläubig. »Bist du verrückt?«

Nein. Nein, zum ersten Mal hatte Rudo das Gefühl, die Dinge klar sehen zu können. Er war sich nur nicht sicher, ob er den Mut hatte, entsprechend zu handeln.

»Komm mit mir, Inyene. Es reicht. Wie viele Magier müssen wir noch verlieren? Das ist es nicht wert.«

Inyene schüttelte immer noch den Kopf.

»Rudo, du verstehst das nicht. Ich stehe kurz vor einem Durchbruch, wie ihn noch niemand zuvor erlebt hat. Wie Ryze. Das könnte *uns* helfen. Willst du nicht stärker werden?«

»Nein«, sagte Rudo vehement. Er wählte seine nächsten Worte sorgfältig, um dort anzusetzen, wo er wusste, dass Inyene am schwächsten war. »Du tust das, weil du Angst hast, nicht wahr? Wenn wir zusammen gehen, kann dir niemand etwas antun – niemandem von uns. Ich habe dir ein Versprechen gegeben, als wir aus Demacia geflohen sind.«

Es war eine ihrer ersten gemeinsamen Missionen gewesen,

und sie war schiefgelaufen. Sie hatten in Demacia nach der blassen Frau gesucht und Informationen über die neuesten Methoden zur Gefangennahme von Magiern gesammelt. Aber sie hatten einen Fehler gemacht, und Inyene war gefangen genommen worden.

Selbst jetzt, Jahre später, wusste Rudo immer noch nicht, was in diesen drei Tagen der Gefangenschaft geschehen war.

Inyenes Gesicht verzog sich zu einer Grimasse.

»Wie kannst du es wagen?«

»Inyene, hör mir zu.« Rudo trat einen Schritt zurück und stellte eine der Platten zwischen sie. »Sieh dir diese Jungen an. Das sind Kinder. Wir sind nicht besser als die Magiejäger aus Demacia, wenn wir so weitermachen.«

»Ich bin nicht derjenige, der Angst hat, Rudo. Du hast Angst.«

Diese Worte lösten etwas in Rudos Brust. Die defensive Anspannung, die seinen Körper umschlungen hatte, lockerte sich. Er richtete sich auf.

»Du hast recht.«

Als er das zugab, konnte Rudo zurücktreten. Inyene runzelte überrascht die Stirn.

»Was?«

»Du hast recht. Ich hatte Angst. Aber das sollte mich nicht aufhalten.«

»Dich davon aufhalten, was zu tun? Rudo, wovon redest du? Rudo, wo gehst du hin?«

»Ich kann das nicht, Inyene. Nicht mehr.«

Er griff hinter seinen Rücken, öffnete die Tür und ging fort.

KAPITEL SECHSUNDZWANZIG

Ambessa erwachte auf ihrer rechten Seite in einem unbekannten Raum. Sie lag auf dem Boden, auf einer Unterlage aus Wolldecken. Ihr Körper schmerzte, besonders die linke Seite ihres Rückens. Jeder Atemzug zog an der straffen Haut. Ein scharfer Stich ließ sie zusammenzucken und nach Luft schnappen.

»Was –«

»Ganz ruhig, Generalin. Wir müssen nähen.«

Eine Heilerin.

Sie stöhnte und sah sich, so gut es ging, im Raum um. Eine kleine Steinhütte mit langen, schmalen Fenstern ohne Glas, durch die eine Brise wehte, und schrägen Abstellräumen. Wahrscheinlich das Zuhause eines der Bergleute. Um sie herum lagen andere Verwundete. Da sie mit dem Rücken zur Tür lag, sah sie nicht, wie andere Soldaten und Heiler kamen und gingen.

»Rell?«, fragte sie.

»Die junge Reiterin? Ja, Ma'am. Sie ist hier. Nichts, was ein paar Stiche und eine ordentliche Mahlzeit nicht richten können. Ich kümmere mich später um sie.«

Ambessa stöhnte erneut. Sie schloss die Augen und konzentrierte sich auf den Schmerz jedes einzelnen Stichs, um ihren Fokus zu schärfen. Als die Heilerin ihr einen Tee gegen die Schmerzen gab und ging, fühlte sie sich bereit, sich der Niederlage bei den Minen zu stellen.

Denn es war eine Niederlage gewesen, so sehr es ihr auch

wehtat, diese Worte auszusprechen. Sie musste ihre Strategie überdenken. Sie hatte gewusst, dass etwas nicht stimmte, und sich dennoch darauf eingelassen.

»Ric…« Noch bevor sie seinen Namen zu Ende gesprochen hatte, kniete er vor ihr.

»Geht es Euch gut?«, fragte er.

»Ja. Wir müssen reden – über unseren nächsten Schritt.«

»Rell will Euch sehen.«

Ambessa zögerte.

»Die Heilerin sagte, es geht ihr gut.«

»Sie ist nicht verletzt. Nicht so wie Ihr. Aber sie hat gesehen, was Euch passiert ist, und … Zishani.« Er senkte nachdenklich die Stimme. »Sie gibt sich selbst die Schuld.«

»Das ist töricht.«

Rictus starrte sie an, sein Gesichtsausdruck unlesbar.

»Ist es das?«

Ambessa seufzte. Unter den Schmerzen ihres eigenen Körpers hallte der Verlust von Zishani schmerzhaft nach.

»Ich werde mit ihr sprechen.«

»Gut. Sie hat das gut gemacht.«

»Sie war wie gelähmt«, sagte Ambessa scharf. »Sie hat meinen Befehl missachtet.«

»Sie hat versucht, Euch zu retten. Und trotz ihrer Angst hat sie den Rückzug angeordnet, als ich Euch herausgezogen habe. Sie hat gute Instinkte.«

»Sie braucht mehr Training. Sie hätte mit Katye zur Festung Rokrund gehen sollen, wie ich es gesagt habe.« »Die Erfahrung wird diese Instinkte schärfen.«

Rictus sprach mit ruhiger Stimme. Ambessa wollte sich jetzt nicht streiten. Sie seufzte.

»Ich werde mit ihr sprechen. Dann überlegen wir, was wir mit den anderen machen. Wie sieht es mit den Verlusten aus?«

Rictus' Gesicht war grimmig.

»Nicht gut. Ambessa … mit diesen Kämpfern stimmte etwas nicht. Ich konnte es an ihrer Kraft spüren. Sie glühten.«

Ambessa zischte. Sie erinnerte sich an das Leuchten in ihren Augen. Sie hatte gehofft, es sei ein Traum gewesen, eine Verzerrung des Schmerzes.

»Das Mädchen zuerst.«

Wenige Minuten später kehrte Rictus mit Rell zurück. Das Mädchen trug einen Speer, den sie so fest umklammerte, dass Ambessa nicht sicher war, ob sie ihn jemals wieder loslassen würde.

»Rictus sagt, du hast gute Instinkte bewiesen. Wie hat es sich angefühlt?«

Rell errötete.

»Es fühlte sich …« Sie zögerte. Ambessa merkte, dass sie sich nicht entscheiden konnte, wie ehrlich sie sein sollte. Sie hatte es selbst gespürt, als Menelik sie das erste Mal gefragt hatte. »Komm, Kind. Setz dich.«

Ambessa klopfte auf die Stelle der Decke neben sich, und Rell setzte sich.

»Ich habe meine erste Schlacht geliebt. Das Geschrei, die Wut, den Nervenkitzel, neben meinen Landsleuten zu stehen. Zumindest bis wir auf die andere Armee trafen.« Sie lächelte das Mädchen sanft an. »Nach dem ersten Zusammentreffen mit dem Feind ändert sich alles. Man kann nicht genau sagen, wie man reagieren wird. Der Instinkt wird dir gute Dienste leisten.«

»Ich wusste nicht, was ich tun sollte. Während des Hinterhalts. Und hier – ich – ich hatte Angst. Es tut mir leid.«

Ambessa erinnerte sich daran, wie sie das Mädchen abseits des Hinterhalts gefunden hatte. Sie hatte sich in den Schatten gekauert und neben Tora gesessen. Tränenspuren zogen sich über ihre blutbespritzten Wangen. Ihre Hände waren jedoch mit dem Blut von Smiks Kriegsschar getränkt, aber sie hatte sich nicht die ganze Zeit geduckt. Das hatte gereicht.

»Du musst dich für nichts schämen.«

»Ich dachte – ich dachte, er würde mich töten. Und Euch. Der Basilisk. So wie er Zishani getötet hat.«

Rells Stimme brach. Sie schloss die Augen, und neue Tränen flossen. Sie wischte sie schnell weg.

»Ein Krieger muss den Tod als unvermeidlich akzeptieren, Kind. Zishani hat das getan. Ich habe es getan. Wir alle werden eines Tages sterben. Willst du auf dem Schlachtfeld sterben oder lieber bequem in deinem Bett, an Altersschwäche?«

Ambessa versuchte, diese Frage ohne Vorurteil zu stellen; sie brauchte eine ehrliche Antwort, wenn sie mit den Ideen in ihrem Kopf weitermachen wollte. Denn trotz ihrer Ungehorsamkeit auf dem Schlachtfeld hatte Rell außergewöhnlichen Mut bewiesen. Sie war nicht vor der Übermacht geflohen und hatte ihre Kameraden verteidigt. Manche Dinge konnte ein Krieger lernen – andere waren angeboren. Wenn Mel und Kino zwei Waffen in Ambessas Arsenal waren, dann war Rell eine ganz andere.

Rell erblasste.

»Ich – ich weiß es nicht.«

»Denk darüber nach. Es wird dir helfen, die Antwort zu kennen, bevor du das nächste Mal in die Schlacht ziehst.«

»Ja, Generalin.«

Rell blieb stehen, als würde sie formell darauf warten, entlassen zu werden.

»Du kannst gehen«, sagte Ambessa. Das Mädchen blickte nervös zu Rictus auf, der ihr ermutigend zunickte.

»Generalin«, begann Rell. Sie hielt ihren Speer mit weiß gekniffenen Fingern über ihrem Schoß. »Auf dem Schlachtfeld ist etwas passiert.«

Rell stockte. Ambessa sah Rictus an, aber er sagte nichts, um ihr zu helfen.

»Was, Kind? Ich habe dir doch gesagt, dass du dich für nichts schämen musst.«

»Ich habe etwas getan«, sagte Rell hastig. »Als der Basilisk mich angriff und Ihr Euch vor mich geworfen habt, habe ich etwas getan.«

Rell öffnete eine Hand vor ihrem Gesicht, voller Verwunderung. Oder Angst. Sie zitterte. Eine weitere Erinnerung, die Ambessa nicht verstanden hatte, kam an die Oberfläche. Der Basilisk schrie, als seine eigene Rüstung ihn zerquetschte. Ihre Handschuhe wurden in den Boden gedrückt.

»Was hast du getan?«, fragte sie langsam.

Rell sprang auf und trat ein paar Schritte zurück, um Abstand zwischen sich und alles – und jeden – im Raum zu schaffen. Dann nahm sie ihren Speer in eine Hand und hielt die andere darüber. Sie runzelte die Stirn, während sie sich konzentrierte. Ambessa verstand nicht, was sie da sah, bis der Speerschaft klirrend zu Boden fiel und sich die Stahlspitze wie ein Armschutz um Rells Unterarm schloss. Er musste schwer sein, aber Rell bewegte ihren Arm frei, als wäre es nichts.

Ambessa stand der Mund offen.

Mit einem weiteren konzentrierten Blick verlängerte Rell das Metall wieder zu einer Speerspitze. Sie hob den Speerschaft auf und fügte das Metall wieder an das Holz.

»Du hast den Basilisken getötet«, murmelte Ambessa.

Rell starrte die Waffe in ihrer Hand an, vorsichtig und verwirrt.

»Ich weiß nicht, was ich tun soll, Generalin. Es ist einfach passiert.«

»Aber du weißt, was zu tun ist. Wir haben gerade über Instinkte gesprochen – du bist ihnen gefolgt.«

»Es war ein Unfall.«

»Mit der Zeit wirst du deine Fähigkeiten verfeinern.« Die Vorfreude ließ Ambessas Herz schneller schlagen. »Du wirst in der Lage sein, deine Absicht zu lenken.«

In den Augen des Mädchens herrschte immer noch Angst. Unsicherheit. Aber Ambessa konnte erkennen, dass ein Teil von Rell von dieser Möglichkeit begeistert war. Ambessa musste nur diese Begeisterung wecken. Diese neue Kraft könnte den Unterschied zwischen dem Sieg und einer weiteren Niederlage gegen die Soldaten aus dem seltsamen Licht ausmachen.

»Die Menschen werden deine Fähigkeiten bewundern. Es gibt einen Grundsatz im Medarda-Kodex: *Medardas gehen ihre eigenen Wege*. Das bedeutet vieles, vor allem aber, dass jeder von uns der Familie etwas Besonderes bieten kann. Mit unseren einzigartigen Perspektiven und Stärken bestimmen wir den Kurs, um den Clan zu stärken. Wir alle haben unterschiedliche Stärken. Ich bin eine hervorragende Anführerin, ich bin tödlich im Nahkampf. Ich bin sogar eine passable Tierbändigerin. Aber du und ich haben etwas gemeinsam – ich bin eine schlechte Bogenschützin. Und ich bin keine gute Köchin.« Sie lächelte und versuchte, das Mädchen zu entwaffnen. »Das ist eine *Stärke*. Jede Stärke, die du hast, sollte genutzt werden.«

Rell nickte, schien aber nicht überzeugt.

»Ich möchte nicht, dass meine Mutter davon erfährt. Als sie herausfand, dass ich gut kämpfen kann …«

Ah. Ambessa wich zurück. Sie erinnerte sich an die gierigen Blicke in den Augen der Eltern des Mädchens. Das hier war anders. Ambessa war anders.

»Möchtest du damit kämpfen?«, fragte Ambessa und hielt sich zurück, damit das Mädchen Zeit hatte, zu der richtigen Schlussfolgerung zu kommen.

»Ich … ich glaube schon. Wenn ich Zeit hätte, es zu lernen. Und jemanden, der mich trainiert.«

»Ich werde jemanden finden. In der Zwischenzeit wird Rictus mit dir üben. Er kann ziemlich viel einstecken.«

Rell lächelte endlich. Dann sah sie wieder niedergeschlagen aus.

»Was, wenn ich das nächste Mal wieder erstarre?«

Ambessa streckte eine Hand aus. Sie konnte das Mädchen nicht erreichen, aber Rell kam zu ihr und nahm ihre Hand.

»Du wirst nicht wieder erstarren.« Rell schluckte und nickte. »Gut. Wenn es mir besser geht, möchte ich sehen, was du alles kannst. Geh zum Waffenschmied im Lager und frag ihn, ob er Metall übrig hat, und mach damit, was du willst. Sobald ich wieder reiten kann, kehren wir nach Rokrund zurück und warten auf Amenesce.«

»Aber Ihr werdet mich nicht dort zurücklassen?«, fragte Rell schnell.

»Nein«, sagte Ambessa. »Das werde ich nicht.«

Als Rell gegangen war, lehnte Ambessa sich gegen den Haufen Decken. Trotz der Konzentration, um die sie so hart gekämpft hatte, gab ihr Körper andere Befehle. Ihre Augen begannen sich zu schließen.

»Wir müssen Katye um Verstärkung bitten«, murmelte sie. »Und Amenesce. Wir können hier unsere Basis aufschlagen. Wo … sind wir?«

»Noch immer in der Nähe der Minen«, sagte Rictus. Er zögerte und beschäftigte sich damit, die Decken unter Ambessa zu glätten.

»Was ist los?«

»Gintara hat uns nicht verfolgt.«

Er musste ihr nicht sagen, wohin die junge Kriegsführerin ihre Truppe geführt hatte.

»Das ist töricht«, murmelte sie. Sie überlegte, welchen Sinn diese Strategie haben könnte. Mit nur zweihundert Mann und weniger als einem Dutzend Basilisken konnte keine Kriegsschar hoffen, die Stadt einzunehmen, selbst wenn sie … durch irgendeine Art von Magie *verändert* worden waren.

»Der Angriff kommt von beiden Seiten«, sagte Rictus. »Vielleicht hat Gintara uns nicht ihre ganze Streitmacht gezeigt.«

»Schick die Schattenjäger los. Sag ihnen, sie sollen jeden Einzelnen von ihnen finden. Wenn wir sie dieses Mal vernichten, werde ich dafür sorgen, dass wir alle erwischen.«

Ambessa wandte ihren Blick zu den Handschuhen neben sich. Sie schob eine Hand in einen Handschuh, und selbst diese kleine Bewegung war qualvoll. Sie versuchte, ihn anzuheben, aber er war unerträglich schwer. Ihre Brust fühlte sich an, als wäre sie mit Eisen umwickelt.

»Kreipsha, nicht. Ihr seid nicht in der Verfassung dafür.«

Rictus kniete sich neben sie und zog ihr den Handschuh aus.

»Die Zitadelle von Rokrund ist mein Zuhause«, knurrte Ambessa. »Solange ich lebe, werde ich sie nicht fallen lassen.«

»Und wenn es dich das Leben kostet?« Rictus' Kiefer war angespannt.

»Dann kostet es mich das Leben.«

Es wäre nicht das erste Mal, dass sie für den Schutz ihrer Heimat sterben würde.

Dennoch erkannte sie Ta'Fiks Absicht. Wenn er ihr wehtun wollte, wenn er ihr die Lebensgrundlage nehmen wollte, war Rokrund ein sicheres Ziel. Er wusste, dass sie es bis zum letzten Atemzug verteidigen würde. Solange er sie hier beschäftigte, konnte er überall sonst in Noxus tun, was er wollte. Sie musste eine Entscheidung treffen.

»Wie viel Zeit ist vergangen?«, fragte Ambessa. Sie klammerte sich an den Handschuh, der eine Verlängerung ihrer Faust und ihrer Wut war.

»Seit der Schlacht?« Rictus sah von seinem Platz auf dem Boden zu ihr auf. »Ein Tag. Unsere Verwundeten …«

Er nickte zu den stöhnenden Soldaten um sie herum. Sie schüttelte den Kopf.

»Seit wir aufgebrochen sind.«

Seit sie Azizi, Mel und Kino verlassen hatte. Seit Ta'Fik sie aus ihrem Zuhause, aus ihrer eigenen Familie vertrieben hatte.

Er hielt inne und überlegte.

»Über ein halbes Jahr.«

Ein halbes Jahr ihres Lebens hatte er ihr genommen. Ambessa holte scharf Luft.

»Was ist mit Amenesce? Gibt es Neuigkeiten?«

»Sie reitet in Richtung Stadt. Sie hat den Blutigen Donner eingeholt.«

»Dann versammle, was von der Faust und den Wolfsschnittern übrig ist. Sag Burnside – hat Burnside noch das Kommando?« Als Rictus nickte, fuhr Ambessa fort. »Katye kann das nicht alleine bewältigen. Rells neue … Kräfte. Glaubst du, sie kann sie einsetzen? Wirklich?«

Rictus warf einen Blick auf die Rookern-Steine, die um seinen Unterarm gewickelt waren. Die Steine trugen die Namen von Feinden, die er in ehrenhaftem Kampf getötet hatte. Jetzt waren sie leblos, aber mit einem Ritual würden sie antimagische Eigenschaften haben. Ambessa nickte zu den Rookern.

»Wirkt das gegen diese Soldaten?«

»Nicht ganz«, sagte er grimmig. »Es absorbiert einen Teil ihrer Kraft, aber nur gegen mich. Ich habe eine Rune auf der Brust eines Soldaten gesehen – sie hebt die Kraft der Rune nicht auf, aber …« Ambessa bedeutete ihm ungeduldig, fortzufahren. »Einige der … Runensoldaten. Als ich sie zu sehr bedrängte, brachen sie zusammen. Sie schrien. Ich habe sie nicht einmal berührt.«

Eine zarte Flamme der Hoffnung entflammte in ihr, und Ambessa machte sich daran, sie in etwas Nützliches zu verwandeln. Eine Strategie.

Eifrig fragte sie: »Alle? Sind sie miteinander verbunden?«

Rictus schüttelte den Kopf. Egal. Es war trotzdem eine nützliche Information. Sie saßen noch eine Weile schweigend da und grübelten. Dann sagte Rictus: »Dem Mädchen wird nichts passieren. Sie ist stark.«

»Ich weiß, dass sie es ist. Ihre Ausbildung in der Magie beginnt jetzt, auf der Reise.«

»Kreipsha, das könnt ihr nicht …«

Ambessa fixierte ihn mit einem eisernen Blick. Rictus senkte den Kopf.

»Ja, Generalin.« Nach einem Moment traf er wieder ihren Blick. »Rell könnte das sein, wonach du suchst.«

Ambessa stockte der Atem, und diesmal war es nicht die Wunde, sondern eine andere Art von Schmerz. Sie hatte es geschafft, sich der Realität ihrer Situation jenseits des Krieges mit Ta'Fik zu entziehen – dass keines ihrer Kinder allein für die Rolle geeignet war, die sie für sie zu gewinnen versuchte. Wenn sie an Mel dachte und an die Vision, die sie hier auf dieser Ebene gehabt hatte, erfüllte sie Enttäuschung.

»Eine Erbin.«

»Wenn nicht eine Erbin, könnte sie eine Gefährtin für deinen Erben sein.«

So wie Rictus für sie. Das war eine Möglichkeit. Rell fehlte es nicht an Mut. Mit der Zeit würde sie vielleicht auch die Rücksichtslosigkeit entwickeln.

Und dann war da noch ihre Macht. Angesichts Gintaras magischer Kriegsschar war das nur ein schwacher Trost. Rell war nur eine Soldatin, und sie war jung. Diese neue Macht war so ungeschliffen wie das Mädchen in jeder anderen Hinsicht, aber sie war groß. Sie hatte einen Basilisken besiegt.

»Ich werde darüber nachdenken. Hilf mir auf.«

***

Der Samen, den Rictus gesät hatte, trug unerwartete Früchte, während sie zur Festung Rokrund ritten. Gedanken an Mel und ihre Tätowierungen ließen Gedanken an Rudo aufkommen. Ambessa hatte es vermieden, an die Schwarze Rose zu denken, von der Rudo ihr in den Nächten an ihrem Kopfkissen geflüstert hatte. Die geheime Magierkabale, der er verpflichtet war, die vielleicht sogar versuchen würde, Mel zu entführen, wenn sie von ihrer Existenz wüsste, nur weil sie ihm gehörte.

Würde Rell jetzt, da sie ihre eigene Magie offenbart hatte, ebenfalls zur Zielscheibe werden? Würde sie dadurch eine Gefahr für Mel darstellen?

Sie wollte solche Gedanken verdrängen, aber die Schwarze Rose verfolgte sie in ihren Albträumen, und ihr Nacken kribbelte, wenn sie wach war. Es war der Instinkt einer Kriegerin, sich zu ducken, als sie den Wind der Axt spürte, die ihren Kopf vom Hals trennen wollte. Ein Instinkt, der durch lange Erfahrung geschärft war.

Das war nichts, was Ambessa ignorieren konnte.

KAPITEL SIEBENUNDZWANZIG

Bist du dir sicher, dass ihr das tun wollt, Kreipsha?«, fragte Rictus Ambessa.

Er ging neben ihrem Reittier her. Es war ein Botenpferd, aber Burnside hatte entschieden, dass es anderswo besser eingesetzt werden konnte; ihre Kriegsscharen waren Botschaft genug. Die wenigen Wolfsschnitter marschierten vor ihr, die Faust hinter ihr, Burnside in der Mitte der Reihe. Ihre Schattenjäger durchkämmten das Gebiet, um sicherzustellen, dass Gintara keine Verstärkung zurückhielt.

Ambessa konnte ihr Pferd nicht schneller als im Schritt reiten, ohne dass jeder Hufschlag Schmerzen in ihrem Fleisch verursachte. Dennoch sagte sie kalt: »Ich bin mir sicher, Rictus. Frag mich nicht noch einmal.«

»Ja, Generalin.« Er hielt seine Schultern bei dieser Zurechtweisung steif. Rell marschierte an ihrer anderen Seite. Sie war immer noch niedergeschlagen. Man konnte diese schwierige Phase im Leben eines Kriegers nicht überstürzen – das Ringen mit der wahren Bedeutung des Krieges. Schmerz ohne Ruhm. Opfer ohne klare Belohnung. Die Demütigungen des Todes und die klaffende Wunde eines verlorenen Kameraden.

Nicht jeder ist dafür geschaffen, Cousine, aber du bist es, hatte Ta'Fik ihr einmal gesagt. Auch damals war sie verletzt gewesen, und er hatte neben ihr gesessen und ihre Hand gehalten, während sie sich erholte. *Sei stark. Denk daran, dass alles, was du tust, für uns ist. Für deine Familie. Und wir werden alles für dich tun. Das verspreche ich dir.* Sie hatte seine Hand fest gedrückt, bis der starke Tee sie wieder einschlafen ließ. Damals hatte das gereicht.

Und jetzt sieh sie dir an. Was nützt ein Versprechen?

Der Lärm und die Schreie der Schlacht erreichten sie, noch bevor sie etwas sehen konnte, aber erst als sie Gintaras Kriegsschar an der Mauer der Zitadelle sah, entflammte Ambessas Wut so richtig. Sie drängte sie, alles zu zerstören, was sich ihr in den Weg stellte, aber das war nicht der Plan, den sie mit Rell und ihren Offizieren ausgeheckt hatte.

Mehrere von Gintaras älteren Basilisken dienten als Belagerungsmaschinen: Sie waren an die verschlossenen Tore gekettet, und Soldaten trieben die Bestien an, das Tor herunterzureißen, und es ächzte unter ihrer Anstrengung. Auf dem Boden um sie herum lagen die Leichen der ersten Wellen, die Rokrund geschickt hatte, um gegen diese verbesserten Krieger zu kämpfen.

Andere Schlitzer versuchten, die Mauern zu erklimmen – sie stiegen mit erschreckender Geschwindigkeit empor, der senkrechte Aufstieg schien ihnen zu leicht zu fallen. Bogenschützen versuchten, sie abzuschießen, aber auch sie erkannten, dass diese Soldaten unnatürlich waren, und ihre Schüsse waren nicht so präzise, wie sie sein könnten. Die Verteidiger kämpften darum, sie zurückzudrängen.

Ambessa würde der Hammer sein, der sie gegen den Amboss der Stadtmauern zerschmettern würde.

»Angriff, Wolfsschnitter! Vorwärts, Faust!«, rief Ambessa. »Für Rokrund!«

Trotz ihrer letzten Begegnung mit Gintaras Kriegsschar gingen die Soldaten von Burnside entschlossen in die Schlacht. Ambessa hatte die Schwäche der Runensoldaten verbreitet. Wenn sie die Hoffnung übertrieben hatte, was machte das schon? Es stärkte ihre Moral und gab ihnen einen Grund, weiter vorzustoßen. Sie zerschlugen die hinteren Reihen von Gintaras Truppe, bevor die Schlitzer eine ordentliche Verteidigung aufbauen konnten. Ambessa juckte es in den Fingern, ihnen nachzusetzen, aber das Schwert in ihrer Hand war schwer, fast zu schwer, um es zu heben. Ihre Handschuhe waren unmöglich zu tragen.

Konzentriere dich auf dein Ziel. Ambessa suchte nach Gintara und entdeckte die junge Kriegsführerin, die die hinteren Trupps ihrer Kriegsschar anwies, sich ihren neuen Gegnern zu stellen. Ihre langen Zöpfe peitschten um ihre Schultern, während sie eine aziritbeschlagene Axt schwang.

Als Gintara sie ebenfalls entdeckte, richtete sie ihre Axt wortlos auf Ambessa.

»Rell. Siehst du sie?«, flüsterte Ambessa. Sie fragte nicht, ob Rell bereit war, sie fragte nicht, ob sie sich sicher war, dass sie es schaffen würde. Sie wollte die Entschlossenheit des Mädchens nicht untergraben. Sie wollte keine Zweifel aufkommen lassen.

Der Plan war schon so riskant genug. Sie mussten Gintara gefangen nehmen und in die Stadt gelangen. Da Ambessa nicht kämpfen konnte und der Feind über mysteriöse Kräfte verfügte, war das fast unmöglich. Zumindest würde das Risiko ihnen eine Chance geben.

»Ja, Generalin. Aber ich weiß nicht, ob ich das kann …«

»Du kannst es«, unterbrach Ambessa sie entschlossen.

»Ich glaube, ich bin zu weit weg.«

»Dann gehen wir näher ran.«

Ambessa trieb ihr Pferd vorwärts, und Rictus ging voran. Jeder, der versuchte, Ambessa zu erreichen, traf auf Rictus' schneidende Klinge. Im Kampf war er ein Wunder. In der Vergelter-Arena war er beeindruckend, aber das war nichts im Vergleich zum Schlachtfeld. Trotz der ganzen Kraft der Schlitzer hatte Rictus eine unerschütterliche Ruhe, und obwohl seine Augen nicht leuchteten, war er unermüdlich. Als ein Schlitzer an ihm vorbeistürmte, drehte er sich von seinem Gegner weg und schwang den Schaft seiner Hellebarde zwischen die Beine des neuen Gegners. Während er sich festhielt, schlug Ambessa ihm mit ihrem Schwert die Kehle durch. Er fiel zu Boden.

»Alles gut, Generalin?«, fragte Rell verzweifelt.

»Konzentriere dich, Rell! Deine Befehle.«

Ambessa umklammerte die Zügel fest, um sich aufrecht zu halten. Heißes Blut rann ihr den Rücken hinunter, und sie sackte im Sattel zusammen.

Vor ihnen kämpfte die Faust darum, Boden zu gewinnen. Jetzt, da das Überraschungsmoment vorbei war, waren sie einfach unterlegen. Burnside war näher an das Tor herangekommen und schrie, sie sollten es öffnen, wie Ambessa ihm befohlen hatte, aber die Torwächter weigerten sich. Auf den Wällen schossen Bogenschützen weiter auf die Schlitzer, die versuchten zu klettern, und auf die Basilisken, die an ihren Ketten zerrten, aber die Pfeile prallten harmlos von Haut und Rüstung ab. Auf den Wällen tobten immer heftigere Kämpfe.

»Jetzt, Rell!«

»Ich versuche es!« Und das tat sie auch. Das Gesicht der jungen Frau war vor Anstrengung rot angelaufen. Ihre Hände waren ausgestreckt, krallten sich fest und griffen nach etwas. Sie hatten das auf dem Weg aus ihrem Lager besprochen – den Stahl von den Waffen der Feinde zu entfernen, so wie sie ihre eigene Lanze zerlegt hatte. Dann könnte sie sie gegen sie richten.

Aber es passierte nichts, egal, wie sehr sich das Mädchen auch anstrengte, und während sie kämpfte, schlug einer der Schlitzer Rictus zu Boden. Sie wurden zu einem wogenden Haufen, der sich biss und schlug, jeder versuchte, eine Klinge zu erreichen, aber keiner bekam die Chance dazu.

»Rictus!«, schrie Ambessa, bevor sie es unterdrücken konnte. Sie schlug nach dem Feind, konnte ihn aber nicht erreichen. Ein weiterer Schlag, sie streckte sich weiter im Sattel, aber das Pferd war scheu – es war auf Schnelligkeit trainiert, nicht auf Mut. Es scheute, und der Schmerz schoss durch ihren Körper.

Sie hatte keine Zeit, sich mit dem Schmerz zu beschäftigen. Der Mann, der um Rictus' Kehle kämpfte, begann zu zucken, sein Rücken bog sich. Rictus zögerte nicht – er nutzte die Schwäche seines Gegners aus. Ein Dolch erstickte den Schmerzensschrei des Mannes, bevor er richtig losbrach.

Es blieb keine Zeit, sich in diesem kleinen Sieg zu sonnen. Hinter ihr ertönte ein Schrei, so laut und schrill, dass er von den Stadtmauern widerhallte. Ambessa wandte sich wieder Rell zu.

Deren ausgestreckte Hände waren zu Fäusten geballt, die sie fest an ihre Seiten presste, und ihre Augen glühten silbern. Ihr Schrei verstummte nicht, und aus der Richtung der Basilisken ertönte ein schrilles Kreischen von Metall.

Ein Teil der Metallpanzerung eines der Belagerungsbasilisken splitterte von seinem Rücken ab und fiel in gezackten Stücken zu Boden. Die Metallsplitter zitterten in der Luft, als stünden sie unter derselben Anspannung wie Rell.

Das Mädchen kniete auf dem Boden, und obwohl sie Ambessa anblickte und sie mit ihrem ganzen Körper um Hilfe flehte, wusste Ambessa, dass Rell sie nicht sehen konnte. Um sie herum kämpften die meisten noch immer – eine Handvoll Fäuste gegen jeden Schlitzer.

»Rell!«, *hör auf,* wollte sie rufen, doch sie biss sich auf die Lippen. Konnte das funktionieren?

Stattdessen rutschte sie vorsichtig vom Rücken ihres Pferdes und beugte sich zu Rell hinunter. Gerade als Ambessa ihre Hand auf Rells Schulter legte, schrie das Mädchen erneut. Diesmal folgten Schreie der Überraschung, Angst und Qual.

Die Metallsplitter, die Rell erschaffen hatte, wurden nur durch ihre Kraft in Spannung gehalten. Als sie sie losließ, schossen sie wie Hunde vorwärts, ohne Rücksicht darauf, wen sie trafen, ob Feind oder Verbündeter. Ein Splitter nagelte einen Faustkämpfer und einen Schlitzer zusammen in den Boden. Ein anderer traf den benachbarten Basilisken, der einmal vor Schmerz brüllte, bevor er zusammenbrach. Ambessa duckte sich hinter ihr Pferd und zog Rell mit sich, als Stahl das Reittier traf.

Das Pferd schrie und bockte, während es starb, und Ambessa krümmte sich über Rell, um sie zu schützen.

Sie sah Rell ins Gesicht und schlug ihr auf die Wange.

»Rell? Bist du in Ordnung?«

Rell blinzelte sie an, ihr Blick war unkonzentriert. Blut tropfte aus einer Nasenöffnung.

»Du hast es geschafft. Gut gemacht.«

Sie hielt das Mädchen fest. Rictus half ihnen beiden auf und nahm dann seine Position vor ihnen ein.

»Lauft weiter«, drängte sie.

Das Tor war immer noch geschlossen. Wo war Burnside? Aber das Mädchen hörte nicht. Ihre Hand war wieder ausgestreckt, und Ambessa folgte ihrer Geste. Gintara stand vor ihnen, die Zähne fletschend und das Gesicht blutverschmiert.

»Ambessa!«, schrie sie. »Hast du Angst, mir gegenüberzutreten? Lässt du deine kleine Magierin für dich kämpfen?«

»Ich kümmere mich darum, Kreipsha«, sagte Rictus, gerade laut genug, dass Ambessa ihn hören konnte. »Bringt Rell rein.«

»Nein«, murmelte Rell unter Ambessas Arm.

Obwohl Rell sich konzentrierte, passierte Gintara und ihrer Waffe nichts. Sie trug keinerlei Metall, und Ambessa fragte sich, ob sie ihre Rüstung ausgezogen hatte, sobald sie begriffen hatte, was mit dem zweiten Basilisken geschehen war.

Gintaras Augen leuchteten, und sie sprintete auf sie zu. Rictus traf ihre erhobene Axt mit seiner eigenen Hellebarde, aber sie beugte sich nicht vor seiner größeren Gestalt. Für einen Moment wurde das Licht in ihr intensiver. Dann flackerte es und verblasste, und er schleuderte sie zurück. Ambessa sah, wie ein erster Ausdruck von Angst über das Gesicht der Frau huschte, aber Gintara rannte bereits wieder auf sie zu.

»Kreipsha, geht!«

Aber Rell grub ihre Fersen in den Boden.

»Der – Plan – Generalin«, presste Rell zwischen zusammengebissenen Zähnen hervor.

Rell riss ihr Handgelenk aus Ambessas schwächer werdendem Griff, und die Metallschienen, die sie gebildet hatte, schossen von ihren eigenen Handgelenken. Die Erde schien unter ihnen zu beben. Für einen Moment schrie Ambessas Herz auf – ohne Kontrolle würde der Stahl direkt in Rictus' Rücken schießen. Alles, was sie gemeinsam durchgemacht hatten, für das?

Aber der Stahl umflog ihn und klappte um Gintaras Knöchel. Rell schlug ihre nackten Handgelenke zusammen, und das Metall an Gintaras Knöcheln gehorchte: Die Handschellen verbanden sich miteinander.

Gintara brüllte wortlos vom Boden aus. Sie rollte sich von Rictus' nächstem Schlag weg. Sie begann wieder zu leuchten, als sie sich gegen die Fesseln stemmte, aber sie hielten. Stattdessen griff sie nach Rictus, packte ihn an einem Fuß und riss ihn zu sich hinunter.

Das Beben der Erde wurde plötzlich deutlicher. Der Donner von Hufen rollte heran, und mit ihm die Jubelrufe von Amnesces Schnellhorn-Reitern und dem Rest des Blutigen Donners. Sie teilten sich um Ambessa und Rell, Rictus und Gintara, als wären die vier ein Felsbrocken in einem Fluss.

Die Feinde waren in diesen Strudel geraten. Diejenigen, die

den qualvollen Krämpfen nicht erlegen waren, mussten sich gegen die Kavallerie und die tödlich scharfen Hörner behaupten – egal, wie schnell oder stark sie waren, es war klar, dass diese Soldaten immer noch aus Fleisch und Blut waren, und Fleisch konnte durchbohrt werden.

»Generalin!« Amenesce hielt neben ihnen an, während ihre Kriegsscharen angriffen. »Du bist verletzt!«

Tora, Amenesces junger Schatten, schrie auf, als sie Rell sah, aber bevor Rell abgelenkt werden konnte, wies Ambessa sie zurück zu Gintara.

»Rell, ihre Hände!«

Rictus hielt Gintara fest umklammert, an seine Brust gedrückt, während sein Unterarm auf ihre Kehle drückte.

Gintara grinste sie höhnisch an.

»Kämpfst du nicht mehr selbst, Tante?«

Die Kraft in ihren Worten war gedämpft, da sie sie gegen Rictus' Stärke herauspressen musste. Sie wehrte sich gegen seinen Griff, aber ein Arm baumelte nutzlos an ihrer Seite. Sie unternahm einen letzten kräftigen Versuch, und ein helles Licht blitzte unter ihrer gewebten Rüstung auf. Plötzlich krümmte auch sie sich, ihr Kiefer war zu einem Knurren verzerrt, während ihr Körper sich versteifte. Stahl klirrte um ihre Handgelenke, und ihr guter Arm war mit dem gebrochenen zusammengebunden.

Ambessa trat Gintaras aziritbeschichtete Klinge beiseite. Rictus ließ Gintara zu Boden fallen.

»Dann töte … mich. Bist du … nicht deshalb hier?«, presste Gintara zwischen schmerzerfülltem Stöhnen hervor. Ihre Zähne waren so rot von Blut wie ihre Klinge.

»Ich werde deinen Vater dich freikaufen lassen, wenn er diesen Unsinn beendet. Er hat den Kodex gebrochen, und dafür wird er bezahlen.« Ambessa wandte sich an Amenesce. »Kannst du sie tragen?«

»Du siehst aus, als müsstest du getragen werden«, sagte die Verwalterin. »Komm schon.«

»Bring sie rein«, knurrte Ambessa. Ohne auf Amencesces Protest zu warten, hob Rictus Gintara auf und warf sie über Amencesces Oberschenkel.

»Rell?«

Toras Stimme brach vor Sorge, und Ambessa sah, wie Rells Augen nach oben rollten. Ambessa fing sie reflexartig auf. Der Aufprall warf sie beide zu Boden.

Tora sprang von ihrem Schnellhorn und setzte Rell mit Rictus' Hilfe auf den Sattel vor sich.

»Reitet rein, sofort!«, befahl Ambessa. Obwohl keiner von beiden streng genommen unter ihrem Befehl stand, gehorchten Tora und Amenesce. Und dann waren sie wieder allein, wie immer.

»Sollen wir?«, fragte Ambessa Rictus.

Gemeinsam rannten sie zum offenen Tor.

Das Letzte, was Ambessa sah, bevor sich das Tor hinter ihnen schloss, war Gintaras Kriegsschar, die entsetzt ihrer verlorenen Anführerin nachblickte. Sie rannten ihnen hinterher, aber trotz ihrer Geschwindigkeit trafen einige Pfeile ihr Ziel. Andere zuckten und schrien am Boden.

Ambessa konnte nicht sagen, ob dies ein Sieg war oder nicht.

KAPITEL ACHTUNDZWANZIG

Selbst verwundet war es eine Erleichterung, nach Hause zu kommen. Die mächtigen Mauern der Zitadelle ragten wie Bergwände aus der Erde empor. Die gemeißelten Vorsprünge, die schmalen Fenster, die spitzen Ecken der Wachtürme ragten wie Hörner scharf in den Himmel. Rote Fahnen mit dem Wappen von Noxus und schwarze Fahnen mit dem Kompass von Medarda flatterten im Wind. Die Salutschüsse der Soldaten, die Ehrfurcht der Zivilisten, als sie die vertrauten Wege zum Medarda-Anwesen entlangging. Das Klicken ihrer Stiefel auf den Pflastersteinen. All das bedeutete *Heimat*. All das bedeutete *Macht*.

Sie sehnte sich danach, direkt in ihre Gemächer zu gehen und die letzten Monate wegzuwaschen. Stattdessen befahl sie zwei Wolfsschnittern, als sie im Medarda-Anwesen ankam, Gintara in einen der ungenutzten Räume zu bringen. Rell und Rictus begleiteten sie, aber Amenesce ging, um sich um die Überlebenden ihrer Kavallerie zu kümmern. Ambessa vermutete, dass es nicht viele waren. Rell war erschöpft, ihr Gesicht blass. Sie würde jeden Moment zusammenbrechen, aber sie klammerte sich verbissen an Ambessa.

Unter normalen Umständen wäre der Raum für Gäste opulent eingerichtet gewesen, aber jetzt war es kalt, das Feuer nicht angezündet, das Bett nicht bezogen. Es gab keine Bequemlichkeiten.

»Wartet draußen«, befahl Ambessa den Wolfsschnittern.

Als sie gegangen waren, wandte sie sich an Gintara. Die junge

Kriegsführerin kniete auf dem Boden, ihre Handfesseln waren dank Rells Magie mit ihren Fußfesseln hinter ihrem Rücken verschmolzen. Ihre Zöpfe hingen wie ein schlaffer Vorhang um ihr Gesicht. Das Leuchten war aus ihren dunklen Augen gewichen, und ihre goldbraune Haut war fahl. Ambessa kniete sich neben sie. Der Stoff ihrer Rüstung trocknete auf der Wunde auf ihrem Rücken, und jede Bewegung des Stoffes ließ sie nach Luft schnappen. Gleich. Gleich würde sie sich darum kümmern.

Ambessa zog das Messer aus ihrem Gürtel. Sie testete die Klinge an ihrem Daumen und spürte, wie sie leicht in ihrer Haut hängen blieb. Sie war so scharf, dass es nicht einmal wehtat.

»Was ist mit dir und deiner Kriegsschar geschehen?«

Sie achtete darauf, dass Gintara das Spiel der Klinge beobachtete.

»Töte mich. Mein Vater und meine Schwester werden mich rächen. Kannst du das auch behaupten?«

»Es ist die Schuld deines Vaters, dass du hier bist. Du bräuchtest keine Rache, wenn er nicht Krieg gegen meine Heimat geführt hätte. Er hat den Kodex gebrochen.«

Gintara spottete.

»Mein Vater sagt, du hast dich nie an den Kodex gehalten, nicht an den wahren Kodex. Er sagt, du bist wie Darkwill. Du sagst, du kämpfst für die Familie, aber es ist dir egal, wie viele Medardas du auf deinem Weg an die Spitze tötest, solange du bekommst, was du willst. Also beweise, dass er recht hat.«

Sie hob ihr Kinn, um das weiche Fleisch darunter freizulegen.

»Töte mich. Ich weiß, dass du es schon einmal getan hast.«

Ambessa umklammerte das Messer, bis ihre Knöchel schmerzten.

»Deine Schwester ist in der Obhut meiner Tochter. Sei vorsichtig, wie du mir drohst, wenn du sie so sehr liebst.«

Zum ersten Mal zeigte sich Angst in Gintaras Gesicht. Ambessa steckte das Messer zurück in die Scheide, trat in den Flur und schloss die Tür hinter Rell und Rictus.

Zu den Wolfsschnittern sagte Ambessa: »Niemand darf diesen Raum ohne meine Erlaubnis betreten oder verlassen.« Dann wandte sie sich an Rictus: »Sorge dafür, dass ein Heiler zu mir in meine Gemächer kommt. Wenn Katye einen Magier hat, umso besser.«

Rictus zögerte nur einen Moment, bevor er gehorchte. Als Ambessa und Rell zu dem Flügel humpelten, in dem sich ihre Gemächer befanden, warteten bereits Diener, um Rell in ein frisch hergerichtetes Zimmer zu bringen und beiden beim Ausziehen, Baden und Essen zu helfen.

Bevor sie sie jedoch wegführten, wandte sich Rell noch einmal an Ambessa.

»Ich würde Euch rächen, Generalin«, sagte sie leise.

Überrascht sah Ambessa ihr schweigend nach, und ihre Augen brannten unerwartet.

Ein Räuspern lenkte ihre Aufmerksamkeit wieder auf ihn.

»Generalin. Wenn Ihr bitte so freundlich wärt.«

Der Heiler. Ambessa folgte ihm in ihre Gemächer.

***

Katye kam gerade, als die letzten Stiche gesetzt wurden. Ambessa war sich sicher, dass der Heiler mehr Zeit damit verbracht hatte, sie zu schelten, als sie zu nähen.

Ambessa lag auf dem Bauch, während der Heiler ihre Wunden nähte und dabei abfällige Bemerkungen machte. Als sie sich umdrehte und Katye hereinkommen sah, zischte er wütend.

»Wollt Ihr, dass sie wieder aufreißen? Soll ich Euch verbluten lassen?«

Er schnaubte und drückte sie wieder auf den Tisch, um seine Arbeit zu beenden.

»Ich dachte, du hättest dafür Magie eingesetzt.« Ambessa hatte gespürt, wie es ihren Körper stärkte und einen Teil der Schmerzen betäubte. »Ich habe gesagt, die Magie würde helfen zu heilen, nicht, dass sie die Arbeit erledigen würde.«

»Ganz ruhig, Marou. Meine Schwester ist stur. Am besten lässt man sie machen, was sie will.«

»Das wird sie sicher.«

Marou, der Heiler, schnaubte, während er seine Werkzeuge reinigte und weglegte.

»Danke, Marou«, sagte Ambessa.

»Mmm.«

Marou warf Katye einen finsteren Blick zu, dann wandte er sich Rictus zu, der auf dem Stuhl neben dem Bett saß, auf dem Ambessa lag.

Katye räusperte sich.

»Wenn es Rictus gut genug geht, könntest du uns einen Moment allein lassen, Marou? Ich muss mit Ambessa unter vier Augen sprechen.«

Ambessa richtete sich vorsichtig auf.

»Kümmere dich zuerst um Rictus. Das kann sicher einen Moment warten.«

Katyes Miene war ernst.

»Das geht nicht. Wenn du möchtest, Rictus, kannst du mit dem Heiler mitgehen.«

»Ich bleibe hier.«

»Wie du willst«, sagte Marou. Die Tür fiel hinter ihm mit einem endgültigen Knall zu.

»Es gibt Neuigkeiten aus Bel'zhun.«

Ein Schauer lief Ambessa über den Rücken.

»Mel? Kino? Sie sind nicht zurückgekommen, oder?«

Katye schüttelte den Kopf, aber sein Blick blieb düster.

»Den Kindern geht es gut, Ambessa, aber … es tut mir so leid. Azizi ist tot. Mel hat mir geschrieben.«

Er zog einen Brief aus der Innentasche seiner Robe und reichte ihn ihr. Sie nahm ihn mechanisch entgegen, öffnete ihn jedoch nicht. Er redete weiter, als wollte er sich selbst beruhigen, aber sie nahm seine Worte kaum wahr. Der Brief war mit dem Medarda-Stern versiegelt.

»Ich habe dich gesucht, sobald ich erfahren habe, dass du innerhalb der Stadtmauern bist, aber man sagte mir, du wärst bei den Gefangenen. Du bist nicht zuerst in die Stadt gekommen, sonst hätte ich es dir gesagt –«

»Was ist passiert?«

Ambessas Stimme war heiser vor lauter Tränen.

Unbeholfen verschränkte Katye die Hände vor sich.

»Mel sagte, es sei ein Kutschenunfall gewesen.«

Sie schloss die Augen, und sofort liefen ihr die Tränen über die Wangen.

»Katye, könntest du uns bitte allein lassen?«

»Ambessa, du solltest nicht …«

Sie hörte, wie er einen Schritt auf sie zuging, zweifellos, um sie zu trösten.

»Bitte, Bruder. Bitte.«

»Ja, gut. Ich bin hier, wenn du irgendetwas brauchst. Es tut mir leid«, sagte er erneut.

Als sie allein waren, sagte Rictus: »Ich trauere mit Euch, Kreipsha.«

Ambessa schluchzte und rang nach Atem.

»Er war ein guter Mann. Ein guter Vater.«

Sie rappelte sich auf.

»Ambessa, wo geht Ihr hin?«

Rictus war aufgesprungen und stellte sich zwischen Ambessa und die Tür.

»Tut nichts, was Ihr später bereut.«

»Sie haben meinen Mann getötet, Rictus. Ta'Fik wird dafür mit seinem Blut bezahlen.«

Sie starrte ihn an. Der Blick seiner braunen Augen trafen ihren, streng, aber nicht gleichgültig. Er verschränkte die Arme vor der Brust, aber sie konnte sehen, dass er sein rechtes Bein schonte. Ein Schnitt in seiner Hose und das Fleisch darunter waren dunkel von Blut. So konnte sie an ihm vorbeikommen. Sie täuschte einen Schritt nach links an, aber er versuchte nicht einmal, sich zu bewegen.

»Seid Ihr sicher, dass es Ta'Fik war?«

»Natürlich bin ich mir sicher. Azizi hat mir gesagt, er würde sich zwischen Ta'Fik und Nashramae stellen und Ta'Fik die Ressourcen abschneiden. Außerdem«, fügte Ambessa bitter hinzu, »würde er alles tun, um mir wehzutun. Schau doch nur nach draußen.«

Ambessa deutete mit einer Handbewegung in Richtung Tor. Rictus senkte anerkennend den Kopf.

»Wie Ihr sagt. Aber Gintara zu töten – ist das jetzt dein Wunsch oder Teil eines größeren Plans?«

Der Vorwurf in seinem Tonfall war sanft, aber niemand sonst hätte es gewagt. Sie starrte ihn an, konnte jedoch nicht leugnen, dass es mehr Wut als Strategie war. Ihre Augen füllten sich erneut mit Tränen, und sie musste wegsehen, als ein Schluchzen ihren Körper erschütterte.

Als er nach ihr griff, ließ sie ihn gewähren. In seiner Umarmung ließ die Wut jedoch nicht nach. Sie nahm lediglich eine neue Form an. Mels und Kinos Gesichter erschienen hinter ihren geschlossenen Augenlidern. Sie musste sie in Sicherheit bringen.

Sie stieß Rictus von sich.

»Danke, Rictus. Verzeih mir, du musst zum Heiler. Geh jetzt.«

»Kreipsha …«, begann er.

»Geh. Mir geht es gut.«

Als sie ihm nachblickte, dankbar für seine Stärke, kam ihr eine Idee.

»Rictus, warte.« Er drehte sich um, geduldig wie immer. »Erinnerst du dich, als du gesagt hast, Rell könnte das sein, wonach ich gesucht habe?«

Rictus' dicke, dunkle Augenbrauen zogen sich über seiner kräftigen Nase zusammen.

»Mm.«

»Ich glaube, du hast vielleicht recht.«

Er trat zurück in den Raum und lauschte.

»Sie ist nicht mehr so unerfahren wie früher. Sie hat ihre erste Schlacht hinter sich und scheint sich gut zu erholen. Sie ist intelligent, vertrauenswürdig. Loyal.«

»Du willst, dass sie deine Erbin wird?«

»Vielleicht.« Dann schüttelte Ambessa den Kopf. »Oder vielleicht will ich, dass sie meine Erbin beschützt. Ihre Kraft mit Mels Scharfsinn. So wie wir beide.«

Rictus nickte langsam.

»Wir sollten erst sehen, wie sich Rell erholt.«

»Du hast recht. Danke, mein Freund. Geh, ruh dich aus.«

***

Am nächsten Tag kam der Kriegsrat zusammen. Amenesce und Burnside waren beide anwesend, Burnside mit einem Verband über einer Gesichtshälfte, der sein linkes Auge verdeckte. Rictus saß neben Amenesce, und seine Finger spielten leise mit den Rookern, die um seine Faust gewickelt waren. Katye saß rechts von Burnside. Er allein sah makellos und unverletzt aus, aber das glich er durch seine zurückhaltende Kleidung aus: eine lose Hose in Sandfarbe unter einer dunkelbraunen Tunika und einem Übergewand. Er bedeutete den Dienern, den heißen Tee, den Kaffee und das Essen auf dem Tisch in der Mitte des Kriegsraums stehen zu lassen.

Auf der Tischplatte war eine Karte der bekannten Welt eingraviert, die der beste Kartograf, den Ambessa finden konnte – ihr Bruder Hanek –, angefertigt hatte. Städte, Häfen, Handelsrouten, Berge, Ozeane, alles war bis ins kleinste Detail eingraviert. Ambessa konnte immer auf einen Blick sehen, wo ihr nächster Zug sein sollte. Und gerade jetzt wanderte ihr Blick unweigerlich nach Tereshni. Sie wusste nicht einmal, ob Ta'Fik dort war, aber sie würde den Krieg in seine Heimat tragen, so wie er es mit ihrer getan hatte.

»Die schlechte Nachricht ist«, sagte Amenesce, »dass sie Gintara noch nicht aufgegeben haben. Meine Späher haben ihr Lager gesehen.«

Burnside sah besorgt aus.

»Die Tatsache, dass sie überhaupt noch hier sind, lässt mich vermuten, dass sie Verstärkung erwarten. Ganz zu schweigen davon, dass es auf See noch immer Kämpfe gibt.«

»Die vereinten Flotten drängen sie zurück«, warf Katye ein.

»Dann schlagen wir jetzt zu.« Amenesce klopfte mit den Fingern auf die Tischkante. »Solange sie noch ihre Wunden lecken. Sie sind weniger als hundert. Wenn es noch mehr Kavallerieverbände in der Stadt gibt, können wir sie leicht besiegen –«

»Leicht?« Burnside schnaubte. »Die Faust ist dezimiert. Ich habe nur noch hundert Männer und Frauen!« Die Stimme des alten Hauptmanns wurde lauter. Er hatte recht, es war ein katastrophaler Verlust für die Faust.

»Die Artillerie ist noch in der Stadt.« Ambessa tippte auf die Karte. »Kannst du uns zeigen, wo das Lager ist?«

Amenesce stand auf, versuchte, mit dem Arm zu zeigen,

und zuckte zusammen. Sie lachte entschuldigend und ging stattdessen hinüber. Sie zeigte auf eine Stelle am Rand des Waldes nördlich der Stadt.

»Ich würde nicht empfehlen, deine Artillerie einzusetzen, es sei denn, es macht dir nichts aus, den ganzen Wald niederzubrennen.«

»Vielleicht wäre es das wert, wenn wir diese Monster aus der Ferne ausschalten könnten …«, sagte Burnside.

»Wenn du die Artillerie wegschickst, wer verteidigt dann die Stadt? Wäre es nicht besser, sie direkt vor den Mauern aufzustellen?«, fragte Katye. Burnside lachte unfreundlich, und die drei begannen zu streiten.

Ambessa konnte nicht darüber nachdenken, wo sie die Artillerie aufstellen sollte. Sie dachte immer noch an Azizi. Sie dachte an Gintara. Rictus hatte ihr gesagt, sie solle das große Ganze sehen, bevor sie etwas tat, was sie später bereuen würde. Das große Ganze war, Ta'Fik aufzuhalten. Ta'Fik war nicht in diesen Wäldern. Selbst wenn er weitere Kriegertrupps mit verbesserten Soldaten schickte, würde er nicht bei ihnen sein. Das war nicht seine Art.

Nicht mehr. Hast du damals aufgehört, ihn zu respektieren?, fragte sie sich. Als er die Lust am Blutvergießen verloren hatte? Oder weil er dich zu gut kannte und du dich vor ihm nicht verstecken konntest? Du hattest Angst, dich der Wahrheit zu stellen.

Sie atmete scharf aus, und alle verstummten und sahen sie an. Sie richtete sich auf.

»Ta'Fik will mich beschäftigen. Er weiß, dass ich diese Stadt nicht verlassen werde, solange eine Bedrohung besteht. Ob Gintaras Kriegsschar wieder kommt oder nicht, ob Verstärkung kommt oder nicht.«

Sie fuhr mit dem Finger von Rokrund nach Tereshni. »Hier findet der wahre Kampf statt. Hier werde ich hingehen. Ich werde zuerst in Bel'zhun haltmachen«, um Mel und Kino zu sehen, um sicherzugehen, dass es ihnen gut geht, und dann werde ich nach Tereshni gehen.«

Ta'Fik hatte noch ein Kind in Bel'zhun. Ein weiteres, das sie als Geisel nehmen konnte, wenn es sein musste.

»Aber wir können sie nicht abwehren, wenn sie wieder angreifen …«, sagte Burnside barsch.

»Das werdet ihr. Ihr habt keine Wahl. Da meine Kriegsscharen hier gebunden sind, habe ich nicht genug Soldaten, um Tereshni zu belagern, vor allem nicht, wenn er noch mehr Soldaten wie … diese hat. Also werde ich eine kleine Gruppe in die Stadt führen.«

»Wie willst du hineinkommen?«, fragte Amenesce mit gerunzelter Stirn.

»Mit einer Geisel.«

Das Wort fiel wie ein Stein in die Stille. Rictus kniff die Augen zusammen, sagte aber nichts.

»Ah. Ihr wollt die Gefangene benutzen. Eure Magierin mit dem Metall – wird sie bleiben und mit uns kämpfen?« Burnside beugte sich eifrig über den Tisch. »Das könnte viel ändern.«

Ambessa schüttelte heftig den Kopf.

»Sie kommt mit mir.«

»Aber …«

»Nein. Lasst Ta'Fik nach Rokrund schauen«, fuhr Ambessa fort. »Wie alle Medardas ist er hartnäckig. Hoffen wir, dass das seinen Blick einschränkt. Überzeugt ihn davon, dass ich noch hier bin und kämpfe oder, noch besser, dass ich zu verwundet bin, um zu kämpfen.«

Amenesce grunzte.

»Du bist zu verwundet, um zu kämpfen.«

»Das wird uns teuer zu stehen kommen.« Katye starrte sie über den Tisch hinweg an. Er tippte langsam mit den Fingern auf das schöne Holz. »Es wird uns alle teuer zu stehen kommen.«

»Ich weiß. Vergib mir. Aber ich werde dafür dreifach bezahlen, wenn ich das Oberhaupt dieser Familie bin.«

Und vorher würde sie Rache nehmen.

KAPITEL NEUNUNDZWANZIG

Ambessa verließ die Versammlung mit entschlossenem Schritt. Rictus schloss sich ihr wie immer an. »Wohin gehen wir?«, fragte er pointiert.

»Ich werde mit Rell sprechen.«

Die Anspannung in seinen Schultern ließ etwas nach.

»Um sie zu fragen.«

»Ja.«

Ambessa wusste, was er fürchtete, und sagte nichts, um ihn zu beruhigen. Die Schuldgefühle, die sie empfand, weil sie ihn getäuscht hatte, waren unter Wut und Schmerz begraben.

»Sie ist eine gute Wahl, Kreipsha.«

Seine Worte bestärkten sie in ihrer Entscheidung.

»Danke, Rictus.«

Als sie vor Rells Tür standen, sagte sie: »Ich sollte das allein machen.«

Er presste die Faust an die Brust, verbeugte sich und ging. Rell öffnete die Tür mit einem erröteten Lächeln im Gesicht. Als sie jedoch Ambessa sah, verschwand das Lächeln, und die Röte wich. Sie räusperte sich und salutierte.

»Generalin. Seid gegrüßt.«

»Hast du jemanden erwartet?«

»Nein, Generalin. Ich meine, ja – aber nein, ähm, kommt herein, Generalin. Wie kann ich helfen?«

»Komm mit mir.«

Rell eilte zurück ins Zimmer, um ihre Schuhe und ihren Messergürtel zu holen. Sie sah viel besser aus als in den letzten zwei Tagen. Ihre Wangen waren wieder rosig, und die Schatten um ihre Augen waren verblasst. Der Funke in ihr war zurückgekehrt, und Ambessa verspürte eine Welle warmer Erleichterung. Sie hatte sich nicht eingestehen wollen, wie besorgt sie gewesen war.

Sie führte Rell zurück zu Gintaras Gemächern. Die Flure waren nicht leer, aber Ambessa hatte kein Bedürfnis, sich zu verstecken. Dies war ihre Gefangene. Dies war ihr Krieg. Diener, Soldaten und Besucher verneigten sich oder salutierten, wenn sie vorbeikam. Der Geruch des Abendessens verbreitete sich im ganzen Gelände – heute Abend würde ein Festmahl stattfinden. Auch wenn es kein entscheidender Sieg gewesen war, hatten sie die Schlitzer zum Rückzug gezwungen und ihre Anführerin gefangen genommen. Ambessa war nach Hause zurückgekehrt. Es gab genug Gründe zum Feiern, und die Moral war nicht der geringste davon. Morgen würde sie wieder aufbrechen.

Aber zuerst musste diese Frage geklärt werden. Rell zögerte, als sie vor Gintaras Tür standen.

»Generalin?«

Ihre Stimme zitterte, und Ambessa befürchtete, dass sie wieder falsch geraten hatte.

»Du hast gesagt, du würdest mich rächen. Ist das wahr?«

»Ja, Generalin.«

»Dann komm.«

Die beiden Wolfsschnitter traten beiseite, und sie schloss die Tür auf. Gintara war noch dort, wo sie sie zurückgelassen hatten, kniend und gefesselt. Sie war jetzt noch blasser, starrte sie aber wütend an, als sie eintraten.

»Tante. Wieder zu Besuch? Was willst du diesmal wissen?«

Ambessa ignorierte sie.

»Was sollen wir mit ihr machen?«

Rells Augen weiteten sich.

»Ich dachte, Ihr wolltet sie als Geisel nutzen?«

Ambessa zuckte mit einer Schulter.

»Das ist möglich. Sie hat eine Schwester in Bel'zhun, für die man ebenfalls Lösegeld verlangen könnte.«

Rells Blick huschte zwischen Ambessa und Gintara hin und her. Sie biss sich auf die Lippe, während sie nachdachte.

»Ihr Vater hat Euren Mann getötet?«

Die Worte entrissen Ambessa einen erstickten Schrei. Sie hatte nicht bemerkt, dass sich die Nachricht verbreitet hatte.

»Ja«, sagte sie mit zusammengebissenen Zähnen. Für Gintara war das neu.

»Was? Nein, das hat er nicht, das hätte er nicht getan. Er hätte mich nicht einmal dich töten lassen.«

»Ich nehme an, dein Vater vertraut dir seine Pläne nicht an«, sagte Ambessa.

»*Du* bist diejenige, die den Kodex gebrochen hat.«

»Dein Vater ist ein Heuchler. Das Wort eines Medardas ist so stark wie sein Stahl. Doch er predigt das eine und tut das andere.« Sie wandte sich an Rell. »Was machen wir mit ihr?«

Rell hielt das Messer an ihrem Gürtel fest in der Hand.

»Wenn wir sie töten, haben wir immer noch die Lösegeldforderung als Druckmittel. Außerdem senden wir Ta'Fik damit eine Botschaft. Er wird wissen, was mit dem Lösegeld auf dem Spiel steht. Ihr werdet – Ihr werdet auch mit ihm um Leben und Tod kämpfen. Dein Mann, sein Kind. Wenn sie das ist, was ihm am meisten bedeutet.«

Ambessa nickte langsam und trat zurück.

»Blut für Blut. Rache für Rache. Ich akzeptiere diese Gerechtigkeit. Tu es.«

Rell und Gintara starrten sie schockiert an. Dann verhärtete sich Gintaras Gesichtsausdruck.

»Wie er gesagt hat. Tu es.«

Rell trat von Gintara zurück.

»Eine Medarda schlägt schnell und entschlossen zu, wenn sie sich einmal entschieden hat«, sagte Ambessa.

Rell zog das Messer an ihrer Hüfte. Gintaras finsterer Blick verriet keine Angst, nur Entschlossenheit. Sie würde also wie eine Kriegerin sterben. Das war jedoch nicht die Frage, auf die Ambessa eine Antwort brauchte. Ambessa musterte Rell, von ihren Augen bis zum Zittern ihrer Hände.

Das Zittern hörte auf.

Rell rammte die Spitze ihrer Klinge unter Gintaras Kinn.

***

Zurück in Rells Zimmer, mit sauberen Händen, saßen sie auf dem Sofa. Die kleine Wohnung war luxuriös, weit über das hinaus, was Rell jemals gesehen hatte, da war sich Ambessa sicher. Der Raum war bereits mit Rüstungsteilen und Waffen übersät. So unordentlich der Raum auch war, Rells Kleidung war makellos, zweifellos ein Geschenk von Katye. Wenn Blut die Manschetten befleckt hatte, war es auf dem dunklen Stoff nicht zu sehen.

»Das war gut gemacht. Ich weiß, dass es sich vielleicht nicht gut angefühlt hat, aber du hast eine starke Entscheidung getroffen.« Ambessa seufzte. »Starke Entscheidungen fühlen sich selten gut an. Es ist schwer, etwas zu tun, das man nie wieder rückgängig machen kann. Zu viele Menschen zögern. Aber nur starke Entscheidungen führen zu Größe. Verstehst du das?«

Rell saß, einen Fuß auf das Sofa gestellt, die Hände um die Knie geschlungen. Sie starrte sie eindringlich an.

»Ja, Generalin.«

»Du hast heute deine Fähigkeiten unter Beweis gestellt, ebenso wie in dieser Kampagne und in dem Jahr, in dem ich dich zuvor kennengelernt habe. Deshalb habe ich eine Frage an dich.«

Rell richtete sich bei Ambessas formellem Ton auf.

»Generalin?«

»Möchtest du offiziell Teil meiner Familie werden? Ich werde dich als eines meiner Kinder adoptieren. Ich werde dich weiterhin in allen Belangen des Krieges und der Strategie ausbilden. Wir werden deinen Blick schärfen, deinen Verstand schulen und deine Stärken maximieren – alle. Ich werde dir den Kodex der Medarda beibringen, nach dem wir alle leben, und eines Tages, wenn ich nicht mehr bin … wirst du vielleicht an der Seite meiner Kinder stehen und diese Familie zu Ruhm führen.«

Ambessa unterdrückte ein Zittern, als sie sich an den unheilvollen Traum ihres Großvaters erinnerte. Den Untergang ihrer Familie. *Nicht, wenn ich es verhindern kann,* dachte sie.

Ambessa öffnete ihre Finger und enthüllte einen Ring mit einem vierzackigen Stern, der golden in ihrer Hand glänzte.

»Dieser Stern ist ein Wegweiser, der dich an den Weg erinnert – betrachte ihn als Kompass oder als Nordstern. Jeder Punkt steht für einen Teil des Kodex.« Sie zeigte auf den obersten Punkt. »*Medardas an erster Stelle*. Wir werden deine Familie sein; du wirst deine Familie und den Familiennamen über alles andere schützen.«

Sie zeigte nacheinander auf die anderen Ecken. »*Medardas gehen ihre eigenen Wege,* sehen das große Ganze und wagen sich dorthin, wo andere zaudern. *Medardas kämpfen ehrenvoll* und verlangen nicht, was sie sich nehmen können. Mit deiner Gabe kannst du wahrhaft mächtig sein.«

Rell schluckte und nickte langsam. Sie fuhr zögernd mit dem Finger den Rand des Rings ab.

»Und der vierte?«

Ambessa zeigte auf die letzte Ecke.

»*Eine schlaue Zunge ist so wertvoll wie scharfer Stahl.*

Manchmal sogar noch wertvoller. Nimm ihn und schau ihn dir an, wenn du dir in Zukunft nicht sicher bist.«

Aber Rell nahm den Ring nicht. Sie saß da, öffnete den Mund und schloss ihn wieder, bevor sie fragte: »Was ist mit Euren Kindern?«

»Was soll mit ihnen sein? Ich habe eine Tochter in deinem Alter und einen etwas älteren Sohn.«

»Was, wenn sie nicht teilen wollen?«, fragte sie vorsichtig. »Was, wenn sie kein weiteres Geschwisterkind wollen?«

»Sie brauchen dich, und das werden sie beide erkennen.«

Rell runzelte verwirrt die Stirn, aber nur für einen Moment.

»Ihr meint …«

Ihre Hand wanderte zu ihrem Messer, das sauber und wieder in seiner Scheide steckte.

»Ja. Du bist stark auf eine Weise, die sie nicht sind. Und sie haben Fähigkeiten, die du nicht hast. Zum Beispiel ein Leben langes politisches Training.«

Rell blickte vorsichtig auf.

»Niemand wird mich ernst nehmen. Ich weiß nichts darüber, wie es ist, in einem – einem großen Haus zu leben. Ich bin nicht wie die Leute auf Darkwills Ball. Ich bin nur – ich bin nur eine Kämpferin aus der Arena. Ich kann nicht einmal eine Truppe in einer Kriegsschar anführen.«

»Noch nicht, das kannst du nicht. Aber du hast einen Rückzug angeführt, obwohl du noch nie in einer Schlacht gewesen bist. Du hast gute Instinkte. Ich bin hier, um dir den Rest beizubringen. Sie werden dich ernst nehmen, weil du zu mir gehören wirst.«

Aber Rell war immer noch misstrauisch.

»Ist das wegen meiner Kräfte?«

»Nein. Frag Rictus. Du weißt, dass ich dich schon lange im Auge habe – du warst die beste Kämpferin in dieser Arena.«

Da schwand Rells Misstrauen ein wenig. Ambessa nutzte den Vorteil.

»Nimm auf jeden Fall das hier.« Sie zog eine silberne Wolfskopfbrosche aus ihrer Tasche und steckte sie Rell in die Hand. »Du bist eine erstaunliche junge Frau, und ich würde mich geehrt fühlen, dich auch nur als Anführerin einer meiner Kriegsscharen zu haben. Du musst dich nicht jetzt entscheiden«, sagte sie und versuchte, die Enttäuschung in ihrer Brust zu unterdrücken. »Es ist eine schwere Entscheidung, die mit großer Verantwortung verbunden ist. Vielleicht bist du noch nicht bereit, diese Verantwortung zu übernehmen, oder willst es gar nicht, und das ist auch in Ordnung.«

Rell nickte. Sie blieb auf dem Sofa sitzen und hielt den Wolfskopf in ihrer Handfläche, und Ambessa ließ sie dort sitzen.

»Komm nicht zu spät zum Abendessen. Unabhängig von deiner Antwort bist du heute Abend unser Ehrengast.«

Damit zog Ambessa die Tür hinter sich zu. Kurz bevor sie ins Schloss fiel, rief Rell: »Wartet!«

Das Mädchen rannte zur Tür und riss sie auf. In diesem Moment war es, als schwebten die beiden in der Luft; Ambessa wartete, und Rell versuchte, den Mut zu finden, ihr Leben zu ändern. Ambessa schwieg. Manche Dinge konnte man nicht herauslocken oder erzwingen. Eine Frau musste sie selbst entscheiden.

»Ihr … ihr würdet mich wirklich weiter unterrichten?«

»Ich würde dir alles beibringen, was ich weiß, Kind.«

Ambessa legte ihre Hand auf Rells Wange und dann auf die Schulter der jungen Kriegerin. Rell atmete entschlossen ein, straffte die Schultern und sah Ambessa in die Augen.

»Dann … ja. Ich werde es tun. Ich werde eine Medarda werden.«

Ambessa holte den goldenen Ring wieder aus ihrer Tasche und reichte ihn Rell.

»Willkommen in der Familie.« Dann nahm sie die Wolfskopfbrosche und befestigte sie an Rells Umhang. »Ich weiß, dass du mich stolz machen wirst.«

***

Als Rell sich in der Festhalle des Medarda-Anwesens umsah, fragte sie sich, ob ihre Mutter und ihr Vater das gemeint hatten, als sie ihr von »den alten Zeiten« erzählten, bevor die Canwells in Ungnade gefallen waren. Rell probierte von jedem Gericht, bis sie fast platzte; es war so gut, wieder in Noxus zu sein und Fleisch und würzige Eintöpfe zu essen, statt der leichteren Kost in Bel'zhun. Dutzende von Menschen, die sie nicht kannte, saßen an den Tischen – Adlige der Stadt, Anführer der verschiedenen Kriegsscharen, die reichsten Kaufleute und Händler. Sie waren so fein gekleidet, dass Rell sich trotz ihrer neuen Kleidung völlig fehl am Platz fühlte.

Und doch stand sie im Mittelpunkt des Geschehens und saß direkt neben Generalin Medarda. Außergewöhnlicher Mut auf dem Schlachtfeld wurde gefeiert, und um die Gefallenen wurde getrauert. Rell hatte geweint, als Zishanis Name genannt wurde. Dann dankte Verwalter Katye Rell persönlich für ihre Rolle bei ihrem Sieg.

Rell versuchte, nicht darüber nachzudenken.

Stattdessen war sie erleichtert, als das Essen beendet war und die Formalitäten erledigt waren. Die Musik setzte ein, und Tora kam schwungvoll herüber. Sie verbeugte sich vor Ambessa und Rell, und Rell spürte, wie ihr Gesicht bereits heiß wurde. Sie hasste es, dass sie ihre Gefühle in Toras Gegenwart nie verbergen konnte.

»Darf ich mit der Heldin des Tages tanzen?«

Ambessa lachte.

»Ich fürchte, ich kann heute Abend nicht tanzen, junge Reiterin.«

Links von Ambessa grunzte Rictus amüsiert. Tora rümpfte spielerisch die Nase.

»Ich meinte Rell.« Sie streckte Rell die Hand entgegen. »Möchtest du?«

»Ich – wenn du möchtest, ja, ich möchte auch. Tanzen, meine ich. Mit dir.«

Rell presste die Lippen zusammen, damit ihr nichts noch Dümmeres herausrutschte.

Amenesce, die auf der anderen Seite von Rell saß, grinste Ambessa über Rells Kopf hinweg an.

»Necke die armen Kinder nicht. Ich weiß allerdings nicht, woher sie die Energie dafür nehmen«, sagte sie leise, damit nur Rell und Tora sie hören konnten.

Rell stand so anmutig wie möglich auf, während die Erwachsenen um sie herum weiterredeten.

»Du weißt doch noch, wie das war, als du so alt warst.«

Selbst Ambessas Scherz klang traurig.

»Ich bin da rausgewachsen«, antwortete Amenesce, während sie sich auf Rells Platz setzte.

»Du nicht?«

»Nein«, sagte Ambessa ironisch. »Ich nie.«

»Komm«, sagte Rell und zog Tora am Arm. »Lass uns gehen, bevor sie uns noch mehr in Verlegenheit bringen.«

Amenesce hörte das und lachte. Sie rief ihnen hinterher: »Seid nicht wie die Generalin. Denkt mit eurem Kopf, nicht mit dem, was in euren Hosen steckt!«

»Oh, Götter«, sagte Tora beschämt. Sogar sie errötete.

Sie ließen Amenesces kichernde Stimme hinter sich und fanden eine freie Stelle, wo andere Tänzer in komplizierten Schrittfolgen hüpften, hochsprangen und wieder landeten, die Knie hoch, die Füße stampfend. Rell fragte sich, wie Amenesce nach den letzten Tagen so unbeschwert scherzen konnte, doch irgendwie war es ansteckend. Sie lachte nervös.

»Ich kenne diesen Tanz nicht«, gestand sie.

Verschwörerisch flüsterte Tora ihr direkt ins Ohr: »Ich auch nicht! Das macht doch den halben Spaß aus.«

Gemeinsam hüpften sie und stolperten übereinander, fanden den Rhythmus, verloren ihn wieder und fanden ihn wieder. Die anderen Tänzer jubelten ihnen zu oder wichen ihnen aus, aber Rell vergaß sie schließlich. Es gab nur noch die Musik und Tora – keinen Kampf, kein Blut, keine Magie, keine Medardas. Für einen kurzen Moment war sie einfach nur *sie selbst*.

Als sie jedoch eine Pause einlegten, um Luft zu holen und etwas zu trinken, erblickte Rell Ambessa am Tisch, deren Miene finster war. Amenesce war verschwunden – Rell sah sie mit einer hübschen älteren Frau in der Reihe tanzen, anmutiger als sie und Tora –, aber die Generalin beugte sich gelegentlich vor, um mit Rictus zu sprechen. Ihr Leutnant war wie immer undurchschaubar. Rells Hände fühlten sich plötzlich wieder glitschig an, vom Blut Gintaras.

»Alles in Ordnung?«, fragte Tora und reichte Rell einen frischen Becher. Es war kein Wein, sondern eine Art Likör aus einer Blume, die auf den Wiesen von Rokrund wuchs. Er schmeckte köstlich. Tora folgte Rells Blick zu ihrer Mentorin.

»Oh. Ich habe von ihrem Mann gehört.«

Rell nickte ausweichend. Sie hatte keine Lust mehr zu tanzen. Sie schlichen sich aus dem Saal hinaus in einen der inneren Höfe. Es gab vier davon in der gesamten Anlage: einen Ziergarten, einen Nutzgarten und zwei Übungsplätze. Plötzlich wurde Rell klar, dass die Anlage die Form des Rings hatte, den sie jetzt an ihrem Finger trug. Sie drehte den Ring an ihrem Mittelfinger, während sie durch den Ziergarten gingen.

Es war dunkel, und die Luft war schwer vom Duft nachtblühender Pflanzen.

Als sie mehr oder weniger allein waren, sagte sie: »Die Generalin hat mich gebeten, ihrem Clan beizutreten. Ich bin jetzt eine Medarda. Oder werde es sein, sobald es offiziell ist.«

Sie hielt Tora den Ring hin, damit sie ihn sehen konnte. Das andere Mädchen nahm ihre Hand und hielt sie an ihr Gesicht.

»Oh. Du musst sie wirklich beeindruckt haben.«

»Das muss wohl so sein. Ich weiß nur nicht, ob aus den richtigen Gründen.«

»Was meinst du damit?«

Rell zögerte. Sie wollte Tora nichts von ihren leiblichen Eltern erzählen, aber ihre Aufregung und ihre Angst waren so schwer zu vereinbaren.

»Meine Eltern sind nicht tot. Ich komme nur nicht mit ihnen klar«, sagte sie trocken. »Sie … haben mich benutzt. Als ich eine Arenakämpferin war. Sie haben mir meine Gewinne weggenommen und mich angeschrien, wenn sie dachten, ich würde nicht hart genug trainieren, um ihnen wieder Geld einzubringen.«

Tora war sofort empört.

»Diese Bastarde. Ich wette, sie haben nicht einmal den Mut, die Arena zu betreten.«

Rell zuckte halbherzig mit den Schultern.

»Was, wenn die Generalin genauso ist? Was, wenn sie mich nur wegen meiner Magie will? Alle haben recht – sie hat in dieser Schlacht den Unterschied gemacht.«

Rell ballte die Faust und spürte, wie sich wieder eine Kraft in ihr zusammenballte. Sie hatte keine vollständige Kontrolle darüber und fühlte sich immer noch ausgelaugt, wie ein leer geschöpfter Brunnen. Dennoch hatte sie genug Kraft, um ein Stück der Metallrüstung von ihren Unterarmen zu schieben und es in eine Pfeilspitze zu verwandeln. Sie ließ sie einen Moment lang durch die Luft wirbeln, bevor sie sie in ihrer Handfläche auffing. Dann hielt sie sie Tora hin. Tora betrachtete sie bewundernd.

»Danke.« Dann nahm Tora erneut Rells Hand und drückte sie fest. »Sie ist nicht so. Generalin Medarda ist außergewöhnlich. Sie wird sich um dich kümmern. Das ist doch genau das, was du wolltest, oder? So sein wie Rictus?«

Toras Begeisterung brachte Rell trotz allem zum Lächeln.

»Ja, das stimmt, nicht wahr?«

»Das ist besser«, sagte Tora leise. Sie lächelte Rell an, ihre dunklen Augen strahlten zärtlich im magischen Licht, das wie Glühwürmchen über den Parkweg flatterte. Rells Herz schlug plötzlich schneller, als sie bemerkte, wie nah Tora ihr war – und wie sehr ihr das nichts ausmachte. Tora beugte sich zu ihr hin, hielt aber inne und wartete.

»Darf ich dich küssen?«

Rell schluckte.

»Ähm – ja? Ja.«

Und dann lag Toras Hand auf ihrem Nacken, und sie küsste sie, und es war wirklich, wirklich schön.

»Rell? Bist du hier draußen?«

Als Ambessa rief, sprang Rell von Tora weg, richtete hastig ihre Kleidung und versuchte verzweifelt, so auszusehen, als hätten sie nicht das getan, was sie gerade getan hatten.

»Hier, Generalin!«, rief Rell mit brüchiger Stimme. Sie warf einen Blick auf Tora, die ein Kichern unterdrückte, und boxte ihr gegen die Schulter.

»Aua!«

Aber Tora hörte nicht auf zu kichern. Als Ambessa auf ihren Weg bog, salutierte Rell. Die Generalin war genauso grimmig wie zuvor, aber irgendwie noch steifer.

»Ist etwas nicht in Ordnung?«, fragte Rell langsam. Für einen Moment hatte sie die wilde Angst, dass Ambessa sagen würde, sie hätte es sich anders überlegt und wollte Rell doch nicht.

»Leider, ja, aber nur eine Kleinigkeit. Könntest du uns einen Moment allein lassen, Kind?«, sagte sie zu Tora.

»Natürlich, Generalin.« Tora salutierte und sagte dann zu Rell: »Ich bin in meinem Zimmer. Komm später zu mir.«

Rell nickte. Tora ging zurück und winkte mit einem albernen Lächeln im Gesicht. Ambessa sah Tora nach. Als sie allein waren, führte sie Rell durch den Garten in einen anderen Gang, weg vom Fest. Rell wusste, dass es sinnlos war, die Generalin um Informationen zu bedrängen. Sie würde Rell sagen, was ihr passte, wenn es ihr passte. Durch die Korridore der Anlage verklang das fröhliche Treiben des Festes, bis sie die Anlage vollständig verlassen hatten und die Welt plötzlich still war.

Sie gingen die Hauptstraße entlang und bogen in eine schlecht beleuchtete Straße ein. Rell verspürte ein leichtes Unbehagen.

»Generalin?«

»Ein wenig weiter, Kind. Seit Azizis Tod kann ich immer weniger Menschen vertrauen.«

»Was ist mit Rictus?«

Es war seltsam, wenn der Leutnant Ambessa nicht folgte. Die Generalin antwortete nicht. Rell zitterte und zog ihren Umhang enger um sich. Dann blieb Ambessa abrupt stehen. Rell lief an ihr vorbei, drehte sich dann um, um zu sehen, was passiert war, aber Ambessa war nicht mehr allein. Drei schemenhafte Gestalten flankierten sie.

»Generalin?«, fragte Rell zögernd.

Ambessas Mund verzog sich zu einem Ausdruck, den Rell in den letzten Tagen noch nie gesehen hatte: ein Lächeln.

Der magische Blitz, der sie in der Brust traf, überraschte sie völlig. Danach wusste Rell nichts mehr.

KAPITEL DREISSIG

Am nächsten Morgen berief Ambessa den improvisierten Kriegsrat der Festung Rokrund ein, um ihren Plan mitzuteilen. Katye und Burnside nahmen ihre Plätze ein. Amenesce kam als Letzte herein und klagte über Kopfschmerzen, aber ihre Augen waren scharf auf Ambessa gerichtet.

»Ich werde nach Bel'zhun aufbrechen«, verkündete Ambessa, als alle Platz genommen hatten. »Heute noch.«

Katye strich sich nachdenklich über den Schnurrbart, zwischen seinen Augenbrauen lag eine Sorgenfalte.

»Gut.«

»Gut?«

Ambessa hatte erwartet, dass er Einwände erheben würde.

»Ja. Jetzt ist ein guter Zeitpunkt. Unsere Flotte hat es geschafft, Ta'Fiks Schiffe vom Delta fernzuhalten, aber ich weiß nicht, wie lange das noch halten wird.«

»Was ist mit der Gefangenen?«, fragte Burnside. Er kratzte sich gereizt an dem Verband auf seinem Gesicht.

»Die, für die wir Lösegeld holen sollen?«

»Sie ist tot. Es war notwendig.«

»Warum war es notwendig?«, hakte Burnside nach. »Es hätte uns Zeit verschaffen und etwas Entlastung bringen können, wenn Ihr immer noch darauf besteht, dass wir hier kämpfen, während Ihr geht.«

Ambessa beugte sich über den Tisch und sah Burnside in das gesunde Auge.

»Stellst du mich jetzt infrage, Burnside?«

Sie ballte die Finger zu einer Faust, sodass der Medarda-Ring im Licht glänzte. Es herrschte unangenehme Stille, bis Burnside schließlich den Kopf schüttelte und sich zurücklehnte.

»Nein, Generalin.«

»Gut.«

Ambessa sah sich am Tisch um.

»Der Rest von euch bleibt hier und hält Ta'Fiks Interesse an der Stadt aufrecht. Zerschlagt sie nicht sofort, aber lasst Rokrund nicht fallen.«

»Dann beeile dich«, sagte Katye. Ihr Bruder sah plötzlich so erschöpft aus.

Als alle gegangen waren, schickte sie Diener mit Anweisungen, ihre Abreise vorzubereiten, darunter auch jemanden, der Rell holen sollte.

Amenesce begleitete Ambessa in ihre Gemächer.

»Soll ich mitkommen?« Der Gedanke an eine weitere Freundin, der sie vertrauen konnte, die ihr den Rücken deckte, reizte sie. Aber Amenesces Kavallerie war hier zu wertvoll und würde in Tereshni wenig nützen. Dafür hatte sie einen anderen Plan.

»Bleib hier. Aber danke.«

Tora kam ihnen im Flur entgegen, aber sie war allein.

»Wo ist Rell?«, fragte Amenesce neckisch. »Nachdem ihr beide zusammen verschwunden seid, bin ich überrascht, dass ihr euch so leicht trennen lasst.«

Tora runzelte verwirrt die Stirn.

»Ich dachte, sie wäre bei Euch. Ich bin gekommen, um sie zu suchen.«

In diesem Moment kehrte der Diener, den Ambessa nach Rell geschickt hatte, mit gehetztem Gesichtsausdruck zurück.

»Verzeiht, Generalin, das Mädchen war nicht in seinem Gemach.«

Ambessa hob eine Augenbraue in Toras Richtung.

»War sie heute Morgen bei dir?«

»Nein, Ma'am. Das habe ich doch gesagt. Ich habe sie nicht gesehen, seit Ihr sie gestern Abend abgeholt habt.«

Ambessa runzelte die Stirn.

»Ich habe sie nicht gesehen, seit du sie gestern Abend zum Tanz mitgenommen hast.«

Tora zögerte.

»Aber Ihr seid in den Garten gekommen. Ihr sagtet, Ihr wollt mit ihr sprechen?«

Ambessas Herz sank herab.

»Das habe ich nicht. Ich habe die ganze Zeit drinnen gesessen.«

Sie warf einen Blick auf Rictus, der nickte.

»Generalin Medarda saß die ganze Zeit bei mir.«

Selbst Amenesce richtete sich besorgt auf.

»Wo hast du sie hingebracht? Bring mich dorthin. Sofort.«

Tora begriff, dass hier etwas Größeres im Gange war. Sie wirkte verängstigt, als sie Ambessa und die anderen zurück in den Garten führte. Während sie gingen, schickte Ambessa nach einem der Schattenjäger, damit er sich dort mit ihnen traf.

»Wir sind hierhergekommen, um allein zu sein«, sagte Tora, warf Amenesce einen Blick zu und senkte dann den Blick zu Boden. »Wir waren – ähm. Dann seid Ihr gekommen, um sie zu holen, Generalin. Zumindest dachte ich das. Ich schwöre, Ihr wart es! Ich meine –«

Ambessa ließ die junge Frau stammeln, während sie den Gartenweg entlangging, der perfekt für zwei Liebende war, die Ruhe und Abgeschiedenheit suchten. Es waren keine Spuren zu sehen. Dann kam der Schattenjäger mit seinem Drachenhund an seiner Seite.

»Hast du etwas von ihr?«, fragte Ambessa Tora scharf. Das Mädchen zuckte bei Ambessas Ton zusammen.

»Nein, Ma'am, wir haben nie – doch!«

Sie griff in ihre Tasche und holte eine Pfeilspitze heraus. Sie war schlicht, aber in ihrer Einfachheit wunderschön.

»Sie hat das für mich gemacht.«

Der Schattenjäger reichte sie dem Drachenhund. Einen Moment später führte dieser sie aus dem Gelände hinaus, bis er in einer unscheinbaren Straße stehen blieb. Sie konnte gebackene Naaps und Gewürze für die bevorstehende Mittagszeit riechen; ein Yordle trieb ein Gespann Esel in die andere Richtung. In der Ferne hörte sie das Klingen von Hämmern auf Ambossen, als die Schmiede der Zitadelle sich auf die bevorstehende Schlacht vorbereiteten. Aber von Rell fehlte jede Spur.

Vor ihnen bückte sich der Schattenjäger, um etwas vom Boden aufzuheben. Es glänzte in seiner Hand. Ambessa wusste, was es war, noch bevor er es ihr gab. Eine Mantelbrosche in Form eines Wolfskopfes glänzte in der Dunkelheit.

Ein Ohr war verbogen, als wäre jemand darauf getreten.

Von Rell blieb keine Spur zurück, nicht einmal ein Tropfen Blut.

***

Ambessa und Rictus setzten in dieser Nacht ohne Rell die Segel.

»Ich werde allen Hinweisen der Schattenjäger nachgehen«, hatte Amenesce versprochen. Tora war untröstlich gewesen.

Ambessa war ebenso untröstlich. Sie hatte Rell ein Versprechen gegeben, und schon brach sie es. *Es ist zu ihrem Besten. Ta'Fik ist die Wurzel. Ich werde ihn herausreißen.*

»Es muss einen Verräter in der Stadt geben«, hatte Ambessa ihr gesagt. »Jemand, der weiß, wie wertvoll sie ist. Findet ihn.«

Sie hatte keinen Zweifel daran gelassen, was mit ihm geschehen sollte, wenn sie ihn fanden. Jetzt war sie wieder auf See und kehrte dorthin zurück, wo alles begonnen hatte.

Bel'zhun wurde langsam zu einem Ort, an dem es nichts als Schmerz gab.

Oh, Azizi. Verzeih mir.

Das Schiff schnitt durch die Wellen, Wasser schlug gegen das Holz, Möwen schrien über ihnen. Rictus war unter Deck mit einem brennenden Kohlenbecken und schob die Teile seines Rookern in das kleine Feuer, in einem Ritual, das Ambessa nie ganz verstanden hatte. Währenddessen beobachtete Ambessa, wie das Schiff Meile um Meile des Meeres verschlang.

Eskender Medarda hatte diesen Kanal vor so vielen Jahren überquert, von Nashramae nach Noxus. Als Kind hatten sie die Geschichten über seine Heldentaten begeistert, wie er noxianische Entdecker und Händler durch die Wüste von Shurima geführt und gegen Banden der Ralsiji gekämpft hatte, um die feigen Noxianer zu retten. Sie versuchte, sich mit diesem Vermächtnis verbunden zu fühlen, so wie damals, als ihre Eltern ihr diese Geschichten erzählt hatten, aber heute kamen sie ihr eher wie eine Fantasie vor.

Andere Geschichten waren ihr jetzt im Gedächtnis geblieben. Wie Eskender Medarda den letzten überlebenden Noxianer als Freund begleitet hatte, die noxianischen Sitten gelernt und ihn dann getötet hatte, um sich sein Land und seine Titel anzueignen.

Ambessas Erbe war Stärke und List, aber auch Blut. Skrupellosigkeit. Ta'Fik teilte dieses Erbe, diese Geschichten.

Es beginnt mit einem Sturz, sagte Großvater Menelik. *Und dann kommt der Untergang.*

Die Medardas brauchten eine starke Anführerin. Wenn sie nicht gewinnen konnte, war sie nicht die Medarda, die ihre Familie brauchte.

Die Rufe der Matrosen holten sie in die Gegenwart zurück.

»Generalin Medarda!« Kapitän Felspir eilte herbei. »Der Ausguck meldet, dass ein Schiff uns abfangen will.«

Er zeigte nach Westen.

Ein einzelnes Schiff näherte sich ihnen. Ambessa griff nach ihrem Fernglas. Eine Kriegsgaleere. Es war unmöglich zu erkennen, welche Flagge sie führten, aber sie war bereit anzunehmen, dass es keine Verbündeten waren.

»Wir lassen uns nicht abfangen, Kapitän.«

»Ja, Generalin.«

Der Kapitän trieb seine Matrosen an, und sie huschten wie Tiere vor einem Lauffeuer, aber das bescheidene Botenboot war, obwohl schnell, nicht schnell genug, um einer Galeere mit Rudern und Segeln zu entkommen. Dennoch gelang es ihnen, außer Reichweite zu bleiben. Ambessa rannte in ihre Kabine, um ihre Drachenhund-Handschuhe zu holen, aber sie hoffte, dass sie diese nicht brauchen würde.

»Weiter vorwärts!«, rief Ambessa, als sie zurückkam. Sie zog die Kapuze ihres Umhangs über den Kopf. Sie konnte nicht riskieren, dass Ta'Fik erfuhr, dass sie Rokrund verlassen hatte.

»Wir versuchen es …«

Der Schrei des Kapitäns verstummte abrupt. Ambessa drehte sich um und sah einen Armbrustbolzen aus der Schulter des Mannes ragen.

»Kapitän!«

Das feindliche Schiff ging längsseits, aber sie waren noch zu weit entfernt, um geentert zu werden, und ohne Enterhaken …

Doch während Ambessa zusah, kletterten die Matrosen auf das Schiff. Dann sprangen sie mit gewaltigen Sprüngen über die Lücke der fließenden See, die kein normaler Mensch hätte überwinden können. Ambessa fluchte.

»Rictus!«, schrie sie. »Sie sind verbessert. Genau wie die anderen.«

Sie rief dem Kapitän eine Warnung zu, und er gab seinen Seeleuten trotz seiner Verwundung mutig Befehle, aber Ambessa wusste, dass es nichts nützen würde. Ihre besten Krieger hatten der Macht von Gintaras verbesserten Kämpfern kaum standhalten können. Für diese armen Seeleute gab es keine Hoffnung.

Ambessa näherte sich einem der ersten Angreifer, bevor er sein Gleichgewicht gefunden hatte. Ihre Drachenhundklingen bohrten sich in seine Brust, und er flog über die Reling zurück, tot, bevor er das Wasser traf.

Sie löste den Verschluss ihrer Handschuhe und schwang die Klingen frei, um einen weiteren Soldaten von Bord zu schleudern.

Innerhalb weniger Augenblicke war das Deck mit Blut bedeckt, aber mehr davon kam von ihrer Crew als vom Feind. Das spielte keine Rolle. Kapitulation war keine Option.

»Generalin Medarda?«

Ein Grinsen verzog das Gesicht der verbesserten Matrosin vor ihr. Ein grausames, fröhliches Lächeln. »Schau mal, wer in mein Netz gefallen ist.«

Ambessa brauchte einen Moment, um die Frau mit den nackten Armen vor sich zu erkennen. Dann fiel es ihr wieder ein.

»Stefana«, knurrte Ambessa. Die Augen der Frau aus Kilgrove leuchteten mit dem gleichen inneren Licht wie die von Gintara. Mehr Licht umspielte ihre Arme, fast so, als würde es die Tätowierungen nachzeichnen.

»Du hättest dich mir anschließen sollen«, sagte Ambessa.

»Das hier hättest du mir nicht bieten können.«

Stefana schwang ihren Säbel so schnell, dass Ambessa ihm kaum folgen konnte. Nur dank ihrer jahrzehntelang geschärften Instinkte konnte sie ihre Handschuhe rechtzeitig hochreißen, um sich zu schützen. Die Wucht des Schlags war enorm, und Ambessas Muskeln brannten vor Anstrengung, Stefana in Schach zu halten.

Ambessa hatte versucht, sie von Ta'Fik wegzulocken. Das Mädchen hatte das Zeug zu einer guten Medarda. Vor allem den Hunger. Aber es war derselbe Hunger, der Stefana in diese Lage gebracht hatte.

So wie dein eigener Hunger dich hierhergebracht hat, sagte eine dunkle Stimme in Ambessas Kopf.

Ambessas Stiefel rutschten auf dem Deck, das mit Blut und Meerwasser durchnässt war.

Plötzlich erschien in der Nähe der feindlichen Galeere ein Licht, das wie Flammen über das Deck flackerte. Stefana blickte mit Angst im Gesicht dorthin. Ambessa versuchte, Stefanas Ablenkung auszunutzen, aber das Licht wurde immer heller und kam aus dem *Inneren* des anderen Schiffes.

Dann blendete das Licht grell, und ein ohrenbetäubender Knall ertönte. Ambessa sprang von Stefana zurück und schirmte ihre Augen ab.

»Nein!«, brüllte die Frau.

Ambessa spähte hinter ihrem Unterarm hervor. Das Licht war verschwunden und hinterließ nur noch dichte Dunkelheit, und das Schiff, das noch vor einem Moment dort gewesen war, kenterte schnell.

Stefana rannte verzweifelt zur Reling, aber Ambessa schwang ihre Drachenhundklingen in einem Bogen, um ihre Füße zu fangen. Stefana stürzte auf das Deck, und Ambessa stürzte sich auf sie.

»Gib auf«, knurrte sie.

»Niemals«, spuckte Stefana. Das Licht in den Augen der Frau flammte erneut auf, und sie warf Ambessa von sich. Ambessa schlug auf das Deck und rutschte an den Fuß eines Mastes. Die halb verheilte Wunde in ihrem Rücken schmerzte. Sie biss die Zähne zusammen und rappelte sich auf. Sie sah sich nicht um, um zu sehen, wie viele dieser magischen Soldaten noch auf ihrem Deck waren. Es war nur noch die eine vor ihr.

Ein weiteres Licht flog hinter Ambessa her und traf Stefana in die Brust. Es war wie ein Meteor, der vom Himmel fiel, und die Wucht schleuderte Stefana über die Reling. Ihr Schrei wurde vom Meer erstickt, bevor er überhaupt begann.

Ambessa wirbelte herum, die Handschuhe erhoben. Vor ihr stand ein Fremder in einer Kapuzenrobe, die Hände gefaltet.

»Wer bist du?«, fragte Ambessa. »Zeig dich, oder du folgst ihr.«

Die Gestalt lachte leise, und Ambessa spürte einen Schauer über ihren Rücken laufen und ihr Herz flattern.

»Rudo?«, flüsterte sie.

Die Gestalt zog die Kapuze zurück, und Rudo lächelte sie an.

»Hallo, Ambessa. Wie schön, dich zu sehen.«

TEIL III

KAPITEL EINUNDDREISSIG

»Ambessa.«

Ambessa trat zurück, ihre Handschuhe noch immer erhoben. Sie erinnerte sich an Toras Gewissheit, dass Ambessa Rell entführt hatte. Das musste dasselbe sein. Ein schmutziger Zaubertrick. Eine *Falle*.

Diese Kreatur mit Rudos Gesicht trat auf sie zu, ein halbes Lächeln umspielte seine Lippen.

»Wer auch immer du bist, sag mir, was du willst, bevor ich dir das hier ins Herz ramme.« Ambessa holte mit der Faust aus. »Rictus!«

»Das ist nicht nötig …«

»Generalin!«

Es gab ein Platschen, als ein Körper über Bord fiel, und dann das schwere Knarren, als Rictus heranstürmte, die Klingen an seinen Fäusten. Er rannte auf den Fremden zu, und der Mann, der wie Rudo aussah, sprach schnell.

»Ambessa, bitte. Ich bin es, Rudo.« Mit leiser Stimme, die keiner der Seeleute um sie herum hören konnte, fuhr er fort: »Wir haben eine gemeinsame Tochter namens Mel, und sie ist das Schönste, was ich je gesehen habe. Sie ist mein Sonnenschein. Und«, fügte er mit einem Lachen hinzu, »es fällt mir schwer zu sagen, wo genau wir sie gezeugt haben, aber ich würde vermuten, dass es damals war, nach Feierabend in den Bädern dieser alten Frau …«

»Shastine Holinet«, beendete Ambessa den Satz für Rudo, und beide sprachen gleichzeitig den Namen der Besitzerin aus.

»Kreipsha«, warnte Rictus.

Plötzlich kehrte Ambessa aus der Ferne von Zeit und Raum in sich zurück. Sie war nicht in Basilich mit seinem kalten blauen Meer, wo sie sich mit ihrem Geliebten in ein Badehaus schlich, sondern segelte auf der Straße des Eroberers auf einem blutigen Deck. Alle Matrosen sahen zu ihr, und dann sah sie die Leiche von Kapitän Felspir. Der Rumpf der Galeere aus Kilgrove sank schnell in die Tiefe, aber aus dem verkohlten Holz über der Wasseroberfläche stieg noch immer Rauch auf.

Sie hob ihre zitternde Stimme und bellte: »Macht das Deck frei. Bereitet die Toten für die Seebestattung vor. Die Verwundeten auf das Vordeck. Bringt uns zurück auf Kurs nach Bel'zhun.«

Die Matrosen sprangen auf, begierig nach Anweisungen. Es waren nicht mehr viele übrig, nachdem Stefana ihre verstärkten Kämpfer mitgebracht hatte.

»Komm mit mir.«

Ambessa spürte ein Kribbeln im Rücken, als sie Rudo – *war er es wirklich?* – in die Kapitänskajüte führte, um ungestört zu sein. Sie ließ Rictus draußen die Tür bewachen.

Als sie allein waren, zog Ambessa ihre Handschuhe aus und trat mit ausgestreckten Fingern auf Rudo zu.

Rudo hielt seine Hände mit offenen Handflächen an den Seiten. Ihre Finger streiften seine Brust. Er fühlte sich fest an. Er war keine Illusion. Sie fuhr mit den Fingern über seine Brust bis zu seinen Wangen, auf der Suche nach den Zeichen, die sie auswendig gelernt zu haben glaubte – aber er war jetzt anders, so wie sie auch anders war. Dort, wo vorher nichts gewesen war, waren jetzt Falten. Tiefe Trauer lag in seinen Augen, Müdigkeit zog an seinen anmutigen Schultern. Langsam hob er eine Hand zu der Stelle, wo ihre Hand seine Wange berührte. Er legte seine Hand über ihre und seufzte bei dieser Liebkosung.

»Ambessa, ich habe dich vermisst.«

Ambessa konnte nicht sprechen. Sie schluckte und blinzelte die Tränen weg, die sie überraschend spürte.

»Soll ich kurz gehen?«

Ambessa schüttelte den Kopf. Aber sie sagte: »Du solltest nicht hier sein.«

»Ich weiß.«

»Was ist dann los – geht es um Mel?«

Ambessas Magen zog sich zusammen.

»Wissen sie von ihr?«

Rudo warf einen Blick zurück zur Tür.

»Was immer du zu sagen hast, er kann es hören. Es gibt niemanden auf der Welt, dem ich mehr vertraue als Rictus. Aber er wird nicht lauschen.«

Rudo lachte leise.

»Dein Geschmack ist sehr … breit gefächert.«

»Pass auf, was du sagst, Rudo.« Nachdem der erste Schock über sein Erscheinen überwunden war und sie ihre Gefühle unter Kontrolle hatte, spürte Ambessa umso mehr, dass sie auf der Hut sein musste. Er hatte schon einmal ihre sorgfältig errichteten Mauern durchbrochen, aber jetzt stand viel mehr auf dem Spiel. »Rictus ist meine rechte Hand.«

Rudo senkte den Kopf.

»Verzeih mir.«

Ambessa sah sich in der Kabine um und fand auf dem Schreibtisch des Kapitäns, wonach sie gesucht hatte: eine schwere Flasche, wahrscheinlich mit Alkohol gefüllt. Sie öffnete sie und roch daran: blasser, süßer Wein aus Shurima, aber wenigstens war es kein Grog. Sie schenkte ihn in zwei Gläser ein, die sie fand, und sie setzten sich auf die Bettkante des Kapitäns.

»Warum bist du hier, Rudo?«

Er blickte auf den Wein, den sie ihm eingeschenkt hatte, und lächelte traurig.

»Können wir nicht zuerst über etwas Fröhlicheres sprechen? Ich würde gerne mehr über Mel erfahren. Du hast eine wunderschöne Tochter großgezogen.«

Ein pochender Schmerz durchzuckte ihr Herz. Sie ließ es zu Stein werden.

»Geht es um sie?«, fragte sie erneut.

Er seufzte.

»Nein, das tut es nicht. Sie ist in Sicherheit. Dafür habe ich gesorgt.«

»Du hast sie getroffen. In Bel'zhun.«

Rudo stockte der Atem.

»Ja«, sagte er langsam und vorsichtig, als würde er auf Zehenspitzen über eine Grube voller Vipern laufen. »Es ist eine lange Geschichte.«

Ambessa schenkte sich mehr Wein ein.

»Ich habe Zeit. Du nicht. Sag mir, warum ich Rictus dich nicht über Bord werfen lassen sollte.«

»Das solltest du wahrscheinlich.« Rudo schloss die Augen. »Ich habe mit Ta'Fik zusammengearbeitet.«

»Du … was?«

Ambessas Stimme war ein tödliches Flüstern.

»Inyene und ich – wir haben beide unterschiedliche Missionen von der Schwarzen Rose. Ta'Fik ist nur ein Teil davon. Die Medardas gehören zu den mächtigsten Familien in Noxus, und unsere Anführerin will diese Macht kontrollieren.« Rudo grinste schief. »Leider bist du zu eigensinnig, als dass sie dich als Marionette in Betracht ziehen könnte.«

»Deine Zeit läuft ab.«

»Einige von uns haben nach jungen Magiern gesucht. Ich wollte nicht, dass sie Mel finden, als ich erfuhr, dass Inyene und Ta'Fik nach Bel'zhun kommen würden und dass du auch dort sein würdest – das war die perfekte Gelegenheit. Ich habe Mel verfolgen lassen. Ich habe mich verkleidet. Ich habe sie getroffen.« Seine Augen wurden trüb. »Sie ist so perfekt, Ambessa. Und sie liebt dich so sehr.«

»Komm zum Punkt, Rudo«, fuhr Ambessa ihn an. Wie konnte er es wagen? Was wusste er schon über ihre Beziehung zu ihrer Tochter?

»Hat sie irgendetwas davon erwähnt, dass meine Magie auf sie übergegangen ist?«

»Nicht, dass ich wüsste.«

Und Ambessa hatte gewartet, beobachtet, ohne zu wissen, ob sie wollte, dass Mel ihre Stärke zeigte – oder ob sie lieber wollte, dass sie sicher und normal blieb. Sie hatte bereits gesehen, wie gefährlich es war, vielversprechend zu sein – ihre Feinde hatten Rell in dem Moment verschleppt, als sie ihr Potenzial erblickt hatten.

»Gut.« Rudo war sichtlich erleichtert. »Die Fleischrunen, die ich ihr gegeben habe, sollten dafür sorgen, dass das so bleibt. Sie wirken wie … ein Dämpfer. Sie halten ihre Kräfte im Zaum. Und kein anderer Magier wird sie spüren können, wenn sie sie tatsächlich hat.«

»Fleischrunen? Wie die Runensoldaten?«

Rudo zuckte zusammen.

»Nicht ganz. Aber ähnlich, ja. Sie sind von den Tätowierungen verdeckt.«

»Warum suchen sie überhaupt nach ihr? Hat jemand etwas herausgefunden?«

»Das ist es nicht.« Rudo verzog bitter den Mund. »Inyene und ich haben an … bestimmten Experimenten gearbeitet. An den Runen. Um die Kraft eines Menschen zu verstärken oder sie ihm zu nehmen. Ta'Fiks Kriegertrupps waren Teil davon –«

Während er sprach, fügte Ambessa jedoch alle Teile zusammen.

»Du hast junge Magier gesagt«, unterbrach sie ihn. *Rell.*

»Ja. Zwischen Magiern können die Runen Kräfte übertragen –«

»Wo ist sie?«, knurrte Ambessa. Der Wein floss auf die Bettdecke, als ein Messer in ihrer Hand aufblitzte, und plötzlich saß sie rittlings auf ihm und hielt ihm die Spitze an die Kehle.

Rudo lag ruhig unter ihr, aber seine Tätowierungen begannen, in einem schwachen goldenen Licht zu leuchten. Trotz seiner zarten Tänzergestalt war er nicht hilflos.

»Mel? Ich weiß nicht, wovon du sprichst – Bel'zhun, nicht wahr?«

»Doch, das tust du. *Rell.* Mein Schützling ist letzte Nacht verschwunden, und wir haben keine Spur von ihr gefunden. Du warst das.«

Rudo schloss die Augen.

»Es tut mir leid. Ich habe nichts damit zu tun. Ich habe Inyene vor Wochen verlassen, in der Hoffnung, dich zu finden. Aber wenn sie Rell haben, werde ich dir helfen, sie zu befreien. Das schwöre ich. Ich bitte dich nur um eines. Hilf mir, Inyene aufzuhalten.«

Ambessa ignorierte das bedrohliche Pulsieren der goldenen Kraft und drückte die Spitze ihres Dolches gegen seine Haut.

»Ich schwöre es dir, Ambessa. Ich will das Labor zerstören«, flüsterte Rudo. »All unsere Nachforschungen, unsere Notizen. Was Inyene mit den Magiern macht, die sie finden – das muss aufhören. Deshalb bin ich gegangen. Ich kann mich daran nicht länger beteiligen.« Seine Stimme brach vor Verzweiflung. Ambessa hielt den Dolch fest. »Ambessa.«

Die Art, wie er ihren Namen aussprach, war ihr Verhängnis. Das war es immer gewesen. Sie drückte den Dolch an ihren Unterarm und kletterte von ihm herunter.

»Verschwinde.«

»Amb-«

»Verschwinde!«

Als sie schrie, kam Rictus herein, um Rudo zu *ermutigen*, aber Rudo hob eine Hand. Goldenes Licht blitzte auf und versuchte, Rictus wegzustoßen, doch es wurde von den Rookern absorbiert. Rudos Augen weiteten sich.

»Faszinierend.«

Bevor Rictus sich wieder auf ihn stürzen konnte, hob Rudo beide Hände, um ihn zu beschwichtigen. Ambessa wandte das Gesicht ab, aber sein Blick brannte immer noch.

Als Rudo verschwunden war, sank Ambessa auf das Bett, hielt den Kopf in den Händen und atmete stoßweise, ohne Tränen zu vergießen. Wegen Rudo – wie ihr Herz zwischen Wut über das, was er getan hatte, und ihrer immer noch bestehenden Sehnsucht nach ihm hin- und hergerissen war. Wegen des widerlichen Gefühls, dass sie dankbar war, dass Mel nie auch nur den Hauch von Magie gezeigt hatte, damit sie nicht Rells Schicksal teilen musste. Weil sie sich schuldig fühlte, dass sie sich immer noch wünschte, Mel hätte Kräfte, damit sie größer sein könnte, damit *sie gemeinsam* größer sein könnten. Sie spürte Rictus' ruhige Präsenz neben sich, aber er machte keine Anstalten, sie zu berühren oder mit leeren Worten zu trösten, und dafür war sie ihm dankbarer, als er ahnen konnte.

Sie saßen schweigend beieinander, bis er nach einer Weile fragte: »Wusste Azizi davon?«

Ambessa schüttelte den Kopf.

»Niemand außer mir und Rudo. Und jetzt du.«

Rictus senkte feierlich den Kopf.

»Eure Geheimnisse sind meine Geheimnisse.« Dann stellte er ihr die schwierigste Frage: »Vertraut Ihr ihm?«

»Wie könnte ich?«

»Gut. Ich werde dafür sorgen, dass die Matrosen ihn im Auge behalten. Man sagt, er muss ein blinder Passagier gewesen sein.«

»Wie könnte ich das nicht?«, murmelte sie, als hätte Rictus gar nichts gesagt. Sie vertraute Rudo das Leben ihres Kindes an, dieses Geheimnis, und soweit sie das beurteilen konnte, hatte er es nicht verraten. Er hatte nur sie betrogen – und ihre Ambitionen. »Er könnte uns helfen, Rell zu finden.«

»Ist sie das Risiko wert?«

Seine Stimme klang herausfordernd, sein Mund war scharf zu einer Linie gepresst. Er hatte das Mädchen ins Herz geschlossen und hatte auf dieser Reise genauso viel Zeit damit verbracht, sie auszubilden wie Ambessa. Rell könnte ihre Erbin sein. Oder sie könnte die Erbin beschützen. So oder so, Ambessa hatte ihr Versprechen gegeben. Wenn Mel jemals ihre Kräfte zeigen würde und Ambessa Rell zurückholen könnte – zusammen wären sie vielleicht unaufhaltsam. Die schiere Kraft von Rells Fähigkeiten, ihre Fertigkeiten im Kampf, gepaart mit der Eleganz von Rudos Magie … ein gefährlicher Gedanke. Ein berauschender Gedanke.

»Sie gehört jetzt zu mir, Rictus. Ich würde sie genauso wenig im Stich lassen wie dich.«

»Ich würde erwarten, dass Ihr mich zurücklasst, wenn es Eure Ziele gefährden würde.«

Es sollte eine einfache Aussage sein. Sachlich. Und doch traf sie einen empfindlichen Punkt. Keine ihrer Visionen konnte wahr werden, ohne Ta'Fik zu besiegen.

»Wenn er morgen zu mir kommt, um mit mir zu sprechen, lass ihn herein.«

»Woher wisst Ihr, dass er morgen kommt?«

»Vertrau mir. Er ist hartnäckiger, als er aussieht.«

Rictus hob eine Augenbraue.

»Er sieht ziemlich stur aus.«

Ambessa lächelte und erinnerte sich an das Lachen eines

jungen Mannes mit strahlender Haut und Augen, die im Sonnenlicht des Basilich wie Gold glänzten.

»Ich weiß.«

***

Wie vorhergesagt, klopfte Rudo am nächsten Morgen in Begleitung von Rictus an die Tür des Kapitäns, gerade als einer der Matrosen Ambessa ihr Frühstück brachte. Der größere Mann musterte Rudo misstrauisch.

Ambessa nahm das Essen am Tisch des Kapitäns ein und bedeutete Rudo, sich zu setzen.

»Rudo. Du hast gesagt, du weißt, wo Rell ist.«

»Du hast gesagt, sie ist dein Schützling?«

»Ja. Ihre Eltern haben mir ihre Obhut anvertraut.«

Sie konnte sich nicht dazu durchringen, Rudo voll und ganz zu vertrauen, aber er war ein kluger Mann, wenn auch nicht klug genug, um sich aus Schwierigkeiten herauszuhalten.

»Nicht Mel?« Rudo kniff die Augen zusammen. »Oder – du hast noch ein Kind, nicht wahr?«

Ambessa ignorierte seine Nachfragen. »Wo?«

»Sie werden sie in ein Labor in der Wüste südlich von Tereshni gebracht haben. Inyene wird versuchen, sie zu … modifizieren.«

Sein Kiefer spannte sich an, und er wandte den Blick ab, als würde er einen inneren Kampf austragen.

»Was meinst du mit ›modifizieren‹?« Ambessa verzog die Lippen.

»Ich habe gesehen, wie Inyene einem Magierjungen seine Magie genommen und einem anderen gegeben hat.« Seine Stimme senkte sich zu einem Flüstern, und er wandte den Blick ab, wobei sich die Falten in seinem Gesicht vertieften. »Das Kind war danach … nichts. Es lebte, aber es war nur noch eine Hülle.«

Sie vermutete, dass er mehr getan hatte, als nur zuzusehen. Das Einzige, was Ambessas Abscheu gleichkam, schien seine eigene zu sein. Wenn sie sich nicht beeilte, würde das auch Rells Schicksal sein.

»Zu welchem Zweck?«

»Das ist es, was die Rose will.«

»Gierige Magier«, spie Ambessa.

Rudo kniff die Augen zusammen.

»Unterscheidet sich das so sehr von dem, was du tust?«

»Zumindest tue ich es mit meinen eigenen Händen, meiner eigenen Kraft –«

»Wir auch.«

Ambessa atmete scharf aus.

»Deshalb bist du hierhergekommen.«

»Ich habe es dir gesagt. Ich konnte es nicht mehr tun. Es war es nicht wert. Ich will raus aus der Schwarzen Rose, aber der einzige Ausweg ist der Tod. Ich werde niemals ganz frei sein. Sie werden mich wegen dem, was ich weiß, jagen, und ich werde mich für den Rest meines Lebens verstecken müssen. Ich werde dich wahrscheinlich nie wiedersehen können, und – ich wage es nicht, Mel zu sehen. Also will ich ihnen auch etwas wegnehmen. Ich will etwas beenden, das ich niemals hätte beginnen lassen dürfen.«

Rudo ballte seine Faust fest auf dem Tisch.

Ambessa nahm eine weitere Meeresbeere vom Teller. Der Saft schmeckte süß und sauer auf ihrer Zunge. Das gab ihr Zeit, bevor sie sprach.

»Wie können wir dir vertrauen? Du sagst, du kommst gerade von ihnen und bist dafür verantwortlich, dass wir modifizierte Feinde haben.«

Rudo musterte Rictus von oben bis unten und ließ seinen Blick auf den Rookern ruhen, die sich um Rictus' Unterarm schlangen.

»Und du hast Angst vor dem, was meine Magie gegen deinen Stahl ausrichten kann. Ich verstehe das.«

»Dann gib mir etwas dafür. Nachdem ich in Bel'zhun haltgemacht habe, werde ich nach Tereshni gehen, um mich Ta'Fik zu stellen …« Sie hob eine Hand, um seine Proteste zu unterbrechen. »Ta'Fik zuerst. Das muss sein. Diese Verbesserungen, die du an Ta'Fiks Soldaten vorgenommen hast. Sie waren stärker als wir; sie kämpften, ohne zu ermüden. Könntest du das auch mit uns machen? Das könnte den Unterschied ausmachen in …«

»Nein.«

Rudo schob sich vom Tisch weg, weg von Ambessa.

»Wenn du und Inyene alles getan habt, was du gesagt hast, werden alle seine verbliebenen Kriegertrupps mit Runen gestärkt sein. Hilf mir, ihn zu besiegen.«

»Wenn du wüsstest, was du von mir verlangst, würdest du es nicht verlangen.«

Er schloss die Augen, seine geballte Faust zitterte. Ambessa streckte nicht die Hand aus, um ihn zu trösten.

»Es hat einen Preis«, fügte er hinzu. »Nicht nur für mich, sondern auch für die Soldaten. Nebenwirkungen. Es ist nur eine vorübergehende Kraft, und danach ist es … nicht angenehm.«

Sie erinnerte sich an die Soldaten in Gintaras Kriegertruppe, an die Anfälle, die sie willkürlich auf dem Schlachtfeld ereilten. Gintaras fiebrige Blässe, als sie gefangen genommen worden war. *Nebenwirkungen.*

»Ich verstehe«, sagte sie kalt. Sie stand auf und deutete zur Tür. »Wenn wir in Bel'zhun an Land gehen, wirst du unter Bewachung bleiben. Ich kann nicht zulassen, dass du das Leben meiner Kinder gefährdest.«

»Ambessa. Bitte. Sei nicht so.«

Er stand da und hielt seine Hände vor sich.

»Wie soll ich sein, Rudo?«

Sie hob ihr Kinn.

»So grausam.«

Seine Worte waren kaum zu hören über das Arbeiten der Matrosen und das Knallen des Windes in den Segeln außerhalb der Kabine.

Ambessa marschierte zurück zu ihm, bis sie nur noch einen Atemzug voneinander entfernt waren.

»Nenn mich grausam und sag mir, dass du mich nie gekannt hast, nicht ein einziges Mal. Ich würde alles für das Wohl dieser Familie tun.«

Rudo lächelte traurig.

»Oh, Ambessa. Meine Liebe.«

Diesmal strich Rudo mit den Fingern über ihr Gesicht.

Ambessa erwartete, dass er sie küssen würde, und merkte sogar, wie sie ihren Kopf gegen ihren Willen zu ihm hob.

Dann drehte er sich um und ließ sie stehen.

Für den Rest der Reise suchte sie ihn nicht mehr auf.

KAPITEL ZWEIUNDDREISSIG

Bel'zhun tauchte am Horizont auf, und Ambessas Trauer brach hervor und prallte gegen die Wände ihrer Brust. Die Noxtoraa im Norden der Stadt hießen sie willkommen, ihre roten Fahnen und Banner flatterten unter einem Himmel, der blauer war als das Meer. Hinter dem Noxtoraa funkelten die Türme der alten Gebäude, deren goldene Spitzen angeblich von den Sonnenscheiben der alten Zeit stammten.

Und hinter diesen Türmen waren ihre Kinder.

Sie sollten besser unverletzt sein.

»Es ist nicht sicher für mich, hier gesehen zu werden«, murmelte Rudo, als er neben ihr von Bord ging. »In der Stadt sind Mitglieder der Rose am Werk. Aber ich habe dir meine Hilfe versprochen. Ich werde jenseits des westlichen Noxtoraa auf deine Entscheidung warten.«

Ambessa presste die Lippen zusammen.

»Wir haben genug Zimmer in der Anlage. Du könntest dich dort verstecken.«

»Um mich besser bewachen zu können, ich weiß.« Rudo schüttelte den Kopf und zog seine Kapuze tiefer ins Gesicht. »Das ist in jeder Hinsicht zu riskant.«

»Na gut. Ich werde über dein Angebot *nachdenken*. Aber ich verspreche dir nichts.«

Rudo schnaubte ungeduldig.

»Wir haben keine Zeit, dass du darüber *nachdenkst*. Nicht um meinetwillen und auch nicht um deinetwillen.«

Rudos Worte waren zu wahr, um beruhigend zu wirken. Außerdem war sie während der restlichen Schiffsreise zu dem Schluss gekommen, dass sie das ohne Rudo nicht schaffen würde, egal, wie wütend sie auf ihn war, weil er die Runensoldaten hatte erschaffen und Rell entführen lassen.

Inyene würde zusammen mit Ta'Fik dafür bezahlen.

»Geh.« Dann: »Pass auf dich auf.«

Als Ambessa und Rictus am Medarda-Anwesen ankamen, war es still. Zuerst befürchtete Ambessa das Schlimmste. Es war niemand im großen Innenhof, niemand ging auf den Wegen zwischen den verschiedenen Gebäuden entlang oder schlenderte durch die Gärten. Aber der Wächter, der sie anhielt und ihren Ring sehen wollte, schien unbesorgt. Sie versuchte, sich ganz normal zu verhalten, hielt aber weiterhin Ausschau nach ihrer Umgebung.

Dies war das Anwesen der Medardas. Hier sollte sie sicher sein.

»Mutter?«

Ambessa wirbelte herum, ihr Herz schlug ihr bis zum Hals.

»Mutter!«

Mel stand unter einem der weißen Säulenbögen, eine anmutige Nachbildung eines Noxtoraa. Sie atmete schwer und hielt mit einer Hand den Saum ihres Kleides fest, als wäre sie herbeigeeilt. Direkt hinter ihr schlenderte Kino herbei und versuchte, seine Begeisterung zu verbergen, was ihm jedoch nicht gelang – ein breites Grinsen zog sich über sein Gesicht.

Mel rannte zu ihr und wäre ihr fast in die Arme gesprungen, bis sie sah, wie Ambessa sich zurückhielt.

»Mutter, du bist verletzt.«

Mel suchte ihre Mutter von Kopf bis Fuß ab, ihre Hände schwebten knapp über Ambessas Schultern.

Ambessa blinzelte den Nebel aus ihren Augen. Kino war mit einem Bartschatten und einem eindringlichen Ausdruck in den Augenhöhlen gekommen. Freude und Trauer zugleich. Konnte sie ihnen das übel nehmen?

»Nur ein bisschen. Komm her. Kino, komm her.«

Sie drückte jeden von ihnen fest an ihre Brust und löschte ihre schreckliche Sehnsucht nach ihnen.

***

Sie versammelten sich in Ambessas Gemächern. Diener machten die Räume so schnell wie möglich vorzeigbar, lüfteten sie und staubten die Sofas ab. Ambessa war dankbar für die Erfrischungen. Bel'zhuns Wärme überraschte sie. Ebenso wie ihre Erschöpfung.

Trotz ihres Hungers, trotz ihrer Müdigkeit musste sie es wissen.

»Habt ihr eine Zeremonie für ihn abgehalten?«, fragte Ambessa leise.

Ihre Kinder nickten. Die Trauer in ihren Gesichtern war größer, als sie diese jemals hätte trösten können, selbst wenn das Trösten eine ihrer Fähigkeiten gewesen wäre. Das war nichts, was Menelik geschätzt hatte.

»Ich weiß, dass ihr beide sein Andenken in Ehren halten werdet. Ihr habt ihn nie enttäuscht. Das weiß ich.« Dann: »War es ein Unfall?«

Kino und Mel warfen sich einen Blick zu. Wie Geschwister sagten sie damit viel, verrieten Ambessa aber wenig.

»Wir wissen es nicht«, sagte Kino barsch. »Ich habe nichts gefunden, was auf einen Schuldigen hindeutet, aber …«

»Elora und ich haben auch nichts gefunden«, sagte Mel. »Und Tivadar schwört, dass sie nichts damit zu tun hat.«

»Tivadar.« Ambessa runzelte die Stirn. »Das hast du ernst gemeint. Du und das Mädchen steht euch nahe? Wer ist Elora?«

Mel zog sich vom Tisch zurück.

»Wir sind Freunde. Elora ist eine Freundin, ebenso wie Tivadar. Elora hat mir an dem Tag aus der Kutsche geholfen …«

Sie verstummte und sah auf den Tisch. Ambessa milderte ihren Tonfall, fast wie eine Entschuldigung.

»Du kannst Tivadar nicht trauen. Sie ist in erster Linie Ta'Fiks Tochter. Genau wie Gintara. Wo ist sie?«

Vorsichtig fragte Mel: »Warum?«

Es war untypisch für sie, Fragen zu stellen und auszuweichen. Wenn es auch nur die geringste Chance gab, dass Mel eines Tages ihre Rolle übernehmen würde, musste Ambessa ihr klarmachen, was zu tun war. Sie hatte Mel zu lange verhätschelt, indem sie ihr Politik beibrachte, aber nichts über das Blutvergießen.

»Weil ihr Vater deinen Vater hat töten lassen. Weil ihr Vater magisch verstärkte Kriegsscharen in unser Land geschickt hat. Selbst jetzt sind alle meine Kriegsscharen in Rokrund und verteidigen die Festung Rokrund mit ihrem Leben, während ich versuche, Ta'Fik an der Wurzel zu packen. Tivadar ist diese Wurzel.«

Entsetzen breitete sich in Mels Gesicht aus.

»Was wirst du mit ihr machen?«

»Sie wird meine Geisel sein. Ta'Fik wird seinen Anspruch auf mich aufgeben, oder er wird auch sie verlieren.«

»Auch?«, unterbrach Kino, während er sich nach vorne beugte.

»Gintara ist gestorben, als sie Ta'Fiks Truppen angeführt hat.«

Das war nicht ganz gelogen.

»Oh nein.« Mel bedeckte ihr Gesicht mit den Händen. »Tivadar wird am Boden zerstört sein.«

»So ist das im Krieg. Das solltest du wissen.« Ambessa verschränkte die Arme vor der Brust. »Wenn sie dir wirklich am Herzen liegt, sorge dafür, dass sie kooperiert. Lass sie Ta'Fik davon überzeugen, dass er alles tun muss, um sein letztes Kind zu behalten.«

»Das musst du ihr nicht antun. Sprich einfach mit ihr. Sie würde dir zuhören.«

»Würde sie das? Oder hat sie dein weiches Herz getäuscht?«

Mel murmelte etwas, aber ihr Kopf war immer noch gesenkt, sodass Ambessa es nicht verstehen konnte.

»Was hast du gesagt?«, fragte sie. »Sprich deutlich, wenn du etwas zu sagen hast.«

»Ich sagte, du weißt nichts über sie.« Mels Augen leuchteten wild. »Ich habe mehr Zeit mit ihr verbracht als du. Ich habe sie kennengelernt. Ihre Beziehung zu ihrem Vater ist … kompliziert.«

Ambessa hörte, was Mel nicht sagte: genau wie unsere.

»So kompliziert, dass sie ihren eigenen Vater für mich verraten würde? Ha!«

»Vielleicht!« Mel sprang auf. »Aber du müsstest ihr die Chance geben, diese Entscheidung selbst zu treffen, ohne ein Messer an ihrer Kehle. Weißt du überhaupt, wie man das macht, Mutter, oder fließt bei dir immer zuerst Blut?«

Die Worte trafen Ambessa wie ein Schlag ins Gesicht. Sie starrte Mel an, den Mund geöffnet, um zu widersprechen oder zu tadeln, aber es kam nichts heraus. Sie versuchte, einen Sinn in dem zu sehen, was sich vor ihr abspielte. Mel, ihr Gesicht gerötet, ihre Brust hob und senkte sich vor Wut und diese neu entdeckte Trotzhaltung. Das Gold ihrer Tätowierungen leuchtete auf ihren nackten Schultern. Einen Moment lang sah sie genauso erstaunt aus wie Ambessa. Dann verhärtete sich ihr Gesichtsausdruck.

Kino stand ebenfalls auf und legte beruhigend einen Arm um seine Schwester.

»Mel, Mutter hat recht. Tivadar ist eine Medarda. Eine *echte* Medarda«, fügte er mit einem Anflug von Selbstironie hinzu. »Sie wird alles tun, um zu gewinnen, sogar dir einen Dolch in den Rücken rammen.«

»Nein, das wird sie nicht. Ich werde es euch beweisen, wenn ihr mir nur eine Chance gebt, anstatt mich wie ein naives Kind zu behandeln.« Sie wandte sich wieder Ambessa zu, die angesichts der Verzweiflung in ihren Augen sprachlos blieb. »Wirst du mir nie zuhören? Wirst du mir nie vertrauen?«

Die Worte hallten nach wie etwas, das Rell einmal zu Ambessa gesagt hatte, als sie über ihre eigenen Eltern sprach. *Sie wollten nur durch mich leben. Sie haben mich nie mein Leben leben lassen. Ich war nur eine Spielzeugpuppe, mit der sie Geld verdienten.*

Fühlte Mel sich auch so? War es der Fluch aller Eltern, ihre Kinder zu Marionetten zu machen, bis sie sich gegen sie auflehnten und die Fäden selbst durchtrennten? Sie hatte Mel nicht unterdrücken wollen, sondern nur stärker machen. Selbst als sie merkte, dass sie nachgab, fragte sich Ambessa, ob dies nur ein weiterer Beweis dafür war, dass Mel ungeeignet war. Aber sie würde ihr diese Chance geben. Noch einmal.

Kino sah hilflos zwischen den beiden hin und her.

»Mel, Mutter, bitte –«

»Sprich mit Tivadar. Sag ihr, dass ich nach Tereshni gehe. Sag ihr, dass ihr Vater den Kodex gebrochen hat und dass ich meine Rache erhalten werde. Wenn sie sich mir anschließt, kann sie seinen Platz als Verwalterin einnehmen. Dann haben wir endlich Ruhe.«

Mels Vorsicht kehrte zurück.

»Wirklich? Du wirst sie verschonen?«

Ambessa stand ebenfalls auf und zwang ihre Tochter, zu ihr

aufzublicken. Mel tat es, die Kohle der Wut brannte noch immer in ihren haselnussbraunen Augen.

»Wenn sie mir hilft, Ta'Fik zu besiegen.«

***

Mit schwerem Herzen klopfte Mel an Tivadars Tür.

»Herein!«

Eine energische Stimme ertönte von der anderen Seite.

Mel folgte der Stimme bis zu Tivadars Schlafzimmer, wo die andere Frau sich für den Abend ankleidete. Sie hatte bereits ihre Hose und ein ärmelloses Hemd angezogen. Bevor Mels Mutter aus heiterem Himmel aufgetaucht war, hatten sie geplant, mit Kino und Elora auszugehen. Das war zu einer regelmäßigen Verabredung geworden, seit ihre Freundschaft gewachsen war. Nach Azizis Tod war ihre unsichere Waffenruhe erschüttert worden, aber Mel hatte Tivadar aufgesucht, um sich zu entschuldigen. Tivadar hatte sich Mel und Elora bei der Suche nach dem Mörder von Mels Vater angeschlossen, und sie waren sich nähergekommen. Tivadar kam mit Mel zu Kinos Festen, ohne sich groß zu beschweren, und Mel ging zu Tivadars Vergelter-Kämpfen. Den Rest der Zeit verbrachten sie mit Spaziergängen und diskutierten, was sie gerne in Zukunft machen würden, wenn ihre Eltern nichts zu sagen hätten – Mel zeigte Tivadar die Kunstwerke des Rakkor-Malers und erzählte ihr, dass sie gerne Kunsthändlerin werden würde. Tivadar gestand ihr, dass sie gerne einer der Sandtanzgruppen aus der Großen Sai beitreten würde.

Diese Träume waren nichts weiter als Luftschlösser, wie Ambessas Ankunft Mel wieder bewusst gemacht hatte.

»Du bist früh dran.« Tivadar kramte in ihrer Kleiderkiste, und ihre Stimme klang gedämpft.

»Tivadar?«

Tivadar erstarrte. Der Tonfall von Mel reichte als Warnung. Langsam richtete sie sich von ihrer Suche auf. Ohne sich zu Mel umzudrehen, fragte sie: »Was ist los?«

»Du solltest dich setzen …«

»Sag mir nicht, was ich tun soll.«

Tivadars Faust ballte sich an ihrer Seite um einen langen Überrock. Ihre Schultern waren vor Anspannung angespannt.

»Was ist passiert?«

»Meine Mutter ist zurückgekehrt. Sie bringt Nachrichten aus Rok-«

»Was ist passiert?« Tivadar drehte sich immer noch nicht um, aber ihre Angst war in jeder Faser ihres Körpers zu spüren.

Deine Feigheit tut ihr weh. Sprich klar und deutlich.

»Meine Mutter sagt, Gintara ist tot. Tivadar, es tut mir leid.«

Die Faust, die den Umhang umklammerte, zuckte, gefolgt von einem Keuchen, als hätte sie einen Schlag in den Magen bekommen.

»Wie?«, flüsterte Tivadar.

Mel trat weiter in den Raum hinein.

»In der Schlacht. Sie wurde vom Wolf geholt, so wie sie es gewollt hätte, da bin ich mir sicher.«

Tivadar fuhr sie an.

»Du weißt nicht, was sie gewollt hätte.«

Mel hob abwehrend die Hände vor sich.

»Du hast recht. Das weiß ich nicht. Es tut mir leid. Du hast mir so viel über sie erzählt, dass ich dachte … Vergib mir.«

Tivadar wandte sich wieder ab und schwieg lange. Mel wartete. Als Tivadar sich wieder zu ihr umdrehte, waren ihre Augen rot und ihre Wangen nass.

»Hat deine Mutter das getan?«, knurrte Tivadar. »Hat sie meine Schwester getötet?«

»Ich weiß es nicht. Sie hat nichts gesagt.« Um ihrer Freundschaft willen verdiente Tivadar die Wahrheit. »Aber Gintara hat eine Kriegsschar gegen die Festung Rokrund angeführt. Unser Zuhause. Sie und Ta'Fik haben gegen den Kodex verstoßen, meine Mutter hatte das Recht, sich zu verteidigen …«

»Scheiß auf den Kodex.«

Tivadars Mund verzog sich vor Trauer. Die angespannte Stimmung, die ihren Ausbrüchen vorausging, stieg in ihr auf.

»Der Kodex existiert, um uns davor zu schützen.«

»Oh, jetzt willst du dich an den Kodex halten? Ich dachte, er wäre nur eine Ausrede für Kriegstreiberei?«

Mel schloss die Augen. Das hatte sie vielleicht einmal gesagt. Vielleicht glaubte sie es sogar noch. Aber ihre Mutter hatte ihr diese Aufgabe übertragen, und sie würde sie erfüllen.

»Ich glaube fest daran, dass meine Mutter das Beste für diese Familie will. Für uns alle«, fügte sie hinzu, »nicht nur für ihre Kinder.«

Tivadar schnaubte. Sie warf ihre Robe zurück in die Kleiderkiste und setzte sich schwer auf ihr Bett. Sie bedeckte ihr Gesicht mit den Händen.

»Ich muss meinem Vater schreiben.«

Mel setzte sich vorsichtig neben Tivadar auf das Bett.

»Das ist nicht alles, was ich dir sagen wollte.« Tivadar nahm ihre Hände vom Gesicht und sah Mel an.

»Deine Mutter will mich als Geisel nehmen.«

Stand das so deutlich in ihrem Gesicht geschrieben? Nein. Es war einfach die natürlichste Reaktion.

»Ich habe sie gebeten, mich zuerst mit dir sprechen zu lassen. Sie würde deine Hilfe annehmen.«

»Der Frau helfen, die meine Schwester getötet hat?«

»Dein Vater war genauso schuldig –«

»Ich weiß!« Tivadar sprang auf und ging zu ihrem Schreibtisch. »Ich weiß, dass er genauso schuldig ist! Ich weiß, dass alles seine Schuld ist.«

Sie riss eine Schublade auf und holte einen gefalteten Brief heraus. Sie hielt ihn Mel vor das Gesicht.

»Mein Vater hat mir diese Anweisungen vor Wochen gegeben. Wahrscheinlich zur gleichen Zeit, als er den Angriff von Gintara angeordnet hat.«

Mel hielt sich steif auf dem Bett aufrecht.

»Was hat er gesagt?«

»Kannst du es dir nicht denken?«

Ein bitteres Lächeln umspielte Tivadars Mund.

»Er … hat dich gebeten, mich zu töten?«

»Aber im Gegensatz zu dir habe ich nicht getan, was er wollte.« Tivadar ballte das Papier zu einem Knäuel und warf es quer durch den Raum. »Du weißt, wie es ist, wenn man Eltern hat, die man ebenso schwer lieben wie ihnen gehorchen kann.«

Mel senkte den Blick auf ihre Hände, die sie im Schoß gefaltet hatte.

»Ich habe mit ihr gekämpft – damit du leben darfst.«

»Wie großzügig.«

Tivadar hatte allen Grund, wütend zu sein. Es war Verrat.

»Wenn du weglaufen willst«, begann Mel langsam, jedes Wort schwerer als das vorherige, »werde ich ihr nichts sagen. Aber du solltest noch heute Nacht gehen.«

Tivadar kniff die Augen zusammen und öffnete den Mund, um etwas zu sagen, aber Mel kam ihr zuvor.

»Wenn du jedoch mit meiner Mutter gehst, kannst du zuerst mit deinem Vater sprechen. Das ist alles, was sie will. Dass du ihn beruhigst. Es muss kein Blut mehr fließen, wenn wir sie zum Reden bringen können. So wie wir. Sonst werden sie nicht aufhören, sich gegenseitig umzubringen. Wir wissen, wer als Nächstes dran ist.«

Tivadar sah plötzlich viel älter aus als ihre siebzehn Jahre. Sie kannte die Antwort genauso gut wie Mel.

Wir.

»Dann ist Kinos Party also abgesagt«, sagte Tivadar mit müdem Sarkasmus. Mel lachte leise vor Erleichterung.

»Ich denke schon. Du gehst also mit ihr?«

Tivadar starrte vage in die Ferne.

»Ich nehme an, das weißt du, wenn ich morgen früh noch hier bin.«

***

Obwohl Ambessa etwas Zeit mit ihren Kindern nachgeholt hatte, hatte sie das Gefühl, dass keiner von beiden ihr offen seine Gedanken mitgeteilt hatte. Sie fragte sich unwillkürlich, wie Rell zu den anderen beiden gepasst hätte – der junge Wolf zu ihren Füchsen. Anstatt jedoch mit Mel zu gehen, blieb Kino zurück.

»Kann ich unter vier Augen mit dir sprechen, Mutter?«

Kinos Stimme klang ernst, anders als beim Mittagessen.

Ambessa ließ sich ihre Besorgnis nicht anmerken. Irrationalerweise war ihr erster Gedanke, dass er die Wahrheit über Mels Vater erfahren hatte. Aber Rudo war außerhalb der Stadt, weit weg von der Anlage.

»Natürlich.«

Ambessa führte ihn zurück in ihr Arbeitszimmer. Sie legte die Hände in die Hüften, wie sie es getan hatte, als Kino noch klein war und in der Küche süße Brötchen gestohlen hatte.

»Sag mir alles.«

»Ich fürchte, es wird nicht leicht für dich, das zu hören. Möchtest du dich setzen?«

Ambessa hob eine Augenbraue. Kino lachte leise, aber es klang düster.

»Natürlich nicht. Es geht um Vater. Als ich zu Valif ging, um ihn um Hilfe zu bitten, wie du gesagt hast, habe ich ihn auch nach Vaters Tod gefragt. Hast du gehört, wie er gestorben ist?«

»Der Kutschenunfall«, sagte Ambessa vorsichtig. »Ta'Fik steckte dahinter.«

Zu Ambessas Entsetzen schüttelte Kino den Kopf.

»Das glaube ich nicht. Da steckt etwas Größeres dahinter. Valif hatte seine eigenen Vermutungen.« Kino senkte die Stimme. »Er sagt …«

»Was auch immer du tust, Kino«, zischte Ambessa und drückte Kino gegen die geschlossene Tür, »du darfst diesen Satz nicht zu Ende sprechen. Hast du meine Unterlagen durchgesehen?«

»Du weißt also von der Schwa-«

»Still.«

Ambessa trat näher und hielt einen warnenden Finger zwischen sie.

»Du wirst nicht nach ihnen suchen. Du wirst niemanden sonst danach fragen. Deine Ermittlungen enden hier.«

»Aber wir *müssen* …«

Ambessa schlug mit der Hand gegen die Tür neben Kinos Kopf. Das Holz hallte von der Wucht wider, und Kino zuckte zusammen.

»Du wirst mir in dieser Sache gehorchen. Ich sage das nicht als deine Mutter, sondern als Oberhaupt dieses Clans. Lass das.«

»Sie haben Vater getötet. Ist dir das egal?«

Ambessa sah ihrem Sohn in die Augen. Sie waren voller wütender, zurückgehaltener Tränen, und trotz allem, was er vorgab zu sein, war er für sie nur ein Kind. Ihr süßer kleiner Junge. Sie legte ihre Hand auf seine Wange.

»Ich schwöre dir, Kino. Ich werde nicht ruhen, bis diese Schuld beglichen ist. Du bist noch nicht bereit für diesen Kampf. Verstehst du mich?«

Obwohl er jetzt genauso groß war wie sie, blickte er mürrisch unter seinen langen Wimpern zu ihr auf. Als er noch ein

Baby war, hatte sie unzählige Stunden damit verbracht, diese Wimpern zu bewundern.

»Ja, Generalin.« Er richtete sich auf und verbeugte sich. »Mit Eurer Erlaubnis.«

Sie wollte ihn zurückrufen. Um ihm zu erklären, dass Ta'Fik eng mit der Schwarzen Rose verflochten war. Ta'Fik war ein zu großes Problem, um ihn unbeachtet zu lassen. Aber sie sagte nichts, als er die Tür öffnete und sie mit einem mulmigen Gefühl im Magen zurückließ.

Rictus kam herein, nachdem Kino gegangen war.

»Geht es Euch gut?«

Ambessa warf sich gegen die Wand. Ihr Herz schmerzte noch immer von dem Blick, den Mel ihr zugeworfen hatte – nicht nur voller Wut, sondern auch voller Hass. Und jetzt das. Es war schon schlimm genug, dass Azizi tot war, aber dass er ein Opfer der Schwarzen Rose war? Und warum? *Hatte* Rudo sich geirrt? Hatten sie etwas über Mel erfahren? Oder war es nur, weil Azizi Ambessa nahestand, weil er ihre Pläne für Ta'Fik durchkreuzte?

Sie würde Rudo auffordern, ihr die ganze Wahrheit zu sagen.

Und sie würde Mels Wut ertragen, solange es nötig war, wenn es sie beschützen würde.

»Mir geht es gut.«

Das tat es immer. Sie hatte keine Wahl.

KAPITEL DREIUNDDREISSIG

Am nächsten Morgen rief Ambessa Mel zu sich, damit sie gemeinsam zu Tivadars Gemächern gehen konnten. Eine kleine Gruppe der Wolfsschnitter folgte ihnen, bereit, Tivadar notfalls mit Gewalt festzunehmen.

»Ich hoffe, du konntest sie überzeugen«, murmelte Ambessa. »Ich habe ihr gesagt, was du mir gesagt hast, und dass du sie verschonst, wenn sie hilft.«

»Mm.«

Ambessa klopfte dreimal fest an Tivadars Tür. Als keine Antwort kam, hob sie eine Augenbraue in Mels Richtung.

»Ich nehme nicht an, dass sie früh trainiert?«

»Ich weiß es nicht.«

Mel presste die Lippen zusammen. Noch dreimal klopfte sie. Nichts. Ambessa öffnete die Tür. Der kleine Vorraum mit seinem kleinen Beistelltisch und dem gepolsterten Stuhl war leer und wirkte in der Stille fast verlassen. Das Schlafzimmer sah aus, als wäre es in Eile verlassen worden: Die Bettdecke war zurückgeschlagen, der Kleiderkoffer hastig geleert – einige Kleidungsstücke lagen noch darin, ebenso wie ein kleiner Schleifstein für eine Klinge.

Ambessa wandte sich langsam zu Mel um, und der schuldbewusste, erschütterte Ausdruck auf ihrem Gesicht sagte alles.

»Wo ist sie?«, fragte Ambessa.

»Ich weiß es nicht«, sagte Mel mit leiser Stimme. Sie senkte den Blick und schüttelte den Kopf. »Ich weiß es nicht. Ich dachte, sie würde bleiben.«

»Aber das ist sie nicht!«, fuhr Ambessa sie an. »Jetzt ist sie wahrscheinlich auf dem Weg nach Tereshni und ruiniert all meine Hoffnungen auf eine Überraschung, auf die ich gesetzt habe.«

Ihre Enttäuschung wurde noch größer, als Mel bei ihren Worten zusammenzuckte und in sich zusammenschrumpfte. Vielleicht hatte sie doch die ganze Zeit recht gehabt. Egal, wie sehr Ambessa ihr auch die Bedeutung des entscheidenden Schlags einzuhämmern versuchte, Mel war zu großzügig mit ihrer Zuneigung. Sie ließ sich in ihrem Urteilsvermögen trüben, wenn Rücksichtslosigkeit gefragt war.

Ambessa schob sich an Mel vorbei. Sie konnte ihre Tochter im Moment nicht ansehen und hatte Angst, dass ihr weitere Worte herausrutschen würden, die sie nicht zurücknehmen könnte.

»Rictus, mach dich bereit zur Abreise.« Zu den Wolfsschnittern sagte sie: »Eure Aufgaben bleiben unverändert. Beschützt meine Kinder.«

Ambessa zögerte an der Tür zu den verlassenen Gemächern. Sie spürte, wie Mel hinter ihr stand und sich zusammenriss. Sie wartete darauf, dass Ambessa etwas sagte.

Es gab nichts zu sagen.

***

»Mutter?«

Ambessa drehte sich auf Kinos Ruf um, dessen Schritte auf den Pflastersteinen hallten. Sie und Rictus waren auf dem Weg zu den Ställen, ihre Rucksäcke über die Schultern geworfen. Fast fühlte sie sich wieder wie eine junge Soldatin. Sie würden drei Pferde nehmen und Rudo unten am westlichsten Noxtoraa treffen.

Ambessa überlegte noch immer, ob sie zurückgehen und

mit Mel sprechen sollte. Sie wollte sich nicht auf das einlassen, was vielleicht ihre letzte Auseinandersetzung mit ihr sein würde. Die Enttäuschung war jedoch so groß, dass Ambessa Tränen der Frustration in die Augen stiegen. Außerdem, sagte sie sich, brauchte sie jede Sekunde, um den Vorsprung von Tivadar aufzuholen.

»Kino.«

»Du gehst schon?«

Er verlangsamte seine Schritte und ging neben ihr her.

»Ja«, sagte sie kurz. »Die Handlungen deiner Schwester machen es noch wichtiger, dass wir uns beeilen.«

Kinos braune Augen waren mitfühlend, als er zurück zum Gelände blickte.

»Sie hat getan, was sie für richtig hielt, Mutter. Mach ihr keine Vorwürfe.«

»Wenn sie wie eine Erwachsene behandelt werden will, muss sie auch die Verantwortung für ihre Handlungen tragen.« Sie beschleunigte ihre Schritte in Richtung der Ställe. »Bist du gekommen, um mich zu beschimpfen?«

»Nein, eigentlich nicht«, sagte Kino schroff. »Wir haben einen Botenfalken erhalten.«

Er reichte Ambessa eine fest zusammengerollte Schriftrolle.

Ihr stockte der Atem, als sie das Siegel des noxianischen Imperators darauf sah. Darkwill? Sie schob ihren Daumen darunter und öffnete die Schriftrolle.

Dein Vastaya hat sich als nützlich erwiesen. Ein nützliches Geschenk verdient eine angemessene Gegenleistung. Ein Teil meiner Flotte befindet sich in der Straße des Eroberers. Sende eine Nachricht an die Admiralin – sage ihr, was du brauchst. Der Vogel ist verzaubert. Er kennt den Weg.

Die Last auf Ambessas Brust wurde ein wenig leichter. Sie wusste nicht, wie weit die Admiralin und ihre Flotte entfernt waren, also sollte sie sich besser nicht zu sehr darauf verlassen. Aber sie würde ihr schreiben.

»Hier. Schnell.«

Ambessa kramte in ihren Satteltaschen und fand den geölten Lederbeutel, in dem sie ihre Karten, Papiere und Tinten aufbewahrte. Sie zog einen Kohlestift heraus und kritzelte hastig auf die Rückseite der winzigen Schriftrolle, bevor sie sie zusammenrollte.

> Hafen von Tereshni. Versenkt alle Militärschiffe der Flotte von Ta'Fik Medarda.

Dann kam ihr noch ein Gedanke, sie rollte die Schriftrolle wieder auf und kritzelte erneut.

> Haltet alle Ta'Fik-Schiffe auf dem Weg nach Rokrund auf.

»Versiegele das und schick es sofort zurück.«

Kino nahm die Schriftrolle und verbeugte sich.

»Natürlich, Mutter.«

Er zögerte, bevor er ging, und das zerriss Ambessa das Herz. Sie milderte ihren Ton und sagte: »Komm her.«

Sie drückte ihn an ihre Brust und hielt ihn fest, atmete seinen Duft ein: die wohlriechenden Öle auf seiner Haut, die Öle in seinem Haar und den Hauch von frischem Fladenbrot von seinem Frühstück.

Zuerst hielt er sie zögerlich fest, aber je länger sie blieb, desto fester wurde sein Griff. Sie legte ihre Hand auf seinen Kopf.

»Ich werde bald zurückkehren.«

»Ich weiß.«

Kino löste sich von ihr und hielt sie an den Schultern fest. Er lächelte schief. Azizi lebte noch immer in seinen Augen.

***

Ambessa und Rictus fanden Rudo am westlichen Noxtoraa. Mit seiner Kapuzenrobe auf dem Boden sitzend sah er aus wie ein Bettler. Als sie näher kamen, bemerkte Ambessa jedoch, dass er mit ausgebreiteten Rucksäcken auf dem Boden kauerte. Er hielt ein Stück Leinwand und malte mit schnellen Strichen die Sonne, die über dem Noxtoraa aufging. Der Morgenhimmel war klar und blau, und von Rudos Position auf dem Boden aus konnte man die Sonne knapp unter dem Bogen des Noxtoraa sehen. In wenigen Minuten würde die Sonne kurz verschwinden und den Bogen in ein göttliches Licht tauchen.

Ambessa wusste nicht, was sie mehr berührte – der Anblick der Sonne hinter dem Bogen oder Rudos geschickte Sicherheit bei der Arbeit.

Rudo ließ sie schweigend warten, während er noch einige Striche machte, bevor er sprach.

»Hast du dich entschieden, mir zu vertrauen?«

Er betrachtete weiterhin seine Arbeit, neigte den Kopf und schaute zwischen dem Gemälde und dem Motiv hin und her.

»Leider haben wir keine Wahl.«

»Du warst schon immer eine Schmeichlerin.« Endlich blickte Rudo zu ihnen auf. Er bemerkte das dritte Pferd. »Und praktisch. Das habe ich immer an dir geliebt.«

Neben ihr sträubte sich Rictus, aber Ambessa nahm es ihm nicht übel.

»Dieser Ort, an den … deine Leute … die gestohlenen Magier bringen. Wo ist er?«

Rudo versteifte sich und warf einen weniger beiläufigen

Blick um sich, aber diejenigen, die die Stadt verließen oder betraten, waren zu sehr mit ihren eigenen Angelegenheiten beschäftigt, um ihre gedämpfte Unterhaltung zu hören.

»Südlich von Tereshni.« Er begann, seine Farben wegzuräumen. »Dort gibt es Ruinen; sie haben eine erhöhte magische Präsenz. Das hat unsere Arbeit erleichtert. Gehen wir dorthin?«

Er klang sowohl eifrig als auch besorgt.

»Wie weit ist das?«

»Von Tereshni? Ein paar Tagesritte.«

Ambessa schüttelte heftig den Kopf.

»Nein.«

Aber Rudo gab nicht nach, während sie nach Westen ritten, durch trockenes Buschland, harte Erde und rieselnde Dünen.

»Sie ist in Gefahr, dein kleiner Schützling«, sagte Rudo. »Je länger wir warten, desto unwahrscheinlicher ist es, dass sie ihre Magie zurückerlangt, geschweige denn sich selbst.«

»Ich verstehe nicht, was du meinst«, sagte Ambessa frustriert. Obwohl Rudo immer mit Bewunderung und Furcht von der Schwarzen Rose und der blassen Frau gesprochen hatte, fiel es ihr schwer, die wahre Natur der Gefahr zu begreifen.

»Es ist …«, Rudo runzelte die Stirn, während er nach den richtigen Worten suchte. »Du bist eine Kriegerin. Deine Arme und deine Beine sind nicht nur ein Teil deines Körpers, sondern Teil deiner Identität. Stell dir vor, jemand würde dir alle Gliedmaßen abtrennen. Du müsstest nicht nur die physischen Verletzungen heilen, sondern auch die psychischen Schäden wären immens.« Er starrte in die Ferne. »Ich weiß nicht, wie dauerhaft das ist, aber es bricht etwas in ihnen.«

»Und dann ist da noch Mel«, sagte Rictus leise an ihrer anderen Seite.

»Was ist mit ihr?«, fragte Rudo scharf.

»Nichts«, sagte Ambessa. »Nur dass ich dachte, Rell wäre

eine gute Gefährtin für Mel. Sie könnten sich gut ergänzen. Rell hat die Stärke, Dinge zu tun, für die Mel zu weich ist.«

Wenn Rell ihre Magie verlieren würde, wäre sie, selbst wenn sie nicht zu einem *Nichts* würde, wie Rudo sie nannte, für die Familie nicht mehr so wertvoll.

Ist sie nichts weiter für dich? Eine weitere Ressource deiner Familie?

Die Stimme in ihrem Kopf klang hasserfüllt wie die von Ta'Fik.

»Zu weich?«, fragte Rudo. »Oder einfach nur anders als du?«

Ambessa warf ihm einen kalten Blick zu.

»Du hast kein Recht, meine Erziehung unseres Kindes zu beurteilen. Du warst nicht dabei, du warst nicht hier.«

Rudo presste die Kiefer aufeinander, als würde er seine Ausreden zermalmen und hinunterschlucken. Ambessa war froh darüber. Hätte er sie ihr angeboten, hätte sie ihm vielleicht eine Ohrfeige gegeben. Stattdessen sagte er: »Mit jeder Wiederholung macht Inyene Ta'Fiks Armee stärker. Die letzten Soldaten hatten kaum noch magische Nebenwirkungen. Die letzte Kompanie könnte unaufhaltsam sein. Wir müssen Inyene stoppen.«

Ambessa seufzte, als ihr die Entscheidung, die sie treffen würde, immer klarer wurde.

»Sie ist ein gutes Kind.«

Rictus war nicht bereit, das Thema fallen zu lassen. Rell war mehr als nur eine Ressource. Ambessa hatte das Mädchen während ihrer vielen Monate des Reisens und Kämpfens zusammen lieb gewonnen. Sie hatte ihr über ein Jahr lang beim Training in der Arena zugesehen und ihre Entwicklung beobachtet. Selbst ohne ihre Magie war sie vielversprechend.

Aber mit ihr könnten sie den Verlauf jeder Schlacht verändern.

Sie könnten sogar Ta'Fik besiegen.

Ambessa sah zwischen den beiden Männern hin und her.

»Wenn Inyenes Runensoldaten mit jeder Prüfung stärker werden, ist die Antwort klar. Wir konnten uns gegen die bisherigen verstärkten Soldaten trotz aller Nebenwirkungen kaum behaupten. Wenn wir Ta'Fik nicht aufhalten, wird zuerst Rokrund fallen, dann Bel'zhun. Ta'Fik wird siegen und mit ihm deine blasse Frau. Wir reiten nach Tereshni. Mit der Hilfe von Darkwills Admiralin …«

Sie stockte. Ihr Plan war kaum mehr als ein Entwurf, aber eines war klar. Ta'Fik musste sterben. Das musste ein Ende haben.

Ambessa wusste, wie sie ihr Herz für den Sieg opfern musste. Sie ritten schnell genug und sahen so unscheinbar aus, dass keiner der Wüstenräuber versucht war, sie anzuhalten, um ihre Beute zu sehen. In einer Karawane von Händlern gab es sicher Beute, die lohnender war.

Als sie jedoch anhielten, um ihr Lager aufzuschlagen, war Ambessas Herz alles andere als ruhig.

»Ich übernehme die erste Wache«, sagte sie, nachdem sie abgestiegen war und ihr Pferd von seiner Last befreit hatte. Sie überließ Rictus und Rudo den Aufbau des Lagers und lief einen großen Kreis.

Es dauerte nicht lange, bis Rudo sich ihr anschloss. Er sprach nicht, sondern ging nur neben ihr her, in einer Stille, die trotz allem, was zwischen ihnen stand, vertraut wirkte. Er summte sogar leise vor sich hin.

In seiner Nähe wurde ihr bewusst, wie wenig sie ihn inzwischen kannte – vielleicht sogar, wie wenig sie ihn jemals gekannt hatte.

»Und wo warst du all die Jahre?« Sie konnte sich die zweite Frage nicht verkneifen, eine Spitze: »Welche anderen Monster hast du für deine Meister erschaffen?«

Er ließ sich Zeit mit der Antwort.

»Ich bin um die Welt gereist. Noxus. Shurima. Die Schlangeninseln. Sogar Demacia, obwohl das nicht meine Entscheidung war.«

»Und ich nehme an, das ist alles zu geheim, um es mir zu erzählen?«

Rudo schüttelte den Kopf, lachte aber leise.

»Oh, Ambessa. Ich weiß selbst kaum, was ich an diesen Orten getan habe. Die Rose ist … Wir sind alle wie eine Hand. Manche Dinge, die wir tun, geschehen im Einklang mit dem Ganzen –« Er ahmte mit beiden Händen das Schöpfen von Wasser nach. »Andere Male handeln wir völlig unabhängig, nach unserem eigenen Willen. Aber wir müssen immer handeln, wenn wir dazu aufgerufen werden.« Ambessa wusste keine Antwort darauf. Sein Körper war warm neben ihrem. Die Wüstennacht war kühl um sie herum. Sie gingen schweigend weiter, nur das Rascheln des Sandes war zu hören, als grabende Tiere an die Oberfläche kamen.

Schließlich brach Rudo das Schweigen und fragte unbeholfen: »Wie geht es Mel? Und dem Rest deiner Familie? Deinem Mann und deinem Sohn? Kino, hieß er doch?«

Bei der Erwähnung von Azizi spürte Ambessa, wie sich eine Kluft in ihrer Brust auftat.

»Azizi ist tot«, sagte sie so leise, dass die Nacht ihre Worte zu verschlucken schien. »Ta'Fik hat ihn töten lassen. Er hätte mir Mel fast auch genommen. Deshalb werde ich ihm alles nehmen, was er liebt, bevor ich ihn selbst töte.«

Sie blickte nach oben, als könne sie im Glanz der Sterne sehen, was kommen würde. Man sagte, dass einige Magier das konnten. Sie fragte sich, ob Rudo das mit seiner himmlischen Magie auch konnte, aber sie beschloss, dass es besser war, es nicht zu wissen. Sie hatte ihr Schicksal schon einmal gesehen.

»Wenn ich ihm ohne Armee im Rücken gegenübertreten muss, nur mit Rictus, dann werde ich es tun.«

»Wann?«

»Was?«

Die einfache Frage traf Ambessa unvorbereitet.

»Wann ist er gestorben?«

Ambessa öffnete den Mund, um zu antworten, aber sie merkte, dass sie es nicht konnte. Sie begann, in Gedanken zurückzuzählen – die Schlacht in den Minen, die Flucht aus der Unsterblichen Bastion, aus Vindor, aus Trannit. Es schien ein ganzes Leben vergangen zu sein, seit sie Bel'zhun verlassen hatte, aber sie wusste nicht, wann Azizi tatsächlich gestorben war.

»Ich hätte bei ihm sein sollen«, sagte sie zu sich selbst.

Als sie das zugab, wurden ihre Beine weich, ihre Knie gaben nach. Sie sank zu Boden. Ihre Finger kratzten über den festgestampften Sand. Seit sie von seinem Tod erfahren hatte, hatte sie sich auf den nächsten Schritt ihrer Rache konzentriert. Sie hatte es vermieden, die Wunde, die seine Abwesenheit hinterlassen hatte, zu berühren. Schlimmer noch, wenn sie nicht daran dachte, fühlte es sich eher so an, als wäre sie auf einer der vielen Kampagnen weit weg von Rokrund und würde ihn sehen, sobald sie nach Hause zurückkehrte. Solange sie nicht langsamer wurde, um sich der Realität zu stellen, ging es ihr gut.

Sie schloss die Augen, und ein Schauer durchlief ihren Körper.

»Du hast nicht um ihn getrauert, oder?« Rudo kniete sich neben sie. »Oder um deinen Großvater, so wie ich dich kenne.«

Ambessa schüttelte den Kopf.

»Mein Großvater starb, wie er es sich gewünscht hatte – durch eine Kampfwunde. Der Wolf hat ihn nun zu sich geholt.

Und Azizi … das Lamm. Der Tod ist notwendig, um den Sieg zu erringen. Er treibt mich an.«

Das war das Erste, was ihr Großvater ihr beigebracht hatte. *Eine Kriegerin zu sein bedeutet, den Tod zu kennen und ihn zu begrüßen, wenn die Zeit gekommen ist. Man darf ihn nicht fürchten und gleichzeitig bekämpfen.* Selbst Azizis Tod. Was war sein Tod schon im Vergleich zu einer Wunde, die einem im Duell zugefügt wurde? Nur ein weiterer Schlag zwischen ihr und Ta'Fik, und Gintaras Tod war ihr Gegenschlag.

Seine sanfte Hand streichelte ihren Rücken, über die Wunde, die Gintaras Basilisk hinterlassen hatte.

»Das ist keine Trauer, Ambessa. Das ist Rache. Das ist Verleugnung. Ich kann mich nicht erinnern, dass du in Basilich jemals so wütend warst.«

Ambessa richtete sich auf, um ihn im Sternenlicht besser sehen zu können. Seine Augen schienen fast zu leuchten. Sie zeichnete die Umrisse seines Gesichts in der Nacht nach, zuerst mit den Augen, dann mit den Fingern. Er schloss die Augen unter ihrer Berührung. In einer anderen Zeit hätte sie ihn sofort im Sand genommen.

»Die Dinge haben sich seitdem verändert«, sagte sie, mehr zu sich selbst als zu ihm.

Rudo legte eine Hand an ihren Hals und hob ihr Gesicht an. »Wirklich?«

Das Knirschen schwerer Stiefel, die sich näherten, ließ sie wie Jugendliche auseinanderspringen. Rictus verschränkte missbilligend die Arme vor seiner breiten Brust.

»Das Abendessen ist fertig.« Ambessa rappelte sich auf und ignorierte die Hände, die beide Männer ihr zur Hilfe anboten. Sie ging allein zum kleinen Lagerfeuer und versuchte, so zu tun, als würde ihr Herz nicht rasend schnell schlagen.

KAPITEL VIERUNDDREISSIG

Einige Tage später erreichten sie Tereshni. Obwohl Ambessa die Pferde so schnell wie möglich vorantrieb, holten sie Tivadar auf ihrer Reise nicht ein. Mehr als einmal wünschte sie sich Amenesces Schnellhörner.

Die Herberge, die sie fanden, war eine Empfehlung von Rictus. Der *Gebrochene Knöchel* war die Art von Lokal, in das ein Vergelter gehen würde, wenn er sein Geld für Alkohol sparte oder um seine Schulden zu begleichen, die er mit Alkohol gemacht hatte. Alle Gäste sahen aus, als könnten sie Namensgeber des Lokals sein, mit ihren krummen Nasen und rauen Händen.

»Hier stellt niemand Fragen«, antwortete Rictus auf Ambessas hochgezogene Augenbraue. Trotzdem betrat sie mit hochgezogener Kapuze das Lokal. Rudo tat es ihr gleich. Als der Wirt den Preis für zwei Zimmer nannte, bezahlte Ambessa, ohne zu zögern, und stellte klar, dass sie für seine Diskretion bezahlte. Außerdem bestellte sie eine warme Mahlzeit und ein heißes Bad.

»Das Badehaus ist separat, gnädige Frau. Sie müssen zur Dormun-Straße gehen.«

Er deutete gelangweilt in die ungefähre Richtung des vermeintlichen Badehauses. Ambessa schnaubte angewidert.

»Na gut. Ich nehme erst einmal das Essen. Bring es nach oben.«

Der Gastwirt wollte etwas Sarkastisches sagen, hielt aber den Mund, als Rictus ihn finster anblickte.

Die drei versammelten sich in einem der Zimmer. Es war Zeit, ihre Ressourcen zu überprüfen und die nächste Phase ihres Angriffs zu planen. Der Verlust von Tivadar würde es schwieriger machen, aber nicht unmöglich.

»Ich habe einen Freund in der Stadt«, sagte Rictus. »Aus alten Zeiten. Er könnte Ärger für uns machen. Eine Ablenkung.«

»Das ist eine Möglichkeit. Ich erwarte auch Darkwills Schiffe. Sie haben ihre Anweisungen. Wenn sie rechtzeitig eintreffen, werden sie Ablenkung genug sein. Besser noch, sie werden alle Runensoldaten, die Ta'Fik in Tereshni hat, abziehen, wenn seine Schiffe angegriffen werden. Aber wir brauchen einen Weg in Ta'Fiks Anwesen.«

Das, oder sie mussten Ta'Fik herauslocken.

»Wenn sich in der Stadt herumsprechen würde, dass ich hier bin, würde er sich vielleicht an der Jagd nach mir beteiligen …«

»Nein«, sagten Rictus und Rudo gleichzeitig. Sie warfen sich einen scharfen Blick zu, dann fuhr Rictus fort. »Du wirst gefangen genommen werden.«

»Ich werde direkt zu ihm gebracht werden.«

»Ohne eine Möglichkeit, wieder herauszukommen«, sagte Rudo. Er wurde durch ein Klopfen an der Tür unterbrochen. Rictus öffnete die Tür für einen Diener, der ein Tablett mit stark gewürztem Fleisch trug, das in ein schwammiges, fermentiertes Fladenbrot gewickelt war. Er wartete, bis der Diener gegangen war, bevor er die Tür wieder schloss.

Dann fuhr Rudo fort: »Lass mich stattdessen gehen. Wenn Inyene nicht da ist, kann Ta'Fik nichts tun, um mich aufzuhalten. Ich kann dir helfen, das zu beenden. Und wenn Inyene da ist … nun ja. Ich kann dir helfen, das zu beenden.«

»Du allein gegen Ta'Fiks Runensoldaten?« Ambessa schüttelte einmal heftig den Kopf. »Du würdest nicht überleben.«

»Du weißt nicht, wozu ich fähig bin.« Rudo hielt ihrem Blick stand. Er ruinierte das Bild seiner Selbstsicherheit, indem er murmelte: »Es wäre die gerechte Strafe für das, was ich getan habe. Du musst mir aber versprechen, das Labor zu zerstören.«

»Du musst mich dorthin bringen, was bedeutet, dass du nicht wie ein Märtyrer sterben wirst, um deine Schuld zu sühnen. Habe ich mich klar ausgedrückt?« Ambessa verbarg ihre plötzliche, zerklüftete Angst hinter einem Befehl. »Außerdem ist die Strategie nicht gut. Was, wenn du hineingehst und mit Ta'Fik sprichst? Weiß er, dass du die – sie – verlassen hast?«

»Inyene wird es ihm gesagt haben. Ich könnte ihm sagen, dass ich zurückgekommen bin, dass ich Zeit zum Nachdenken brauchte, aber dass ich mich wieder gefangen habe.«

Das Essen wurde kalt, während sie ihre Ideen durchgingen, sie weiterentwickelten, verwarfen und umdrehten, bis Ambessas Kopf voller verzweigter Wege war, die Zukunft ein Labyrinth und jede Wendung nur ein weiterer Schritt in Richtung ihres Schicksals, ohne dass sie wissen konnte, welcher der falsche war.

Ambessa saß allein im Gemeinschaftsraum und nippte an einem Glas Bier, das zwar nicht besonders lecker, aber zumindest kühl war. Dies war nicht der Ort, an dem man den kräftigen noxianischen Wein servierte, den sie bevorzugte. Rictus war zu seinem alten Freund gegangen, und Rudo hatte ihr angedeutet, dass sie sich ihm in den Bädern anschließen sollte, aber nach ihrer gemeinsamen Reise wollte sie lieber Abstand halten. Er vernebelte ihren Verstand, wenn sie ihn am klarsten brauchte.

Der Gemeinschaftsraum war abends laut, wie es in einer Taverne namens *Gebrochener Knöchel* zu erwarten war, und als Tivadar den Raum betrat und sich umsah, hätte Ambessa sie beinahe übersehen. Tivadar war im Vergleich zu vielen anderen Gästen eher zierlich und sah aus wie das Kind, das sie war. Ein einzelner Ohrring glänzte an ihrem Ohr, und in jeder Wange steckte ein Piercing. Ambessa senkte den Kopf über ihr Getränk und beobachtete, wie das Mädchen den Raum musterte, bevor es zu dem Wirt ging.

Ein kurzer Wortwechsel. Eine Münze auf dem Tresen. Ambessa schob eine Hand unter den Tisch zu dem Messer an ihrem Gürtel. Sie wartete darauf, dass der Wirt in ihre Richtung sah oder Tivadar ein Zeichen gab, aber es geschah nichts, was sie erkennen konnte. Vielleicht hatte der *Gebrochene Knöchel* seinen Ruf verdient.

Tivadars finsterer Blick, als sie die Taverne verließ, sagte Ambessa, dass dies der Fall war. Sie schuldete dem Mann ein ordentliches Trinkgeld.

Nachdem sich die Tür hinter Tivadar geschlossen hatte, schlängelte sich Ambessa zwischen den Stühlen und Tischen und den brüllenden Spielern hindurch, um dem Mädchen nach draußen zu folgen. Ambessa entdeckte sie schnell. Das Mädchen mochte in der Arena eine großartige Kämpferin sein, aber sie war so in Gedanken versunken oder vielleicht auch so arrogant, dass sie sich erst umdrehte, als es schon zu spät war.

Ambessa packte das Mädchen am Hals und zog es rückwärts in die dunkle Nische zwischen einer Schneiderwerkstatt mit geschlossenen Fensterläden und einer Glasbläserei.

Tivadars Ellbogen traf Ambessa in den Bauch, aber Ambessa spannte ihre Muskeln an. Als Nächstes beugte sich Tivadar vor und versuchte, Ambessa über ihre Schulter zu werfen. Ambessa landete mit einem Keuchen auf dem Rücken auf dem harten, festgestampften Boden, aber sie riss Tivadar mit sich und hielt das Mädchen mit Armen und Beinen an sich gedrückt. Die Gasse roch nach Urin und verfaultem Essen.

»Tivadar«, zischte Ambessa, während das Mädchen sich gegen Ambessas Kraft wehrte.

Tivadar wurde plötzlich schlaff.

»Generalin? Generalin Medarda?«

Ambessa achtete darauf, ihren Griff nicht zu lockern, egal, wie sehr Tivadar versuchte, sie zu entwaffnen.

»Wir stehen langsam auf, Kind. Und dann kommst du mit mir.«

»Ich habe Euch gesucht, Generalin.«

Tivadar hielt sich an Ambessas Unterarm fest, wehrte sich aber nicht mehr gegen sie.

»Das glaube ich dir gern.«

»Mel hat mir gesagt, Ihr braucht meine Hilfe, deshalb bin ich hier.«

»Mel?«

Das ließ Ambessas Griff erschlaffen. Tivadar rollte sich weg und sprang mit jugendlicher Sprungkraft auf die Füße.

»Sie sagte …« Tivadar ballte die Faust, bevor sie sie langsam wieder öffnete. »Hast du Gintara getötet?«

Ambessa beobachtete das flache Heben und Senken der Brust der jungen Frau. Alles, was sie brauchte, hing von dieser Antwort ab. Die Lücken in den Plänen, die sie, Rictus und Rudo ausgearbeitet hatten, konnten mit Tivadars Hilfe gefüllt werden.

»Nein.« Ambessa stand ruhig da und strich sich die Hose glatt. Zumindest dieser Teil war keine Lüge. »Ich habe es nicht getan. Aber wenn du gesehen hättest, was die Experimente deines Vaters aus ihr gemacht haben, würdest du ihr den Tod als Kriegerin nicht missgönnen.«

Unsicherheit huschte über Tivadars Gesicht, das halb im Schatten lag und halb vom verzauberten Licht der Straßenlaternen außerhalb ihrer Gasse beleuchtet wurde.

»Was meinst du damit?«

Ambessa beschrieb mit schmerzlicher Trauer die Qualen, denen die Runensoldaten erlegen waren, als die Magie, die sie stützte, nachließ.

»Für seine Ambition war er bereit, sie zu seinem eigenen Vorteil zu opfern. Und du – lass mich raten.« Ambessa trat näher, eine Hand ausgestreckt. »Er hat dich gebeten, meinen Kindern in meiner Abwesenheit wehzutun, nicht wahr? Weißt du nicht, dass du diese Begegnung niemals überlebt hättest? Sie sind von meiner vertrauenswürdigsten Kriegsschar umgeben.«

Sie erwähnte nicht, wie jemand Azizi trotz der Wolfsschnitter getötet hatte. Es konnte nicht diese junge Kriegerin gewesen sein, die noch so grün war wie ein Frühlingsbaum.

Tivadar schloss die Augen und presste die Kiefer aufeinander, während sie vergeblich versuchte, ihre Tränen zurückzuhalten. Ambessa umarmte das Mädchen. Ein Teil von ihr verfolgte die Bewegungen von Tivadars Händen, um sicherzugehen, dass sie nicht nach einer Waffe griff, aber ein anderer Teil, tiefer als alles andere, sehnte sich danach, sich in diese Umarmung zu versenken. Es rührte an den Strängen ihrer eigenen Trauer und drohte, sie zu zerreißen.

»Komm, Kind. Wirst du mir helfen? Dein Vater wird für das bezahlen, was er ihr angetan hat. Für das, was er uns beiden angetan hat.«

Tivadar schniefte, trat einen Schritt zurück und wischte sich mit dem bloßen Arm über das Gesicht.

»Eine Bedingung, Generalin.«

»Nenn sie mir.«

»Ich werde diejenige sein, die meinem Vater gegenübersteht.«

Ambessa hob eine Augenbraue. Sie hatte ihre eigenen Rachepläne für ihr Treffen mit Ta'Fik.

»Ich kann nicht versprechen, dass er überleben wird …«

»Ich werde mit ihm sprechen.«

Tivadar sprach nicht wie ein forderndes Kind, sondern wie eine Frau. Ambessa nickte ernst.

»Wie du wünschst.«

***

»Das wird niemals funktionieren.«

Rudo runzelte die Stirn und sah Ambessa an. »Ich sage dir, lass mich zuerst rein.« Er setzte sich mit dem Rücken an Ambessas Bett auf den Boden, schlug die Beine übereinander und umklammerte seine Knie. Eigentlich sah er Rictus, der ihm gegenübersaß, ziemlich ähnlich, aber während Rictus mit der Geduld eines Felsens regungslos dasaß, hatte Rudos Haltung eine seltsame Fluidität, selbst wenn er still war.

»Du brauchst jemanden, der sieht, was da drin vor sich geht.«

In einem Punkt hatte Rudo recht: Es wäre einfacher, wenn Ambessa mehr über Ta'Fiks Gewohnheiten wüsste, wenn sie wüsste, ob der andere Magier anwesend war, wie viele Runensoldaten er hatte und wie viele davon nur Menschen waren. Aber sie hatten keine Zeit; sie war schon zu lange von der Festung Rokrund weg. Wer wusste, ob sie noch stand?

Sie steht noch. Das musste sie einfach.

Ambessa wandte sich wieder dem Mädchen zu. »Sag uns alle Wege, die in die Villa hinein- und hinausführen. Wenn etwas schiefgeht, will ich sichergehen, dass wir einen Fluchtweg haben.«

Tivadar zögerte einen Moment, als würde sie abwägen, welchen Preis sie für diese sicherlich streng gehüteten Informationen zahlen musste. Dann seufzte sie. Sie legte ihren Finger auf die Skizze, die sie auf ein Stück von Ambessas Papier gezeichnet hatte. Hier ist die Eingangstür, dort ist Ta'Fiks Arbeitszimmer, wo er normalerweise morgens arbeitete, und dort ist der Raum, in dem er Gäste empfing und Geschäfte aushandelte – mit Kriegsherren aus der Großen Sai, Würdenträgern aus Nazumah, sogar Anführern des Shakkal-Clans, je nachdem, wer am meisten besänftigt werden musste oder wer ihm die seltensten Waren anbieten konnte, die er im Norden an den Rest von Noxus verkaufen konnte.

»Hier«, sagte sie. »Es gibt Tunnel. Dieser führt von den Gemächern meines Vaters zu diesem Abfallhof hier. Aber wenn etwas schiefgeht, wird es schwierig für dich, in sein Zimmer zu gelangen.« Tivadar biss sich zweifelnd auf die Innenseite ihrer Wange. »Ganz zu schweigen davon, dass er den Schlüssel bei sich trägt.«

»Ich verstehe.« Ambessa strich sich über das Kinn, als wäre sie um ihre eigene Sicherheit besorgt. »Gibt es noch andere Möglichkeiten?«

»Da ist noch der Ausgang zum Zwinger. Von der Küche zu den Drachenhundezwingern. Das ist kein Geheimnis, nur ein Ausgang für die Bediensteten, damit sie die Essensreste aus der Küche zu den Hundepflegern bringen können.«

Tivadar zeichnete ein Quadrat für die Küche, dann einen Weg und ein weiteres Quadrat.

»Das ist überirdisch?«, fragte Ambessa zur Klarstellung.

»Nein, es gibt auch Tunnel. Dieser führt durch den Fleischkeller.«

»Ich verstehe. Das ist wahrscheinlich unsere beste Option, wenn etwas schiefgeht.«

Ambessa sah Rictus über Tivadars Kopf hinweg an. Ihr Leutnant nickte.

»In Ordnung. Wann gehen wir?«

Tivadar setzte sich auf ihre Fersen.

»Wir warten auf eine Ablenkung.«

Als sie fertig waren, ließ Ambessa Tivadar nach unten gehen, um Mittagessen zu holen, und nickte Rudo zu, ihr zu folgen und darauf zu achten, dass sie nicht weglief. Sie hielt Rictus zurück und tippte auf Tivadars Skizze auf das Hauptschlafzimmer, zeigte auf den versteckten Gang.

»Deine Freunde. Wie schnell können sie eine Tür verbarrikadieren?«

»Mit genug Geld ist das noch heute Nacht erledigt.«

»Gut. Wir greifen morgen an, mit oder ohne Darkwills Schiffe.«

»Ja, Kreipsha.«

KAPITEL FÜNFUNDDREISSIG

Die Nacht vor der Schlacht verlangte nach Genuss. Ein Moment der sanften Freuden vor der rauen Freude der Jagd. Sie notierte sich den Namen des öffentlichen Bades, das der Gastwirt erwähnt hatte, und bat Rictus, auf das Mädchen aufzupassen.

Bevor sie ging, senkte Rictus jedoch den Kopf und flüsterte: »Seid Ihr sicher, dass wir ihm vertrauen können?«

Dieselbe Frage hatte Ambessa in der letzten Woche beschäftigt.

»Ich vertraue ihm nur so weit, wie ich muss. Aber es gibt Dinge zwischen ihm und mir, vor denen selbst du mich nicht schützen kannst.«

Rictus warf ihr einen finsteren Blick zu, nickte aber.

Das Badehaus, zu dem der Gastwirt sie geschickt hatte, war öffentlich, aber eindeutig nur für eine bestimmte Gesellschaftsschicht bestimmt. Es gab verschiedene Arten von Räumen – einen, in dem man sich im Dampf die Haut abschrubben konnte, einen kalten und einen heißen. In anderen konnte man sich massieren lassen. Die Geräusche, die aus anderen Räumen drangen, verrieten Ambessa, dass dieses Badehaus wahrscheinlich auch als Bordell diente. Vielleicht würde sie sich ein wenig mehr verwöhnen lassen, als sie erwartet hatte.

Nach der schmerzhaften Reinigung mit den flachen Schabesteinen ging Ambessa in das heiße Becken. Es war spät, und so war sie allein, als Rudo zu ihr kam. Er war nackt, sein dünner Körper war noch immer so schlank wie in ihrer Jugend, aber nicht mehr makellos. Hier und da waren neue Narben zu sehen, wenn auch nicht annähernd so viele wie an ihrem Körper. Er war schöner, als sie ihn in Erinnerung hatte.

Er lächelte schief, als er bemerkte, dass sie ihn bewunderte. »Und ich dachte, du hättest alles vergessen, was wir einmal waren.«

Ambessa lächelte nicht zurück. Sie neigte den Kopf und fragte: »Warum bist du so entschlossen, dich in Gefahr zu begeben?«

Weil sie diesen Drang, sich kopfüber in die Gefahr zu stürzen, wiedererkannte. Sie hatte es bei Soldaten gesehen, die enge Kameraden im Kampf verloren hatten – aus Schuldgefühlen wegen ihres eigenen Überlebens, aus Verzweiflung über ein Leben ohne geliebte Menschen stürzten sie sich rücksichtslos und wütend in den Kampf, teils aus Rache, aber mehr noch aus dem Wunsch heraus, ihren Liebsten in den Tod zu folgen. Rudo hielt inne, als er sich gerade ins heiße Wasser senken wollte.

»Verzeih mir«, sagte sie leise, aber Rudo schüttelte den Kopf. Er tauchte unter, ließ das Wasser über seine dunklen Locken gleiten, bevor er wieder auftauchte.

»Du hast recht.« Er schwamm zu Ambessa, hielt ihrem Blick fest, nahm aber nur seinen Platz an der Wand hinter ihr ein und legte seine Arme über den Stein. »Die blasse Frau und die anderen sind meine Familie, so wie Menelik deine ist. Eine brutale Familie, die ihre Zuneigung in vergossenem Blut misst. Du weißt, wie das ist. Inyene hat diese Magie entwickelt, für die Runensoldaten und um Magie zu stehlen – Inyene liegt mir sehr am Herzen. Wir waren Freunde – mehr als Freunde, eher wie Geschwister. Ich dachte, ich hätte Inyene damals erwähnt.« Seine Erschöpfung war in seiner Stimme deutlich zu hören. »Ich konnte Inyene nicht verlassen. Ich dachte immer, wir brauchen einander. In letzter Zeit habe ich erkannt, dass wir uns sehr gestützt haben. Es war leicht, meine

Entscheidungen von Inyene abhängig zu machen – wohin Inyene auch ging, ich folgte.«

»Und jetzt?«

Ambessa spürte seine Hitze in ihrer Nähe, wie ihr eigener Körper auf seine Nähe reagierte. Sie schob es auf die Hitze des Beckens.

»Jetzt … bringt Inyene mein Kind in Gefahr. Dich in Gefahr. Zerstört junge Magier. Ich muss doch irgendwann einmal Rückgrat zeigen, oder?«

Er lachte selbstironisch. Ambessa lachte nicht.

»Wird Inyene bei Ta'Fik sein oder in diesem Labor?«

»Das kann ich nicht sagen. Die Loyalität gegenüber Ta'Fik dient nur dazu, dass die blasse Frau einen Einfluss auf eine der mächtigsten Familien von Noxus hat.«

»Die Medarda. Darum geht es hier also?«

Rudo starrte auf das Wasser und strich mit einer Hand über die Oberfläche.

»Zum Teil.«

»Zum Teil?«

Rudo kreiste vor ihr. Sein Blick war schmerzlich zärtlich. Er legte seine Hände auf ihre Taille, wie er es vor so vielen Jahren getan hatte.

»Ich habe dich vermisst«, flüsterte er. »Jeden Tag seit unserer Trennung habe ich an dich gedacht, und an sie. Ich wünschte, ich wäre nie gegangen.«

Ambessa sah auf ihre Hände auf seinen Unterarmen. Sie fuhr mit ihnen über die sehnigen Muskeln, bis zu seinen Ellbogen. Über seine Brust. Über seine Lippen. Er zuckte zusammen und küsste ihre Finger. Sie spürte, wie er sich unter dem Wasser bewegte.

»Du musstest es tun«, sagte Ambessa ebenso leise. Sie nahm seine Hände und legte sie hinter ihren Rücken. »Sag mir die Wahrheit. Wirst du für mich kämpfen? Für uns?«

Rudo sah sie tief an, seine haselnussbraunen Augen blinzelten nicht. Das flackernde Licht der Fackeln in dem unterirdischen Raum war schwach, aber Ambessa konnte die Leidenschaft in seinem Gesicht sehen. Der Feuerschein tanzte auf seinen goldenen Tätowierungen. Er war ein Wesen aus Schatten und Licht, selbst jetzt noch herzzerreißend schön.

»Ich würde alles für dich tun, und für sie würde ich noch mehr tun.«

Ambessa streichelte seine Wange, die leichten Bartstoppeln waren rau und beruhigend zugleich. Sie zog sein Gesicht zu ihrem und küsste ihn.

***

»Hast du genug?«, fragte Rudo. »Ich bin jetzt ein alter Mann.«

Ambessa drehte sich zu ihm im Bett um. Sie waren in die Herberge zurückgekehrt. In der Dunkelheit konnte sie das Leuchten von Rudos Lächeln erkennen und die Wölbung seines Halses, als er den Kopf zurücklegte – diesmal vor Erschöpfung statt vor Lust.

»Das sehe ich«, sagte Ambessa. »Erinnere mich daran, mich das nächste Mal an die Jüngeren zu halten.«

Der Scherz kam ihr unbedacht über die Lippen und traf sie mit einer unsichtbaren Spitze – Azizi war fort. Und obwohl sie beide Liebhaber außerhalb ihrer Beziehung hatten, schmerzte diese Beständigkeit, die durch die Passion mit Rudo noch verstärkt wurde.

Rudo spürte die Veränderung in ihrer Stimmung, schlang seine Arme um sie, zog sie an seine Brust und deckte sie mit der Decke zu. Er hielt sie in einem dieser perfekt stillen Momente, die er so gut beherrschte.

Das Problem mit seiner Stille war jedoch, dass sie Ambessa

immer dazu brachte, sie füllen zu wollen, und zwar mit den Dingen, die sie am meisten verbergen wollte.

»Ich werde Ta'Fik bekämpfen, bis ich keinen Atem mehr in meinem Körper habe, Rudo. Er hat meinen Mann getötet und meine Kinder bedroht. Er will mir nehmen, was mir zusteht.«

»Aber …?«

Ambessa schloss die Augen. Zu ihrer Überraschung liefen Tränen über ihre Wangen.

»Was, wenn er recht hat?«, flüsterte sie. »Ich weiß, warum er mich hasst. Und warum er den Kodex hasst. Warum er Großvater Menelik hasste, egal, wie sehr er sich vor dem Rest der Familie aufspielte, während der Mann auf seinem Sterbebett lag. Ich hätte nicht geglaubt, dass er nach all dieser Zeit noch so verbittert sein würde, und doch – sieh mich an. Ich würde dasselbe tun. Egal, wie lange es dauert, ich werde nicht ruhen, bis er für Azizi bezahlt hat.«

»Was hast du getan?«

Rudos Stimme war ein warmes Grollen an ihrem Rücken. Sie versprach Vergebung. War es das, was sie wollte? War das der Schlüssel, der in die zerklüftete Wunde passte, die sie so lange verdeckt hatte?

»Zoya.«

***

Ambessa erinnerte sich daran, wie sie gerannt war.

Sie erinnerte sich an den Geruch der Jagd: das Gras, über das die Drachenhunde gelaufen waren, als sie sich bückte, um ihre Spuren zu verfolgen; die Erde, die ihre Krallen aufgewühlt hatten; das Blut ihrer letzten Beute; den sauren Schweiß der Angst und Adrenalin ihrer Mitjäger.

Diese anderen Jäger waren ebenso ihre Beute wie die Drachenhunde – hoffnungsvolle Krieger, die an der Medarda-

Kraftprobe teilnehmen wollten. Jeder aus den Medarda-Provinzen durfte sich in der Vorführung beweisen. Die Belohnung war Land, ein Titel und die Gunst von Menelik. Das konnte zu einer Kriegsschar, einer Flotte oder, wie Ambessa hoffte, eines Tages zur Führung der gesamten Familie führen, so wie Eskender die Medarda svon Shurima nach Noxus geführt hatte – sogar zur Adoption, wenn man nicht als Medarda geboren war. Alles, was sie dafür tun mussten, war, ein mächtiges Tier zu töten. Ambessa, die noch nicht einmal neunzehn Jahre alt war, gehörte zu den jüngsten Herausforderern.

Die drei traten gemeinsam an. Das war nur logisch. Es war zwar gegen die Regeln, die anderen Teilnehmer zu töten, aber es war erlaubt, sie auf die eine oder andere Weise für den Wettbewerb zu disqualifizieren. Zusammen waren die drei eine ausreichende Abschreckung. Allerdings waren sie auch lauter. Ta'Fik mit seinem Bogen und seinen Pfeilen, an seinem Körper mit langen Dolchen behängt, trampelte lautstark durch die Berge, während sie die Drachenhunde aufspürten. Zoya war eine gute Fährtenleserin, aber sie blickte nervös um sich – die Drachenhunde würden ihre Angst riechen, lange bevor Ambessa sie sehen konnte. Ambessa und Ta'Fik hatten ihr gesagt, dass sie noch nicht bereit sei, dass sie bis zur Prüfung im nächsten Jahr warten solle, aber Zoya hatte darauf bestanden.

Als sie durch einen zerklüfteten, dicht bewaldeten Abschnitt des Berges kamen, wurde der Geruch der Drachenhunde stärker. Sie hob die Faust, um die beiden anderen aufzuhalten.

»Was …«, begann Ta'Fik, aber Ambessa legte ihm mit einem wütenden Blick die Hand auf den Mund.

»Bleibt hier.«

Sie würde allein zur Höhle gehen. Keiner von beiden wollte

das so sehr wie sie. Keiner von beiden war so *bereit* wie sie. Keiner von beiden hatte es so verdient wie sie.

»Du hast gesagt, wir bleiben zusammen …«, protestierte Zoya, aber auch sie verstummte unter Ambessas Blick.

»Das habe ich nicht gesagt«, murmelte sie und wagte kaum zu atmen. »Ta'Fik, bleib bei ihr. Hier bist du in Sicherheit.«

Sie wartete nicht darauf, dass sie den Befehl akzeptierten, sondern schlich vorwärts und bemerkte hier den Haufen Dung und dort die raue Stelle an der Rinde, an der sich die Drachenhunde im Laufe der Zeit wiederholt gerieben hatten, um ihr Revier zu markieren. Diese seltsame Mischung aus reptilienartigem und hundeartigem Geruch.

Medardas gehen ihre eigenen Wege.

Dann sah sie es. Eine Höhle in den Felsen. Das Schnüffeln und Kratzen von Tieren darin. Ambessa hielt den Speer in ihrer Hand bereit und schlich sich zum Eingang.

Der Anblick ließ sie vor Überraschung nach Luft schnappen. Die Drachenhund-Matriarchin lag auf dem Boden, während eine Gruppe Welpen um sie herumtollte. Ihre Mutter beobachtete sie mit fast nachsichtiger Müdigkeit. Ambessa wusste nicht, ob es ihr Keuchen war oder ob der Drachenhund ihren Geruch wahrgenommen hatte, aber das Tier sprang auf und sträubte sich.

Ein raues Knurren ertönte hinter Ambessa, und sie wirbelte herum, wobei sie die Matriarchin zu ihrer Linken behielt. Einer der Wachhunde hatte ihren Geruch wahrgenommen; sie würde um ihr Leben kämpfen müssen.

Aber nein. Die Hunde hatten andere Beute gefunden.

Weiter unten auf dem Hügel schlossen einige kleinere Hunde ihren Jagdkreis um Zoya und Ta'Fik. Die Geschwister standen Rücken an Rücken, Ta'Fik mit gezückten Dolchen, Zoya mit ihren beiden kurzen Speeren.

Aber dann fiel Ambessas Blick auf eine weitere Bewegung –

eine Gestalt, die aus östlicher Richtung auf die Höhle zustürmte. Sie kam hierher, um ihre Beute zu holen.

»Ambessa!«, schrie Zoya schrill und verängstigt und warf alle Vorsicht über Bord. »Hilfe!«

Hinter ihr war das Grollen der Drachenhund-Matriarchin eine unmissverständliche Warnung: *Geh und beschütze deine Familie, oder ich beschütze meine.* Ihre Augen glühten rot, ihre Zunge schnüffelte in der Luft.

Ambessa blickte zurück zu Ta'Fik und Zoya. Sie kämpften verbissen – so wie sie es gelernt hatten. Sie würden es schaffen, sagte sie sich. Sie würden es schaffen. Und sie würde ihre Beute bekommen.

»Ambessa!«, schrie Ta'Fik. Für einen Moment sahen sie sich in die Augen, Ta'Fik blickte nach oben, während Ambessa von der Höhe der Höhle auf ihn hinabblickte.

»Wartet!«, rief sie zurück. Sie wusste nicht, ob sie sie gehört hatten, denn als sie schrie, stürzte sich die Matriarchin mit einem ohrenbetäubenden Schrei auf sie.

So ist es nun einmal, sagte sie sich. Ein Gesetz der Natur, das jeder und alles verstand, von jedem noxianischen Krieger bis zu jedem Drachenhund – *Stärke bedeutet Überleben.*

Erst viel später erinnerte sie sich an den verwirrten Ausdruck auf Ta'Fiks Gesicht, als sie zögerte und sich dann abwandte. Verwirrung, die in Schmerz und dann in Hass umschlug. In den folgenden Monaten spielte sich diese Szene oft vor ihrem inneren Auge ab. In den Monaten, in denen sie sich trotz der Lobeshymnen und der Bewunderung immer einsamer fühlte. In den Monaten, in denen sie die Drachenhund-Welpen trainierte und das stärkste Paar für sich beanspruchte. Quench und Temper. In den Monaten, in denen sie mit ihrem neuen Schiff segelte, um sich vor der Wahrheit zu verstecken.

Sie sprang und wälzte sich unter dem Sprung des Drachenhundes her. Krallen kratzten über Stein, und die Welpen winselten im hinteren Teil der Höhle. Die Mutter knurrte und stürzte sich erneut auf Ambessa. Ambessa schwang die Klinge ihres Speers nach vorne, aber der Drachenhund schnappte nach dem Holz und hätte es beinahe erwischt. Ambessa riss ihn zurück, bevor die Mutter ihn festhalten konnte, und stach ihr in die Hüfte. Die Mutter heulte auf.

Sie umkreisten einander, aber sobald Ambessa einen Schritt auf die Welpen im Hintergrund machte, schrie die Mutter erneut auf und sprang zwischen Ambessa und ihre Jungen, wobei sich ihre Stacheln noch heftiger aufrichteten.

Ambessa zögerte. Etwas an der humpelnden Matriarchin bewegte sie. Ihre Wildheit. Ihre Schönheit. Sie zu töten wäre Verschwendung.

Sie warf ihren Speer weg. Sie hörte die Schreie vom Berghang nicht mehr. Es gab nur noch das hier. Sie nahm das Seil von ihrem Gürtel. Es war eigentlich dafür gedacht, die Leiche ihrer Beute zu fesseln, aber sie formte schnell eine Schlinge und hielt sie bereit, während sie wartete. Ein Triumphschrei ertönte hinter ihr, und Ambessa drehte sich grinsend um, weil sie dachte, es sei Ta'Fik. Sie würde ihm diesen Moment nicht gönnen wollen, nicht wirklich. Aber es war nicht er – Jahrzehnte später würde das Gesicht nur noch eine verschwommene Erinnerung sein. Die Person sah Ambessa und ihr Seil, sie sah den Drachenhund. Sie hob den Speer und holt zum Wurf aus.

»Nein!«, brüllte Ambessa und sprang los. Sie rammte sie gegen die Hüfte, und ihr Wurf ging daneben. Der Speer klatschte harmlos gegen die Rückwand der Höhle, aber die Welpen jaulten und schrien alarmiert. Ihre Mutter stieß einen markerschütternden Schrei aus, die einzige Warnung, bevor sie sich auf Ambessas Konkurrenz stürzte.

Ambessa rollte sich weg, während die Konkurrenz mit offenem Mund entsetzt zusah, wie ihr Tod sie mit scharfen Zähnen ansprang.

Ambessa legte das Lasso im letzten Moment über den Kopf des Drachenhundes und zog daran. Die Mutter würgte an dem Seil, während sie sich nach ihrer Beute streckte, die davonkrabbelte. Das Seil brannte auf ihren Händen, als der Drachenhund daran zog. Sie knurrte, und Ambessa knurrte zurück, ein Willenskampf, aber je stärker der Drachenhund zog, desto schwächer wurde sie, da ihr die Luft abgeschnürt wurde.

Als die Mutter schließlich zusammenbrach, näherte sich Ambessa langsam, trotz ihrer blutigen Handflächen immer noch das Seil fest umklammert.

Die Matriarchin blickte mit einem rollenden Auge zu ihr auf, ihre gespaltene Zunge hing heraus, während sie nach Luft rang.

Ambessa fühlte nun eine Verbundenheit mit dieser Matriarchin, die sie damals nicht verstehen konnte. Die Wut in den Augen einer Mutter, die Weigerung, sich zu ergeben. Vielleicht war es dieses Gefühl, das sie davon abhielt, sie zu töten, selbst damals, bevor sie wusste, was dieses Gefühl war.

In diesem Moment jedoch war Ambessa nur von Triumph erfüllt, als sie ihre besiegte Beute den Berghang hinunterzerrte.

Selbst als sie Ta'Fik umgeben von den Leichen der drei Drachenhunde und Zoya selbst fand, verblasste der Triumph nicht. Ta'Fik kniete über Zoya, rief ihren Namen und um Hilfe. Seine eigenen Arme tropften blutig, wo die Drachenhunde ihn erwischt hatten. Auch Zoyas Körper war verletzt: Krallenrisse auf ihrem Bauch und ihrem Rücken, ein Biss an ihrer Schulter.

Der kurze Blick, den Ta'Fik ihr zuwarf, war bereits von Trauer gezeichnet, während Zoya vor Schmerz wimmerte.

»Wirst du mir wenigstens helfen, sie zu den Heilern zu tragen?«, fragte er mit tonloser Stimme. Ambessa hielt die Leine hoch, die sie an der Matriarchin befestigt hatte; sie konnte die wilde Bestie nicht festhalten und gleichzeitig Zoya tragen.

»Natürlich.« Ta'Fik spie aus. »Dann hol jemanden, der es tut.«

Ambessa redete sich ein, dass Zoya schon wieder werden würde.

***

»Sie starb zwei Tage später.«

»An ihren Verletzungen?« Ambessa nickte. »Ta'Fik wich nicht von ihrer Seite. Und ich … ich konnte ihm nicht ins Gesicht sehen. Stattdessen stürzte ich mich in die Feierlichkeiten. Meneliks Zustimmung war alles, was ich brauchte, um mir zu sagen, dass ich das Richtige getan hatte.«

»Du hast an Menelik geglaubt.«

»Mehr als an alles andere.« Sie starrte vor sich hin und sah weder die Wand der Herberge noch die Decken, die ihre Körper bedeckten. »Ich habe mich jedoch gefragt … Mel bringt mich dazu, alles infrage zu stellen. Auch den Kodex selbst. Habe ich mein ganzes Leben falsch gelebt, indem ich ihm gefolgt bin? Die Kämpfe, die ich geführt habe. Die Art, wie ich meine Kinder geliebt habe.« Sie schüttelte den Kopf, und Rudo drückte sie fester an sich.

»Wir könnten mit Ta'Fik sprechen. Vielleicht … eine Art Vereinbarung. Jemand anderes könnte ausgewählt werden, um die Familie zu führen.«

Ambessa drehte sich in Rudos Armen um und fuhr mit den Fingern durch seine dicken Locken. Seit Zoya hatte sie sich davor gehütet, Bindungen einzugehen. Jetzt gab es nur noch drei Schwachstellen in dieser Rüstung. Vier, wenn man die neue mitzählte, die sie sich zugezogen hatte, als sie mit der temperamentvollen jungen Kämpferin aus der Vergelter-Arena gereist war. Wenn sie so schwach war, dass sie sich nicht davon abhalten konnte, sich wieder zu verletzen, würde sie diese Schwachstellen in ihrer Rüstung mit aller Kraft schützen.

Ta'Fik hatte bereits eine gestohlen. Er würde nicht noch eine stehlen.

»Das endet damit, dass Ta'Fik unter der Erde liegt.«

»Du könntest ihm vergeben.«

»Nicht für das, was er getan hat. Er hat nicht nur Azizi, sondern auch meinen Namen in der Familie beschmutzt. Die Hälfte von ihnen gibt mir die Schuld an Meneliks Tod. Er wird das aufklären, bevor er stirbt.«

Rudo atmete tief ein und sackte dann zusammen. Sie zog sich ein wenig zurück, um sein Gesicht besser sehen zu können. Seine Augen waren geschlossen, aber er öffnete sie, um ihrem Blick zu begegnen. Sein Gesichtsausdruck war resigniert.

»Was?« Angst ließ ihr Herz schneller schlagen, ihre Haut wurde heiß und klebrig an Rudos. »Was ist passiert? Was weißt du?«

»Ich muss dir auch etwas gestehen.«

Ambessa schüttelte den Kopf und drückte seinen Kopf an ihre Brust.

»Ich will es nicht hören. Du musst mir nichts gestehen.« Nicht, weil sie ihm nicht glaubte, sondern weil sie Angst hatte, große Angst vor dem, was er sagen würde. Es war so schön gewesen, wenn auch nur für kurze Zeit. »Bitte nicht.«

Er schluckte, und das Geräusch hallte laut in ihrem Ohr.

»Ich werde dich vor ihnen reinwaschen, Ambessa.«

»Was meinst du damit?«

»Ich werde mich stellen und dich entlasten.« Seine Stimme war leiser.

»Was?«

Noch leiser: »Ich war es. Ich habe Menelik getötet.« Der Rest kam in einem zitternden Flüstern heraus. »Auf ihren Befehl.«

Ambessa hatte kaum noch Luft zum Sprechen.

»Ich habe es aus eigenem Antrieb getan.« Rudos Stimme war heiser, aber flehend. »Die Spione der blassen Frau erwarteten, dass er am nächsten Tag Ta'Fik zu seinem Erben ernennen würde. Ich habe ihn für dich getötet.«

Ihre Kehle schien sich zuzuschnüren.

»Du wusstest, wie viel mir mein Großvater bedeutete.«

»Ich wusste, wie viel es dir bedeutete, sein Amt zu übernehmen. Wie viel es dir bedeutet. Sieh doch – sieh doch, wie weit du gegangen bist, um es zu sichern.«

Die Wärme ihrer Haut war plötzlich klamm, seine Berührung abstoßend. Sie schob ihn von sich weg und zog die Decken um sich. Rudo starrte sie an und flehte sie wortlos an, ihm zu erlauben, sich zu entlasten. Ihre Welt auf den Kopf zu stellen. Ambessa sprach mit einem Kloß im Hals.

»Das hätte er nie getan – nicht Ta'Fik.«

»Er hat es getan, Ambessa. Er hat es getan. Es wurde bezeugt und unterschrieben. Ich habe das Testament vernichtet und den Notar getötet. Ich bitte dich nicht um Vergebung, aber ich werde das wiedergutmachen –«

»›Wiedergutmachen‹? Was soll das heißen, Rudo? Du hast den Mann getötet, den ich als meinen Vater angesehen habe, für – für –«

»Für dich.«

»Verschwinde, Rudo. Das ist die einzige Gnade, die ich dir gewähre, und nur, damit ich meiner Tochter nie ins Gesicht sehen und ihr sagen muss, dass ich ihren Vater getötet habe.«

Rudo stand ungeschickt vom Bett auf und zog sich wieder an.

»Du brauchst mich.«

Es lag weder Bosheit noch Flehen in seinen Worten. Es war eine Feststellung, und Ambessa konnte sie nicht leugnen, so verbittert sie auch war. Aber sie würde nicht alles wegwerfen, wofür sie so hart gekämpft hatte, jetzt, wo sie endlich ihr Ziel erreicht hatte.

Auch wenn es dir nicht rechtmäßig zusteht? Auch wenn Menelik selbst Ta'Fik für den besseren Anführer des Clans hielt?

Sie wollte zu der Nacht zurückkehren, die sie mit Menelik verbracht hatte, und ihn fragen, wo sie in seinen Augen versagt hatte. Was hatte sie nicht getan? Warum war sie nicht gut genug? Hatte sie nicht nach dem Kodex gelebt, den er ihr vorgelebt hatte? Hatte sie ihrer Familie nicht Ruhm und Wohlstand gebracht?

War es nur, dass ihre Kinder nicht geeignet waren, ihr zu folgen? Oder wusste er doch, was an diesem Tag mit den Drachenhunden geschehen war? Glaubte er, Ta'Fik habe sich mehr nach dem Kodex verhalten? Warum glaubte er, Ta'Fik würde den Clan gegen die Zukunft vereinen, die er fürchtete, und nicht sie? Was hatte Ta'Fik, was hatte er getan, was wusste er, *was sie nicht wusste?*

Dank Rudo würde sie es nie erfahren.

»Ambessa?«

»Lass mich, Rudo. Ich brauche deine Magie, ja, aber sonst brauche ich nichts.«

»Ich werde meinen Teil der Abmachung einhalten«, sagte Rudo vorsichtig. »Du wirst deine Chance bekommen.«

»Warte«, sagte Ambessa, als er nach der Türklinke griff. Rudo drehte sich um, Hoffnung leuchtete in seinen Augen.

Sie hielt die Frage zwischen den Zähnen. Die Antwort wäre unerträglich gewesen.

»Azizi. Hast du ihn auch getötet?«

Rudos Gesicht verzerrte sich so sehr vor Trauer, dass Ambessa ihm fast glaubte.

»Nein. Ich schwöre dir, ich hatte nichts damit zu tun.«

Als sie allein war, weinte Ambessa nicht, sondern verglich sich in der Dunkelheit mit allem, was sie hätte sein sollen.

KAPITEL SECHSUNDDREISSIG

Am nächsten Morgen blieb Ambessa allein in ihren Gemächern. Rictus kam, dann Tivadar, aber sie sagte ihnen nur, sie sollten *warten,* sie würde wissen, wann die Zeit gekommen sei. Sie ging in dem kleinen Raum auf und ab, ihre nackten Füße schritten leise über den rauen Lehmboden.

In Wahrheit war sie wie gelähmt. Sie riskierte nicht länger alles – ihr Leben, ihre Kinder, *ihre Ehre* –, um Meneliks Willen zu erfüllen. Um diese Pläne durchzuführen, müsste sie sich gegen ihn stellen. Sie lachte bitter über sich selbst. Hätte sie den Mut gehabt, sich gegen ihn zu stellen, als er noch lebte, oder hätte sie es als Weisheit akzeptiert? Sie konnte es nicht sagen.

Vielleicht hatte er es gekonnt, mit seiner Vision von den Unruhen in der Zukunft des Medarda-Clans. War dies das Schicksal, das er vorausgesehen hatte, oder würde noch Schlimmeres kommen? Wenn Menelik wirklich glaubte, dass Ta'Fik der beste Medarda war, um ihnen zu helfen, diese Zukunft zu überstehen, würde Ambessa mit ihrer Arroganz den gesamten Clan ins Verderben stürzen.

Medarda an erster Stelle.

Ihre Drachenhund-Handschuhe lagen auf dem splitterigen Tisch neben ihrem Bett. Ihr Schwertgürtel und das lange Messer hingen an einem Haken neben ihrem Umhang.

Sie war für diese Aufgabe geschaffen, nicht er. Sie konnte ihr Schicksal nicht leugnen, nicht, nachdem sie es so deutlich gesehen hatte, als sie vom Wolf selbst nach Volrachnun geholt und zurückgesandt worden war. Ohne etwas Größeres wäre sie nicht zurückgekommen.

Dennoch zögerte sie, griff nach den Handschuhen und zeichnete mit dem Finger einen scharfen Zahn im Metall nach. Dank Rudo hatte sie die halbe Nacht damit verbracht, die Wunde von Zoyas Verlust zu lecken. Ambessa hatte nicht gewollt, dass sie starb. Vielleicht hatte Rudo recht. Was, wenn sie Ta'Fik vergeben konnte, wenn er ihr vergeben konnte?

Rictus' entschlossenes Klopfen an der Tür riss sie aus ihren Gedanken.

»Herein.«

Ambessa richtete sich auf und nahm wieder ihre befehlende Haltung ein. Wie eine Rüstung würde sie sie schützen. Rictus schloss die Tür hinter sich.

»Der Bote, den Ihr angeheuert habt – aus dem Hafen. Er sagt, es laufen Schiffe unter Darkwills Flagge ein. Sie feuern auf alle Galeeren mit Ta'Fiks Flagge.«

Ambessa atmete scharf aus und ballte triumphierend die Faust. Keine Sekunde zu früh. Ihr Blut rauschte in ihren Adern.

»Sollen wir unsere Position einnehmen?«, fragte er. »Deine Freunde – haben sie ihre Aufgabe erledigt?«

Rictus nickte. Ambessa wandte sich wieder ihren Handschuhen zu. Sobald sie angefangen hatte, gab es kein Zurück mehr. Sie schlüpfte mit den Händen hinein und fand Trost in ihrem abgenutzten Griff.

»Holt das Mädchen.«

***

Die vier begaben sich auf einer Marktstraße in der Nähe von Ta'Fiks Haus in Stellung, um darauf zu warten, dass Darkwills »Hilfe« Wirkung zeigte. Es war eine Hauptverkehrsstraße, daher war sie zwar belebt, aber auch der wahrscheinlichste Weg, den Soldaten von Ta'Fiks Haus zu den Docks nehmen würden. Sie trugen unscheinbare Kriegerkleidung mit ordentlicher Rüstung, aber nichts, was sie als etwas Besonderes ausweisen würde. Ambessas Drachenhunde an ihrem Gürtel waren auffällig genug. Sie würde eine Maske aufsetzen, um den Palast zu betreten, wenn es so weit war.

Als sich die Nachricht von den Kämpfen im Hafen verbreitete, drehten sich alle, die einkaufen oder spazieren gingen, alarmiert um. Ambessa tat es ihnen gleich und täuschte Entsetzen vor. Tivadars Besorgnis war jedoch echt.

»Was ist los?«, fragte sie.

»Still«, sagte Ambessa. »Wir werden es früh genug erfahren.«

Tivadar runzelte skeptisch die Stirn, folgte aber Ambessas Beispiel und wandte sich wieder den Waren des Standes vor ihnen zu. Feine Bahnen aus leichtem Stoff, in einem Rotton, der mit den Augen eines Drachenhundes wetteiferte. Mit einem Stich im Herzen erinnerte sich Ambessa an den Tag, den sie mit Rell verbracht hatte, als sie Stoffe ausgesucht und sich ein Kleid anfertigen ließ, das einer Medarda würdig war.

»Ich werde dich holen«, flüsterte sie.

»Was?«, fragte Tivadar.

»Nichts«, sagte Ambessa schnell. Dann sah sie einen Läufer die Straße hinauf und auf Ta'Fiks Haus zulaufen.

Es als Haus zu bezeichnen, wäre untertrieben. Es war fast ein Palast, nur das Haus des Gouverneurs von Tereshni übertraf es noch. Eine strahlend weiße Steinmauer mit geschnitzten Gitterwerken umgab das Anwesen. Der Läufer blieb an einem Torbogen stehen, wo zwei Soldaten warteten, zeigte ihnen eine Art Ausweis und sprintete hindurch, als sie ihn passieren ließen.

Ambessa ging von dem Stoffstand zu einem Azirithändler

und tat so, als würde sie die glitzernden Blutgläser betrachten, während sie aus den Augenwinkeln den Torbogen beobachtete.

»Willst du etwas kaufen oder nicht?«

Die Ladenbesitzerin sah Ambessa misstrauisch von oben herab an. Ambessas stiller Blick beeindruckte sie nicht. Sie winkte mit den Händen ab. »Geh schon. Mach Platz für meine zahlenden Kunden. Wir haben keine Zeit zum Stöbern.«

Ambessa kniff die Augen zusammen, aber jemand packte sie grob am Arm. Es war Rudo.

»Da«, zischte er.

Eine Gruppe Soldaten marschierte im Laufschritt aus Ta'Fiks Palast. Auf dem Rücken ihrer einheitlichen roten Umhänge war der Medarda-Stern aufgestickt. Ob sie vor unnatürlicher Kraft glühten, konnte Ambessa von hier aus nicht erkennen. Als sie die Marktstraße entlangliefen, drängten sich die Passanten aus dem Weg und hielten ihre Pakete empört fest – und doch alle mit einem Ausdruck der Angst im Gesicht. Niemand wagte es, schlecht über Ta'Fiks Soldaten zu sprechen. Das sagte viel über seinen Ruf in der Stadt aus.

»Warte«, flüsterte Ambessa.

Sie gab auch Tivadar und Rictus ein Zeichen. Nur noch ein bisschen länger, um zu sehen, ob noch jemand weggehen würde. Nach ihrer Zählung waren nur fünfzig Soldaten in dieser Truppe gewesen. Tivadar sagte, dass er normalerweise mindestens zweihundert Soldaten gleichzeitig im Einsatz hatte, aber der Großteil seiner Streitkräfte war wahrscheinlich beim Angriff auf Rokrund. Das bedeutete, dass noch über hundert Soldaten in Ta'Fiks Anlage waren, wenn man dem Mädchen glauben konnte.

Über hundert Runensoldaten. Das waren keine guten Chancen, aber sie hatte schon Schlimmeres er- und überlebt.

Als keine weiteren Soldaten mehr zu kommen schienen,

traf Ambessa die Entscheidung. Wenn sie noch länger warten, könnten die Soldaten vom Hafen zurückkehren.

Sie trat neben Tivadar und flüsterte: »Bring uns hinein.«

Tivadar nickte kurz, ließ die edle Halskette, die sie gerade gestreichelt hatte, liegen und schritt zum Palast. Sie ging mit hocherhobenem Kinn, ihre Haltung passte zu den opulenten Mauern. Rudo ging neben Tivadar. Er war nicht verkleidet. Er konnte sich nicht wie ein Soldat bewegen, das hätte den Verdacht schneller geweckt als sein eigenes Gesicht. Ambessa und Rictus folgten hinter ihnen und flankierten sie wie eine Ehrengarde. Ambessa trug ihre Löwenmaske über dem Gesicht. Rictus trug das geschnabelte Gesicht eines Blutadlers.

Tivadar blieb vor denselben Wachen stehen, die den Boten mit den Nachrichten vom Hafen aufgehalten hatten.

»Kiram, Toleus!«, begrüßte das Mädchen die Wachen mit weit ausgebreiteten Armen. »Schön, euch zu sehen!«

Der Linke lächelte, während der andere die Stirn runzelte. Der Stirnrunzelnde sprach als Erster.

»Ich dachte, du wärst in Bel'zhun.«

»Das war ich auch.« Tivadars schauspielerisches Talent war bewundernswert. Sie verzog die Lippen, und ihre Stimme klang mürrisch. »Die Lage dort hat sich geändert. Ich muss mit meinem Vater sprechen. Ist er da?«

Der Linke nickte, obwohl er nicht mehr lächelte.

»Ja, er ist da. Ich fürchte, die Nachrichten hier sind auch nicht gut. Das hebe ich mir für später auf. Schön, Euch zu sehen. Freue mich auf einen Übungskampf. Wir schauen, ob Ihr nicht weich geworden seid, während Ihr mit diesen Showpferden in der Arena gekämpft habt.«

Tivadars Gesicht verfinsterte sich, während er sprach. Ambessa wusste, was beide dachten: Die Nachricht von Gintaras Tod musste Tereshni erreicht haben.

»Danke, ja. Dann sollte ich ihn suchen.«

Kiram und Toleus kreuzten ihre Waffen, um sie durchzulassen, aber Rudo blieb zwischen ihnen stehen.

»Und ist Inyene da?«

»Inyene?«, fragte der Wächter rechts. Er versteifte sich, als würde er Rudo zum ersten Mal bemerken, verbeugte sich jedoch leicht und war plötzlich sehr förmlich: »Ja, Herr.«

»Sehr gut.«

Rudo ging weiter, ohne den Mann anzusehen. Ambessa hatte dieses Verhalten noch nie bei Rudo gesehen. Ambessa sah, wie leicht Grausamkeit neben dem lachenden, tanzenden Mann existieren konnte, in den sie sich einst verliebt hatte. Irgendwie hatte sie das vergessen – sie hatte sich in Basilich zu etwas anderem, zu jemand Neuem werden lassen. Sie hatte es für selbstverständlich gehalten, dass er vielleicht dasselbe tat. Der wahre Rudo, dieser Rudo, war zu Dingen fähig, die Ambessa sich nicht vorstellen konnte.

Die Mauern des Palastes selbst waren noch beeindruckender als die vergitterte Außenmauer. Aziritsplitter und Goldflecken waren in den Stein eingelassen, sodass der ganze Ort selbst in der gleißenden Mittagssonne wie ein Sonnenaufgang wirkte. Weitere Wachen öffneten große, grün gestrichene und mit Gold beschlagene Holztüren. Allein das Holz war auf dem südlichen Kontinent ein Luxus. Ta'Fik stellte seinen Reichtum fast so offen zur Schau wie Darkwill.

Tivadar führte sie in die Eingangshalle des Palastes. Der Boden war ein Mosaik aus hellem Stein, durchsetzt mit Grün und noch mehr Azirit. Vor ihnen zweigte ein breiter Korridor, der eher einer Galerie glich, in verschiedene Türen ab. Ambessa überlagerte sie mit ihrem mentalen Bild der Karte, die Tivadar ihnen im *Gebrochenen Knöchel* gezeichnet hatte. Eine davon war Ta'Fiks Lieblingssalon. Der formelle Speisesaal und dahinter die Küchen. Die Bibliothek.

Zu ihrer Linken und Rechten führten Steintreppen in das Obergeschoss. An jeder stand ein Soldat. Diese Soldaten grüßten Tivadar nicht wie die beiden draußen. Sie standen stramm und starrten in die Ferne. Nichts deutete darauf hin, dass es sich um Runensoldaten handelte.

»Er ist wahrscheinlich oben in seinem Arbeitszimmer«, sagte Tivadar. Ambessa antwortete nicht; in dieser Verkleidung stand ihr das nicht zu. Es schien vielmehr, als würde sie mit Rudo sprechen.

Tivadar streichelte fast gedankenverloren das glatte Steingeländer, während sie die Treppe hinaufging. Ambessa drehte sich um und sah Rictus durch ihre Masken in die Augen.

Sie konnten nicht nach oben gehen – sie konnten nicht riskieren, sich so tief im Palast zu verirren, dass es unmöglich wäre, wieder herauszukommen, ungeachtet der Fluchtwege, die Tivadar ihnen verraten hatte. Noch wichtiger war, dass Ambessa nicht riskieren konnte, ihre Beute vollständig zu verlieren.

Ambessa ließ sich beim Hinaufsteigen über die Kante einer Stufe stolpern. Sie strauchelte und griff nach Rudos Weste. Er trug sie offen, seine Brust mit den goldenen Tattoos war entblößt. Er drehte sich um, um sie aufzufangen, aber sein Gesichtsausdruck war der des grausamen Rudo, der auf die niederen Wachen herabsah, die es wagten, ihn zu berühren. Er hielt ihren Arm fest umklammert.

»Sei vorsichtig, Soldatin«, sagte er. Mit seinen Augen suchte er jedoch ihr Gesicht. Sie nickte.

Er hielt ihren Blick und ihren Arm noch einen Moment länger fest. Dieser Moment zog sich in die Länge, und sie verstand, was er mit seiner Berührung sagen wollte. Das war ein Abschied. Er stieg noch zwei Stufen hinauf, bevor er die Treppe hinunterrannte. Seine Tätowierungen leuchteten, als er seine Hand ausstreckte, um den Hals der Soldatin am Fuß der

Treppe zu packen. Die Soldatin schrie auf, ihr Rücken bog sich, während ein Leuchten aus ihren Augen und ihrer Brust strahlte. Ambessa sah entsetzt zu, wie eine gezackte Form sich durch die Rüstung der Frau brannte, bis sie sie deutlich vor ihrer Brust erkennen konnte. *Eine Rune*. Dann schien sich das leuchtende Symbol von ihr zu *lösen*, und dabei wurden die Schreie noch qualvoller.

»Halt!«, rief der Soldat an der anderen Treppe, gleichzeitig schrie Tivadar: »Was machst du da?«

Der zweite Soldat sprintete herbei, seine Augen leuchteten vor unmenschlicher Geschwindigkeit.

»Alarm!«

»Generalin, was macht er da?«, schrie Tivadar. Ambessa antwortete nicht. Sie rannte an dem zweiten Runensoldaten vorbei.

»Ich hole Hilfe«, sagte sie und verstellte ihre Stimme, damit sie wie ein verzweifelter Soldat klang, der zu fliehen versuchte. Hundertfünfzig Runensoldaten. Wie viele würden den verzweifelten Rufen ihrer Kameraden Folge leisten? Als Runensoldaten aus den nächsten Räumen strömten, richtete sich ihre Aufmerksamkeit sofort auf Rudo, der wie ein goldener Tod durch sie hindurchtanzte. Jedes Mal, wenn er einen der Runensoldaten berührte, riss er ihm die Runen heraus. Er war die einzige Bedrohung, die zählte.

Ambessa warf ihm nur einen einzigen Blick zu, als sie den Weg zurücklief, den sie gekommen waren.

***

Dies würde das letzte Mal sein, dass er tanzte. Rudo wusste das. Er wusste es, als er Ambessa ein letztes Mal umarmte. Er wusste es, als er sie in den Tiefen des Palastes verschwinden sah. Er würde dies für sie tun, und für sich selbst. Er hatte Versprechen gegeben.

Es war fast ein Leichtes, die Rune aus der ersten Soldatin zu entfernen. Sie hatte Rudo nicht erwartet, und seine Entschlossenheit gab ihm Kraft. Er spürte jedoch ihren Schmerz, als sie sich unter ihm krümmte. Obwohl sie das Anbringen der Rune überlebt hatte, glaubte er nicht, dass sie deren Entfernung überleben würde.

Hinter ihm schrie das junge Medarda-Mädchen ihn an oder über ihn hinweg. Sie erinnerte ihn an Mel, aber nur, weil sie im gleichen Alter waren. Die schöne, freundliche junge Diplomatin, die er in Bel'zhun getroffen hatte, war ganz anders als diese dreiste junge Kriegerin.

Er hatte Bedauern, wie jeder Mann, der kurz vor dem Tod stand.

Er ließ die erste Soldatin auf den Boden fallen und stieg über ihren Körper hinweg, um den zweiten Soldaten zu erreichen. Er nahm sich nur einen Moment Zeit, um noch einmal nach Ambessa zu suchen, aber sie und ihr großer Leutnant waren bereits verschwunden.

Der zweite Soldat leistete mehr Widerstand. Seine Rune verlieh ihm eine Geschwindigkeit, die Rudo zwang, auszuweichen und um ihn herumzutanzen wie ein Staubkorn in einem Sonnenstrahl. Schließlich schlug der Mann auf Rudos Bauch – aber Rudo war nicht da. Er drehte sich zur Außenseite des Soldaten und packte dessen Unterarm. Rudo schlug mit der anderen Hand gegen die Stirn des Mannes und bog ihn nach hinten. Die Knie des Soldaten knickten ein, als die Rune seinen Körper verließ.

»Was machst du da?«, schrie das Mädchen und riss Rudo aus seiner Konzentration. Er hatte Mitleid mit ihrer Verwirrung. Sie war nur eine weitere Schachfigur in Ambessas Spiel, aber im Gegensatz zu Rudo hatte sie das nicht erkannt. Sie wollte das nicht. Sie warf einen Blick auf die Türen an beiden Enden des Treppenabsatzes im Obergeschoss. Von allen Seiten donnerten Stiefel. Er hatte keine Zeit, zu beobachten, wie sie zwischen ihrer eigenen Sicherheit und der ihres Vaters abwog.

Rudo passierte sie, als die ersten Runensoldaten auf den Treppenabsatz strömten. Sie begegneten ihm auf halber Höhe der Treppe, und der Tanz ging weiter. Das Wissen, dass dies das Ende war, machte es ihm leichter, sich durch sie hindurchzuwinden. Es lag Frieden darin. Vielleicht fühlten sich Ambessa und die anderen Anhänger des Wolfes so. Er lachte bei dem Gedanken, sich diesen Kriegern in Volrachnun anzuschließen, und der Runensoldat vor ihm zuckte entsetzt zusammen. Er schmeckte Kupfer in seinem Mund. Das erste Anzeichen dafür, dass seine Magie seinen Körper zu sehr belastete.

Er packte sie an den Kehlen und riss ihnen ebenfalls die Runen heraus. Mit jeder Rune, die er nahm, wuchs die Magie in ihm. Irgendwann würde es zu viel werden.

»Du?«

Rudo drehte sich bei dieser vertrauten, geliebten Stimme voller Angst um. Inyene stand oben auf der Treppe der Galerie, die den großen Eingangsbereich überblickte. Die Hände waren bereits ausgestreckt, bereit, gegen denjenigen zu kämpfen, der den Alarm der Wachen ausgelöst hatte. Als Inyene Rudo sahen, sackten die Arme an den Seiten herab. Es wirkte, als hätte Rudo Inyene geschlagen.

Der Soldat, den Rudo festhielt, sackte in seinen Armen zusammen und fiel zu Boden, während die Rune auf seinem Körper sich in Luft auflöste. Sie hinterließ einen schwachen Nachglanz, bevor sie vollständig verschwand.

»Inyene. Bitte. Wir müssen nicht kämpfen. Komm mit mir. Lass das alles hinter dir.«

Der Verrat in Inyenes Antlitz wich Abscheu.

Inyenes Magie wirbelte herum, dann stürzten sich die blutroten Spiralen auf Rudo.

KAPITEL SIEBENUNDDREISSIG

Nach der kühlen Dunkelheit im Inneren des Palastes war die Sonne unerträglich hell. Ambessa blinzelte, schirmte ihre Augen mit der Hand ab und versuchte, sich zu orientieren, während sie nach den Nebengebäuden aus Tivadars Skizzen suchte. Weit links von ihr ragte ein größeres Gebäude empor – die Kaserne. Das bedeutete, dass die beiden Gebäude rechts davon …

»Ihr da, Meldung!«

Eine der Wachen von der Palastmauer, Kiram oder Toleus, rief. Beide Männer rannten mit gezogenen Waffen auf sie zu. Selbst aus dieser Entfernung konnte Ambessa das Leuchten in ihren Augen sehen. War es dieselbe Magie, die ihnen Kraft verlieh und sie mit den anderen Runensoldaten verband? Wie sonst hätten sie so schnell wissen können, dass etwas nicht stimmte? Und doch glaubten sie immer noch, dass Ambessa und Rictus zu Tivadars Eskorte gehörten.

»Lass mich«, flüsterte Ambessa Rictus zu. Sie joggte auf die Männer zu und blickte ängstlich hinter sich. »Da ist – der Magier – er ist verrückt geworden – er greift an –« Der Freundliche stürmte vor, ohne auf weitere Worte zu warten, aber der finster Dreinblickende musterte Ambessa und Rictus mit Abscheu von Kopf bis Fuß.

»Ihr flieht also wie Feiglinge? Was für Noxianer seid ihr?« Er griff nach Ambessas Arm. »Dreh dich um und stellt euch ihm. Seht dem Wolf wenigstens aufrecht entgegen und nicht mit dem Bauch nach oben.«

Ambessa verfluchte die Prinzipien des Wächters. Sie konnte sich nicht von ihm zurückziehen lassen – sie hatte etwas zu erledigen.

Sie stieß seinen Arm weg und rammte ihm einen Haken in die Nieren. Als der Schlag hätte landen sollen, war er jedoch nicht mehr da. Das Licht in seinen Augen flackerte bei seiner unnatürlichen Geschwindigkeit, und der Gegenschlag mit seiner Keule zischte ihr entgegen.

Dann war Rictus da und fing den Schlag mit seiner großen Hellebarde ab. Die um den Schaft gewickelten Rookern knisterten, als sie die Wucht des Angriffs des Runensoldaten absorbierten. Das Leuchten in den Augen des Mannes flackerte. Ohne seine Magie war er nicht stärker als ein normaler Soldat. Rictus lachte leise.

Der Runensoldat wich zurück.

»Kiram!«, rief er seinem Gefährten zu. Sobald er sich von Rictus gelöst hatte, brannten seine Augen wieder. Er gewann seine Geschwindigkeit zurück und stürzte sich auf Rictus, seine ganze Aufmerksamkeit auf die größere Bedrohung gerichtet.

Das gab Ambessa Zeit, ihre Handschuhe anzuziehen. Die Lederpolsterung darin fühlte sich an wie nach Hause kommen. Sie sah Rictus in die Augen, und er verstand sie ohne Worte. Als Toleus wieder auf Rictus zustürmte, hielt Rictus ihn mit seiner Hellebarde in Schach, und die halbmondförmige Klinge von Ambessas Drachenhund traf ihn in den Rücken.

Im Tod hustete er Rictus eine Blutfontäne ins Gesicht, doch der manövrierte sich bereits mit einer geschickten Kreisbewegung von der Leiche weg, sodass er zwischen Ambessa und Kiram stand, als der letzte Runensoldat mit gezücktem Schwert auf sie zustürmte. Ambessa umkreiste ebenfalls Rictus und schüttelte Toleus' Leiche von der Klinge ihres Drachenhundes.

Trotz der Stärke und Schnelligkeit des Runensoldaten streckten sie ihn nieder wie ein Rudel Wölfe ein Reh. Es war eine Freude, an Rictus' Seite zu kämpfen. Sie hatten so oft und so lange zusammen trainiert, dass es schien, als hätten sie schon immer diese Sprache aus Stahl und Atem geteilt.

Ambessa musste daran denken, wie anders es war, gegen diese Runensoldaten zu kämpfen, wenn es Hunderte von ihnen gab und man umzingelt war.

»Dort entlang.«

Ambessa rannte mit Rictus an ihrer Seite auf die beiden Gebäude zu.

Sie waren schon auf halbem Weg, durchquerten den großen Vorhof und wollten gerade um die Ecke des Palastes biegen, als sie beide hinter sich hastige Schritte hörten. Fünf Runensoldaten, unbeeindruckt von Rudos Magie. Sie mussten den Umkreis des Gebäudes patrouillieren.

Mit einem letzten sehnsüchtigen Blick auf die Nebengebäude wandte sich Ambessa den heranstürmenden Soldaten zu. Rictus bemerkte ihren Blick.

»Ich übernehme sie.«

»Ich werde dich nicht hier zurücklassen, damit du stirbst.«

Selbst Rictus, mit seiner Kraft und seinem Können, mit seinen Rookern, konnte nicht gegen fünf von ihnen gleichzeitig kämpfen.

»Ich verdanke Euch mein Leben, Kreipsha.«

Wie Rudo zuvor spürte Ambessa Rictus' stilles Einverständnis. Im Gegensatz zu Rudo schien Rictus jedoch schon immer auf diesen Moment vorbereitet gewesen zu sein. Ambessas Brust zog sich schmerzhaft zusammen.

»Hör auf damit.«

»Verschwendet diese Chance nicht.«

»Ich sagte, hör auf damit.«

Aber er stellte sich vor sie und brüllte, während er auf sie zustürmte. Ambessa folgte dicht hinter ihm und hinderte die Runensoldaten daran, den offenen Raum auszunutzen. Sie umkreiste Rictus, während er ihre magische Kraft neutralisierte und mit seinen eigenen natürlichen Gaben konterte. Einer fiel, dann noch einer, aber es ging nur langsam voran – trotz der Rookern waren die Runensoldaten immer noch mächtig, und ihre Schnelligkeit zwang Ambessa, ihnen auszuweichen und nach Lücken zu suchen, die sich schneller schlossen, als sie sie ausnutzen konnte. Und währenddessen schloss sich ihr Zeitfenster immer mehr.

»Kreipsha«, knurrte Rictus durch zusammengebissene Zähne. »Lauft!«

Ambessas Rücken war gegen seinen gepresst. Sie spürte das schnelle Schlagen seines ochsenstarken Herzens bis in ihre Knochen. Der Runensoldat vor ihr holte zu einem Hieb gegen ihren Kopf aus, und Ambessa schlug mit ihrem Handschuh nach oben, um ihn beiseitezuschlagen, aber sie konnte der Öffnung nicht folgen, ohne Rictus' Seite ungeschützt zu lassen. Sie löste die Drachenhundklingen aus ihrer Halterung und ließ die Ketten abrollen. Sie schlug wild um sich und zwang die Runensoldaten, Abstand zu halten.

»Ich decke dir den Rücken«, knurrte Ambessa zurück.

»Dann wird alles umsonst sein!« Rictus' Eifer wuchs mit der Kraft seiner eigenen Anstrengungen. Er hatte recht. Sie wusste, dass er recht hatte.

»Ambessa. Vertraut mir«, sagte er leise.

Ja. »Ich vertraue dir, alter Freund.«

Sie warf ihre Kettenklingen erneut und sprang dem überraschten Runensoldaten hinterher. Er parierte eine der halbmondförmigen Klingen mit seinem Schwert, aber die zweite traf ihn in der Seite und blieb dort stecken. Ambessa holte sie heraus. Hinter ihr kämpfte Rictus immer noch gegen die beiden anderen. Noch mehr rannten aus dem Palastportal direkt auf ihn zu. In seiner Kampfeswut verschwendete Rictus keinen einzigen Schlag mit seiner Hellebarde.

Sie rannte zu den Zwingern.

Als sie den schattigen Raum betrat, wurde es still. Die Kämpfe, die sie hinter sich gelassen hatte, klangen weit entfernt. Im Vergleich dazu waren das Schnüffeln und Winseln und das verspielte Jaulen der Welpen friedlich. Hier gab es Hunde und Drachenhunde, die jedoch voneinander getrennt gehalten wurden. Nicht alle Hunde kamen mit Drachenhunden zurecht. Selbst die domestizierten Drachenhunde hatten etwas Wildes an sich, das echte Hunde misstrauisch machte.

Ihre Käfige waren geräumig – Drachenhunde wurden in beengten Räumen schlecht gelaunt – und mit schweren Riegeln verschlossen. Futter konnte leicht durch die dicken Gitterstäbe geschoben werden, aber sie waren nicht breit genug, dass ein Drachenhund seine Schnauze hindurchstecken konnte. Die Tiere – Drachen- und normale Hunde – sahen gut genährt und gepflegt aus.

Der Geruch war beruhigend und vertraut – der Gestank von Tierkot, der Geruch von feuchten Hunden und etwas Reptilienartiges. Der schwache Geruch von frischem Fleisch, kupferartig und schwer in der Luft. Das Heu ihrer Einstreu. Es versetzte sie mühelos in ihre Vergangenheit. Nach dieser schicksalhaften Jagd hatte sie viel Zeit in den Rokrund-Zwingern verbracht. Die Welpen der Drachenhund-Matriarchin waren ebenfalls aus den Bergen gebracht worden. Mit ihren Welpen in der Nähe war die Mutter leichter zu bändigen. Ambessa ballte die Griffe ihrer Drachenhund-Handschuhe. Quench und Temper, selbst jetzt, im Tode, noch treu.

Wahrscheinlich hatte es Ta'Fik genauso leicht in der Zeit transportiert. Tivadar sagte, er meide die Zwinger, wann immer es möglich sei.

Es wäre der perfekte Ort. Sie suchte nach der Kellertür, die

Tivadar erwähnt hatte, und fand sie in der Ecke neben den Regalen mit Übungsgeräten – Leinen, künstliche Beute und Ähnliches. Sie war leicht zu finden, offensichtlich oft benutzt.

Ambessa machte es sich in den Schatten bequem, wo er an ihr vorbeigehen musste, wenn er einen der beiden Ausgänge erreichen wollte. Der Drachenhund, der ihr am nächsten stand, war eine junge Hündin. Sie schnüffelte aufgeregt. Das Blut an den Waffen. Ambessa gab das Kommando »Ruhig«. Die Drachenhündin winselte, legte aber ihr Kinn auf die Krallen.

Während sie in der Dunkelheit wartete, konnte Ambessa nicht anders – ihre Gedanken schweiften wieder zurück.

Diesmal zu dem letzten Moment, an den sie sich erinnern konnte, als sie drei glücklich waren. Sie und Zoya und Ta'Fik auf den Klippen in der Nähe des Meeres. Dieses Geräusch, mehr als alles andere, war das Geräusch ihrer Heimat. Die Wellen brachen sich an den unnachgiebigen Felsen. Aber es gab einen ruhigeren Ort, wo das Wasser tief, aber nicht rau war, und viele Jugendliche aus Rokrund, vor allem diejenigen, die ihren Mut beweisen wollten, sprangen von der Kante und flogen – für einen Moment – wie Drachen.

Zoya hatte immer mehr Mut als Verstand gehabt. Ambessa hatte das an ihr bewundert. Zoya hatte noch nie an einer Schlacht teilgenommen, aber auf dem Übungsplatz kämpfte sie mit einer Wildheit, die sogar ihre Kameraden staunen ließ. Menelik versuchte nicht, sie zu zügeln, sondern ließ ihr freien Lauf. Also rannte sie jetzt los, sprintete auf den Rand der Klippe zu, als würde der Himmel selbst sie auffangen. Das tat er natürlich nicht; das Meer tat es. Sie drehte sich einmal um die eigene Achse und schoss mit den Händen voran nach unten.

Ta'Fik blieb mit Ambessa oben und wartete gespannt darauf, dass sie wieder auftauchte. Das würde sie, irgendwann; das tat sie immer, manchmal in der Nähe der Klippen, manchmal weiter entfernt, wenn sie die Grenzen ihrer Lungen ausprobieren wollte. Das beruhigte Ta'Fik jedoch nicht.

»Was, wenn sie falsch gelandet ist?«, fragte er. »Was, wenn wir an der falschen Stelle sind und sie sich den Schädel gebrochen hat?«

»Entspann dich«, sagte Ambessa. Und dann zeigte sie auf den dunklen Fleck, der Zoyas schwarze Zöpfe waren, als die jüngste von ihnen aus der Gischt winkte.

Normalerweise sprang Ambessa als Nächste, und Ta'Fik joggte hinunter zur Bucht und traf sie am Strand. Diesmal hielt sie ihn am Arm fest.

»Bleib hier«, sagte sie. »Spring.«

Ta'Fik erstarrte. Sie hatte ihn nie gezwungen, seine Angst zuzugeben, und sie hatte auch jetzt nicht vor, das zu tun. Sie wollte ihn nur in ihrer Nähe haben. Die Entfernung von der Klippe bis zum Wasser schien größer als sonst.

»Ich warte unten bei dir.«

Er blickte unsicher über den Rand.

»Ich bin nervös«, platzte Ambessa heraus. Sie ließ seinen Arm los, streckte ihm aber ihre offene Hand entgegen. »Springst du mit mir?«

Ta'Fik schluckte. Sie wusste, dass er sie liebte, als er zitternd ausatmete und ihre Hand nahm. Sie rannten zusammen, ihre Schritte im Gleichklang.

Sie hörte Zoyas fröhliches Lachen, und während sie flogen, wusste Ambessa, dass nichts sie drei trennen konnte.

Das Knarren der Schieferkellertür riss sie aus dieser alten Erinnerung.

***

»*Hinter uns lassen?* Bist du verrückt?« Inyene sah sich das Gemetzel in der Eingangshalle an. Die noch lebenden Soldaten begriffen gerade erst, dass sie ihre Kraft und Schnelligkeit verloren hatten, als sie benommen auf die Knie fielen. »Die blasse Frau wird jeden Jäger auf deine Fährte setzen! *Warum?*«

Tivadar sah entsetzt zwischen den beiden hin und her.

»Halt! Bitte, Inyene, wo ist mein Vater? Wir wollen nur mit ihm sprechen! Rudo, wo ist Ambessa?«

»Ambessa?« Der Schmerz in Inyenes Gesicht verwandelte sich in verwirrte Wut. »Du hast sie hierhergebracht?«

»Ich habe …«, rief das Mädchen, aber Inyene hörte nicht zu. Inyene streckte die Hand wie eine Klaue aus, und Rudos Blut floss langsamer durch seinen Körper. Sein Herz schlug schneller, um es weiterpumpen zu lassen. Inyenes Magie war wie eine Hand in seinem Körper. Rudo verwandelte sich in ein Leuchtfeuer, um die unerwünschte Berührung wegzubrennen, und versengte Inyene wie eine Flamme.

Inyene zuckte zurück, als hätte Inyene sich wirklich an einer offenen Flamme verbrannt. Dann musterte Inyene Rudo von oben bis unten, der Mund öffnete sich in plötzlichem Verständnis.

»*Mel Medarda.*«

Rudo sah an sich hinunter und sah die Muster aus leuchtenden Linien auf seinem Körper, die Muster, die seine Magie formten. Die Muster, die er unwillkürlich auf seine eigene Weise auf den Körper seiner Tochter gemalt hatte, als er sie einmal getroffen hatte.

Vergib mir, Tochter, denn ich habe dich verdammt.

»Du und Ambessa.« Inyene schüttelte ungläubig den Kopf. »Du hast dich nicht nur mit ihr verbündet – du hast mit ihr geschlafen. Wie lange schon? Sechzehn Jahre? All unsere Pläne – hast du sie ihr die ganze Zeit verraten?«

Rudo fletschte die Zähne. Tivadar – *Mels Freundin* – beobachtete das Geschehen weiterhin von ihrem Platz auf der Treppe aus. Sie starrte Rudo fassungslos an.

An beiden Enden der Eingangshalle, oben und unten, tauchten weitere Runensoldaten auf. Sie beobachteten die Magier misstrauisch, als würden sie auf Inyenes Befehl warten. Er konnte so viele Runen spüren; die, die er selbst platziert hatte, spürte er leichter als die anderen.

Im Obergeschoss streckte Tivadar die Arme aus, um sich zu stabilisieren, als wären die herannahenden Soldaten unberechenbare Pferde.

»Halt«, sagte sie. »Wartet einen Moment – ich bin hier wegen meines Vaters –«

Rudo griff nach den Runen und *zog* daran. Es fühlte sich an, als würde er Papier zerreißen – einschließlich des schneidenden Geräusches entlang der Schnur seiner eigenen Magie.

Die überschüssige Magie strömte auf ihn ein und ließ ihn taumeln.

Inyene knurrte frustriert, als eine Handvoll Runensoldaten schreiend zu Boden fiel, aber würdigte sie nur eines Blickes.

»Lauf, du dummes Mädchen!«, stöhnte Rudo. Wie durch ein Wunder gehorchte das Mädchen und rannte durch die Tür gegenüber von all den Runensoldaten.

»Weiß sie davon?«, knurrte Inyene. Rudo wusste nicht, wen Inyene meinte. Er schwieg und zog seine Lichtfäden wieder zu langen, spitzen Strahlen zusammen. Obwohl sie aus Licht bestanden, waren sie scharf wie Aziritklingen und ebenso tödlich. Er sprang auf Inyene zu, aber Inyene wich aus und zog das Blut eines der toten Runensoldaten auf dem Boden.

»Weiß das Mädchen, dass ihr Vater ein Magier ist?« Inyene schleuderte das Blut wie eine Peitsche. Rudo sprang zur Seite, aber es zerkratzte dennoch seine nackten Rippen. »Weiß sie, dass sie der Schwarzen Rose gehört?«

Wut, von der Rudo nicht wusste, dass er sie empfinden konnte, stieg in ihm auf.

»Das weiß sie *nicht*. Sie wird frei sein.«

Und damit das so blieb, musste dieses Geheimnis mit Inyene sterben.

»Oh, Inyene«, sagte er, voller Trauer, die sich mit Wut vermischte. Er hatte gewusst, dass er diese Entscheidung treffen musste – zwischen der Rose, seiner ersten Familie, und Mel, seiner zweiten. Er hatte sie schon vor Jahren getroffen. Er war bei der Rose geblieben, um sie zu beschützen.

Er hätte sich fernhalten sollen.

»Wenn die blasse Frau davon erfährt, wird sie Mel in unsere Reihen holen. Warum hast du mir das nicht einfach *gesagt?*«

Da war es, über allem anderen, der Schmerz. Rudo war überglücklich gewesen, als Ambessa ihm gesagt hatte, dass er Vater werden würde, aber er war auch untröstlich gewesen. Damals hatte er diese Gefühle nicht mit Inyene teilen können.

»Sie ist keine Magierin. Ich will, dass sie frei lebt und nicht nach der Musik anderer tanzt.«

Er stürzte sich erneut auf Inyene. Mit einer nie da gewesenen Macht wischte Inyenes Magie seine fort. Die gestohlene Magie, die sich in Inyenes Körper eingebrannt hatte, hielt die ursprüngliche Magie stabil, während jeder Angriff Rudo mehr und mehr erschöpfte.

Inyene brach in grausames, helles Gelächter aus.

»Du meinst, wie die Manipulationen ihrer eigenen Mutter?«

Das Blut an Rudos Füßen gerann und umklammerte seine Knöchel, sodass er auf den Rücken fiel. Rudo bereitete sich auf einen Aufprall vor, der nicht kam. Inyene hielt ihn in Blutwindungen fest, die sich um seine Handgelenke und Knöchel zusammenzogen.

»Rudo, wir waren deine Familie.« Inyene trat auf ihn zu. Tränen hingen an den Wimpern. »Mein Bruder.«

Der Schmerz in Inyenes Stimme zerriss Rudo das Herz, aber nicht annähernd so sehr wie der Gedanke, Mel allein zu lassen. Sie allein zu lassen, damit sie sich den Grausamkeiten stellen musste, die die blasse Frau ihr antun würde.

»Familien zwingen einander nicht, Unschuldige zu foltern, Inyene. Diese Kinder hätten wir sein können.«

»Aber das waren sie nicht, weil sie uns gefunden und sich um uns gekümmert hat. Sie hat uns alles beigebracht. Wir schulden ihr etwas.«

Rudo konnte jedoch hören, was nicht ausgesprochen wurde. Dass Rudo etwas schuldete. Für alles, was sie gemeinsam durchgemacht hatten. Sie waren sich so nah gewesen, und dennoch hatte Rudo ihnen nie sein größtes, sein am meisten geliebtes Geheimnis anvertraut.

»Ich konnte es dir nicht sagen, Inyene«, flüsterte er. »Ich wollte es so oft. Sie ist so wunderschön.«

Dann griff er mit aller Kraft erneut nach den Runen. Inyene konzentrierte sich zu sehr darauf, Rudo festzuhalten, und konnte nicht schnell genug reagieren. Rudo zog alle Runen heraus, jede einzelne, die er spüren konnte, und riss sie in sich hinein.

Die Kraft traf ihn wie eine Flutwelle, und sie umzulenken war schwieriger, als die großen Berge von Targon zu versetzen. Er brannte bis auf die Knochen, jeder Teil seines Körpers stand in Flammen.

»Rudo, hör auf –« Inyenes Stimme war schrill. »Rudo, nicht, das ist zu viel Kraft, du kannst nicht – Rudo, das wird dich umbringen!«

Rudo hörte nicht auf. Sein Kiefer öffnete sich vor Schmerz, aber es kam kein Schrei heraus. Er sah nichts als weißes Licht.

»Rudo!«

KAPITEL ACHTUNDDREISSIG

Ta'Fik tauchte fluchend aus dem dunklen Loch in dem Zwinger auf. Ambessa beobachtete ihn aus dem Schatten. Ihre Augen hatten sich an das Halbdunkel gewöhnt. Er zuckte zusammen, als die Drachenhunde ihre brennenden Augen auf ihn richteten. Er atmete schwer. Er war in Eile geflohen, aber nicht so schnell, dass er unbewaffnet war. Ein gekrümmtes Schwert hing an seiner Hüfte, und wenn sie ihn kannte – und oh, wie sie ihn kannte –, dann hatte er noch Dolche an seinem Körper versteckt.

Sie hätte ihn angreifen können, sobald sein Kopf aus der Falltür ragte, aber das widersprach dem Kodex: *Medardas kämpfen ehrenvoll.* Mehr noch, sie wollte sich an ihm messen. Sie wollte *ihn* testen. Um zu sehen, ob Menelik recht hatte.

Ta'Fik klopfte den Staub von seinem Mantel und seinen Hosen und ging zum Ausgang.

Ambessa erhob sich aus der Dunkelheit und versperrte ihm den Weg.

Ta'Fik wich zurück, ein Wurfdolch flog in seine Hand, genau wie sie es erwartet hatte. Er warf ihn, und sie wich aus, indem sie ihre Schultern nur minimal bewegte. Dadurch kam ihr Gesicht ins Licht.

»Ambessa«, zischte Ta'Fik. »Ich hätte wissen müssen, dass du es bist.«

»Das hättest du.«

»Wie bist du hereingekommen?«

»Wir haben noch eine Rechnung offen, Ta'Fik.«

Ta'Fik richtete sich aus seiner Hocke auf, um auf sie herabzuschauen.

»Du hast verloren, Ambessa. Ich bin jetzt das Oberhaupt des Clans.« Er schnalzte mit der Zunge. Die Drachenhunde folgten dem Geräusch.

»Kämpfe gegen mich, Ta'Fik. Ein Duell. Wir werden entscheiden, wer den Clan anführt, so wie Noxus alles entscheidet.«

Dem Sieger gehört die Beute.

Ta'Fik lachte düster.

»Wie primitiv. Tod und Zerstörung sind nicht die einzigen Mittel, um ein Imperium aufzubauen. Das solltest du inzwischen wissen. Und wenn Menelik das nicht erkannt hat, umso schlimmer für ihn.«

Hinter seinen Worten schwang die Bitterkeit eines desillusionierten jungen Mannes mit.

Rudo hatte nicht gelogen – Ta'Fik wusste wirklich nicht, dass Menelik ihn ihr vorgezogen hatte.

Wieder drohte dieser Gedanke, ihre Entschlossenheit zu erschüttern, aber sie weigerte sich, den Zweifeln nachzugeben. *Er ist* nicht *die richtige Wahl. Die Schwarze Rose benutzt ihn. Er wird nur eine Schachfigur sein.*

»Zieh dein Schwert«, sagte Ambessa leise. »Wenn du würdig bist, beweise es.«

Ta'Fik seufzte.

»Ich habe dir nichts zu beweisen, Ambessa.« Er zog dennoch sein Schwert. »Ich habe alles bewiesen, was ich musste, als ich bei ihr geblieben bin und du nicht.«

Seine Worte ließen sie vorwärtsspringen. Ambessa ließ ihre Wut nicht in einer wilden Flamme lodern, sondern in einer konzentrierten Flamme, wie sie nur ein Meister ihres Fachs entfachen kann. Aber Ta'Fik war fast so schnell wie die Runensoldaten und wich erst in die eine, dann in die andere

Richtung aus. Unter seinem eleganten Mantel trug er dieselbe leichte Medarda-Rüstung, die Ambessa bevorzugte. Wenn er zurückwich, folgte sie ihm. Wenn er versuchte, sie zu umgehen und zu den Ausgängen zu gelangen, traf sie ihn mit ihren Handschuhen und zwang ihn erneut zurück.

Um sie herum zischten und kreischten die Drachenhunde, während die Hunde heulten. Damit hatten sie nicht gerechnet – einige von ihnen wollten sich wahrscheinlich in den Kampf stürzen. Ta'Fik zuckte nervös zusammen, als er ihr Knurren hörte.

Nach einem weiteren erfolglosen Fluchtversuch blieb er zurück und atmete schwer. Ambessas Rücken und Schultern schmerzten vom Gewicht ihrer Drachenhund-Handschuhe.

»Der Kodex ist Teil dieser Familie«, sagte Ambessa über die Wunden hinweg, die sie trennten. »Bis zurück zu Eskender. Er ist das, was uns verbindet, was uns stärkt und was uns vor Meneliks Vision retten wird.«

»Uns retten?« Ta'Fik lachte kalt und bitter. »Der Kodex wird uns vernichten. Sei ehrlich zu dir selbst, Ambessa. Kämpfst du für die Familie oder dafür, selbst an der Spitze zu stehen? Für den Traum, den Menelik dir gemalt hat, den er uns allen gemalt hat? Selbstsucht als Stärke.«

Er ging rechts an ihr vorbei und hielt sein Schwert bereit. Sie folgte ihm Schritt für Schritt.

»Was für eine Überraschung, dass wir nicht alle an der Spitze sitzen können, nicht wahr? Einige von uns müssen unten sein. Einige von uns müssen fallen«, knurrte er und fletschte die Zähne. »Du hast Zoya fallen lassen, Ambessa. Das hättest du nicht tun müssen, aber du hast es trotzdem getan.«

Er stürzte sich auf sie.

»Ich habe es getan.« Ambessa parierte den Stoß mit einem Handschuh, aber die Klinge hinterließ dennoch eine Schnittwunde an ihrer Schulter. »Sie war nicht stark genug.«

»Was sind wir?«, knurrte Ta'Fik und schlug erneut zu. Er kämpfte nicht mehr um seine Flucht. Er kämpfte um die Rache, die er seit Jahrzehnten wollte. »Drachenhunde, die ihre Jungen fressen? Die die Schwächsten aus dem Rudel aussondern?«

Seine Worte riefen ihr den Tag lebhafter in Erinnerung, als sie ihn seit Jahren erlebt hatte. Zoyas Schreie. Das Knacken der Kiefer der Drachenhunde. Das Knacken von Knochen. Ambessa hatte nicht zurückgeschaut. Sie konnte nicht zurücksehen. Hätte sie es getan, hätte sie die Matriarchin nicht töten können. Dieser Coup hatte ihr die Gunst ihres Großvaters eingebracht. Er hatte ihr Leben, das Leben ihrer Kinder und das Leben ihrer Kinder geprägt.

Ambessa hatte es nur ihre liebsten Freunde gekostet. Was war schon ein Leben im Vergleich zu allem, was Ambessa erreicht hatte?

Es hatte ihr die Kraft gegeben, immer wieder zu siegen. Es hatte sie bis zu diesem Moment gebracht.

Sie parierte seinen Hieb, und Ta'Fik tanzte wieder außer Reichweite. Er verstand ihr Schweigen richtig.

»Warum sollte ich dich das überhaupt fragen? Natürlich glaubst du das. Alles, was Menelik getan hat, diente dazu, uns zu dezimieren, bis nur noch die Tödlichsten übrig sind.«

Nicht alles. Er hat dich ausgewählt. Auch diesen mentalen Schlag wehrte sie ab.

»Hast du das nicht auch getan? Wo ist Gintara jetzt?«

Ambessa ballte die Hände in ihren Handschuhen. Sie ließ ihn vorerst das Tempo bestimmen.

»Gintara. Wage es nicht, ihren Namen in meinem Beisein auszusprechen.« Seine Stimme zitterte vor Schmerz, als er den Namen seiner ältesten Tochter aussprach. »Sie hat für dieselbe Sache gekämpft wie ich. Etwas Größeres als Ehrgeiz – sie kämpfte, weil sie ihren Vater liebt. Sag mir, Ambessa. Was halten deine Kinder von deinem Kodex? Du hast Mels Potenzial verschwendet.«

Ta'Fik keuchte spöttisch auf. »Du hältst sie nicht einmal für gut genug, um deine Nachfolgerin zu sein.«

Ambessa dachte an Mels diplomatisches Herz und Kinos verspielte Unbekümmertheit. Wie oft hatte sie sich gewünscht, sie wären härter, mehr wie sie. Jetzt, da sie erneut mit dem Tod konfrontiert war und wusste, dass sie sterben würden, wenn sie versagte, wünschte sie sich das noch mehr. Sie wünschte sich, dass sie *jemanden* hätten, der sie beschützen würde.

Sie stießen erneut zusammen, jetzt noch verzweifelter. Die unzähligen Wunden an ihren Körpern und in ihren Herzen forderten endlich ihren Tribut. Der Atem von Kindred war heiß an ihren Hälsen.

Ambessa erinnerte sich an die Vision, die sie beim ersten Mal gesehen hatte, als sie gestorben war. Ein Geschenk des Wolfes.

»Jetzt ist nicht meine Zeit«, flüsterte sie, halb als Gebet, halb als Herausforderung. »Du hast mir gezeigt, wann meine Zeit kommen würde.«

Kindred verspottete ihre sterblichen Behauptungen. Ta'Fik wehrte ihren nächsten Schlag ab, und bevor Ambessa nachsetzen konnte, schlug er nach oben und schnitt ihr in den rechten Unterarm. Blut füllte den Handschuh, und ihr Griff im Inneren wurde schlaff. Sie riss ihre Hand heraus und taumelte zurück.

»Gib es zu, Ambessa«, sagte Ta'Fik. »Deine Liebe ist ein seichter Teich unter der grausamen Sonne deiner Ambitionen. Du würdest deine eigenen Kinder in die Flammen werfen, wenn du dadurch bekämst, was du willst.«

Ambessas Herz schrie eine Verneinung, die ihr Verstand nicht anerkennen wollte. *Das würde ich nicht.* In all ihren Träumen waren ihre Kinder *an ihrer Seite.* Sie regierten mit ihr, sie regierten nach ihr.

Und wenn sie diese Vision ablehnen? Was nützen sie dir dann?

In diesem entscheidenden Moment der Ablenkung stürzte sich Ta'Fik erneut auf sie. Ambessa sah den Schlag kaum kommen, aber sie hörte Rictus ihren Namen rufen. Im letzten Moment parierte sie mit ihrem linken Handschuh. Anstatt sie von der Schulter bis zur Hüfte zu spalten, fügte er ihr lediglich einen Schnitt über die linke Wange und quer über den Körper zu.

Aber Ta'Fik hatte zu viel Kraft in den tödlichen Schlag gelegt, und das machte ihn verwundbar. Mit den letzten Kraftreserven ihres Körpers ignorierte Ambessa den brennenden Schmerz in ihrer Brust und versetzte Ta'Fik einen Aufwärtshaken in den ungeschützten Bauch. Rippen brachen, als ihr Handschuh ihn traf. Die Drachenhundklinge drang tief ein.

»Wenn du so viel besser bist als ich«, knurrte sie ihm ins Ohr, während er sich an ihrem Handschuh festhielt, »dann sag mir, warum wir uns hier, an derselben Stelle, getroffen haben?«

Ta'Fik fiel. Ambessas Klinge hatte endlich die widerstandsfähige Rüstung durchschlagen, und dickes, dunkles Blut sickerte hervor. Aber es war Meneliks Blut. Er hörte nicht auf zu kämpfen. Ta'Fik rappelte sich mühsam auf, eine Hand auf den Rippen, die andere immer noch um sein Schwert geklammert, während er sich vom Boden abstieß.

Er warf sich erneut auf sie, aber der Schlag war holprig und schwach; er konnte keine Kraft aufbringen. Ambessa legte einen Arm um seine beiden Arme und rammte ihm ihre Stirn gegen seine. Die Löwenmaske zerschmetterte Ta'Fiks Nase, und Blut rann über seinen Mund. Er sackte benommen in ihren Armen zusammen, und sie ließ ihn fallen. Das Schwert fiel aus seiner schlaffen Hand, und Ambessa trat es weg.

»Vater!«, schrie Tivadar hinter Ambessa. Die junge Kriegerin kam herbeigelaufen, und für einen Moment dachte Ambessa, dies sei das Ende. Sie hatte keine Kraft mehr für einen weiteren Kampf, nicht gegen diese frische, junge Frau. Aber Tivadar kam nicht mit gezückten Schwertern. Sie sank neben ihrem Vater auf die Knie.

»Vater, bitte. Gib auf.«

Ta'Fik blickte zu Tivadar auf, seine Augen voller verletzter Enttäuschung. Kalt. Er wandte sich Ambessa zu. Tivadar wandte sich ebenfalls Ambessa zu.

Der Verrat in ihren Augen entsprach dem ihres Vaters.

»Du hast gesagt, du würdest mich mit ihm sprechen lassen!« Ambessa sah Mel in Tivadars Gesicht. Mel, die um das Leben des Mädchens aus Binan flehte. Tränen liefen Tivadar über das Gesicht. »Lass es hier enden«, flüsterte Tivadar. »Wir könnten einen neuen Kodex aufstellen, wir alle. Wir sind Medardas. Diese Familie ist das, was wir sagen, dass sie ist. Mel hat mir das beigebracht.«

»Tritt beiseite, Kind«, sagte Ta'Fik und kam Ambessa mit den Worten zuvor. Er ließ seinen Blick nicht von Ambessa weichen. Schwach griff er nach dem aziritverzierten Drachenhundzahn, den er um den Hals trug. »Es ist Zeit.«

Tivadars Worte hallten in Ambessas Kopf wider. Was Mel ihr beigebracht hatte. Mel war immer noch zu weich, und doch hatte diese Weichheit Ambessa das Leben gerettet. Sie ballte ihre einzige funktionierende Faust. Der linke Handschuh knarrte und erinnerte sie an die scharfe Klinge, die er barg und die wartete.

Wartete.

Ambessa hatte diese Entscheidung schon einmal getroffen. So oft in ihrem Leben war es immer wieder dazu gekommen. Mit Zoya. In der Schlacht, als sie einen Soldaten hätte retten können, dabei den Sieg vergessend. Als sie Azizi und die Kinder allein in Bel'zhun zurückgelassen hatte. Rell in ihrem Magiergefängnis zurückgelassen. Rudo mit den Runensoldaten zum Sterben zurückgelassen.

Es war Menelik, der sie stark genug gemacht hatte, diese Entscheidungen zu ertragen, Menelik und die Generationen von Medardas vor ihr, deren Lehren sich zu dem Kodex verfestigt hatten, der ihren Weg bestimmte.

»Tritt beiseite, Kind«, sagte Ambessa leise. Sie zog ihren letzten Handschuh aus und zog einen der schlanken Dolche aus der Scheide an ihrem Stiefel.

»Bitte«, flehte Tivadar. Ambessa kniete nieder und stieß die Klinge in Ta'Fiks Herz. Die Rüstung gab unter dem direkten Druck nach. Ta'Fik schloss die Augen und griff nach Ambessas Hand, hielt sie an seine Rippen, bis er erschlaffte.

Hinter ihr schluchzte Tivadar. Ambessa neigte den Kopf über den Körper ihres Freundes. Selbst jetzt, trotz allem, konnte sie die Augen schließen und seine Hand in ihrer spüren, als sie gemeinsam in den Himmel sprangen.

Ambessa stand auf und ließ Tivadar ihren Vater an ihre Brust drücken. Ambessa wusste noch nicht, ob sie sich einen neuen Feind gemacht hatte. Die Vorsicht sagte ihr, dass sie die ganze Linie hier und jetzt auslöschen sollte, aber sie war der Vorsicht überdrüssig. Erschöpft von den *Visionen*.

Und doch.

Sie kniete sich hinter Tivadar, ihr Stiefelmesser tropfte noch immer von Ta'Fiks Blut.

»Ich wünschte, es wäre nicht so weit gekommen, Kind«, flüsterte sie dem Mädchen ins Ohr.

Tivadar sah überrascht und verwirrt zu ihr auf, und Ambessa zog die Klinge über ihre Kehle.

KAPITEL NEUNUNDDREISSIG

Tochter und Vater bluteten gemeinsam auf dem Boden des Zwingers. Die Drachenhunde und Hunde knurrten und winselten, standen auf ihren Hinterbeinen und schnappten und kratzten an den Gitterstäben ihrer Käfige. Ambessa griff nach dem aziritverhüllten Drachenhundzahn in Ta'Fiks Hals, hielt jedoch im letzten Moment inne. Sie hielt den Zahn in ihrer Hand und drehte ihn im Licht. Er glänzte, das Blutglas leuchtete heller als die dunkle Lache unter ihnen. Sie wollte ihn behalten, damit sie immer an den Preis erinnert würde, den sie gezahlt hatte – aber er gehörte ihr nicht. Sie steckte ihn zurück in Ta'Fiks Hemd und hinterließ einen blutigen Handabdruck auf ihm.

»Kreipsha«, sagte Rictus an ihrem Ellbogen. »Wir sollten gehen.«

Sie ließ sich von ihm aufhelfen und ins Tageslicht führen. Es war, als würde sie eine andere Welt betreten. Der Himmel war blau, und die Sonne strahlte. Rictus sah genauso schlimm aus wie sie. Seine Arme waren mit roten Striemen übersät, und eine tiefe Stichwunde an seinem Oberschenkel blutete. Sie mussten in Sicherheit und zu einem Heiler.

»Rudo?«, fragte sie heiser und folgte den Spuren der Runensoldaten zurück zum Palast. Einige der Leichen wiesen klaffende rote Wunden von Rictus' Hellebarde auf, aber viele andere waren nur von den Brandspuren der gezackten Runen gezeichnet. Rictus folgte ihrem Blick.

»Es ist etwas passiert. Während Ihr bei Ta'Fik wart. Ein Licht. Heller als alles, was ich je gesehen habe.«

Ambessa atmete scharf ein.

»Rudo …«

Sie humpelte schneller.

»Ambessa, wartet!«

Die ignorierte ihn. Die schöne grüne Tür zum Palast stand offen und lud ein, aber drinnen … zunächst sah alles so aus, wie es sollte. Leer, der Mosaikboden frei von Leichen, kein Geräusch von Kämpfen. Aber sie erinnerte sich, dass dort ein Teppich auf dem Boden gelegen hatte, ein wunderschöner, handgewebter Teppich. Dort hatten Leichen gelegen, die ersten beiden Soldaten, die Rudo angegriffen hatte. Hatten diese Soldaten überlebt und waren geflohen? Es war unwahrscheinlich, dass sie alle geflohen waren. Sie sah sich mit neuer Wachsamkeit im Raum um und erwartete einen Hinterhalt. Sie wandte sich an Rictus, um ihm zu sagen, er solle sich bereit machen.

Er kniete am Boden neben der Tür und untersuchte die Steine. Er rieb mit dem Daumen an etwas, roch daran und sah sich dann um.

»Was ist los?«

Rictus wollte ihr nicht in die Augen sehen. Er rappelte sich mühsam auf.

»Ambessa, es tut mir leid.«

Ambessa sah seine Hand – sie war grau von Ruß. Es hatte gebrannt.

Ein Licht.

Mit einem Schlag wurde ihr klar, dass das, was sie für eine offene Tür gehalten hatte, gar keine Tür war. Ihr Verstand hatte das Unmögliche ausgeblendet und eine Geschichte erfunden, die er verstehen konnte.

»Was ist mit den Runensoldaten?«, fragte sie ihn langsam.

»Ihre Runen – sie sind aus ihrer Haut gebrannt. Sie sind an Ort und Stelle zusammengebrochen, von Krämpfen geschüttelt.«

»Er hat das getan«, hauchte sie. Was auch immer Rudo getan hatte, es hatte den ganzen Raum verbrannt – alles, was übrig blieb, war der Stein. Aber sicherlich hatte er seine eigene Magie überlebt?

»Rudo?«, rief sie. Ihre Stimme klang zunächst dünn, aber sie räusperte sich und rief erneut, während sie von Raum zu Raum humpelte. Sie humpelten durch jeden Raum, stützten sich am Ende gegenseitig und fanden ihn dennoch nicht. Nur Diener, die ihre Köpfe herausstreckten, um zu sehen, ob die Luft rein war, und sich wieder hinter verschlossenen Türen versteckten, als sie sie sahen. Rictus wurde jedoch schwächer, sein Atem ging immer schwerer.

»Setz dich«, befahl sie ihm, als sie das fanden, was laut Tivadar wohl Ta'Fiks Lieblingszimmer gewesen sein musste.

Rictus protestierte und wollte ihr folgen, aber in diesem Moment knickte sein Bein ein. Ambessa fing ihn auf und ließ ihn auf Ta'Fiks bestickte Seidenkissen sinken, die er mit seinem Blut tränkte. Mit letzter Kraft hämmerte Ambessa gegen die Tür, hinter der sie eine ältere Frau und zwei junge Männer hervorschauen sah.

»Wir brauchen Heiler«, forderte sie. »Wir wollen niemandem hier etwas tun.«

Ihr fester, aber ruhiger Ton trug wesentlich dazu bei, dass sie zumindest keinen Widerstand leisteten. Nach weiterem Zureden gelang es ihr, diejenigen zu finden, die mit Nadel und Faden umgehen konnten, und etwas Wein für die Wunden und gegen die Schmerzen. Es gab keine Illusion, dass Ta'Fiks Gefolgschaft sich sicher fühlte, aber dies war Noxus. Solche Machtwechsel waren an der Tagesordnung. Ihre Angst war nicht Ambessas Problem.

Aber natürlich war sie das jetzt. Sie war die Clanführerin. Sie würde den nächsten Medarda-Verwalter über Tereshni einsetzen, und sie konnten diesen Palast übernehmen, wenn sie wollte. Ta'Fik hatte keine Erben.

»Ihr werdet bald einen neuen Verwalter hier haben«, sagte sie ihnen, als sie fertig waren. »Ihr könnt euch gerne eine andere Beschäftigung suchen, wenn ihr wollt, aber ihr könnt auch bleiben und diesen Ort für seinen nächsten Bewohner vorbereiten. Ihr werdet dafür entschädigt werden.«

Ob die Hausangestellten bleiben oder dies als Vorwand nehmen würden, um den Ort zu plündern und zu verschwinden, war Ambessa egal.

»Und wir?«, fragte Rictus, als der letzte Diener sie allein gelassen hatte.

»Rell.«

Sie schloss die Augen und sank zurück in die Kissen, auf die die matronenhafte Frau sie gedrängt hatte. Die frisch genähte Wunde an ihrer Brust zog schmerzhaft, aber nicht so schmerzhaft wie die qualvolle Leere in ihr. Vielleicht war es besser, dass Rudo in seiner himmlischen Feuersbrunst ums Leben gekommen war – hätte sie ihn verbrannt und zerbrochen sehen müssen, hätte sie wohl einen Teil von sich verloren, den sie sich nicht leisten konnte, noch nicht.

»Weißt du, wo?«

»Rudo hat es mir gesagt.«

Am Morgen bevor sie die Herberge verlassen hatten. Er hatte dringend mit ihr gesprochen und versucht, ihr zu erklären, wie sie das unterirdische Labor in den Ruinen finden konnte. Sie hatte so getan, als würde sie ihn nicht hören. Nur für den Fall, hatte er gesagt.

Nur für den Fall.

Sie riss die Augen auf, starrte an die gekachelte Decke und versuchte, ihre Augen zu trocknen.

Stattdessen handelte sie.

»Jetzt. Kannst du reiten?«

»Jetzt?«, fragte Rictus überrascht. Als er jedoch ihren Gesichtsausdruck sah, nickte er einfach. »Jetzt.«

»Ich habe es ihr versprochen.« Ambessas Kehle schnürte sich zusammen, und ihre Worte zitterten, sodass sie sie durch zusammengebissene Zähne presste.

»Die Männer, die ich geliebt habe, sind tot. Ich habe Ta'Fik getötet und seinen Zweig aus dem Stammbaum unserer Familie abgeschnitten. Ich bereue nichts davon, denn es bedeutet den Sieg.« Wenn sie sich das oft genug sagte, würde es wahr werden. »Also werde ich diesen Sieg mit aller Kraft sichern. Ich werde Rell zurückholen und die Schwarze Rose all ihre Einmischung bereuen lassen.«

»Dann reiten wir.«

Bevor sie aufbrachen, ging Ambessa in Ta'Fiks Arbeitszimmer und schrieb Briefe an seine Kriegsscharen in Rokrund, in denen sie ihnen mitteilte, dass ihr Anführer tot sei. Sie versah die Briefe mit seinem Siegel und schickte sie per Botenvogel los. Dann bat sie die Diener um Hilfe. Sie gruben zwei Gruben hinter den Zwingern und legten Ta'Fik und Tivadar mit ihren Waffen am Körper und dem Rücken zur Unsterblichen Bastion hinein.

Noxus, immer nach außen blickend.

***

Die Reise, die unter normalen Umständen nur zwei Tage gedauert hätte, dauerte vier. Trotz der Pferde, die sie aus Ta'Fiks Ställen requiriert hatten, zwangen sie ihre Wunden zum Anhalten, obwohl Ambessa die ganze Nacht hätte durchreiten wollen. Sie hatte zu viel Blut verloren und war benommen.

Sie ritten immer tiefer in die Wüste südlich von Tereshni

hinein, und Ambessa begann zu glauben, dass Rudo gelogen hatte, als plötzlich Ruinen aus dem Nichts auftauchten. Die Sanddünen verschoben sich, und dann standen sie da wie eine Illusion: die zerklüfteten Steinmauern einer längst vergangenen Zeit, durchbrochen von etwas, das zu großartig und schrecklich war, um es sich vorzustellen. Was von den verzierten Außenmauern übrig war, war größtenteils vom Wind und Sand glatt geschliffen, aber einst waren dort feine Schnitzereien gewesen.

Sie stieg vorsichtig ab und legte die Zügel über die zerbröckelnden Überreste einer Säule. Sie zog ihr Schwert mit der linken Hand. Ihre rechte Hand würde für einige Zeit keine Waffe halten können.

Und was willst du gegen eine Gruppe von Magiern ausrichten?, fragte eine grausame Stimme in ihrem Hinterkopf.

Ambessa schüttelte den Gedanken ab. Sie wusste, dass ihre Waffen wahrscheinlich nicht die beste Option waren, aber sie würde diesen Ort nicht ungeschützt verlassen. Wenn diese blasse Frau etwas von ihr wollte, gab es vielleicht eine Möglichkeit, einen Handel zu schließen. Und dann, wenn die Zeit reif war, würde Ambessa ihre Rache nehmen.

Der Eingang war ein dunkler Schlund, der hungrig in den Boden klaffte. Sand rieselte über die Treppe, wo er sich in dicken Schichten abgelagert hatte. Sie und Rictus warfen sich einen Blick zu.

Sie stiegen hinab.

Die Räume darunter waren ebenso vom Zahn der Zeit verwüstet worden – oder von etwas anderem. Zerbrochene Steintüren, rissige Steinfliesen auf dem Boden. Es gab keine Möbel oder Dekoration, außer dass die Wände hier und da mit Schnitzereien verziert waren. Der perlgraue Stein war nicht derselbe wie der Sandstein darüber. Ambessa berührte ihn. Er fühlte sich glatt und kalt an ihrer Handfläche an.

Das Labor war still und leer.

Rell war nicht hier.

Stattdessen fand sie einen Raum, der wie eine Krankenstation aussah, mit zwei Betten. Ein beißender Gestank brannte in ihrer Nase. Bei näherer Betrachtung stellten sich die Betten eher als Tragen heraus, die mit Lederriemen versehen waren. Ambessa berührte einen davon und stellte sich vor, wie Rell darin festgeschnallt war. Das Leder war abgenutzt und von Schweiß verfärbt. Sie erkannte den Geruch – es war derselbe üble Geruch, den sie bei den Vastaya gerochen hatte, die die Binans gefangen gehalten hatten.

Es gab auch einen Schreibtisch, der mit ordentlich gestapelten Büchern bedeckt war. Alles war so aufgeräumt, als würde der Besitzer bald zurückkommen, um seine Arbeit fortzusetzen. Die Trauer, die sie angesichts der Leere empfunden hatte, wurde von Wut überwältigt.

Sie kehrte in den Flur zurück und sah Rictus fragend an, der aus einem anderen Raum kam.

»Gab es irgendwelche Anzeichen von ihr? Irgendwelche Spuren, denen wir folgen können?«

Rictus schüttelte den Kopf.

»Nirgendwo Anzeichen eines Kampfes.«

Wo konnten sie sie hingebracht haben?

Ambessa brüllte all die Wut heraus, die sie in sich aufgestaut hatte, und schlug mit der Faust gegen die Wand. Rictus fing sie auf, bevor sie die Wand traf, aber der Aufprall sandte Schmerzen durch ihre Brust. Sie wehrte sich gegen ihn, und er schlang beide Arme um sie und drückte ihre Arme so vorsichtig wie möglich an ihre Seiten, ohne ihr weiter wehzutun. Das bremste sie genug, um zu erkennen, wie töricht sie sich verhielt.

Sie war eine Medarda. Sie würde ihre Wut kanalisieren.

Sie ging zurück in den Raum mit den Tragen und blätterte

in den Büchern. Sie mussten Inyene gehört haben. Sie waren in einer präzisen, kleinen Handschrift verfasst, und obwohl Ambessa sie lesen konnte, verstand sie sie nicht. Einige der Runen, die auf die Seiten gezeichnet waren, erkannte sie jedoch. Sie stimmten mit denen überein, die auf den Körpern der Runensoldaten vor Ta'Fiks Palast eingeritzt waren. Neben diesen Skizzen standen Erläuterungen zu den gewünschten Wirkungen und negativen Nebenwirkungen sowie zu den Auswirkungen auf den Magier, der den Zauber wirkte.

Dann sah sie gegen Ende zum ersten Mal das Wort »Nichts«.

Proband B: Katatonisch. Konnte nicht wiederbelebt werden. Nichts.

Proband C: Katatonisch. Konnte nicht wiederbelebt werden. Nichts.

Proband F: Katatonisch. Konnte nicht wiederbelebt werden. Nichts.

Proband G: Katatonisch. Konnte nicht wiederbelebt werden. Nichts.

Die Liste mit *Nichts* füllte eine ganze Seite.

War Rell eine von ihnen?

Ambessa schlug das Buch zu, aber diesmal atmete sie ihre Wut langsam aus. Dann stand sie auf und nahm die Bücher mit sich. Mit Rictus' Hilfe durchsuchte sie das gesamte Gelände nach weiteren Notizen; sie fanden ein Arbeitszimmer und leerten auch das. Sie brachten alles nach draußen.

»Was willst du damit machen?«, fragte Rictus und starrte misstrauisch auf die Stapel.

»Verbrennen.«

Der Scheiterhaufen mit Inyenes Notizen brannte die ganze Nacht. Ambessa beobachtete sie von der Spitze einer Düne aus. Sie stand allein da. Sie hatte Rictus endlich davon überzeugt, dass sie nicht Freundschaft, sondern Einsamkeit brauchte. Ihre Wangen waren nass von den Tränen, die sie nicht einmal ihm zeigen konnte. Sie hatte gewonnen, und doch hatte sie versagt. Näher konnte sie dem Tod der Schöpfungen der Schwarzen Rose nicht kommen.

Sie hatte Rudo verloren. Oh, wie sehr schmerzte es sie, dass ihre letzten Worte an ihn Flüche gewesen waren. Und doch war sie dankbar, dass sie diese letzte Nacht zusammen verbracht hatten. Sie musste unweigerlich daran denken, was er zuvor gesagt hatte. Dass sie Azizi und Menelik nicht richtig betrauert hatte. Nur Rache.

Menelik hatte wenig zum Thema Trauer gesagt. Man begrub diejenigen, die ehrenhaft gekämpft hatten, und dann ging man weiter. Was gab es sonst noch zu sagen? Der Wolf nahm sie mit, und sie ritten in die große Jagd von Volrachnun. Die Kämpfe der Lebenden gingen weiter.

Ambessa bemühte sich, ruhig zu bleiben. Hatte ihr Großvater jemals jemanden geliebt? Es schien unmöglich, zu lieben und diese Last zu tragen – jedes Leben war so zerbrechlich, und sie konnte nicht alle beschützen. Sie hatte keinen von ihnen beschützt. Und weil Ambessa Rell nicht beschützt hatte, war die Zukunft der Familie in Gefahr. Sie lächelte, als sie an das Mädchen dachte, das mit mondblauen Augen der jungen Reiterin mit den O-Beinen von Amenesce hinterherlief. Es gab so viel, was Ambessa ihr beibringen wollte – und Rell wollte es lernen! Ambessa hatte nicht bemerkt, wie sehr sie sich nach jemandem sehnte, der offen für das Wissen war, das sie weitergeben wollte.

Rell und Mel hätten ein außergewöhnliches Paar abgegeben.

Ambessa holte tief und zitternd Luft. Die Tränen versiegten langsam. Sie war das Oberhaupt des Medarda-Clans. Sie musste sich gegen diesen Verlust und alle anderen Verluste abhärten. Der einzige Weg, dies zu tun, ohne Fehler in ihr Innerstes zu lassen, bestand darin, niemals Liebe dort Wurzeln schlagen zu lassen. Nie wieder.

Das war das Opfer, das von einer Anführerin verlangt wurde.

Weitsicht. Macht. Sogar List, die heimtückische Domäne von Betrügern und Magiern.

Und Opferbereitschaft.

Sie schloss die Augen und erinnerte sich an die Vision von sich selbst und dem Thron. Das goldene Licht. Am Rande ihres Blickfeldes glaubte sie, Kindreds Wolf zu sehen. Sie spürte seinen kalten Grabesatem.

»Ich habe dir gesagt, dass meine Zeit noch nicht gekommen ist«, flüsterte Ambessa.

»Und wer bist du, dass du mit den Meistern des Todes verhandelst?«

Ambessa drehte sich langsam um. Die Stimme war die von Rell, aber die Worte waren nicht die von Rell. Als sie sich umdrehte, sah sie tatsächlich Rell, so deutlich wie beim letzten Mal – auf der Feier in der Festung Rokrund, bei Katyes Fest. Sie trug sogar dieselben Kleider. Das Mädchen war so wild und wütend wie eh und je. Der entschlossene Ausdruck ihres Mundes erfüllte Ambessa mit etwas, das verdächtig nach Reue klang.

Eine Medarda bereut nichts. In der Vergangenheit zu leben bedeutet, die Chancen der Gegenwart zu verpassen.

»Wer bist du?«, fragte Ambessa vorsichtig und trat einen Schritt zurück. Tief in ihrem Inneren kannte sie die Antwort. Die Drahtzieherin ihres Unglücks, noch mehr als Ta'Fik. *Die blasse Frau.*

»Du kennst mich nicht?« Die Magierin schnalzte mit der Zunge und grinste dann bösartig mit Rells Gesicht. »Wie enttäuschend.«

Rudo hat mir von dir erzählt, hätte Ambessa beinahe gesagt, doch im letzten Moment besann sie sich. Es war wichtiger denn je, dass diese Verbindung geheim blieb.

»Du steckst dahinter«, sagte Ambessa. »Du hast sie entführt. Du hast Ta'Fik dazu gebracht.«

»Beleidige deinen lieben Cousin nicht. Er hat ziemlich viel Initiative gezeigt, weißt du.«

Die Frau wurde zu Ta'Fik und umkreiste Ambessa.

»Ta'Fik wusste genau, was den alten Menelik zu einer letzten Schlacht provozieren würde. Ohne Ta'Fik zu seinem Erben zu ernennen, hat er die Dinge kompliziert gemacht, aber gut, dass wir ihn los sind. Er war mir immer ein Dorn im Auge. Ta'Fik war viel gefügiger.«

Ambessa hielt sich zurück. Unter ihrem Umhang bewegte sie ihre Hand vorsichtig, um unbemerkt ihren Dolch aus dem Gürtel zu ziehen. Sie ließ die Gestaltwandlerin nicht aus den Augen.

Die seidige Stimme der blassen Frau wurde hart.

»Du hingegen … Du bist ziemlich nervig. Du hast mir meine arme kleine Marionette weggenommen. Jahrelange Arbeit ist dahin, zusammen mit zwei meiner mächtigsten Magier.« Die Magierin in Ta'Fiks Gestalt schmollte und schnippte mit den Fingern. Ein Knistern schwarzer, dorniger Magie flammte auf und verschwand. Dann lächelte sie und zeigte ihre Zähne. »Hast du wirklich geglaubt, das wären die einzigen Aufzeichnungen, die wir hatten? Ich wandle schon länger auf dieser Welt, als deine Familie existiert. Das ist nicht einmal ein Rückschlag.«

»Was hast du mit Rell gemacht?«

Plötzlich stand die Frau vor Ambessa – sie war unglaublich schnell.

»Dein kleiner Bengel wird die Magier ersetzen, die du mir genommen hast.«

Sie griff nach Ambessas Kinn, und Ambessa stieß mit dem Dolch nach oben, zielte unter das Kinn der Magierin. Die blasse Frau sprang zurück und lachte. Magische Ranken wie dornige Reben schossen aus ihren Händen.

»Rictus!«, rief Ambessa. Mehr Zeit blieb ihr nicht, bevor die Ranken sich um ihre Finger schlangen.

Die Magie biss wie ein Rosendorn und stach Ambessa in die Haut, während sie ihre Brust zusammenpresste.

Spöttisch nahm die Magierin die Gestalt von Rictus an, seine Größe, seine breite Brust und Schultern, seine tiefe Stimme.

»Du bist so klein, so erbärmlich, und doch hast du es geschafft, jahrelange Bemühungen zunichtezumachen.«

Die Magierin neigte den Kopf. Rictus' braune Augen beobachteten Ambessa mit neugieriger Herablassung.

»Ich könnte dein armseliges Leben jetzt beenden, aber das werde ich nicht tun. Du faszinierst mich. Ich war schon sehr, sehr lange nicht mehr fasziniert. Und wenn ich deiner überdrüssig bin, werde ich dich vernichten, und der kostbare Name Medarda wird nicht mehr existieren.«

War es das, was Menelik in seiner Vision gesehen hatte?

Ambessa unterdrückte einen Schrei, als die Magie sich immer fester um sie schlang. Feuer durchzuckte ihren ganzen Körper. Zwischen keuchenden Atemzügen knurrte sie: »Ich werde eure ganze Kabale ausrotten, bevor ich sterbe.«

Die blasse Frau lachte, und es war nicht Rictus' Lachen, sondern das einer Frau – ihre wahre Stimme.

»Jede Verstrickung wird zu einer Schlinge um dein Herz, wenn du nicht weißt, wie du sie durchtrennen kannst, sollte es nötig werden.«

Die Worte kamen ihr bekannt vor, aber Ambessa konnte sie nicht zuordnen. Als der falsche Rictus zusammen mit den magischen Dornen verschwand, hallte das Lachen durch die Nacht.

»Ambessa!«

Rictus sprintete, so schnell es sein verwundetes Bein zuließ, die Düne hinauf. Seine Rookern leuchteten am Schaft seiner

Hellebarde, aber es gab keine Magie, die er hätte zerstreuen können. Die blasse Frau war bereits verschwunden.

»Ich muss zurück nach Bel'zhun«, sagte Ambessa atemlos und rappelte sich auf.

»Ihr seid nicht in der Verfassung, um zu reiten …«

»Sie war hier. Die blasse Frau war hier. Kino. Mel.«

Rictus sah sich misstrauisch um. Niemand war an ihm vorbeigekommen, als er die Düne hinuntergelaufen war, und er konnte auch niemanden auf der anderen Seite sehen. Er wandte sich besorgt zu ihr und streckte die Hand nach ihr aus, aber sie wich zurück, ihr Schwur, ihr Herz von allen anderen fernzuhalten, noch frisch in ihrem Gedächtnis.

War es nur ein Traum?

Ambessa ballte die Fäuste und zuckte – sie waren nass. Sie hielt sie ins Licht der Sterne. Dort, in beiden Handflächen, waren tiefe Stichwunden. Ein Rinnsal Blut floss aus jedem Loch an ihren Handgelenken. Sie rieb das Blut mit dem Daumen ab, und es verschmierte. Das Loch war verschwunden. Der Schmerz blieb.

»Mach die Pferde bereit. Wir reiten nach Bel'zhun.«

Sie ritten durch die Dunkelheit, als Ambessa sich erinnerte – das waren *ihre* Worte gewesen. Worte, die sie zu Rell in Nika Fallows Laden gesagt hatte. Nur die Schneiderin konnte sie gehört haben.

Angst umklammerte Ambessas Magen wie eine kalte Faust.

KAPITEL VIERZIG

Ambessa ritt bei Sonnenuntergang in Bel'zhun ein und rutschte halb aus dem Sattel. Nach einer Woche im Sattel war sie froh, überhaupt noch aufrecht sitzen zu können.

War die vindorianische Verwalterin noch am Leben?

Es gab viel zu erfahren und zu erzählen, aber zuerst musste sie ihre Kinder sehen.

Der Besuch der blassen Frau in der Wüste hatte Ambessa mehr mitgenommen, als sie Rictus gegenüber zugab, aber er merkte, dass etwas nicht stimmte, selbst jetzt noch.

»Was ist los?«, fragte Rictus leise, als sie in das Gelände der Medardas ritten. Er sah sich aufmerksam um.

Ambessa beruhigte ihren schnellen Atem.

»Es ist still. Zu still.«

»Hmm.«

Sie blieben noch einen Moment stehen und sahen dann erste Anzeichen von Leben. Ein Diener trug einen Korb mit Bettwäsche zum Waschen. Ein Huhn entwischte aus der Küche, und in der Ferne war Gelächter aus denselben Küchen zu hören. Es war nicht so, dass alle weg oder in Gefahr waren. Es war einfach nur friedlich.

Das hatte sie zunächst nicht erkannt. Ambessa schluckte ihre Verlegenheit hinunter und blinzelte, um die Tränen aus ihren Augen zu vertreiben. Die Ruhe vor dem Sturm.

***

Mel und Kino waren beide im Anwesen und in Sicherheit, obwohl sie ihnen versichern musste, dass dies auch auf sie zutraf, trotz der blutenden Wunden an ihrem Schlüsselbein und ihrem Arm. Nachdem sie gebadet und von einem richtigen Heiler versorgt worden war, aßen sie zu dritt mit Rictus ein ruhiges Abendessen. Wolfsschnitter standen stramm an den Wänden.

Das Mahl war einfach, aber herzhaft. Die wahren Festlichkeiten würden später stattfinden, wenn alle anderen Angelegenheiten erledigt waren – die Verwalter benachrichtigen, sich um diejenigen kümmern, die sich gegen sie und hinter Ta'Fik gestellt hatten, wie Dauvin, und diejenigen belohnen, die sie unterstützt hatten, wie Amenesce.

»Was gibt es Neues aus Rokrund?«, fragte Ambessa. »Sie halten stand«, sagte Kino mit einem breiten Grinsen.

»Verstärkung aus Krexor ist eingetroffen«, erklärte Mel. »Nachdem du gegangen warst, habe ich Verwalter Lisabetya per Botenfalken eine Nachricht geschickt und ihr Ta'Fiks Verstöße gegen den Kodex erklärt. Sie hat es verstanden und sofort Truppen zu ihrer Unterstützung geschickt.«

»Sie haben Ta'Fiks Kriegsscharen gerade so aus der Zitadelle fernhalten können. Und die Schiffe von Großgeneral Darkwill haben verhindert, dass ihre Verstärkung Rokrund erreicht hat. Amenesce sagte, die Krexorianer seien diesen … Soldaten gut gewachsen gewesen.« Kinos fröhlicher Tonfall verschwand. »Hast du herausgefunden, wer sie waren?«

Ambessa starrte Kino eindringlich an. Wusste er, dass die Runensoldaten mit der Schwarzen Rose in Verbindung standen? Hatte er weiter nachgeforscht, obwohl sie es ihm ausdrücklich verboten hatte?

»Amenesce lebt. Das sind gute Nachrichten.«

»Vor einer Woche noch«, sagte Mel leise. »Hast du eine Nachricht von Tereshni an Ta'Fiks Soldaten geschickt?«

»Ja. Da Ta'Fik tot ist, haben sie keine andere Wahl, als sich zu ergeben.«

Ambessa kaute auf einem Stück gegrilltem Fisch, während sie Mel musterte. Sie merkte, dass Mel sie nach Tivadar fragen wollte, also wechselte sie schnell das Thema.

»Was ist mit den Sonnen?«

»Sie waren starke Verbündete, während du weg warst.« Kino räusperte sich verlegen. »Ich sollte jetzt gehen. Ich habe morgen früh ein Gespräch mit Valif.«

»Sag ihm, ich danke ihm. Er hat gut daran getan, die Stadt vor Ta'Fik zu bewahren.«

Kino lächelte schief.

»Das wird ein sehr teurer Gefallen sein, da bin ich mir sicher.«

Als ihre Kinder sich zum Gehen bereit machten, packte Ambessa Kino an der Schulter, während Mel davonging. Mel blickte zurück, zuerst fragend, dann verletzt. Sie ging schnell weg.

»Ja, Mutter?«, fragte Kino vorsichtig.

Ambessa zog ihn zurück ins Zimmer.

»Ich habe dir gesagt, du sollst das sein lassen.« Sie musterte sein Gesicht und entdeckte das verräterische Zeichen – seit seiner Kindheit wandte er den Blick zur Seite, bevor er log. Als Erwachsener in einem großen Haus, der an den Charme und die Schmeichelei der Manipulation gewöhnt war, hatte er gelernt, den Blick in ein selbstironisches Lächeln oder ein Achselzucken zu verwandeln, aber es war immer noch da.

»Lüg mich nicht an, Kino.«

Sie drückte seine Schulter gegen die Wand.

»Ich habe nichts getan! Ich tue nichts!«, sagte er. »Du hast mir gesagt, ich soll aufhören, ich habe aufgehört.«

»Ich befehle es dir, Kino. Sie sind zu groß für dich.«

Seine Augen glänzten vor Tränen der Frustration, aber er senkte den Kopf.

»Ich verstehe.« Ambessa seufzte. »Dann geh.«

Als er weg war, stand Rictus neben ihr.

»Morgen muss ich mit Mel sprechen«, sagte sie. »Ich kann es nicht aufschieben.«

»Dann werdet Ihr es tun.«

Es lag ein Hauch von Zurückhaltung in ihrer Stimme. Rictus verstand, warum sie das tat, aber er war nicht einverstanden.

»Ich habe keine Wahl. Kino hat bereits Fragen über sie gestellt, und solche Gerüchte verbreiten sich schnell und immer an die falschen Ohren. Das darf nicht zurückkommen und sie mit Mel in Verbindung bringen.«

Rictus nickte.

»Ich werde ein Schiff bereit machen lassen, das morgen nach Piltover segelt.«

Er wandte sich zum Gehen, aber Ambessa legte ihm eine Hand auf den Unterarm. Wenn sie alle Wurzeln ihrer Zuneigung ausreißen musste, dann sollte es so sein, aber Rictus würde bleiben. Er war weniger eine Schwäche in ihrem Herzen als vielmehr ein Schutzschild dafür.

»Danke, mein Freund«, sagte sie.

Er nickte erneut und ging.

***

Ambessa hielt dieses Treffen in Meneliks altem Arbeitszimmer ab. Jetzt war es ihr Arbeitszimmer. Dort stand ein Strategietisch mit einer großen Weltkarte, die von Ionia bis zum Berg Targon reichte, vom Norden jenseits des Freljord bis südlich von Shurima, übersät mit Figuren von Kriegertrupps und Vorräten, mit denen Menelik die Kampagne markiert hatte, die ihn das Leben gekostet hatte. Bevor Mel eintraf, verharrte Ambessa über der Karte und berührte die Figuren kaum mit den Fingerspitzen.

Es klopfte an der Tür. Ambessa setzte sich auf den hohen, steifen Stuhl an Meneliks Schreibtisch. Seinem Schreibtisch. Es war ein alter Reiseschreibtisch, der nicht zu der einschüchternden Ausstrahlung des Stuhls passte. Vielleicht hatte er den Schreibtisch aus sentimentalen Gründen behalten.

»Herein.«

Mel betrat das Zimmer, schloss die Tür hinter sich und sah sich im Raum um, um sich wie Ambessa ein Bild zu machen. Zu spät, um all die Ähnlichkeiten zwischen ihrer Tochter und ihr selbst zu bemerken – sie hatte sich so lange darauf konzentriert, inwiefern sie sich unterschieden. Mel trug einen großen quadratischen Gegenstand, der in ein schützendes Tuch gewickelt war.

»Setz dich.«

Mel straffte die Schultern und hob das Kinn.

»Mutter, was ist mit Tivadar geschehen?«

Ambessa hatte nie das Bedürfnis verspürt, über ihre Handlungen zu lügen, als müssten sie vertuscht oder die Konsequenzen auf jemand anderen abgewälzt werden. Eine Anführerin übernahm die Verantwortung für alles – für das Richtige und das Falsche, für das Geniale und das Verfehlte. Aber angesichts von Mels wissendem Blick und der darauffolgenden Abscheu brachte Ambessa kein Wort heraus.

»Sie ist tot, nicht wahr?«

Ambessa nickte langsam.

»Sie ist im Kampf gegen Ta'Fik gestorben.«

»Du hast sie getötet.« Mels Stimme zitterte, und das Paket in ihren Händen bebte. Sie drückte es fester an ihre Brust. »Mutter, sie war meine Freundin.«

Mels Schmerz war schwerer zu ertragen als die Klinge eines Runenkriegers. Er brachte Ambessa fast dazu, ihre Entscheidung anzuzweifeln. Hätte es einen Weg gegeben, Tivadar zu verschonen? Ambessa hatte keinen gesehen, nicht, ohne alles zu riskieren, was noch kommen würde.

Ohne Mel anzusehen, sagte Ambessa: »Ich habe nur getan, was notwendig war.«

»Ist sie zu ihrem Vater gegangen? Hat sie uns verraten?«

Mel suchte nach einer Rechtfertigung, die für sie Sinn ergab. Da sie keine finden konnte, schwieg Ambessa. Mel verstand.

»Sie hat dir geholfen. Sie hat dir geholfen, und du hast sie trotzdem getötet?«

Das in Stoff gewickelte Päckchen raschelte unter Mels Wut.

»Ich erwarte nicht, dass du das verstehst …«

»Du hast recht! Ich verstehe es nicht, ich werde es nie verstehen. Du hast keine Achtung vor irgendjemandem oder irgendetwas außer dir selbst und deinen eigenen Ambitionen.« Mels Stimme wurde vor Wut immer lauter. »Ich habe ihr ein Versprechen gegeben, Mutter! Dass du sie beschützen würdest, wenn sie dir hilft! Du hast es mir versprochen!«

Ambessa stand auf und schnappte: »Die Situation hat sich geändert, Mel! Ich hatte keine Wahl. Sie war eine Gefahr für diese Familie.«

»Du hast immer eine Wahl, Mutter!« Mel schüttelte den Kopf und verzog die Lippen. »Vielleicht hatten sie und Ta'Fik recht mit dir. Vielleicht bist du die Gefahr für diese Familie.«

Ambessa schnappte nach Luft. Mel war nicht mehr dasselbe Kind, das sprachlos und entsetzt zugesehen hatte, wie Ambessa das Mädchen in Binan getötet hatte. Oh, wie war sie gewachsen, während Ambessa fort gewesen war. Trotz des Schmerzes schwoll Stolz in ihr auf. Mel starrte auf den Schreibtisch.

»Sieh mich an.«

Mel hob den Blick, und Ambessas Herz setzte einen Schlag aus. Rudos Augen starrten sie an, ihre Sanftheit. Ihr Vorwurf. Dieser Ausdruck war eindeutig auch Mels eigener, eine Scharfsinnigkeit, die ihrer zarten Seele widersprach. Wie scharf musste sie in Tivadars Herz gesehen haben. Visionen waren schwer zu lehren. Und welches Potenzial hätte Mel, wenn sie die magischen Fähigkeiten ihres Vaters zum Ausdruck bringen würde? Was für eine Waffe wäre sie, was für eine Stellvertreterin an Ambessas Seite! Ihre Todesvision kehrte zurück, und diesmal war die Frau darin eindeutig Mel, die neben Ambessas Thron stand.

Sie ließ die Vision verschwinden. Mels Sicherheit war wichtiger als jeder Traum von Macht. Und Ambessa müsste nicht jedes Mal Mels Abscheu sehen, wenn sie ihre Pflicht als Medarda erfüllte.

»Ich habe ein Schiff vorbereitet, das dich heute nach Piltover bringen wird. Du wirst …«

»Was?« Mels Gesicht verfiel in Panik. Plötzlich war sie wieder jung und unsicher. »Was meinst du? Warum …«

»Du wirst mit Lehrern zusammenarbeiten, die dir beibringen werden, wie du dort unsere Interessen vertreten kannst.«

Mels Augenbrauen zogen sich über ihren klugen Augen zusammen.

»Wie lange?«

»Bis ich dich zurückrufe. Du musst noch viel lernen, bevor du an meine Seite treten kannst, und offensichtlich findest du meinen Unterricht unangenehm.«

»Du – du schickst mich ins Exil?«

»Du wirst nach Piltover gehen.«

Dorthin, wo Magie abgelehnt wurde. Dorthin, wo die Schwarze Rose nicht einmal Fuß fassen konnte. Niemand würde glauben, dass ein Mädchen, das Ambessa Medarda als schwach abgelehnt hatte, irgendwelche nützlichen Fähigkeiten besaß.

»Warum? Wegen Tivadar?«

Mel legte das Paket flach zwischen sie und stemmte ihre Hände auf die Tischkante. Sie war jetzt eine Frau, die noch so viel lernen musste, aber sie hatte einen eisernen Willen.

Ambessa nahm all ihre Kraft zusammen. Sie musste dafür sorgen, dass Mel niemals in Versuchung geriet, sich außerhalb der Grenzen von Piltover umzusehen und dass sie niemals nach Noxus zurückzukehrte. Sie stand auf, um Mel gegenüberzutreten, und beide starrten sich wütend an.

»Ich stehe zu dem, was ich gesagt habe, nachdem du deine Prüfung bei den Binan nicht bestanden hast. Mit Tivadar hast du erneut versagt. Du bist zu schwach, um meine Erbin zu sein, daher werde ich dich als deine Mutter und als Oberhaupt dieser Familie so gut wie möglich einsetzen. Es wird genug für dich zu tun geben, und vielleicht hast du irgendwann genug gelernt, um etwas Sinnvolles in Noxus zu tun. Vielleicht passt deine Sentimentalität besser zu den weichlichen Idealisten in Übersee.«

»Versagt? Aber ich habe dir geholfen.« Die Verzweiflung in Mels Stimme hätte Ambessa beinahe zum Einlenken gebracht. »Tivadar hat sich dir wegen mir angeschlossen.«

Bleib standhaft, Ambessa.

»Das hat sie«, gab Ambessa zu. »Aber du hast alles für diese Freundschaft riskiert, und sie hätte uns beinahe an Ta'Fik verraten. Was glaubst du, wäre passiert, wenn sie sich für ihren Vater entschieden hätte und du diejenige gewesen wärst, die sie gewarnt hat?« Ambessa schnalzte mit der Zunge. »Pack alles, was du brauchen könntest, deine persönlichen Sachen. Du darfst jemanden auswählen, der dich begleitet. Dein Schiff legt mit der Flut ab. Verpasse es nicht.«

Anstatt sich zu verabschieden, sagte Mel: »Was ist mit Kino? Weiß er davon? Kann ich mich wenigstens von ihm verabschieden?«

»Natürlich. Er ist dein Bruder. Ich werde ihn informieren, während du packst.«

Ungläubig schüttelte Mel den Kopf. Tränen stiegen ihr in die Augen und rollten über ihre Wangen. Ohne ein weiteres

Wort drehte sie sich um und ging. Die Tür schloss sich leise, so leise wie Mels Schritte. Wann würde Ambessa sie wieder hören?

Das Paket, das Mel mitgebracht hatte, stand noch immer auf dem Schreibtisch. Mit zitternder Hand zog Ambessa das Tuch weg, das es bedeckte. Ein Schimmer von Farbe auf Leinwand. Ihr Herz schlug schneller, als sie das Papier wegriss und ein Gemälde von einem in Sonnenlicht getauchten Berg sah. Sie kannte den Künstler, ohne auch nur auf seine Signatur in der Ecke zu schauen.

Einmal tief einatmen, ausatmen. Ambessa versuchte, sich zu beherrschen. Vier. Fünf. Sie konnte Mel zurückrufen. *Eine Medarda bereut nichts*. Acht. Neun. Zehn.

Ambessa brüllte ihre Wut und ihren Schmerz heraus und schlug mit beiden Fäusten auf den Schreibtisch. Der Schmerz, der ihren Arm hinaufschoss, war im Vergleich zu ihrem gebrochenen Herzen von einer glorreichen Einfachheit. Ein Haarriss im Holz, ein Bruch im Stein.

Opfer.

Auch dieser Schmerz würde Ambessa zu der Waffe machen, die sie sein musste. Ein Krieg war beendet.

Ein anderer begann.

EPILOG

Rell erwachte erneut an einem fremden, aber dennoch vertrauten Ort. Ein dunkler, feuchter Korridor, der nach Schweiß und Angst roch. Am Ende war ein helles Licht zu sehen. Zuerst dachte sie, sie wäre wieder in der Arena in Bel'zhun. Vielleicht träumte sie noch?

Aber ihre Entführer hielten sie immer noch an den Armen fest, und derselbe seltsame Knebel, der ihre Magie erstickte, scheuerte. Sie versuchte, sich aus dem Griff zu befreien, aber sie war zu schwach von dem, was sie ihr gegeben hatten, um sie außer Gefecht zu setzen.

Ihr Entführer schlug sie, sodass ihr schwindelig wurde.

»Pass auf, oder du wirst es bereuen.«

Rell fletschte die Zähne und biss einen scharfen Kommentar ab. *Geduld ist Klugheit.* Eine der vielen Lektionen, die Ambessa ihr einzutrichtern versucht hatte.

Wo seid Ihr, Generalin?

»Also. Man hat mir gesagt, du warst früher in der Vergelter-Arena in Bel'zhun eine ziemliche Größe. Ziemlich provinziell, aber immerhin. Das bedeutet, dass das hier ein Kinderspiel für dich sein sollte. Ich werde dich in diesen Tunnel führen, und im Trainingshof wirst du einen anderen jungen Magier finden. Ihr werdet kämpfen, bis einer von euch aufgibt. Wenn du gewinnst, wirst du belohnt. Wenn du verlierst, wirst du bestraft. Ich rate dir wirklich, zu gewinnen.«

Die Frau lächelte und zeigte ihre scharfen Zähne. Rell musterte die Frau von oben bis unten und spuckte auf den Dreck zu ihren Füßen. Das Lächeln der Frau wurde breiter.

»Ich sollte wohl sagen, wenn du versuchst, dich zu weigern …« Knisternde Magie umgab sie und folgte dann der Verbindung zwischen ihren Händen und Rells Körper. Blitze schossen durch Rells Adern, und sie zuckte wild, ihr Körper war völlig außer Kontrolle. Als die Frau die Magie beendete, brach Rell zusammen.

Die Frau beugte sich zu Rell hinunter, die stöhnend dalag.

»Dein Kampf beginnt in einer Minute. Wenn du bis dahin nicht auf dem Feld bist, gilt das automatisch als Aufgabe. Es wäre schade, dich schon zu verlieren. Ich habe gehört, du hast so viel Potenzial.«

Die Frau sprach die letzten Worte so gierig, dass Rell vor ihr zurückschreckte. Rell stellte sich vor, was Ambessa Medarda sagen würde, wenn sie zurückkam. Ambessa hatte sie aus der Arena ausgewählt, weil sie *gewonnen* hatte.

Und dann hatte jemand sie weggebracht. Diese Nacht verfolgte sie noch immer. Sie und Tora waren ausgegangen – sie hatten einen abgelegenen Ort gefunden, um zu reden, und Tora – Tora hatte sie geküsst, und es schien, als könnte nichts besser sein. Rell würde eine neue Familie haben, sie würde eine Mentorin haben, die sie respektierte, sie würde eine *Zukunft* haben. Sie würde sogar Tora haben, zumindest bis sie nach Vindor zurückkehrte.

Dann kam Ambessa Medarda. Nur konnte es nicht Ambessa sein. Das redete Rell sich immer wieder ein. Irgendwie musste es jemand anderes sein. Rell hatte nichts als Zeit gehabt, um diese Nacht immer wieder durchzuspielen – wo war Rictus? Oder Amenesce? Und dieses Lächeln. Es ließ Rell erschaudern.

Ambessa hätte *ihr* das nicht angetan.

Aber wenn es nicht Ambessa war, wer dann? Und wenn es nicht Ambessa war, warum war sie dann nicht gekommen, um sie zu holen? Sie hatte gesagt, sie würde Rell beschützen.

»Fünfundvierzig Sekunden.«

Die kalte Stimme ihres Entführers riss Rell aus ihren Schmerzen und ihrer Benommenheit. Sie rappelte sich auf. Sie war hungrig und steif und stank in den Kleidern, die sie trug, als sie gefangen genommen worden war, und wenn sie während der Fahrt nicht die meiste Zeit bewusstlos gewesen war, dann hatte sie ganz sicher nicht auf einem Federbett geträumt.

Der Gang mündete in eine schmutzige Grube, die von allen Seiten von hervorstehenden Felsen umgeben war, die so dunkelgrau waren, dass sie fast schwarz wirkten, wie ein kleines Tal.

Unmittelbar vor ihr stand ihre Gegnerin, eine nervös wirkende junge Frau in ihrem Alter mit brauner Haut und kurzen dunklen Haaren, die ihre Fäuste vor sich hielt.

Tora, dachte Rell sofort mit einem Anflug von Traurigkeit. Natürlich war Tora jetzt wer weiß wie viele Meilen entfernt, zurück in Vindor. Es war ihr wahrscheinlich völlig egal, dass Rell eingesperrt worden war. So viel zu diesem Kuss.

Der Rest der Arena war leer, bis auf ein paar Hindernisse: hervorstehende Felsbrocken, ein toter Baumstamm – ein Haufen Schrott. Nur für mich.

Es war das erste Mal, dass sie an Metall herankam, seit sie versucht hatte, einen ihrer Entführer mit den Eisenketten zu erwürgen, mit denen sie gefesselt worden war. Rell lächelte düster.

Das wird dir nicht gefallen.

Rell schloss die Augen, um sich zu sammeln. Sie musste sich noch an dieses Gefühl gewöhnen … *Ferromantie.* Allerdings hatte sie schon immer eine Affinität zu Stahl gehabt. *Scharfe Waffen, hartes Herz.*

Mit einer schnellen Bewegung und einem Grunzen hob Rell das Stück Schrott auf und schleuderte es genau dorthin zurück, woher sie gekommen war, direkt auf die Frau, die sie hierhergeschleppt hatte. Das Metall prallte gegen eine unsichtbare Wand und krachte zu Boden. Die Frau, die immer noch zusah, wedelte enttäuscht mit einem Finger.

Rell zuckte zusammen, als ein Funke ihre Finger traf.

»Glaubst du, du bist die Erste, die das versucht hat?«, fragte ihre Gegnerin. Sie stand immer noch vor ihr, wachsam, die Fäuste nur leicht gesenkt. Sie wirkte jetzt noch nervöser.

»Nun, einen Versuch war es wert.« Rell stellte sich der Frau gegenüber und nahm ihre Kampfhaltung ein. »Wie heißt du?«

»Saida. Bringen wir es hinter uns.«

»Glaubst du, die können uns beide besiegen?«, fragte Rell. Saida seufzte und positionierte ihre Füße neu, um Halt zu finden. Ihre Fäuste ballten sich.

»Na gut«, murmelte Rell. »Dann los.«

Sie riss das Stück Metall zurück und schleuderte es auf Saida. Saida sprang zur Seite. Als das Metallstück weg war, schlug sie mit der Faust auf Rell ein – und Feuer schoss in einer heißen Explosion direkt auf sie zu. Rell schrie auf und tauchte zur Seite. Sie rollte sich, um die brennende Glut in ihrer schmutzigen Jacke zu löschen, und rollte weiter, während eine Flammenkugel nach der anderen sie verfolgte. Sie war nicht schnell genug, um ihnen zu entkommen, zumindest nicht lange. Sie rief die Metallschrottteile zu sich zurück und formte sie, während sie rannte. Das hatte sie sich die ganze Zeit vorgestellt, als sie gefangen war und nichts anderes zu tun hatte – was sie mit ihren Kräften tun würde, wenn sie entkam, die Möglichkeiten!

Das Metall wurde dünner und bog sich, Blech für Blech, bis ein hohler Pferdekörper auf Metallbeinen auf sie zugaloppierte und sie gerade noch rechtzeitig aufsprang. Sie spürte noch immer die Hitze von Saidas Feuer an ihren Stiefeln.

»Das war knapp«, murmelte Rell. »Los«, trieb sie ihr Reittier an, obwohl es nicht real war. *Du hast wirklich den Verstand verloren, Rell.*

Das Metallpferd nahm die Kurve am Rand des Tals so geschmeidig wie ein echtes Pferd – vielleicht sogar noch geschmeidiger. Rell lehnte sich mit ihm in die Kurve. Sie brauchte nicht einmal einen Sattel, sondern grub nur ihre Fersen und Finger in das Metall, während sie direkt auf Saida zuritt. Sie streckte den letzten Rest des Schrotts zu einer langen Lanze, wie Tora gesagt hatte, dass die Vindoraner sie bei Turnieren benutzten. Altmodisch, hatte Tora gesagt, aber wirklich cool.

Rell senkte die Spitze auf Saida und galoppierte auf sie zu. Sie wollte das Mädchen nicht durchbohren, aber sie wollte gewinnen. Sie hoffte, dass Saida ausweichen würde. Sie hoffte, dass sie es nicht tun würde. Rell nahm Geschwindigkeit auf, und Saida blieb stehen, die Stirn in Konzentration gerunzelt.

Eine Medarda zögert nicht. Sie schlägt zu.

Doch bevor Rell zuschlagen konnte, glühte das Metall in ihrer Hand weiß vor Hitze. Sie schrie auf und ließ die Lanze fallen, aber ihre Haut hatte bereits Blasen geworfen. Die Metalllanze grub eine harmlose Furche in den Boden.

Wollte Saida so spielen? Gut. Das Metallpferd bäumte sich auf und schlug mit den Hufen in die Luft. Sein Wiehern klang wie das Kreischen von Metall auf Metall. Rell sprang von seinem Rücken, und jedes Metallblech, woraus der Körper des Pferdes bestand, schlug auf Saida ein und klemmte ihre Arme fest, bevor sie entkommen konnte. Ein Blech nach dem anderen wickelte sich um sie und fesselte als Nächstes ihre Beine, bis nur noch ihr Kopf frei war.

»Willst du das noch heißer machen, ja?«, sagte Rell und stellte sich über Saida.

Das andere Mädchen reagierte nicht auf die Provokation. Sie sah Rell an, dann wandte sie den Blick ab. Eine Träne verdunkelte den Schmutz unter ihrem Gesicht.

Die Frau, die Rell gebracht hatte, klatschte, als sie zurückkam. »Gut gemacht, Rell. Gut gemacht. Ich wusste, dass du zur Vernunft kommen würdest. Jetzt lass uns deine Belohnung holen.«

Beiden wurde erneut ihre Magie gebunden, und sie wurden in eine kleine Kammer gebracht, in der andere Magier warteten. Der völlig niedergeschlagenen Miene und den schleppenden Schritten von Saida nach zu urteilen, würde in diesem Raum nichts Gutes passieren, aber Rell hatte keine Ahnung, wozu er diente.

Zwei Tische standen bereit, beide mit Lederriemen, um die Insassen zu fesseln. Saida ging gehorsam zu einem der Tische, Tränen liefen ihr still über die Wangen. Nein, dachte Rell.

Nein, nein, nein. Sie stieß die Frau weg und schlug wild um sich.

»Komm schon, Saida, lass sie das nicht tun!« Rells Schlag traf, und sie zielte auf die nächste Magierin.

Das elektrische Knistern der Magie der ersten Frau verwandelte Rell mit nur einer Berührung eines Fingers in eine Statue aus zuckenden Schmerzen.

»Ich werde dich betäuben, wenn es sein muss.« Die Stimme der Frau war kalt und tödlich, und sie ließ den Schock ihrer Magie nicht nach. »Aber du wirst nicht lange schlafen, das versichere ich dir.«

Sie zog ihren Finger weg, und der Schmerz ließ Rell zuckend auf dem Boden liegen. Jemand trug sie zum anderen Tisch und schnallte sie fest. Sie drehte den Kopf und sah, dass Saida ebenfalls festgeschnallt war.

Es tut mir leid, formte Rell mit den Lippen. Saida lächelte sie traurig an, wandte dann ihr Gesicht zur Decke und schloss die Augen. Der nächste Moment war für beide unerträglich. Saida schrie, als die Magier ihr etwas entrissen – ihre Magie, erkannte Rell mit einem Schauder – und es zu einer stacheligen roten Rune formten, die über ihnen in der Luft schwebte. Jeder gefühllose, kleinliche Gedanke, den sie über das Mädchen in der provisorischen Arena gehabt hatte, schmeckte ihr nun bitter. Sie wünschte, sie hätte nicht gewonnen. Aber sie wollte auch nicht diejenige sein, der die Magie entrissen wurde.

Rell hatte nur eine Minute Zeit, um Mitleid mit Saida zu haben, bevor ihr der Schmerz zugefügt wurde. Sie versuchte, ihn zu unterdrücken. Versuchte, die Zähne zusammenzubeißen und ihn zu ertragen. Es kam ihr obszön vor, zu denken, dass ihr Schmerz auch nur annähernd dem entsprechen könnte, was Saida durchgemacht hatte. Aber als die Rune ihr Fleisch versengte, knurrte Rell zwischen zusammengebissenen Zähnen, und ihre Tränen benetzten ihr Haar gegen ihren Willen.

Als es vorbei war, lag sie keuchend da. Sie wandte sich zu Saida. Die Augen des anderen Mädchens starrten ausdruckslos nach oben. War sie tot? Rell geriet in Panik. Dann blinzelte Saida langsam. Das war das einzige Lebenszeichen, das sie von sich gab. Sie sah Rell nicht wieder an.

Rell schloss die Augen und schluchzte.

Die Frau riss Rells Gesicht zu sich und tätschelte ihr grob die Wange. »Sieh nicht so aufgebracht aus. Du hast gewonnen. Wenn du weiter gewinnst, könntest du mehr Macht erlangen, als du dir jemals erträumt hast. Die Macht, Nationen zu stürzen, ein Imperium zu regieren. Willkommen bei der Schwarzen Rose.«

Rell öffnete beide Augen einen Spaltbreit. Mit vor Schmerz versteiftem Kiefer flüsterte sie: »Fick dich.«

Danach warfen sie sie in eine andere Zelle, diesmal mit einem Lehmtopf mit Wasser, einem Schwamm und einem Stück Seife. Auf der Pritsche lag ein neuer Satz Kleidung für sie bereit. Kein Metall mehr. Es war ihr fast egal, so aufgeregt war sie, sich waschen zu können. Fast.

Saidas leblose Augen schienen ihr zu folgen. Ihr Schmerz brannte sich in ihren Arm ein.

Also schwor sie sich etwas, während sie sich auszog und

den Schmutz von ihrem Körper wusch. Rell würde fliehen, und wenn sie es schaffte, würde sie so viele der anderen mitnehmen, wie sie konnte. Dann würde sie Rache nehmen. Das würden sie alle. An der Schwarzen Rose. An dieser verdammten Frau mit ihrer schockierenden Berührung. An Noxus, dafür, dass sie so etwas in ihrem Reich zugelassen hatten.

Ambessa Medarda hatte ihr alles über Rache beigebracht. Was Noxus und die Schwarze Rose ihr genommen hatten, würde sie ihnen tausendfach zurücknehmen.

Sie würde sie verdammt noch mal in Stücke reißen.

DANKSAGUNG

Bei einem Projekt mit so vielen beweglichen Teilen wie diesem gibt es eine Menge Menschen, denen ich danken muss – viele brillante Köpfe, deren Arbeit für meine Arbeit unverzichtbar war. Es war in vielerlei Hinsicht ein kollaborativer Prozess.

Vielen Dank an die Leute von Orbit, die mich für dieses Buch geholt und von Anfang bis Ende begleitet haben: Bradley Englert, Zoe Morgan-Weinman, Vivian Kirklin, Bryn A. McDonald und Lauren Panepinto.

Vielen Dank an das Team von Riot Books, William Camacho, Avalon Irons, Siege Gary und Michelle Mauk, dass ihr mich in Runeterra willkommen geheißen und mir die Freiheit gegeben habt, zu spielen und meine eigenen Reittiere zu erschaffen! Ihr habt mich auf den neuesten Stand gebracht, und ich bin euch sehr dankbar dafür. Vielen Dank auch an die Teams, die die Hintergrundgeschichte und andere Materialien, mit denen ich arbeiten durfte, bereichert oder erstellt haben, darunter Kiahna Manker für die Einführung in das Ambessa-Musikvideo und die Hilfe beim Prolog, Sean Yang für die Hilfe bei der Gestaltung der Kulisse, Maxwell Perlman für die Hilfe beim Verständnis von Ambessas Kampfstil und alle Künstler und Autoren von *League of Legends: Realms of Runeterra,* die mich in diese reiche und wilde Welt eintauchen ließen.

Danke an die Teams von *Arcane,* die nicht nur eine Serie geschaffen haben, in die ich mich verliebt habe, sondern mir auch dabei geholfen haben, die Details zu finden, die ich brauchte, um Ambessa und Mel auf dem Papier zum Leben zu erwecken. Mein besonderer Dank gilt Ellen Thomas, der Sprecherin von Ambessa, Toks Olagundoye, der Sprecherin von Mel, sowie den zahlreichen Visual Artists und Animatoren, die ihre Einstellungen und Eigenheiten zum Leben erweckt haben.

Danke an meine Agentin Mary C. Moore und an meine Freunde in allen Discord-, Slack- und WhatsApp-Gruppen, die mich bei Verstand und guter Laune gehalten haben, während ich zwei sehr dicke Bücher und ein kleines Buch gleichzeitig geschrieben habe. Ihr wisst, wer ihr seid, und ihr kennt die Versprechen, die ich euch gegeben habe. Ich werde sie wahrscheinlich brechen. Vergebt mir.

Zum Schluss noch ein Dankeschön an alle Lesenden und Spielenden. (Hoffentlich sind einige von euch beides!) Ich hoffe, ihr hattet genauso viel Spaß dabei, in Ambessas Fußstapfen zu treten, wie ich.

Und jetzt geht und zeigt es ihnen!

Das erste offizielle Begleitbuch zu einem
der weltweit erfolgreichsten Online-Spiele:

LEAGUE OF LEGENDS

DIE REICHE VON RUNETERRA

Begib dich auf eine Reise durch die Reiche von Runeterra. Diese umfassende Wissenssammlung reicht bis in die entferntesten Winkel des Game-Universums, dringt in bislang unentdeckte Gebiete vor und offenbart die spannenden Geschichten, die hinter all der Action stehen.

League of Legends ist ein von Millionen rund um die Welt gespieltes Online-Game, das stets mit neuen Champions erweitert wird und neben regelmäßigen Updates auch eine erfolgreiche E-Sport-Szene zu bieten hat. Dieses Buch ist eine unentbehrliche Fundgrube für alle Fans.

Illustriert mit wunderschönen Karten und Charakterporträts!

KNAUR

Der erste Roman aus dem erfolgreichen Universum von League of Legends, einem der beliebtesten Computerspiele aller Zeiten!

ANTHONY REYNOLDS

RUINATION

EIN LEAGUE-OF-LEGENDS-ROMAN

Camavor ist ein schroffes Land mit einer brutalen Geschichte. Wohin die Ritter des Imperiums auch ziehen, folgt ihnen Blutvergießen. Doch die junge Kalista, loyale Beraterin und Generalin ihrer Familie, sieht eine andere Zukunft für das Land. Als ihr selbstverliebter Onkel Viego zum König gekrönt wird, schwört sie, seine Zerstörungswut aufzuhalten. Aber ihre Pläne werden durchkreuzt, als Viegos Frau Isolde bei einem Anschlag mit einem namenlosen Schrecken vergiftet wird.

Als sich Isoldes Zustand stetig verschlechtert, verfällt Viego in Trauer und Wahn, und droht Camavor mit sich in den Abgrund zu reißen. Kalista geht ein verzweifeltes Wagnis ein: Sie sucht die lange verlorenen Gesegneten Inseln, auf denen sie hofft, die Rettung der Königin zu finden.

Doch im Herzen der Gesegneten Inseln wuchert finstere Korruption. Ein rachsüchtiger Wächter will Kalista in seine grausamen Intrigen verstricken. Sie muss sich zwischen ihrer Loyalität zu Viego und ihrem Sinn für Gerechtigkeit entscheiden – denn selbst im Angesicht absoluter Dunkelheit kann eine ehrenvolle Tat ein Licht entzünden, das die Welt rettet.

»Eine mitreißende Geschichte mit jeder Menge Champions aus dem Spiel und deshalb DAS Buch für alle League-of-Legends-Fans.«
Jona Schmitt aka JustJohnny

KNAUR